JN284633

鈴木 彰 著

平家物語の展開と中世社会

汲古書院

目次

序章……3
一　本書の課題　3　二「展開」と「再生」　5　三　本書の構成と各章の課題　8

第一部　事件像の創出と変容・再生

第一編　事件像の創出

第一章〈白山事件〉の創出――文書の活用――……22
一　はじめに　22　二　事件始発部の検討から　23
三　加賀国留守所牒状の検討　26　四　白山衆徒の山門宛牒状の検討　31
五〈白山事件〉の創出　36　六　おわりに　38

第二章〈一の谷合戦〉の合戦空間……46
一　はじめに　46　二「福原」の扱い　47　三「鵯越」と「一谷」の距離感　50
四　合戦空間の創出（一）――東西の距離感――　53
五　合戦空間の創出（二）――「山手」の扱い――　56

六　〈一の谷合戦〉像創造への営み　58
七　おわりに——〈一の谷合戦〉という事件認識——　60
第三章　〈平家都落ち〉の焦点——一門内対立の描出——……66
一　はじめに　66　二　頼盛の残留　67　三　維盛都落ちとの関係　69
四　資盛と小松家の扱い　73　五　都落ちする一門をめぐる哀感　77
六　おわりに　80

第二編　事件像の変容と再生

第一章　人物形象との均衡——頼盛形象を規定するもの——……88
一　はじめに　88　二　二つの頼盛像　90
三　〈平家都落ち〉像変貌との相関性　92　四　頼盛形象の方向とその普遍性　98
五　頼朝を語る素材　100　六　おわりに　104
第二章　歴史意識への作用——事件像再生の表現史——……109
一　はじめに　109　二　新たな事件像の創出——「山崎関戸の院」という場——　111
三　認識の枠組みとしての機能　115
四　事件像再生の表現史へ——室町軍記の叙述から——　118
五　おわりに——『平家物語』に求められていたもの——　123

第二部 諸伝本にみる展開の位相

第一編 八坂系諸本の位相

第一章 叙述基調と歴史認識――法皇の位置づけ―― 134
一 はじめに 134 二 法皇と源氏の関係 136 （イ）源氏の都入りと任官 136
（ロ）源氏の軍勢発向 141 三 「法住寺合戦」の叙述から 144 四 おわりに 147
第二章 頼朝の存在感――覚一本との位相差―― 155
一 はじめに 155 二 義仲の人物形象と頼朝 156
三 平家の人々の意識における頼朝 162 四 〈将軍〉像の幅 166
五 おわりに 170
第三章 平家嫡流の扱い 174
一 はじめに 174 二 清盛・重盛対面の意味づけ 175 三 将軍としての清盛 179
四 平家嫡流と〈将軍〉像 182 五 おわりに 184
第四章 「院宣」の機能とその扱い 190
一 はじめに 190 二 緒方維義と「院宣」 191 三 「八嶋院宣」をめぐって 194
四 屋代本と城方本の間 198 五 おわりに 200

第五章　俊寛の人物形象と位置づけ……204
一　はじめに　204　二　熊野参詣の重さと俊寛の姿勢　205
三　俊寛の怨霊と崇徳院・頼長の怨霊と　210　四　流人帰洛記事の様相　214
五　おわりに　217
第六章　頼朝と義経の関係……222
一　はじめに　222　二　頼朝主導の文脈　224
三　〈義経関係記事〉の脈絡と「吉野軍」の位相　228　四　兄弟対立への視線　231
五　おわりに　235

第二編　『源平盛衰記』への作品展開

第一章　文覚と頼朝――人物形象を導く力――……242
一　はじめに　242　二　両親追慕の情　243　三　「相人」としての文覚　245
四　後白河院への意識　249　五　頼朝像の形象　253　六　おわりに　257
第二章　終結部にみる編集姿勢――頼朝挙兵譚からの脈絡――……262
一　はじめに　262　二　記事の縮小　263　三　頼朝の地位と後白河院　265
四　頼朝・義経の関係から　269　五　六代助命話について　271
六　おわりに――挙兵譚からの脈絡とその広がり――　275
第三章　〈頼朝鎌倉入り〉の意義づけ――『平家物語』から『源平盛衰記』へ――……282

一　はじめに　282　　二　「朝家前後之将軍」――源平共栄の歴史――　284
三　清盛・頼朝以前へのまなざし――義朝と平治の乱――　287
四　清盛から頼朝へ――将軍継承者の条件――　290
五　源氏「一門」における頼朝の特権性　293　　六　支援者たちの目的意識　297
七　〈頼朝鎌倉入り〉と頼朝体制の確立　301　　八　おわりに――作品展開の先に――　304

第三編　作品間交渉と時代環境

第一章　「御輿振」の変容とその背景……314
一　はじめに　314　　二　閑院殿と大内裏と　315　　三　鵺退治説話の位置　320
四　大内裏の選択と『平治物語』　324　　五　おわりに　328
第二章　『承久記』との交渉関係――「四部之合戦書」の時代――……334
一　はじめに　334　　二　八坂系第二類本の一改変　334
三　流布本『承久記』との交渉　338　　四　「四部之合戦書」の時代　343
五　おわりに――物語と社会との脈絡へ――　346
第三章　「蜷川家文書」にみる軍記物語享受の諸相とその環境……353
一　はじめに　353　　二　『平家物語』断簡の検討　（一）書誌的事項　355
（二）本文・伝本系統　359　　（三）書写の姿勢と環境　363
三　「保元物語聞書」と『平治物語』享受　（一）「保元物語聞書」本文の性格　365

（二）「保元物語聞書」注記の性格　368　（三）『平治物語』享受との関係　369
四　「雑記」の世界――軍記物語の享受環境への接近――　（一）書き継ぎとその年代　375
（二）軍記物語享受の痕跡　377　（三）物語享受の質――古辞書との関連から――　381
（四）和歌関連の記載について　384　（五）三社託宣歌をめぐって　387
五　蜷川家の文事から　390　六　おわりに　396　付　「平家物語断簡」影印・翻刻　404

第三部　中世社会への展開と再生

第一編　中世刀剣伝書との関係

第一章　中世刀剣伝書の社会的位相――儀礼社会と「銘」に関する知識――……418
一　はじめに　418　二　伝書の種類と諸本　420
三　「銘」に関する知識と伝書の構成　422
四　伝書の必要性――武家故実との関わり――　425　五　物語再生への作用　430
六　おわりに　438　付　中世刀剣伝書伝本一覧（稿）　446
第二章　重代の太刀の相伝――刀剣伝書の生成基盤と軍記物語――……453
一　はじめに　453　二　刀剣伝書にみる重代の太刀　455
三　「綱切」と「明剣」――佐々木氏の太刀――　458　四　源平ゆかりの太刀　462
五　応永～永享期の状況　466　六　公家・宮家の重代の太刀　471

七　おわりに　476
第三章　足利将軍家の重代の太刀――「御小袖の間」の所蔵品から――……483
一　はじめに　483
二　御小袖と御小袖の間《ま》――足利将軍家の「御重代」――　485　（一）御小袖の間　486
（二）出陣・帰陣・家督相続　490　（三）その他――怪異・喪失の危機・一色氏――　496
三　足利将軍家重代の太刀　500　（一）出陣・帰陣　500　（二）盗難とその処罰　504
（三）儀式・年中行事　509　四　刀剣伝書の社会的位相　511
五　足利将軍家の「抜丸」　514　六　おわりに――軍記物語をとりまく環境へ――　520
第四章　伊勢貞親本『銘尽』の構成と伝来……535
一　はじめに　535　二　貞親本の構成と〈現在〉　536
三　〈貞親本〉の書写・相伝　540　四　〈大内本〉の書写　547
五　〈重阿本〉について　550　六　おわりに　556
第五章　抜丸話の変容と時代環境……567
一　はじめに　567　二『盛衰記』本文の性格　568　三　抜丸話の変質　570
四『平治物語』の抜丸話　573　五　中世刀剣伝書の世界から　576
六　おわりに――十四世紀へのアプローチ――　579
第六章『源平盛衰記』所載抜丸話について……586
一　はじめに　586　二『盛衰記』における抜丸話の位置　587

三　中世刀剣伝書に現れる抜丸話　590　　四　『盛衰記』所載話の時代性　592
五　おわりに　594

第二編　武家家伝との関係

第一章　佐々木三郎長綱の「庭中言上」……602
一　はじめに　602　　二　「野田文書」と佐々木盛綱流　603
三　「奉公初日記」と『平家物語』　608　　四　佐々木長綱の庭中言上　611
五　長綱の自己認識と危機克服の営み　614　　六　おわりに　616

第二章　佐々木家伝「□奉公初日記」の性格……622
一　はじめに　622　　二　「日記」本文とその内容・構成　623
三　佐々木氏の自己認識――「日記」生成の前提――　633
四　「日記」の分析――家伝としての性格――　638　　五　おわりに　642

第三章　〈平家末裔〉の自己認識と平家ゆかりの太刀……647
一　はじめに　647　　二　小烏名称由来話と刀剣伝書　648
三　小烏と抜丸――異説の検討から――　650　　四　平家ゆかりの太刀に関する諸説　654
五　〈平家末裔〉の自己認識と小烏説　657　　六　おわりに　662

終　章　――時代感覚と物語の再生――……669

一　はじめに　669　二　本書のまとめ　669　三　『平家物語』の特殊性について　675
四　時代感覚と物語再生の土壌――物語の読まれ方をめぐって――　681
五　『平家物語』から〈平家物語〉へ　689
六　おわりに――〈平家物語〉の文学史と物語再生論に向けて――　694
初出一覧……699
あとがき……703
索　引……1

平家物語の展開と中世社会

序　章

一　本書の課題

ひとつの物語の価値や存在意義は多面的・多義的であり、また長きにわたる伝来と享受の過程で常に変動し続けてもいる。こうしたありようには、物語とそれに関わった人々とのさまざまな関係性が大きく作用していると考えられる。本書は、そうした視座から、『平家物語』という物語と直接・間接的に関わる、諸状況・諸事象を分析の俎上にのせ、そこに浮かび上がってくる諸種の文学・文化・社会的な営みを、個々の事例に即して具体的にとらえ、この物語の中世社会における展開相を照らし出そうとするものである。

『平家物語』には膨大な数の異本が存在する。それらが持つ本文の前後関係を測り、系統的に分類・整理する試みは、近代における『平家物語』研究のひとつの軸となってきた(1)。ただし、それはつきつめれば、この物語の原姿を追い求め、見究めようとする発想に導かれたものであったと思しく、その過程では、可能なかぎり網羅的に現存伝本を把握することが志向されてはきたものの、いわゆる後出本への評価は少なからず負のイメージを伴うものとなっていた。こうした傾向は何より、それらの諸本が分析の主対象として取りあげられること自体極めて少なかったという事実に、如実にあらわれている。特に一九九〇年代後半からそうした状況への見直しが一部に図られていくが(2)、以前から続いてきた状況や理解が一変したとまでは言い難いというのが現実であろう。そこには、物語の古態・原態を探求しようとする研究史的動向とも結びついた、古態性をこそ重視する研究上の価値観からの反動という色が多分に存在しているのではないか。本書のはじめにあたり、まずは、諸本の本文系統論や、個別伝本論をも含めた古態論[3]がいくつもの成果を積み重ねてきた一方で、この物語に多くの異本が生み出され、それらが先行本文の内容に対する多様な異説をも含み込みながら、等しく『平家物語』という名のもとに久しく併存し続けてきた（あるいは、こられた）こと自体の意義や、その多様な分布の具体相、さらにはそうした状況を生み出していった人々の営みといったものが、従来ほとんど顧みられておらず、そうした角度からの分析はこれからの大きな課題として残されているという現状に目を配っておきたい[4]。

『平家物語』が、十三世紀中葉以来今日に至るまで受け継がれてきたという事実にあらためて自覚的になってみるとき、この作品がその性格の一部として必然的に一種の歴史性を背負っており、この物語とさまざまな形で交わった人々の身体的・精神的営為の歴史が、諸本の伝来に並行して存在することが見通されることとなろう。その過程には、当然、物語の宿命として『平家物語』もまた、享受者たちの何らかの価値観によって、意識的か否かを問わずふるいにかけられ、後に伝えるべきものとして選ばれてきた経緯が含まれている。ある伝本を書写・改編・改作することによって新たな異本を生み出す行為も、その中に位置づけられる動きと言える。

しかし、それはこの物語と関わった人々の多様な営みのうち、基幹をなす部分ではあるが、一部でしかない。『平家物語』からの影響は、いわゆる文学作品はもちろん、芸能・絵画・工芸等に関わる諸作品、さらには人々のさまざまな理解・認識といった形なきもののありようにも及んでいるのである[5]。したがって、この物語が歴史的に備えてきた動態性は、諸本間の差異として現れる本文上の現象や他の物語類との交渉・影響に関する分析のみでとらえきれるものではなく、この物語と交渉をもった人々の個別的な営みを網羅的に検討していく中で、少しずつ具体的になっていくものであろう。そうした分析を愚直に、数限りなく積み重ねていくことでしか、先述したような意味での、『平家物語』の展開過程に伴う歴史性を俯瞰的に照らし出すことはできないのではないか。

冒頭に述べたごとき本書の課題の大枠は、こうした状況を踏まえて設定されたものである。古態論とそれに伴う研究史が生み出した価値観や分析の視線の向きをひとたび相対化し、この物語が背負う前述のごとき歴史性をとらえるべく、分析の視野と対象をできるだけ拡大していきたい。その先に、『平家物語』の性格をより大局的に、より総体に近づいた形で把握できる途が開けてくるのではないか。あらかじめ言えば、私は、中世を通じて受け継がれ、さまざまに変貌し続けた『平家物語』の展開相をとらえるには、その過程自体を〈平家物語〉[6]というひとつの認識枠のもとにとらえ、多面的な運動体として受け止めていく必要があると考えている。本書で取り組む分析の基本的な姿勢と問題意識は、こうした見通しに根ざすものである。

二 「展開」と「再生」

前節で示したごとき観点とも関わるが、本書における分析は、特定伝本の存在自体に優劣をつけることを目指すものではない。それは、内容的な格差のはなはだ大きい諸伝本が数多く生み出され、それらが相互に異本関係を形づくりつつ、中世を通じて共存し続けたところにこそ、『平家物語』の特徴的な存在感が認められると考えるからである。物語の展開過程で各伝本がそれぞれに誕生し、後世に受け継がれていったという点での等価性をまずは意識的に受け止めたい。そうした意味で、諸本の存在を並列的にとらえる姿勢を基本とすることとなる。もちろん、何らかの指標（たとえば、叙述や構成の整合性や潤色の傾向など）を持ち込むことによって、異本間の差異は浮かび上がってくる。そして、そうした差異を析出する作業を論中でも随時試みていく。ただし、その成果をあくまでもある側面にみる濃淡差・度合いの違いとして受け止めることとし、たとえば伝本としての優劣や正統性といった評価基準を短絡的に持ち込むことは徹底して避ける。それは、この物語に関わった人々の営みそれ自体がもつ意義を、各表現の奥から丹念にすくい取っていく必要があると考えるために他ならない。

以上は主に諸本の展開という側面から述べたわけだが、こうした視座は『平家物語』をとりまく他の物語類との関係や、文化環境その他諸々の社会状況との交渉に関する分析でも同様に保持していくこととなる。単に、本文上の現象としての変化・変質の様子を跡づけるだけではなく、そうした作業を踏まえつつも、複数の叙述や言説、営為、存在などが広がりをもって社会に並存している状態の中で、『平家物語』の個々の叙述や個別的な性格などを検討していくことを目指す。本書の書名に用いた「展開」という語は、以上に述べたごとき中世社会の諸局面や人々の内面への展開という側面をも含むものとして扱っている。「展開」という語が語義の一面として動きを伴っていることも、『平家物語』の動態性を幅広く照らし出そうとする本書の問題意識に適っている。

そして、『平家物語』が諸本展開を進め、あるいは他の作品へと展開を遂げ、また中世社会の諸局面へと展開していく際のひとつひとつの動きを、本書では「再生」という観点からとらえていくこととする。従来こうした動きは、享受や影響、あるいは受容・変容といった用語のもとで論じられてきた。しかし、本書では、その展開過程において、『平家物語』（あるときにはその一部）が新たな姿となって立ち上がっていく動きや力にこそ注目したい。そこには物語の享受者が、受け止めたものを下敷きにしながら、この物語に新たな息吹を吹き込むという創作行為が存在する。享受・影響・受容といった用語には、そうした営みが第一義的に表わされてはおらず、それらはむしろ、近現代における創作概念（第一次的な創作物に最高位を与えるような価値観を伴う）と相まって、消極的な創造営為としての印象をもたらしかねない語となっているように思われる。そうした用語では本書が根底に有する問題意識を簡潔に、かつ十分に表現することはできない。また、変容という概念でこれをとらえきることも不可能である。というのは、展開過程においては、変化することのみならず、変わらないもの、そのままに継承されていく部分、普遍的に維持されていく側面もまた、人や時代・環境の意志や趣向、共通認識を反映しているという点で無視できないからである。それは異本を生み出す行為についても同じである。変容という語が響かせる表面的な語義では括りきれない、意図的、自覚的な継承や引き写し、模倣等をも含んだところに物語は「展開」していくのである。そうした動きを、本書では「再生」という観点からとらえていこうと思う(7)。

『平家物語』の「展開」とは、ひとたび一書・一伝本として定着した物語が、新たな伝本や物語として、またもろもろの行為や認識の枠組みとして、あるいは断片的な知識やさらなる創作のための素材となって、「ふたたびこの世に生まれること(8)」である。そうした動きを包括する概念として、本書で用いる「再生」という用語を規定しておきたい。

なお、「再生」という語を用いることで、物語の享受や影響、受容と変容といった側面を無視したり、拒絶したりするつもりは毛頭ないことを念のために明言しておきたい。実際、論の過程では、そうした側面をも随時検討していくことになる。ただし、本書の問題意識としては、『平家物語』と関わるあるひとつの動きを、影響や変容といった〈結果〉として固定的にとらえるのではなく、そこにはたらいた営為や意識のありようにできるだけ踏み込んで、その前後に続くこの物語の動態的な様相の中に据えながら受け止めたいと思うのである。

以上のように整理してみると、ここにいう「再生」は、必然的に実に幅広い動きを含んだ概念を伴う用語となってくる。そのことがかえって、個々の分析の意味を曖昧化させるように感じられるかもしれない。しかし、本書各章で検討していく「展開」と「再生」の実態と、それらが対照されることで浮かび上がってくる差異性を、個別の事例に即して整理していくことで、そうした事態に陥ることは回避し得ると考えている。むしろ今は、この物語に迫る視座を広くとることを優先させたい。

以上、書名に掲げた「平家物語の展開」という概念、そしてそれを受け止める際の基本姿勢を表出した「再生」という語の概念とそれを用いる意図とを整理しつつ、本書の問題意識と課題とを整理してきた。こうした点を、本書では「中世社会」との関わりの中で考えていくこととなる。書名に掲げたこの点についても簡潔に述べておけば、前節以来述べきたったとおり、『平家物語』の展開相を俯瞰的に照らし出そうとするとき、諸本の本文に即した検討と、物語に関わった社会状況、文化的環境、時代思潮といった外部諸状況の解明という双方向からの分析が不可欠となる。「中世社会」を掲げたゆえんは、まずはこの後者に属する分析に取り組んでいくところにある。また、前者との関わりで言えば、諸本の本文形成や交渉関係などに関する従来の議論では、個々の現象が帯びている時代性への注目はあまりなされていなかったのではないかという印象がある。(9) 奥書を持つ伝本が数少なく、またその関係性もひと通りではないため、一概に論じきれないことは確かなのだが、少なくともこうした点に自覚的であることは必要だろう。これもまた、本書の問題意識のひとつの基幹である。

なお、「平家物語の展開」の様相を「中世社会」との関係において見据えていこうとするとき、本書では、できるだけ具体的な事例に即して、かつ物語の叙述との関係を測りつつ検討と問題提起を重ねていきたい。研究の現状として、たとえば当代の政治体制と『平家物語』との関係性を、物語の叙述や表現のありようとの関係から具体的に説明するのは困難である。少なくとも、本書が「中世社会」を掲げる意図は、そうした議論に加わるところにはない。やがてそうした問題との関係が浮かび上がってくるにせよ、今はできるだけ具体的な事例を広くひろいあげ、それぞれがもつ意味を吟味し、その成果を提示することを目指したい。それによって、後の議論の基盤を明確にしておくことにもなると考えている。

三　本書の構成と各章の課題

最後に、本書の構成に沿って、各部・各編・各章ごとの課題を簡潔に整理しておこう。

第一部　事件像の創出と変容・再生

　実際に起きた事件が『平家物語』を形づくる叙述の一部として記されていくとき、必然的に実態とは離れた、物語が求める事件像が創り出されていくこととなる。そして、ひとたび創出された事件像は、物語が享受され、さまざまに展開していく過程でその姿を変えていき、新たな像として再生を遂げていく。第一部では、そうした様相をいくつかの事件像を構築する叙述の様相を通して検討する。第一編では主に延慶本の叙述を取りあげる。ただし、それは現存諸本を通じて解明し得る『平家物語』の展開相をたどるべく、その一応の基点を見定めようとしているにすぎず、それが物語の原態もしくは全面的な古態であるか否かという点は、ここでは別問題であることを、念のため申し添えておく。

　まず第一編では、『平家物語』がある事件像を創出する際の方法を、作中に描き出される事件像の様相を読み解きながら明らかにしていく。第一章は〈白山事件〉を描き出す際の、既存文書を利用して、叙述中に位置づけていく手法、第二章は〈一の谷合戦〉に関する、実際の地理とは異なる、物語なりの地理感覚のありよう、第三章では〈平家都落ち〉に関する叙述における、他諸本では失われていく焦点の所在を問題とする。

　続く第二編では、ひとたび創り出された事件像が、諸本展開の過程で変容していき、それに伴ってさまざまな影響が派生していく様子を吟味していくこととなる。第一章では、〈平家都落ち〉像の変貌に伴い、そこに関与する平頼盛の人物像に変化が現れてくるさまを検討していく。それによって、事件像と人物像とが均衡関係のなかに連動していく様相が明らかとなろう。また、第二章では、展開の過程において仮構の場として創出された一場面が、後世の実社会で過去の〈事実〉として想起されている事例を端緒として、物語が創出した事件像が後の中世人の歴史認識のありように作用している様相を、主に室町軍記の事例に即して考察していく。

第二部　諸伝本にみる展開の位相

さて、第二部は諸本展開の様相をより具体的な本文に即しながら吟味し、それぞれが諸本の広がりの中に占めている位相を明らかにしていくことを第一の課題としている。一九九〇年代半ばまでは等閑視されがちであった八坂系諸本、特にその歴史認識を叙述に顕在化させている第二類本とよばれる諸本群と、従来は拡散的な語り口に視線が集まりがちであった『源平盛衰記』（以下、『盛衰記』と略称）を取りあげて、そうした課題に取り組むこととなる。また、続く第三編では、第二部のもうひとつの課題として、他作品との交渉関係を視野に収めながら、そこにあらわれる時代性や享受の環境を併せて検討していくこととなる。

各編・各章の内容をより具体的に示しておけば、第一編では、八坂系第二類本が共有する重要な性格のひとつとして、その叙述を支える歴史認識のありようを照らし出していく。本編では基本的に城方本を底本として論述を進める。第一章では、後白河法皇の位置づけ方、第二章では頼朝の存在感の濃淡、第三章では平家嫡流とされる人々に関する叙述・表現のありよう、第四章では作中に現れる二つの院宣をめぐる叙述の様相から、先のごとき検討に取り組む。その過程では、城方本（そして第二類本という諸本群）の特質を覚一本との対照の中から析出していく。したがって、城方本とともに覚一本の位相も、諸本展開相の中に再定位されることともなっていこう。第五章は俊寛の扱われ方をめぐって、両本の位相差を照らし出していくこととなるが、その一部は前章までに検討した歴史認識の様相を補足するものである。第六章は、彰考館蔵八坂本に基づき、従来〈義経関係記事〉として注目されてきた第二類本特有の記事群について、そこに頼朝と義経の関係性を語る文脈が成り立っていることを読み解いていく。以上六章の検討によって、これまでには見過ごされていた諸本展開の広がりと、覚一本を相対化する八坂系諸本の看過しがたい世界の一部が明らかとなるであろう。本編は、八坂系諸本の個性的な位相を探ることをひとつの目的とはしているが、より広い観点において、諸本展開の幅を具体的に把握していく試みであることは、以上からもある程度察していただけるものと思う。

第二編では、『平家物語』から『源平盛衰記』への作品展開を論じる。『盛衰記』は近年、『平家物語』の一異本として扱われることが多いが、『平家物語』からさまざまな意味で変質した新たな物語として分析の俎上にのせる必要があると考える。そうした見通しを少しずつでも具体化していくべく、先行する『平家物語』の叙述を解釈し直して、『盛衰記』が新たな歴史叙述を創り出しているさまを検証する。第一章では、『盛衰記』を特徴づける文覚の人物形象のありようが、頼朝の立場・存在感を描くという、より大きな課題に導かれていることを明らかにする。それを踏まえた第二章では、先行する『平家物語』の記事内容を取捨選択しながら、終結部の頼朝の地位と関わる記事群を編集する『盛衰記』の姿勢を分析していく。その過程で、挙兵譚と終結部との呼応関係が成り立っており、そうした意味でも『盛衰記』の叙述に確固たる求心力があることが判然としよう。第三章では、あるべき頼朝体制の確立を巻第廿三の頼朝鎌倉入りに設定している『盛衰記』の特性を見定め、それを叙述の中に位置づける姿勢や源平理解のありようを解析し、『平家物語』が『盛衰記』となって再生を遂げた様相を照らし出す。

第三編では、『平家物語』が他作品との交渉の中で展開していく様相とその時代環境を、いくつかの事例に即して検討する。第一章では、屋代本巻第一の「御輿振」に関する叙述をきっかけとして、語り本の展開過程に及んだ『平治物語』の影を読みとっていく。第二章では、第二編での八坂系第二類本に関する検討をうけつつ、そこに流布本『承久記』を積極的に取り込んでいく姿勢が見えることを指摘する。加えて、そうした関係性が生じる時代性にも踏み込んでいくこととなる。続く第三章では、室町幕府の政所代を歴任した蜷川家に伝来した文書群の中にみえる『平家物語』・『保元物語』・『平治物語』などの享受資料を検討し、それぞれの性格と意義を吟味した上で、それらが享受された蜷川家の文事を検討することによって、中世社会における軍記物語の享受環境として注目すべきひとつの実態を浮かび上がらせることを目指す。その先には、物語本文と社会環境とが交錯する場のひとつが見通されることとなろう。本章はそうした意味で、続く第三部でおこなう分析への架け橋としても位置づけられるものである。

第三部　中世社会への展開と再生

物語の本文的特徴を分析の端緒とした第二部とは別に、第三部では物語をとりまく社会・文化環境の側から、『平家物語』の中世社会への展開と再生のありようを追うこととなる。本書では、特に中世刀剣伝書に収録されているような知識をやりとりする環境との関係と、武家社会に生きる人々の現在を支える自己認識と直結した武家家伝との関係から、こうした課題に取り組んでいく。

第一編では中世刀剣伝書（以下、伝書と略称）と『平家物語』をはじめとする軍記物語との関係性を吟味していく。ただし、これらの伝書は現在までに網羅的な調査・整理が進んでおらず、右のような課題に取り組むに先立って、基礎的作業をある程度進めておく必要がある。また、刀剣界では少なからず注目され常識化している事柄が、文学研究や歴史学の側には共有されていないという現状がある。そこで、第一章では刀剣界の成果等を踏まえながら、伝書の伝本調査の成果を提示し、その上で室町期の儀礼社会でそうした伝書がいかなる社会的位相を占めていたのかという点について、検討を加えていく。第二章では、軍記物語にあらわれ、展開の過程で関連叙述の姿を変えていく重代の太刀に関する中世社会の実態を、ひとたび物語の叙述から離れて、初期伝書の生成期を見すえながら照らし出す。そして、そこに明らかとなる状況が、伝書の生成基盤であると同時に、軍記物語の変容と再生の背景でもあることに目を配っていく。第三章では、足利将軍家に伝えられた「御重代」と呼ばれる武具に関する人々の動きや認識のありようを、十五世紀を中心として通観していく。将軍家には、重代の鎧「御小袖」のほか、重代の太刀もまた複数所蔵されていた。そしてそれらと関わるさまざまな動きは、当時の人々の重代の武具に対する共通認識を浮かび上がらせている。まずはその様相を把握し、その上で軍記物語の表現と関わるいくつかの事件・現象に検討を加えることとなる。

ここまでの三章は、一面で中世社会の実態を再認識する試みでもあるが、続く第四章は具体的にひとつの伝書を取りあげ、その構成と伝来の経緯を検討することによって、伝書に掲載された諸説の素姓や中世社会への展開相を把握していく。そして第五・六章で、『平家物語』では頼盛が相伝したとされる平家重代の太刀抜丸に関する諸説を取りあげ、伝書と『平家物語』をはじめとする軍記物語の展開・再生の過程が交錯していることを、具体的に吟味していくこととなる。

さて、第二編では武家家伝と『平家物語』との関係性を吟味していくが、第一章では応永二十一年（一四一四）に試みられた佐々木盛綱の末裔、佐々木三郎長綱の「庭中言上」という行為と、その際に提出された「庭中言上状」の内容に注目する。そこには『平家物語』を踏まえた長綱の自己認識が現れており、また、物語と一個人と社会の共通認識とが織りなしている関係性をかいま見ることができる。そうした点について、「野田文書」と呼ばれる文書群を通して検討していく。続く第二章では、第一章でも注目する佐々木氏の家伝「□奉公初日記」の内容を検討していく。そこには『平家物語』からの影響をうけた可能性が認められる記述を見いだすことができ、物語によって現実社会でのありようを規制されている中世人の姿が浮かび上がってくるのである。第三章では、中世後期に、その事実性はともかく、〈平家末裔〉を名乗った人々の自己認識のありように『平家物語』がどのように関与していたかという問題を、特に平家ゆかりの太刀に関する諸説の展開状況を踏まえて検討していく。そうした意味で、第一編でおこなう刀剣伝書に関する検討とも融合した分析となる。

終章

終章では、以上を整理し直し、いくつかの事例と論点を補足した上で、中世社会における『平家物語』の読まれ方、受け止められ方といった問題に注目し、その分析の必要性を指摘するとともに、それに先だって求められる時代感覚のありようへと目を配り、先なる課題としての物語再生論への可能性を提示して、本書のまとめとした。

以上、本書の構成に沿って、各章における個別的な課題を簡潔に整理してみた。

注

（1）山田孝雄氏『平家物語考』（一九一一　国語調査委員会）、高橋貞一氏『平家物語諸本の研究』（一九四三・八　冨山房）、渥美かをる氏『平家物語の基礎的研究』（一九六二・三　三省堂　→再版一九七八・七　笠間書院）、山下宏明氏『平家物語研究序説』（一九七二・三　明治書院）、同『平家物語の生成』（一九八四・一　明治書院）等。

（2）山下宏明氏編『平家物語八坂系諸本の研究』（一九九七・十　三弥井書店）のほか、同書のもととなった共同研究に関わった諸氏（今井正之助・櫻井陽子・鈴木孝庸・千明守・松尾葦江・村上学）の論考や、榊原千鶴氏『平家物語　創造と享受』（一九九八・十　三弥井書店）など。本書の土台となった拙稿〔第二部第一編各章〕もその時期に属する成果である。なお、弓削繁氏の右田毛利家本に関する一連の論考は、それらに先がけて、新出伝本の分析からこうした試みに着手した貴重な成果である。

（3）それは延慶本古態説へと収斂していく。水原一氏『平家物語の形成』（一九七一・五　加藤中道館）、同『延慶本平家物語論考』（一九七九・六　加藤中道館）の意義と、その後の研究動向への影響力・問題提起力をあらためて受けとめたい。

（4）後出伝本に関する論としては、注（1）山下論の指摘をうけ、それをさらに掘り下げて検証した千明守氏による、「鎌倉本平家物語本文の一考察――「覚一系諸本周辺本文」の形成過程について――」（「史料と研究」13　一九八三・一）以下の、いわゆる「覚一系諸本周辺本文」に関する一連の分析があるが、系統論的発想の検証とその限界の指摘がなされたにとどまる。

（5）「平家物語享受史年表」（国語国文学研究史大成9『平家物語』収　一九六〇・三　三省堂）、小高恭氏『芸能史年表第三版』（二〇〇一・十　岩田書院　第一版一九九二）、市古貞次氏『中世文学年表』（一九九八・十二　東京大学出版会）などに享受資料・記録が整理されている。

（6）近時、志立正知氏『『平家物語』語り本の方法と位相』（二〇〇四・五　汲古書院）は、「「平家の栄華と滅亡の物語」という大きな枠組み」のもとに、「広く人々の意識・記憶に共有されていた「歴史の物語」という点」（二六三頁）を本質とした概念を〈平家物語〉と名づけ、そこから文字テキストとしての『平家物語』の位相等を分析する試みに取り組んでいる。そこで想定された概念がいかなる実態をもつかは、同書「結び」に表明されているとおり今後の検討に大きくゆだねられているが（三五一頁参照）、本書の問題意識と近く関連する動向として特記しておく。

（7）物語の「再生」を扱うものとして、小峯和明氏編『『平家物語』の転生と再生』（二〇〇三・三　笠間書院）と、小峯氏による同書序文に注目しておきたい。

（8）『日本国語大辞典』

（9）松尾葦江氏「平家物語の本文流動――八坂系諸本とはどういう現象か――」（「國學院雑誌」96―7　一九九五・七　→同著『軍記物語論究』〈一九九六・六　若草書房〉改題収録）は、十五世紀の八坂系諸本の流布状況を、断簡との関係から展望している。

〔平家物語・保元物語・平治物語・承久記関連　使用テキスト一覧〕

＊『平家物語』『源平盛衰記』『源平闘諍録』

延慶本……『延慶本平家物語』第一巻～第六巻（一九八二・九～一九八三・二　汲古書院）

長門本……『岡山大学本平家物語二十巻』（一九七五・十～一九七七・十一　福武書店）

四部合戦状本……『四部合戦状本平家物語』（一九九七・三　汲古書院）

南都本……『南都本 南都異本平家物語』上・下（一九七一・十～一九七二・一　汲古書院）

屋代本……『屋代本平家物語』（一九七三・十一　角川書店）

覚一本……日本古典文学大系『平家物語』上・下（一九五九・二、一九六〇・十一　岩波書店）

葉子十行本……市立米沢図書館蔵本（国文学研究資料館蔵紙焼写真）

京師本……国立国会図書館蔵本

下村本……静嘉堂文庫蔵本（雄松堂マイクロフィルム）

片仮名百二十句本……『百二十句本平家物語』（一九七〇・一　汲古書院）

平仮名百二十句本……『平家物語　百二十句本』一～六（一九六八・四～一九六九・一　古典文庫）

竹柏園本……『平家物語竹柏園本』上・下（一九七八・十一　八木書店）

三条西本……尊経閣文庫蔵本

文禄本……日本古典文学会複製本

中院本……国立国会図書館蔵本

城方本……内閣文庫蔵本

彰考館蔵八坂本（彰考館本）……彰考館蔵本（国文学研究資料館蔵紙焼写真）
両足院本……『両足院本平家物語』第一冊～第三冊（一九八五・四　臨川書店）
『源平盛衰記』……『源平盛衰記　慶長古活字版』一～六（一九七七・十～一九七八・八　勉誠社）
『源平闘諍録』……『内閣文庫蔵源平闘諍録』（一九八〇・二　和泉書院）

＊『保元物語』『平治物語』
金刀比羅本・流布本（古活字本）……日本古典文学大系『保元物語　平治物語』（一九六一・七　岩波書店）
半井本保元物語……新日本古典文学大系『保元物語　平治物語　承久記』（一九九二・七　岩波書店）
陽明文庫本平治物語（上巻）・学習院本（中・下巻）……新日本古典文学大系『保元物語　平治物語　承久記』（一九九二・七　岩波書店）
鎌倉本保元物語……古典研究会叢書『保元物語』下巻（一九七四・三　汲古書院）

＊『承久記』
慈光寺本……新日本古典文学大系『保元物語　平治物語　承久記』（一九九二・七　岩波書店）
流布本……新撰日本古典文庫『承久記』（一九七四・九　現代思潮社）
前田家本……『前田家本承久記』（二〇〇四・十　汲古書院）

＊引用に際しては、適宜句読点、濁点などを施した。右に示したもの以外は、各章末の注の中で示した。

第一部　事件像の創出と変容・再生

第一編　事件像の創出

第一章　〈白山事件〉の創出
──文書の活用──

一　はじめに

安元二年（一一七六）、加賀守藤原師高の弟、目代師経が白山加賀馬場中宮の末寺である涌泉寺を焼き討ちした。白山中宮の衆徒は事態を本山に訴えるべく神輿を捧げて加賀を出立、叡山へと進む。いわゆる白山事件がこれである。訴えを受けた延暦寺大衆は、その翌年、師高・師経兄弟の断罪を要求して、当時の里内裏閑院殿への嗷訴に及ぶ。このふたりが後白河院の近臣西光の子息であることを考えれば、事件が院勢力と寺社勢力との確執の様相を呈することとなるのは必然のなりゆきであった。

右のような騒動の経過は『平家物語』諸本が巻第一で語るところである。当該事件に関する叙述は、平家一門の滅亡への過程を記す物語の本筋からは一見離れるかにみえることもあり、その物語内での位置づけをめぐって、かつて議論が交わされたことは著名である(1)。その詳細をここで回顧することは控えるが、梶原正昭氏によって、事件の根底には加賀国の所領争いが存在したこと、物語がそれを一切語らず、白山衆徒・山門大衆の利害に接近した立場から叙述を進めていること、鹿谷事件と白山事件との間に、西光を代表とした院の近臣の専横という脈絡が存在することなどが読み取られ、当該事件の扱い方をめぐる物語の緊密な構想もまた認識されるに至ったのであった。同論の指摘は、流布本と『源平盛衰記』という物語の後出・改作伝本の分析に立脚したものではあったが、諸本間の別を問わぬ、

『平家物語』に共有されている骨格を照らし出した指摘としてとらえ直すことが可能であり、今日でもその妥当性に揺らぎはない。

一方、延慶本古態説の提唱とその検証作業が進む過程で、延慶本が記す当該事件の叙述について、資料蒐集の方法という観点から検討を加えたのが安藤淑江氏の論である。(2) 同論は結論として、延慶本の白山事件叙述は、前半部（北面の由来～白山神輿敦賀着・鈴木注）と後半部（白山神輿敦賀発～事件末・同前）とにわかれ、それらは依拠資料を異にするとの判断を示し、また前半部は「盛衰記に痕跡を見ることのできるある種の『平家物語』」に、後半部は現存延慶本に相当する資料に依拠するとも述べている。

本章の目的は、延慶本の叙述を通じて、それを溯る段階において『平家物語』が当該事件の像を独自に創り出し、作中に定位しようとした営みと方法とを解析することであり、あらかじめ言えば、先行研究とは異なる理解へと至る。以下、延慶本が持つ白山事件関連叙述の性格を、その展開に沿って検討していくが、その過程で本章のそうした立場と見解は自ずから明らかとなるだろう。(3)

二　事件始発部の検討から

まずは、加賀国でおこった当該事件に関する叙述の始発部分を概観しておこう。(4)

(I)安元二年十一月廿九日、加賀守ニ任ジテ国務ヲ行間、サマ〳〵ノ非例非法張行セシアマリ、神社、仏寺、権門ノ庄領ヲモ倒シ、散々ノ事共ニテゾ有ケル。縦邵公ガ跡ヲ伝トモ、穏便ノ務ヲコソ行ベカリシニ、万ヅ心ノマヽニ振舞シ故ニヤ、同三年八月ニ、白山ノ末寺ニ宇河ト云山寺ニ出湯アリ。彼ノ湯屋ニ目代ガ馬ヲ引入テ湯洗シケルヲ、寺小法師原、「往古ヨリ此所ニ馬ノ湯洗ノ例無シ。争カヽル狼藉有ベキ」トテ、①白山ノ中宮八院三社ノ惣長吏智積、覚明等ヲ張本トシテ、目代ノ秘蔵ノ馬ノ尾ヲ切テケリ。目代、是ヲ大ニ瞋テ、即彼宇河へ押寄テ、坊舎一宇モ不レ残焼払ニケリ。②宇河、白山八院ノ大衆、金大房大将軍トシテ、五百余騎ニテ加賀国府へ追懸ル。露吹ムスブ秋風ハ、鎧ノ袖ヲヒルガヘシ、雲井ヲ照ス稲妻ハ、甲ノ星ヲカ、ヤカス。カクテ講堂ニ立籠リ、庁へ使ヲ立タレバ、目代、僻事シツトヤ思ケム、庁ニハシバシモタマラズシテ逃上ニケリ。宇河ノ大衆共不二力及一シテ僉議シケルハ、③「所詮本山ノ末寺也。本山へ可二訴申一。若此訴訟不レ叶ハ、我等永ク生土ニ不レ可レ帰」「尤々」トテ神水ヲ呑ミ、一同シテ神輿ヲヤガテ振上奉ル間、安元三年二月五日宇河ヲ立テ、願成寺ニ着給フ。御共ノ大衆一千余人也。

（第一本　廿四「師高与宇河法師事引出事」）

ここに日付の混乱が認められること（波線部）は見落とせないが、[5]当該部分に関する延慶本の性格を探る際、当初からこの騒動には、舞台となった「宇河」（＝涌泉寺）[6]のみならず、白山の「中宮八院三社」の者たちが関与していたとされている点にはさらなる注意を要する（傍線部①・②）。たとえばいわゆる語り本のひとつである覚一本では、自寺を焼き討ちされた涌泉寺寺僧の「鵜河と云は、白山の末寺なり。此事訴へん」という決意のもと、「白山三社八院の大衆ことごとく起りあ」って目代師経の館を襲う。そして目代の逃亡に伴い、「さらば山門へ訴へん」と決議して中宮の神輿を進めることとなっている（巻第一「俊寛沙汰　鵜川軍」）。涌泉寺→中宮三社八院→比叡山という経過をたどるこうした展開は、屋代本や八坂系諸本といった他の語り本系諸本にも共有されている。[7]また、延慶本に類するいわゆる読み本系の本文を継承した上で改作が施されていると目される『源平盛衰記』（以下『盛衰記』と略称）は、涌泉寺焼亡をうけて「八院ノ衆徒」からの使者が中宮に派遣され、それを受けて中宮三社に加え三箇寺・本宮四社までもが同意、一同に参集したとする（巻第四「涌泉寺喧嘩」）。他伝本類にみえるこうした事態拡大の過程と、延慶本が記す事件展開とは、当初から事情を異にしている。すなわち、延慶本では当該事件が始発時点から白山中宮全体の意志を反映した動きとして記されているのであり、その点に他とは異なる事件像が提示されているのである。[8]なお、こうした事件展開の設定は長門本とは共通している。

さて、この部分にみえる特徴としてもう一点注目されるのは、「目代」の扱いである。改めて引用部分の文脈をたどってみると、師高の加賀守就任が語られた後、文脈は師高が「万ヅ心ノマヽニ振舞」う様子から、「目代」の所行へと移行していることに気がつくのである。そして、初出場面であるにもかかわらず、そこに「目代」の名は一切記されない（傍点部）。ちなみに、その名が初めて記されるのは、この後の廿七「白山衆徒山門へ送牒状事」の段に載る延暦寺宛て白山衆徒牒状の事書における「目代師経」（本文後掲。この事書が含み持つ問題点は後述）で、地の文として記されるのはさらに先のこととなる（廿九「師高可被罪科之由人々被申事」）。当該事件の鍵を握る重要人物であるにもかかわらず、初出場面でその名が示されないのは、いささか不用意な印象をぬぐえまい。

ここで目代の名が記されないという点は長門本と共通している。よってこれは、広い意味で兄弟関係にあると目される両本の共通祖本の段階で起こっていた現象と推察し得る。加えて、延慶本が当該部の目録題を「師高与宇河法師事引出事」としていることにも注意しておきたい。少なくともこの目録題が付された時点では、師高が宇河法師との間でなした行為に焦点をあわせてその叙述が扱われていたと考えられるのである。後に「目代師恒」の名が現れる以上、延慶本が師高と目代とを混同していたとまでは言い難いが、以上にみたような点から「目代」への配慮の希薄さを看取することはできよう。見方を変えれば、それは師高を基軸として当該事件が記されていることを意味する。なお、長門本もまた「師高焼払温泉寺事」という章段名を持つことを指摘しておこう。本文中で「温泉寺」を「焼払」うのは目代であるから、同本では師高と「目代」とが混同されている(9)。両本の「目代」に対する認識度の違いを示すとともに、現存本を溯った段階での近似性を示唆してもいる。

以上のように、延慶本の事件冒頭部の叙述は、多くの後出伝本とは異なる設定と不自然さとを内在させている。そして、長門本との間に共通基盤が窺いみえることを考慮すれば、それらは現存本を溯る段階に存在した性格を継承したものである可能性が高い。あらかじめ言えば、こうした見通しは、次節以降での検討から得られる成果とも響き合うものである。以下、特に長門本・『盛衰記』との懸隔に目を配りながら、当該事件に関する延慶本本文の性格を分析していく。それは一面で現存本文を遡る段階での、『平家物語』の依拠資料の性格を掘り下げる作業ともなるが、必然的に物語が当該事件に関する叙述を生みだした始発時にごく近い段階での史料操作という営為を照らし出す試みともなるであろう。

三　加賀国留守所牒状の検討

安元三年二月五日に涌泉寺を発って願成寺へ入った白山衆徒は（前節引用(I)末参照）、翌六日願成寺から「仏ガ原金剣宮」に入り、そこで「一両日逗留」することになる。その滞在中にあたる同九日、加賀国留守所から牒状（以下文書Ⓐ）が届き、衆徒はそれに対する返牒（以下文書Ⓑ）をしたためる。本節では特にこの文書Ⓐの性格を検討し、一連の文脈との関わりを吟味していきたい。まずは文書Ⓐを直前の地の文から続けて引用しておく。

(II)同九日留守所ヨリ牒状アリ。使者ニハ楠二郎大夫則次、但田ノ二郎大夫忠利等也。彼牒状云、

Ⓐ留守所ノ牒ロ、白山宮ノ衆徒ノ衙ガ

欲四スル早被三レント停二止セ衆徒ノ参洛一ヲ事

牒。奉レテ振二神輿一ヲ、衆徒企二テ参洛一ヲ、令レム致二サ訴訟一ヲ。事ノ之趣キ、非レズ無キニレ不ルコトレ重カラ。因レテ茲ニ差二遣シテ在庁忠利一ヲ、尋二申子細一ヲ之処ロニ、為二メニ石井ノ法橋訴ヘ申一サンガ、令二ト参洛一セ、有二返答一之。此ノ条豈ニ不レ可レ然。争デカ依二テ小事一ニ、可レキ奉レル動二シ大神一ヲ哉ヤ。若シ為二シテ国ノ之沙汰一ト、可レキ為二タル裁許一訴訟歟、者レバ、貯二解状一ヲ可二申上一グ也。乞哉察シテレ状ヲ以テ牒ス。

安元三年二月九日

散位朝臣

散位朝臣

散位朝臣

目代源朝臣在判

（第一本　廿五「留守所ヨリ白山へ遣牒状事同返牒事」）

この文書Ⓐは、神輿を捧げた参洛の然るべからざることを述べ、「国之沙汰」として今回の訴訟を裁許すべきだという加賀国留守所の意向を伝えるものである（引用は控えたが、この後にその内容を拒絶する文書Ⓑが続く）[10]。まず注目したいのは、当該文書の文面と地の文との内容面での違和感である。すなわち、傍線部に記された、留守所による上洛目的の照会及びその返答といったいきさつは、これ以前には何ら記されておらず、さらに、その返答に言う「為メ二石井ノ法橋訴ヘ申一サンガ、令二ト参洛セ一」という上洛の目的は、先に事件始発部（前節引用Ⅰ）で語られた白山衆徒の行動と明らかに質を異にしているのである[11]。

加えて、この文書にはもう一点大きな不審が存在する。すなわち、その連署の末尾に現れる「目代源朝臣」（二重傍線部）と、先に涌泉寺焼き討ちの後に逃亡した目代との関係についてである。物語の叙述によれば、加賀国の目代は師経[12]。ただし、「院武者所藤原師経〈加賀国目代。国司縁者也。〉」（『百練抄』治承元年三月二十八日条）といった記載や、彼の兄師高が「加賀守藤原朝臣師高」（『玉葉』安元三年四月二十日条所載宣旨）と記されている点、またこの二人が「師」字を共有することなどを考慮すれば、加賀国司師高ゆかりの目代師経は藤原姓であったと考えられる[13]。したがって、文書Ⓐに現れる「目代源朝臣」は師経とは別人と目されるのである。

念のため、目代という存在について確認しておけば、『新猿楽記』の四郎君に関する記述から庁目代や所目代の存在が知られ、『朝野群載』「国務条々事」には「公文目代」に関する記述がみえる。こうした事例から、いわゆる「目代」には種類があることとともに、一国内で複数の「目代」が諸々の任務を果たしていたことも知られている。ただし、国衙機構（留守所体制）の変化に伴う目代概念の変遷に関する分析の進展に伴い、国務代理人としての留守所目代と他の複数の目代との相違も明らかにされている。[14]

そこで試みに『平安遺文』『鎌倉遺文』を繙き、当該事件がおこった安元年間から、『平家物語』の原初形態の生成期[15]にかけての留守所発給文書を拾い出してみると、最も多いのが留守所下文で計七十点。その他、留守所牒・留守所符などが計十二点見いだせる。そのうち、留守所下文では六十三点、その他では十点に、目代の署名がみえる。その署名は在庁との連署の形をとることが多いが、そこに現れる目代（＝留守所目代）は一人である。[16]また、留守所発給文書の他にも留守所目代の存在を確認しうる文書が複数みえるが、[17]それらにおいても、その存在が複数現れることはない。こうした状況を勘案すれば、それが国守の代官であるという性格に照らしてみても、一国につき留守所目代は一人であるというのが当時の実態であり、社会通念でもあったとみて誤りあるまい。

延慶本の当該文書は留守所から出された牒状であるから、その署名にみえる「目代源朝臣」は留守所目代とみてよい。しかし、当然のことながら当時の加賀守師高が派遣した留守所目代は師経であった。事件当時の記録をみてみると、『玉葉』には「人伝云、山上大衆已欲㆑下㆑京云々。是去年之訴也。加賀守師高、可㆑被㆓配流㆒之由云々。件目代、焼㆓払彼国白山領㆒云々。子細委不㆑聞。」（安元三年三月二十一日条）という記載が見える。そしてその「目代」の処罰については、「大夫史隆職注送云、…（中略）…去晦日、依㆓山僧訴㆒、加賀目代師恒被㆑配㆓流備後国㆒了云々。」（同四月二日条）とある。白山領焼き討ちの処罰を受けた「加賀目代」が師経のみであることをみても、この時の加賀国の留守所目代は師経ひとりであると判断するのが妥当であろう。とすると、やはり延慶本の文書Ⓐにみえる「目代源朝臣」の、作中における違和感を否めなくなるのである。[18]

以上にみたような文書Ⓐ固有の記載内容を、地の文が語る展開に敢えてあてはめるならば、焼き討ち事件から神輿出立までの空白期間（安元三（二カ）年八月～同三年二月）の、地の文では語られていないという事情を記しているということになる。しかし、物語の叙述はその間の時間経過を一切問題とはせず、むしろ目代逃亡の後の僉議を経て、「一同シテ神輿ヲヤガテ振上奉ル」という、行動力ある衆徒の迅速な動きをこそ語っていく。こうした流れで事件展開をひと続きに綴っていく際、はたして右に想定したような〈裏事情〉を踏まえた記し方を敢えてするであろうか。ここに地の文と文書の内容との凹凸感が存在することはやはり動かしがたいのである。そしてその感覚は、以後の叙述の中で解消されることもない。以上を考え合わせてみると、文書Ⓐは物語が地の文から続けて創作した文書ではなく、一連の事件叙述を組み立てる際に資料として用いられた既存の文書であると判断される。加えてそれは、実際のこの事件に関する文書としては甚だ異質感が大きく、本来別の事件に関する文書であった可能性を想定すべきものともみなされてくるのである(19)。

文書Ⓐに関して顕在化している、地の文の内容との異質性は、その内容ゆえに生じているものである。したがって問題は、この前後一連の叙述を作り出す際の、依拠資料の性格、既存の文書の活用法という点へと進まざるを得ない。続いてこの点を検討するにあたり、白山衆徒の移動経路を日付ごとに整理しておこう。

二月五日　宇河→願成寺
　六日　願成寺→仏ガ原金剣宮（「一両日逗留ス」）
　九日　加賀国留守所と牒状のやりとり（文書Ⓐ・Ⓑ）
　十日　仏ガ原→椎津（推）
　十一日　椎津（推）出立

宇河を発った白山衆徒が最初に逗留した「願成寺」の所在地は、残念ながら定かではない(20)。また問題の牒状をやりとりした場とされる「仏ガ原金剣宮」は、のちにそこからの出立が「同十日、仏ガ原ヲ出テ椎津ヘ着給フ」と記されることによって、〈仏ガ原にある金剣宮〉の意と解される。「仏ガ原」は現小松市原町付近（涌泉寺の南東に位置）と言われる(21)。また、ふつう金剣宮と言えば白山本宮四社の一つであるそれが著名だが、仮に「仏ガ原」を先の地とすると、両者の間は決して近い距離ではない。延慶本の本文に沿う限り、そこに記された「金剣宮」はそれとは別の宮を指すとみざるを得まい(22)。

さて、このように衆徒の経路を時間を追って整理してみると、改めて延慶本の叙述の特徴が見えてくる。十日に到着した椎(推)津を十一日に出立した後、いつ敦賀津金崎観音堂に到着したのかは示されていない。後掲文書Ⓒの日付によれば、同月二十日までには同地に到着していたことになるが、延慶本が時間経過に沿う形で移動経路を記すことにはさして意を注いでいなかったことが看取されよう。したがって、①加賀国留守所との牒状のやりとり、②椎津出立当日に加賀留守所からの使者の制止を「事トモセズ上洛」したこと、③その後明雲の指示をうけた山門大衆の妨害があったことの三件が、なぜこの間の出来事として記されたのかという点こそが、延慶本の叙述の質を探る上で注目されるのである。

①との関係では、白山衆徒は、なぜ六日に到着した「仏ガ原金剣宮」で十日まで滞在するのかという問題が浮かぶ。本文中にはこの滞在理由は全く記されていない。その意味を探るにあたり、留守所から牒状をもたらした使者に改めて注目する必要がでてくる（引用Ⅱ二重傍線部）。すなわち、そこに記された「但田ノ二郎大夫忠利」について、文書Ⓐの中に「大夫忠利」（同傍線部）という同一人名が見えることを看過しがたいのである。また、一方の「楠二郎大夫則次」（長門本は「橘次郎太夫則次」）については、②の一件を記す次の部分との関係を無視できない。

同十日、仏ガ原ヲ出テ椎(推)津ヘ着給フ。同日、又留守所ヨリ使二人アリ。税所大夫成貞、橘二郎大夫則次等、野伏山ニテ大衆ノ後陣ニ件ノ使追付タリ。即落馬シヌレバ、馬足折タリ。是ヲ見テ衆徒弥神力ヲ取ル。同十一日ニ二人ノ使、椎津ニ到来ス。敢テ無二返牒一。以レテ詞使者神輿ヲ雖レ奉レ留、事トモセズ上洛ス。（廿六「白山宇河等ノ衆徒捧神輿上洛事」）

先の牒状のやりとりの翌日、「椎津（推）」へと移動した衆徒のもとへ加賀留守所から再度使者二人が訪れる。そのひとりが「橘二郎大夫則次」（二重傍線部）で、これが先の牒状（文書Ⓐ）を伝えた使者「楠二郎大夫則次」と同一人物とみなされるのである[23]。

先に検討したとおり、上洛の目的の相違や目代の署名といった要素から判断するに、文書Ⓐは本来この事件とは無関係な文書である可能性が高い。したがって、そうした素姓の文書に現れるのと同一人物と目される「大夫忠利」がこの時の使者とされたことについては、その信憑性に疑念を持たざるを得まい。このように、文書Ⓐをもたらした使者の検討を通してみても、当該文書の性格には疑念が深まるばかりなのである。

白山衆徒の「仏ガ原金剣宮」での滞在は、一連の叙述の中では留守所と牒状のやりとりをするためだけの滞在となっている。そして文書Ⓐ・Ⓑのやりとりは、以上のように内容上地の文とのいくつかの違和感を抱えながらも、衆徒の上洛意志の堅さを表現する機能を果たしている。そしてそれは、椎津（推）での制止を「事トモセズ上洛」するという表現にも通じている。文書Ⓐの性格、それをもたらした使者二人の素姓を含めて、上述したものを総括的に判断すると、ここには既存の文書を利用しながら、当該事件を『平家物語』の一部として語る叙述を綴っていく営みが垣間見えてくるのである。衆徒のこの滞在は、文書を活用するという必要上、物語によって敢えて創られた設定ではなかったか[24]。そこには、歴史的実態の忠実な再現ではなく、物語文脈の中での事件像を創り出していく姿勢が透かし見えてくるのである[25]。

四　白山衆徒の山門宛牒状の検討

ところで、こうした既存文書の活用法や、物語としての事件像創出への志向は、続いて掲載される白山衆徒の山門宛牒状に関する検討からも明らかとなる。まずは、当該文書（以下文書Ⓒ）を引用しておこう。

白山衆徒等山門へ牒状ヲ遣ス。其状云、

Ⓒ謹請　延暦寺御寺牒

欲レ被下裁中許奉レ上三白山神輿於山上二一ニ、目代師経罪科上ヲ事

右雖レ令上ト言二上子細一、于レ今不レ蒙二裁報一ヲ之間、神輿御入洛之処、抑留之条、是一山之大訴也。倩案ルニ二事情一、白山者雖レ有二敷地一、是併ラ三千ノ聖供也。雖レ有二免田一、当任有名無実（也）。依レ之仏神事断絶顕然也。仍当年ノ八講、三十講、同以テ断絶。我山者是大悲権現和光同塵之素意候。近来忝向拝之族又以断絶。当二此時一ニ、深歎切也。然者奉レ振二神輿一、所レ企二群参一也。永ク忘二向後之栄一ヲ、五尺之洪鐘徒ニ響二黄昏之勤一ヲ。誰明ニセム二冥道之徳一ヲ。在二于人倫一、迷癡之用深也。盍《ザラム》三ゾ全ク現二将来ノ吉凶一ヲ哉。権現之御示現在レ之。然則不シテレ拘ハラ二制法一ニ、既ニ令レ附カ二敦賀津一ニ。任二御寺牒之状一ニ、止二神輿上洛之儀一ヲ、可レ待二御裁報一ヲ之状、如レ件。

安元三年二月廿日　　衆徒等

トゾ書タリケル。

（第一本　廿七「白山衆徒山門へ送牒状事」）

この文書は、目代師経の処罰を求めるべく神輿入洛を図る自分たちを「抑留」したことへの異議を唱える一文に始まる。そして白山では神事が断絶するなどの嘆き深く、それゆえに神輿を進めたという事情と、既に敦賀津に着いたがひとまずここで寺牒に任せて上洛を止め、御裁許を待つという衆徒の意志とが綴られている。延慶本では、右引用部分の直前に、天台座主明雲が「門跡ノ大衆三十余人ヲ差下シ、敦賀ノ中山ニテ奉レ留二神輿一ヲ」ったため、白山衆徒が神輿を「敦賀津金崎ノ観音堂」に収めたことが記されている。(26) 当該文書はそうした事態を受けて、白山衆徒から山門に送られた「牒状」とされている。

さて、これを文書様式の面から検討してみると、その位置づけの特異性が明らかとなる。まず二重傍線部「謹請

延暦寺御寺牒」という書き出しに注目したい。結論から言えば、「謹請」という書き出しの形式は請文に用いられるものなのである。[27] 鎌倉時代初期の文例集・文書書式集である『雑筆要集』には、「関白宣請文」以下請文の書式としてこれが挙げられている。また、『平安遺文』・『鎌倉遺文』の中から、安元年間から建長年間にかけての文書を対象として「謹請」の書き出しを持つものを拾い出してみると、請文と請取状のみであり[28]、こうした理解の妥当性を確認することができる。請文は必ずしも「謹請」という書き出しを持つわけではなく、「謹請」の有無がやりとりの対象への敬意の厚薄によって左右されることはいうまでもない。とはいえ、「謹請」という書き出しを持つ文書が請文であるという認識は、当時社会的に共有されていたものと判断されるのである。

したがって、「謹請」は「謹んで請く」などと訓ずるべき語である。つまり、「謹請　延暦寺御寺牒」という書き出しは、「延暦寺の御寺牒」を「謹んで請け」取ったことを述べているということになる。この点は、文書の末尾傍線部に、「任二御寺牒之状一」云々という、延暦寺からの牒状を受けたことを踏まえた表現があることとも対応している。すなわち、こうした書き出しと文末表現の対応こそ、この文書が本来請文であったという事実を示唆しているのである。とすれば、この文書Ⓒが存在する前提として、白山衆徒に宛てられた「延暦寺御寺牒」があって然るべきである。しかし、延慶本はそれを記さず、白山衆徒から山門へ送られた往信としてこれを扱っている。この点は当該文書の性格を考える際、決して見逃すことのできない事実である。

さて、請文の様式をとるその書き出しと関わって、次に問題となるのが波線部「欲レ被下裁中許奉レ上二白山神輿於山上一、目代師経罪科ヲ上事」という事書である。ここでは当該文書を差し出す白山衆徒の意志・要望が表明されている。先にも述べたとおり、「謹請」は「謹んで請く」などと訓ずるものであるから、この語の後には何を受け取ったかが記されて然るべきである。実際、先の『雑筆要集』には、「謹請　御教書事」（関白宣請文）、「謹請　国宣事」（国宣請文）といった書式がみえる。また、実例を広く求めれば、

(a)東大寺
　謹請
　院宣壹紙　被載大井庄堤役猶可勤仕事
　右、謹所請如件、抑…（中略）…仍三綱等不堪愁訴、重言上如件、
　　正治二年四月　日　　　三綱皆連署上之
（「東大寺三綱等重申状案」(29)）

(b)謹請
　可令早共奉大明神御進発事
　右、任例可令共奉之状、謹所請如件、
　　文暦二年二月廿四日　　随願寺請文
（「随願寺請文」(30)）

のように、より具体的な内容を記す事書（傍線部）を持つ事例もあるが、(a)の傍線部は「院宣壹紙」の内容、(b)の傍線部もまた受け取った文書の趣旨である。つまり、いずれも「謹んで請」けた指示内容が事書に掲げられていることに相違はないのである。かえりみて、延慶本に収められた文書Ⓒの事書は、これを差し出す側の意志を表出している点で、「謹請」に続く文言としては不自然さを持つことが理解されよう。

また、この事書の不審さは、内容面からみても浮かび上がってくる。先に確認した通り、この文書は最終的に神輿を敦賀津で止めて、「御裁報」を待つことを伝えている（傍線部）。にもかかわらず、波線部の事書は神輿を山上に振り上げることを高らかにうたっており、その間には明らかに姿勢の違いが存在するのである。そこには、ひとつの文書としての趣旨の一貫性も認められないことになる。

請文・請取状は社会的に広い階層で扱われていることを考慮すれば、「牒状」として請文形式の文書が創作される可能性は極めて低いといえよう。とすれば、延慶本の当該文書にみえる上述のごとき異質感は、既存の「請文」を

「牒状」として物語の文脈に位置づけたために生じたものと解するのが最も妥当であろう。そして、請文形式から逸脱するその事書は、これを取り込む際に物語が書き加え（あるいは書き換え）たものと考えるのが最も蓋然性が高い(31)のである。

こうした事情を看取するとき、この事書にこそ物語がめざした文脈創出への志向が顕れていることともなろう。それが目代師経への強い反発心を抱き続ける白山衆徒の姿を語ろうとする姿勢に基づくものであったことは、内容上一目瞭然である。さらにその点は、文書Ⓒに続く叙述の様相とも響き合っている。

(Ⅲ)同廿一日、専当等此状取テ帰上ルアヒダ、相㆓待ッ裁許ヲ㆒之処ニ、重テ使者来テ云、「被㆓上洛㆒タリト云トモ御裁許有ベカラズ。其故ハ、院御熊野詣ナリ。御下向ノ後、可㆑被㆓上洛㆒」トテ、彼神輿ヲ奉㆓奪取㆒、金崎観音堂ニ入奉テ、大衆、宮仕、専当等是ヲ奉㆓守護㆒シ。白山ノ衆徒竊ニ神輿ヲ奉㆓盗取㆒テ、敦賀ノ中山道ヘハ係ラデ、東路ニカヽリ、入ノ山ヲ越エ、柳瀬ヲ通リ、近江国甲田ノ浜ニ着ク。其ヨリ船ニ御輿ヲ舁キ載セ奉テ、東坂本ヘ欲㆑奉㆑入。折節巽ノ風ハゲシク吹テ海上不㆑静ナラシテ、小松ガ浜ヘ被㆓吹寄㆒給ケリ。其ヨリ東坂本ヘ神輿ヲ奉㆓振上㆒。

（廿八「白山神輿山門ニ登給事」）

白山衆徒は「此状」（＝文書Ⓒ）による裁許を待つが、重ねて到着した叡山からの使者が後白河院の洛中不在を告げ、神輿を奪い取って金崎観音堂に押し込めてしまう。すると白山衆徒はそれを盗み取り、続いて一気呵成に東坂本へと神輿を進めていく。それは、文書Ⓒに記された事書に顕れたごとき強い意志を引き継ぐ白山衆徒の行動といえよう。

以上のように、物語は文書Ⓒに関しても、既存の文書を部分的に改訂して利用しながら、白山衆徒の強い反発心を語る一連の叙述を練り上げたものと推考されるのである。その姿勢は、視野を広げれば先の文書Ⓐを作中に位置づける姿勢とも通底していることに注目したい。この間の叙述には物語が求める事件像創出への一貫した志向を看取しうるのである。

五　〈白山事件〉の創出

先に検証したとおり、延慶本に収められた文書Ⓒの下敷きとして既存の請文の存在が窺いみえてくるのだが、それが請文である以上、必然的にその前段階で届けられたはずの文書＝叡山からの「御寺牒」（文書Ⓒ傍線部）の実在が想定される。その具体的な内容は定かではないが、[32] 文書末尾の「任二御寺牒之状一、止二神輿上洛之儀一ヲ、可レ待二御裁報一ヲ之状、如レ件。」という記述のありようから察するに、神輿上洛をとどめ、後白河院の「御裁報」を待てという内容であっただろう。加えて、この頃後白河院は熊野参詣中であったらしい[33]ことをも勘案すれば、後白河院の「御裁報」を鍵とするやりとりである以上、延慶本に載せられなかった「御寺牒」は、当時院が洛中に不在であるという事情を踏まえていて然るべきでもあろう。文書Ⓒの傍線部「任二御寺牒之状一」云々という一節は、「謹請」という書き出しと響き合うことで、こうした事情までも示唆している。

一方、延慶本の叙述は、文書Ⓒが叡山に送られた後、改めて院が熊野参詣中であることが伝えられるという展開をみせていた（前節引用Ⅲ）。それは、院の熊野参詣の扱い方に関して右のように推測できる、請文としての文書Ⓒをめぐるやりとりと明らかに展開を異にしている。つまり、延慶本において、文書Ⓒは請文の様式をある程度有してはいるものの、請文として読むことはできないものなのである。同本の展開は、当該文書を請文ではなく「牒状」として位置づけたがゆえに、書式上の違和感は拭えぬものの、何とか成り立ち得ているのである。文書Ⓒの扱いに関する延慶本の作為性はもはや疑うべくもあるまい。

ところで、叡山からの二度目の使者は、後白河院の不在を伝えるとともに、神輿を白山衆徒から奪取する役を果たしてもいる。そして白山衆徒はこれを奪還し、一気に山上へと進む。その行動に衆徒の意志の強固さを看取できることは前述したとおりである。それに関わって、ここでは白山衆徒への山門の対応ぶりに改めて視線を向けてみたい。すなわち、文書Ⓒの直前に記されていた、白山衆徒の上洛をうけて天台座主明雲が「門跡ノ大衆卅余人」を派遣して「敦賀ノ中山」でそれを留めたという記述（前節参照）と、ここで山門大衆らが神輿を奪取し、金崎観音堂に抑留したという叙述の性格に注目してみたいのである。

その際、神輿と共に登山してきた白山衆徒を、山門側は「争カ訴訟ヲ可レキ不二聞入一ト一同ニ僉議」して迎え入れていることがまず問題となる。つまり、直前で白山神輿を「敦賀ノ中山」で阻止した姿勢との落差があまりにも大きいのである。加えて、この後山門勢力が白山衆徒の意志を吸収する形で引き起こしたいわゆる御輿振事件の結果、責めを蒙ることとなった天台座主明雲に関して次のような叙述が存在することも見逃せない。

五月五日、天台座主明雲僧正公請ヲ止ラル。…（中略）…加賀国ニ座主ノ御坊領アリ。師高是ヲ停廃之間、其宿意ニ依テ門徒ノ大衆ヲ語テ、訴訟ヲ出ス。已ニ朝家ノ御大事ニ及之由、西光法師父子讒奏之間、法皇大ニ逆鱗アテ、殊ニ重科ニ可レ行之由思召ケリ。明雲ハカヤウニ法皇ノ御気色アシカリケレバ、印鎰ヲ返シ奉リテ、座主ヲ辞申サレケリ。

（第一末　一「天台座主明雲僧正被止公請事」）

傍線部は、加賀国の坊領に関して天台座主明雲と国司師高との関係が穏やかではなかったことを語るものである。つまり延慶本では、この時期の明雲と白山衆徒は、対師高関係において類似した状況下にあったとされているのである。確かにこの言葉は西光法師父子の「讒奏」とされており、史料的制約からその歴史的真偽を定めがたいのだが、少なくともここでは西光・師高父子と対立する存在として、明雲と白山衆徒とは位置を等しくするものとして扱われていることに相違はない。延慶本の叙述を見渡してみると、こうした立場にあるとされる明雲の命によって山門大衆が白山衆徒の神輿を「敦賀ノ中山」でとどめ、続いて神輿の抑留にまで及んだとする設定の違和感が浮かび上がってくるのである。

文書Ⓒの前後の叙述を織りなす、以上のような延慶本の状況を整理するならば、次のように考えるのが最も妥当ではなかろうか。すなわち、明雲の動きは、白山衆徒がひとたび敦賀にとどめられ、続いて奪い取られてしまった神輿を即座に奪還し、一気に山上へ進むという動きを語る文脈を創り出そうとする志向のもと、物語が敢えて設定したものであろう。こうして障害の出現とその克服という流れを生みだすことで、白山衆徒の意志の強さを表現することには成功したが、一面で明雲や山門の立場への大局的な視座を欠く結果ともなってしまったのである(34)。そこにみえる叙述志向は、先に文書Ⓒの扱い方から析出されたものとも通底している。物語はこうした一連の事件文脈を創出しようとする際に、文書様式への細やかな配慮のないままに、文書Ⓒを活用したのである(35)。振り返って文書ⒶⒷもまた、同様の営みの中で作中に取り込まれたものと考えられる。こうして事件の実状からは離れた、『平家物語』の一部としての〈白山事件〉が創り出されていったのである。

六　おわりに

以上、本章では延慶本に収められた文書に関する検討を通して、『平家物語』が既存の文書を活用しながら〈白山事件〉像を創出していった手法を照らし出してきた。そこにみられた文書利用の姿勢は、白山事件前後の、物語のより広い叙述を織りなしていく姿勢とも切り離せない関係にある。こうした事件像を通して提示された白山衆徒の師高・師経への反発心の強さは、憚るところのない院の近臣たちの専横を際立たせつつ、鹿谷以来の反平氏の動きという、大局的な脈絡の中へとすくい取られていく。文書活用の営みは、この事件のみを語るべくなされたものではない。作中に記される〈白山事件〉は、あくまでも『平家物語』が求める事件像を持つものとして創り出されたものなのであった。

注

（1）　時枝誠記氏「『平家物語はいかに読むべきか』に対する一試論」（『国語と国文学』35－7　一九五八・七）、梶原正昭氏「『平家物語』の一考察――〝鹿の谷〟と白山事件――」（『早稲田大学教育学部学術研究』10　一九六一・十一　→同著『軍記文学の位相』〈一九九八・三　汲古書院〉再録）、青木三郎氏「平家物語の構想をめぐって」（『国語と国文学』50－6　一九七三・六）等。なお、当該事件の歴史的意義に関しては、浅香年木氏『治承・寿永の内乱論序説』（一九八一・十二　法政大学出版会）、同氏『石川県尾口村史　第三巻・通史編』第三章「古代・中世」（一九八一・十二）、田中文英氏「後白河院政期の政治権力と権門寺院」（『日本史研究』250　一九八三・六　→同著『平氏政権の研究』〈一九九四・六　思文閣出版〉再録）等参照。

（2）　安藤淑江氏「延慶本平家物語における資料蒐集の一側面――白山事件の場合――」（『国語と国文学』60－4　一九八三・四）。なお、出口久徳氏「延慶本『平家物語』小考――白山中宮の神輿のルートについて――」（横井孝氏編『源氏から平家へ』収　一九九八・十一　新典社）は、白山神輿の進路が延慶本・長門本と『盛衰記』とで異なることについて、安藤論を踏まえて、依拠資料の違いを想定している。

（3）　本章では安藤論とは異なる観点からの分析をおこなっていく。とはいえ、先行説に対する見解を示す必要性はあろう。論述の煩雑さを避けるためにも、それらについては注の中で随時言及し、解釈や理解の相違点を確認していくこととしたい。

（4）　以下、延慶本の引用に際しては、一部返り点・表記を改めたところがある。

（5）　師高の加賀守就任は安元元年十二月二十九日（『玉葉』）、涌泉寺焼き討ちは安元二年のこと（同・安元三年三月二十一日条）。延慶本は当該部以降、事件を安元三年のこととして記していくことからみて、これらは部分的な誤記による混乱である可能性が残る。この日付表記の混乱を延慶本の依拠資料の性格とは直結できまい。

（6）　諸本の中には同寺を「鵜川寺」の名で記すものもあるが、煩雑さを避けるため「涌泉寺」の名で統一する。

（7）　「中宮三社八院」の部分については、屋代本が「白山八院」とするなどの異同がみえる。四部合戦状本が当該部分を略記していることは、「四部合戦状本平家物語評釈（二）」（「名古屋学院大学論集」人文・自然科学篇21－1　一九八四・五）に佐伯真一氏の考察がある。

（8）涌泉寺を含む中宮八院は白山中宮の末寺であり、両者の動きが連動していたとしても不思議ではない。語り本や『盛衰記』が記すような段階的に拡大する形の事件展開になったのは、物語が享受される過程ではたらいた要請ゆえであろう。『盛衰記』は白山本宮までもがここに参集したとするが、当時の白山中宮・本宮関係のあり方からみてそれは考えがたい。この点については、黒田俊雄氏「白山信仰――中世加賀馬場の構造――」（『石川県尾口村史』第三巻通史編　一九八一・十二　→同著『日本中世の社会と宗教』〈一九九〇・十　岩波書店〉加筆収録　→『黒田俊雄著作集第三巻』〈一九九五・二　法蔵館〉再録）参照。

なお、注（2）安藤論は先に示した結論を導く根拠の一つとして、白山衆徒全体が事件当初から関与していたとする叙述について、不自然さを指摘する。しかし、語り本や『盛衰記』のごとき設定を前提としなければ、必ずしも混乱とは言えまい。同時に、傍線部③について、涌泉寺衆徒の言葉でありながら、比叡山との本末関係を述べているかに読める点を問題とし、これも叙述の混乱とする。しかし、既に述べたような延慶本の設定を踏まえれば、そうした解釈にも一考を要することとなろう。

（9）長門本は後に掲載される白山牒状の事書に「目代師高」と記す。師高と目代を同一視していることは明らかである。人物関係に関する無理解に立脚するものではあるが、〈合理化〉への指向とも言えようか。ともあれ、こうした営為の上に成り立つ長門本当該部分の後代性は明らかである。

（10）文書ⒶⒷともに長門本・『盛衰記』にもみえる。ただし、語句の異同が存する。

（11）その目的は、後掲の文書Ⓒに記される「雖レ令レト言二上子細一、于レ今不レ蒙二裁報一之間、神輿御入洛之処」という事情とも相違している。

（12）先述のごとく延慶本の展開ではこの時点で師経の名は現れていない。とはいえ、その叙述が「目代」を師経と理解した上で進められていることには相違あるまい。

(13) 覚一本などは師高・師経を兄弟とするが、その真偽は定かではない。こうした理解が『平家物語』側から生みだされてきた可能性があることに注意をしておきたい（本章冒頭では、覚一本に基づいて今日一般的と思われる理解をあえて記しておいた）。国司と密接な関係にある者が目代に選ばれたことは、吉村茂樹氏『国司制度崩壊に関する研究』（一九五七・九　東京大学出版会）等に指摘がある。なお、『百練抄』の引用は新訂増補国史大系本、『玉葉』は図書寮叢刊本に拠る。

(14) 竹内理三氏「武士発生史上に於ける在庁と留守所の研究」（「史学雑誌」48―6　一九三七・六　→同著『律令制と貴族政権』第Ⅱ部〈一九五八・一　お茶の水書房〉改題収録）を先駆的研究として、高田實氏「中世初期の国衙機構と郡司層」（「史学研究」66　一九六八・三）、米田雄介氏「在庁官人制の成立」（「日本史研究」118　一九七一・四）、泉谷康夫氏「平安時代における国衙機構の変化――目代を中心として――」（「古代文化」29―1　一九七七・一）、関幸彦氏『国衙機構の研究――「在国司職」研究序説――』（一九八四・十二　吉川弘文館）、白川哲郎氏「鎌倉時代の国衙と王朝国家」（「ヒストリア」149　一九九五・十二）、佐藤泰弘氏「平安時代の国務文書」（同著『日本中世の黎明』第三部第Ⅷ章　二〇〇一・三　京都大学学術出版会）等がある。

(15) ここでは『鎌倉遺文』第一～十巻（建長五年〈一二五三〉まで）及び同補遺編当該期分を調査対象とした。

(16) 『鎌倉遺文』三五四「豊後国留守所帖案」（文治四年十一月日付。豊後柞原八幡宮文書）は、署名の末尾が破損により不明ゆえ、扱いは保留しておきたい。

(17) 『平安遺文』三七八五・三八九七、『鎌倉遺文』二三二一・一八四六等、二十点ほど存在する。

(18) 『玉葉』同年四月十七日条に載る天台座主（明雲）宛御教書には、「右白山僧侶末寺焼失訴出来。…（中略）…但雖非寺領、焼払之条、所為之旨不穏便。仍国司改定目代了。其後不及公家誡、難散鬱陶之由、依令執申給、忽処配流之罪科。……」とあり、国司師高によって目代が「改定」されたことわかる。その時期の詳細は不明だが、白山衆徒に動かされた山門の「訴」を受けた後の処置と解し得る。この点は、ここまでの論旨との関係上、指摘しておかねばなるまい。なお、傍線部以降の記述によれば、その「改定」から師経配流（三月二十九日）までにしばらく間があるようでもある。

(19) 関連して、衆徒が移動中であるにもかかわらず、「白山宮ノ衆徒ノ衙《ガ》」という宛先が記載されていることも、いささか実態に即さないように感じられ、当該文書に異質感をまとわせていることを付け加えておく。

(20) 一説に、手取川上流の地にあったという（『日本歴史地名大系　石川県の地名』平凡社）。

(21) 注（20）掲載書。謡曲「仏原」では、ワキ僧が白山禅定を目指す途上、この地の草堂に宿をとり、『廻国雑記』では白山禅定を目指す聖護院道興がここで一首を詠じている。後代の文献ではあるが、都から白山に参詣する途中にある地としての認識の存在を知ることができる。

(22) 原町にある白山神社はもとは金剣宮と称しており、白山衆徒がこの時に立ち寄った社と伝えるという。注（20）掲載書。佐伯真一氏のご教示による。

(23) 水原一氏は、「正成の墓・正行の墓」（長谷川端氏編『太平記とその周辺』収　一九九四・四　新典社　→同著『中世古文学像の探究』〈一九九五・五　新典社〉収）において、問題の「楠二郎大夫則次」・「橘二郎大夫則次」を同一人物と判定している。なお、氏は続けて「則次は橘氏であり楠姓を称していた人物」で、「橘氏流に楠姓の武士が実在した証拠」という見解も示されているが、延慶本当該部に記された「楠」は、字体の類似から生じた「橘」字の誤写の可能性を考慮しておく必要もあるのではないか。当時、加賀留守所を構成した在庁の中に橘氏が実在したことは、注（1）浅香氏著書第一編第二章に指摘がある。

(24) 本章のもととなった原論文では、これに関連して、白山衆徒の移動距離と関わる地理認識にも言及したが、ここではそれを本論の論述からは外した。［追記一］参照。

(25) なお、『盛衰記』に収められた文書Ⓐには問題の目代署名がない。この点において『盛衰記』の形式が延慶本（長門本）の形式に先行しないことは、ここまでに論じてきたような違和感ある署名を後に加筆する必然性が見えないことからも明白である。目代署名は後に削除され、『盛衰記』のごとき形となったものと考えるのが自然であろう。

(26) 延慶本にはこののちに、山門大衆が白山衆徒から神輿を奪って「金崎観音堂」に入れるという記述がある。注（2）安藤論はこれを「重複」と見、同論に言う前後半の接合部と考えている。しかし、「敦賀ノ中山」で神輿を留めた山門大衆と、後に神輿を奪い取った大衆とを同一視できないこと（「重テ使者来テ……」とあることに注意）、神輿を奪い返した白山衆徒が山上に進む際、「敦賀ノ中山道ニハ係ラデ」と記されていることを勘案すれば、最初に観音堂に神輿を入れた主体は、敦賀中山で進行を阻止された白山衆徒と解釈するのが妥当であろう。つまり、神輿を阻止した山門大衆はそのまま中山に滞在しており、それゆえに、後に白山衆徒は「敦賀ノ中山道ニハ係ラデ」、別のルートを選択したということになる。したがって、確かにわかりにくい文脈とはなっているが、「金崎観音堂」の重出によって、そこに不整合をきたしているとまではみなしがたいと考える。

(27) 佐藤進一氏『新版古文書学入門』（一九九七・四　法政大学出版局）、日本歴史学会編『概説古文書学　古代・中世編』（一九八三・五　吉川弘文館）等。こうした形式への認識が叡山周辺にも共有されていたことは、『門葉記』勤行法補五之一「修法護摩供等用心不動」の「一、請書事」の記事等に明らかである。『大正新修大蔵経』図像第十二巻（一九三四・七　大蔵出版）に拠る。

(28) 調査対象期間は注（15）に同じ。当該期の請文・請取状の総計は四百六十二点で、「謹請」の書き出しを持つのは請文九十三点、請取状十点である。両『遺文』未収録文書や、請預状・借用状・返信の書状といった請文と類似した機能・形式を持つものを含めると数値に変化はでるが、ここではあくまでも請文の性格をとらえるにとどめる。なお、唯一の例外が、「源頼朝下知状」（『平安遺文』五〇六六　尊経閣所蔵文書）である。ただし、本文書は、黒川高明氏『源頼朝文書の研究　史料編』（一九八八・七　吉川弘文館）では、「検討ノ要アリ」（一七二頁）とされている。扱いに慎重を期し、ここでは分析対象から外した。

(29) 『鎌倉遺文』一一三五。成簣堂古文書。「重中状」ゆえ請文の機能も果たしている。

(30) 『鎌倉遺文』四七三一。大和春日神社文書。

(31) なお、事書の問題は必然的に「右雖レ令三ト言二上子細一、于レ今不レ蒙二裁報一ヲ之間、神輿御入洛之処、抑留之条、是一山之大訴也」という冒頭の一文の性格とも連動しよう。

(32) 『盛衰記』は文書Ⓒを請文とし、その前に「寺牒」（＝延暦寺政所下文）を載せている。しかし、この「寺牒」は『盛衰記』の文脈上齟齬をきたしている。詳細は別に論じる必要があるが、これを実在した「御寺牒」とはみなしがたいことだけはここで指摘しておく。

(33)　安藤論に指摘がある。『玉葉』安元三年二月一日条等参照。

(34)　なお、明雲の命をうけた山門大衆徒による神輿の敦賀抑留は、「既ニ令レ附カ二敦賀津一。」という文言を含む既存の文書を取り込むことと関連して着想されたものではなかったか。ともあれここには、物語の叙述が、既存文書の内容との微妙な均衡関係の中で組み立てられていった様相を窺うことができるのではないか。

(35)　安藤氏が提示された主要な論拠への疑問・留意点は注(5)(8)(26)参照。私は延慶本の白山事件関連叙述に依拠資料の相違を見、前後二分する必然性は薄く、むしろ複数の既存文書を利用する一連の姿勢の中に理解すべきものと考える。

［追記二］

本章のもととなった原論文では、白山衆徒が十日に到着した「椎《(推)》津」を現在の敦賀市杉津《すいつ》(水津)であるとみて、仏ガ原から直線距離でも八十キロメートル強もあるその間を一日で移動したとする記述が現実離れしており、延慶本の当該地域に関する地理認識の希薄さが窺い見えるとした。ただし、延慶本のこの地名が「椎津」なのか「推津」なのかという点(延慶本の表記では木偏と手偏の判別が不可能に近い)には問題が残る。水津は『吾妻鏡』養和元年九月四日条などに現れる地名で、『日本歴史地名大系　福井県の地名』「杉津浦」の項(一九八一・九　平凡社)では、奈良時代以来の北陸道において、敦賀津とつながる「海陸交通の要地」とされている。原論文ではそうした水津への認識の存在を想定し、延慶本・長門本の表記が「推津」(スイツの音が通う)とも解釈できることから、両者を同一地とみたわけだが、もとよりこれは一つの仮説にすぎない。この点に言及しなかった点は明らかに旧稿の不備であり、立論上の難点でもある。明確な判断をなし得ない現在、旧稿の記述を改め、その指摘があくまでも「椎《(推)》津」が杉津(水津)であるとすれば、という条件下にあることを明示し、かつ本論の中からは退いたところでの可能性の指摘とするにとどめたい。なお、この点を含めて、原論文に対して佐伯真一氏から丁寧なご指摘・ご教示を賜ったことに御礼を申し上げたい。

［追記二］

近時刊行された延慶本注釈の会編『延慶本平家物語全注釈（第一本）（巻一）』（二〇〇五・五　汲古書院）は、「注解」の中で一連の事件経過を整理している。併せて参照されたい。

第二章〈一の谷合戦〉の合戦空間

一　はじめに

今日、いわゆる〈一の谷合戦〉の具体相を探ることは難しい。同時代史料では、わずかに『玉葉』が都への報告の伝聞を記している程度である。その一方、『平家物語』がその様相を多彩に叙述しており、それが従来、この合戦の実態的な状況分析に際しても多大な関心を集めてきた(1)。とりわけ、鵯越の位置・解釈については、義経軍が敢行したという坂落としの場の所在とも関わって多くの発言が重ねられてきた(2)。ここでその議論の詳細を回顧することは避けるが、それらの多くが今日実在する地名や現地の実際の地理・地形を参考としており、さらにはそれに導かれる形で物語を読み解くものも存在したことにまずは注意しておきたい。それは「一の谷のうしろ鵯越」という物語の表現と実景との地理的矛盾が問題視され続けていることに象徴的である。

そうした地理的矛盾とは少しく性格を異にするものだが、当該合戦に関する物語の叙述に存する文脈上の不整合もいくつか指摘されている(3)。それは今日相対的な古態本と目されている延慶本などの段階から既に検出できるとされ、後出本に至る作品変容の過程でそれが様々に整理されていく事情も解明されつつある。本章でも後に指摘することとなるが、延慶本においてそうした文脈の凹凸感の存在は否定できない(4)。ただしそれらの中にも、物語がこの合戦をいかなる像として創り出そうとしたのかを窺わせる叙述が存在していることは看過できまい。

こうした状況を踏まえ、本章では延慶本が作中にいかなる合戦空間を創り出すことを志向し、そのためにいかなる営みをなしたのかを掘り下げていこうと思う。その際、特に延慶本が持つ地理感覚に注目しながら、検討を進めていくこととしたい。まずは、延慶本第五本に拠り、〈一の谷合戦〉関連の章段・記事構成表（次頁）を掲げておく。

二　「福原」の扱い

『玉葉』によれば、合戦当時、平家一門は「福原」に留まっていたらしいが、延慶本はその地をどのように扱っているのであろうか。(5)

(a)木曾被打ヌト聞ケレバ、平家讃岐屋嶋ヲコギ出ッ、、摂津国ト播摩トノ堺ナル、難波一谷ト云所ニゾ籠リケル。去正月ヨリ、コ、ハ究竟ノ城ナリトテ、城塀ヲ構テ、先陣ハ生田ノ杜、湊河、福原ノ都ニ陣ヲ取、後陣ハ室、高砂、明石マデツヾキ、海上ニハ数千艘ノ舟ヲ浮テ、浦々嶋々ニ充満シタリ。一谷ハ口ハ狭テ奥広シ。南ハ海、北ハ山、岸高シテ屏風ヲ立タルガ如シ。馬モ人モスコシモ通ベキ様ナカリケリ。誠ニユ、シキ城也。（第五本　十五「平家一谷ニ構城塀事」）

右は、平家一門が屋島を出て「難波一谷」に布陣したことを記す、当該合戦に関する叙述の冒頭にあたる部分である。この中で、平家軍の「先陣」が陣取った土地の一つとして「福原ノ都」があげられている（傍線部）。また、右に続く段（十六「能登守四国者共討平ル事」）では能登守教経の度重なる活躍が語られるが、「……能登守ハ在庁已下百三十二人ガ首切テ、交名書副テ福原ヘ献ル。中納言（教盛・鈴木注）ハ福原ヘ返給ニケリ。…（中略）…教経、河野ヲバ打ニガシタリケレドモ、大将軍奴田太郎生取ニシテ、福原モオボツカナシトテ、福原ヘ帰給ニケリ。…（中略）…教経紀伊ノ地ヘ押渡テ散々ニ打チラシテ、末者三十六人ガ首切テ福原ヘ奉ツル。…（中略）…能登守今木城セメ落テ、福原モオボツカナシトテ返給ニケレバ、能登守ノ所々ノ高名、大臣殿以下人々感ジアヒ給ヘリ」とあるように、常に福原との往還の中でそれが描かれている。二重傍線部の表現によれば、宗盛以下平家中枢の人々がいる拠点として「福原」が扱われているこ

◎〈一の谷合戦〉関連章段・記事構成表

章番号	章段名・記事内容
十四	義経可征伐平家之由被仰事
十五	平家一谷ニ構城墎事
十六	能登守四国者共討平ル事
十七	平家福原ニテ行仏事　付除目行事
十八	福原摂津国勝尾寺焼払事
十九	法皇為平家追討御祈被作給毘沙門事
廿	源氏三草山幷一谷追落事
①	源氏軍出発（大手・搦手の勢揃）
②	三草山合戦
③	平家軍、東西の木戸・山の手へ軍勢を加えて派遣
④	源氏大手軍崑陽野着
⑤	通盛、女と別れる
⑥	義経軍手分け
⑦	義経方鵯越を行く
⑧	敵の城を見渡す
⑨	翁との出会い（鵯越の由来）
⑩	大手の勢、教経らの火を見て急ぐ
⑪	熊谷親子・平山、播磨路の渚から一の谷西の木戸へ
⑫	成田・村上以下、及び土肥軍一の谷西の木戸へ
⑬	大手、生田森で源氏軍を待つ
⑭	範頼軍の攻撃（梶原親子・河原兄弟の戦い）
⑮	義経、鵯越から馬二頭を落とす
⑯	三浦義連以下坂を落とす
⑰	義経軍放火、平氏軍海上へ

とが知られよう。

続いて清盛の忌日に絡んで、源平両軍の行動が、「二月四日、平家ハ福原ニテ故大政入道ノ忌日トテ、如形仏事被行ケリ」（十七「平家福原ニテ行仏事事付除目行事」）、「猿程ニ源氏二手ニ構テ福原ヘ寄ムトシケルガ、『四日ハ仏事ヲ妨ム事罪深カルベシ。五日西フタガル。六日悪日ナリ』トテ、『七日ノ卯時ニ東西ノ木戸口ノ矢合』ト定ム」（廿「源氏三草幷一谷追落事」①）と綴られる。さらに、二月四日のいわゆる三草合戦の敗北を受け、三草の手の大将軍資盛が「福原ヘモ返リ給ハデ」淡路に渡ったこと（同②）、同じ軍にあった舎弟備中守師盛らが翌五日宗盛に敗北を報告すると、「大臣殿大ニ驚給テ、東西ノ木戸口ヘ重テ勢ヲツカワ」し、教経を「山ノ手」に遣わしたことへと続く。ここで言う、「東西ノ木戸口」とは、宗盛が教経に出陣を依頼する言葉の中にみえる「三草山ノ手、已ニ被落サテ候ナリ。一口ヘハ貞能、家長ヲ差遣レ候ヌレバ、サリトモ覚候。生田ヘハ新中納言被向候ヌレバ、ソレ又心安ク候。……」という表現にいう「一口」[6]と「生田」を指すと考えられ、宗盛はこの時これらの地を「東西」とする場にいるものとして記されていることが知られよう

廿一	越中前司盛俊被討事
廿二	薩摩守忠度被討給事
廿三	本三位中将被生取給事
廿四	新中納言落給事　付武蔵守被討給事
廿五	敦盛被討給事　付敦盛頸八嶋ヘ送事
廿六	備中守沈海給事
廿七	越前三位通盛被討給事
廿八	大夫業盛被討給事
廿九	平家ノ人々ノ頸共取懸ル事
三十	通盛北方ニ合初ル事　付同北方ノ身投給事
卅一	平氏頸共大路ヲ被渡事

＊廿については、章段内部の記事構成の概略を丸数字で示した。

（廿「源氏三草并一谷追落事」）。前日の清盛仏事の一件や資盛の行動の記し方とも併せ考えて、平家中枢の人々はこの時までは「福原」にいたとされていることが何とか読みとれる。

ここで注目したいのは、当該合戦の叙述において、このち「福原」という土地は全く重要視されないことである。宗盛らの所在については、「先帝ヲ始進セテ、女院、北政所、二位殿以下女房達、大臣殿、御子右衛門督、可然人々ハ兼テ御船ニ召テ、海ニ浮ビ給ニケリ」（廿一「越中前司盛俊被討事」）とわずかに触れられはするものの、「兼テ」どこから乗船したのかにさえ言及されないのである。(7)

以上を見ただけでも、延慶本には合戦に際する「福原」の状況や、平家中枢の人々の所在・動向を語り続けようとする志向が希薄であることは明らかであろう。この点を確認した上で改めて問題となるのが、「一谷」という地の扱われ方である。改めて引用(a)を振り返れば、そこでは「一谷」を基点として先陣・後陣に言及されていることが知られる。すなわち、延慶本はこの合戦を語る当初から「一谷」への偏向を見せているのである。こうした冒頭部の記し方と、合戦後の叙述における「サリトモト思シ一谷モ被落ニケレバ、各心細ゾ被思ケル」（廿九「平家ノ人々ノ頸共取懸ル事」）に現れるような、合戦の要としての「一谷」認識や、「七日、九郎義経一谷ニ押寄テ、卯剋ニ矢合シテ、巳剋ニ平家ヲ責落シテ、棟ノ人々ノ首、同十日京ヘ入」（三十「通盛北方ニ合初ル事付同北方ノ身投給事」）、「権亮三位中将ノ北方ハ、『今度一谷ニテ平家残リ少ク被打給ヌ』ト聞給ヒケレバ、『イカニモ此人ハノガレジ物ヲ』ト思給ケル余リニ、……」・

「ソレラガ中候ツルハ、『小松殿ノ公達ハ今度ハ三草山ヲ固テオワシケルガ、一谷落ニケレバ、新三位中将殿、左中将殿二所ハ、船ニ乗テ讃岐地ヘ着給ニケリ。……』」（卅二「惟盛ノ北方平家ノ頸見セニ遣ル事」）のような、「一谷」をもってこの合戦全体を称する理解とには、一貫した事件認識の存在が窺い見えるのである。それは第五本という巻に限られたものでもなく、生田の大将軍であり、最終的には「明石ノ浦」で生捕りとなったと記される重衡について、母二位殿が嘆じた言葉「中将一谷ニテ生取ニセラレヌト聞シヨリ、肝魂モ身ニソワズ」（第五末　二「重衡卿賜院宣西国ヘ使ヲ被下事」）のごとき表現等にも表出している。このように延慶本は「一谷」という地を核としてこの合戦をとらえ、その叙述を進めていく。次節以下ではさらにその具体的様相と合戦空間創出の手法とを検討していこうと思うのだが、あらかじめ言えば、その叙述姿勢は実態としての平家の拠点の所在を踏まえようとするものではなく、この事件の姿を物語の中でいかに描き出すかという観点から導き出されたものと考えられるのである。

三　「鵯越」と「一谷」の距離感

三草合戦に勝利した義経は、「義経ガ勢ノ中ニ、……（中略）……其勢七千余騎ハ義経ニ付ケ。残三千余騎ハ土肥次郎、田代冠者両人大将軍トシテ、山ノ手ヲ破給ヘ。我身ハ三草山ヲ打メグリテ鵯越ヘ可向」と、一万余騎の軍勢を二分し、自身は「鵯越」を目指す。[8] これは先の構成表では、廿「源氏三草幷一谷追落事」の⑥にあたる記事だが、続く⑦で義経は、「抑此山ハ悪所ニテアムナル者ヲ。馬ヲトシテ誤スナ。誰カ此山ノ案内知タル」と案内者を求めると、川越小太郎重房が「重房コソ此山ノ案内ハ知リテ候ヘ。御免ヲ蒙リ先陣仕ツルベシ」と進み出る。しかし、それは「甲者コソ案内者ヨ」という気概先行のはやり言葉、「誠ニ山ノ案内知タル兵一人モナシ」というのが実状であった。そこで三草での生捕りの内から多賀管六久利が召し出されることとなるのだが、その言葉は「此山ハ鵯越ト申テ、サガシキ山ニテ候。所々ニ落シ穴ヲホリ、馬ヲモ人ヲモ通ベクモ候ハズ。少モフミハヅシタラバ落サムトテ、底ニヒシヲ殖テ候トゾ承候」とある。こののち管六は「誠ニ此山ノ案内者久利ニスギシ」と言われて先導役とされ、義経軍は「心計ハハヤレドモ、夢ニ道行心地シテ、馬ニ任テ打程ニ、敵ノ城ノ後ナル鵯越ヘヲ上リニケル」と記されている。

「此山」・「此山ノ案内」・「山ノ案内」といった表現（傍点部）がくり返される中に、傍線部のごとき表現が存在している。まずは延慶本が「鵯越」を「山」とする理解を基調としていることを確認し得る。[9] 加えて、その地は波線部のように平家軍の勢力圏内とされており、二重傍線部の表現と併せ考えても、「一谷」との近さがイメージされる点には留意しておきたい。

　このように記され始める「鵯越」と「一谷」との間の距離感に着目して物語の記述を読み進めると、山中で義経が自陣の前を通りがかった翁に道を尋ねる場面（⑨）での会話が注目される。概要のみ示せば、「……平家ノ引テ御ワシマス城ノ上ヘ落ス道有ラバ、有ノマヽニ申セ」という義経の言葉に、翁は「……平家ノオワシマス城ノ上ヘ落ス路ハ無候」と答える。続いて「…サテ此山ヲ鵯越ト云ハイカニ」と、「鵯越」という名の由来を尋ねる義経に対して、「…（名称由来・略）…サテ鵯越トハ申候。平家ノオワスル城ノ上カラ、十四五丁ゾ候ラム。五丈計ハ落ストモ、其ヨリ下ヘハ馬モ人モ、ヨモカヨヒ候ワジ。思食留リ給候ヘ」とその行動を制することとなる。傍線部の表現を総合すれば、義経がいる「鵯越」の地は、平家の城郭の上「十四五丁」に位置していることとなる。

　さらに、坂落としに先立ち馬二疋を落とす場面（⑮）は、次のように記されている。

(1)九郎義経ハ、一谷ノ上、鉢伏、蟻ノ戸ト云所ヘ打上テ見ケレバ、[a]軍ハ盛ト見タリ。下ヲ見下セバ、或ハ十丈計ノ谷モアリ、或ハ二十丈計ノ巌モアリ。人モ馬モスコシモ通ベキ様ナシ。コヽニ別府小太郎スヽミイデ、申ケルハ、…（中略・八幡殿の故実にならい馬を落とすことになる）…二疋ヲ源平両家ノカサジルシトテ鵯越ヨリ落ス。此馬岩ヲ伝テ落ケルニ、坂ノ中ニヲシカノ三臥タリケルガ、馬ニ驚テサキニ落シテ行。馬モ鹿モ共ニ落シテ行。[b]夜半ニ上ノ山ヨリ岩ヲクヅシテ落ニケリ。平家、[c]「スワヤ敵寄ハ」トテ、各馬ニ乗、甲ノヲ、シメテ、矢ハズヲ取テ相待処ニ、敵ニハアラデ、大鹿三、平大納言ノヤカタノ前ヘ落タリ。平家ノ人々申ケルハ、「…（中略）…アワレ上ノ山ヨリ敵寄ニコソ」トテ、アワテサワギケル処ニ、…（中略）…[d]「心ナラヌカリシタリ」トテ咲フ所ニ、ツヾキテ馬ニ二足ゾ落ニケル。…（中略）…葦毛ハ尻足ヲシキ、前足ヲノベテ、岩ニ伝テ落ケルホドニ、事故ナク城ノ内ヘ落立テ、御方ニ向テ、タカラカニ二音三音ゾイナ、キケル。源氏ノ兵ノ其時色ナヲリテ、人々我先ニ落ムトスル処ニ……

「一谷ノ上」・「鵯越ヨリ落ス」・「上ノ山ヨリ」といった表現（傍線部）、あるいはそこから鹿や馬が「平大納言ノヤカタ前」・「城ノ内」に落ちたとされていることから判断すれば、「鵯越」は城郭を見下ろすところに位置するものとされていると解釈するのが自然であろう。そして、引用末尾の下り立った馬が味方に向かって高く嘶いた姿に源氏軍の士気が回復したとの表現によれば、源氏軍はこの馬の行方を見届けていることになろう。そして義経軍は「一騎モ損ゼズ城ノ仮屋ノ前ニゾ落付」く（⑯）。以上のごとき展開と表現を読み取るならば、延慶本における「鵯越」は、「一谷」の平家城郭内の様子が具体的に見え、馬の声が聞こえるような距離にある地として設定されていることが知られるのである。

ところで、鵯越の所在地をめぐるこれまでの議論の中に、義経の行動を今日に言う鵯越の辺りから生田・一の谷間に広がる平家軍の中央を突破して福原を志す動きとする見解が存在する[10]。しかし、右のごとき距離感に着目すれば、当時の実際の戦略上の効果や現実的な行軍経路の如何は別問題とし、『平家物語』が創り出した合戦空間について、そうした理解は成り立つまい。物語は創造という営為のもとに、実景とは別の合戦空間を描き出しているのである。次節ではその点をさらに追究すべく、延慶本が持つ距離感に別の角度から着目していこう。

四　合戦空間の創出（一）——東西の距離感——

ここで改めて言うまでもなく、物語には大手生田・搦手一谷双方の戦闘が記されている。本節ではその東西の距離感に注目してみたい。

まず、平家大手軍に関する叙述をみてみよう。

本三位中将重衡ハ生田森ノ大将軍ニテオワシケルガ、国々ノ駈武者ナリケレドモ、其勢三千余騎計モヤ有ケム、城中落ニケレバ、皆係ヘダテラレテ四方へ落失ヌ。少シ恥ヲモ知、名ヲモ惜程ノ者ハ皆被討ニケリ。走付ノ奴原ハ或ハ海ヘ入、或ハ山ニ籠。其モ生ハ少シ、死ルハ多ゾ有ケル。……

（廿三「本三位中将被生取給事」）

重衡に従っていた三千余騎の軍勢が、「城中」落ちたことを受けて四散した由が記されている。何気ない一節だが、傍線部の表現は見逃しがたい。というのは、これ以前に大手生田の森での戦闘は、河原兄弟の討死と梶原親子の先陣をめぐる戦い（基本的には源氏軍の劣勢下での話）しか記されていないからである（構成表⑭）。にも関わらず「城中落」ちたとする傍線部を理解するには、これに先立つ平家大手軍の混乱を語る、次の記述を踏まえる必要がある。

カヤウニ思々ニ戦ケルホドニ、源氏ニ村上判官代基国、平家ノ仮屋ニ火ヲカケタリケレバ、西風ハゲシクテ、黒煙東ヘ吹覆テ、東ノ大手、生田森固タル軍兵是ヲ見テ、今ハ何ニモ叶マジキトテ、…（中略・船に乗り込む騒動）…何ニモシテ船ニ乗ムトゾシケル。御方打ニゾ多ク打レニケル。（以下略・先帝以下海上へ。第二節に引用）

（廿一「越中前司盛俊被討事」）

村上判官代基国は、義経軍から分かれた土肥軍として、「一谷」を西から攻めた人物である（⑫）。右の表現によれば、搦手から立ちのぼった黒煙が激しい西風に煽られて大手の軍兵の視界に覆いかかり、それゆえに大手軍は海上への逃亡を始めたということになろう。このように、作中には大手軍が壊滅に到るような戦闘は一切記されていないのである。物語の展開に従えば、既に義経の奇襲によっても城郭に火が放たれており、平家搦手軍の海上逃亡が語られてもいる⒄。それに続く盛俊・忠度らの最期をも併せた搦手軍の壊滅という状況が、大手軍にも決定的な影響を及ぼしたものとされていることは、注目すべき事実である。

重衡の話に続くのが知盛・知章親子の話、そして敦盛最期である。先に敦盛最期の冒頭部分を見ておこう。

赤地ノ錦ノ鎧直垂ニ、…（中略）…厚房ノ鞦懸テ乗タリケル武者一人、中納言ニツヾイテ打入テヲヨガセタリ。一町計ヲヨガセテ、ウキヌシヅミヌタヾヨイタリ。熊谷次郎直実、渚ニ打立テ此ヲミテ、…（中略）…サルホドニ土肥二郎実平三十騎計ニテ出来タリ。…（中略）…又少キ巻物ヲ差具タリ。是ヲ見レバ、「…（中略）…名残惜カリシ故京ノ、木々ノ見捨テ出シヤドナレバ、一谷ノ苔ト下ニ埋レム」トゾカ、レタル。

（廿五「敦盛被討給事付敦盛頸八嶋ヘ送事」）

まず確認しておかねばならないのは、延慶本の敦盛は中納言知盛に続いて海に駒をうち入れており、大手軍のひとりとされている点である⑾（傍線部a）。しかしそれを討った熊谷直実（傍線部b）や、彼に敦盛助命が叶わぬことを悟らせた存在である土肥実平（傍線部c）は、搦手「一谷」を攻撃した人物である⑾⑿。したがって、延慶本では搦手攻撃者たちが、大手で敦盛の最期をも演出したことになっているのである。

また、ここで敦盛の先を行っていたとされる中納言知盛は、子息知章の討ち死の合間に「井上トテ究竟ノ馬」に乗って海上の船へ逃れ、そこからこの馬を岸へ引き返させる。延慶本はこの馬のその後について、「九郎義経此馬ヲ取テ院ヘ被参タリケレバ、名高キ馬ナリトテ、一御厩ニ被立タリケリ……」（廿四「新中納言落給事付武蔵守被討給事」）と記している。つまり、大手にいた馬を、搦手を攻めた義経が手にしたことになっているのである。

仮に実際の地理にあてはめるとすれば、生田・一谷間は直線距離で約十キロ強。以上のような叙述を持つ延慶本が、そうした正確な距離感を踏まえてこの合戦を描き出そうとしていたと言えるであろうか。また、近年の城郭研究の成果をみても、[12]大手生田へ届く程の大きな黒煙があがるような建造物が搦手に存在したとは考えがたい。それでも延慶本は先のごとく、黒煙によって「一谷」の状況に引き寄せる形で大手の混乱を語るのである。[13]ここには、実景とは別に物語が創出した空間を読み取らざるを得まい。そしてそれは、大手と搦手が近距離にあるかのごとく記されていることを大きな特徴としているのである。

ところで、延慶本が持つ東西の距離感を探っていく際、次の表現を見逃すことはできまい。

……敵ノ城ノ後ナル鴨越ヘヲ上リニケル。管六東ヲ指テ申ケルハ、「アレニ見候所ハ大物ノ浜、難波浦、崐陽野、打出、アシ屋ノ里ト申ハ、アノアタリニテ候也。南ハ淡路嶋、西ハ明石浦汀ニツヾキテ候。火ノ見候モ、播摩摂津二ケ国ノ堺、両国ノ内ニハ第一ノ谷ニテ候間、一ノ谷ト申候ナリ。サガシクハ見候ヘドモ、小石マジリノ白砂ニテ、御馬ハヨモ損候ワジ。一ノ壇コソ大事ノ所ニテハ候へ。……

前節の初めに引いた、義経が多賀管六に導かれて「鴨越」を登る場面に続く記述⑧である。「東ヲ指テ」説明する管六にしたがって、義経はこれから攻めようとしている「一ノ谷」はもちろん、傍線部のように遠く大物浦までをも遠見する。管六の言葉はこの後もさらに続いており、そこでは「東西ノ木戸ノ上、東ノ岡ヲバ壇ノ浦トテ、…（中略）…西ノ岡ヲバ高松原トテ、…（中略）…大将軍ムネトノ侍近召テ、各屋形ヲ並作リ、其外ノ兵ハ東西ノ木戸口ニ二重ニ屋形ヲ並テ候也」などとも述べられている。すなわち、これから戦闘の舞台となる空間を義経はここで「鴨越」から一望し得ているのである。[14]こうした東西の距離感が、先のごとき合戦描出の方法を支える感覚と通底していることは明らかであろう。

五　合戦空間の創出（二）――「山手」の扱い――

戦場へ向かう義経軍が途中で二手に分かれることは前述したが、その一派である土肥軍のその後について次に確認しておきたい。手分けの場面（構成表⑥）では、「残三千余騎ハ土肥次郎、田代冠者両人大将軍トシテ、山ノ手ヲ破給ヘ」と、「山ノ手」攻撃を命じられた土肥軍だが、搦手「一谷」における熊谷・平山の一二の懸けが記された後、「源氏ノ搦手一万余騎ナリケルガ、七千余騎ハ九郎義経ニ付テ三草山ニ向ヌ。三千余騎ハ播磨路ノ渚ニソウテ一谷ヘゾ寄タリケル」と、その行動に改めて光が当てられる（⑫）。そして、忠度の最期に続けて、同じ平家搦手軍の者たちの討死が綴られる中に、次のような叙述を見いだすことができる。

此間ニ山鹿ノ兵藤三ガ落ケルヲ、土肥二郎ガ郎等ツヾイテ追テカヽル。兵藤三取テ返テ、敵二騎打取テ、五騎ニ手負セテ打死ニスル。彼郎等五騎ヲバ大川小太郎広行、胤ノ太郎二人シテ射落シテ、頸ヲ取。武蔵房弁慶モ敵七騎打取テ、名ヲ後代ニ留ケリ。　（廿二「薩摩守忠度被討給事」）

ここで土肥の郎等と義経に従う弁慶の活躍が並列されていることからみて、土肥軍は「一谷」を攻める義経軍に再び合流したものとされている。

一方、平家「山手」軍の延慶本における扱いにも目を向ける必要がある。本来この軍勢は、三草合戦に勝利した義経軍に対応するために派生したもので、「東西ノ木戸口」とは別の地に既に遣わされていた越中前司盛俊に加勢する形で教経が派遣され、その兄通盛もまたこの軍に同行したものとされていた（③⑩）。彼らのその後に注目してみよう。

まず教経だが、彼の姿は義経の坂落としの後、次のように現れる（⑰）。

……城ノ後ノ仮屋ニ火ヲ係タリケレバ、西ノ風ハゲシク吹テ、猛火城ノ上ヘ吹覆ケル上ハ、煙ニムセビテ目モミヘズ。取物モ取アヘズ、只海ヘノミゾ馳入ケル。助ケ船アマタ有ケレドモ、船ニツクハ少ク、海ニ沈ムハ多リケリ。所々ニテ高名セラレタリシ能登守、イカヾ思ワレケム、平三武者ガ薄雲ト云馬ニ乗テ須磨ノ関ヘ落給テ、ソレヨリ船ニテ淡路ノ岩屋ヘゾ落給ニケル。

そして、右に続く場面には盛俊の姿も見える。

越中前司盛俊ハ、トテモノガルベキ道ナラネバトテ、一引モ引カデ残リ留テ戦ケリ。盛俊猪俣小平六則綱ト寄合テ組テ、馬ヨリ落ニケリ。……　（廿一「越中前司盛俊被討事」）

これらの記述によれば、本来は「山ノ手」に派遣されたはずの彼らが、この時には義経が攻めた「一谷」の城郭にいたものとされていることが知られよう。そして、この点は通盛もまた同様である。その最期は「門脇中納言教盛ノ嫡子、越前三位通盛ハ、一谷被破ニケレバ、礒ヘ打出給タリケレドモ、船ナカリケレバ、只一騎渚ニソイテ、東ヘ向テ歩給フ」と書き出され、「三位ノ軍兵アマタ其数有ケレドモ、一谷ニテカケヘダテラレテ、散々ニナリケレバ……」（廿七「越前三位通盛被討給事」）とも記されるのである。

以上のように、平家「山ノ手」軍もまた源氏「山ノ手」軍と併せて、「一谷」の戦況へと引き寄せられているのである[15]。振り返って、本節までの検討内容を勘案すれば、「一谷」を中心とした合戦空間を創り出そうとする延慶本の明確な志向が浮かび上がってこよう。そして、作中に描き出された空間は、決して実際の地理のような広がりを踏まえてはおらず、「一谷」の戦況が「大手」「山ノ手」にも敏感に影響するような、より狭い範囲のもとに立ち現れていることも明らかとなる。これは決して、大手については省筆し、搦手を丹念に描くといった単純な濃淡差の問題ではない。そこには、諸所の戦況を搦手「一谷」の動きに絡め取り、その地を基点とした、文字通りの〈一の谷合戦〉を描く叙述を構築しようとする志向が看取できるのである。

六　〈一の谷合戦〉像創造への営み

次に引用する重衡生捕りの場面は、延慶本の地理感覚や叙述姿勢を端的に示す例のひとつと言えよう。

……御方ニハヲシヘダテラレヌ、助船モコギ出ニケレバ、西ヲ指テゾ歩セケル。経嶋ヲ打過テ湊川ヲ打渡リ、カルモ川、小馬林ヲ弓手ニ見ナシ、蓮ノ池ヲバメテニナシテ、イタヤド、須磨関ヲ打過テ、明石ノ浦ヲ渚ニ付テ被落タリ。

重衡は大手生田の森から西に逃れ、「須磨関」をも過ぎて「明石ノ浦」にまで到る。当然この間には、既に崩壊し混乱を極めていたであろう搦手「一谷」付近を通過したはずなのだが、その点には全く言及されない。また、右に続く部分で重衡を生け捕るのは、源氏大手軍で、「中将ニ目ヲ係テ追カケ」た梶原景時である。当時の馬が、そこに表現される程の距離を駈け続けることが可能であったとも考え難い。こうした表現を含み持つ延慶本において、正確かつ厳密に実際の地理を叙述に反映することが、果たしてどれだけ意図されていたであろうか[16]。むしろ、この重衡話の場合、それだけ逃れても結局囚われの身となる、いかんともし難い重衡の運命（後に問われる罪業の深さともつながる）を暗示する方にこそ意が注がれていたのではなかったか。

前節までに述べた「一谷」を核とする合戦空間描出への志向や、このように地理を表現する感覚とも関わって、延慶本にみえるひとつの違和感ある文脈に着目してみよう。第三節に引用(I)として、義経が「鵯越」から搦手の城郭内を見下ろす場面を掲出した。改めてその波線部の表現を振り返ってみると、そこには山から落ちてきた鹿に驚いて慌てて武装し、それを射たことで「咲フ」という、いくさの最中としてはやや間延びした平家軍の姿がみえる（波線部c・d）。しかし、それに先だって義経は一の谷の戦況を見下ろして、「軍ハ盛」と述べており（同a）、ここに一つの違和感が生じているのである。

また、これをより大局的な叙述展開からとらえ返してみれば、既に「卯剋計ニ」熊谷親子が西の木戸口に押し寄せ、「夜モホノ〱ト明」けた頃に平山も現れて戦闘が開始されたこと、そして熊谷・平山の活躍によって、「コ、ニテ平家ノ軍兵残少ク被打」たことなどが記されている（構成表⑪⑫）。したがって、先に義経が見た「軍ハ盛」という状況は、これを承けていることとなろう。しかし、実は先の鹿の話（⑮）は「夜半」の事件とされているのである（引用(I)波線部c）。すなわち、「軍ハ盛ト見タリ」という表現の存在によって、この間の流れには、「夜半」への単純な時間溯行とは見なし得ない、文脈上の不整合が顕在化しているのである。(17)

鹿の話を含む坂落とし話自体は、先に指摘したごとき平家軍のうちとけた様子からして、矢合わせに先立つ時点の光景を描いたものと考えるのが自然であろう。しかし、延慶本は構成上、これを既に戦闘が繰り広げられ、「軍ハ盛ト見」えた段階に続く事態としている。こうした流れを読み解く際、鹿落ちの話から続く坂落とし記事が源氏軍の攻撃に関する叙述の末尾とされており、以後平家軍の壊滅を語る叙述へと転じていることが重要であろう。つまり、延慶本では坂落としの記事がやや強引な形でここに位置づけられ、状況の決定的な転換点とされているのである。これによって、義経の行動が際立つこととなる。

おそらく、延慶本にみえるごとき一連の叙述が組み立てられるに先だって、坂落とし記事は独立した単独話として存在していたのであろう。ここで指摘したような不整合のありようの奥に、既存の諸々の話題をも取り込み、継ぎ合わせながら〈一の谷合戦〉を描き出そうとする営為が透かし見えてくるのである。坂落としの記事を敢えてここに位置づける姿勢は、義経が攻めた「一谷」を焦点としてこの合戦を描こうとする先述の志向とも響き合う。「軍ハ盛ト見タリ」という一節を通じて、そうした延慶本なりの〈一の谷合戦〉像創造への営みの一端を看取することができるのではなかろうか。

七　おわりに――〈一の谷合戦〉という事件認識――

『玉葉』寿永三年二月八日条には、兼実のもとに伝えられたこの時の合戦の報告が記し留められている。それによれば、「搦手」の義経が「先落丹波城、次落一谷」とし、「大手」の範頼は「自浜地寄福原」せたという。同四日条には「平氏奉具主上、着福原畢」とあり、八日条の記載に照らしても、平家軍の中心が「福原」にあるという理解とその地への少なからぬ関心とが、こうした記述の根底に存在することは確かであろう。この時の合戦の実状を探るには、この『玉葉』の記載を基点に据える以外にない。その実態はともあれ、今はこの日報告を受けた兼実が抱いた事件認識と、本章で確認したごとき延慶本の叙述を支える認識との間に、明らかな隔たりが存在することを受け止めておきたい。

ここで詳述することは避けるが、「一谷」に引き寄せる形でこの合戦を描き出すというあり方は、『平家物語』諸本が基調として共有しているものと考えられる。ただし、それをこの物語が個性として生みだした理解とすることはできまい。たとえば、慈円はこの事件について、

サテ平氏宗盛内大臣、我主トグシタテマツリテ、義仲トニナランズルシタクニテ、西国ヨリ上洛セシメテ、福原ニツキテアリケル程ニ、同寿永三年二月六日ヤガテ此頼朝ガ郎従等ヲシカケテ行ムカイテケリ。ソレモ一ノ谷ト云フ方ニ、カラメ手ニテ、九郎ハ義経トゾ云ヒシ、後ノ京極殿ノ名ニカヨヒタレバ、後ニハ義顕トカヘサセラレニキ。コノ九郎ソノ一ノ谷ヨリ打イリテ、平家ノ家ノ子東大寺ヤク大将軍重衡イケドリニシテ、其外十人バカリソノ日打取テケリ。教盛中納言ノ子ノ通盛三位、忠度ナド云者ドモナリ。サテ船ニマドイノリテ宗盛又ヲチニケリ。

（『愚管抄』巻第五）

と、「カラメ手」の義経が「一ノ谷ヨリ打イ」ったことのみに触れ、そこからの流れで重衡を生け捕り、そのほか「十人バカリ」を討ち取ったことを記している。そこでは大手の戦闘には全く触れられず、義経の行動を核として事件が回顧されているのである。また、『吾妻鏡』の合戦当日（元暦元年二月七日）条は、「一谷」攻撃の叙述で大半が占められている。末尾に「……以上七人者、範頼義経等之軍中所討取也」と、通盛・忠度らを討ったことに関連して範頼の名をあげてはいるが、その具体的な戦闘の様子は全く記していない。『吾妻鏡』同日条は極めて『平家物語』の叙述との類似性が高く、従来からその史料的関連が問題視されている部分だが[18]、その関係性の如何に関わらず、『吾妻鏡』が大手軍の記述を持たない形で、この合戦当日条を記し終えている、その姿勢に今は注目しなければなるまい。

以上のように、「一谷」に比重を置いて当該合戦を把握する姿勢を、『平家物語』が最初に生みだしたもの、あるいはこの物語独自の在り方とは確定できない。しかし、以上に述べきたったとおり、そこに語られる「一谷」という合戦空間は、多彩な叙述をもって、実景に拘束されないところに独自の立体的な像を結んでいるのである。『平家物語』はこの合戦について、おそらく当初から〈一の谷合戦〉として語っていたのではなかろうか。そしてそれは、義経軍の坂落としを戦況の転換点とする構想と不可分の関係にあったものと考えられる。従来、〈一の谷〉という局所の名をもって合戦の総称とすることへの疑問も提出されているが、『平家物語』との接点を求める限り、こうした呪縛からは逃れられない。むしろそうした呼称の定着自体、『平家物語』が人々の思考や歴史認識のありように及ぼした規制力として考えるべきものではなかろうか[19]。たとえば、近時研究の進展が見られる「一の谷合戦図屛風[20]」に描かれた当該合戦の東西の地理的圧縮という現象も、屛風という物理的制約のみならず、物語自体が本来的に有し、諸本展開の過程で形を変えつつも継承し続けた上述のごとき規制力をまずは踏まえなければなるまい。

そして、こうした見通しを抱く一方で、物語の解釈に地図・地形図を援用することの有効性を実感しつつも、絶えずその危険性に配慮しておくことの重要性に改めて思い到りもするのである。

注

(1)『平家物語』を論じた近年のもののみいくつか挙げておく。早川厚一氏a「『平家物語』諸本記事の生成――一谷合戦話をめぐって――」(『名古屋学院大学論集』人文・自然科学篇20―1　一九八三・六)、同b「『平家物語』における西国合戦譚について――一谷合戦を中心として――」(山下宏明氏編『軍記物語の生成と表現』収　一九九五・三　和泉書院)、信太周氏a「一の谷のうしろ、鵯越云々」(『国語年誌』15　一九九六・十一)、村上美登志氏「延慶本『平家物語』「三草山・一ノ谷合戦譚」の再吟味――義経の進撃路をめぐって――」(『中世文学の諸相とその時代』収　一九九六・十二　和泉書院)、東啓子氏「『平家物語』・義経坂落しの考察――坂落しの史実の再考と物語による相違――」(『武庫川国文』49　一九九七・三)、信太氏b「『平家物語』を詠む――抄解「兵庫十詠」――」(『国語年誌』17　一九九九・二)等。

(2)早く歴史地理学の立場からの発言として、喜田貞吉氏a「鵯越と一の谷」(『喜田貞吉著作集』第四巻収　一九八二・八　初出一九二二・九、十)、『神戸市史』別録一第十章「一の谷合戦」(喜田氏執筆　一九二二・三　以下喜田論b)がある。

(3)早川論a・bは、教経の動きや鵯越に向かう義経の動きと三草山の関係等を指摘している。

(4)注(1)村上論は、延慶本の記述の整合性を読み解こうとする。しかし、実景・実態と物語の叙述との隔たりに関わって疑問が残る。本章での検討を踏まえ、注(19)でも述べる。

(5)『玉葉』寿永三年二月四日・八日条(本文後掲)。『吾妻鏡』元暦元年二月十八日条の宗盛返牒には、清盛の仏事を修せんとしたが、「不能下船、経廻輪田海辺」とある。

(6)「重テ勢ヲツカワ」したという表現からみて、「一口」は、引用(a)で既に平氏軍拠点とされている「一谷」を指す可能性が高い。早川論bは「一谷か」と当該部分に注記する。

(7)直前には生田軍の敗走が描かれており、生田付近の海上にいたらしくも受け取れる。本記事のこうした位置づけ方は唐突と言わざるを得ず、やはり「福原」への配慮の希薄さが窺われる。

(8)「三草山ヲ打メグリテ」の解釈をめぐる議論があるが、実景に則ろうとしすぎた側面がありはしまいか。物語の地理感覚

（後述）を勘案すれば、この点は省みるべきだろう。ここでは義経軍の実態としての進軍経路を切り離し、「鵯越」がどう記されているかを問題とする。

（9）ただし、波線部には、人馬が進む山道としての理解も垣間見えることを指摘しておく。

（10）村上論は延慶本解釈の上からこの点に言及している。また、同論に先だって喜田氏も事件の実態として述べているが、特にb論文において『平家物語』の記述を援用しているところがある。

（11）この点、語り本では敦盛の在所を示さないため、搦手での出来事のごとく記されている。こうした変貌には、後出本なりの合戦像構築への動きの一端を読みとることができよう。

（12）川合康氏『源平合戦の虚像を剥ぐ　治承・寿永内乱史研究』（一九九六・四　講談社）、中澤克昭氏『中世の武力と城郭』（一九九九・九　吉川弘文館）等参照。

（13）黒煙に関する表現は、知盛に関しても、「……中納言後ヲ返見給ヘバ、黒煙吹覆タリ。『大手ハスデニ破ニケリ』ト宣モアヘズ、我先ニト浜ヘ向テ馳給。」とあり、ここでも大手軍敗走の契機として機能している。黒煙に関する類似表現は、延慶本では第一本　十二「山門大衆清水寺ヘ寄テ焼事」にもみえ、軍勢敗走を描くための類型的表現とみられる。

（14）延慶本は、将門が比叡山から京中を見下ろし、手に握る程に見えたので謀叛心を起こしたとする話を収録している（第一本　卅一「後二条関白殿滅給事」）。見えることの支配的立場を受け止めるならば、戦前に義経がここで一望することは、延慶本が「一谷」基点の叙述を織りなす要素としてより象徴性を持とう。

（15）なお、延慶本では、源平両軍の「山ノ手」が必ずしも相対するものとしては記されていない。特に早川論bがその様相を検討し、併せて延慶本の叙述の混乱を指摘している。

（16）忠度最期は、「一谷ノミギワニ西ヘサシテ武者一騎落行ケリ」と書き出されながら、その直後に「葦屋ヲ指テ下ニ落ケル」という表現を持つ。この点も延慶本の地理認識に疑問が残る部分のひとつと言えよう。

（17）早川論aが、坂落とし記事と熊谷・平山の記事との関係について、本章とは違った見地から検討を加え、両者を関連させて描こうとする姿勢と、それぞれの合戦を独立した合戦話として描こうとする姿勢の共存を指摘している。

（18）石母田正氏「一谷合戦の史料について――『吾妻鏡』の本文批判の試みの一環として――」（『石母田正著作集第九巻』収一九八九・七　岩波書店　初出一九五八）、平田俊春氏『平家物語の批判的研究』下巻（一九九〇・六　国書刊行会）、信太周氏「『吾妻鏡』所載『平家物語』関連記事考」（『大妻女子大学文学部三十周年記念論文集』収　一九九八・三）、日下力氏『平家物語の誕生』（二〇〇一・四　岩波書店）結部第二節「軍記物語の展開についての展望」等参照。

（19）「一谷」を、生田～一の谷間の広い地域を指す汎称とする見解が早く注（2）喜田論によって示された。氏は『吾妻鏡』が大手のことに言及しないことをその主たる根拠としているが、同書に基づくことの危うさや、私見との相違点は論中に述べたとおりである。また、注（1）村上論も延慶本の解釈として同様の立場に立っている。そこでは延慶本の四つの表現が根拠とされている。一つめは本章第二節冒頭に引用したものである。しかし、先述のとおり、そこにいう「一谷」は先陣・後陣の基点とされており、かつ「究竟ノ城」とされていることに（中世前期の城郭のイメージと共に）注意したい。また、残る三つは大手に向かったはずの者たちについて「一谷ヘ向」などと書かれている事例である。これらについては、本章で指摘したように、延慶本が既にこの合戦を〈一の谷合戦〉として認識し、叙述していることへの留意が必要と考える。村上論は論中に「三草山・一ノ谷合戦想定図」を掲げつつ上述のごとく述べており、実景と物語との照合を図ろうとしているように見受けられる。こうした観点において「一谷」を汎称とするには無理があるように思われる。ただし、「一谷」の概念規定として注意したいのは、延慶本の記述は搦手「一谷」に引き寄せる形で〈一の谷合戦〉を創り出しており、そうした観点からすれば、大手生田もまたその合戦空間の中に含み込まれていることである。畢竟、問題は現実の地理に基づいて物語を読むという解釈の方向性への疑問に収斂されよう。

　なお、『平家物語』の解釈とは別に、喜田論bや村上論が傍証としている『一代要記』・『歴代皇記』（『皇代暦』）は、『平家物語』以後の編纂物であることには注意を要しよう。何より「平家悉赴西国、福原南群居、以一谷為城郭、其勢六万騎」（『一代要記』）、「平家悉発西国、軍勢福原以南群居播磨・室・一谷辺、以一谷為其城、重々堀池等以外、其勢六万騎云々」（『歴代皇記』）に見える「一谷」をもって、広い範囲の汎称と確定できるとは思われないことも申し添えておく。

（20）出口久徳氏a「物語としての屏風絵――一の谷合戦図屏風をめぐって――」（「軍記と語り物」36　二〇〇〇・三）、同b

「一の谷合戦図屛風を読む――ケルン東洋美術館蔵本を中心に――」（「中世文学」45　二〇〇〇・八）等。また、先の『吾妻鏡』もまたこの規制力に縛られている可能性があり、鎌倉期の『平家物語』流布に関する近時の研究の進展とも相俟って、今後の検討を要する問題と言えよう。

〔追記〕

本章のもととなった原論文発表後、その内容を承けて、『平家物語』が描き出す〈一の谷合戦〉の合戦空間が内在する地理的圧縮の問題・虚構性を論じたものとして、早川厚一氏「『平家物語』の成立――一谷合戦をめぐって――」（「名古屋学院大学研究年報」17　二〇〇四・十二）、野口実氏「平家の本拠をめぐって――立地空間の軍事的評価――」（「古代文化」57－4　二〇〇五・四）、菱沼一憲氏『源義経の合戦と戦略――その伝説と実像』（二〇〇五・四　角川書店）第二章「挙兵から一ノ谷の合戦まで」がある。

第三章　〈平家都落ち〉の焦点
――一門内対立の描出――

一　はじめに

寿永二年七月廿五日に平家都を落はてぬ。（覚一本　巻第七「福原落」）

平家一門の都落ちに関する叙述の総括として『平家物語』巻第七の末尾に記された、右の極めて印象的な一文は、物語の享受者が抱くこの事件の印象に少なからず作用してきたといってよいだろう。清盛を棟梁とする平家一門にとって、都は保元・平治の乱以後に獲得したその栄耀の舞台。都落ちは、一門の没落を決定的に印象付ける事件であった。右の一文を有するいわゆる語り本系諸本にあっては、伝本によって話題の前後や出入りはあるものの、一門個々の動向が順次書き連ねられ、その後の「落ち行く人は誰々ぞ」（「一門都落」）という一文に始まる名揃えで事件がひとたび区切られるという展開を基本的に共有している。そうした流れから平家一門の悲哀を感じとるとしても、決して不自然ではないだろう。

しかし、いわゆる読み本系諸本で示される〈平家都落ち〉の事件像は、そうした解釈では理解しきれないように思われる。すなわち、その叙述は、必ずしも一門の状況をめぐる哀感を纏うことへと収斂していかないのである。詳しくは以下に述べていくこととなるが、本章では特に延慶本を検討対象とし、平頼盛の都残留を語る特徴的な叙述が持つ性格を踏まえて(1)その文脈を読み返すことを通して、都落ち叙述の主たる指向、あるいはその焦点の所在を把握することを目指したい。あらかじめ言えば、物語の展開過程において〈平家都落ち〉の像は、冒頭に引用した一節を持つ諸本群に描出されるような姿へと変質し、再生していくものと考えられる。そして、そこへ至る過程と指向には、諸本の別を問わぬ、ある普遍性が存在しているのである。こうした問題の解明へと考察を進めるに先立ち、本章はまず変容の基点をとらえるべく、右に述べた課題に取り組むものである。

二　頼盛の残留

延慶本は、頼盛が一門を離れて都に残留することを決意したさまを、次のように記す。(2)

(イ)頼盛ハ仲盛、光盛等引具テ、侍共皆落散テ、纔ニ其勢百騎計ゾ有ケル。鳥羽ノ南ミ赤井川原ニ暫クヤスラヒテ、下居テ、大納言ヨソヲ見マワシテ宣ケルハ、「行幸ニハヲクレヌ。敵ハ後ニ有。中空ニナル心地ノスルハ。イカニ、殿原、此度ハナドヤラム物ウキゾトヨ。只是ヨリ京エ帰ラムト思フ也。都《スベ》テ弓矢取身ノ浦山敷モ無ゾ。aサレバ故入道ニモ随フ様ニテ随ハザリキ。無左右一池殿ヲ焼ツルコソクヤシケレ。イザ、ラバ京ノ方ヘ。鎧ヲバ用意ノ為ニ各ノキルベシ。b返々モ、人ハ世ニ有バトテ、ヲゴルマジカリケル事カナ。入道ノ末、今バカリニコソアムナレ。イカニモ〳〵ハカ〳〵シカルマジ。都ヲ迷出テ、イヅクヲハカリトモナク、女房達ヲサヘ引具シテ旅立ヌル心ウサヨ。イカバカリノ事思アワルラム。侍共皆赤ジルシ取捨ヨ」ト宣ケレバ、トカクスルホドニ未ノ時計ニモナリニケリ。

（第三末　廿六「頼盛道ヨリ返給事」）〈⑧〉

ここで頼盛は、都に残る理由に関わって、傍線部a・bのごとく、清盛との隔たりを感じ続けている自らの特殊な立場に言及した上で、一門を見限る発言をしている。延慶本の頼盛は、主上を伴って都を落ちた一門とは当初から別の行動をとったものとして語られているところ（波線部）に一つの特徴を有するのだが、(3)この時までの彼の一門内での立場を、生前の清盛との微妙な距離感によって表す傍線部ａの言葉は、そうした行動の背景を示唆することともなっている。延慶本には、頼盛形象に関して確固とした方向性が存することを看取し得よう。

ところで、こうした特別な立場を鍵として頼盛の行動を位置づけている延慶本の叙述は、従来『玉葉』・『吉記』に散見する頼盛に関する記述や、『愚管抄』巻第五の記載等の検討を通じて、史的実態との照応という点で関心を集めてきた。[4]そうした中で大羽吉介氏[5]は、『平家物語』の頼盛離反の叙述における語り本・読み本間の相違に注目し、語り本（覚一本）が頼盛離反を頼朝との関連でのみ記すのに対し、延慶本は平家一門内部の主導権をめぐる確執をとらえ、それを離反の一因として記すことを指摘している。併せて氏は、頼盛に関して延慶本が載せる、平家重代の太刀抜丸に関する話は、一門内部の清盛家と頼盛家の対立を象徴しているとも述べている。氏の延慶本に関するこうした見解は基本的に首肯すべきものと考えるのだが、本章で以下に論じる内容との関連上、抜丸話が表現するところも改めてここで確認しておきたい。

(ロ)抑頼盛ノトヾマリ給フ志ヲ尋レバ、彼ノ大納言ハ忠盛ノ次男也。大政入道ノ弟ニテオワシマシケレバ、内大臣ノ為ニハ叔父ニテ、世ニモ重クスベキ人ナリケリ。又落留ルベキ人ニモオワセザリケレドモ、頼盛ノ母池尼御前ハ、忠盛ノ最後ノ御前ニテ、最後マデモグセラレタリケリ。平家嫡々相伝シテ、抜丸ト云太刀アリ。秘蔵ノ太刀ナリケルヲ、「頼盛ニトラセバヤ」ト北方頻ニ被申ケレバ、[c]大納言此太刀ヲ相伝セラレケルヲ、大政入道モ心得ズ被思ケリ。彼太刀ハ…（中略）…此太刀ヲバ抜丸ト名付テ秘蔵セラレケル。内大臣此太刀ヲ所望シ給ケレドモ、頼盛被思ケルハ、「名高キ太刀ナルヲ、有ガタクシテ伝ヘタル上、…（中略）…此ノ太刀ナカリセバ、今マデナガラヘム事カナフマジ。[d]其上大臣殿ハ嫡々ノ跡ヲ継テ、此外ノ当家相伝ノ物具ト云、財宝ト云、其数多ク伝テ持給ヘリ。頼盛ハ庶子ナルニヨテ、余ノ重宝等一モ相伝セズシテ、僅ニ此ノ太刀一バカリナリ」ト宣テ、再三所望有ケレドモ、遂ニ奉ラズシテ持給タリケレバ、内々叔父甥ノ中、心ヨカラズトゾ聞ヘシ。〈⑨〉

「平家嫡々」を象徴するこの抜丸の話は、引用(イ)に始まる頼盛残留の顚末がひととおり綴られた後、改めて「抑頼盛ノトヾマリ給フ志ヲ尋レバ」として書き添えられていく。そこでは、この太刀の相伝をめぐる清盛の心のしこりが示され（傍線部c）、続けて「叔父」ながら「庶子」たる頼盛が、その「甥」ではあるが「嫡々ノ跡ヲ継」いだ宗盛の所望を拒絶したために、二人の間に不協和音が流れていたことが語られている（傍線部d）。延慶本において、抜丸話は引用(イ)に見た残留決意の言葉と相俟って、頼盛の行動を導く意識の根底に存在する、清盛・宗盛との精神的な隔たりを浮かび上がらせていることは間違いなかろう。頼盛残留はそうした色彩が打ち出される中に記されているのである[6]。

ここまでは特に大羽氏の指摘を踏まえつつ、延慶本における頼盛残留の理由について概観してきたわけだが、これを一連の都落ち叙述の中において読み返すとき、見過ごされていた脈絡や同本の性格が浮かび上がってくるようである。次節では、そうした問題へと考察の歩みを進めることとしたい。

三　維盛都落ちとの関係

平家都落ちに至る物語の叙述は、後白河院の鞍馬入りをうけた平家一門の困惑と主上の都落ち、そして六波羅炎上の様子へと続いていく。ここまでの叙述展開は、現存する諸本いずれも構成をほぼ等しくしているのだが、周知のとおり、この後の記事構成に大きな相違が現れることとなる。その概略を構成表（七〇～七一頁）の形で示しておこう。

表中では、延慶本の記事をもととし、他伝本の記事順を示した。この構成表を一覧してまず注目されるのは、延慶本が⑦維盛都落ちに続けて問題の頼盛残留話⑧を記している点である。延慶本との親しい関係が指摘されている長門本はさておき[7]（その相違点は後述）、他の諸本には維盛・頼盛記事⑦⑧が連接するという構成は認められない。したがっ

◎平家都落ち関連記事構成表

延慶本第三末	（長）	（盛）	（四）	（覚）
廿三①法皇鞍馬入り	①	①	A	①
②平家周章	②	A	②	②
廿四③主上都落ち	③	②	③	③
④六波羅焼亡	④	③	④	⑭
⑤六波羅邸	⑱	④	㉑	⑦
⑥家貞都落ち	⑤	⑭	⑲	④
廿五⑦維盛都落ち	⑥	⑦	⑦	⑲
廿六⑧頼盛都残留	⑦	⑪	⑪	㉑
⑨抜丸事	⑧	⑲	⑫	㉓
⑩八幡大菩薩示現	⑪	⑫	⑬	㉔
⑪宗盛落涙	⑫	㉓	⑧	⑧
⑫小松一門合流	⑬	㉔	⑮	⑪
⑬平家名寄せ	⑭	B	①	⑫
廿七⑭近衛殿帰洛	⑮	⑬	⑱	⑬
廿八⑮貞能帰洛	⑰	⑧	⑳	⑳
⑯頼盛門前落首	⑲	⑮		⑮
⑰貞能に院中騒動	⑳	C		
⑱主なき都	㉑	㉑		
⑲東国武士の沙汰	㉒	㉒		
⑳平家石清水に祈願	㉓			
廿九㉑忠度都落ち	㉔			
三十㉒行盛和歌				
卅一㉓経正都落ち				
㉔青山の沙汰				

て、延慶本を読み解く際、ともかくもこの間の流れを無視することはできまい。

また、もう少し視野を広げるならば、語り本とは異なり、他の諸本は、一門の人々の個別の動向を必ずしも一連のものとしていないところにも特徴を見いだせる。中でも延慶本においては、それが大きく二分され、問題の維盛と頼盛に関するまとまり（⑦〜⑫）は、忠度・行盛・経正の都落ちを語るまとまり（㉑〜㉔）に先だって、それとは別に一群をなしている点は見逃せまい（後述）。加えて、⑬平家名寄せの位置にも注目すべきであろう。延慶本では、維盛・頼盛関連のまとまりを受けて、「其外落行平家ハタレ／＼ゾ。……」と始まる名寄せが続いているのである。そうした構成を見る限り、同本では維盛と頼盛の動向が一門の都落ち叙述の中で特別に扱われていると判断せざるを得まい。延慶本の平家名寄せは、一門の人々の動向を個別的に語る一連の叙述を総括的に区切る役を果たす語り本のそれとは、機能面で明らかに一線を画しているのである。

さて、こうした叙述構成の大枠を踏まえた上で、維盛・頼盛記事⑦〜⑫間の脈絡を読み解くべく、まずは、廿六「頼盛道ヨリ返給事」の段内部の流れを確認していくこととしたい。

構成表のうち、⑧〜⑩は頼盛の都残留を記す部分だが(8)、そののち⑪に至ると、

(A)サルホドニ大臣殿盛次ヲ召テ、「権亮三位中将殿ハ何ニ」ト問給ケレバ、「小松殿ノ公達モ未ダ一所モミヘサセ給ワズ」ト申ケレバ、「サコソ有ムズラメ」トテ、ヨニ心細ゲニオボシテ、御涙ノ落ケルヲ、シノゴヒ給ヲ、人々見給テ、鎧ノ袖ヲゾヌラサレケル。新中納言宣ケルハ、「是日来皆思儲タリシ事也。今更驚ベキニアラズ。…（中略）…」トテ大臣殿ノ方ヲツラゲニ見ヤリ給ケルコソ、ゲニト覚ヘテアワレナレ。〈⑪〉

※延慶本には参考として章番号を上に付した。ゴシックは以下の論述で、維盛と頼盛に関して特に注目する記事。諸本の略号は以下のとおり。（長）……長門本巻第十四、（盛）……『盛衰記』巻第三十一・三十二、（四）……四部合戦状本巻第七、（覚）……覚一本巻第七。『盛衰記』のA（宗盛女院訪問）は他本ではこれ以前にあるもの、B（景家都落ち）、C（平家の人々詠歌）は独自記事。延慶本を軸として記事の構成順をつかもうとする本表では、他本の細かな記事の異同は略したところがある。

と、宗盛が小松家の人々の不参に涙するなど、維盛へと話題が転じる。そしてこれに続いて維盛らが都落ち集団に合流したさま⑫が綴られていくこととなる（引用(B)）のだが、ここでは、そうした維盛記事の末尾に書き添えられた、次の傍線を付した一文の存在に注目したい。

(B)サルホドニ権亮三位中将惟盛、新三位中将資盛、左中将清経已下、兄弟五六人引具テ、淀、羽束、六田川原ヲ打過テ、関戸ノ院ノ程ニテ追付給ヘリ。…（中略）…「行先トテモ恃シクモ候ハズ」トテ、問ニツラサト、イトヾ涙ヲゾ流レケル。池大納言ノ一類ハ、今ヤ〳〵ト待ツレドモ、ツイニ見ヘ給ワズ。〈⑫〉

延慶本は⑪以降、頼盛から離れて維盛の一門合流へと話題を転じていたわけだが、右傍線部において、改めて頼盛不参に言及しているのである。そして、この直後に、「其外落行平家ハタレ〳〵ゾ……」という名寄せが続く。こうしてみると、維盛都落ちの話題は、頼盛残留の話題と内容的に交錯しながら記されていることが知られるのである。

こうした交錯の事情と関連して、⑦維盛都落ちの中の次の言葉はやはり見逃せまい。

(C)……様々ニ誘置給ホドニ、程モフレバ、「大臣殿サラヌダニ、惟盛ヲバ二心アル者ト宣ナルニ、今マデ打出ネバ、イトヾサコソ思給ラメ」トテ、ナク〳〵出給ヘバ……

（第三末　廿五「惟盛与妻子余波惜事」）〈⑦〉

都に残し置く子供たちを思って涙し、なお同行しようとする北の方を思いとどまらせた維盛は、右のような言葉を残してその歩みを進めていく。傍線部は、維盛が宗盛との間にそれ以前から存在していた精神的な隔たりを自覚していたことを表明する言葉といえよう。と同時に、それは維盛の立場に関する延慶本の理解・関心の質を示してもいる。

さらに、そうした両者の間の距離は、引用(A)の中にも窺い見ることができる。それは維盛が遅れ馳せに一門に合流する場面であった。維盛のことを訝しがり、小松家の兄弟の姿が揃って見えないことが報告されると、宗盛は「サコソ有ムズラメ」（傍線部）と答える。そう言って涙をこぼす宗盛に対して、知盛は「是日来皆思儲タリシ事也」（二重傍線部）と語りかけるのである。維盛の特殊な行動を、これらのごとく評する姿勢の背後には、彼らの心中には日常的に維盛への違和感が存在していたという事情が読みとられて然るべきであろう。したがって延慶本では、先に引用(C)の表現にみた維盛の側の理解に加え、宗盛らの側でも同じく精神的な隔たりを認識していたものとして筆が進められていることとなる。平氏一門内部における維盛と宗盛の微妙な関係については、重盛の死去に際して「前右大将方サマノ者共ハ、『世ハ大将殿ニ伝リナムズ』トテ、悦アヘル輩モアリ」（延慶本第二本　廿「小松殿死給事」）などと、諸本がほぼ等しく、しかしわずかに語るところであるが、延慶本はそうした一門内に伏流していたとおぼしき対立をとらえつつ、維盛都落ちの動向をも叙述していることが知られるのである。

さて、以上のような色合いを⑦や⑪⑫の維盛についての叙述に認めるとき、それは前節で確認した頼盛記事⑧⑨に見えたものと通じるものであることに気づかされよう。また、ここで改めて先の知盛の言葉（引用(A)二重傍線部）にあった「是」・「皆」の指示内容に注目するならば、それが維盛の行動を指すことは言うまでもないが、頼盛の不参を語った直後の話題の中にこの言葉が位置するという構成から考えて、文脈上、実は頼盛の行動をも含み示す「是」であり、それゆえにこそ「皆」であると解するべきであろう。ここに、維盛と頼盛の話題が一連の姿勢に基づいて、並列されたものであることが確実視されてくるのである。[9] 先述のとおり、延慶本は維盛の合流を語った後、改めて頼盛の不参を確認する一文を載せていることも、同本の姿勢を示唆する事実として、再度ここで想起されてよかろう。

すなわち、延慶本の叙述には、一門内において宗盛との精神的な隔たりを持つという共通性を有する維盛と頼盛を、一対の存在として扱う姿勢が読みとれるのである。片や一門に同行し、片や都に残ることとなったわけだが、先述したように、構成上、この二人が他の落ち行く平家の人々に比して特別扱いされていることも、そうした叙述姿勢と不可分の関係にあるのではなかろうか。そしておそらく、そこには、延慶本が都落ちという事件をどこに焦点を合わせて語ろうとしたかという問題も絡んでいるものと予測される。続いて別の角度から延慶本の都落ち叙述を検討してみたい。

四　資盛と小松家の扱い

（維盛）「……サリトテハ、イヅクニモ落付ム所ヨリ忩ギ迎取ムズルゾ」ト、ナグサメ給ホドニ、新三位中将、左中将已下ノ弟達四五人馳来給テ、「行幸ハ遙ニノビサセ給ヌ。何ナル御遅参ニヤ」ト宣ヘバ、……

（第三末　廿五「惟盛与妻子余波惜事」）

右に引用したのは、北の方との名残を惜しむ維盛を促すべく、新三位中将資盛、左中将清経以下の弟たちが声をかける場面である。傍線部「馳来給テ」という表現や、続く「行幸ハ遙ニノビサセ給ヌ」という言葉から察するに、そこでは、彼らは一門の人々と共に、ひとたびは都落ちの行幸に同行し、そののち兄維盛の遅参を気遣って引き返し、小松邸を訪れたものとされている。その行動は、維盛を核とした小松家の兄弟のまとまりを印象づけるものといえよう。

ところで、こうした物語の記述とは別に、この時の資盛の実際の行動は、記録類からある程度窺い知ることができる。(10)

(a)……今日新三位中将資盛卿、舎弟備中守師盛幷筑後守定俊等、為家子相従、資盛卿雑色懸宣旨於頸、相伴肥後守貞能、午刻許発向、都盧三千余騎、法皇密々有御見物、経宇治路赴江州、資盛着水干小袴、帯弓箭云々、
（『吉記』寿永二年七月二十一日条）

(b)……資盛卿相具貞能可帰参之由、為泰経奉行被仰出云々、奉追討者、未聞此例、而間猶不帰洛、イ本是宿宇治一坂辺、自件所廻八幡南、向河尻方、是称多田下知、太田太郎頼助、或押取鎮西粮米、或打破乗船等、或焼払河尻人家云々、為鎮此事、先行向云々、ロ於資盛卿者、給宣旨人也、自院可被召遣、至于自余輩者、私遣了、直可召返之由、前内府被申云々、変々沙汰、上下迷是非、……
（同二十四日条）

(c)……臨夕新三位中将資盛卿率舎兄維盛卿及舎弟等云々、今日余人不聞、及肥後守貞能率八百余騎軍兵、自山崎辺引帰、入蓮華王院、相逢源氏可合戦云々、…（中略）…或説、小松内府子息等可帰降之由云々、不申達之由後日聞之、又可焼払京中之由風聞、然而無指所為、各迎取妻子等、翌日天曙之後、猶以下向、其勢過半落了、真龍先勢之謂歟、
（同二十五日条）


義仲率いる源氏の軍勢が、次第に洛中へと接近する由が伝えられる中、七月二十一日に至って、資盛は師盛他の弟たちや貞能を伴い、宣旨を戴いて近江へと発向する（引用(a)傍線部）。しかし、引用(c)傍線部に見えるように、資盛一行は二十五日の夕刻山崎から帰洛、蓮華王院へ入ることとなった。(11) 二十四日条に伝えられる風聞によれば、この間、「宇治一坂辺」から「八幡南」を経て、「河尻方」へと軍を進めていたらしい(12)（引用(b)傍線部イ）。

ところで、資盛の発向は兄弟連れての行動であり、そこには兄維盛も同行していたらしい（引用(c)傍線部小字双行部分）。にもかかわらず、右の記述には資盛と貞能を軍勢の核とし、維盛ではなく資盛を小松家の兄弟の中心とする視

線が見いだせる点は看過できまい。こうした資盛への視線は、決して『吉記』特有のものではなく、『玉葉』の二十一日条「午刻追討使発向、三位中将資盛為大将軍、肥後守定能相具、向多原方……」、二十二日条「……仍資盛・貞能等不赴江州……」という記述や、『愚管抄』巻第五に頼盛と並んで資盛の帰洛が記し留められていることとも共通している。それは、この時大将軍とされた資盛及び小松兄弟に対する、一般的な理解であったらしい。

その点に関連して、引用(b)傍線部ロにいう宗盛の言葉に注目したい。宗盛がそこで資盛を「給宣旨人」と呼ぶように、この時の資盛の行動は、後白河院との特別な関係を踏まえて成り立っており[13]、先に確認したような当時の人々の資盛への注目のあり方は、まずはそうした事情を踏まえてのものと理解せねばならない。加えて、宗盛が同じ言葉の中で、そうした資盛と、「私遣」した「自余輩」の扱いを明らかに区別している点も重要であろう[14]。資盛と院との親しい関係は、宗盛ら主流の人々と資盛（小松家）との隔たりとなって、このとき平家一門内に顕在化することともなっていたのである。そしてそれは決して一門内部の雰囲気にとどまることなく、引用(c)波線部の風聞に代表されるような形で、世の関心事ともなっていたのであった。

『玉葉』の「及巳刻、武士等奉具主上、向淀地方了者……」（二十五日条）との記述によれば、主上及び平家一門の都落ちは、幅をみても二十五日の午前中のこととして相違あるまい[15]。一方、前掲『吉記』等の記録類から判断するに、二十一日「午刻許」に一つの軍勢として都から発向していた維盛・資盛以下の兄弟は[16]、その二十五日の「臨夕」帰洛、そして「翌日天曙之後」に都を離れたらしい。こうした資盛をめぐる状況を確認した上で、延慶本の叙述を振り返るとき、物語で語られるような、ひとたびは行幸にしたがっていた資盛以下の兄弟が[17]、都に留まる兄維盛のもとへ引き返してくるという事態は、実際の出来事としてはありえなかったことが理解されよう。したがってそうした状況設定自体が、小松家の人々の動きを維盛のもとに一括した形で、平家一門の都落ちの一部として描出しようとする物語の意図を特徴的に示していることが判然とするのである[18]。

また、物語の記述には、資盛と後白河院との関係が全く見いだせない。『愚管抄』巻第五にも「三位中将資盛ハソノコロ院ノオボエシテサカリニ候ケレバ……」と特記されるこの関係に全く触れず、資盛をあくまでも維盛の弟の一人として列記するに止まるのである。平家嫡流としての重盛・維盛・六代が物語に占める位置の重さについてはすでに多くの指摘があるが、事件当時の人々の関心のあり方に比して、維盛と資盛への関心度に比重の差が明確なこの場面についても、小松家という平家一門内での立場を踏まえた場面設定への志向を読みとることができるのではなかろうか。(19) 前節の引用(A)では、「権亮三位中将殿ハ何ニ」という宗盛の問いかけに対して、盛次は「小松殿ノ公達モ未ダ一所モミヘサセ給ハズ」と、小松兄弟を一括する形で返答するが、宗盛は「サコソ有ムズラメ」と、ごく自然に維盛から小松兄弟へという思考展開を受け止めていた。その会話では、維盛の行動は、彼を核とした小松家の動向として集約化されているといえよう。前節で延慶本の維盛関連の記述には、一門内での維盛の特殊な立場を示唆する表現が見えていることを確認した。平家の嫡流とされる小松家と主流派である宗盛らとの間の隔たりこそが、都落ちを記すに際しての延慶本の根元的な関心事のひとつなのではなかろうか。後白河院と資盛・小松家との関係が一切記されないことも、(20) 維盛への関心の深さの裏返しとして、すなわち、そうした一門内での事情をこそ鮮明に描き出そうとする志向との関連の中では、なめらかに理解し得るように思われるのである。

さて、このように維盛の叙述をめぐる延慶本の志向を読み解くとき、改めて頼盛に関する叙述との脈絡が確かなものとして認識されてこよう。頼盛の叙述もまた、彼の一門内での立場をめぐる微妙な問題が都落ちの混乱に際して浮上したことを語っていた。二つの話題が提示する問題は一連のものとして理解するのが自然であろう。そして、ここで視線を戻し、「頼盛ハ仲盛、光盛等引具テ、侍共皆落散テ、纔ニ其勢百騎計ゾ有ケル……」という、頼盛残留話の導入部の表現（第二節引用(イ)参照）(21) に着目するとき、先述したような頼盛の行動が、延慶本では子息たちを伴う、池殿一家の動きとして記されていることの意味も問うてみたくなるのである。ささやかな一節ながら、維盛都落ちとの一連の脈絡にのせて考えると、その叙述を支える姿勢、あるいはその焦点の所在が、こうしたところからも透かし見えるように思われるのである。[22]

五　都落ちする一門をめぐる哀感

覚一本などの語り本に親しむ場合、平家都落ちの叙述は、まず第一に一門の状況をめぐる哀感に貫かれたものとして読まれることとなろう。落ち行く人々の名寄せをもって一門個々の都落ち叙述にひと区切りをつけ、本章冒頭に引いた一節をもって巻を結ぶという構成にも、そうした色彩は鮮明である。しかし、延慶本について言えば、事情はかなり異なっている。まずは、次のような叙述の存在を見逃すことはできまい。

（近衛殿）「……春ノ日トハ、春日ノ明神トゾメサセ給ヘトニヤ。イカ、スベキ」ト思ワヅラヒ給ヒケルニ、御共ニ候ケル進藤左衛門大夫高範ガ、「法皇ノ御幸モナラセ給ワズ。平家ノ人々モ多ク落留ラセ給候ヌ。此ヨリ御還アルベクヤ候ラム」ト申タリケレバ、「平家ノ思ワム所イカヾアルベカルラム」ト御気色有ケルヲ、不知ガヲニテ、ヤガテ御車ヲ仕ル。…（中略・高範と越中次郎兵衛盛次の争い）…大臣殿見給テ、「年来ノ情ヲ思ワスレ給テ落ルホドノ人ヲバ、イカニテモ有ナム。一門ノ人々モアマタ見ヘ給ハズ。詮ナシ」ト制シ給ヒケレバ、盛次引帰ニケリ。〈⑭〉

（第三末　廿七「近衛殿道ヨリ還御ナル事」）

延慶本では平家名寄せに続いている、近衛殿の帰洛記事からの引用である。傍線部に明らかなように、その叙述は、平家一門が必ずしも一枚岩ではないことを前提としているのである。これが前節までに述べた維盛・頼盛に関する叙述の様相と共鳴していることは言うまでもなかろう。そしてそれは、換言すれば、一門が揃って都落ちするというところに焦点をあわせて哀感を生み出す設定が、延慶本では必ずしも求められていないということでもある。

延慶本に関して、落ち行く一門をめぐる哀感を看取し得る部分のひとつは、忠度以下の都落ちのさまを記すまとまり（㉑～㉔）である。ただし、その扱いについては少しく注意を要するように思われる。以下、その様相を検討しておこう。

（Ⅰ）……男山ヲ伏シ拝テハ、「南無八幡大菩薩、今一度都ヘ帰シ入給ヘ」トゾ泣々申ケル。誠ニ古郷ヲバ一片ノ煙ニ隔テ、前途万里ノ浪ヲワケ、何クニ落付給ベシトモナク、アクガレ零給ケム心ノ中ドモ、サコソハ有ケメトヲシハカラレテ哀也。

（第三末　廿八「筑後守貞能都ヘ帰リ登ル事」）〈⑳〉

右は、都落ちした人々が石清水に帰洛を祈願する場面からの引用である。廿八「筑後守貞能都ヘ帰リ登ル事」の段は、これをもって結ばれる。続けて延慶本は、次のごとく忠度の都落ちを語り出すこととなる。

（Ⅱ）其中ヤサシク哀ナリシ事ハ、薩摩守忠度ハ当世随分ノ好士也。其比、皇大后宮大夫俊成卿、勅ヲ奉テ千載集撰バル、事有キ。既ニ行幸ノ御共ニ打出ラレタリケルガ、乗替一騎計具テ、四塚ヨリ帰テ、彼俊成卿ノ五条京極ノ宿所ノ前ニヒカヘテ、…（中略・千載集入集話、宮腹の女房との話）…「ナド扇ヲバツカヒ給ハザツルゾ」ト問ケルニ、「イサ、カシカマシトカヤキコヘツレバヨ」ト宣ケルゾ、イトヤサシカリケル。

　カシカマシノモセニスダクムシノネヤワレダニモノハイイハデコソ思ヘ

ト云哥ノ心ナルベシ。

（第三末　廿九「薩摩守道ヨリ返テ俊成卿ニ相給事」）〈㉑〉

「其中ヤサシク哀ナリシ事ハ」という書き出しに明らかなように、ここでは話題転換がはかられている。それは、この直前では、既に「男山ヲ伏シ拝」（引用(Ⅰ)傍点部）む所まで歩みが進んだ時点での話題を記していたにもかかわらず、行幸に同行していた忠度が「四塚ヨリ帰」っていった（引用(Ⅱ)傍点部）話が続くこととなっていることとも対応する。

こうした配列を考えれば、引用(Ⅱ)冒頭の傍線部は、都落ちという事件を改めて振り返るべく据えられた言葉と解釈するのが妥当であろう。

引用(Ⅱ)で中略した忠度歌の千載集入集話や宮腹の女房との古歌を踏まえた交情を語る話は、彼の和歌への思いを語るものであり、まさしく「ヤサシク哀ナリシ事」のひとつとして記されている。そして、この段に続けて行盛の都落ち話が語られていく。

(Ⅲ)左馬守行盛モ幼少ヨリ此道ヲ好テ、京極中納言ノ宿所ヘ、行盛常ニオワシ昵テ、偏ニ此ノ道ヲノミタシナミケリ。…（中略・定家、行盛の歌を新勅撰集へ入集させる）…「朝敵三代コソ名ヲアラワス事恐レ有リツレ。今ハ三代スギ給ヌレバ、何カハクルシカルベキ」トテ、左馬守行盛ト名ヲアラワシテ、此哥ヲ被入タリシコソ、ヤサシクアワレニオボヘシカ。〈22〉

（第三末　三十「行盛ノ哥ヲ定家卿入新勅撰事」）

この行盛話は基本的な構造を先の忠度話と共にしており、書き出しの「左馬頭行盛モ」という表現や、引用(Ⅲ)中の傍点部「此道」「此ノ道」が指し示すものを考えれば、本話が「ヤサシクアワレニオボヘシ」和歌話として忠度話と並列されていることは明らかである。さらに、これに続く経正都落ち話が都への名残と楽器・和歌を鍵とした話であることをも視野に収めると、これら三人の話の共通性はいたって明瞭である。したがって、延慶本に関しても、都落ちする平家一門を哀感と共に眺める視線は確かに存在するとは言えよう。しかし問題なのは、こうした部分が決して都落ち叙述の主たる側面ではなく、「其中ヤサシク哀ナリシ事ハ……」として、付加的な扱いをされているという点である。本節でみた忠度以下の話㉑～㉔は、前節までにみた維盛・頼盛をめぐる一連の叙述とは別の核をもって一括されて扱われている。とすれば、そこから感得される都落ちの哀感は、あくまでも別枠にあるものとして受け取るべきものであろう。[23]そしてそのこともまた、延慶本の都落ち叙述の主たる焦点が、内部対立の浮上によって必ずしも一丸とはなり得なかった平家一門の様相を、かの二人を軸として描き出すところに存在するということがらを、側面からものがたっているように思われるのである。(24)

六　おわりに

ここまで述べてきたように、延慶本は平家一門内の分裂、嫡流・主流をめぐる対立を基幹として都落ちという事件を叙述していると考えられる。最後にその点に関して、長門本との相違を一例あげ、さらに検討を重ねておきたい。

長門本の都落ち叙述は、構成・本文共に延慶本と極めて近しい関係にあるといってよい（前掲構成表参照）のだが、そこには頼盛をめぐる一門内対立を象徴する抜丸話⑨が存在しない。抜丸に関する記述は、同本では巻第一に、左のごとくわずかに見えるのみなのである。

清盛ちやくなんたりしかば、その跡をつぎ、国々を譲るのみならず、家の宝物他家へうつす事なければ、清盛これを相つぐ。中にも唐皮小烏といふ鎧太刀は、清盛にさづけらる。くだんのからかはと申は人のつくれるにはあらず。仏作の鎧なり。そのゆへは…（中略・唐皮小烏の由来）…されば代々内裏につたはりしを、貞盛の時より此家に伝る。希代の宝物これなり。抜丸も此家に伝るべかりしを、当腹さいあひなるゆゑに頼盛の家につたわる。是によて兄弟の中不快とかや。此清盛は始は希代の貧者なり。……

延慶本では「清盛嫡男タリシカバ其跡ヲ継グ。保元々年、左大臣代ヲ乱給シ時……」（第一本　四「清盛繁昌事」）とのみ記される部分である。忠盛の後を清盛が継承したことが語られる中で、長門本は「家の宝物」の継承をも語り添え（波線部）、その中で唐皮・小烏と共に抜丸の行方にも注目しているのである。ただし、そこ（傍線部）には、兄弟不和が述べられてはいるものの、その由来や経過に関する延慶本のごとき関心は見られない。その点は、唐皮以下三つの「宝物」に言及されているものの、抜丸にのみ由来話がなく（唐皮・小烏のそれは中略した二重傍線部に存在）、相対的に軽い扱いをされていることとも対応している。また何より、基本的にこの部分は、「家の宝物」としての武具自体への関心に導かれた叙述と判断されるのである。このように、一門内対立の背景を語る抜丸話を持たない長門本では、都落ち叙述において、確かに延慶本同様頼盛や維盛の一門内における違和感が部分的に語られてはいるものの、それを語ることはさほど重要視されていなかったことが窺えるのである。長門本では、延慶本に比して一門内対立描出への志向が希薄であると判断せざるを得まい。こうした諸本間の相違からも、本章で述べきたった延慶本の様相は、物語がさまざまに創出した〈平家都落ち〉像の中でも個性的なものとして特徴づけられるのである。(25)

注

（1）頼盛に関する叙述の変遷は、〈平家都落ち〉像変容の方向と緊密な相関関係にある。その点の検討は、引き続き第一部第二編第一章、第三部第一編第五章などでおこなう。本章で敢えて延慶本に描きだされる頼盛の姿を最初に点検しておく所以である。

（2）以下、延慶本の引用末尾には、参考として、後掲（七〇〜七一頁）記事構成表の項目番号を記す。

（3）この点については、日下力氏「後栄の平氏——軍記物語成立期の歴史状況——」（「文学」季刊6—3　一九九五・七 → 同著『平家物語の誕生』〈二〇〇一・四　岩波書店〉加筆収録）に指摘がある。

（4）安田元久氏『平家の群像』（塙新書　一九六七・六）、多賀宗隼氏「平頼盛について」（「日本歴史」254　一九六九・七）、同「平家物語と平頼盛一家」（「国語と国文学」48—9　一九七一・九）等でとりあげられている。

（5）「抜丸説話と平頼盛平氏一門離反をめぐって」（「駒沢国文」22　一九八五・二）

（6）これが残留決意の言葉と同じ文脈上にあることを確認しておきたい。したがって、この抜丸話が物語に取り込まれた段階については、ここでは別問題である。

（7）長門本との共通性を考慮すれば、厳密に言うと、現存延慶本を溯る段階での問題を論じることとなる。以下、その点を認識しつつ、延慶本の叙述を追うこととする。

（8）⑩は、頼盛が自邸から落ちようとした時、鳩の羽で作られた扇が童によって届けられるが、頼盛はそれを八幡大菩薩の示現と理解、俄に都落ちを思い止まったという話である。本話は前後の叙述が近しい長門本にはみえず、内容的にも頼朝を予祝するものとなっていることから、同じく都残留の理由を語りつつも、抜丸話とは素姓を異にした話題と考えられよう。書き出しに「其上」とあるとおり、付加的に扱われてもおり、先述した⑧⑨の内容的連関からみて、抜丸話の主流性は動かし難い。ここでは頼盛関連話として⑧～⑩にまとまりを見るにとどめたい。なお、頼盛関連の叙述と頼朝の存在感の相関関係については第一部第二編第一章で論じるが、⑩の性格については、頼朝を語る素材としての頼盛という視点からとらえる必要があると考えている。

（9）注（5）大羽論も、維盛に関して引用(A)・(C)の表現に注目しているが、「広本系諸本」が、「宗盛の維盛に対する疑惑が都落ち以前からのものであるとする」ことを指摘するにとどまる。また、同論はそれに先立ち、「頼盛、宗盛の対立が維盛にどのような影を落しているのかを、延慶本を中心に」述べるとしているが、考察の主対象は都落ちの後の維盛叙述にあり、そこに「池ノ大納言ノ様ニ頼朝ニ心ヲ通シテ二心有」（第五本　十七「平家福原ニテ行仏事事付除目行事」）に類する宗盛の言葉が、くり返し現れていることを問題視している。都落ち叙述における維盛・頼盛の相関性やそこにはたらく叙述志向への特別な言及はない。

（10）以下、『吉記』の引用は史料大成本、『玉葉』は図書寮叢刊本に拠る。また『愚管抄』は岩波古典大系本に拠る。

（11）『愚管抄』巻第五には、「コノ二人（資盛と頼盛・鈴木注）鳥羽ヨリ打カヘリ法性寺殿ニ入リ居ケレバ」とある。

（12）引用は控えるが、『玉葉』の二十一日条、二十二日条には、その勢力及び行軍経路等に関する記載がある。

（13）引用(a)で法皇が密々に見物したとあるのも、そうした事情と関連しよう。

（14）資盛発向の翌二十二日には、知盛・重衡が勢多へ派遣され、更に頼盛も発向している（『吉記』同日条）。ここに言う「自余輩」はまずは知盛・重衡を指すといえよう。

（15）『愚管抄』には、「辰巳午両三時バカリニ、ヤウモナク打グシマイラセテ、内大臣宗盛一族サナガラ鳥羽ノ方へ落テ、船ニノリテ四国ノ方ヘムカイケリ」とある。
（16）ただし、清経は二十五日には在京し、宗盛の近くにいたらしい（『吉記』同日条）。
（17）念のためいえば、資盛以下がひとたびは行幸に随行していたという読みと、第三節引用(A)にみえる盛次の言葉は決して矛盾するものではない。
（18）上横手雅敬氏「小松殿の公達について」（安藤精一先生退官記念会編『和歌山地方史の研究』収　一九八七・六　宇治書店）は、維盛以上に資盛の政治的役割が重要であり、寿永二年の都落ちのころから小松殿の公達の中心が資盛であったこと、法皇の親衛軍的な役割を果たしていたことなどを指摘している。また、高橋秀樹氏「貴族層における中世的「家」の成立と展開」（同著『日本中世の家と親族』〈一九九六・七　吉川弘文館〉第一部第三章）は、重盛の取立によって資盛から維盛への嫡子交替があったことを指摘している。さらに、佐々木紀一氏「小松の公達の最期」（「国語国文」67－1　一九九八・一）は、両論を批判的に検証し、新たな史料を加えつつ、富士川合戦の敗北を期に、清盛によって維盛から資盛へと小松家の嫡子が替えられたと推定している。同論はまた、維盛の子六代の刑死をもって一門の断絶を語ろうとする構想上の理由から、物語が維盛を小松家の嫡子としたと述べてもいる。ここで指摘した維盛都落ちにみえる物語の叙述志向も、広い視野のもとではそうした構想との関わりでとらえるべきものと考えている。
（19）第三節引用(B)で、維盛以下の兄弟が列記されているのも、これと関連しよう。
（20）同年における維盛と後白河院の関係は、院尊勝陀羅尼供養（『吉記』二月六日条）・院御逆修第二日（同十日条）・御仏供養（同十九日条）への参仕等に窺い知ることができる。引用(C)波線部の風聞は一門内での事情を窺わせるものだが、一面では後白河院との関係を根拠としているものと思われる。『愚管抄』の記述も同様の理解に基づくことは明らかであり、物語の記述との隔たりは明瞭である。
（21）長門本は同様に記すが、四部本・『盛衰記』や語り本には頼盛子息の名は見えない。
（22）維盛と頼盛の共通性についてもう一歩踏み込むならば、いずれもその一流を象徴する武具（唐皮・小烏と抜丸）を持つ存在として、物語の叙述に位置づけられていることもあげられよう。延慶本では、小松家の象徴として唐皮・小烏が果たす役割の大きさが指摘されているが、頼盛と抜丸の関係を視野に入れると、武具をめぐる叙述手法が広がりをもって像を結ぶように思われる。なお、第三部第一編は、こうした見通しの妥当性を問うものでもある。

なお、渥美かをる氏は『平家物語の基礎的研究』（一九六二・三　三省堂）中篇第四章「平家物語の詞章展開」の中で、都落ち叙述に占める維盛→頼盛の流れの重要さを指摘しているが、諸本で位置が動く記事を除去するという作業に基づく判断であり、今日ではまず方法面で従い難い。

（23）維盛都落ち話自体に漂う哀感も否定できまい。ただし、これも同話の属性であり、本章で述べきたったような、都落ち叙述全体の焦点となるものではない。

（24）ちなみに、⑮〜⑲はいずれも貞能が関連する話題であり、⑯において頼盛の動向とも関連が認められる。また、貞能の動きは資盛と並んで世に注視されていたらしいが（前掲『吉記』）、延慶本が⑮冒頭で、「川尻ニ源氏廻リタリト聞ケレバ、筑後守貞能ガ馳向タリケルガ、僻事ニテ有ケレバ帰上ル。此人々ノ落行ニ行逢ニケリ」（第三末　廿八「筑後守貞能都ヘ帰リ登ル事」）と記しており、「川尻」へ向かったとする貞能の行動が『吉記』と重なっている点が注目される。先に、延慶本が資盛の軍事行動を消去したらしいことは述べたが、その一方で実際には同じ軍にいた貞能については、ある程度実態を踏まえた設定がなされているのである。とすれば、都落ち叙述が組み立てられる際の操作の在り方が窺われると共に、⑮〜⑲の貞能関連のまとまりが、根元的には、ある維盛・頼盛のまとまりと連動する形で成り立っていた可能性がでてくる。㉑以下との性格の相違はこうした点からも考えておかねばなるまい。

（25）延慶本に見える一門内対立の様相は、諸本展開の過程で次第に希薄化していく。それは〈平家都落ち〉像の変質を伴いつつ、『平家物語』の諸本展開の方向性のひとつを示唆していると考えられる。その詳細は続く第二編第一章等で論じることになる。

［追記］

本章のもととなった原論文において、資盛と小松家を取りあげた注（18）記載の議論に言及しなかった点は不注意であった。ただし、本節で問題とする維盛都落ちに関する場面設定や、頼盛記事との脈絡などは、これらの議論の過程では論じられていないことを申し添えておきたい。

第二編　事件像の変容と再生

第一章　人物形象との均衡

――頼盛形象を規定するもの――

一　はじめに

池大納言《いけの》頼盛《より》卿の事不義也。縦《たとひ》頼朝《よりとも》内々此人に痛給《いたはり》ふ事有とも。是は頼朝《より》の義道《ぎ》を存ぜらる、事にして。全《まつたく》頼盛《より》の義道と成にあらず。且《かつ》は又頼朝。源氏の大功《こう》を立ん策《はかりごと》の為に。其縁《えん》有に便《たより》て頼盛《より》を懐《なつくる》心深《ふか》かるべし。然るに頼盛《より》平家を見捨《すて》給ふ事。是義有にあらず。或又平家不道にして。与《くみ》しがたき事を存ぜば。世を捨《すて》身をかくすこそ責《せめ》ての事成べけれ。平家の運尽《うんつき》ぬれば。頼朝にこそ助《たすけ》らんずれと思ひて。忽《たちまち》に主上を見すて。平家の一門を背《そむい》て帰られける事。是大きなる恥辱《ちぢよく》たるべし。縦《たとひ》源氏へ帰て身を立《たて》給へばとて。心有者《もの》いかんぞ是を善《よし》と存て交《まじはり》を深《ふかく》し。親《したし》む者有べけんや。故《かかるゆへに》徳《とく》廉《いさぎよ》からざる事如此《かくのごとし》。

右は慶安三（一六五〇）年刊『平家物語評判秘伝抄』（以下、『秘伝抄』と略称）巻第七之下「一門都落」にみえる、平頼盛都残留に関する記述である。同書は「平家物語中の人物・事件を素材として封建道徳及び兵法を説くもの」と言われる[1]。そこで参照された語り本系の本文では、頼盛は都落ちする平家一門を見限り、頼朝を頼って都に留まったとされている（本文後掲）。近世期に義を重んじる立場から、そうした行動に対して加えられた言辞は、傍線部のごとく極めて厳しい。こうした頼盛評は、『平家物語抄』（作者・刊年未詳）とも重なっており、近世における頼盛という存在が持つイメージの枠組みを察することができる。

しかし、遡って都落ちという事件が起きた当時、人々の頼盛に対する視線は、これと大きく色合いを異にしていた。たとえば、『吉記』寿永二（一一八三）年七月二十八日条には次のようにある。

……重仰云、頼盛卿帰仁、撰乎参上、年来又有奉公志《忠イ》、可被免否可計申。予申云、帰降者無被征伐之例。今度不被宥者、誰人又帰仁乎。就中件卿故入道相国之時、度々雖有不快事、今度殊造意不聞。只為一族許歟。尤可被寛宥。人々皆一同。……

蓮華王院において、京中の狼藉停止・神器の沙汰などが僉議される中で、都に留まった頼盛の扱いも問題とされる。頭弁兼光が伝えた後白河院の仰せに対して、「予」（吉田経房）は「可被寛宥」との意見を述べ、列座した人々の賛同を得ている。その背後には、傍線部のような政治的な配慮があったことは見落とせないが、「就中」として語り続けられる、「今度殊造意不聞。只一族許歟」という言葉を含む波線部の表現から、一門内での微妙な立場を背負わざるを得なかった頼盛に対する同情のまなざしが看取されることもまた確かなのである[2]。この他にも、都に迫る義仲軍を防ぐため、宗盛が「再三辞」する頼盛を「セメフセ」て山科に派遣し、その後いざ都落ちとなると頼盛には何の連絡もしなかったと『愚管抄』巻第五が記し、また『玉葉』もこれに先だって頼盛の一門内での特異な立場を語る記事を載せていること（治承三年十一月廿・廿二日条、養和元年四月一日条）は、著名な事実である。右の僉議は、当時の頼盛が一門の中で異分子扱いされていることが周知の事柄であり、かつ彼への同情的な目を同時代に生きた人々がある程度共有していたこと[3]を示唆するものといえよう。

さて、以上に見た二つの頼盛評には極めて大きな隔たりが存在する。こうした落差はいかにして生み出されていったのであろうか。以下本章では、作中における頼盛形象に懸隔が生み出される過程で作用した力を、いくつかの観点から解明してみようと思うのだが、その途上では、『平家物語』が語る〈平家都落ち〉像変容の方向との相関性を測りつつ検討を進めることとする。それによって、頼盛という一人物のイメージを実像とは離れた姿へと方向づけ、それを規定し続けた物語の力や存在感が照らし出されることともなるだろう。

二　二つの頼盛像

まずは、現存『平家物語』諸本の間に存在する、頼盛の二面性を確認しておきたい。最初に、いわゆる語り本系諸本が語る姿として、覚一本の記述を概観しておこう。

覚一本の頼盛残留話は、「池の大納言頼盛卿も池殿に火をかけて出られけるが、鳥羽の南の門にひかへつゝ、『わすれたる事あり』とて、赤じるし切捨て、其勢三百余騎、都へとッてかへされけり」と導入され、「抑池殿のとゞまり給ふ事をいかにといふに、兵衛佐つねは頼盛に情をかけて、…（中略）…なンど情をかくれば、『一門の平家は運つき、既に都を落ぬ。今は兵衛佐にたすけられんずるにこそ』とのたまひて、都へかへられけるとぞ聞えし」（巻第七「一門都落」）などと記されていく。そこでは頼朝の情けがくり返され（傍点部）、あわせて頼盛がひとたびは一門と共に邸宅に火を懸けて出立しながら、その情けを頼って心変わりすることを明言する姿が記されている（波線部）。語り本の中で、頼朝との縁に導かれた一門離反者としての形象が最も顕著なのがこの覚一本なのだが、たとえば傍点部や波線部の表現を持たない屋代本でも、「池大納言頼盛ハ、池殿ニ火懸テ被出ケルガ…（中略）…鳥羽北門ヨリ都へ引ゾ返サレケル」と導入された上で、頼盛を気遣う頼朝の誓言と討手の使者へ注意を促す発言が記されている。その点に類同の状況を示す八坂系諸本とも併せて、語り本には基本的に等質な姿を認めることができる。

これに対して延慶本では、頼盛が発した残留決意の言葉の冒頭に「行幸ニハヲクレヌ」とあることから、彼は都落ちの初めから一門と行動を共にしていないことが知られる。また同本には続く八条女院とのやりとりの中で、女院を気遣い、自らの運命を受け止める姿が描き出されている。[4] さらに同本では、残留決意の根拠は清盛・宗盛ら主流派との一門内対立とされ、それを象徴的に語る平家重代の太刀抜丸の相伝をめぐる争いの話を続けているのであった(5)。つまり、そこには語り本のごとき一門離反・心変わりは特に描かれていないのである。

加えて、頼朝との関係をとらえる姿勢にも相違が見られることを指摘しておかねばなるまい。先述したとおり、延慶本は一門内対立の存在を頼盛残留の所以とする。ただし、同本でも頼盛は八条女院との会話の中で頼朝の存在を口にしている。女院の御所を訪れた頼盛はまず、出家入道して後生を助かろうと参上した由を告げる。女院は源氏が入京しつつある現状に鑑み、御所内に滞在することの困難さを口にするが、頼盛は事態に応じてすぐに退出する由を言上する。頼朝のことが初めて話題に上るのはその後である。

女院又、「イカニモヨク〳〵相ハカラハルベシ。但シ源氏ト聞ルハ伊豆兵衛佐頼朝ゾカシ。ソレハノボラヌヤラム。上リタラバサリトモ別ノ事ヨモアラジ。カシコクゾ故入道ト一心ニテオワセザリケル。今ハ人目モヨシ。平家ノナゴリトテ世ニオワシナムズ」ト仰有ケレバ、頼盛、「世ニアリト申候ハヾ、定テ今ハ何事カハ候ベキ。只今落人ニテアヂコチサマヨワム事ノ悲サニコソ、カヤウニ参テ候へ。仰ノ如ク、頼朝ガ方ヨリ度々文ヲタビテ候シニ、故母ノ池ノ尼ガ事ヲ申出テ、『其形見ト頼盛ヲバ思ゾ。世ニ有ラムト思モソノ為ナリ』ト、毎度ニ申テ候シナリ。其文コレニ持候」トテ、（以下略・文を女院の見参に入れる）

（第三末　廿六「頼盛道ヨリ返給事」）

この会話において何より注意したいのは、頼朝の存在は女院の側から持ち出されているということである（傍線部）。頼盛はその仰せをうけてもなお覚悟を変ずることない言葉を連ねた後、ようやく頼朝との関係に言及する（波線部）。しかし、「仰ノ如ク」（傍点部）とあるように、頼盛が頼朝との関係に言い及んだのは、あくまでも先に女院の「仰」があったがゆえのものとされているのである。波線部の言葉に語り本の表現と通じるところがあるのは確かだが、両本の間には、頼朝との縁をとらえる頼盛の根本的な姿勢について、明らかな相違が存在しているのである。

現存延慶本が延慶二・三（一三〇九・一〇）年の本奥書を持つ応永二十六・七（一四一九・二〇）年書写本であり、覚一本が応安四（一三七一）年の奥書を持つことを一応の目安とすれば、物語の受容過程において変貌を始めた頼盛像は、十四世紀中にはこうした二つの像が併存する段階へと至っていたと考えられよう。その上で注目したいのが、従来抜丸話を持つ伝本群（延慶本・『源平盛衰記』など）と語り本との間でとらえられてきた、頼盛の残留理由や人物形象の相違(6)に関して、実は前者を含む読み本系諸本の間にも質の違いが認められるという事実である。(7)続いて、まずは『源平盛衰記』の検討を糸口として、その点を掘り下げていこう。

三　〈平家都落ち〉像変貌との相関性

都落ちに関する延慶本と『源平盛衰記』（以下、『盛衰記』と略称）の構成は大きく異なる。分析に先立ち、記事構成表を掲げておこう（次頁）。

かかる記事構成について、⑤維盛都落ちと⑥頼盛都残留とが連接し、一門の他の人々の動き（⑲以下）に先行するという延慶本の構成上の特徴が、一門内での対立の存在に焦点をあわせて〈平家都落ち〉という事件像を語る同本の叙述志向と連動していることは前章（第一部第一編第三章）で既に指摘した。以下には、『盛衰記』では⑤⑥が分離されている点に着目してみたい（表中、⑤〜⑦はゴシック体で示した）。

当該部分の『盛衰記』を読み進めていくと、維盛以下小松一家の不参を不安視する宗盛の姿を語る⑨の中に、越中次郎兵衛盛嗣の「池殿ハ御留ニコソ。侍一人モ見エ候ハズ。口惜侍者哉。……」という言葉があり、また、「池大納言ノ一類ハ今ヤ〳〵ト待レケレ共、落留テ見エ給ハズ」という一文を含む⑩が、内容的に⑨とつなげられていること に気が付く（⑰が挟まれる意味は後述）。頼盛一類の不参を前提とする表現を含み持つこれらは、文脈上⑥の後にあって然るべきものである。『盛衰記』はこれらを敢えて⑤に続けることで、維盛関連の話題の集約化を図っていること

◎平家都落ち関連記事構成表

延慶本第三末	『盛衰記』巻第三十一～二	四部本	南都本	覚一本
①主上都落ち	①	①	①	①
②六波羅焼亡	②	②	②	⑫
③六波羅邸	⑫	⑲	㉑	⑤
④家貞都落ち	⑤＊馴れ初め話を含む	⑰	㉒	②
⑤維盛都落ち	⑨	⑤	⑤	⑰
⑥頼盛都残留	⑰	⑨	⑨	⑲
⑦抜丸事	⑩	⑩	⑰	㉑
⑧八幡大菩薩示現	㉑	⑪	⑩	㉒
⑨宗盛落涙	㉒＊流泉話を含む	⑥	⑪	⑥
⑩小松一門合流	A景家都落ち	⑬	⑥	⑨
⑪平家名寄せ	⑪	C	⑫	⑩
⑫近衛殿帰洛	⑥	⑯	⑬	⑪
⑬貞能帰洛	⑬＊重盛如法経話を含む	⑱	⑲	⑱
⑭頼盛門前落首	B平家人々和歌		⑳	⑬
⑮貞能に院中騒動	⑲		C	
⑯主なき都	⑳		⑯	
⑰東国武士の沙汰			⑱	
⑱平家石清水に祈願				
⑲忠度都落ち				
⑳行盛和歌				
㉑経正都落ち				
㉒青山の沙汰				

※各本の該当巻は以下のとおり。四部合戦状本（四部本）……巻第七、南都本……巻第八、覚一本……巻第七。A、Bは『盛衰記』独自記事。C（法皇鞍馬入り）は他本では表示部分以前にある。この表は、各本の記事の存在と掲載順を延慶本を基点として示したものである。

が窺い知られよう。同じく⑤の中に維盛と北の方の馴れ初め話が含み込まれていることからも、こうした判断の妥当性が確かめられよう。(8)

これに関連して、『盛衰記』の⑤維盛都落ちの中には、延慶本には存在しない、次の傍線部のごとき表現が数多く存在することを看過し得まい。

(a)……中将ハ「兼テ申侍シゾカシ。具シ奉テハ御身ノ為縁惜ケレバ、只留給ヘ。維盛西海ニ下テ水ノ底ニモ沈ミ、敵ニモ討レンヲマノアタリ御覧ゼン事イカ計カハ悲カルベキ。露愚ノ事ハナキ者ヲ。角ナ歎給ソ」ト宣ヘバ、北方「イカニ角ハ聞ユルゾ。後ノ世マデモトコソ契シニ、今更打捨給フ事心ウサヨ」トテ、涙モセキアヘズ御座ケルヲ見ニ付テモ、為方ナク思召ケレ共、様々ニ誘給ケル程ニ、ホド経、時移ケレバ、……

(b)（資盛以下）「……イカニ今マデ角テハ御座候ゾ」ト宣ケレバ、三位中将ハ「少キ者共痛慕侍ヲ誘侍程ニ」トテ、涙ニ咽テ立給ヘリ。北方ハ冑ノ袖ニ取付テ、「サテ打捨テ出給フニヤ」トテ、叫給。若君姫君モロ共ニ左右ノ袂ニカナグリ付テ、我捨ラレジトゾ慕ヒ給。三位中将ハ余ニ無為方被思ケレバ、重藤ノユミノハズニテ御簾ヲサト搔揚テ、弟ノ殿原ニ、……（共に巻第三十一「維盛惜妻子遺」）

別離を余儀なくされた夫妻・親子の辛苦を印象づける表現はこれらの他にも多く、『盛衰記』では別れの名残惜しさを表現する姿勢が大きく増幅していることが知られるのである。

こうした一連の維盛話の中にある⑰は一見異質な存在ともみえる。しかし、当該部分は、

(C)畠山庄司重能・小山田別当有重兄弟二人ハ年来平家ニ奉公シテ、都落ニモ御伴申テ、泣々淀マデ下タリケルヲ、大臣殿御覧ジテ近両人ヲ召テ、…（中略）…重能・有重畏テ、「『身ハ恩ノ為ニ仕レ、命ハ儀ニ依テ軽シ』ト云事アリ。年来恩ヲ蒙テ身ヲ助妻子ヲ養ヒ候キ。今更子ガ悲ク、妻ガ恋ケレバトテ、争見捨奉ベシ。落着御座サン所マデハ御供也」ト申セバ、人ノ親ノ子ヲ思フ志、尊モ卑モ替ル事ナシ。サレバ子ハ東国ニアリテ源氏ニ随ヒ、親

ハ西海ニ落チ身ヲ亡サン事不便也。只トク〳〵頸ヲ延テ頼朝ニ随テ、再妻子ヲ相見ルベシ。ツユ恨ト思ベカラズ」ト宣ケルコソヤサシケレ。二人ノ者共二十余年ノ好ナレバ、遺ハ実ニ惜ケレ共、サスガニ身ノステ難サニ、泣々都へ上ニケリ。

（巻第三十一「畠山兄弟賜暇」）

とある。延慶本で畠山らは「日来召ヲカレタリツル東国者共」・「ヲリフシ在京シテ大番勤テ有ケルガ」（廿八「筑後守貞能都へ帰リ登ル事」）とされている。その在京理由（傍線部）を比べても、あるいは波線部のごとき独自の言葉をみても、『盛衰記』では平家への恩義という側面が特に打ち出されており、それが彼らの「遺《なごり》」惜しき心情を一層際立たせることとなっている。と同時に、波線部は一面で夫妻・親子の別離をも問題としていることも見逃せまい。

改めて一連の流れを振り返れば、⑤で妻子との別れに揺れる維盛の姿が描かれ、⑨でその維盛の行動を不安に思う宗盛が記される。そして、同じく妻子を思いつつも敢えて重恩を優先しようとしたが、結果的には平家を離れることとなった畠山らの姿が⑰で示された上で、⑩で妻子と別れた維盛の一門への合流とそれに安堵する宗盛の姿が続けられる。このように、『盛衰記』の⑤〜⑩には近親者との名残惜しき別離を語る、維盛の心理を軸とした脈絡が存在するのである。

『盛衰記』におけるそうした流れは、さらに㉑経正やA景家の都落ち話が続けられていること、そしてそれらの扱われ方をみれば一層鮮明となる。すなわち、都落ちの際に仁和寺を訪れる経正の話は、「修理大夫経盛ノ子ニ但馬守経正ト申ハ、入道ノ甥也。童形ノ程ハ幼少ヨリ仁和寺宮ニ守覚法親王候テ御愛弟ニテオハシケルガ、是モ都ヲ落ケルニ、昔ノ好ミ忘難ク覚エケレバ、最後ノ見参ニ入進セントテ……」と語り出される。また、続く景家の話は、北国合戦で戦死した飛騨判官景高の子を、景高の父である飛騨守景家が自分の老母（景高子にとっては曾祖母）のもとに預け置いて都落ちに同行するという話である。『盛衰記』のみに存するこの話は、「飛騨守モ御伴ニトテ出立ケルガ、三歳ニナル孫ニ遺ヲ惜ツヽ、イカヾセントゾ悲ケル……」と導入される。そこには景家母の「我身縦若ク盛也トモ、懸ル乱ノ世中ニイカニシテカ育ベキ。況八十ニ余テ今日明日トモ知ヌ命也。行末遙々ノ少キ者ヲ何トセヨトテ捨預テハオハスルゾ。縦情ナク老タル母ヲコソ振捨テ出給フ共、恩愛ノ別ノ悲ニ打副テ歎ヲ重給事コソ心ウケレ。イカナラン野末山ノ奥ヘモ具行給へ」という悲嘆が綴られ、そののち「弓矢トル身ノ哀サハ、人ニ弱気ヲ見セジトテカナグリ棄テ出ケレドモ、涙ハサキニス、ミケリ」と結ばれるのである。『盛衰記』では維盛話以降、名残惜しき者との別離という主題のもとに話題の並列・集約化が図られていることはもはや明らかであろう。

『盛衰記』はこうして、平家の人々が名残を断ち切り、最終的には一門としての結束を優先させて、揃って都を離れていった状況を語る。そして叙述は落ち行く平家一門の名寄せ⑪へと続き、そこで維盛・経正・景家らの姿に見る人々の悲嘆の堆積を総括する形で、「落行平家ハ誰々ゾ……」と記される。[9] この間の叙述は、いくつもの別れが醸し出す哀感を纏いつつ、都落ちという事件を色づけしていく。そしてそれは、別離の状況を集約的に語るという、延慶本とは異なる叙述展開とも相俟って、より印象づけられているのである。『盛衰記』の都落ち叙述は、一門内対立の浮上を打ち出す延慶本のそれとは明らかに焦点を異にしており、そこに悲哀感を前面に表出するものへと変貌し、再生を遂げた〈平家都落ち〉が像を結んでいることが知られるのである。

こうした叙述展開を⑥頼盛都残留話の様相、そして頼盛の人物形象のありようと切り離すことはできまい。

(d)池大納言頼盛卿モ池殿ノ亭ニ火ヲ懸テ鳥羽ノ南赤江河原マデ落給タリケルガ、赤旗赤注チギリ捨テ此ヨリ都へ帰上ル。八条女院ノ御所仁和寺常葉殿ニ参籠給ヘリ。落残ル勢僅ニ百余騎也。兵衛佐ノ許ヨリ度々被申送ケルハ、「平家追討ノ院宣ヲ下給ル上ハ私ヲ存ズベカラズ。御一門ノ人々可恨申ニテ候。但御アタリノ事ハ驚思召ベカラズ。故池尼御前ニ難遁命ヲ被助進テ今ニ甲斐ナキ世ニ立廻レリ。其御恩争カ奉忘ベキナレバ、イカニモ報ヒ申サントコソ存ツレ共、後レ進ヌレバ、力及バズ。今ハ故尼御前ノ御座ト深思進スレバ、頼朝角テ世ニ立廻リ候ハヾ、朝恩ニモ申替テ御宮仕申ベシ。ユメ〳〵嬌飾ノ所存ニアラズ」ト被申タリケル上、法皇仰之旨モ有ケルヲ憑テ留給フ。又同侍ニ弥平兵衛宗清ト云者アリ。兵衛佐平治ノ逆乱ニキラルベカリケルヲ、此宗清池ノ尼御前ノ使トシテ兎角詞ヲ加テ、死罪ヲ申宥タリケルニ依テ、兵衛佐思忘給ハズ。国々ノ兵ヲ差上セ給ケル時モ、「穴賢、池殿ノ殿原ニ向テ弓矢ヲ引事有ベカラズ。又宗清兵衛ニ手カクナトゾ被誡仰ケル。平治ニ頼朝助リテ、寿永ニ頼盛遁給フ。周易ニ積善之家有余慶、不善之家有余殃ト云本文アリ。誠哉此言人ニ情ヲ与ルハ、我幸ニゾカヘリケル。

（巻第三十一「頼盛落留」）

頼朝の情けとそれを恃む頼盛の姿が全体を覆っていることは一読して明らかである。こうした姿を、改めてここまでに検討したような流れの中で受け止めてみるならば、結束して行動する一門を捨てて他門へ身を転じたという色彩が濃くなるのは必至であろう。その点と関わって、引用冒頭の傍線部に注目したい。頼盛もひとたびは一門の都落ちに同行したとされているのである。延慶本の頼盛は先述のごとく初めから一門に遅れたものとされており、こうした点でも『盛衰記』では頼盛の残留は明確な心変わりとされているのである。

このような離反者としての彼の行動が、一連の叙述展開において他ならぬこの位置に据えられ、唯一特権的に有していた頼朝との関係性ゆえのものとされることで、揃って都落ちせざるを得なかった一門の立場が対照的に浮かび上がってこよう。また、そうした立場の違い、すなわち運命の明暗を分ける境界線が示されることで、都落ちに伴う悲哀感もまたその輪郭を際立たせることとなる。本節で述べきたったとおり、『盛衰記』は一連の叙述展開を通じて、都落ちに伴う哀感の表出を志向している。その一面で延慶本にはなかった離反者頼盛の姿を打ち出すゆえんは、一門を捨てた弾指すべき存在を描き込むためにはとどまるまい。より根元的には、先述したごとく、悲哀感の表出を基調とする〈平家都落ち〉像描出への志向に適う、新たな人物像が求められたものと考えられるのである。

四　頼盛形象の方向とその普遍性

さて、頼盛形象変貌の方向性を考えるとき、この後鎌倉に下向する際の頼盛の姿にも目を向けておく必要がある。その場面の冒頭で『盛衰記』は、「同五月十五日、前大納言頼盛卿上洛シ給ヘリ。関東ニテ被賞翫給ケル事、心モ詞モ及ガタシ」と、鎌倉下向という行動の結果とそれへの評言を先に示し、改めて次のようにその顛末を語り出す。

此人鎌倉ヘ下リ給ケル事ハ、平家都ヲ落給シニ、共ニ打具シテ下給シ程ニ、兵衛佐ノ兼テノ状ヲ憑テ道ヨリ返給ヘリ。彼状ニハ、「難遁命ヲ寛シテ生ラレ奉リシ事偏ニ池尼御前ノ芳恩ニ侍リ。其御志生々ニ忘難シ。頼朝世経廻セバ、御方ニ奉公仕テ、彼御恩ニ可奉報。コノ条矯飾ノ作リ言ニ非ズ。且ハ二所八幡ノ御知見ヲ仰グ」ト、度々被申上タリケレバ、深其条ヲ憑テ落残リ給タレ共、頼朝コソ角ハ思フ共、木曾冠者十郎蔵人我ニ情ヲ置ベキニ非ズ。イカヾ成行ンズラン。……

（巻第四十一「頼盛関東下向」）

『盛衰記』はここに、延慶本にはなかった「平家都ヲ落給シニ、共ニ打具シテ下給シ程ニ」（傍線部内）という状況理解を付している。つまり、波線部の内容と併せて、前節末に検討した都残留話⑥との内容的照応が図られているのである。残留理由の変化に伴って、頼朝との関係の中で頼盛の行動が一貫してとらえられるようになっていることを見逃せまい(10)。

さらに、当該記事の結びも特徴的である。

……命ヲ生給ヘルダニモ難有、剰ヘ徳付所知得給ヘリト披露有ケレバ、人ノ口様々也。[a]或ハ「家ノ疵ヲ顧ズ、一門ヲ引分テ永ク名望ヲ失テ今ニ存命ヲ全スル事不可然」ト謗ル者モアリ。[b]又、「池尼公頼朝ヲ不ハ宥ルシ生カ、頼盛争カ虎ノ口ヲ遁テ鳳城ニ還ラン。積善家ニハ有余慶ト云。誠ナルカナ」ト羨嘆ル者モアリ。其口何レモ理也。

（巻第四十一「頼盛関東下向」）

『盛衰記』は頼盛の上洛までを語った後、それに対する批評の言を独自に付している（傍線部以下）。「人ノ口様々也」、「其口何レモ理也」という言葉に表れた、『盛衰記』の柔軟な価値観を見逃せないことはもちろんだが、[11]ここで注目したいのは、立場の違いこそあれ、二重傍線部a・b共に頼盛が一門と離れて都へ引き返したことを許している点である。特に後者は、頼朝を恃んで帰還したとの理解に基づいている。こうした認識が『盛衰記』に定着していることは、二重傍線部bの表現が、残留話末尾の表現（前節引用(d)二重傍線部）に通じているという一事をみても明瞭であろう。[12]

以上のように、『盛衰記』では頼朝との関係を恃み、一門から身を翻した人物として画一的に頼盛をとらえ、叙述を進める姿勢が広く定着していることが知られる。この点に、『盛衰記』における、延慶本とは質を違えた頼盛形象の方向を認めることができよう。

ところで、都落ち叙述の構成とも関わって、頼朝との関係にひかれた転身という色を打ち出している伝本は、実はこの『盛衰記』に限られるわけではない。たとえば四部本を見てみると（前掲記事構成表参照）、⑨⑩の中には『盛衰記』同様の先取り表現（前節）を含んでおり、かつ⑪平家名寄せを挟んで維盛話⑤⑨⑩と頼盛話⑥⑬とが対照的に配置されている点も『盛衰記』と共通する。具体的な姿としても、「池大納言頼盛池殿火懸ヶ打出下」と、いったんは一門に同行したものの、結局池禅尼と宗清への恩を語る頼朝の言葉を「憑」んで都に留まったとある。『盛衰記』とは位置を異にする記事も存在するが、頼盛の扱いやそれと連動する都落ち像再構築の志向に関して、ある共通基盤の存在を窺うには充分であろう。[13]また、関東下向の場面についても、その末尾に、「…非命生下ヒ徳付ソ上リ下。弥平兵衛宗清此跡下西国ヘ付ケリ。屋嶋見人聞人莫シ不云事感歎セ之」と、宗清が西国下向し、それに感嘆が集まったことを特記する。こうした宗清との対照性の中で頼盛の分の悪さはいっそう際だつこととなっており、同本でも一貫して転身という負の側面を背負う形で頼盛は扱われている。

南都本もまた、『盛衰記』・四部本と同様の先取り表現を持ち、名寄せを挟んで頼盛の残留を位置づける。その残留は頼朝から「度々誓状アリケレバ其消息ヲ馮デ」のものとされ、頼盛に配慮するよう討手の者たちに注意する頼朝の言葉をも記す。さらに、同本では近衛殿の帰還を語る中で、平家方の「近衛殿モ落サセ給候。ハヤ心ウク候物カナ。池殿モ御心替リトテ留リ給フ」との独自の発言をも記しているのである。

かかる様相は、第二節で述べた語り本のありようとも通底している。覚一本によって補足的に述べておくと、構成面、特に⑪名寄せの位置について『盛衰記』やその他の二本とは異なるものの、一門の人々の都落ち（⑤〜㉒）を列挙した後に、⑥頼盛残留をそれとは対照的に位置づけるという扱いは共通する。『盛衰記』等に共通して見いだせた頼盛形象の方向が、語り本とも通じていることは間違いない。このように伝本それぞれの独自色や偏りの大小はあるものの、諸本展開に伴う〈平家都落ち〉像及び頼盛形象の変質の方向には、本文系統の違いを越えた普遍性が見いだせることが以上から明らかとなるのである。

五　頼朝を語る素材

ところで、そもそも頼朝を恃むという行動は無条件で批判されるべきものだったのだろうか。延慶本には、縁ある児玉党の「人ノ一家ヒロキ中ヘ入ト云ハ、カヽル時ノ為也。軍ヲトヾメ給ヘ。和殿ヲバ御曹司ニ申テ助ウズルゾ」という言葉を頼りに降人となった樋口次郎兼光の行動が記されている（第五本　十「樋口次郎成降人事」）。また、四部本の段階でも、石橋山合戦の後安房へ逃れる船出の際、土肥実平が子息遠平を下船させる場面が独自に作り出され、遠平が平家方の伊東入道の婿であるから、「若シ我レ負レタ軍之時、子助タラ、後憑マン」という実平の思慮が新たに描き込まれている。このように、『平家物語』において、戦後敵方の縁を恃む姿は頼盛に限られたものではない。また、右傍線部の言葉や、後出本で新たにかかる場面が創出されていることをみると、敗戦後に頼るべき縁戚を平素から諸方に求めておく慣習が、物語を享受する社会環境の中に存在し続けていることが推察されもする。[14] 物語の外でも、先の『吉記』の他、『玉葉』・『愚管抄』等にも残留後の頼盛の姿が何度も現れるものの、一門を離れたことへの批判的言辞は一切見いだせない。これらを勘案すると、延慶本に見えたごとき頼盛の姿が諸本展開の過程で失われ、普く一門からの離反者とみなされていくには、やはり何らかの要因が存在して然るべきであろう。その点について前節までには、都落ちという事件の全体像を悲哀感を際立たせつつ描き出そうとする姿勢との均衡の中で、頼盛の転身や二心などの側面が規定されていくという、諸伝本が共有する叙述基調を提示した。

その一方で、頼盛の残留や残留後の姿を語ることで、恩義をわきまえた頼り甲斐ある存在としての頼朝の姿が必然的に浮上するという構図も看過し得ないのではなかろうか。

それは決して『平家物語』に限られたあり方ではない。たとえば『吾妻鏡』では、

(a)池前大納言并室家之領等者、載二平氏没官領注文一、自二公家一被レ下云々。而為レ酬二故尼池禅尼恩徳一、申二宥亜相勅勘一給之上、以二件家領卅四箇所一、如レ元可レ為二彼家管領一之旨、昨日有二其沙汰一。（以下略）　（元暦元年四月六日条）

(b)武衛被レ遣二御書於泰経朝臣一。是池大納言、同息男、可レ被レ還二任本官一事、并御一族源氏之中、範頼、広綱、義信等可レ被レ聴二一州国司一事、内々可レ被二計奏聞一之趣也。大夫属入道書二此御書一、付二雑色鶴太郎一云々。

（同五月廿一日条）

などがあげられる。(a)は頼朝による池大納言家領返付の沙汰を記す著名な一条。(b)には頼盛父子の本官還任を頼朝が奏聞したことが記されている。ちなみに(b)を受けて、同六月廿日条には小除目の聞書到着について、「……武衛令レ申給任人事無二相違一。所謂権大納言平頼盛、侍従同光盛、河内守同保業……」ともある。さらに、鎌倉へ下っていた頼盛の帰洛の際には、「武衛招二請池前亜相一給」し、「金作剣一嚢」「砂金一嚢」「鞍馬十疋」他数々の「引出物」があっ

たとする（同六月一日、五日条）。ここでその他全ての用例を列挙することは控えるが、同書において頼盛の名は、一例を除いていずれも右のごとく頼朝の行為を語る中で現れるのである。[15] 特に(a)の傍線部は、そうした行動を支える頼朝の本意を表現している点、看過できまい。このように『吾妻鏡』では、頼盛との関わりの中で、過去の恩義を重んじる頼朝の姿が鮮明に立ち現れているのである。

『平治物語』にも類似した傾向が読みとれる。池禅尼に対する頼朝の恩義が平治の乱後の助命嘆願に由来するという話題を、『平治物語』諸本は有している。そこには、「御恩によりて、命を助られまいらせぬ。此御芳志、生々世々にも、いかでか報じつくしまいらせ候べき」（学習院本〈古態本〉下巻「頼朝遠流の事付けたり盛康夢合せの事」。流布本略同）[16] といった頼朝の言葉が存在する。そしてこの後、後日譚として頼朝挙兵と平家追討の概略が記されるが、その中で問題の平家都落ちと頼盛の都残留が述べられることとなる。

（学習院本）寿永二年七月廿五日、木曾冠者、都へ責のぼり、平家、都を落ぬ。「池殿の御子息は御留候べし。故尼御前を見参すると存候べし」と、内々、起請状、進せられたりければ、それをたのみに留まり給ぬ。本領、少もたがはざりけるうへ、所領あまた、まいらせられけるとかや。

（流布本）寿永二年七月廿五日、北陸道をせめのぼりける木曾義仲、まづ都へ入と聞えしかば、平家は西海におもむき給ふ。されども池殿のきんだちはみな都にとゞまり給ふ。其ゆへは、兵衛佐鎌倉より、「故尼御前をみ奉ると存知じ候べし」と、度々申されければ、落とゞまり給ひけり。本領すこしも相違なく、安堵せられければ、むかしの芳志を報じ給ふとぞおぼえし。

頼盛残留話は頼朝の挙兵を語る文脈で持ち出される（下巻「頼朝義兵を挙げらるる事幷びに平家退治の事」）。特に、直前で池禅尼への恩を深く感じている姿を先引のごとく記す『平治物語』にあっては、ここで頼朝の意識や人格が重ねて印象づけられることとなっている。

加えて注目すべきは、傍線部のごとく、頼盛の残留が頼朝の言葉を恃んでのこととされている点である。さらに、流布本の傍点部「されども」という逆説表現には、頼盛の行動を不自然なものとみる認識が窺え、また二重傍線部のごとく頼朝の報恩という側面がより明確に打ち出されてもいる。このように、『平治物語』収載の後日譚において、頼盛は恩義をわきまえた頼朝の姿を語るために利用される素材となっているのである。『平治物語』に現れるこうした頼盛の扱いや頼朝との関係性は、まさしく先に『平家物語』後出諸本に見えた状況と符合する。『平家物語』と内容面でのすりあわせが図られつつ展開していったとされる『平治物語』[17]とも、頼盛を扱う姿勢が通底していることの意味は軽くあるまい。

『吾妻鏡』で視線が頼朝の側に向けられ、その人格や政治を語る一齣として頼盛との関係が扱われていることについては、同書が幕府の編纂物であることを差し引く必要があろう。それでもなお、都残留以後の頼盛の置かれた状況が、『平家物語』に限らずとも旧恩を忘れぬ頼朝の情けを語る格好の素材とされ続けたことは、以上の事例から十分に推察し得よう。真の理由がどうあれ、結果として頼盛（やその子供たち）は頼朝との関係性の中で生き続けた。それゆえに頼盛の事跡が必然的に有することともなる、頼朝の人格を語る素材としての側面が、先に指摘したような『平家物語』の展開過程における頼盛形象の変貌・一面化と無関係であり得たとは思われないのである。

ただし、そうした人物形象の変容が、頼朝の情けを語るべくして生じたとまではいえまい。第一義的にはやはり悲哀感を伴う〈平家都落ち〉像構築への志向との相関性の中で導かれたものと判断するのがより妥当であろう。しかし、ひとたびそうした方向性が生まれた後、宿命的に頼盛という素材が有する先述のごとき側面が、その定着・継承を背後で支え続けたのではないか[18]。『平家物語』が語る頼盛の姿は、こうした複数の志向の狭間で、それらの作用を受けながら強く規定されていったものと考えられるのである。

六　おわりに

ここで改めて冒頭に掲げた『秘伝抄』の記述に立ち戻ってみる。以上の検討を経た今、そこに現れた批評眼を決して近世ゆえの産物として片づけることはできまい。流布本に至る語り本系のみならず延慶本以外のいずれの現存諸本に接する場合でも、偏差こそあれ、一門からの転身という負のイメージを背負った頼盛が姿をみせるのである。(19)奥書の記載を指標とするならば、先述の延慶本・覚一本に加え、『盛衰記』との共通祖本の段階が探られつつある四部本に記される文安三（一四四六）年もしくは同四年という時期も視野に収めることができる。物語変容の過程では、十四世紀中には既に頼盛形象の変貌は大きく進展しており、それによって彼の人物評も次第に実態を離れた一面的なものへと方向を定められつつあったと考えられるのである。(20)『秘伝抄』に現れた頼盛評は、中世を通じて『平家物語』が膨大な数の異本を生み出しつつも普遍的に継承し続けた頼盛形象によって規制されてきた中世人の歴史理解の延長線上に存在していることを、受け止める必要があるだろう。

こうして創出された頼盛像等によって際立つ、平家一門の哀れな都落ちという事件理解は、今日の一般的な認識にもつながっている。(21)抽象的な物言いではあるが、現代にも作用し続けるこうした『平家物語』の規制力の形成過程、また思考・認識の枠組みとしての〈平家物語〉が機能していく途《みち》を照射する中に、物語に変容と再生をうながし、歴史への批評力を養っていったいくつもの時代相や中世人の思考法、あるいは嗜好といったものに接する糸口の一つがあるのではないか。『平家物語』（そして軍記物語）の変容と再生はそうした関係性の中で進展していったものと思しい。かかる見通しのもと、中世の文化環境・精神史的状況との均衡関係の中で、事件像再生の諸相を照らし出し、物語変容論・享受論の可能性を再吟味する試みを、次節以降にも続けていくこととしたい。

注

（1）『平家物語研究事典』「『平家物語評判秘伝抄』」の項。同書の引用は早稲田大学図書館蔵本に拠る。
（2）従来から平家一門内での頼盛の特殊な立場（清盛ら主流派との対立）を窺わせる記録の一つとして注目されてきた部分である。なお、この後には頼盛の処置に関して、義仲らへの配慮を述べる実家・定房の補足意見が続いている。
（3）頼盛が院と近しい関係にあったことも、こうした雰囲気に関与したものと推察される。『吉記』にはこの後、後白河院の近くに伺候する頼盛の姿がくり返し見える。また、頼朝が鎌倉を出たとの報をうけて、他ならぬ頼盛が「行向」うことが議定されており（『玉葉』寿永二年十一月二日条）、朝廷にとってその関係に利用価値があったことも見逃せない。
（4）日下力氏「後栄の平氏――軍記物語成立期の歴史状況――」（「文学」季刊6―3　一九九五・七　→同著『平家物語の誕生』〈二〇〇一・四　岩波書店〉加筆収録）に指摘がある。なお、小林美和氏「延慶本平家物語の頼盛――物語作者の倫理観をめぐって――」（「青須我浪良」55　一九九九・十二　→同著『平家物語の成立』〈二〇〇〇・三　和泉書院〉再録）は、延慶本の頼盛の姿を裏切り者として読み解いている。延慶本の叙述を広く見渡すとき、そうした側面も存在していることは日下論にも指摘されているところで、その点には異論はない。ただし、第一部第一編第三章および本章で示すごとき頼盛叙述の様相を踏まえると、そこに徹底した裏切り者像が提示されているとするにはためらいを感じてしまう。本章で示す解釈の妥当性を吟味する意味でも、この両論を併せてご参照いただきたい。
（5）拙稿「〈平家都落ち〉考――延慶本の維盛と頼盛をめぐって――」（「日本文学」48―9　一九九九・九）〔第一部第一編第三章〕。
（6）大羽吉介氏「抜丸説話と平頼盛平氏一門離反をめぐって」（「駒沢国文」22　一九八五・二）等。
（7）注（5）拙稿及び「抜丸話にみる『平家物語』変容の一様相――軍記物語と刀剣伝書の世界――」（「国語と国文学」77―8　二〇〇〇・八）〔第三部第一章第五節〕において、抜丸話の変質という観点からこの点に言及した。なお、それらの中で述べたように、現存諸本の都落ち関連の叙述は、こうした延慶本のごとき叙述形態を基点としてそれぞれに改編されたものと考えられる。

（8）北の方との馴れ初め話は、延慶本では構成表に示した部分より前で語られている。

（9）注（5）拙稿で述べた、延慶本における当該名寄せの機能との相違にも注意しておきたい。

（10）注（4）日下論は、延慶本の中に頼盛像の揺れが見られることを指摘している。

（11）日比野和子氏「源平盛衰記の一性格――「とりどり」という表現をめぐって――」（「名古屋大学国語国文学」43　一九七八・十二）が注目した「とりどり」という語の使用に窺われる姿勢とも関わり、広く『盛衰記』の価値観を示唆する表現の一部と推察される。その中に独自の頼盛評が現れていることに注意しておきたい。

（12）二重傍線部aについても記事⑬を顧みる必要がある。そこでは女院御所へ入った頼盛が貞能帰洛の報に接して女院に助けを乞う様子や、池殿の門前に落首の札が立てられたことが記される。延慶本にも存するこの記事の結びとして、『盛衰記』は「有為無常ノ境ト云ヒナガラ、命ヲ惜身ヲタバフ事、定テ可後悔ヲヤ。年来芳志アル一門ヲ捨テ他門ニ帰伏シ給ヌル事ゲニモイケル甲斐ナシトゾ人申ケル」（巻第三十一「小松大臣如法経」）という落首の文面を踏まえた独自の批評を加える。ここに表れた批評の観点や頼盛理解が、aと均質であることもまた一目瞭然なのである。

（13）佐伯真一氏「『平家物語』と『保暦間記』――四部本・盛衰記共通祖本の想定――」（「中世文学」40　一九九五・六　→同著『平家物語遡源』〈一九九六・九　三弥井書店〉再録）等が指摘する両本の共通祖本の問題とも関わろう。

（14）『盛衰記』独自場面としては、頼朝挙兵をうけて、懐島平権頭景義が弟大庭（大場）景親に「……但軍ノ勝負兼テ難知。平家猶モ栄ヘ給ハヾ和殿ヲ憑ベシ。若又源氏世ニ出給ハヾ我ヲモ憑給ヘ。……」などと述べて、兄弟で源平に分かれたとする話（巻第二十「佐殿大場沙汰」）、佐々木兄弟のうち、ただ一人平家方についていた義清について、兄高綱が「……依之兄弟四人御方ニアリ。汝一人門ヲ引分テ、思係ヌ大場ガ尻舞イト珍シ。勲功ノ賞ニハ他人ノ手ニ懸ベカラズ」と述べたという話（同「高綱賜姓名」）、小坪合戦に先だって、半沢六郎成清が和田小太郎義盛に、「三浦ト秩父ト申セバ一体ノ事也。両方源平ノ奉公ハ、世ニ随フ一旦ノ法也。佐殿イマダ討レ給ハズト承ル。世ニ立給ハヾ、畠山殿モ本田・半沢召具シテ定テ源氏ヘ被参ベキ。平氏世ニ立給ハヾ、三浦殿モ必御参アルベシ。……」と語ったという話（巻第二十一「小坪合戦」）、畠山重忠が半沢成清の「タゞ平ニ御参候へ。小坪ノ軍ハ三浦ノ殿原存知アルラン。弓矢取身ハ父子両方ニ別レ兄弟左右ニアツテ合戦スル事尋常也。保元ノ先蹤、近例也。……」という言葉をうけて、頼朝のもとに推参したという話（巻第二十三「畠山推参」）などが見いだせる（最後の二例は、重忠の動向として一連の脈絡に収められている）。

（15）全十例中、頼盛の行動として記されるのは、以仁王事件で若宮を六波羅に連行したという記事（治承四年〈一一八〇〉五月十六日条）のみである。

（16）金刀比羅本にはこの言葉が記されていないが、池禅尼の言を畏まって承る頼朝の姿は描かれている。

（17）日下力氏『平治物語の成立と展開』（一九九七・六　汲古書院）所収の諸論考に詳しい。拙稿「『平家物語』巻第一「御輿振」の変容とその背景――屋代本より語り本の展開過程に及ぶ――」（「国文学研究」122　一九九七・六）〔第二部第三編第一章〕でもその一例を指摘した。

（18）それは中世を通じて形成されていった頼朝の存在感の大きさとも連動する問題と考えられよう。『平家物語』における頼朝の存在感については、第二部第一編第二章、同第二編各章などでもとりあげる。この点は、今後もより多角的に探究していきたいと考えている。

（19）『盛衰記』はそこに明確な形で批評の言葉を加えてもいた（本章第三・四節参照）。延慶本でもこののちは離反者扱いされることとなる。注（4）参照。

（20）『平家物語』の影響を受け、十四世紀中頃の成立と目される『保暦間記』が、「池大納言頼盛ハ、頼朝ヲ憑テ都ニ止マリ玉ヒケリ」と記すことも、その規制力を窺わせる一例として見逃せまい（引用は佐伯真一氏・高木浩明氏編『校本保暦間記』〈一九九九・三　和泉書院〉に拠る）。また、『公卿補任』は寿永二年の頼盛について、「族雖赴西海独留洛中」と記す。ここにも『平家物語』（語り本系か）の影が透かし見えることを付言しておく。

（21）記述の比重や分量的制約の問題もあるのだろうが、今日、平家都落ちに際して頼盛他多くの残留者がいたことを積極的に取りあげる通史的記述は存外に少ないように思われる。本章で述べきたった『平家物語』が及ぼす問題を踏まえると、たとえば網野善彦氏『日本社会の歴史（中）』（一九九七・七　岩波書店）の「この情勢の中で平氏一門は京都を捨て、幼い天皇安徳を擁して西国に向かった。結果的にはこれが平氏の悲劇のはじまりとなるが……」という記述が一面で持つ〈危険性〉を自覚する必要を認識させられる。

〔追記〕

原論文発表後、平家一門の内部に存在した対立の様相と一門統制のありかたについての研究が大きく進展している。頼盛の立場に関する論としては、田中大喜氏「平頼盛小考」（『学習院史学』41　二〇〇三・三）、同「平氏の一門編制と惣官体制」（『日本歴史』661　二〇〇三・六）、川合康氏「治承・寿永の内乱と伊勢・伊賀平氏――平氏軍制の特徴と鎌倉幕府権力の形成――」（『鎌倉幕府成立史の研究』収〈二〇〇四・十　校倉書房〉）がある。

第二章　歴史意識への作用
——事件像再生の表現史——

一　はじめに

両足院本『平家物語』（建仁寺両足院蔵。八坂系第四類本とされる）に関する後藤丹治氏の紹介・検討に従えば、現在では虫損がさらに進んでしまった同本巻第十二の尾題以下の記載は、次のようにあったという(1)。氏の復元案とともに示しておこう。

(a)平家物語巻第十二終　　此本記□　」65オ
従寿永二年癸卯平家都落至大永□（六年丙戌三百）四□（十）四
歳歟
（以下余白）　」65ウ

残念ながら、丁の表裏の記載がひと続きの内容であったかという点については不明とせざるをえない(2)。とはいえ、丁裏面の記事によって、寿永二年（一一八三）の平家都落ちという事件を回顧し、大永六年現在に至る時間経過に思いを馳せるという営みが、その記主によってなされたことを知ることができる。また、いわゆる熱田本『平家物語』（尊経閣文庫蔵）巻第五の表紙にも、次のような書き込みがなされている(3)。

(b)□家□□寿永二年七月廿五日　文明六年迄二百九十二年也

寿永二年七月二十五日とは、宗盛以下の平家の人々が、安徳天皇を伴い、六波羅を焼き払って都落ちしたその日である。とすれば、冒頭の四文字は本来「平家都落」と記されていた可能性が高い(4)。

この二つの記載が内容的に類似することは後藤論にも指摘されているが、ここではそのありようにもう少し目を凝らしてみたい。過去のある事件や出来事から現在までの経過年数を記すこうした記載は諸文献に散見するもので、決して特異なものでない。また、具体的な経過年数は明記されていなくても、成立・製作年時を示す紀年銘を有する事物に接するとき、現在に至るまでの時の隔たりに思いを馳せることとなるのはごく自然なことであろう。それは過去との時間的遠近感を測り、その距離感を含めた関係性の中に現在を位置づけ、確認し直す行為と言えよう。おそらく、かかる営みは時代や地域の差を問わずくり返されてきたものと考えられるわけだが、右に取りあげた二例の場合、『平家物語』に記される一事件からの時間経過が、『平家物語』に書き込まれているという点に少なからず意義があるように思われるのである。

物語において、平家都落ちは一般に巻第七で語られる事件であるにもかかわらず、右の二つの書き込みは巻第十二と巻第五になされている(5)。特に両足院本の場合、それが巻第十二の末尾にあることを考慮すれば、『平家物語』に記された時代と内容を代表する事件として寿永二年の都落ちが取りあげられ、大永六年現在との距離が確認されているとみなされる。一方の熱田本とて、巻第五に記される頼朝挙兵や富士川合戦といった事件ではなく、あえて他巻に記される都落ちを年数計算の基点としているわけで(6)、他巻にはこうした書き込みがなされていないことを勘案すれば、『平家物語』に占める当該事件の重さについて、同様の認識を窺い見ることができるのである。すなわち、この二つの書き込みは、『平家物語』の内容を想起したり、そこに記される時代状況を回顧したりする際に、平家都落ちという事件が殊に重い存在感を有していたことを示唆しているのである。たとえば源平両軍の最終決戦として作中に語られる壇浦合戦や、嫡流たる六代の処刑による平家の断絶、建礼門院の往生などではなく、時には平家都落ちの方が、

『平家物語』を代表する事件とみられる場合が存在したのである。(7)

ところで、右のような事件を回顧する営みがなされた直接的な契機を解明することは難しいが、それらが『平家物語』に書き込まれている以上、両写本に記されている都落ち叙述が、書き込みの記主の歴史意識に作用を及ぼした可能性を切り捨てることはできまい。少なくとも、それぞれの記主が、平家都落ちという事件をも叙述した書として『平家物語』を受け止めていたことは間違いなかろう。そうした認識は、物語の伝播に伴って社会に定着していったものと推察されるが、それは一面で、中世の人々が抱く平家都落ちという過去の事件への理解のありように及ぼす、物語の影響力の存在を少なからず示唆してもいよう。物語の享受者が実際に生きている現在と、過去の歴史的事件とをひとすじの時間軸において結ぶ右のような記事は、やはり『平家物語』という物語が、中世人が持つ過去へのまなざしや知識、事件認識といった、歴史意識の形成に無視できない力を発揮していたことを感じさせるのである。

『平家物語』が提示する〈平家都落ち〉像変容の様相については別章で検討を加えたが、(8)物語によって創り出されたさまざまな事件像は、その後の中世社会でいかなる存在感を発揮していたのであろうか。そうした点にいささかなりとも迫るべく、まずは二つの書き込みに注目してみた。本章では、平安時代末の内乱期の諸事件に関する中世人の認識と『平家物語』との関係性をいくつかの角度からとらえ返し、ある事件像が回顧され、新たな姿としてくり返し再生を遂げていく具体的様相を視野に収めながら、中世社会においてこの物語が有していた力について検討を加えていこうと思う。

二　新たな事件像の創出――「山崎関戸の院」という場――

まず最初に、変容を遂げた〈平家都落ち〉像を形づくる次の一場面に分析を加えておきたい。(9)

(イ)（落ち行く平家一門の名寄せ）是は東国北国度々のいくさに、此二三ケ年が間討もらされて、纔に残るところ也。山崎関戸の院に玉の御輿をかきすへて、男山をふし拝み、平大納言時忠卿「南無帰命頂礼八幡大菩薩、君をはじめまいらせて、我等都へ帰し入させ給へ」と、祈られけるこそかなしけれ。おの〳〵うしろをかへりみ給へば、かすめる空の心地して、煙のみこゝろぼそく立のぼる。平中納言教盛卿、

Ⓐはかなしなぬしは雲井にわかるれば跡はけぶりとたちのぼるかな

修理大夫経盛、

Ⓑふるさとをやけ野の原にかへりみてすゑもけぶりのなみぢをぞ行

まことに古郷をば一片の煙塵と隔つゝ、前途万里の雲路におもむかれけん人々の心のうち、おしはかられて哀也。

（覚一本　巻第七「一門都落」）

都落ちしていく平家の人々は、山城国と摂津国の境にあたる山崎の地でひとたび行幸の足を止め、淀川を挟んだ対岸の石清水八幡宮に帰洛を祈願する。振り返る都の空には、炎上する六波羅の煙が一片立ちのぼっており、教盛・経盛がその煙に絡めて一門のあとさきを和歌によみこむ。都落ちの哀れさを象徴する、極めて印象的な、またそれゆえに作中でも著名な場面のひとつである。その表現のうち、たとえばⒶ・Ⓑ二つの和歌は延慶本では福原落ちの場面に存在しており、詠者も異なっているのだが、その差異を通して、作品変容の過程で和歌が移動させられ、詠者が変換された可能性が高いことが既に指摘されている(10)。

そうした意味では、覚一本他の当該場面が内包する作為性への注目は既になされているのだが、ここでは、そこに描き出される事件像と深く関わる二重傍線部の表現に改めて注目したい。まず、「玉の御輿」とあるからには、安徳天皇が乗る輿を中心とした行幸として、都落ちする一行のありさまが設定されていることになろう。引用部の直前に落ち行く一門の名寄せがあることや、当該部に見える時忠の石清水への祈願、経盛・教盛の和歌などと相まって、そ

の行幸には平家一門が揃って供奉しており、都から陸路をとって進んできたという状況を読みとることができる。ちなみに、右には覚一本を引用したが、屋代本や八坂系諸本をはじめとするいわゆる語り本は、いずれも二重傍線部に相当する章句を有しており、さまざまな異同は存在するものの、基本的には一門揃った陸路の行幸としてこの場面が導かれていることに差異はない[11]。

こうした点を確認した上で、延慶本の当該場面に目を転じてみよう。

(ロ)平家ハ、或ハ磯部ノ波ノウキマクラ、八重塩路ニ日ヲ経ツ、、船ニ棹ス人モアリ。或ハ遠ヲワケ嶮キヲ凌ツ、、馬ニ鞭打人モアリ。前途ヲイヅクト定メズ、生涯ヲ闘戦ノ日ニ期シテ思々心々ニゾ被零ケル。…（中略）…タヾカリソメノヨガレヲダニモ恨ミシニ、後会其期ヲシラヌ事コソ悲ケレ。相伝譜代ノ好モ浅カラズ、年来日来ノ恩モ争ワスルベキナレバ、涙ヲ、サヘテ出タリトモ、行空モナカリキ。男山ヲ伏シ拝テハ、「南無八幡大菩薩、今一度都ヘ帰シ入給ヘ」トゾ泣々申ケル。誠ニ古郷ヲバ一片ノ煙ニ隔テ、前途万里ノ浪ヲワケ、何クニ落付給ベシトモナク、アクガレ零給ケム心ノ中ドモ、サコソハ有ケメトヲシハカラレテ哀也。（第三末　廿八「筑後守貞能都ヘ帰リ登ル事」）

延慶本ではこの記事は、維盛・頼盛以外の平家一門の人々の動向が改めて語り出される直前、貞能の帰洛や宇都宮朝綱らの帰還話に続けて記されている。波線部に関する前掲覚一本との相違として、まず延慶本では、誰がどこから石清水八幡宮へ帰洛を祈願したのかすら定かではないことがあげられる。加えて、波線部の文脈上の位置に注意すれば、直前には「或ハ磯部ノ波ノウキマクラ、八重塩路ニ日ヲ経ツ、」（傍点部）のように、既に海路に出て数日を経たかのごとき記述がみえることに気がつく。したがって、こうした表現はこの段階で記されるに相応しいものではなく、実際には淀川河口を出た後に用いられて然るべきであろうから、ここには記事編集上の問題が顕在化しているとみられる。その詳細に言及することは避けるが、こうした記述をうける石清水八幡宮への祈願場面は、延慶本では行く先の不安を抱える平家一門の一般心理を描出するものではあっても、覚一本ほどに鮮明な場面の創造性を伴って設定されてはいないことは明らかであろう。

さらに、延慶本では一門揃った陸路の都落ちという理解はなされていないことを指摘しておかねばならない。右の引用部には傍線部のごとく「船ニ棹ス人モ」あったことが記されている。この表現は、前述のとおり、時を経て海上に出てからの様子を表現している可能性があるが、次に引用する部分は延慶本に語られる〈平家都落ち〉像の重要な一角を形づくる叙述として看過できない。

(ハ)……猿程ニ寿永ノ秋始、七月ノ末ツカタニ、木曾ノ冠者義仲ト云者ニ都ヲ追落サレテ、高倉ノ上皇ニモ別レ奉リ、八条大相国、来方ヲ顧レバ、空煙ノミ立昇リ、行末ヲ思遣レバ、悲ノ涙ノミクレテ、方角モ覚ヘズ。何カ南北、何カ海山トモ見ズ。終夜ラ落行侍シ程ニ、四塚トカヤ申ス所ニテ、我モ〳〵ト志アル由ニテ行幸ニ供奉セラレシ月卿雲客モ、淀ノ津トカヤニテ船ニ乗侍シ時、只音計ニテ各立離シヲ、船底ニテ伝ニ聞侍シカバ、快楽無窮ノ天人ノ五衰、相現ノ悲トハ是ニヤト覚ヘテ、……

（第六末　廿五「法皇小原ヘ御幸成ル事」）

これは、大原を訪れた後白河院に対して、建礼門院が都落ちを回想し、自らの体験を語る部分である。そこで延慶本は傍線部のごとく、建礼門院が「淀ノ津」から乗船し、周囲の様子を「船底」で聞いていたとするのである。「行幸ニ供奉セラレシ月卿雲客……各立離シヲ」という表現から判断すれば、安徳天皇は女院と同じく船に乗ったとみるのが妥当であろう（但し、同船していたかは不明）。その一方で延慶本は、先行する宗盛を追う維盛ら小松家の兄弟が、「……淀・羽束・六田河原ヲ打過テ、関戸ノ院ニテ追付」いたと記してもいる（第三末　廿六「頼盛道ヨリ返給事」）。これらを整合的に理解するならば、安徳天皇や建礼門院をはじめとして淀で乗船した人々と、それ以降も陸路をとった人々とが存在したと解釈するのが妥当であろう。なお、延慶本がこうした事件像をどれだけ自覚的に描き出そうとしていたかについては議論の余地があろうが、覚一本等の女院の語りには引用(ハ)の傍線部のごとき経緯が全く記されておらず（灌頂巻「六道之沙汰」[12]）、少なくともそうした叙述との対照性を勘案すれば、延慶本が覚一本のように一門揃った陸路の都落ちを明確な形で描こうとしていないことは確実なのである。[13]

こうした延慶本と対照してみると、覚一本に描き出されるような「山崎関戸の院」での場面は、物語の叙述変容に伴って、後世新たに創り出されたものであることが判然とする。延慶本が描き出す〈平家都落ち〉像からは変貌した、一門の悲哀感を前面に打ち出す事件像描出への志向との関係から、その地は仮構された場面の舞台として選ばれたのである。[14]こうした要素をも含みつつ、〈平家都落ち〉像は諸本展開の過程でひとつの再生を遂げたのであった。

三　認識の枠組みとしての機能

さて、諸本展開の過程で『平家物語』が創出したかかる事件像は、物語が後世の社会に流布していく過程でさまざまな形で想起され、さらに新たな姿となって生まれ変わっていくこととなる。その一例として、戦国期における甲斐武田氏滅亡の様相を記した『甲乱記』に見える、次の叙述へと視線を移してみたい。[15]

(A)明レバ三月三日、既ニ新府ヲ立出玉フ。…（中略・勝頼に続く北の方の姿）…是ヲ見《ル》者巷ニ立テ、①盛者《ジヤウシヤ》必衰ノ理ニ袖ヲシボラヌハナカリケリ。…（中略・女房達の姿）…目モアテラレヌ有様也。…（中略）…②遠《ク》異朝ヲ尋《ル》ニ、安禄山潼関之軍ニ、官軍忽ニ打負テ、玄宗皇帝自蜀之国へ落玉イシ時、六軍翠花ニ随テ劔閣ヲ経シニ不㆑異《ラ》。③近《ク》本朝ヲ按ズルニ、寿永之秋ノ比、木曾義仲ニ攻落サレ、平家ノ一門悉《ク》都ヲ落玉フモ、角ヤト思ヤラレタリ。資財雑具ハ道路ニ引散シ、夫ニ別《レ》タル女房、親ニ離《レ》タル少者《ヲサナキモノ》ドモガ、辻々ニ立迷《ヒ》テ、声モ不㆑惜鳴《キ》悲《ム》有様ハ、中々語《ル》ニ詞ナシ。敵ハ早跡ヨリ追懸来《ル》ナド、騒《ギ》ケレバ、倜《コロブ》トモナク踣《タヲル》、トモナク、泣々龍池《リヤウチ》ガ原迄アユミ着セ玉イ、跡ヲ顧玉ヘバ、早城ニハ火カヽリ、作《リ》雙タル宮殿楼閣、只雲一片ニ焼上《ノボル》。秦《ノ》代亡シ時、咸陽宮一旦ノ煙モ角ヤト思知ラレタリ。

（「勝頼新府中落《ノ》事」）

武田方に属していた者たちの相次ぐ離反によって、天正十年（一五八二）三月三日、武田勝頼らは新府中からの撤退をも余儀なくされる。右のように語られるその落城の様子は、明らかに寿永の平家都落ちとの類比によってとらえられている。特に、それを如実に示す二重傍線部の表現が、傍線部②「遠《ク》異朝ヲ尋《ル》ニ」・傍線部③「近《ク》本朝ヲ按ズルニ」という対句の中に導かれており、傍線部①「盛者必衰《ジヤウシヤ》ノ理ニ」という表現もみえることを勘案すれば、そこに『平家物語』からの影響が及んでいることは疑いない。

特に看過しがたいのが波線部の表現である。「龍池《リヤウチ》ガ原」まで逃げ延びた人々が跡を振り返り、炎上するかつての居所からのぼる煙を「雲一片」と眺めるというその場面が、前節で取りあげた、都落ちに際して山崎関戸の院から都の空を振り返った平家一門の様子と相似形をなしていることは一目瞭然であろう。また、続く咸陽宮の煙に関する表現は、敗北・滅亡を象徴する典型的な表現ではあるが、『平家物語』でも都落ちに際する六波羅炎上と関わって、「強呉忽にほろびて、姑蘇台の露荊棘にうつり、暴秦すでに衰て、咸陽宮の煙へいげいをかくしけんも、かくやとおぼえて哀也」（覚一本巻第七「聖主臨幸」）と、同様に類比すべき例をあげる形式のもとに用いられているものであった。

こうした両作品の間に表現上の影響関係が存在することはもちろんだが、ここでは、新府中からの没落という事件を契機として平家都落ちという過去の事件が回顧され、その中の一場面になぞらえる形で叙述が織りなされていること、そして、そうした営為が他ならぬ『平家物語』が描き出す事件像を介してなされている点にこそ注目したい。そこに作用している〈平家都落ち〉像は、明らかに覚一本のごとき叙述によって形づくられているが、前節で検討したとおり、山崎関戸の院でのその場面は、物語の変容に伴って新たに仮構された歴史上の一齣なのであった。すなわち、『甲乱記』の右引用部からは、実際には存在しなかった一場面が過去の歴史的事実として人々の認識の中に定着し、それが後世の社会で現実に起きた一事件をとらえる際の認識の枠組みとして機能していることを知ることができるのである。

ここまでには〈平家都落ち〉像と関わる事例を取りあげてきたが、『平家物語』に記される仮構の場面が、後世におきた事件の解釈やそれを叙述する際の枠組みとなって再生するという関係のありようは、中世以来決して特殊なありようではなかった。たとえば、次の叙述はその一例といえるだろう。

(B)御船十二艘ニテ廿四日明方ニ江州山田之浦ニ御着アリ。希代之事アリ。雑掌船ニ鮓《アメ》ト云魚一尺計ナルガ、飛入ケリ。疎忽ナル者取テ海ヘ投入ケレバ、暫有テ鱸一尺飛入ヌ。周《ノ》武王之殷紂王ト合戦之時、中流ニテ武王ノ舟ニ白魚躍入ヲ、武王俯（ヲ脱か）シテ以父ノ文王ヲ祭ル。カクテ、紂王ヲ討タリシ也。又、本朝ニハ平清盛公、熊野参詣之時、舟ニ鱸飛入ケル取テ被食ケリ。其後、太政大臣ヲ極メ、天下ヲ掌ニ握也。如此吉例、一ナラズ。頼敷ゾ人々思ハレケル。（『応仁別記』）[16]

応仁元年（一四六七）八月、将軍足利義政の弟で今出川殿と呼ばれた義視は都を逃れ、伊勢へ赴こうとする。十二艘の船からなるその一行が、東坂本から琵琶湖上を対岸の山田浦へと進む途中、船中に「鮓《アメ》ト云魚」に続いて、鱸が飛び込んできたという。そこで周の武王の白魚の故事と並んで、傍線部のごとく清盛の鱸の故事が想起されている。清盛の鱸の故事が実際におきた事件であるかは定かではない。もちろん、事実話である可能性が全くないわけではないが、同書に『平家物語』からの表現面での影響が及んでいることが既に指摘されていること（後述）を勘案しても、十六世紀中の成立とされる『応仁別記』の時代において、この話題の真実性を支えていたのは、『平家物語』巻第一「鱸」の段であったとみるのが妥当であろう。また、こうした故事との類比によって、今回の事件を「吉例」と解釈しようとしていることも見逃せない。当該話は『平家物語』では、「其故にや、吉事のみうちつゞいて、太政大臣まできはめ給へり。子孫の官途も龍の雲に昇るよりは猶すみやかなり。九代の先蹤をこえ給ふこそ目出けれ」（覚一本）と、太政大臣に至る官途昇進との関係で位置づけられているのであった[17]。後世の事件を意味づける際の認識の枠組みとして、『平家物語』の一場面が過去の〈事実〉として機能していることを、ここにも認めることができるのである[18]。

『平家物語』が描き出す諸々の事件像が、本来的に、また本質的に歴史的な実態とは区別されるべきものであることについては、本章に先立つ各章においても検討したとおりである。しかし、作中に扱われる時代の諸状況に関する中世人の理解は、『平家物語』という存在を通して形づくられた側面を少なからず有している。(19)本節で取りあげた二例は、そうした関係性の延長線上に生じた営みを反映していると考えてよいだろう。そこには、過去への理解に加えて、眼前の事件解釈のありようにも、少なからず作用し続けている『平家物語』の力が表れている。と同時に、裏返せば、そこには『平家物語』がそうした機能を期待されながら享受され続けていたという事柄が示唆されてもいよう。そうした点に目を配りつつも、本節では、かかる営みの中で、『平家物語』が形づくる事件像が後世の社会で幾度となく想起され、その都度新たな姿として再生を遂げていった歴史的過程が存在することを、まずは自覚的に見通しておきたい。『平家物語』という作品が中世社会を生きる人々と接触する際の動態性は、本文改編や改訂という現象にのみあるのではない。それは、こうした中世人のさまざまな認識レベルでの営みをも含みこんだ形でとらえるべきものなのである。その関係性の具体相について、引き続き分析を深めていく必要がある。

四　事件像再生の表現史へ――室町軍記の叙述から――

そこで、『平家物語』の叙述が、平安時代末の内乱期に対する中世人の理解のありように関与していたことを、具体的な事例に即してもう少し確認しておこう。こうした分析は、できるだけ多角的な観点から、もろもろの社会・文化状況を見渡しつつなすべきではあるが、その端緒として、本節ではいわゆる室町軍記の叙述を取りあげてみることとしたい。

前節で取りあげた『応仁別記』は、たとえばその書き出しが「祇園精舎ノ鐘ノ声ノ諸行無常ノ響有ト云コトバヲバ、曾テオモヒヨラズ。…（中略）…沙羅双樹ノ花ノ色ハ盛者必衰之理ヲアラハス共知ラズ……」とあるように、『平家物語』からさまざまな影響を受けて成り立っていることは明らかである。[20] その中で、今注目したいのは、次の二場面の叙述である。

(a)……子息兵庫助貞宗ハ用捨アル人ニテ、父ニ向テ被申様、「義敏身上之事、専御取持之事、恐ナガラ不可然存候。自然御一大事ニ成コトモ有ベキカ。然バ終ニハ天下ノ御騒ニモヤト存候。呉々《クレ》無勿体」之由、時々被申シカ共、承引ナシ。結句ハ貞親遠隔セラレケル。誠ニ忠言逆耳、良薬苦口。且ハ清盛入道ヲ小松ノ内府重盛教訓セラレシヲ、聞入給ハズシテ叡心ニ背キ、家ヲ長久ニ持給ザリシ也。今ノ貞宗モ未来ヲ覚悟シタリケリ。「君ノ為家ノタメヲ存テ被申ケル」ト、後ニゾ諸人申アヒケル。

(b)……長井斎藤別当真盛ハ、錦ノ直垂ヲ給テ名ヲ北国ノ衢ニ上、錦ノ袂ヲ会稽山ニ翻シ朱買臣ガ事共マデサマぐ〵云ツヾケ、今ノホネ皮左衛門ハ、呉服ノ織物ヲ稲荷山ニ翻トタハゴトニ申小歌ニ作テ、京童共ウタヒケリ。

引用(a)は、「御所様（足利義政）御父《チヽ》」と呼ばれたがゆえに、「是程ノ遠慮ナシ」と記される伊勢貞親が、かつて「上意ニ違テ没落」していた斯波義敏を、我意に任せて赦免しようとした際、彼の息子である貞宗が制止しようとしたが叶わなかったことを記している。[21] 応仁元年（一四六七）の兵乱の「濫觴」として意味づけられている重要な場面である。(b)は文明三年（一四七一）三月、細川勝元から「呉服ノ織物・金作ノ太刀」などを賜って京都の南、稲荷山に陣を取っていた骨皮左衛門道源が、山名方の手の者に討ち取られたことを受けて、「昨日マデイナリマハリシ道源（モか）ヲ今日ホネカハトナルゾカハユキ」という落書が作られたという記事に続く場面である。(a)の傍線部が『平家物語』巻第二「教訓状」、(b)の傍線部が巻第七「実盛」を背景としていることは一見して明らかで、前節で取りあげた清盛の鱸の故事（引用Ⓐ）と併せて、これらが『平家物語』を模していることは既に指摘されているとおりである。[22] そこで、ここでは一歩その内実に踏み込んで、その関係性を成り立たせている認識のありように注目してみたい。

まず(a)について、表現上に現れた『平家物語』との関係について補足しておけば、二重傍線部は『平家物語』が重盛について、「天性このおとゞは不思議の人にて、未来の事をもかねてさとり給けるにや」（覚一本巻第三「無文」）と評しているのを受けて、「今ノ貞宗モ……」と記されていると考えられる。また、先に少しく触れたように、本書は、「其濫觴ヲ尋レバ……」という表現を伴って、この一件に乱の根元的由来を求めようとしている。そうした姿勢及び表現は、「世のみだれそめける根本は……」として導入され、「是こそ平家の悪行のはじめなれ」（覚一本）と結ばれる、『平家物語』巻第一「殿下乗合」を想起させよう。この章段に、『平家物語』における清盛と重盛の典型的な関係性が表現されていることは、改めてここで述べるまでもない。そして、そこに見える重盛の姿が、右の引用中にいう「君ノ為家ノタメヲ存テ」という貞宗評に通じていることも明瞭なのである。こうした様相を見渡してみると、右引用部では、「教訓状」の一場面のみならず、『平家物語』の諸場面によって形づくられた、総体的な重盛像が想起されているとみるべきであろう。そして、それがその叙述を支える乱認識の枠組みのひとつとして機能しているのである。

一方、(b)に現れる骨皮左衛門道源は、その人物形象において実盛になぞらえられているわけではない。そこではあくまでも、「板輿ニ乗、女ノ真似シテ後之山へ落」ちていき、「人シモコソアレ」、山名方の「河原ノ者」に討たれてしまったという彼の死にざまを、京童が「タハゴトニ申」すことに表現の眼目がある。その際、「昔の朱買臣は錦の袂を会稽山に翻し、今の斎藤別当実盛は其名を北国の巷にあぐとかや」（覚一本巻第七「実盛」）という一文を介して、道源とは際だって対照的な存在として、実盛らが想起されている。ここでは、道源の討死という事件が、『平家物語』が語る実盛像との均衡関係の中で受け止められているのである。

さて、具体例をもう少し見ていこう。次に掲げるのは、畠山氏の内紛を記した『長禄記』の中の一部である。(23)

(c)……其上一騎当千ト憑ミ給ツル兵共、皆被レ討ケレバ、大剛ナリシ義就モ、惘然ト成給《ヒ》、西林寺へ引入給《フ》御在様、a唯平家ノ八島軍共可《シ》レ云《ツ》。b有繋《カヽル》平家ノ名将達モ、負軍ニ成ヌレバ、水鳥ノ羽音ニ噪ギ、白鷺ノ羣《ムレ》入ヲモ、源氏ノ旗カト噪ギ給《フ》。是等皆聞処不足成ルニ似タレ共、更以非《ズ》㆓其儀《ニ》㆒。……（『長禄記』）

長禄四年（一四六〇）十月十日に行われた合戦で、畠山義就が高安の馬場から引き退く様子が、屋島合戦にたとえられている。この直前には、神南山で義就配下の軍勢が大敗を喫したことが報告されており、そうした状況下での様子が、富士川合戦で「負軍」となった「平家ノ名将」が「水鳥ノ羽音」に狼狽する様子になぞらえられてもいる。傍線部bの後半部分「白鷺ノ羣《ムレ》入ヲモ、源氏ノ旗カト噪ギ給《フ》」は、「羣入」という表現にしたがえば、富士川の水鳥の中に白鷺がまじっており、それを平家軍が源氏の旗と見間違えたと解釈すべき表現であろう。しかし、こうした状況は『平家物語』諸本のほか、『吾妻鏡』・『玉葉』・『吉記』など、当該合戦を記す記録類にも見いだせないものである。こうした事件認識の由来を考える際には、『平家物語』の次のごとき記述を視野に収める必要があるのではなかろうか。

・遠松に白鷺のむれゐるを見ては、源氏の旗をあぐるかとうたがひ、野鴈の遼海になくを聞ては、兵どもの夜もすがら舟をこぐかとおどろかる。（覚一本巻第八「大宰府落」）

・（建礼門院）「……一谷を攻おとされて後、おやは子にをくれ、妻は夫にわかれ、沖につりする船をば敵の船かと肝をけし、遠き松にむれゐる鷺をば、源氏の旗かと心をつくす。……」（同灌頂巻「六道之沙汰」）

前者は長門国から屋島に渡り、形だけの御所を作って滞在する平家一門の不安感を語る一文であり、後者は後に建礼門院が一の谷合戦後の心理として語る言葉である。前者が屋島での様子を表したものである点、特に『長禄記』の表現とのつながりが注目されよう。ともあれ、傍線部bでは、『平家物語』を介して富士川合戦が想起されているのはもちろんながら、そこでは「富士川」の段のみならず、他の箇所に現れる平家一門の不安心理を語る表現をも組み込む形で、富士川合戦像が再構築されていることに注意したい(24)。こうした複数の場面の叙述を踏まえ、それを編み直すことで新たな叙述としての生命を与えるというありようは、先の『応仁別記』で重盛像が想起される際の状況に類似している。その事件認識は、やはり『平家物語』から得られる知識によって形づくられているとみられるのである。

また、永正期を中心とした細川氏関係の軍記とされる『不問物語』には、次のような叙述が見いだせる。(25)

(d)……桓武以来ハ今之平安城四神相応之地也トテ、別所ニハ遷都ナシ。八十代高倉院御宇安元三年丁酉四月廿八日、①山王ノ御祟ニテ大内裏炎上以後ハ世モ末ニ成テ国之力モ衰ヘケレバ、遂ニ修造モナカリケリ。八十一代安徳天皇御在位之時、②平家前大政大臣清盛入道浄海天下ヲ掌ニ被レ握《ニギ》比、山門モ南都モ都ニ近テ細々致訴訟処ニ、裁《サイ》許《キョ》遅々スレバ、神輿神木動バ有入洛訴《ウッタヘ》申、敵対アレバ蒙ル神罰。カ様之事ヲ恐テ治承四年庚子六月二日、摂州福原ヘ遷都有シカ共、化生之物モ多、物怪アマタ有ケレバ、無程同年十一月、今ノ京ニゾ遷幸ナリケル。……

（『不問物語』廿五「東西両京幷大内裏方境之事」）

平安京の歴史の一部として、引用部のごとく清盛時代の福原遷都から都帰りまでの様子が語られている。まず注目したいのは傍線部の表現である。平安京への都帰りの理由が実態として傍線部のごとくであったとは到底考えられず、こうした事件認識の基盤には、『平家物語』巻第五「物怪之沙汰」が存在している可能性が高い。関連して、波線部②のような遷都の理由は、「今度の都うつりの本意をいかにといふに、旧都は南都・北嶺ちかくして、いさゝかの事にも春日の神木、日吉の神輿な(ン)どいひて、みだりがはし。…(中略)…とて、入道相国のはからひいだされたりけるとかや」(覚一本巻第五「都帰」)と気脈を通じており、さらに、波線部①については、「山王の御とがめとて、…(中略)…国の力も衰へたれば、其後は遂につくられず」(同巻第一「内裏炎上」)と対応していることにも目を配っておこう。すなわち、ここでも『平家物語』の諸場面の叙述が編み直されていると考えられるのである。こうした様相からみるに、右に記されたような平安京の歴史への理解の大枠は、『平家物語』によって組み立てられているとみてよいのではなかろうか。これもまた、その叙述を支える歴史理解の源泉として、『平家物語』が機能している事例といえるだろう。

ここまでに取りあげたのは、いわゆる室町軍記の中の、しかも数例のみではあるが、そこから、『平家物語』が、その叙述対象とする時代に関する中世人の認識のありように少なからず関与していたことを推察することは可能であろう。もちろん、こうした事例は他にも数多く見いだすことができ、既に指摘されている類例(26)の再検討を含めて、それらの内実を一々に吟味していく作業が今後さらに求められよう。従来、こうした現象は、『平家物語』からの本文上の影響という〈結果〉としてとらえられる場合がほとんどであったように思われる。しかし、そこには、ある事件像や人物像を形づくる『平家物語』の叙述を受け止め、それに導かれる形で過去を認識し、新たな叙述として組み立てるという創造的営為が存在している。その過程で、『平家物語』が語る事件像は、次なる姿かたちとなって再生を遂げていくのである。こうした動きの中でこそ、『平家物語』と中世人の認識との関係性を見通す道が開けようし、この作品の動態性をとらえる視野も広がってくる。『平家物語』からの影響を確認することはもっとももながら、その上で、そうした叙述を織りなす表現行為を導く心性を自覚的にとらえていく必要がある。それによって、たとえば事件像再生の表現史、さらには物語再生の表現史という視座も獲得されることともなるであろう。

五　おわりに――『平家物語』に求められていたもの――

『平家物語』が語る事件像は中世人が有する認識の諸局面に大きく関与していた。その一部に、作中で語られる時代の状況に対する理解・知識のありようが存在している。もちろん、『平家物語』の叙述と関わる後世の表現にはさまざまな形態・位相が存在するし、『平家物語』を異化する理解や知識も存在していたため、全てを一概に扱うことはできないが、中には、中世人の心性に作用する物語の規制力や、その存在感の大きさを窺わせる事例も数多いのである(27)。そうした部分をも包括しながら、『平家物語』の諸本展開や受容・変容・享受に関わる議論を再構築していく必要があるのではなかろうか。

こうした問題意識は、一面で『平家物語』（そして軍記物語、物語一般）がいかなる読まれ方、扱われ方をしていたか、中世社会においてその存在意義はどのように多義的であったのかという問いにもつながっている。従来の研究史の中で、覚一本の達成が検証されてきたことは周知の事柄であるが、この物語が、そうした表現や構想面での洗練度への関心のみで享受されてきたとは考えがたい。たとえば、『平家物語』は明らかに〈史書〉としても扱われていた。関連する例をいくつか補足しておけば、『蔗軒日録』文明十七年（一四八五）十一月二十五日条には次のようにある。(28)

……平家ハ近衛院仁平三年ヨリ、土御門ノ御宇正治元年マデ、四十七年ノ事ヲシカト記スル也。近衛ノ末ヨリ、土御門ノ初マデ八代ニシテ、アイカ（タか）六（代か）年也。但前后モアレドモ、或ハ譬喩ニ引之也。前ハ多而后ハ少キ也。頼朝以后ノ事ゾトアリ。仁平三年正月十五日、大政ノ入道ノ父タヾモリ逝去、正治元年正月十五（三）日、頼朝逝去スル也。此間四十七年、治乱盛衰記之也。……

「記スル也」・「記之也」といった表現から、書物としての『平家物語』が念頭におかれていることがわかる。ここには、四十七年間の歴史を記した書としての作品認識が提示されているのである。また、『清原宣賢式目抄』には、第十五条「一　謀書罪科事」の「火印」に関する注として、「……平家十二巻、主上幷三種神器都へ還シ入ラルベキ由、西国へ院宣ヲ被レ下ケルニ、御使花形ガツラニ浪形ト云ヤイシルシヲセラレケル。異朝ニモ焼金ヲアツル例アリ…（中略）…如レ此文字ヲ焼付ル事アレドモ、此式目ノ火印ハタヾ焼金ニテ、文字ニハアラザル也」とある。(29)いわゆる屋島院宣にまつわる花方の話は巻第十にみえる話題であることを考えれば、冒頭の「平家十二巻」は「十二巻本の平家物語」の意と考えられよう。本朝・異朝の過去の出来事が掲げられ、それらと式目条文にいう「火印」の語義とが異なることを述べていく。『平家物語』の当該話は、あきらかに実際に起きた出来事として扱われており、『平家物語』がそうした故事を伝える書として認識されていたことを窺い知ることができよう。また、枝賢奥書本『式目抄』（いわゆる『枝奥抄』。枝賢は宣賢の孫）の第三条「一　諸国守護人奉行事」の末尾に、「平家十二巻云、鎌倉殿日本国惣追捕使ヲ給テ、反別ニ兵粮米ヲ充行ヘキヨシ申サレケリ。…（中略）…諸国ニ守護ヲヲキ、庄園ニ地頭ヲ補セラル、ト云々」とその本文を引いて注するのも、同様に見ることができよう。

こうした記事を並べてみると、いわゆる文芸的側面のみが作品に求められたものではなかったことが即座に認められよう。当時の時代状況そのものを知るための書としても『平家物語』は受け止められていたのである。そうした性格は、今日的にいえば〈史書〉という語で括ることができよう。もちろん、かかる側面への指摘はこれまでにもなされている。(30) また、いわゆる文芸性への要求と、〈史書〉としての価値だけが、この作品の存在意義であったということもできないことも承知している。しかし、物語に対するこうした観点が一定の広がりをみせていればこそ、前節までに検討したごとき、『平家物語』が提示する事件像に基づいた歴史叙述が後世続々と生み出されていく所以も見えてくるのである。(31) 引き続き個別的な検証を重ねていく必要があるが、第一部を結ぶにあたって、『平家物語』をとりまくさまざまな動きの中世的実態へと迫る窓口のひとつとして、中世人の歴史認識や事件認識に及ぼす物語の作用という点を改めて自覚的に見つめ直しておきたい。『平家物語』に中世人が求めていたものと、多くの異本発生を導いた力とはどこかで交錯していたとみるのが自然であろう。こうした展望のもと、第二部では、諸本がもつ叙述の具体相を検討することによって、その位相差を照らし出し、諸本展開の様相をとらえ返していくこととなる。

注

（1）後藤丹治氏『戦記物語の研究』（一九三六・一　筑波書店）前篇第四「両足院本平家物語」、『両足院本平家物語』全三冊（一九八五・四　臨川書店）「解説」（池田敬子氏執筆）参照。

（2）裏半葉が余っていたことを考えると、ひと続きの内容を尾題の下に追い込んで記すのはやや不自然な感があるようにも思われる。

（3）同様の書き込みは、熱田本の転写本とされる木村正辞旧蔵本（東洋文庫蔵。国文学研究資料館蔵紙焼写真に拠る）にも見える。

（4）山田孝雄氏『平家物語考』（一九一一）は、同本巻第七紙背に「応永廿七年十一月廿一日」との記載がみえることから、応永二十七年（一四二〇）～文明六年（一四七四）の間の書写であることを指摘している。ただし、本文書写とこの書き込みの時点が同じとは限らない。

（5）したがって、これらの記主が本文書写者と同一であるにせよ、各本の平家都落ち叙述に接した時点（＝当該部分を書写した時点）と、かかる書き込みをした時点とは異なると考えるのが自然であろう。

（6）特に、熱田本でなぜ巻第五に記されたのかという疑問は残る。

（7）この点は、後述する『平家物語』の読まれ方とも関わる問題である。

（8）第一部第一編第三章、同第二編第一章。また、第三部第一編第五章もこの問題と関わる。

（9）本章の問題意識からみれば、〈平家都落ち〉像はあくまでも『平家物語』が創り出すいくつもの事件像の中の一例に過ぎない。その一つの典型として当該場面を取りあげたい。

（10）千明守氏「『平家物語』巻七〈都落ち〉の考察――屋代本古態説の検証――」（「軍記と語り物」30　一九九四・三）は、これらの和歌について、延慶本における位置に古態性を指摘する。中村文氏「平家物語と和歌――平家都落の諸段をめぐって――」（山下宏明氏他編あなたが読む平家物語4『平家物語　受容と変容』収　一九九三・十　有精堂出版）は、これらの和歌の作者異同を通して、和歌を掲出する際の『平家物語』の姿勢を論じ、「誰がどのように詠んだかは必要な情報ではなかったのであろう」と述べている。その和歌に対する異本編者の理解の度合いを測ることの重要性を否定するつもりはないが、一方で各本が「誰がどのように詠んだ」ものとして創り出していったかを受け止める必要もあるだろう。特に、当該場面の場合、ここで教盛と経盛がその作者として選ばれているのは、彼らが当時の平家一門の長老格の二人であり、保元の乱以降の都での繁栄を兄清盛と共に築き上げてきた存在であることを無視できないように思われる。都から離れる一門の没落を象徴するに相応しい存在として、この二人は敢えて選択されたのではなかったか。なお、この二人について、日下力氏

『平家物語』の整合性――「教盛・経盛」の場合――」（「リポート笠間」28　一九八七・十　→同著『平家物語の誕生』〈二〇〇一・四　岩波書店〉加筆収録）は、この二人を一対の存在として作中に描き込む趣向が、物語改作の過程で練り上げられていったことを指摘している。

(11) 屋代本「山崎関戸院々《二か》玉御輿ヲ舁居テ男山ヲ伏シ拝ミ」、城方本「平家は山崎せきどの院にして玉の御輿をかきすゑて男山をふしおがみ」。なお、四部本は、維盛らが行幸に追いついたのを「関戸院程」と記した後、船中にある平家の人々が「淀大渡」から「男山」を伏し拝むという場面を設定している。

(12) 覚一本の当該部は「一門の人々住なれし都をば雲井のよそに顧て、ふる里を焼野の原とうちながめ……」とある。そこに船のことが一切記されていないことに加えて、女院は都落ちの場面として、まさしく山崎での一齣を想起していることに注意したい。同本におけるこの場面の強い象徴性が改めて理解されよう。

(13) 延慶本が、頼盛以外にも都に残った者がおり、平家一門が揃っていないことをしばしば記していることについては、別に述べたのでここではくり返さない。注（8）参照。

(14) 実際の歴史的状況としても、都落ちの行幸が覚一本のごとくに、ある意味で整然と進んだとは考えがたい。ただし、念のために言えば、延慶本が事件の実態をそのままに記していると述べているわけではない。第一部第一編第三章参照。

(15) 『甲乱記』の成立は近世初期、正保三年（一六四六）以前とされる（『群書解題』・『国史大辞典』）。引用は『続群書類従』二十一上に拠る。

(16) 引用は和田英道氏編『応仁記・応仁別記』（古典文庫381　一九七八・六）に拠る。続いて述べる本書の成立期については、同書解説の判断に従った。なお、この引用(B)と同様の記事は、『細川勝元記』（『続群書類従』二十上）にも受け継がれている。

(17) これがやがて「天下ヲ掌ニ握」ることの先例とされていることの意味を問う必要もあろう。たとえば、義視の子義材が後に将軍となることとの関係が、類比の意図と関わってひとまずは注目されよう。

(18) なお、この事例の場合、この事件自体が創作されている可能性もある。そうであっても、『平家物語』に語られる事件が過去の〈事実〉として共有されている点は変わりない。

(19) その一端については、第三部で取り上げる。

(20)『群書解題』、松林靖明氏「応仁の乱と軍記——応仁別記の場合——」(『軍記と語り物』11　一九七四・十)、古典遺産の会編『室町軍記総覧』(一九八五・十二　明治書院)に指摘がある。この点からも、先の清盛の鱸故事が『平家物語』に基づく理解である可能性の高さが確認できる。

(21) 同様の記述は、『細川勝元記』にも見える。

(22) 注(20)『室町軍記総覧』に簡潔に示されている。

(23) 引用は『続群書類従』二十上に拠る。文明十四年(一四八二)の奥書を持つ伝本が多く、これ以前の成立とみられている。物語的な彩色が施されているとされ、その一例として当該部が注目されてはいる(以上、『室町軍記総覧』)。

(24) なお、延慶本には「……磯ニ群居ル白鷺ヲ見テハ、敵ノ向旗カト驚キ騒グ」(第六末　廿五「法皇小原ヘ御幸成ル事」)とあり、「源氏」の旗という表現の対応は、覚一本等との間で密である。ただし、延慶本は富士川合戦の場面で、「彼ノ水鳥ノ中ニ山鳩アマタ有ケルナムドゾ聞ヘシ」(第二末　廿七「平家ノ人々駿河国ヨリ迯上事」)と記している(『盛衰記』もほぼ同様)。水鳥の中に特別な鳥が交じっていたとする点は、覚一本よりも『長禄記』に通じるところがある。また、慈光寺本『承久記』下では、加藤判官光定が、百羽ばかりの「白鷺」を「白旗」を差した敵と見まがい、戦わずして撤退したという挿話が記され、「昔平家ノマネヲバシタリケレ」と評されている(流布本・前田家本なし)。こうした形態をも含めて、社会に流布する『平家物語』と関わる富士川合戦の知識が、事件認識の基盤にあるものと推察される。

(25) 引用は、和田英道氏「尊経閣文庫蔵『不問物語』翻刻」(『跡見学園女子大学紀要』16　一九八三・三)に拠る。本書については、鶴崎裕雄氏「尊経閣文庫蔵本『不問物語』について——その成立と史実性・文芸性——」(『帝塚山学院短期大学研究年報』20　一九七二・十二)、古典遺産の会編『戦国軍記事典　群雄割拠篇』(一九九七・二　和泉書院)等にその性格が論じられている。

(26) 前掲『室町軍記総覧』、『戦国軍記事典　群雄割拠篇』の他、軍記物語関係では、『太平記』についての最近の成果として、北村昌幸氏「故事としての平家物語――『太平記』における「治承」と「元暦」――」（『古代中世文学論考』第六集収　二〇〇一・十　新典社）がある。軍記物語の枠を取り除けば、関係論文は増えるが、ここでは木藤才蔵氏「増鏡に及ぼした平家物語の影響」（『国文目白』6　一九六七・二）のみあげておく。また、原水民樹氏「素材・典拠としての『保元物語』――『保元物語』本文の摂取・利用の様態――」（『國學院雑誌』98－12　一九九七・十二）は、『保元物語』が活用されていく諸相を指摘した論として注目される。

（27）こうした問題は、故事を引用するという営為に伴う歴史認識のありようとして、多様な視座からとらえることも可能であろう。

（28）引用は大日本古記録に拠る。

（29）石井行雄氏（軍記・語り物研究会第二六八回例会発表要旨）「軍記・語り物偶見三則」（『軍記と語り物』29　一九九三・三）が、枝賢奥書本『式目抄』の事例等と併せて既にこの記述の存在を指摘している。『清原宣賢式目抄』には、「元暦元年之吾妻鏡云」という記述もみえるが（第三十条）、引用の形式としては「平家十二巻」との価値観の違いは見いだせないことにも注意しておきたい。引用は、池内義資氏『中世法政史料集別巻　御成敗式目註釋書集要』（一九七八・十　岩波書店）、『続史籍集覧』二に拠る。

（30）落合博志氏「鎌倉末期における『平家物語』享受資料の二、三について――比叡山・書写山・興福寺その他――」（『軍記と語り物』27　一九九一・三）等がある。

（31）この点は、たとえば『保暦間記』や『神明鏡』等が、『平家物語』に大きく寄りかかってその叙述を組み立てていることとも無関係ではあり得まい。

第二部　諸伝本にみる展開の位相

第一編　八坂系諸本の位相

第一章　叙述基調と歴史認識
――法皇の位置づけ――

一　はじめに

『平家物語』の諸本研究が、山下宏明氏による分類を一つの到達点としていることは、ほぼ異論のないところであろう。(1) それ以降今日に至るまで、諸本体系の構築を目指す研究は、この山下論の検証と補訂という大枠のもとで続けられている。いわゆる八坂系諸本に関しては、近年特に新出伝本の紹介と分析が相次ぎ、その成果とも関わって既知の伝本の再評価も大きく進められた。(2) かかる状況を経て、『平家物語』の「諸本研究」はいっそう多極化・多様化の傾向を見せつつあると言えよう。(3)

さて、先の山下論において、いわゆる語り本系の諸本は、それ以前から注目されていた灌頂巻の有無を主な指標として一方流・八坂流に二分され、八坂流はさらに全五類に下位分類された。(4) 同論では、そのうちの第三類本以下の諸本群を複数本文の「取り合わせ本」と位置づけているが、それらの本文形成のありように関しては、その後池田敬子氏によって、第一類本・第二類本と一方系本文との混態の具体的様相が指摘されるなど、その位置づけの妥当性が追認されつつある。(5) これらを勘案すれば、いわゆる八坂系諸本の個性的実態を探求するためには、まずは第一類本・第二類本を対象とした検討が不可欠であると考えられる。

そこで本編各章では、そのうちの第二類本と呼ばれる諸本群を取りあげてみたい。この諸本群は巻第十二の「吉野軍」等、他の『平家物語』諸本に見えない〈義経関係記事〉を持ち、その点が特に注目されてきている。[6] しかし、その叙述の全体像については、「国民文庫本（第二類本の一・鈴木注）のような筋書に近いところまで行ってしまった」、「行きつくところは国民文庫本のような、小規模な源平物の完成本にあった」という渥美かをる氏の評価や、[7]「第一類本の後出本」・「八坂流最末期の本文」という前述山下論の位置づけのごとく、先行伝本からの本文上の系譜関係を想定した上で、後出性が指摘されるにとどまっている。以来、その系譜的関係の実態に関する再検討を除けば、[8] ほとんど顧みられることのなかった第二類本ではあるが、その叙述を改めて読みすすめてみると、実はその作品世界の評価とも関わる注目すべき叙述が少なからず存在していることに気がつく。『平家物語』という作品の展開過程を解き明かし、そこに物語が再生していく諸相を照らし出そうとする際、それは決して無視できない存在感を示していると見なされるのである。具体的には以下に論じていくこととなるが、必然的にその分析は、第二類本という諸本群はもちろん、八坂系諸本に関する従前の認識を問い返すことにもつながっていくであろう。

そうした見通しのもと、本章では、源氏との関係の中で、朝家の代表たる後白河法皇が占める叙述上の位置を点検していこうと思う。そもそも、源平の争いを描くにあたって、法皇を如何に位置づけているかは、その時代状況の推移に関する認識のありようと不可分の関係にあるものと思われる。したがって、そこに第二類本の叙述の基調として存在する歴史認識の一側面を看取することも可能なのではなかろうか。[9] 個々の検討を踏まえて、本章の最後ではその点についても言及してみたい。もとより本章での試みは、まずは第二類本のある一面を照らし出そうとするものに他ならず、以下に提示する視座はより多角的に問い直されて然るべきものである。本編の次章以下の各章はそうした意義をも帯びるものであるが、より根元的なところでは、一連の論述を通じて八坂系諸本に対する理解の再構築を目指すとともに、『平家物語』の諸本展開を、系譜的前後関係や、それに伴う伝本としての優劣評価という縦の関係でのみとらえるのではなく、先行本文を斟酌する営みを経た物語再生の動きの中で諸異本の誕生をとらえ、その叙述にいかなる位相差が生み出されていったのかを、それらが時に内容的対立をも含み込みながら並立・並存するという広がりをもった状況における関係性の中で把握していくことを意図するものであることをあらかじめ述べておきたい。

なお、こうした視座に立つこととも関わるが、論述に際しては、覚一本を比較対象として掲げる。これは決して両本の系譜関係を問題にするためではなく、両本の叙述の位相差の中で第二類本を定位するための意識的な選択である(10)。これによって第二類本の特質は、八坂系諸本間のみならぬ語り本系諸本群の展開相の中で、より鮮明に浮かび上がることになるだろう。また、以下本編では、第二類本とされる諸本群のうち、城方本を主に用いて論述を進めていくが、そこで指摘する事柄は、特に断らないかぎり基本的に第二類諸本に共通する様相であることもあらかじめ述べておきたい(11)。

二　法皇と源氏の関係

諸本の別を問わず、『平家物語』において源氏は、たとえば「昔は源平両家朝家に召仕て、王化にも随はず朝権を軽ずる者あれば、互に誡を加」(城方本巻第一「義王」)という表現に現れているように、本来的には平家と共に朝家を守護する者として存在している。しかし、城方本と覚一本とでは、法皇と源氏の関係を語る叙述に差があり、それは両本において法皇が占めている位置の相違を示していると考えられる。本節ではその点を、主に義仲・義経・頼朝関連の記事から確認しつつ、特に法皇を軸とする城方本の叙述の様相を指摘してみたい。

(イ)源氏の都入りと任官

まずは、源氏の都入りと任官の叙述を取りあげよう。巻第八冒頭、平家都落ちに先立って都を逃れた後白河法皇が、義仲等の源氏に守護されて還御したことが語られる。そして、赤（平家）から白（源氏）への旗色の交替が、「めづらしかりし見物」と評されていく。ここまでは城方本・覚一本ともにほぼ同様なのだが、これに続く部分から両本に相違が現れることになる。城方本の法皇還御の部分を引用してみよう。

同き廿八日に法皇都に還御なる。木曽義仲五万余騎にて供奉仕る。近江源氏山本の冠者義高、一千余騎にて白旗さゝせ先陣に候ひけり。昨日までも平家の赤旗・赤じるし京中にみち〳〵たりしが、いつしか今日は白旗・白じるしに成にけり。此廿余年絶たりし白旗の今日はじめて都へいる。めづらしかりし見物なり。〈A〉同き廿九日に、行家・義仲を院の御所へめされて、〈B〉平家追討の為に西国へ発向すべきよしを仰下さる。各畏て承り、次をもつて宿所もなき由を申ければ、木曽義仲には大膳の大夫成忠が宿所六条西の洞院を給り、十郎蔵人行家には法住寺殿の南殿と申す萱の御所をぞ給りける。

（巻第八「法皇の山門御幸」）

ここで、義仲らの源氏は法皇の還御に供奉し、その命を承る存在として描かれている。ただし、傍線部の表現に注目すれば、そのように源氏に供奉されつつ還御した法皇が二人の源氏を召集して命を下し、宿所を与えるという文脈が形成されていることが知られよう。つまり、この場面は、法皇の姿を焦点として記されているのである。それに対して覚一本の当該部分では、まず宿所の沙汰に関しては、「木曽は大膳大夫成忠が宿所、六条西洞院を給はる。十郎蔵人は法住寺殿の南殿と申、萱の御所をぞ給りける」とあり、義仲・行家を主体とした叙述になっている。しかも覚一本では、〈A〉の部分に、行家や矢田判官代義清その他が続いて都入りし、京中が源氏で満ち溢れたという記事があり、〈B〉の部分には院に召された義仲・行家の詳細かつ華やかな装束が描き込まれている。(12) さらに召集された二人について、覚一本は「義仲・行家」の順に名を記し、おそらく叔父・甥の関係にしたがったと思われる城方本とは順を逆にしている。(13) 二人の名が列記される場合、両本とも常にこの順であることを考えると、わずかな相違ながらここに義仲個人に対する覚一本の関心の高さを看取することもできそうである。(14) このように対照してみると、覚一本は法皇よりも源氏（ここでは特に義仲）の姿や行動に焦点を合わせて、この部分を叙述していることがより明確に見えてくるのである。

　続く両者の任官場面も、これと同様に理解できよう。

城方本

同き九日の日、都には除目おこなはれて木曾義仲左馬頭になつて越後をたぶ。十郎蔵人行家をば備後になさる。木曾義仲越後を嫌へば伊予をたぶ。十郎蔵人備後を嫌へば、備前になさる。同き十六日に平家の一門百六十三人を殿上の御簡をけづらる。(15) 中にも平大納言時忠・内蔵頭信基・讃岐の中将時実父子三人をば削られず。是は今度主上幷に神璽・宝剣・内侍所、三種の神器を事故なふ都へかへし入奉るべき由を、此卿の許へ仰下されけるによつてなり。

（「名虎」）

覚一本

同八月十日、院の殿上にて除目おこなはる。木曾は左馬頭になッて、越後国を給はる。A 其上朝日の将軍といふ院宣を下されけり。十郎蔵人は備後守になる。木曾は越後をきらへば、伊豫をたぶ。十郎蔵人備後をきらへば、備前をたぶ。B 其外源氏十余人、受領・検非違使・靫負尉・兵衛尉になされけり。同十六日、平家の一門百六十余人が官職をとゞめて、殿上のみふだをけづらる。其中に平大納言時忠卿・内蔵頭信基・讃岐中将時実、これ三人はけづられず。それは主上幷に三種の神器、都へ帰しいれ奉るべきよし、彼時忠の卿のもとに、度々院宣を下されけるによッて也。

（「名虎」）

　傍線部に注意すれば、城方本が法皇を主語としてこの場面を叙述していることが知られよう。それゆえ、義仲・行家は法皇に対する受動的な存在として扱われ、法皇が能動的に行動するさまが描き出されている。一方の覚一本では、必ずしも主語は一貫しておらず、城方本と一致するところもあるが（傍線部）、波線部の表現に注目し（ただし、「……これ三人はけづられず」という文の主語は、時忠父子とも法皇とも解釈可能）、またこの間に義仲が「朝日の将軍」の院宣を下されたこと[16]（二重傍線部A）や、その他の源氏の勧賞（二重傍線部B）が書かれていることをも勘案すると、覚一本はこの場面でも、法皇よりむしろ義仲ら源氏の動向を描くことに主眼を置いた叙述を進めていると判断されるのである。

続いて頼朝との関係に目を向けてみよう。文覚によって平家追討の院宣が流人頼朝にもたらされ（巻第五「福原院宣」）、それ以後頼朝が対平家行動を実行に移すという点は城方本でも同様で、やがてその頼朝は、巻第八に至って法皇から征夷将軍の院宣を受けることになる。城方本も覚一本と同じ位置にこの記事を持つ。ただし城方本は、覚一本には見えない、次のような院宣の文面をも載せているのである。

其後兵衛佐手洗うがひして彼院宣をぞひらかれける。其状に曰、

五畿内・東海・東山・北陸・山陽・山陰・南海・西海以上諸国、早頼朝の朝臣を以て征夷将軍たらしむべき事。

右、左大臣専（宣）奉勅、早源の朝臣を以て諸国を静治し、宣によつて是を行者、院宣如斯。仍執達如件。

寿永弐年九月の日　　左大史小槻祝禰

右中弁藤原朝臣

とぞあそばされたる。（巻第八「征夷将軍の院宣」）

傍線部の文言は、頼朝が院宣によって保証された存在となることを印象づけるものと言えよう[17]。城方本では、ここに院宣の文面を載せることによって、その発令者たる法皇が征夷将軍頼朝のこれからの行動を根源的に支えていくという構図が、より強調されることとなっている。それは巻第五「福原院宣」の段において、頼朝の行動の始発に法皇の力（院宣）がはたらいていることとも響き合い、そうした関係性を一層明確に際だたせるものである。ここに院宣の

文面を載せること自体、法皇と源氏の関係をいかに位置づけるかという点に意を払う城方本の姿勢を示唆する現象として注目に値しよう。

次に義経の叙述を追うことにしたい。巻第四「源氏ぞろへ」に名があげられるのを除けば、巻第八「法住寺合戦」の末尾、頼朝の派遣した義仲追討軍を範頼と共に率いて上洛する場面に、義経は初めてその姿を現す（本文は後に引用）。詳しくは後述するが、城方本当該部では、頼朝がそこで他本には見えない法皇の「院宣」を受け、その命によって義経は行動を開始することになっており、義経も対法皇関係について、根本的には院宣を受けた当の頼朝と同じ位置から出発していると言えるのである。

上洛した義経は「まづ御所の覚束なければ」と、院の御所へ向かう（巻第九）。その都入りは、御所を後にした義仲が引き返してきたものと法皇側から誤解され、(a)「法皇を始奉て、公卿・殿上人や局の女房達に至まで、今度ぞ世の失はてなるべしとて、手を握り立ぬ願もましまさず」（覚一本なし）とあるように、院の御所に一時的な混乱を生むことになる。その後それは誤認と判明し、参上を告げる義経を、法皇は「斜ならず御感有て」御所に召し入れる。法皇が櫺子から彼らの姿を見て一々に名乗るように仰せつけると、義経らは名乗って「畏る」。子細を尋ねる法皇に、「さん候。鎌倉の兵衛の佐頼朝、木曾が狼藉承つて[18]、範頼・義経に六万余騎の軍兵をさし副て上せ候。…（中略）…義経はまづ御所の覚束なさに扨参りて候」と義経は「畏つて」答え、義仲追討などたやすいことと申し上げると、法皇は「斜ならず御感あつて、さらば汝やがて御所中を守護し申せよと仰」せつける。そして以下の文面が続く。

義経畏てうけたまはり、主従六騎御所の惣門に打立て君を守護し奉る。是を始として十騎・廿騎・五十騎・百騎馳参る程に、ほどなふ三千騎になつて、①御所の四門を堅て守護し奉りけるにぞ、法皇も安堵の御心つきおぼしめす。若公卿・殿上人や局の女房達に至まで力つきてこそおもはれけれ。（巻第九「河原合戦」）

この義経都入りの場面では、院の御所の守護に関するやりとりが一つの脈絡を形成しており（各引用傍点部）、それが傍線部①のように御所内の混乱からの回復で結ばれていることに注意したい。また、この傍線部①の表現は、この場面の冒頭で使われていた覚一本にはない表現(a)と連動して、あたかも院の御所の混乱の発生と秩序の回復という叙述枠を作っているかのごとくでもある。一貫して法皇の存在を基軸として記す城方本の叙述姿勢が窺えよう。と同時に、右の過程では、義経はくり返し法皇に対して「畏」まり、その命を受けて御所を守護する者として描かれ続けていることにも注目しておきたい。一方、覚一本はこの場面の最後を、

義経かしこまりうけ給はッて、②四方の門をかためてまつほどに、兵物共馳集ッて、程なく一万騎ばかりになりにけり。（巻第九「河原合戦」）

と、次第に膨れ上がる源氏の軍勢に視線を向けて結んでいる（傍線部②）。城方本が御所の守護に関する脈絡の中で、傍線部①のように法皇以下の安堵を記して結んでいたのとは明らかに叙述の指向を異にしているのである。

こうして源氏の都入りと任官の叙述を見渡してみると、城方本は能動的に官を源氏に与える法皇の姿を描き出し、院宣が源氏の行動を保証していることをより明確に打ち出していることがわかる。両者の関係をとらえるに際しては法皇の方に主眼がおかれており、源氏は法皇の従属者として、叙述の前面に現れることはない。これらの点で、当該場面を源氏に視線を向けて叙述していく覚一本の様相とは明らかに一線を画しているのである。

（ロ）源氏の軍勢発向

続いて、源氏の軍勢発向の叙述に視線を移してみよう。

巻第八における義仲は、都入り以来、先に見たように法皇の命に従う存在として記されていたが、「征夷将軍の院宣」の段を境に「あらゑびす」としての姿を見せ始める。そして法住寺合戦へと至るのだが、その場面については次節で検討することとし、ここでは先に法住寺合戦の後、巻第九に入り、義仲が平家追討のために西国へ発向する場面

を見てみよう。

城方本

同き正月十日の日、木曾の左馬頭義仲を院の御所へめされて、平家追討の為に西国へ発向すべき由を仰下さる。木曾畏つて承り、同き十六日に門出して暁既に打たゝんとしけるに、又東国よりの討手数万騎にて美濃国・伊勢国に着なんど聞えしかば、木曾は門出計にて、西国下向はとゞまりぬ。

（「佐々木と梶原と生数寄・摺墨をあらそふ事」）

覚一本

同正月十一日、木曾左馬頭義仲院参して、平家追討のために西国へ発向すべきよし奏聞す。同十三日、すでに門いでときこえし程に、東国より前兵衛佐頼朝、木曾が狼藉しづめんとて、数万騎の軍兵をさしのぼせられけるが、すでに美濃国・伊勢国につくと聞えしかば、木曾大きにおどろき、宇治・勢田の橋をひいて、軍兵共をわかちつかはす。

（「生ずきの沙汰」）

城方本は先の任官記事と同様、ここでもまず法皇を主体とした一文から叙述を進めている。法皇の側から義仲を召し、命を下したことが語られているのである。義仲はその法皇の仰せに畏まり、行動に移る（以上、傍線部に注意）。城方本の義仲は、あくまでも法皇の命を受けて行動する将として描かれているのである。対する覚一本では、義仲の方が主体的に行動しており（波線部）、ここで法皇の存在は表面には出てこない。また、城方本にはない二重傍線部からも、覚一本はここで、法住寺合戦を経て専横的な面をみせる義仲と、それを追討しようとする頼朝との対立をこそ打ち出そうとしていると解されるのである（後述）。

義経らの叙述にも、両本の間にこれと同様な相違が見られる。義経らが生田・一の谷合戦へ向かう場面を城方本から引用する。

同き正月廿九日に、都には範頼・義経を院の御所へ召れて、平家追討の為に西国へ発向すべきよしを仰下さる。おの〳〵畏つて承り、院の御所をまかりいづ。（巻第九「六ケ度合戦」）

やはり城方本は、まず法皇が義経らを召集して命を下し（傍線部）、その命を受けて義経らは行動を始めるという形で叙述する。それに対して覚一本は、「範頼・義経院参して、平家追討のために西国へ発向すべきよし奏聞しけるに……」と、義経らの方から行動を起こし、それに応じて法皇が命を下したという形となっており、こちらでは主体的な源氏二人の姿が描かれているのである。

さて、頼朝関連の叙述に関して城方本で特徴的なのは、先にも少し触れた法住寺合戦終結後の、覚一本にはない院宣の授受である。覚一本では、法皇の命を受けたわけでもない北面二人が鎌倉に下っていき、途中、義仲の狼藉を鎮めようとして頼朝が自発的に派遣していた範頼・義経と出会う。しかし城方本では、この部分を以下のように記している。

同廿五日に、法皇、宮内判官公時を御使にて、木曾追討の院宣を鎌倉へこそくだされけれ。①去程に鎌倉には、「此二三ケ年が間は、京都のさわぎ・国々の乱によつて公の御年貢も奉らねば其恐有」とて、公の御年貢奉らる。②幷範頼・義経に一千余騎をさし副て、都の守護の為に差上せられけるが、尾張国熱田の浦にて逗留あり。宮内判官熱田に下り、此由申されたりければ、範頼・義経私にてはいかにもかなふまじき由を申されければ、宮内判官同き十二月八日の日鎌倉に下りつき、③木曾追討の院宣を兵衛佐に奉る。兵衛佐「全分のあらえびすを都の守護に居置て、公家・院中の御さはぎこそ大きに恐入ておぼえ候へ。さらばやがて木曾追討せむ」とて、範頼・義経に六万余騎の軍兵を差副てそのぼせられける。（巻第八「法住寺合戦」）

城方本では傍線部①のように、まず法皇が義仲追討の「院宣」を下す。一方、頼朝は朝廷への配慮から年貢と都守護の軍勢とを上らせていたが（傍線部②）、この「院宣」を受けて範頼・義経を義仲追討軍として改めて派遣する（傍線部③）。このように、城方本では頼朝の義仲追討の行動はこの「院宣」から始発する形となっており、こうした流れは、北面二人の到着以前に、「木曾が狼藉しづめむとて」、頼朝が自発的に範頼・義経を派遣していたとする覚一本とは大きく異なっている。城方本では平家追討のみならず、義仲追討までが法皇の「院宣」に始まるものとされているのである。[19]

城方本は、一貫して法皇の命（院宣）が源氏に行動を促す形で軍勢発向記事を記しており、[20]源氏が主体的に対平家・対義仲の行動を起こす形でそれぞれの場面を語り進める覚一本とは対照的である。このことは、源氏都入りと任官の場面が、先に見たごとく法皇に主眼をおいた叙述で成り立っていることとも通底していると考えられる。このように城方本には、源氏の行動を根源的に支配する法皇の姿が描き出されている。城方本は対源氏関係における法皇の力を意識し、その存在を要所々々で語っているのである。

三　「法住寺合戦」の叙述から

本節では、城方本において法皇が叙述上に占める位置と、そこに内在される問題を別の面から考察するべく、巻第八「法住寺合戦」を取りあげる。あらかじめ言えば、城方本では法皇に対する義仲の畏敬心が乱後まで保たれていることと、構成面で法皇の姿が他の記事よりも優先的に描かれていることが注目される。これらは前節で指摘した叙述の様相とも響きあうものと思われ、以下この二点を軸に考えてみたい。

合戦は、京中の狼藉を鎮めよという法皇の言葉を義仲に伝達した鼓判官が、相手にからかわれ、義仲追討を法皇へ進言したことによって導かれる。法皇との対峙を決意した義仲は、法住寺殿へ押し寄せて火をかける。この後、鼓判官の軍奉行らしからぬ呆気ない逃亡によって、合戦の大勢が決するわけだが、城方本ではこの直後、まず法皇・主上の姿を追いかける。

去程に、法皇は煙にむせびて渡らせ給ひけるが、御輿に召れて七条を西へ御幸なる。兵共矢を射かけ奉る。公卿・殿上人「狼藉なり。一院の御幸ぞ」と仰ければ、兵共みな弓をひらめて畏る。「此陣をばたが堅めたるぞ」と仰ければ、「根井の小弥太候」と申。「さらば請取奉つて、何方へなりとも御幸なし奉れかし」と仰ければ、木曾殿に此由を申。木曾殿畏つて承り、法皇を請取奉つて五条内裏へ御幸なし奉る。去程に、主上は御舟にめして池のみぎはに浮ばせおはしましたりけるを、兵共矢を射かけ奉る。公卿・殿上人「狼藉なり。御座舟ぞ」と仰ければ、兵共弓をひらめて畏る。「さらば請取奉つて、何方へなり共行幸なし奉れかし」と仰ければ、木曾畏て承り、主上を請取奉つて閑院殿へ行幸なし奉る。（巻第八「法住寺合戦」）

特に傍線部の表現から読み取れるのは、義仲軍の法皇・主上に対する畏敬心である。くり返し現れる「畏」まるという行為はもちろんだが、(21)「奉」るという関係性において両者がとらえられていることも、そうした色を側面から補う表現といえよう。都での狼藉の罪を一身に背負う義仲だが、結局、法皇・主上に対する畏敬心だけは持ち続けていることがここで確認される。そうした意味からすれば、城方本では義仲に対する法皇自身の決定的な敗北は書かれていないに等しい。また構成面では、こうした記事が、城方本では大勢決定直後におかれていることにも注目しておきたい。ここからも、城方本の関心の第一は法皇（そして主上）にあると考えられるのである。一方、覚一本はこれを「（法皇を・鈴木注）五条内裏にをしこめたてまッて、きびしう守護し奉る」・「（主上を・同）閑院殿へ行幸なし奉る。行幸の儀式のあさましさ、申すも中々をろかなり」とし、あくまでも義仲軍の狼藉として叙述している。また、城方本とは構成も異なり、炎上する法住寺殿から鼓判官らが逃亡した後、院方敗走のさまや被害者等のことが書かれ、「天台座主明雲大僧正、寺の長吏円慶法親王も、御所にまいりこもらせ給ひたりけるが、黒煙既にをしかけければ……」（二人の討死話）・「豊後国司刑部卿三位頼資卿も、御所にまいりこもられたりけるが、火は既にをしかけたり……」（頼資の滑稽話）と、法住寺殿の炎上に関する記事を続ける。これらの後に先のように法皇らのことを記しており、覚一本が法皇に対する義仲軍の一連の横暴を語ることに意を注いでいることは明らかなのである。

さて、乱後、義仲は敵軍の頸を河原にかけ並べさせる。そして法皇と大夫長教の歎きが続く（両本記事順同じ）。続いて覚一本は義仲へ視線を向け、院の御厩の別当になること→松殿の婿になること→四十九人の官職停止→頼朝と鼓判官との話（城方本なし）→義仲の平家への使者派遣（城方本なし）等々を乱後の新局面として長く記した後に、約二十日後のこととして法皇の遷幸に触れる。それに対して城方本は法皇らの歎きの後、乱後の新局面として、まず法皇・主上の遷幸のさま（乱の翌々日の事とする）を語り、それから義仲による官職停止等々を続ける。ここでは先の合戦の大勢決定直後と同様、城方本が法皇らの姿を優先的に追っている点が注目される。またその叙述も、

同き廿一日に法皇をば五条の内裏を出し奉つて、大膳の大夫成忠が宿所六条西の洞院へ入奉り、主上をば閑院殿を出し奉つて、五条内裏へ行幸なし奉る。（巻第八「法住寺合戦」）

というものである。「奉」るという語でとらえられている関係性を、先の場面からの連続性の中で受け止めるならば、法皇らには配慮しつつ行動する義仲の姿を読みとってもよいのではなかろうか。これは覚一本の「法皇は五条内裏をいでさせ給ひて、大膳大夫成忠が宿所六条西洞院へ御幸なる」と比べても、そうした関係性に視線を向けた、特徴的な叙述と言えよう(22)。かかる一連の様相を踏まえるならば、城方本において、義仲の法皇に対する畏敬心は法住寺合戦を経ても失われていないことが確認できよう。

ところで、こうした城方本でも、義仲の行動が朝家への敵対行為として扱われることに変わりはない。法皇は乱後、「昨日のあわたゞしう浅ましかりし事共」を大夫長教と語り合うし、義仲の官職に関する専横も叙述されているのである。しかし城方本は、覚一本ほどに法皇に対する義仲の横暴を描いてはいないということは確かである。それは城方本が先に見たごとく、法皇に対する義仲の畏敬心を一貫して描いていることと表裏をなしている。義仲が法皇への

畏敬心を失わないこと、換言すれば、法皇自身の権威は一定の水準で乱後も保たれていることが城方本当該部の特徴なのであり、その叙述姿勢の根幹に関わる問題と目されるのである。

城方本が、頼朝に対する法皇の「木曾追討の院宣」伝達をもって乱関係の叙述をしめくくること（本文は先に引用）もこれと関係しよう。城方本におけるこの院宣の意味については前節で述べた。覚一本では頼朝の自発的な義仲追討軍派遣等によって、法住寺合戦とそこから生じる頼朝・義仲関係の新局面は、一貫して二人の源氏の関係を軸に進行する。前述のとおり、頼朝と義仲の対立を軸に語ろうとする覚一本の姿勢は明確なのである。それに対して城方本の「法住寺合戦」では、乱後まで法皇に対して畏敬心を持ち続けた義仲が、最後に法皇が発した「院宣」を介して頼朝と新たに関係づけられていくわけで、法皇が担う意味は際めて重大なのである。

これも先に触れたが、城方本ではこの後巻第九に入り、法皇が義仲を召して西国発向を命ずるという叙述が存在する。ここで法皇が頼朝への「木曾追討の院宣」を発し、さらに義仲には西国発向を命ずるという叙述を成り立たせ得るのは、法住寺合戦を経ても法皇の権威自体は揺るぎなく存在していることが、義仲の畏敬心によって確認されているからに他なるまい。城方本の「法住寺合戦」は、源氏の行動を根源的に支配し続けている法皇の姿を描き出しており、そこに現れる法皇の位置は、前節で確認したところと同じ脈絡のもとにとらえうるものと考えられるのである。[23]

四　おわりに

以上、本章では、対源氏関係を示す叙述の中で法皇が占める位置を確認してきた。法皇が源氏との関係において根源的にその力を発揮する形で終始語り進める城方本は、やはりそれなりの確かな歴史認識を基調として、その叙述を組み立てていったものと考えられる。それは、表面的には〈法皇が主体的に源氏を促し、源氏はそれに従い、支えられつつ平家を追討した〉というものであり、より本質的には、法皇を代表とした朝家中心の国家観に傾斜した歴史把握のあり方と言えよう。以上に検討した、法皇の位置づけに関する城方本の一貫した叙述の様相は、こうした歴史認識の姿勢が顕在化している部分と解することができるのではないだろうか。もちろん、いまだ限られた範囲での考察にとどまっており、本章で提示したのはその一端でしかない。しかし、法皇を軸に据える城方本の姿勢は、源氏との関係に限らず、より多方面の叙述にも関わるものと考えられるのである。城方本の歴史認識の全体像の解明を目指した、それらの具体的考察は、次章以降に引き続きおこなうこととしたい(24)。

従来、城方本（そして第二類本）の本文については、百二十句本をその祖本と見、そこからの系譜関係を想定し、ある特定の箇所を俎上に載せて、詞章の簡素化や「手際よい増補」を指摘する渥美論(25)や、あるいは「何らかの形でその先行本文と考えられる屋代本」と比べて、八坂流第一類本は「概して類集整理の傾向が顕著」であり、「第一類本に発すると思われる類集的整理の傾向を更に強化したのが第二類本である」とする山下論(26)等があるが、それらの現象を束ねる全体の性向の把握はなされておらず、諸本系譜上の後出本とする理解でその評価は言い尽くされている感がある。つまり城方本の部分々々での現象が全体として持つ意味を問うには至っておらず、むしろ後出本という理解がそうした試みを無意識のうちに放棄させていたのではないかとさえ思われるのである。そこで、本章で指摘してきた城方本の叙述の様相、そしてその根底を支えるもののひとつとして想定した歴史認識の一貫性は、はたして従来の理解と如何に協調・共鳴し得るのかという新たな問題が生じてこよう。ここには従来の評価では律しきれないものがあるのではないか。ここまでの論述の過程では覚一本を比較対象としてきたが、その様相は屋代本やそれらの混態本とされる諸本（百二十句本・鎌倉本等）にも通じている。したがって本章での考察結果は、城方本を含む第二類本と称される諸本群の特徴的な位相をものがたっているのである。また、それは一面で、平安時代末の内乱期の時代状況の推移を如何に叙述し直すかという、先行本文をうけた物語再生への営みの存在をも示唆している。ここから派生してさらに解明すべき課題は多いが[27]、少なくとも、古態性や後出性の指摘で事足れりとする諸本評価の姿勢とは別に、物語の展開と再生の動きを分析していくことの必要性を少なからず指摘することはできたのではなかろうか。

注

（1）『平家物語研究序説』（一九七二・三　明治書院）、『平家物語の生成』（一九八四・一　明治書院）。

（2）山下宏明氏編『平家物語八坂系諸本の研究』（一九九七・十　三弥井書店）、櫻井陽子氏『平家物語の形成と受容』（二〇〇一・二　汲古書院）第二部所収諸論文、松尾葦江氏「平家物語の本文流動——八坂系諸本とはどういう現象か——」（「国学院雑誌」96－7　一九九五・七　→同著『軍記物語論究』〈一九九六・六　若草書房〉改題再録）など。

（3）それは「諸本研究」なる用語の概念規定とも関わっている。野中哲照氏「軍記・歴史文学（前期）」（「文学・語学」164　一九九九・九）の指摘がある。

（4）山下論では「八坂流諸本」・「一方流諸本」といった語が用いられているが、本論ではあくまでも諸本分類の用語として、「八坂系諸本」・「一方系諸本」という語を用いることとする。

（5）『両足院本平家物語』解説（一九八五・四　臨川書店）、「城一本平家物語の本文形成について」（徳江元正氏編『室町藝文論攷』収　一九九一・十二　三弥井書店　→同著『軍記と室町物語』〈二〇〇一・十　三弥井書店〉再録）

（6）注（1）山下氏掲載書等。直接これを論じたものとしては池田敬子氏「平家物語八坂流本における巻十二」（「軍記と語り物」22　一九八六・三　→同著『軍記と室町物語』再録）、牧初江氏「城方本『平家物語』の義経の「滅び」——梶原と範頼をめぐって——」（「学芸国語国文学」25　一九九三・三）がある。なお、これらの記事を「義経関係記事」と称することの妥当性は再考を要する。この点については、本編第六章において検討を加える。灌頂巻の問題等から巻第十二に関する論は多い。

（7）『平家物語の基礎的研究』（一九六二・三　三省堂）

（8）注（2）松尾論、櫻井論のほか、千明守氏「八坂系『平家物語』〈第一・二類本〉の本文について——巻三・巻七を中心として――」（山下宏明氏編『平家物語八坂系諸本の研究』収　一九九七・十　三弥井書店）など。

（9）この問題が第二類本のみの問題でないことは言うまでもない。また、以下に述べる様相は第一類本にもほぼ同様に認められるが、第二類本の方に、より明瞭に指摘できる。ただし、両者の叙述の間には微妙な差異が存し、改めてその意味を問う必要があろうと考え、本編の考察対象からは除くことにした。

（10）本章以下、歴史叙述の位相差として定位することを目指していく。なお、本章で取りあげる部分に関して、屋代本・鎌倉本・平松家本・竹柏園本・百二十句本・葉子十行本・下村本といった諸本は、覚一本に代表させ得る叙述を持つ。特に屋代本との異同を、以下必要に応じて注の形で触れることにする。

（11）拙稿「八坂系『平家物語』第一・二類本の関係について――研究史の再検討から――」（「早稲田大学大学院文学研究科紀要」41―3　一九九六・二）、同「八坂系『平家物語』の本文生成と覚一本系本文――巻第五における交渉関係をめぐって――」（「古典遺産」48　一九九八・六）において、八坂系第一・二類本の関係について、従前の通説的理解を再吟味する必要性があり、相互に単純な系譜関係ではとらえきれない位相にあることを指摘した。そこで至った判断と本書の趣旨に基づき、本編各章では第一・二類本の系譜的前後関係の如何を問うてはいない。また、第一類本・第二類本等の名称は、必然的に前後関係といった価値判断を含んでいる印象をもたらすものであり、その点に留意が必要であるが、あくまでも現在最も通行した分類名称としてこれを用いている。山下論の諸本分類によれば城方本は第二類本Ｂ種とされるが、同Ａ種の京都府立総合資料館蔵本（以下、京資本）、彰考館蔵八坂本（以下、彰考館本）、内閣文庫蔵秘閣粘葉本、早稲田大学図書館蔵城幸本、Ｂ種の奥村家蔵本、天理大学附属天理図書館蔵那須本、田中教忠旧蔵本を参照し、本章以下で取りあげる部分について基本的に同列に扱い得ることを確認した。

（12）義仲・行家の装束描写は屋代本にはない。

（13）城方本巻第七「平家の一門日吉の社へ連署の願書」、巻第八「大蛇の沙汰」、巻第八「征夷将軍の院宣」参照。屋代本は一定していない。

（14）義仲を重んじる覚一本の傾向は、次章で指摘する同本の様相とも響き合うものと考えられよう。

（15）底本のこの一文不審。奥村家本同文。彰考館本には、「同き十六日に平家の一門百六十三人の官職を留て、殿上の御簡をけづらる」とある。京資本は彰考館本と同文。

（16）屋代本にはない。

（17）延慶本・長門本・『盛衰記』にはこれを「宣旨」として載せる。屋代本・百二十句本は文面は載せないが、ここで「宣旨」を受けたとする。形式的にはまさしく官宣旨または弁官下文と呼ばれるものに相当する（『日本古文書学講座』第3巻　今江広道氏執筆「宣旨」の章〈一九七九・八　雄山閣〉等参照）。寿永二年当時、こうした宣旨が出されていないことは改めていうまでもなく、これは『平家物語』が創作した文書と考えられるわけだが、注目すべきは、城方本はこれを「院宣」とし、また、その末尾に「……者、院宣如斯。仍執達如件。」という、院宣の結びとしては定型的な表現（前掲書　橋本義彦氏執筆「院宮文書」の章等参照）を持つことである。城方本は延慶本の類いを参照しつつ、院宣としてこれを扱うべく、独自に加筆したものかと推察される。その過程はさらなる吟味を要するが、城方本がこれを意図的に院宣として位置づけようとしていたことが窺え、法皇叙述に関する同本の姿勢を示唆していると言えよう。

（18）城方本ではこの「木曾が狼藉承つて」が、「法住寺合戦」終結後、頼朝に院宣が渡った記事と呼応している。覚一本当該部には、「義仲が謀叛の事、頼朝大におどろき」とあるが、法住寺合戦後の院宣授受という設定を持たない覚一本では、こうした脈絡は当然見いだせない。城方本が院宣の発令者たる法皇に重きをおいた叙述を細かに組み立てているさまが、こうしたところからも窺える。

（19）屋代本は、年貢に関して傍線部②に類する頼朝の発言は載せている。しかし、ここに「院宣」は登場しない。

（20）発向記事はもう一つ、巻第十一「逆櫓」で義経が屋島・壇浦合戦へ向かう際の叙述がある。そこでは、

　　元暦二年正月十日の日、九郎大夫の判官院の御所に参り、大蔵卿泰経の朝臣を以て申されけるは…（中略）…由をぞ申されける。法皇斜ならず御感あつて、やがて院宣あそばしてぞたふだりける。判官院宣給つて院の御所を出、諸国の侍共にむかつて言ひけるは…

とあり、義経が院参することから事態が始まっていることが注目される。本章で指摘した一貫した叙述の様相からはみ出す

かに見えるが、傍線部で院宣が下ったことを明記し（覚一本では不明瞭）、そこから義経の行動が始まっていることから、基本的には同列に扱い得ることを付言しておく。

（21）ここまでに城方本では「畏つて承り」という表現が頻出してきた。半ば慣用的として扱われているとも取れるが、城方本では某の仰せに対して「畏つて承り」という表現は地の文で二十九例、会話文で二例あり、その敬意の対象の内訳を度数で示すと以下のようになる（カッコ内は会話文の用例）。

法皇・天皇・宮…十五　御室…一　摂政・左右大臣…五　清盛…二（一）
重盛…（一）　宗盛…一　頼朝…一　義仲…一　義経…二　時政…一

一見して、圧倒的に皇室につながる者や摂政という朝廷の中軸に関わる者に対して用いられていることが分かる（なお、京資本では摂政・太政大臣の例が一例多い）。もちろん、語句の使用には場面ごとの要請があり、一概には論じられないだろうが、こうした傾向を見ると、くり返し源氏が法皇の仰せを「畏つて承」る様子を記すことの意味を、城方本を含む第二類本の性格の問題として問うてもよいのではないかと思われる。ちなみに覚一本では、「畏つて承り」という表現は全十例しか見られず、

法皇…四　摂政…一　頼朝…一　義経…二　清盛…（一）　重盛…一

という分布である。

（22）覚一本では、ここで主上の行方は書かれない。先の主上の閑院殿への行幸の場面と同様、城方本では法皇に限らず主上にも畏敬心を持ち続ける義仲の姿があることは、城方本の叙述姿勢を示唆するものとして目を配っておきたい。

（23）法皇はここで頼朝と義仲を選択肢としていることとなり、源氏に対する法皇の位置は明らかである。また、以上に論じてきた法皇と源氏勢力との関係の記され方に照らせば、城方本において、この行為は、両者の間を右往左往する姿とは見なしがたい。法皇のこうした姿が表現上に確かめられる点、他本に見えぬ城方本の特徴として注目に値しよう。

（24）城方本の歴史叙述の様相を問うことは、当然、『平家物語』にとどまらず、他作品との位相差の問題ともなろう。本編で論じ得たことから引き続いて、今後の課題としたい。

（25）注（7）掲載書。
（26）注（1）掲載書。
（27）たとえば、覚一本の達成度が論じられ、覚一本を語り本系諸本の主流とする理解が定着している感があるが、城方本の作品世界の解明によって改めて覚一本の〈主流性〉なるものの意味が問い直されることにもなろう。

［追記一］

原論文の段階では、第二類本のいう諸本群が持つ共通性を考慮し、これらの総称として「八坂本」という用語を使って論述した。この点については、櫻井陽子氏から「恣意的な用法は誤解を招く」との批判を受けた（「八坂系平家物語〈一・二類本〉巻十二の様相——頼朝関連記事から——」〈『軍記と語り物』32　一九九六・三〉注（7）参照）。彰考館蔵八坂本の存在や「八坂本」なる語の歴史性を踏まえての指摘である。こうした点への配慮はなされてしかるべきものとは思う。ただし、「第二類本」なる語が「誤解」を生む可能性も、それと同様に否定できないことは指摘しておかねばなるまい。その用語の定義をした上で用いているという点では、かつての拙稿にいう「八坂本」とて同様である。こうした問題は、その語が必然的に背負ってしまう歴史性やイメージの喚起力と、専門用語としての妥当性といった問題へと行きついてしまう。こうした点を考慮し、「誤解を招く」可能性があったことを省みた上で、底本とする城方本の叙述に関する論として本章の論述を編み直し、その成果がいわゆる第二類本とされる諸本群としての性格として把握できるものであることを併せて記すこととした。なお、次章以下も同様の扱いとした。

［追記二］

本章の基盤となった原論文をうけた注（8）千明論は、その注（22）の中で、次のような批判を述べている。

……ただ、これらの諸本のありようから、例えば「歴史認識の一貫性」（鈴木氏）を導き出すといった方法には少々懐疑的にならざるを得ない。それは、①これらの諸本の本文が、一人の編者の「傑出せる個性」によってもたらされたものでは恐らくなく、何層にも渡る改変・改訂の結果生まれてきたものと考えられるからである。②鈴木氏が「八坂本」（＝第二類本）の特徴として掲げられた異文の多くが、第一類本や屋代本にも共通して見られるのであるが、③どうしてそれらをすべて「八坂本」（＝第二類本）の編者一人の手柄とすることが許されるのかということである。

この批判については、本章以下の検討の意義とも関わるため、ひとこと見解を述べておく。まず、①については、全く異論はない。その点は、物語の展開と再生を主題とする本書の各章や、その原論文の随所に記述したことをご参照いただきたい。なお、「傑出せる個性」という言葉は、原論文における私の言葉ではなく、論中でそうした点から「八坂本」の性格を論じてはいないことを念のため指摘しておく。②については、原論文の段階から決して無視していたわけではなく、共通性があることを踏まえつつ、その差異を見すえるべく、論述の対照からはずしたに過ぎない（原論文注（6）参照。本章注（9）はそれを一部書き改めた）。氏の批判への最大の疑問は、③にみえる拙稿理解である。それは、拙稿が、「八坂本」編者一人がこうしたすべての叙述を、先行本文を新たに改変・改訂することで生みだしたという見解にたっているという理解への批判かと思われる。しかし、拙稿はそうした「編者一人の手柄」を一切指摘してはいない。少なくとも、「本文上の系譜関係を基準とした従来の諸本論の成果の相対化を意図し」（原論文六二頁上段）ていることを明示した拙稿を、そうした観点から「八坂本」の叙述を評価したものと読むことは正当とは思われない。そこで論じたのは、諸本の広がりの中の一齣としての「八坂本」のありようから読み取れるものは何かという事柄である。こうした観点は、当該論文の後、氏の批判が著される以前に公となった一連の拙稿中でも、しばしば述べたところでもあった。まずは、拙稿理解において再検討を求めたい。また、関連して付言すれば、傍線部①のような共通認識を基盤としつつ、「改変・改訂」をのみ「手柄」とする異本誕生への評価のありようは、本書に至る私の問題意識と明確に一線を画している。本書は、先行本文をそのままに受け継いだ部分をも、異本編者の選択眼がはたらいた営為として受け止めていこうとするものである。そうした側面をも含めなければ、物語の再生は論じきれないと私は考えている。あくまでも右の記述に現れた範囲からの推測ではあるが、こうした点への配慮があれば、②ゆえに③という批判は形を変えていたのではなかろうか。

第二章　頼朝の存在感
――覚一本との位相差――

一　はじめに

本章では、覚一本と城方本を主な分析対象とし、頼朝の存在感に関する両本の際立った対照性をいくつかの角度から検証することを通して、いわゆる語り本系諸本の展開相の一側面を照射していくこととしたい。[1]城方本を含む八坂系第二類本と称される諸本群は、諸本展開過程における後出本・末流本という評価が一般化して以来、個性的な巻第十二（特にいわゆる〈義経関係記事〉）の様相を除けば、ほとんど顧みられることのなかった一群である。前章において私は、その総体としての性格を解明していく端緒として、城方本における後白河法皇の位置づけに注目し、同本を貫く歴史認識のあり方を考察してみた。その結論として、城方本が法皇に代表される朝家に比重をおく一貫した歴史把握の姿勢を有しており、その点は法皇よりもむしろ源氏に焦点を合わせて叙述を進めている覚一本等とは大きく異なっていることを指摘したのである。こうした事実は、城方本（そして八坂系第二類諸本群）の本文が決して整合性のない粗雑なものではないことを示しており、語り本の多様な展開相に占める同本の位置を問う必要と価値は少なくないものと思われる。本章では、前章の成果を受けつつそれを補充する意味も込めて、頼朝の存在感の濃淡を測ることを通して、こうした課題に取り組むことにしたい。

なお、頼朝の存在感を指標として覚一本と城方本の叙述の様相を吟味していくと、以下に見るように覚一本の方がより積極的に頼朝を叙述に組み込んでいることが明らかとなる。よって必然的にそうした覚一本の性格にも多く言及することになるのだが、そこから両本に作品としての優劣をつけるのではなく、語り本の多様なる広がりの中にそれらを並列的に眺望する視座に立つことをあらかじめ述べておきたい。

二　義仲の人物形象と頼朝

まず覚一本の義仲形象に占める頼朝の存在感を確認していきたい。以下に見るように、覚一本の義仲は、頼朝を意識することにおいて一貫して形象されているのである（以下、各引用上段に覚一本、下段に城方本を掲げる。城方本の性格については、一括して後述する）。

覚一本

(イ)やう〳〵長大するまゝに、ちからも世にすぐれてつよく、心もならびなく甲なりけり。「ありがたきつよ弓勢兵、馬の上、かちだち、すべて上古の田村・利仁・余五将軍、致頼・保昌・先祖頼光、義家朝臣といふとも、争か是にはまさるべき」とぞ、人申ける。或時めのとの兼遠をめしての給ひけるは、「①兵衛佐頼朝既に謀叛をおこし、東八ケ国をうちしたがへて、東海道よりのぼり、平家をおひおとさんとすなり。義仲も東山・

城方本

……老（ママ）たつまゝに身ぢからだいにして、力人にすぐれたり。はかりごとをめぐらす事も、田村・利仁にもこえ、将門・純友にもなを過たらむ。されば「いかにもして平家を亡し、世を打とらばや」なむどぞ申ける。養父の兼遠此よしを聞て、「誠にさやうに宣ふこそ八幡殿の御末共おぼゆれ」と誉られて、いよ〳〵心猛くなる。

（巻第六「あひ　九州の早馬」）

北陸両道をしたがへて、今一日も先に平家をせめおとし、たとへば、日本国ふたりの将軍といはればや」とほのめかしければ、中三兼遠大にかしこまり悦て、「其にこそ君をば今まで養育し奉れ。かう仰らる、こそ、誠に八幡殿の御末ともおぼえさせ給へ」とて、やがて謀叛をくはだてける。（巻第六「廻文」）

傍線部①は、義仲が頼朝への対抗意識を口にする極めて著名な言葉である。ここは義仲の事実上の初出場面であり、覚一本の義仲形象はこのように頼朝との関係性の中で始発していることに注意しておきたい。特に「日本国ふたりの将軍といはればや」という言葉は、「いまは源平のなかに、わとの程将軍の相もッたる人はなし」（巻第五「福原院宣」）という文覚の言葉を受けて挙兵したと語られる頼朝への対抗意識を明確に提示するものといえよう。

こうした義仲の頼朝に対する意識は、巻第七冒頭「清水冠者」の段に語られる両者の不和の記事の中でも、「御辺は東八ケ国をうちしたがへて、東海道より攻のぼり、平家を追おとさんとし給ふなり。義仲も東山・北陸両道をしたがへて、今一日もさきに、平家を攻おとさんとする事でこそあれ」という義仲の言葉としてくり返される。そこには、義仲を頼朝との対抗関係の中で描こうとする覚一本の姿勢が明瞭に読み取れよう。

さて、こうした姿勢は法住寺合戦における義仲形象のあり方にも響いている。法皇との対峙を決意する際に、覚一本の義仲は次のような言葉を発するのである。

(ロ)「…（自らの正当性・略）…是は鼓判官が凶害とおぼゆ　―「…（自らの正当性・略）…A其上、此法皇はさるおぼつか

るぞ。其鼓め打破ッて捨よ。今度は義仲が最後の軍にてあらむずるぞ。②頼朝が帰きかむ處もあり。軍ようせよ。者ども」とてうッたちけり。（巻第八「鼓判官」）

なき人にておはする物を、左右なう参つて頸うつきられ申ての詮のなさよ。義仲が去年信濃を出しより以来、大小軍合戦にあふ事廿余度。され共一度も不覚をせず。今度ぞ義仲が最後の合戦なるべし。義仲が軍の吉例には七手にわかつ物なれば」とて、……（巻第八「法住寺合戦」）

これは対峙決意の言葉の結びの部分だが、傍線部②に見られるごとく、覚一本は合戦に先立ち、頼朝への聞えを気にする義仲の姿を描き出しているのである。こうした表現は、何げない一節であるかに見えるが、決してそうではない。これは乱後に記される次の表現との対応が認められて然るべきであろう。

(ハ)あくる廿日、木曾左馬頭六条川原にうッたッて、昨日きるところの頸ども、かけならべてしるひたりければ、六百卅余人也。其中に明雲大僧正・寺の長吏円慶法親王の御頸もかゝらせ給ひたり。是を見る人涙をながさずといふことなし。③木曾其勢七千余騎馬の鼻を東へむけ、天も響き大地もゆるぐ程に、時をぞ三ケ度つくりける。京中又さはぎあへり。但是は悦の時とぞ聞えし。（巻第八「法住寺合戦」）

其後、木曾は七条川原に打たつて、B八幡の方をふしをがみ、生捕共の頸切かけさせ、「中にも山の座主・寺の長吏はたつとき法師なれば、頸をたかふ打てかけよや」とて、たかふうつてぞかけさせける。（巻第八「法住寺合戦」）

合戦終結後、覚一本の義仲は馬の鼻を東に向けて鬨をあげる（傍線部③）。戦前の決意の言葉と呼応して、「東」という方角が頼朝を暗示していることは明らかであろう。[2] 覚一本は表面上、義仲対法皇という構図に収めて義仲の圧倒的勝利（＝法皇の敗北）を語るのだが、その一方で、義仲の心理の深層に存する頼朝への対抗意識を確実に描き込んでいるのである。

こうした前提を受けるがゆえに、乱後の新局面が頼朝と義仲の関係を軸として語られるのは必然的な流れであろう。巻第九で義仲が平家追討に発向しようとする場面もその一環にあると考えられる。

㈡同正月十一日、木曾左馬頭義仲院参して、平家追討のために西国へ発向すべきよし奏聞す。同十三日、すでに門いでときこえし程に、④東国より前兵衛佐頼朝、木曾が狼藉しづめんとて、数万騎の軍兵をさしのぼせられけるが、すでに美濃国・伊勢国につくと聞えしかば、木曾大におどろき、宇治・勢田の橋をひいて、軍兵共をわかちつかはす。（巻第九「生ずきの沙汰」）

同き正月十日の日、木曾の左馬の頭義仲を院の御所へめされて、平家追討の為に西国へ発向すべき由を仰下さる。木曾畏つて承り、同十六日に門出して暁既に打たゝんとしけるに、又C「東国よりの討手数万騎にて美濃国・伊勢国に着」なんど聞えしかば、木曾門出計にて、西国下向はとゞまりぬ。（巻第九「佐々木と梶原と生数寄・摺墨をあらそふ事」）

既に巻第八「法住寺合戦」で、覚一本の頼朝は、「此事（法住寺合戦の顛末・鈴木注）をうッたへんと」する北面二人が鎌倉に到着する前に、「木曾が狼藉しづめむとて」自発的に義仲追討軍（範頼・義経）を派遣している。傍点部との表現上の対応を見ても、傍線部④はそこからのつながりで解釈する必要があろう。義仲は頼朝が派遣した軍兵の風聞によって西国発向を取りやめることとなる。なお、覚一本がここで頼朝の主体性を殊更に記している点は、後述する城方本との関係でも留意しておきたいところである。

やがて義仲は、都入りした義経軍との戦闘を経て、最期の時を迎えることとなる。

(ホ)「昔はき、けん物を、木曾の冠者、今はみるらん、左馬頭兼伊豫守、朝日の将軍源義仲ぞや。甲斐の一条次郎とこそきけ。たがいによい敵ぞ。⑤義仲うッて兵衛佐に見せよや」とて、おめいてかく。（巻第九「木曾最期」）

「日比は音にも聞けん、木曾の冠者。今は目にもみるらん、左馬頭兼伊与守、朝日の将軍源の義仲ぞ。敵は一条の次郎とこそきけ。D義仲討捕て勧賞承れや」とぞ名乗れける。（巻第九「木曾の最後」）

これは最後の名乗りだが、ここでも覚一本の義仲は頼朝個人への対抗意識を口にしている（傍線部⑤）。自らを「朝日の将軍」と呼ぶ義仲の頭に最終的に浮かぶのは、眼前の敵勢を遠く鎌倉にあって掌握する頼朝の存在なのである。

以上のように、覚一本が義仲を一貫して頼朝への対抗意識の中に形象していることは明らかである。しかし、こうした姿勢は、屋代本にもほぼ同様に見いだせるためであろうか、諸本展開という観点からは取り立てて論じられることはなかったようである[3]。しかし、以下に城方本の表現を顧みるが、それを通して両者の間に存する一つの対照性が判然とすることになる。引用記号にしたがい、適宜振り返ってご参照願いたい。

それぞれについて要点を述べれば、まず引用(イ)では覚一本の傍線部①に当たる表現はなく、巻第七「清水の冠者のさた」の義仲の言葉にもそれは見られない。これに関連して、城方本には義仲が「朝日の将軍」の院宣を受けたとする記述（覚一本巻第八「名虎」）が存在しないことも注目される。すなわち、「将軍」をめぐる頼朝との対抗関係の中に義仲を形象しようとする志向は、城方本には希薄なのである。また、(ロ)には覚一本傍線部②のような、義仲の対抗意識を表す直接的表現がない。そして、城方本の独自文である傍線部Aは、義仲の決意をあくまでも法皇との関係性の中で語ろうとする同本の姿勢を特徴的に示す表現と言えよう。続く(ハ)では、義仲は「八幡の方」を拝しはするが（傍線部B）、「馬の鼻を東へむけ」て鬨をあげる姿は見られず、ここにも頼朝との表現上の関係性設定への積極的な志向は見いだし難い。

前章で指摘したように、法住寺合戦終結後、城方本では法皇が頼朝に「木曾追討の院宣」を下しており、乱後の頼朝・義仲関係は法皇の力を基軸として規定されていく。それとの関連で、城方本(ニ)の傍線部Cが、覚一本傍線部④のような頼朝の主体性が表出した表現とは大きく異なることに注意する必要がある。一見、「東国」＝頼朝という表面的な理解に終始してしまいそうだが、城方本の場合、頼朝の義仲追討軍派遣は「院宣」によって始発しているのであり、そこには根源的に「東国」をも動かす法皇の力を読みとるのが妥当であろう。したがって、この「東国よりの討手」に滅ぼされる義仲の最後の言葉、引用(ホ)の傍線部Dにいう「勧賞」も、城方本では法皇から賜る「勧賞」と読みとるのが自然と思われる。

以上の表現を見渡してみると、頼朝への対抗意識の中で義仲を積極的に形象しようとする覚一本のごとき姿勢が、城方本には存在しないことが明らかとなる。それでは、城方本はいかなる姿勢で義仲を描き出しているのか。この点については、既に(ロ)・(ニ)・(ホ)の表現が少なからぬ示唆を与えてくれている。すなわち、ここで義仲はあくまでも法皇との関係性の中で描き出されているのである。(ニ)に記される義仲の西国発向（結局未遂となるが）は、法皇の下命に従ったものとして語られてもいた。このように、城方本では、朝家（特に法皇）との関係が義仲の人物形象の基調として存在しているのである。前章との関連でいえば、朝家に比重をおく城方本の叙述姿勢は、義仲の人物形象のあり方にも及んでいることが看取できるのである。

語り本系諸本が、このように異なる位相の叙述を生み出しつつ展開していったことの意義をさらに考究し、より積極的に評価していく必要があろう。その点について言及する前に、こうした両本の姿勢に連動すると思われる現象面からの確認を、もう少し重ねておきたい。

三　平家の人々の意識における頼朝

義仲の人物形象との関わりにとどまらず、覚一本の叙述に占める頼朝の存在感は、城方本と比べると極めて大きい。本節ではその点を、作中に点描される平家の人々の意識の中に追いかけてみたい。まずは、義仲が東山・北陸道をしたがえて上洛を志しているとの風聞を受けて、平家が追討軍を派遣する場面（巻第七）の叙述に視線を向けることにする。

(a)さる程に、木曾、東山・北陸両道をしたがへて、五万余騎の勢にて、既に京へせめのぼるよし聞えしかば、…（中略・平家軍勢集結）…まづ木曾冠者義仲を追討して、其後兵衛佐を討んとて、北陸道へ討手をつかはす。（巻第七「北国下向」）

覚一本が傍線部で、義仲の先に頼朝を見通す形で平家の人々の意識を語っていることに注目したい。これは直前の「清水冠者」の段で義仲と頼朝のやり取りを、殊更両者の対抗関係を強調して描出していたこと（前節参照）も併せ考え、前節で指摘した義仲形象の姿勢の延長線上において読み取るべき表現であろう。この部分、城方本の傍線部は「まづ北国へ発向せよや」とあり、平家は何はともあれ当面の相手である義仲を追討しようとするにとどまる。(4)

さて、この後義仲の入洛と入れ替わるように都落ちした平家は大宰府まで逃れ、続いて緒方維義によってそこからも追い出される。その際、維義が平家に派遣した使者維村に対して、時忠が返した言葉に目を向けてみたい。

(b)平大納言時忠卿…（中略）…維村にいでむかッての給ひけるは、「それ我君は天孫四十九世の正統、仁王八十一代の御門なり。天照大神・正八幡宮も我君をこそまもりまいッらさせ給ふらめ。就中に、故太政大臣入道殿は、保元・平治両度の逆乱をしづめ、其上鎮西の者どもをばうち様にこそめされしか。①東国・北国の凶徒等が頼朝・義仲にかたらはされて、②しおほせたらば国をあづけう、庄をたばんといふをまことゝおもひて、③其鼻豊後が下知にしたがはむ事しかるべからず」とぞの給ひける。（巻第八「太宰府落」）

傍線部の表現はこのままでは文意が通りにくい。①は「東国・北国の凶徒等」が「頼朝・義仲」に取り込まれたと解釈するのが自然であろう。また、③で「下知にしたが」うのは「東国・北国の凶徒」とは取り難く、「鎮西の者ども」とみられる。したがって、文脈からして①と②の間に主語の転換を想定するのが妥当であろうか。その場合、覚一本はここで、頼朝・義仲に東国・北国の軍勢が従ったという距離的に遠い状況と、鎮西の者たちが豊後国司の命を受けた維義に従ったという近い状況とを並列的に時忠に語らせていることとなる。

しかし、以上のように何とか解釈するにせよ、やはり覚一本のこの文は多少混乱をきたしているように思われる。そこで参考として、次に他本の傍線部該当本文をいくつか掲げておく。（屋）は屋代本、（百）は平仮名百二十句本、（葉）は葉子十行本である。

（屋）其レニ東国北国ノ者共ガ、被語頼朝・義仲ニサレテ、シヲウセタラバ国ヲ預ケム、庄ヲ取セント云事ヲ、実ト思テ、其ノ鼻豊後（当国カ）ガ下知ニ随ハン事、不可然。

（百）それに、とうごくのものども、よりとも・よしなかにかたらはれて、しおほせたらば国をあづけん、しやうをとらせんなんど、いふことをまこと、おもひて、そのはなぶんごが、かれが下ちにしたがはん事しかるべからず。

（葉）然るに其の恩を忘れて、国を預けん、庄を賜ばんと云ふを誠ぞと心得て、頼朝・義仲等に随ふ其の鼻豊後めが下知に従はむ事、然べからず。

屋代本には覚一本と同様の混乱が見えるが、百二十句本・葉子十行本からは、頼朝らの力が「鼻豊後」を介して九国にまで及んでいる様子が読み取れ、時忠の状況認識における頼朝の存在感の重さを看取できる。これらの諸本が共有する文脈[5]を参考にすれば、覚一本や屋代本もそこからそれほど逸れないものとして解釈しておくのが妥当であろう。

続いて城方本の当該部分を見ておきたい。

(b)平大納言時忠…（中略）…維村に出あひ対面し給ひて、「それ我君は天孫四十九世の正統、仁王（ママ）八十一代にあひ当らせ給へば、天照大神・正八幡宮も定て君をこそ守護しまゐらつさせ給ふらんに、行家・義仲等が『もし此事しをふする程ならば、国をあづけん、庄をとらせむ』と云を誠ぞと心得て、其鼻豊後が下知にのみ随ふ事こそ大きにこゝろゑられね」とぞ宣ひける。（巻第八「大蛇の沙汰」）

時忠は九国の者たちが「行家・義仲等」の言葉に応じて、「鼻豊後」の下知に従っていると述べる（傍線部）。城方本では、維義を初めとする九国の勢力は「一院の仰せ」・「院宣」（巻第八「大蛇の沙汰」）に従って行動しており、この二人の名は、当時在京して法皇を支える立場にあったがゆえに引き出されたものと考えられる。ここには頼朝に対する意識は特に描き出されておらず、法皇のいる都を基点とした状況認識が示されていることに注意しておきたい。これも前述したごとき城方本の姿勢と通底するものとみられるのである。

さて、再び覚一本に戻り、こうした平家の人々の、状況判断から行動方針決定の様子に注目してその叙述を追うと、頼朝との関わりで次のような表現に出会う。

(c)大臣殿「誠に宗盛もさこそは存候へども、さすが世のきこへもいふかいなう候。且は頼朝がおもはん事もはづかしう候へば、左右なう内侍所をかへし入たてまつる事はかなひ候まじ。…（中略）…」と申されければ、……（巻第十「請文」）

(d)新中納言知盛卿の給ひけるは、「東国北国の物どもも随分重恩をかうむッたりしかども、恩をわすれ契を変じて、頼朝・義仲等にしたがひき。まして西国とても、さこそはあらんずらめと思ひしかば、都にていかにもならむとおもひし物を…（中略）…」とぞの給ける。（巻第十一「逆櫓」）

(c)は、重衡助命を交換条件に神器返還を命ずる、いわゆる屋島院宣をめぐるやり取りの中で、宗盛がそれを拒絶する意志を表明する言葉の中の一節である。その中に、傍線部のように宗盛が頼朝への聞えを気にする姿が織り込まれている。(d)は、東国の軍勢と鎮西の軍勢の動向を伝え聞いて、屋島にある知盛が吐露する後悔の念である。その中にも、傍線部のごとく頼朝らの名があがっているのである。加えて、「さこそはあらんずらめ」という表現は、西国の者たちが東国・北国の者たち同様、恩を忘れ、契りを変ずることに加えて、頼朝らに従うことまでを含んだ推量ではないだろうか。引用(b)で見た時忠の言葉に通じるものがあり、ひとつの脈絡として注目してよかろう。とすれば、この部分は西国にも力を及ぼす頼朝らの、知盛の意識における存在感の大きさをも語っているといえよう。(6)これらに該当する部分は、城方本には当然のごとく存在しない。

こうして見てくると、覚一本が維盛入水の知らせを受けた資盛に、「池大納言のやうに頼朝に心をかよはして、都へこそおはしたるらめとて……」と語らせ、その直後に大臣殿・二位殿にも「この人は池の大納言のやうに、頼朝に心をかよはして、都へとこそおもひたれば……」（共に巻第十「三日平氏」）と言わせていることも、簡単には見過ごせなくなってくる。平家の人々は維盛の一門離脱を頼盛のそれと重ねるわけだが、その行為は傍線部のように、特に頼朝個人との接触として意識されているのである。城方本の場合、前者は見られず、後者は「如何様にも是は池の大納言がやうに源氏とひとつになつて、都へ上らせ給ふにこそ」（巻第十「維盛の北方の出家」）とあって、「源氏」を意識しているに過ぎない。これまでに確認した覚一本の姿勢をも勘案すると、ここにも同本における頼朝の存在感の重さを看取することができるのではないか。(7)

以上、覚一本が平家の人々の意識の中に頼朝をかなり綿密に描き込んでいることを、具体例に即して概観してきた。

その叙述に占める頼朝のこのような存在感は、法皇の存在感を相対的に軽減し、源平の直接的な対抗関係を描き出すのに一役買っている。前節での検証結果と併せてみると、覚一本の叙述において頼朝が極めて大きな位置を占めていることがいっそう確実視されるのである。

四　〈将軍〉像の幅

ところで、挙兵を勧める文覚の言葉（巻第五）や征夷将軍への就任を巻第八の時点で語ることなどが示すように、物語が描き出す頼朝にはある〈将軍〉像が被せられている。しかし、覚一本と城方本とでその色合いにかなりの差異があることは、ここまでに確認した頼朝の存在感の際立った相違からも容易に推測されよう。本節では頼朝に被せられた〈将軍〉像の幅を検証すべく、朝家（法皇）と頼朝との関係の記され方に着目してみたい。平家追討過程における両者の関係は前章で検討したので、ここでは平家追討後の関係を主な考察対象とする。

まずは、都落ちに際して一門を離れた頼盛の鎌倉下向（巻第十）に関する覚一本の表現に注目することから始めたい。

(I)六月九日、池の大納言関東より上洛し給ふ。兵衛佐「しばらくかくておはしませ」と申されけれども、「宮こにおぼつかなくおもふらん」とて、いそぎのぼり給ひければ、庄園私領一所も相違あるべからず、幷に大納言になしかへさるべきよし、法皇へ申されけり。（巻第十「三日平氏」）

頼朝は傍線部で頼盛の所領と官職について法皇に要請を出しているが、ここには頼朝の頼盛への恩義の念の深さが表現されている一方で、頼朝が法皇にかかる発言をなし得る位置にあることが示されている点に注意したい。それが過去の極めて私的、個人的な事情に由来する要望であることも考慮する必要があろう。朝政の公平さなど頼朝の眼中にはない。ここには、法皇の姿を相対的に薄めてしまう存在感を持った頼朝が顔を覗かせているのである。当該部分の城方本にはこうした頼朝の姿は見いだし得ない（巻第十「あひ　池の大納言の関東下向」）。

覚一本の頼朝が法皇の権力を相対化する位相におかれていることは、巻第十二における次のような表現からも確かめられる。

(Ⅱ)同九月廿三日、平家の余党の都にあるを、国々へつかはさるべきよし、鎌倉殿より公家へ申されたりければ、平大納言時忠卿能登国、…（中略）…とぞきこえし。（巻第十二「平大納言被流」）

(Ⅲ)同十一月二日、九郎大夫判官院御所へまいッて、大蔵卿泰経朝臣をもッて奏聞しけるは、「…（中略）…しばらく鎮西の方へ罷下らばやと存候。院庁の御下文を一通下預候ばや」と申ければ、法皇「此条頼朝がかへりきかん事いかゞあるべからむ」とて、諸卿に仰合られければ……（巻第十二「判官都落」）

まず、(Ⅱ)は壇浦合戦で生け捕りとなった平家一門の流罪の場面の一節だが、傍線部に見るごとく、それは「鎌倉殿」の申請によってなされたものとして語られている。こうした頼朝の態度が、先の引用(Ⅰ)の延長線上にあることは明らかであろう。平家追討を完遂した巻第十二での〈将軍〉頼朝は、「公家」を動かす存在としての位相に至っているのである。また(Ⅲ)は、頼朝との不和から都落ちを決意した義経が法皇に対面し、院庁下文を所望する場面である。法皇はその申請に苦慮することになるが、傍線部に明らかなように、それは下文を出した場合の頼朝への聞えのいかんに由来している。[8] 頼朝がここで、法皇でさえも意志決定に際して無視できぬ位置に座を占めていることは極めて注目される。

こうした表現を見ると、覚一本が頼朝に付与する〈将軍〉像とは、法皇の権力を相対化し、さらにはそれを超越する程のものと考えられるのである。このことは、城方本では(Ⅱ)に該当する部分が、「同き廿三日に平家の生捕国々へ流しつかはさる」とあるのみで、覚一本傍線部に相当する一節がなく、また(Ⅲ)では法皇の苦悩が「法皇此事大きに思食わづらはせ給ひて、しかるべき公卿あまためして仰合られけり」と語られるものの、前後の文脈からそれは都の乱れを危ぶんでのものと解されることとの対照性の中でも、一層明確に覚一本の特色として浮上してくるのである。

論述が覚一本に傾いたので、次に城方本における〈将軍〉像を考えておきたい。既にそれが覚一本のごときものではないことは明らかだが、顕著に相違が現れている例として、頼朝の二度の上洛の叙述を特に取り上げることにする。(9)

(Ⅳ)去程に、鎌倉には、①「此二三ケ年が間は京都のさはぎ・国〳〵の乱れによつて、公の御年貢も奉らねば、其恐あり」とて、公の御年貢奉る。幷に鎌倉殿は上洛とぞ聞えし。同き十一月七日の日、都に上り六波羅に落着給ひて、同九日の日②院参申、正二位の大納言にあがり給ふ。③兵衛の尉十人、靫負の尉十人、共に三十人をめしつかはるべき由を仰下されければ、「是頼朝が為には余に過分の至なるべし」とて、十五人をば辞し申されて、残り十五人をぞめしつかはれける。同き廿二日に④小原野の行幸の御供仕り、右大将にあがり給ふ。去程に鎌倉殿は大将・大納言両官を辞し申されて、同き十二月三日の日鎌倉へこそ下られけれ。（巻第十二「法性寺合戦」）

第一回上洛に関する叙述である。覚一本では大納言・右大将となった頼朝が、それを「やがて」辞したことが簡潔に語られるに過ぎない（「六代被斬」）。それに対して、城方本の頼朝上洛は年貢上納に並行する形で設定される（傍線部①）。続いて「院参申」ての任大納言が語られ（傍線部②）、それに付随する形で頼朝の法皇に対する謙虚な姿勢が描き込まれている（傍線部③）。さらに「行幸の御供仕り」、その上で右大将に任じられたと綴られていくのである（傍線部④）。続く、第二回上洛の叙述は以下のようにある。

(Ⅴ)去程に、建久三年三月三日の日、東大寺供養有るべしとぞ聞えし。懸りければ鎌倉殿も御警固の為に上洛あり。北方も御結縁の為に上洛とぞ聞えし。（巻第十二「法性寺合戦」）

頼朝は東大寺供養に合わせて上洛するが、城方本はそれを「御警固の為」の上洛とする。

こうした頼朝像規定の姿勢は、単に「大仏供養あるべしとて」上洛する頼朝を記す覚一本（「六代被斬」）の姿勢とは明らかに志向を異にしている。これら上洛記事を見るに、城方本における〈将軍〉像が、朝家（法皇）の従属者としての枠内にとどまるものであることが知られるのである。

ところで、以上のように両本における〈将軍〉像の幅を確認した上で、文覚の挙兵進言（巻第五）をそれぞれに読み返すとき、実はそこにそれぞれの〈将軍〉頼朝の位相が暗示的に語られていたことに気づく。

両本の文覚は頼朝に同じく「将軍」となることを勧めてはいるが、覚一本では、その言葉は「はや〳〵謀叛おこして、日本国したがへ給へ」（「福原院宣」）と結ばれる。このように覚一本が「日本国したがへ」る者としてそれを規定しているのに対して、城方本には「はや〳〵おもひ立って平家を亡し、日本の将軍とならむとはおもひ給はずや」（「福原院宣」）とあり、こちらでは「平家を亡」すところに「日本の将軍」頼朝の像を結んでいるのである。頼朝の挙兵はこの言葉に始発するが、先に確認したごとく、まさしくここで提示された幅において両本の〈将軍〉像は結実していくのである(10)。

覚一本と城方本における〈将軍〉像の幅を改めて確認しておけば、覚一本のそれは法皇をも乗り越えた、言うなれば〈王〉としての位相にある。これがその叙述における頼朝の存在感の大きさとも連動するものであることは明らかで、源氏主導の形で平家追討が描かれていること（前章）も含めて、同本の叙述を律する一貫した姿勢との関係で把握する必要があるだろう。一方、源氏の平家追討行動の根源に法皇の力が作用していることを明示しつつ語り進める（前章）城方本は、追討後の巻第十二においても、〈将軍〉頼朝を朝家に対する従属者として語り収めることを志向している。こうした姿勢は、やはり城方本が基調とする、本章冒頭に示したような歴史認識の姿勢に通じているものと思われるのである。

五　おわりに

ここまでに検証してきた両本の叙述の位相差は、いわゆる語り本系諸本の展開の幅広さやその過程で生じた叙述の質的変貌等について、再考を促す事実と言えるのではなかろうか。覚一本が成立した後、頼朝の存在感の大きさは、多少の本文的な揺れは存するものの、いわゆる一方系本文とされる葉子十行本・下村本・流布本などには保持されていく。つまり覚一本の成立頃から室町・戦国期を経て近世に至るまで、こうした表現を内在させた本文が系譜的に展開し、それらを享受する場が存在し続けたのである。このことは、一面では覚一本の規制力の強さ（権威）を示唆しているとも推察されるが、見方を変えれば、その過程ではかかる頼朝の存在感の大きさを疑問視し、それを改編（改変）するような力ははたらかなかったことをものがたってもいる。(11)

この流れと並行する形で、そこから明らかに外れる性格を持つ城方本を含む諸本群が受け継がれていた。その意味の大きさを、自覚的に見つめてみる必要があるのではないか。これまでに論じてきたように、城方本は朝家（特に法皇）に比重をおいた叙述を丹念に組み立てており、頼朝（源氏）をその従属者として強く規定している。言うなれば、「昔は源平両家朝家に召仕て、王化にも随はず朝権を軽ずる者あれば互に誡を加へられしかば、代のみだれもなかりしに……」（巻第一「義王」）という、『平家物語』諸本がほぼ同様に語る一節にある傍線部のごとき、朝家に仕える源平両家という認識を、極めて忠実にその叙述に反映させているのである。その叙述は、決して表面的、微視的な改作の結果生まれたものとは思われず、かなり根本的かつ強靭な姿勢に支えられたものと推察される。城方本に見えるかかる叙述を生み出す力を有する時代的・空間的な環境はいまだ判然としていないが、ここでは、語り本の展開過程の一面に、城方本のごとき本文を要請する力が確実にはたらいていたことの重要性を、まずは受け止めておきたい。

平安末の内乱期の状況を語る歴史叙述としての覚一本と城方本は、本質的に異なる志向のもとに、異なる歴史像を提示している。過去を語ること、叙述することとはすなわちある〈歴史〉を創り出す営みであるといってよいが、こうした状況は語り本が展開していく過程にも〈歴史〉の再構築ともいうべき営みがあったことを示している。それは、この物語が中世社会においてどのように受け止められ、いかに受け継がれていったのかという問いと向き合う際、看過し得ない事実である。今後その実相に迫っていくためにも、引き続き丹念に諸伝本の聲に耳を傾けていく必要がある。

注

（1）論述の対照として取りあげるのは「城方本」であるが、本章で扱う部分に関して、いわゆる八坂系第二類本諸本は、それと共通する性格を有している。したがって、本章の成果をこの諸本群の問題としてとらえ直すことも可能である。この点に関しては、前章と同様の論述姿勢を取ることとする。

（2）屋代本はここで、「……是ハ軍ニ勝タル悦ノ時トモ申ケリ。又今ハ、トテモ兵衛佐ト軍セン事ハ決定ナレバ、今日吉日ニテ有間、東へ向テ鏑ヲ射ソムルトテノ時トモ申ケリ」という解釈を示している。「東」と頼朝との関係は明らかである。なお、覚一本が引用末に「但是は悦の時とぞ聞えし」と記す背景には、こうした別の解釈が存在したことを想定して然るべきであろう。

（3）屋代本には、引用(イ)傍線部①とそれに対応する巻第七の義仲の言葉は見られない。

（4）この部分、屋代本は城方本と一致する表現を持つ。以下城方本にも言及するが、本節では引用(b)以外城方本は屋代本と一致していること、本節があくまでも覚一本の叙述姿勢を問題とするものであることを確認しておく。城方本と屋代本の共通性と乖離点を踏まえた位相差については、今後の検討課題となる。ここではその系譜的関係の如何は問題としていない。

（5）鎌倉本は傍線部①を「東国・北国ノ凶徒等頼朝・義仲等ニ被語テ」とする（平松家本・竹柏園本・流布本同様）。これによれば「東国・北国ノ凶徒」たる頼朝らの力が九国に及んでいることになろう。なお、覚一本・屋代本のごとき混乱を含んだ表現は、こうした先行本文に助詞「が」を加筆したところに成立した可能性もあるのではないか。この場合、そこには頼朝らを「東国・北国ノ凶徒」とする叙述への憚りの意識がはたらいたものかと思われる。ただし、逆に鎌倉本などで文脈が整理された可能性も否定できない。

(6) 加えて、この時点では義仲は既に没していることも考慮しておく必要があろう。

(7) 屋代本に前者はなく、後者は「池大納言ノ様ニ、二心アテ都ヘ登リ給ヘルカトコソ思タレバ……」とある。覚一本が頼朝の名をくり返し持ち出すのは、やはりその姿勢と関わるのではないか。

(8) 頼朝への聞えを気にする姿は、第二節(ロ)の義仲、第三節(c)の宗盛に通じている。これらの表現が無関係ではなく、覚一本の一貫した叙述姿勢に支えられたものであることが改めて認められよう。

(9) 城方本の巻第十二に関してはここで論じきることは不可能であり、本章では特徴的な一部分の指摘にとどまらざるを得ない。関連する問題は、本編第六章で論じることとする。

(10) ちなみに屋代本の文覚の言葉は、「……サレバ八ケ国ノ家人共ヲ催テ、世ヲ鎮メ、天下ノ主ト成リ給ヘカシ」とある。第三節で取り上げた部分などに関して、城方本との本文上の共通性が見える屋代本だが、ここで頼朝を「天下ノ主」と表現していることからしても、城方本とは根本的に叙述姿勢を異にしていると考えられる。

(11) たとえば、大覚寺文書に載る覚一本奥書から、覚一本が応永六（一三九九）年以前に「室町殿」に進上されたことが知られる。こうした動きに象徴される『平家物語』に対する時代思潮はいかなるものであり、それはこれまでに指摘してきた具体的な叙述レベルにおける覚一本の姿勢、あるいはそれが流布本に至るまで確実に継承されていったことといかに関係するのであろうか。室町王権と当道・覚一本の関係については、兵藤裕巳氏「覚一本平家物語の伝来をめぐって――室町王権と芸能――」（上参郷祐康氏編『平家琵琶――語りと音楽――』収　一九九三・二　ひつじ書房　→同著『平家物語の歴史と芸能』〈二〇〇〇・一　吉川弘文館〉改題改訂収録）に示唆的な発言があるが、そこで示されるような時代や環境とつながる色を、覚一本の叙述がどれだけ具体的に醸し出しているのかは、実のところ検討されてはいない。今後、それをどこまで具体化できるのかを検証してみる作業が不可欠となろう。

第三章　平家嫡流の扱い

一　はじめに

本章は、前二章から引き続いて、いわゆる八坂系第二類本とよばれる諸本群が共有する作品世界に光を当て、多様な様相を呈する『平家物語』の諸本展開相の中にその位相を探ろうとするものである。本章では、平家嫡流として作中に語られる清盛以下の人々に関する叙述に注目し、右の課題に取り組んでいくこととしたい。これらの人々について、『平家物語』研究の中では、人物論的視座からはもちろん、物語の構想論、説話伝承論などといった様々な角度から既に多くの考察が加えられてきたわけだが(1)、いわゆる八坂系諸本自体の様相を分析の対象とした考察はほとんどなされていない。それは、この一群が後出本という評価を受けたことに加えて、その叙述が他の語り本系諸本と重なる部分も多いため、それ程特別な関心を持たれなかったためと推察される(2)。しかし、そこには特徴的な記述が少なからず存在しており、それらを通してこの一群がもつ注目すべき性格のひとつを読み取ることができるように思われるのである(3)。以下では前章までと同様の視座に立って、第二類本のひとつ城方本を分析の軸にすえ、覚一本との距離(4)を特に踏まえながら検討していくこととしたい。その過程では、単に看過されてきた諸本群に光を当てるといった意味に止まらず、動態的な諸本の生成と変容・再生の実態探求、あるいは諸本展開に関する理解の再吟味といった課題をも見通すべく、城方本が放つ光彩のいくつかを新たに受け止めていくことをまずは目指したい(5)。

二　清盛・重盛対面の意味づけ

(A)法皇も内々仰けるは、「昔より朝敵をたいらぐる者おゝしといへども、かゝるれいはいまだなし。貞盛・秀里が将門を亡し、頼義が貞任・宗任をせめ、義家が武平・家平を討たりしにも、勧賞行はるゝ事纔に受領には過ざりき。然を清盛入道が角心のまゝに振舞事こそ然べからね。是もたゞ世するゑになつて、王法のつきぬるにこそ」と思召れけれ共、次でもなければ御いましめもなし。

（巻第一「殿下の乗合」）

高倉天皇の即位に際して、「凡此君の朝家をしろしめされける事は、一向平家の繁昌とぞみえし」（巻第一「あひ　春宮立」）という平家評が記される。そうした事態に対する後白河法皇の思いは右のごときものであった。ここで法皇は、清盛を「朝敵をたいらぐる者」（傍線部）の系譜の中に位置づけ、先例から言えば、受領が相応の勧賞であることを述べている。ここには朝敵追討者たる清盛の昇進と、それに伴う権力掌握の異例さが決定的に提示されていると言えよう。この法皇の言葉は諸本いずれもが有するものではあるが、城方本の場合、次に引用する巻第二の叙述との間に一つの脈絡が認められる点を見逃すことはできない。

(B)やゝあつて入道相国宣ひけるは、「抑彼新大納言成親卿が謀叛は事の数ならず。一向是は大かた法皇の御結構にて候ひけるぞや。①それ入道がくわたいに涯分官途をすゝむばかり也。②それ弓矢とるならひ、先例なきにあらず。田村丸は刑部卿坂の上のかつたまるが子なりしかども、わづかに東夷をたいらげし勧賞に大納言にて左近の大将をけんじき。聖代上古にもわづかに東夷辺土おかせし勲功かくのごとし。況入道王位を奪はれ給はんとせし二ケ度の勲賞捨がたし。③加之、功臣嫡〱の身として朝廷度々の恥を雪めき。それに成親といふ無用の閑者、西光といふ下﨟の不当仁が申す事に君のつかせおはしまして、当家追討の御結構こそ然べからね。なをも讒奏する者あらば、重て院宣くだされつとおぼゆる也。朝敵と成なん後はいかにくゆとも益あるまじ。……」

（巻第二「教訓状」）

「鹿谷」に始まる平家打倒計画が発覚し、事件に関与した院の近臣たちを捕らえた後もなお憤りの冷めない清盛は、後白河法皇の幽閉を考えるに至る。報告を受けて事態の急を知った重盛は、それを阻止せんと清盛のもとへ向かう。著名な「教訓状」の場面だが、城方本は重盛と対した清盛に、注目すべき言葉を口にさせているのである。

清盛はまず、事件の根源が法皇の意志にあることへの憤りを露わにし、続けて自らの「くわたい《過怠》」に言及する（傍線部①）。ここで清盛は、これまで昇進を遂げてきたことを、かかる事態を招いてしまったという点では過失であったと述べていると解されよう。[6] しかし続けて、弓矢取りのこうした昇進には先例があるとし、「東夷」を平定した勧賞として「大納言にて左近の大将をけんじ」た坂上田村麻呂との比較の中で、「王位を奪」おうとした者を二度追討したこと（恐らくは保元・平治の乱に相当しよう）に由来する、自身の現在の地位の妥当性を主張する（傍線部②）。その上で傍線部③のごとく、「朝廷」の「恥を雪め」る「功臣」の系譜において「嫡〱」たる自らの位置を明言するのである。[7]

これら傍線部①〜③はいずれも覚一本等には存在しない。[8] そこで清盛が自らの昇進を問題視し、その妥当性の根拠を朝廷との関係における「功臣嫡〱の身」たることに求めている点は注目に値しよう。ここに言う「功臣」と、引用Ⓐ傍線部「朝敵をたいらぐる者」とは文脈上同義を示すものと考えられ、清盛を「功臣」の系譜におくという観点が決して部分的に現れるものではなく、より広く城方本の叙述に反映していることが知られるのである。また、法皇の清盛評価（引用Ⓐ）と清盛の自己認識（引用Ⓑ）との間には、そうした観点から見た対照性を読み取ることができる。こうした表現上の効果を勘案しても、清盛を「功臣」の系譜にからめ取るという視線は、城方本の性格を探る上で重要な鍵のひとつを握るものと推察されてくるのである。

ところで、清盛がこの時、朝廷を守護する将軍という存在を象徴する「節刀」を帯して重盛と対面したことは諸本共通に語られており、城方本もまた例外ではない[9]。よって、いずれもそれなりに清盛の将軍としての姿に着目してはいるわけだが、先に指摘したとおり、城方本ではこの親子対面の冒頭において、清盛が自らのことを朝敵追討を務めとする「功臣嫡〳〵の身」であると殊更に述べていた。こうした表現をたどってみると、城方本は他本にも増して、清盛の将軍としての側面に自覚的であったのではないかと推考されてくる。そして実際、そうした姿勢は、のどやかに参上する重盛の姿を見た清盛の行動描写にも窺い見えるのである。

(C)大臣はまたけさのやうにゑぼしなをしに大紋の指貫のそばとつてさやめき入給ふ。ことの外にぞみえられける。入道相国此由を見給ひて、「あは、また例の内府が世を表するやうにふるまふ物かな。つゐでをもつて大きに諌ばや」とおもはれければ、長刀膝の下にをき、居長高になつておはしけるが、さすが内府は子ながらも内には五戒をたもつて、慈悲を先とし、……（巻第二「教訓状」）

この後、清盛が鎧を隠そうと「ひきちがへ〳〵」する著名な場面に続くのだが、城方本は先に節刀を帯した清盛の姿を描いたことを受けて、こうした「長刀」（＝節刀）へのこだわりを表現上あらわにしているのである（傍線部）。一見何げない一節であるかに見えるが、そこから清盛の将軍としての側面に注目しつつ、その叙述が織りなされていることが窺い見えてくる。覚一本などには傍線部の表現が見られない[10]ことも、その特徴的な表現の位相を把握する上で注意しておかねばなるまい。

一方、この対面のもう一人の主役である重盛もまた、諸本において将軍の資格を持つとされる人物である。城方本でも他諸本同様、文覚が頼朝に挙兵を進言する際の、「平氏には小松殿ばかりこそ御心も剛に御才覚もゆゝしう渡らせ給ひたりしか共、夫も平家の運命をはかつて去年の八月に薨じ給ひぬ。今は源平両家の中をみるに、御辺程将軍の相もちたる人もおはせぬぞ。はや〳〵おもひ立つて、平家を亡し、日本の将軍とならむとはおもひ給はずや」（巻第五「福原院宣」）という言葉に、それは端的に表されている。

こうした側面を諸本で共有する重盛であるが、城方本の場合、これに先立つ「教訓状」の親子対面の際に、その将軍有資格者たることが特別に明示されている。すなわち、その対面を語った後に、重盛がこの時特別な用意をしていたことが明らかにされているのである。

(D)…小松殿へぞ帰られける。されども、当家重代からかわといふ鎧、小烏といふ太刀をば忍びつゝ、御車にいれられけるとぞ承る。用意の程こそおそろしけれ。　（巻第二「教訓状」）

ここに言う「からかわといふ鎧」・「小烏という太刀」が、平家嫡流に相伝され、朝家を守護する将軍を象徴する武具であることは著名な事実である。[11] 城方本が同様の理解を有していることは、この後巻第十で出家をはたした維盛が屋島へ伝えるよう舎人武里に言いおいた遺言に見える、「抑唐皮といふ鎧・小烏といふ太刀は当家嫡々につたはつて維盛までは九代なり」（「維盛の出家」）という言葉や、自らの罪業を思うことから生じた往生への疑いによって入水をためらう維盛に、滝口入道がかけた言葉[12]（本文後掲。「維盛の入水」）からも確かめられる。したがって、先述のごとく「功臣」の系譜にある清盛の将軍としての側面に一方で注目している城方本が、これらの重代の武具を帯する重盛の姿を無自覚なままに描き込んだとは考え難いのではあるまいか。

こうした城方本なりのこだわりが意味するところを探るにあたって、生形貴重氏が分析された延慶本の様相との関わりが想起される。氏は延慶本の重盛教訓が、清盛と重盛の行為を「手鉾（＝節刀）」と「唐皮・小烏」で象徴的に意味づけるという表現構造を持っていることを指摘している。[13] 延慶本を分析するその論稿では言及されていないが、節刀や唐皮・小烏の象徴性などについて、ここまでに述べた城方本の様相は延慶本と極めて類似した性格を帯びているのである。諸本展開の過程で、延慶本のごとき本文を持つ伝本との何らかの関係性の中から、城方本に見えるような発想や叙述志向が生み出された可能性が高いことは言うまでもないことであろう。ただしそれは、たとえば唐皮・小烏の記述を切り取って転用するような、部分的・微視的な単純作業の結果生じたものであったとは考えにくい。その点は、特有の表現（引用(B)・(C)など）をも編み込みながら、城方本の関連叙述が構成されていたことを想起しても首肯されよう。両者が伝える様相の類似性は単なる表現の流用としてではなく、自覚的に叙述手法を選択した結果として生じた構造面での類似と理解すべきものであろう(14)。

以上のように、城方本の「教訓状」の叙述には、清盛・重盛の将軍（有資格者）としての側面に対するこだわりを看取することができる。それは、覚一本などとは異なる一面であった。清盛に自らが「功臣嫡々の身」たることを口にさせ、節刀を帯するその姿を注視し続けることと、重盛が平家嫡流と将軍とを象徴する「唐皮・小烏」を帯していたという事実を明かしているのとは、こうした意味づけのもとで両者の対面を描出しようとする確たる志向に支えられて響き合っていると考えられるのである。

三　将軍としての清盛

ところで、清盛の人物形象という課題が、『平家物語』の異本誕生に際して様々に作用してきたことについては、既にいくつもの指摘がなされている。城方本もまたその例外ではなく、複数の点において覚一本とは異なる叙述の振幅を見せている。ここではそれらの全てをあげて論じることはできないが(15)、前節での考察を受け、「功臣」の系譜にある将軍という観点から清盛をとらえる視線が、「教訓状」の場面に限定されたものではないことを検証すべく、当面の問題と絡む記述をいくつか取りあげてみたい。

城方本

その上、①入道相国はたゞ人にてはおはせざりけり。其故は、去ぬる安元のころほひ、摂津国有馬郡清澄寺と申山寺に、慈心坊尊恵とてならびなき持経者一人候ひけり。…（中略）…閻魔大王仰けるは、「汝も定て知たるらん。汝が国に平家大政の入道浄海といふ人あり。是は天台の慈恵僧正の再誕なり。②末代の衆生に因果のことはりをしめさんが為に、かりに将軍の身とあらはれたる也。されば只今転読し奉る御経も此人の為なり。其願力の有がたさに、この人を日々に三度礼し奉る也。其文にいはく、

敬礼慈恵大僧正　天台仏法擁護者
③示現最初将軍身　悪業衆生同利益

と、此文を三たび唱て礼する也」とぞ仰ける。

（巻第六「慈心房」）

覚一本

ふるひ人の申されけるは、清盛公は悪人とこそおもへ共、ᵃまことは慈恵僧正の再誕也。其故は、摂津国清澄寺といふ山寺あり。彼寺の住僧慈心房尊恵と申けるは、本は叡山の学侶多年法花の持者也。…（中略）…閻王随喜感嘆して、「件の入道はたゞ人にあらず。慈恵僧正の化身なり。ᵇ天台の仏法護持のために日本に再誕す。かるがゆへに、われ毎日に三度彼人を礼する文あり。すなはちこの文をもッて彼人にたてまつるべし」とて、

敬礼慈恵大僧正
ᶜ天台仏法擁護者
示現最初将軍身
悪業衆生同利益

（巻第六「慈心坊」）

右は、いわゆる清盛追悼説話の一つ「慈心坊」からの引用である。本話では、閻魔宮を訪れた尊恵と閻魔大王との問答（中略部）が綴られた後、清盛に関する閻魔大王の解釈が示されている。両本共に清盛が常人ならざることを語ってはいるが、その間には注目すべき相違が見いだせる。すなわち、城方本は清盛を慈恵大僧正の再誕と明かした後に、清盛が「将軍の身」であることを特に述べているのである（傍線部②）。この表現は続く四句偈の傍線部③を開いたも

のと解され、覚一本の傍線部b・c間にも同類の対応表現が認められる。しかし覚一本のそれは、「天台仏法擁護者」に焦点を合わせた表現なのである。同本は傍線部aで、まず清盛が慈恵大僧正の再誕であることを語り、本話をその由来話として明確に規定しているわけで、その点で、こうした解釈が終わりに示されることと照応している。かかる覚一本の叙述姿勢に比べると、城方本がそれとは異なり、清盛を「将軍身」としての側面からとらえていることの傾きがより明確となろう。清盛が「たゞ人」(傍線部①)ならざる由来は、慈恵大僧正の再誕であることはもちろんだが、城方本においては特に「将軍の身」として現れたことにおいて注視されているのである。

前節では巻第二「教訓状」において、城方本が清盛の将軍としての側面にこだわった叙述を有していることを指摘した。そうした姿勢は、以上にみたような慈心房話の様相とも通底し、響き合うものではなかろうか。将軍としての清盛への視線は、城方本において決して部分的に突出してはいないのである。

さて、第二節引用(B)の傍線部①②では、清盛の昇進が問題視されていたわけだが、それに関連して、祇園女御話の位置づけ方にも、注目すべき視線が垣間見えている。導入部と、中略を挟んで結末部を掲げることにしよう。

其上入道相国は忠盛が子にてはなかりけり。誠は白河院の御子なりとぞ申ける。其故は、…(中略)…まことの王子にてましませば、忠盛斜ならずもてなし申されけり。十二にて叙爵し、十八にて四位して、四位の兵衛の佐とぞ申ける。まことの王子にてましませば、次第の昇進とゞこほらず、太政大臣までも輙へあがり給ひけり。鳥羽院ばかりこそ、「清盛が花族は人にはおとるまじ」とは仰けれ。人はとかう申けれ共、一期はおもふ事なくてすごされけるこそめでたけれ。(巻第六「祇園女御」)

ここでは、清盛が「まことの王子」であることがくり返し示され、それによって昇進のさまが説明されている。つまり、城方本において、本話は清盛の特異な昇進を解釈する回路として定位されているのである。傍線部は覚一本には見えない表現であり、また同本では「……上代にもか丶るためしありければ、末代にも平大相国、まことに白河院

の御子にてをはしければにや、さばかりの天下の大事、都うつりなゞどいふたやすからぬことどもおもひたゝれける
にこそ」（巻第六「祇園女御」）という結びにおいて、落胤説が福原遷都をなし得た根拠とされていることとの隔たりは[16]
小さくあるまい。城方本にとって、清盛の異例の昇進が何らかの説明を施す必要のある重大な問題であったことが、
ここからも窺い知られるのである。清盛の昇進は、その悪行性を際立たせる意味でも不可欠な要素ではあるが、反面、
城方本が重視する「功臣」の系譜や将軍という側面から清盛を逸脱させるものである。ここでの落胤説利用の様相は、
そうした事情に直面した城方本のせめぎ合いを反映しているようにも思われるのである。

四　平家嫡流と〈将軍〉像

ここまでに検討したように、城方本の叙述は随所に清盛・重盛の将軍（有資格者）としての姿へのこだわりを見せている。それは換言すれば、「功臣」の系譜という観点から彼らを把握し、叙述しようとする姿勢である。こうした志向は何に由来するのであろうか。

それを考えるに際しては、維盛と六代に対して、次のような視線が存在することを踏まえておかねばなるまい。

……まして君はさせる罪業も渡らせ給はねば、などか浄土へ参らせ給はでは候べき。御先祖平将軍貞盛相馬の将門を追討し東八ケ国を打なびけさせ給ひしにあひついで嫡〳〵九代にあたらせ給へば、君こそ日本の将軍ともならせ給ふべけれども、御運つきさせ給ひぬる上は力及ばせ給はず。中にも出家の功徳は莫大なれば、前世の罪業も定て亡びさせ給ひなんず。……（巻第十「維盛の入水」）

入水に臨んだ維盛に対して滝口入道がかけた言葉のうち、傍線部は覚一本には見えない表現である。[17]維盛は先祖貞盛以来「嫡〳〵九代」であるがゆえに、「日本の将軍」となるはずであったと語るその言葉は、第三節に述べたとお

り、唐皮・小烏と平家嫡流と将軍という三つの要素を結ぶものとして理解できる。城方本は、平家嫡流としての維盛の、将軍有資格者としての一面を確実に見つめているのである。

こうした視線が存在することを考慮すれば、(a)「あれこそ平家の嫡々小松の三位の中将殿にてましませ」（巻第十「維盛の出家」）、(b)「妥なる修行者をたれ成らんとおもひいたれば、平家の嫡々小松の三位の中将殿にてまし〳〵けるぞや」（巻第十「維盛の入水」）のように、城方本では維盛の名が、殊更に平家嫡流の者という形容を付して紹介され続けることも理解できよう。参考までに言えば、覚一本のこれらの部分には、共に「小松大臣殿（おほいどの）の御嫡子」（巻第十「維盛出家」「熊野参詣」）とあるにとどまる。(18)微細な差異ではあるが、城方本は平家嫡流の系譜を背負った維盛を、より明確に表現していることが知られよう。

さらに、同本は六代に対しても、維盛との関係から平家嫡流の系譜を一貫して被せていく。六代の探索に際して頼朝は、「さやうに平家の子孫尋出して被失候事、かへす〴〵も神妙に候。但、平家の嫡々小松の三位の中将維盛卿の嫡子六代は年も少おとなしかんなれば、いかにもして尋出して可被失」との命を下す（巻第十二「六代」）。傍線部のごとく六代は平家嫡流の系譜の中で紹介されているのである。同様の「平家の嫡々小松の三位の中将維盛卿の嫡子六代（御前）」という紹介は、城方本ではこの後五回くり返される。(19)これらは定型句とも言えようが、見方を変えれば、それだけ六代という存在が嫡流の系譜を背負うという点でこそ認識されていたことを表しているともいえる。ちなみに、覚一本では「平家の嫡々なる上」という表現が二回使われるが、他には「（平家）小松三位中将殿の若君六代御前」（二回）、「小松三位中将維盛卿の子息」という表現が見えるだけである（用例はいずれも「六代」）。

以上のごとく、城方本が一貫して平家嫡流の人々に将軍有資格者としての側面を認め続けていることは明らかであり、こうした点を踏まえれば、先に指摘した清盛・重盛への特別な視線も、その叙述における平家嫡流の人々の規定の仕方というより広い観点から把握する必要が出てくることとなる。

ところで、法皇と源氏の関係性に着目した前々章をうけ、覚一本と城方本で頼朝に付与された〈将軍〉像の幅を考察した前章において、覚一本のそれが法皇をも乗り越えたいわば〈王〉としての位相にあるのに対して、城方本の〈将軍〉像は朝家の従属者として規定されたものであり、そうした意味で「昔は源平両家朝家に召仕て、王化にも随はず朝権を軽ずる者あれば、互に誡を加へられしかば代のみだれもなかりしに、……」（巻第一「義王」）という源平認識に、極めて忠実な形で同本の叙述が進められていることを指摘した。[20]本章では、清盛以下の平家嫡流の位置づけを検討したきたわけだが、前二章での源氏に関する考察結果として得られた〈将軍〉像と、本章でみた城方本で施されていた「功臣嫡々の身」や、「唐皮・小烏」という表現から結ばれる像とが、通底するものとして立ち現れてくるのは極めて興味深い事実と言えよう。〈将軍〉有資格者としての平家嫡流への確たる視線の存在もまた、その源平認識の強固さと無関係ではあり得まい。私は前章までに城方本の歴史認識の姿勢を問題とし、朝家中心の国家観に傾斜したその様相をいくつかの角度から指摘してきた。本章での平家嫡流に関する検討を経て、それが城方本の叙述に広く浸透しているさまを改めて確認し得たものと思う。また、頼朝の存在感やその〈将軍〉像に注目した前章との関係で言えば、平家嫡流の〈将軍〉有資格者たる側面を問題とする姿勢が希薄な覚一本では、〈将軍〉像が頼朝の問題として収斂するのは必然の結果と言えよう。同本での〈将軍〉頼朝の存在感の重さは、こうした側面からもやはり特徴的に浮上してくるのである。

五　おわりに

本章では、巻第二「教訓状」での清盛・重盛に付された記述を端緒として、城方本における平家嫡流の位置づけを検討し、最終的にはその根底に、城方本なりの歴史認識の姿勢との対応を指摘した。平家嫡流を「功臣」の系譜において見つめる視線が存在することを確認した今、改めて物語冒頭「祇園精舎」に見える、清盛に至る平家の系譜に注目できるように思われる。

周知のとおり、そこでは正盛・忠盛という父祖からの関係で清盛がその嫡流たることが示された後、葛原親王からの系譜が振り返られている。そのうち、覚一本が「国香より正盛にいたるまで」と記す部分を、城方本は「国香より貞盛・維平・正教・正平・正盛に至る迄」と丹念にその間の系譜を語っているのである。こうした表現は延慶本などの読み本系諸本には見いだすことができ、本文形成という観点からみればそれらとの関係が問題とはなるが、こうした表現を選び持つことの背景にも、本章で検討した、平家嫡流への特別な視線のはたらきをあるいは想定し得るのではあるまいか。

以上のように、城方本と覚一本との対照だけからでも、いわゆる語り本系諸本の展開と変容の内実には様々な幅が存在し、そこにかなりの位相差が生まれていることを察することができる。そうしたさまざまな異本群の広がりを、より具体的なイメージを伴う形で把握していかねばなるまい。城方本（そして第二類本）についても、引き続いて検討すべき課題は多く残っている。他諸本とのあわいに留意しつつ[21]、次章以降でも少しずつ分析の歩みを進めていきたい。

注

（1）ここでは、一九九〇年代以降のものとして、池田敬子氏「悪行の道程――平家の清盛――」（『大阪工業大学紀要』36―2　一九九二・三　→同著『軍記と室町物語』〈二〇〇一・十　清文堂出版〉改題再録）、同「心弱き人の往生――維盛入水――」（説話と説話文学の会編『説話論集　第二集』収　一九九二・四　清文堂出版　→同前著書再録）、同「ゆゆしく大様なる人――覚一本『平家』重盛検証――」（『国語国文』65―4　一九九六・四　→同前著書再録）、生形貴重氏「『平家物語』の構造と説話の文脈――延慶本を中心として――」（前掲『説話論集　第二集』収）、水原一氏「『養和元年記』清盛死去記事について」（「駒沢国文」30　一九九三・二　→同著『中世古文学像の探求』〈一九九五・五　新典社〉再録）、武久堅氏「失われた人を求めて――維盛伝承と平家物語の構想――（上）（中）（下）」（「日本文芸研究」40－3、41－2、42－2　一九八八・一、一九八九・七、一九九〇・七　→同著『平家物語の全体像』〈一九九六・六　和泉書院〉再録）、同「〈清盛語り〉の生態――持経者伝承の系譜――」（水原一氏編あなたが読む平家物語2『平家物語　説話と語り』収　一九九四・一　有精堂出版　→同前著書再録）、同「説話する末世の予見者――重盛伝承と平家物語の構想――」（前掲『説話論集　第二集』収　→同前著書再録）、山下宏明氏「源氏の物語と小松家の物語――延慶本『平家物語』の古態性と再編性――」（山下宏明氏編軍記文学研究叢書5『平家物語の生成』収　一九九七・六　汲古書院）、佐々木紀一氏「小松の公達の最期」（「国語国文」67－1　一九九八・一）、梶原正昭氏「平家一門――嫡流と主流――」（梶原正昭氏編軍記文学研究叢書6『平家物語主題・構想・表現』収　一九九八・十　汲古書院）、野口実氏「法住寺殿と小松家の武将たち」（「京都女子大学宗教・文化研究所研究紀要」15　二〇〇二・三）等があることを示しておくにとどめる。

（2）六代に関しては物語の終結部の様相との関係からは、今井正之助氏「『平家物語』終結部の諸相――六代の死を中心に――」（「軍記と語り物」19　一九八三・三）など、考察の積み重ねがある。その他、八坂系諸本については、櫻井陽子氏「八坂系平家物語一類本の様相――清盛像との関わりにおいて――」（「富士フェニックス論叢」3　一九九五・三　→同著『平家物語の形成と受容』〈二〇〇一・二　汲古書院〉再録）がある。

（3）以下に城方本の検討を通して指摘する事柄は、いわゆる八坂系第二類諸本群が共有する性格としてとらえ得る。また、本章で取りあげる部分の城方本の叙述は、多く第一類本と重なっている。したがって、より広い八坂系諸本群が含み持つ性格の一端としてとらえ直すことも可能である。ただし、他章で試みた検討をも勘案し、両諸本群を一括りにして扱うことは避けておく。第一類本との共通性については、八坂系諸本の各特質を考えるという、より広い視野からその意義を問い返すことを課題としたい。

（4）屋代本との距離にも注目すべき点があるのは事実だが、ここではいくつかの特に注目すべき点を注に示すにとどめ、詳細は後の検討を期したい。

（5）現存『平家物語』諸本はいずれも複数段階での受容と改訂・改作を経て、重層性を持った本文を伝えている。城方本とてそれは同様だが、本章は、その中に含み込まれた一つひとつの層の広がりや深さを問う試みの中に位置することをお断りしておく。

（6）名詞としての「涯分」は、「身分相応の程度。分際」（『日本国語大辞典』。『時代別国語大辞典　室町時代編』・『角川古語大辞典』等もほぼ同様に記す）の意。彰考館蔵八坂本はこの部分を「涯分に官途を……」とある。「涯分」が中世の身分意識と深く関わる語であることについては、黒田俊雄氏「中世の身分意識と社会観」（『日本の社会史第七巻　社会観と世界像』収　一九八七・七　岩波書店）等参照。この語が城方本等に加筆されていること自体が、清盛像の中世的再解釈と見なすことができよう。

（7）かかる系譜への意識の強さは、清盛が「田村丸は刑部卿坂の上のかつたまろが子なりしかども」（傍線部②）と、田村麻呂の系譜を比較対象とし、それをやや差別的に眺めていることにも見いだすことができよう。

（8）屋代本にも見えない。

（9）この場面に言う「昔日安芸守たりし時、厳島の大明神より霊夢蒙りうつヽに給はられたりける白柄の小長刀」が「節刀」であることは、巻第三「大塔建立」や巻第五「物怪」の記述に明らかである。また、城方本（を含む第二類本）では以下の引用に明らかなように、清盛・重盛・維盛が本文中でも「将軍」（あるいはその資格を持つ者）と記されていることはあらかじめ指摘しておく。

（10）屋代本にも見えない。

（11）『源平盛衰記』巻第四十「唐皮抜丸」、長門本巻第一「忠盛卒事」の記事のほか、『平治物語』でも待賢門合戦で重盛が着していることが語られている。『異制庭訓往来』六月返状に「平家《ノ》小烏《ガラス》・抜丸《ヌケマル》」があげられていることを見ても、これらの物語の流布に伴って、十四世紀半ばには広く知られた知識であったことを確認し得る〔第三部第一編第六章〕。

（12）覚一本なし。屋代本には城方本と同様の記述がある（巻第十）。しかし、同本には引用(D)の傍線部にあたる一文がなく（巻第二）、この部分の城方本の特徴は屋代本との間から見ても明らかである。

（13）「『平家物語の構想』試論――武具伝承と物語の構想・延慶本を中心にして――」（「日本文学」32―12　一九八三・十二
→同著『「平家物語」の基層と構造――水の神と物語――』〈一九八四・十二　近代文芸社〉再録）。また、水原一氏「『平家物語』の或る底流――延慶本の重盛諫言からさぐる――」（『延慶本平家物語考証一』収　一九九二・五　新典社）は、生形論を批判的に継承し、物語の底流としての「節刀思想」を探っている。

（14）いわゆる読み本系諸本との距離という問題は、拙稿「『平家物語』諸本展開の一側面――八坂本における俊寛の位置付けをめぐって――」（「国文学研究」120　一九九六・十）〔本編第五章〕などで指摘したことも通じよう。これもまた、新たに語り本と読み本の間を探る端緒となり得る事象かと思われ、今後のさらなる検討課題としたい。
　この部分に関連して、延慶本との大きな相違をひとつあげておけば、同本では重盛が唐皮・小烏を帯していることを、対面に先立って語っており、城方本が対面の後にこれらの携帯を明かすのとは、文脈上少しく意味づけを異にしている。比重としては、城方本が清盛を描くことへとより傾斜していることを示唆していると考えられようか。

（15）覚一本などにはない記述としては、病床にある清盛の上を大鹿が越え通るのが見えるという、熱病と春日大明神の神罰との関係をより印象づける表現などがあげられる。

（16）屋代本も同様。

（17）屋代本は傍線部にあたる記述として、「御先祖平将軍ハ滅将門ヲ八ケ国ヲ討随ヘサセ給シヨリ以来、代々朝家ノ御固ニテ嫡々九代ニアタラセ給ヘバ、君コソ日本国ノ将軍ニテモ坐マスベキニ、御運尽キサセ給ヌレバ不及力。」（巻第十）という一文を有している。

（18）屋代本には順に、「小松殿ノ御子息、三位中将殿」「小松三位中将殿」とある。

（19）城方本には、この後に「平家の嫡々、さる人の子なりければ」（同）という表現も見える。

（20）城方本は、その強固な源平認識と連動した形で、朝家を守護する将軍に関する自らの確固とした像を有している。本編第二章および本章では、それを〈将軍〉という表記によって示した。

（21）具体的な考察に及べなかった屋代本や第一類本との距離が意味するところは、諸本展開相を探る上で重要な問題を内在させており、今後の分析課題となる。

第四章　「院宣」の機能とその扱い

一　はじめに

多様にして広がりある『平家物語』諸本の展開相を眺望し、その状況を具体的に把握しようとするとき、八坂系諸本の位相は極めて示唆的なもので、従来のように等閑視されたままであってはならないものである。本編ではここまで、同諸本群のうちから特に第二類本と呼ばれる諸本群に焦点をあわせて、いくつかの角度から分析を加えてきた。そして前三章においては、その諸本群が覚一本などとは根本的に異なる歴史認識の姿勢を有していることを指摘してきたのであった。『平家物語』という作品が、平安時代末の転換期の時代相を語る歴史叙述という性格を有する以上、そのありようは、記述対象とする事件や社会状況の把握の仕方と表裏の関係にあるものと考えられる。こうした観点から、本編第一・二章では、特に平家追討過程にある後白河法皇と源氏の関係が如何に記されているかに注目した。そして、第二類本（城方本で代表させた）には、源氏の行動を根元的に促す後白河法皇の力が明確に記されていることを指摘し、そうした叙述の背後に、法皇を代表とする朝家中心の国家観に傾斜した歴史把握の姿勢を窺い見たのであった。

本章は、作中で重要な位置を占める二つの「院宣」に関する叙述の検討を通して、源平関係の叙述を主な考察対象とした前章までの指摘を補うとともに、いわゆる語り本系諸本の中でも注目すべき特徴的な位相に成り立っている第二類本の作品世界を照らし出そうとする試みである。具体的な分析には、前章までと同様、城方本を取りあげることとする。その位相を探るにあたって「院宣」を指標とすることの有効性は、たとえば、法住寺合戦終了後の義仲追討に際して、覚一本などとは異なり、城方本の頼朝は法皇が出した「木曾追討の院宣」を受けた後に軍勢派遣を実行していること、あるいは同本では頼朝の受けた征夷将軍院宣の文面を載せることによって、頼朝の行動を保証する「院宣」の存在が強く印象づけられていること、また、城方本の義仲には「朝日の将軍といふ院宣」（覚一本）が下されていないこと等、[1] 諸本の中でも特徴的な設定が随所になされている事実からも、ある程度は見通すことができよう。

城方本を含む第二類本の内実については、従来拡散的な方向性をもつものとして理解されてきた感が強い。それは、後出本という理解とも相まって、これらの諸本群に対する価値評価とも直結されてきた。したがって、その作品世界を問う試みは、ほとんどなされていないに等しい。しかし、私はそうした状況を根底から組みかえる必要があると考えている。少なくとも、先行本文を承けた物語再生の動きを総括的にとらえようとする観点に立つとき、従来のごとき評価の不十分さは即座に実感されることとなろう。本章では、そうした見地に立って、同本が基調として持つ叙述姿勢との響き合いを見据えつつ、二つの「院宣」の機能とその扱われ方に注目してみる次第である。

二　緒方維義と「院宣」

最初に、巻第八に登場する緒方（城方本は尾形と表記）維義と「院宣」との関係に注目してみたい。物語ではこの直前に、都落ちした平家が今は大宰府にあることが語られている。まずは引用上段の城方本の文脈を確認していくことにしたい。

城方本

其ころ、豊後国の国司は刑部卿三位頼資なり。代官には子息の少将頼綱をぞをかれける。ある時刑部卿三位、少将の許へ使者たて、、「平家は宿報つきて神明にもはなたれ奉り、君にも捨られ参らせて都の外に出、西海の波の上にたゞよふ落人となれり。しかるを九国の者共が請取てもてなす事こそしかるべからね。只すみやかに九国の内を追出し奉るべし。①是頼資が下知にはあらず。偏に一院の仰にて有ぞ」と宣ひつかはされたりければ、或時少将当国の住人尾形の三郎維義をめして、宣ひあはせられけり。尾形の三郎②院宣と号して九国二嶋を催しけるに、尾形の三郎に随ひ付く（2）所の勢、三万余騎とぞ聞えし。此尾形の三郎と申はおそろしき者の末なりけり。…（中略・緒環説話）…かやうにおそろしき者の末なりければ、「九国二嶋をもたゞ一人して打とらばや」なむど申程のおほけなき者にてぞ候ひける。

（巻第八「大蛇の沙汰」）

覚一本

豊後国は刑部卿三位頼資卿の国なりけり。子息頼経朝臣を代官にをかれたり。京より頼経のもとへ、平家は神明にもはなたれたてまつり、君にも捨られまいらせて、帝都をいで、浪の上にたゞよふおち人となれり。しかるを、鎮西の者共がうけとッて、もてなすなるこそ奇怪なれ。当国においてはしたがふべからず。一味同心して追出すべきよし、の給ひつかはされたりければ、頼経朝臣是を当国の住人、緒方三郎維義に下知す。彼維義はおそろしきものの末なりけり。…（中略・緒環説話）…かゝるおそろしきものの末なりければ、国司の仰を院宣と号して、九州二嶋にめぐらしぶみをしければ、しかるべき兵ども維義に随ひつく。

（巻第八「緒環」）

平家一門を九国の内から追い出せという豊後国司頼資の言葉は、傍線部①によれば「一院の仰」として、その代官頼綱を経て三郎維義へと伝えられている。続いて維義に三万余騎の軍勢が従ったことが記されているが、それは維義が「院宣」を受けたことを表明したこと（傍線部②）に由来しており、言わば九国二嶋の勢力は「一院の仰せ」・「院宣」に従いついた形となっている。

この後、維義が実は大蛇の子孫であるといういわゆる緒環説話（二重傍線部以下の中略部）を挟んで、平家一門の対応策が記される。すなわち、維義が以前は小松家の侍であったという旧恩を頼りに、重盛の子息たちを通じて何とか懐柔しようとするのである。しかし、結局維義はこれに従わず、次のような返事をすることになる。

(I)其後尾形の三郎、子息の野尻の二郎維村をもつて平家へ申けるは、「尤先祖の主にて渡らせ給へば、弓をはづし甲をぬひで降人に参りたくは候へ共、③是も又一院の仰にて候へば力及ず。たゞ速に九国のうちを御出あるべう候」と申送りたりければ、……（巻第八「大蛇の沙汰」）

「おそろしき者の末」・「おほけなき者」（前掲波線部）と称された維義でありながら、ここではあくまでも「一院の仰せ」に従って、平家を九国から追い出さんとする意志を表明している（傍線部③）。この一連の叙述からは、「院宣」の持つ絶対的な力を読み取ることができよう。そして、緒環説話を通して維義に付加された「おそろしき者の末」・「おほけなき者」という属性は、かかる維義の姿勢によって、結局「院宣」の力を相乗的に高める要素として機能していることにも注意すべきであろう。加えて、たとえばこの後に清経が、「都をば源氏の為に落され ぬ。鎮西をば維義が為に責出されて、網にかゝれる魚のごとし。いづくへゆかば遁るべきか」（巻第八「太宰府落」）と言って入水し、建礼門院がいわゆる六道語りの中で、「頼つる九国の中をば、尾形の三郎維義とかやに追出され、山野広しといへ共やすまむとするに所なし」（巻第十二「六道」）と語ることなどをも視野に収めてみれば、ここで維義によって平家一門が九国を追われたことは、滅亡への重大な転換点と考えられる。城方本は、その契機となったのが根源的には「一院の仰せ」「院宣」の力だとしているわけである。こうした表現は、具体的には本編第一章で指摘した、源氏の行動の始発点に法皇の下命（あるいは「院宣」）の存在を殊更に明示するような、城方本の特徴的な叙述姿勢の一環にあるとみなすことができるであろう。

次に、先の引用下段に掲げた覚一本[3]の叙述を振り返っておきたい。

都から伝達されてきた言葉は、傍線部「当国においては……」という表現に明らかなように、あくまでも豊後国司頼資本人の意志によるものであり、城方本のごとく法皇の意向を頼資が伝えているわけではない。しかし、覚一本の維義は最終的にこれを「院宣」としてしまうことになる（波線部）。城方本と同様に緒環説話を通して維義が「おそろしきものの末」なることを述べ、その後に「かゝるおそろしきものの末なりければ」として彼が国司の言葉を「院宣」へすり替えたことを語り、それに九州二嶋の兵が従ったと続けるのであるから、この「院宣」の語は、緒環説話と共に維義の「おそろしき」性格を増幅すべく扱われていると判断されよう[4]。このように、維義の特異な性格を強調する為に「院宣」の語を利用するような覚一本のあり方を確認するとき、法皇の意志を象徴する「院宣」の力を強固に作用させている城方本の叙述が、それとは根本的に大きく異なる位相に成り立っていることが明確となるのである。

三　「八嶋院宣」をめぐって

さて、次に巻第十に綴られる「八嶋院宣」に関する記事を追ってみたい。城方本から「院宣」の往還に関係する部分をあらかじめまとめて引用しておく。

(イ)其日の夜にいつて院の御所より御使有。蔵人の衛門の権の亮貞長とぞ聞えし。…（中略）…貞長申けるは、「[A]是は勅定にて候。神璽・宝剣・内侍所、三種の神器をだにも事故なふ都へ返し参らつさせ給はゞ、御命はたすからせ給ふべきにて候なり。此旨をもつて然るべきやうに八島へ申させ給ふべうもや候らん」と申されたりければ、三位の中将の御返事には、「…（中略）…かなふべしとは存候はね共、院宣だにも候はゞ給つて申てこそみ候はめ」

と申されたりければ、貞長院の御所に帰り参つて此よしを奏し申たりければ、法皇斜ならず御感あつて、頓て院宣をこそなされけれ。院宣の御使には御坪のめしつぎ花かたとぞ聞えし。三位の中将の使には平三左衛門重俊なり。　（巻第十「八嶋院宣」）

(ロ)去程に、院宣の御使花かた・重俊讃岐の八嶋に下りつく。都より院宣下されたりとて、平家の一門みなひとつ所にさしつどひ、其後彼院宣をぞひらかれける。其状にいはく、（院宣・略）　（巻第十「八嶋院宣」）

(ハ)其後三位の中将殿の御文を二位殿へ奉る。披て見給へば、「今度重衡一谷にていかにもまかりなるべう候ひし身の一人生捕にせられてふたゝび都へ帰り上りてこそ候へ。B院宣かくのごとし。神璽・宝剣・内侍所、三種の神器をだにも事故なふ都へかへし参らつさせ給はゞ、重衡が命たすかるべきにて候也。此旨をもつて然るべきやうに人々へ申させ給ふべし」とぞかゝれたる。　（巻第十「請文」）

(ニ)去にても御請をば申さるべきにて、平大納言時忠卿承つて御請の状を進せらる。花かた御請を給つて都に上り、院の御所に参り、大膳の大夫に奉る。成忠是を請とりて御前に参り読進す。其状にいはく、（請文・略）　（巻第十「請文」）

一の谷合戦で生け捕りとなって帰洛した重衡のもとに法皇の使者が訪れる。引用(イ)はその場面だが、そこでは神器返還を屋島へ勧告すべしという法皇の意向と、交換条件としての重衡助命とが伝えられる（二重傍線部A）。それを受けて、重衡が神器返還の可能性の低さを自覚しながらも「院宣」を求めると、法皇は平家への「院宣」を下す（波線部）。そして「院宣の御使」花かたと「三位の中将の使」重俊が屋島へ向けて出発することになる。ここから「八嶋院宣」に関する一連の叙述が続くわけだが、城方本はその間、派遣された二人の使者を常に〈花かた・重俊〉の順で記し（引用(イ)・(ロ)傍線部）、院宣の使者花かたが持ち帰った請文が法皇の御前で読まれたことで関係話をしめくくる（引用(ニ)傍線部）。ここでは重俊のことに触れられていないことにも注意しておきたい。また、引用(ハ)において重俊が持参した、母二位殿に宛てた重衡の文の中の二重傍線部Bは、先の引用(イ)で最初に重衡が受けた法皇の意向（二重傍線部A）と表現上、「勅定」・「院宣」として照応していることも注目されよう。以上のように、城方本がこれらを法皇の意向・「院宣」のやりとりに焦点をあわせて組み立てていることは明らかで、ここでは、院宣の趣を拒絶した平家一門が、法皇との断絶をさらに決定的にしていったと語ることが第一に意図されていると考えられよう。そして城方本の叙述はこの後、こうした平家一門を、巻第十一冒頭で「院宣」を受け、それを掲げる義経が追討するという構図の中で、進行していくことにもなるのである。

さて、ここでも覚一本[5]の表現を確認しておきたい。まず、こちらでは派遣される使者の名の順が、城方本とは全て逆転していることが注目される。すなわち、引用(イ)に当たる部分では使者を「御使は平三左衛門重国、御坪の召次花方とぞきこえし」（「内裏女房」）と記し、この二人の屋島到着を記す引用(ロ)相当部でも、「さるほどに、平三左衛門重国、御坪のめしつぎ花方、八嶋にまいッて院宣をたてまつる」（「八嶋院宣」）としているのである。

また、屋島に「院宣」が伝達されてからその請文が返されるまでの記述（引用(ハ)と(ニ)の間に相当）にも注目するならば、城方本は重衡助命を願う母二位殿の平家一門への嘆願を一度の言葉に集約的に記し、それに対する時忠と知盛の反対意見を受けて二位殿が涙するという極めて簡潔な叙述にとどまる。それに対して覚一本では、二位殿の嘆願が「二位殿は中将のふみをかほにおしあてて、人々のなみゐたまへるうしろの障子をひきあけて、大臣殿の御まへにたをれふし、なく〳〵の給ひけるは……」、「二位殿かさねてのたまひけるは……」と二度に分けられており、母としての重衡への思いが強調された設定となっている。加えて、そうした二位殿の姿を見た人々の様子を、「まことにさこそはおもひ給ふらめと哀におぼえて、人々涙をながしつゝ、みなふしめにぞなられける」と描き添えてもいるのである（「請文」）。そして、その願いが終に叶わぬとなると、二位殿らが使者である重国に重衡への返事を託したことを以下のように記することになる。

二位殿はなく〳〵中将の御かへり事かき給ひけるが、涙にくれて筆のたてどもおぼえねども、心ざしをしるべにて、御文こま〴〵とかいて、重国にたびにけり。北方大納言佐殿は、たゞなくより外の事なくて、つや〳〵御かへり事もしたまはず。誠に御心のうちさこそは思ひ給ふらめと、おしはかられて哀也。重国も狩衣の袖をしぼりつゝ、なく〳〵御まへをまかりたつ。（巻第十「請文」）

こうして見てくると、覚一本では、ここで重衡と二位殿との母子の情愛（それはくり返される傍点部のごとき涙の描写にも象徴的である）(6)を語ることに、大きな比重がおかれていることが知られよう。振り返って、覚一本が重衡の使者である重国の名を常に先行させて記すのも、こうした叙述のありようと対応していると考えてよいのではないだろうか。覚一本の叙述は、先に確認した城方本とは根本的に大きく異なる位相に成り立っていることを看取できる。かかる対照性の中からも、城方本の特性が鮮やかに浮かび上がってくるのである。

ところで、「八嶋院宣」をめぐる城方本の一連の叙述展開の中にあって、「内裏女房」の段には、同本の姿勢を窺うに極めて示唆的な設定がなされていることにも触れておきたい。重衡と女房の再会を語るこの話の骨格は覚一本その他と大差ないのだが、その女房の現在の居所が、城方本ではことごとく「院の御所」とされている点は看過し難いように思われるのである。念のために、当該部分を簡潔に掲げておく。

(a)三位の中将「扨も日外汝して申通せし文のぬしは、当時何方にかましますらむ」など宣へば、「院の御所に御渡り候」とぞ申ける。

(b)正時宿所に帰り、其日一日を待暮らし、軈て夜に入て院の御所に参り、雲の上の静になる程を窺て件の女房のまれける局のやかきの辺にたゝずんで聞ければ、…

(c)正時甲斐々々敷も牛車清げに沙汰し、院の御所に参つて此由申たりければ、…

(d)やがて此女房院の御所をばまぎれ出、生年廿三と申には、花の袂を引替て墨染の袖にやつれはて、東山双林寺のかたほとりにぞすまれける。

いわゆる読み本系諸本を含めた他伝本は、この女房の現在の居所を等しく「内裏」としている。[7]したがってそれを「院の御所」とする設定は、先行形態を改変したものである可能性が高いのだが、このように徹底された設定が無自覚になされたものとは考え難いのではないか。城方本が朝家の代表たる法皇の占める位置を強く意識しながら叙述を織りなしていることは、前章までの成果に引き続く本章での考察によって、いっそう鮮明化したものと思われる。「院の御所」をめぐるこうした特徴的な設定の背後にもまた、城方本固有の叙述姿勢を窺い見ることができるのではなかろうか。[8]そもそもこの「内裏女房」話は、「八嶋院宣」をめぐるやりとりに付随する形で位置づけられており、城方本はそのやりとりを他本にも増して「院宣」を基軸として描き続けていたわけで、それとの響き合い[9]はやはり無視できないのである。[10]

◇　　◇　　◇

如上、二つの「院宣」に関する叙述を通して、城方本が法皇の意向を象徴する「院宣」の力を軸とする一貫した姿勢のもとに、その叙述を推進していることを検証してきた。城方本の表現が覚一本に代表される他の語り本とは根本的に異なる個性的な位相に成り立っていることは、もはや多言を要すまい。法皇の力を根源に据えて、歴史の事相を叙述化する城方本の姿勢は、広くその作品世界を支えるものであることが改めて確認されるのである。

四　屋代本と城方本の間

本節では新たに、屋代本における維義と「院宣」関連の記事を俎上に載せて、城方本の位相を別の角度から検討し、ひとつの問題提起をしてみたい。まずは、既に紹介した城方本・覚一本の本文に対応させて、屋代本からも関係部分

（九国へ伝達された豊後国司の言葉以下）を引用しておく。(11)

……「平家ハ宿報尽テ神明ニモ奉被放、君ニモ被捨進テ、浪上ニ漂フ落人トナレリ。而ヲ鎮西ノ者共ガ請取テ、モテナス成コソ奇怪ナレ。於于当国ハ不可随。一味同心シテ可追出平家。①是頼輔カ非下知。一院ノ勅定ナリ」トゾ宣ケル。頼経朝臣、此様ヲ当国住人緒方三郎維義ニ被下知。彼維義ハ、怖キ者ノ末成ケリ。…（中略・緒環説話）…カヽル怖シキ者ノ末ナリケレバ、九国二島ヲモ一人シテ打取バヤナンド、常ハヲウケナキ事ヲゾ荒猿シケル。緒方三郎ハ②国司ノ仰ヲ院宣ト号シテ、「院宣ニ随ハン者ハ、惟能ヲ先トシテ平家ヲ奉追出」ト、九国二島ヲ相催ケレバ、サモ可然者共、皆惟義ニ随付ク。

緒環説話を通して「怖シキ者ノ末」たる維義の「ヲウケナキ」さまを明らかにした後、「院宣」への〈すり替え〉（傍線部②）を語り、それを受けて九国二島の軍勢が従いついたと続けている点など、基本的な流れは覚一本と一致している。こうした文脈を見ると、屋代本も、維義の尋常ならぬ性格を強調しようとする覚一本などに通じる姿勢を持っていると判断することができよう。しかし、その際、傍線部①の表現の存在が問題となる。この一文によれば、九国に伝えられた国司の言葉は「一院ノ勅定」である。したがって文脈上、屋代本では、傍線部②で語られる「院宣」への〈すり替え〉が、覚一本ほどの有効性を持ち得ていないのである。

維義に伝えられる言葉をいわゆる読み本系の諸伝本がどのように記しているかを確認してみると、等しく「一院之宣」（延慶本）、「一院の御定」（長門本）、「一院院宣」（『源平闘諍録』）などとしている。(12)また、緒環説話は、維義に九国の軍勢が従ったことを記した後におかれている。つまり、これらの諸本の設定は基本的に城方本と共通しているのである。古態性を多く残存させているとされる延慶本などとのかかる設定上の共通性を考慮すれば、まず「院宣」への〈すり替え〉を語り、それによって軍勢が集結したと語る覚一本のごとき文脈は、維義の「おほけなき」性格を強調せんとする明確な意図のもとに、後発的に編み出された趣向であった可能性が高い。

では、屋代本のごとき文脈はどのように出現したのであろうか。右のように城方本の表現が読み本系諸本（とりわけ延慶本など）に通じているという事実を勘案すれば、豊後国司の言葉を「一院の仰せ」とする城方本のごとき本文に、維義の性格を強調しようとする覚一本のごとき本文を融合させた可能性が見えてくるのではなかろうか(13)。その行為は、維義の性格を語ろうとする屋代本なりの意図に導かれたものとは推察されるのだが、結果として不整合とも言える文脈を有しているこの部分からは、表現への執着度の低さが指摘されても仕方あるまい。しかしともあれ、改訂という営為がそこでなされたこと自体を受け止めておかねばなるまい。そして、屋代本のこうした記述から、城方本の文脈が、覚一本のみならず屋代本とも対照的な位相にあり、かつそれらの表現に先行する段階の形態であることも透かし見えてくるのである。

このように、屋代本・覚一本などに先行すると考えられる文脈が城方本の一部に存在することは、極めて興味深い事実と言えよう。この部分にとどまらず、屋代本と城方本のあわいに共通性と乖離点を探る試み(14)は、語り本の展開相はもちろん、城方本がその叙述の背景に抱える時代性を照らし出していく上でも重要な手掛かりを提供してくれるのではなかろうか(15)。本章では問題提起にとどめざるを得ないが、機会を改めて論じていくこととしたい(16)。

五　おわりに

本章では、二つの「院宣」の扱われ方を指標として、城方本の叙述が語り本の中で個性的な位相に成り立っている事実を検証してきた。注目すべきは、そうした表現の根底には、朝家の代表たる法皇に比重をおいて時代の様相を把握しようとする、広く城方本に一貫した姿勢が窺い見えるということである。本章で取りあげた城方本の記述が、決して部分的、微視的な現象にとどまるものではないということを受け止めておく必要がある。

従来、主に屋代本と覚一本とを対照し、その落差を浮かび上がらせることで語り本の展開相が測られてきたが、それらを相対化する城方本（そして八坂系第二類諸本）の存在をそこに介在させるとき、これまでとはかなり色合いの異なる諸本の広がりが眺望されてくるのではないか。それは単に我々の視線を二者対立から三者鼎立へと変化させるという意味ではなく、本文の系譜的関係の解明と古態性探求という方向に視線が集中するあまり見落とされがちであった、総体としての『平家物語』の展開相を、そこに生じた質的変貌を踏まえて把握していくことを促すものと言えよう。語り本の展開過程において、物語としての内実はどのように変質し、新たな姿となって再生していったのか。そうした展開を導いた力はいかなるものであったのか。系統論ではなく展開論を構想するこうした考察課題に向けて、城方本の性格は、今後さらに多角的に吟味される必要があるだろう。そして、それは城方本のみの問題ではないことも念のため付言しておく。

注

（1）こうした点については、拙稿「八坂本『平家物語』の基調――法皇の位置をめぐって――」（『国文学研究』114　一九九四・十）、同「『平家物語』覚一本と八坂本の間――頼朝の存在感と語り本の展開――」（『国文学研究』116　一九九五・六）〔本編第一・二章〕で随時指摘してきた。

（2）底本「て」とあり、不審。他本により「く」と訂す。

（3）この部分、鎌倉本・平松家本・竹柏園本・葉子十行本・下村本・流布本は、覚一本と同様の叙述を持っている。ここではそれらを代表するものとして覚一本を掲げている。

（4）覚一本でも、平家一門に対する維義の返事の言葉は、「……一院の御諚に速に追出しまいらせよと候」（城方本の引用(I)に相当）とあるが、既に「院宣」への〈すり替え〉を語っていることからすれば、城方本と同様の文脈で解することはできまい。

（5）以下に指摘する点、鎌倉本・平松家本・葉子十行本・下村本・流布本は覚一本と同様の表現を持つ。したがって覚一本をもってこれらの諸本を代表させた。

（6）城方本にも涙の描写は見い出せる。しかし、二位殿が「……とて、ふししづみてぞなかれける」、「……又ひきかづきてぞなかれける」（共に「請文」）とあるにとどまる。

（7）延慶本・長門本・『盛衰記』・『闘諍録』・四部本・南都本・屋代本では「内裏」。

（8）「院の御所」とする設定は、東寺執行本・三条西本・中院本といったいわゆる八坂系第一類本にも共通する。

（9）城方本は、法住寺合戦終了後の法皇と主上の遷幸について、「同き廿一日に法皇をば五条の内裏を出し奉つて、大膳の大夫成忠が宿所六条西の洞院へ入奉り、主上をば閑院殿を出し奉つて、五条内裏へ行幸なし奉る」（巻第八「法住寺合戦」）と記している。覚一本などではここに傍線部のような記述はなく、こうした区別がなされている点からみれば、城方本が「院の御所」と主上の居る「内裏」との相違を明確に意識していたと考えてよいのではなかろうか。

（10）付言すれば、こうした設定と「内裏女房」という城方本の章段名とは明らかに齟齬をきたしている（この章段名はいわゆる第二類本諸本に共通）。ここから推察するに、第二類本の章段名はその本文の成立時に内容と照合させつつ冠されたものではなく、後発的に、形式面から付加されたものにすぎないのではないか。とすれば、第二類本を特徴づける多くの「あひ」の段の存在への注目（実態的な琵琶語りとの接点の探求）と、その本文の確立期の解明・作品世界の読み解きといった問題とは、ひとまず切り離す必要があるだろう。

なお、三条西家本の本文中には朱の合点（章段の切れ目を意識したものと思しい）が付されているが、中でもこの話の冒頭部分にのみ「大り女房」と頭書されている。ちなみに、同本の目録題は「本三位中将対面女房事」とある。この女房の居所を「院の御所」とする設定と、頭書されたような章段名との間の齟齬が意識された結果、こうした書き込みがなされたものではないか。かかる作業がいわゆる八坂系諸本の享受過程でもなされていたことは、この物語の読まれ方とも関わって興味深い事実である。

（11）この部分、百二十句本は屋代本と同様の本文を持つ。

（12）南都本・『盛衰記』も延慶本・長門本・『闘諍録』と同趣である。

（13）「国司ノ仰ヲ院宣ト号シテ」という表現は、九国に伝えられる言葉が「一院ノ勅定」ではなく、あくまでも国司の意向であったことと対応するものといえる。院宣への〈すり替え〉を語ろうとする文脈を新たに作る際の表現意識を思えば、この部分は、覚一本のように整った形が屋代本の形に先行すると考えるのが自然であろう。

（14）屋代本と城方本の共通性については、本編第二章などでも少しく触れた。

（15）また、本節で取り上げた部分の屋代本の表現が、三条西本・中院本などのいわゆる八坂系第一類本にも通じていることも注目される。すなわち、これらの諸本は屋代本と同様の不整合を内在させているのである。いまだ部分的な指摘に止まるが、こうした現象は今後城方本を含む第二類本とのあわいを吟味していく上でも注意しておきたい。

（16）第二類本の時代性については、拙稿「『平家物語』と『承久記』の交渉関係――「四部之合戦書」の時代における作品改変の営み――」（「国文学研究」136　二〇〇二・三）〔第二部第三編第二章〕で、その成立下限との関わりを取りあげた。なお、屋代本の「八嶋院宣」関係の叙述がもつ問題については、別の機会に考えることとしたい。

第五章　俊寛の人物形象と位置づけ

一　はじめに

覚一本『平家物語』巻第一には、後白河法皇とその側近たちによる、いわゆる鹿谷酒宴のさまに続けて、平氏打倒計画に与力した院の近臣の名が列挙されている（「鹿谷」）。本章で注目する俊寛の名もこの中に見えるわけだが、覚一本ではこの後、「餘に腹あしき人」であったという祖父源大納言雅俊以来の俊寛の系譜が紹介され、「か丶る人の孫なりければにや、此俊寛も僧なれども、心もたけく、おごれる人にて、よしなき謀反にもくみしけるにこそ」（「俊寛沙汰　鵜川軍」）と結ばれている。右傍線部の表現や、鬼界島にあって共に帰洛の事を熊野権現に祈らんとする成経・康頼の言葉を拒絶する場面、

(A)丹波少将・康頼入道は、もとより熊野信じの人々なれば、「いかにもして此嶋のうちに熊野の三所権現を勧請し奉て、帰洛の事を祈り申さばや」と云に、俊寛僧都は天性不信第一の人にて、是をもちいず。

（巻第二「康頼祝言」）

の傍線を付した部分などからは、僧としての身に相応しからぬ俊寛の偏った性格が看取され、その点は特に覚一本における俊寛像の特性の一つと考えられるのである。

また、覚一本では「俊寛僧都一人、赦免なかりけるこそうたてけれ」（巻第三「御産」）との表現が、強くその叙述に響いていることも、多く注目されてきたところである。(1)　徳子御産の大赦に俊寛のみが漏れたことに関して初めて記

されるこの一句は、その後も、

……承暦三年七月九日、御産平安、皇子御誕生有けり。堀河天皇是也。怨霊は昔もおそろしき事也。今度さしも目出たき御産に、大赦はをこなはれたりといへ共、俊寛僧都一人、赦免なかりけるこそうたてけれ。

（巻第三「頼豪」）

と「頼豪」の段の末尾に記され、さらに「有王」の冒頭にもくり返されている。とりわけ、右引用傍線部は、傍点部「昔も」という表現と相まって、〈今〉の俊寛の怨霊化をも示唆していると言えよう。このように俊寛を頼豪との類比性において明確に位置づけ[2]、かかる印象的な一句をくり返すことによって、覚一本はひとり島に残された俊寛の恨みと平家の運命の末とを暗示的に結ぶ叙述を成り立たせているわけである。

ところで、ここまでの本編各章において私は、いわゆる八坂系諸本のうち、特に第二類本の作品世界に関して、城方本を通じて検討し、覚一本等を相対化するその個性的位相の解明と評価を試みてきた。同様に語り本の多様なる実態を並列的に眺望しようとする観点に立つ時、先のごとき俊寛像が覚一本を中心とした読みに基づいて導かれ、定着したものに過ぎないことを改めて問題視してみる必要があるように思われる。本章では、覚一本の検討を通してなされてきた指摘のうち、①俊寛の性格づけ、②俊寛の恨み・怨霊化と平家の行く末との関係性という二点をめぐって、まずは城方本の表現が覚一本等とは異なる位相に成り立っていることを明らかにしていくこととしたい。それによって、『平家物語』諸伝本の展開相における見すごされてきた一側面が浮かんでくるものと思うのである[3]。

二　熊野参詣の重さと俊寛の姿勢

最初に、鬼界島での熊野参詣に関する叙述の様相を検討することにしたい。左に掲げるのは、参詣を提案する成経・

康頼の言葉を俊寛が拒絶する場面である。(4)

(I)丹波の少将成経・平判官康頼入道と二人は熊野信じの人にておはしければ、「いかにもして当嶋の内に熊野三所権現を勧請し奉りて、帰洛の事を祈らばや」といふに、俊寛はもと山僧なる上不信の人にて、「山王の御事ならばさもありなん。権現の御事はあながち信もおこらず」とて、此儀に同心をもし給はず。（巻第三「康頼祝」）

この場面でまず注目されるのは、城方本の俊寛はもと山門の僧である上、「不信の人」とされている点である（傍線部）。これは、成経・康頼に付された傍点部「熊野信じの人」という属性との対照性の中で理解すべき表現であろうと考えられ、また続く波線部のごとき言葉を勘案しても、ここでは熊野権現に対しては「不信」であり「信もおこら」ぬ俊寛の姿が、特に描出されていると言えるであろう。

その一方で、波線部の言葉には、もと山門の僧であることに対する俊寛の微かな自覚が窺える点も見過ごせまい。もとより、この後俊寛が島で山王に帰洛を祈願したというような記述は、他本と同様、城方本にも見いだせない。したがって、ここで「山王の御事ならば……」と口にした俊寛の心にどれだけ山王権現への積極的な信仰を読み取れるかは疑問であり、少なくとも城方本がそうした信仰心を伴う俊寛像を描き出すことに意欲的であったとは考え難いのである。しかし、「もと山僧」であるという経歴があればこそ、俊寛はこうした言葉を発し、熊野参詣を拒絶したとされている点には留意しなければなるまい。つまり、「熊野信じの人」である成経・康頼と俊寛との、以上のごとき事情の差を踏まえて、鬼界島での熊野参詣をめぐる一連の叙述が始発しているところに、城方本の特徴が認められるのである。こうした叙述が、俊寛の偏った性格を強く押し出す覚一本（第一節引用(A)傍線部）と指向を異にしていることは明らかであろう。(5)

ところで、熊野参詣をめぐる流人たちの姿を語る冒頭場面において、こうした設定がなされていることとの呼応関係が認められるのが、赦免状が到着した際の以下のごときやりとりである。

(Ⅱ)僧都、「こはいかに。つみも同じつみ、配所もひとつ所ぞかし。うきもしづみもともにこそ行なはるべきに、されば執筆のあやまりかや。又は平家のおぼしめしわすれかや。冥見はこはいかにし給ひつる事ぞや」とて、文をはしよりおくへまき、奥より端に巻かへし、天に仰ぎ地にふし、悲しみ給へどかひぞなき。されば是は夢かやうつゝかや。うつゝかとおもはんとすればさながら夢のごとくなり。去程に二人の人々は喜申の熊野詣をぞし給ひける。僧都日来はおぼろけにても参り給はぬ人の少将の袖にすがり、康頼がたもとにとりつき、泣〳〵まいり給ひ、「相構て此事人のうへとおもひ給ふべからず。俊寛が今か、るうきめにあふ事も、故大納言殿のよしなき謀叛のゆへぞかし。…（中略）…」とかきくどきて宣ひければ、…

（巻第三「ゆるしぶみ」）

流人たちの異なる行く末が決定的に方向づけられる場面である。赦免状に名のないことを知った俊寛が、傍線部aのごとき言葉と共に悲嘆をあらわにするのに対して、二人の人々は「喜申の熊野詣」に赴く（傍線部b）。ここでは、覚一本等に見えない傍線部bの表現によって、熊野参詣の重さが最終的に再確認されることとなっており、流人たちの明暗の差が参詣の有無に由来することが、極めて鮮明に打ち出されているのである。

さて、こうした熊野参詣に関する叙述の大枠を踏まえ、引用(Ⅰ)・(Ⅱ)間の記事を見渡すと、覚一本には見えない表現をいくつか見出すことができ、そこには城方本なりの表現への配慮が窺えるようである。関連部分を引用してみよう。

(イ)……康頼入道先達にて、帰洛の事をぞ祈られける。「南無権現金剛童子、ねがはくは我等を今一度故郷へかへさせ給ひて、恋しき者共をみせしめ給へ」と、①二とせが間ぞ祈られける。日数積つてたちかふべき浄衣なければ、麻の衣を身にまとひ、②きりべの王子の薙の葉を稲荷の社の杉の葉には手向つゝ、くろめにつくとぞ観じける。けがらはしき心ある時は、沢辺の水をこりにかき、岩田河の清き流れとおもひやり、たかき所にのぼりては発心門とぞ観じける。去程に康頼入道は③日に六十六度まいり、御幣紙のなければ花を手折て幣とさゝげ、④本宮證誠殿の御まへにて常はのつとをぞ申ける。

（巻第三「康頼祝」）

(ロ)去程に二人の人〳〵は、ある夜⑤本宮證誠殿の御まへに、通夜してよもすがら念誦せられけるに、奥の嵐ことにけはしかりけるに、何方よりとも知ず、木葉ふたつ二人の人々の袖のうへに吹かけたり。判官入道何となふ是をとつて見けるに、⑥さしも此間頼みをかけ奉る御熊野の薙の葉にてぞ候ひける。二の木葉に一首の哥をむしくひにこそしたりけれ。

千はやぶる神に祈のしげければなどか都へかへらざるべき

⑦権現の御納受疑なしとぞ覚たる。（巻第三「卒都婆流」）

引用中、傍線を付した部分が覚一本には見えない記述である。(イ)は、先の引用(I)に続く場面だが、このうち傍線部①・③は成経・康頼の熊野権現への祈願が積み重なるさまを印象づける表現であり、傍線部②は熊野参詣を語る際の常套句で、これによって、二人が次第に則った参詣を遂げているさまが示されていると言えようか。また、傍線部④に示された「本宮證誠殿の御まへ」という場所は、この後二人が奇瑞を得る場所（引用(ロ)傍線部⑤）との照応が認められて然るべきであろうし、傍線部⑥は先の①・③と同様の効果をもたらす一連の表現と考えられる。そして城方本は、これらを受けて傍線部⑦で、権現の納受を予言的に確認するのである。

このように、城方本には参詣を重ねる二人の祈願が累積していく過程を語る表現の網が丹念に張りめぐらされているのである。両者の熊野権現への思いは、先に見たように、最終的には赦免状を受けた際の「喜申の熊野詣」という行為に収斂されていくこととなる。一連の叙述に、覚一本に比してもより濃厚に、熊野に参詣することの意義深さを踏まえた確たる脈絡が存在していることは十分に認められるであろう。

ところで、ここで改めて引用(II)の傍線部ａに見えた「冥見は……」という俊寛の言葉に目を向けてみたい。覚一本のこの部分には、「こはいかにしつる事共ぞや」（巻第三「足摺」）という言葉が存在するものの、そちらはただ一人許されないという状況に対する不審を述べる言葉であり、それと城方本の言葉とを同一視することはできまい。城方本の俊寛は、「冥見」すなわち目に見えない神仏の加護への疑念を口にしているのである。確かに先に見たように、引用(I)の場面以降成経・康頼の熊野参詣のさまは細やかに記されているものの、俊寛の信仰心が表立って語られることはない。しかしながらこの言葉の背後には、「冥見」に対する俊寛の、内なる微かな期待が存在していたことを看取できるのではないか。

引用(II)には続けて、「喜申の熊野詣」をする二人に俊寛が追いすがったさまが綴られているが（傍線部c）、「日来はおぼろけにても参り給はぬ人」という表現は、俊寛が島において熊野権現を一貫して受け入れていなかったことを示していよう。また、俊寛はここで二人に伴い、熊野参詣の道をたどったにもかかわらず、続く言葉は権現にではなく、あくまでも二人の人々に向けられていることにも注意したい。こうした文脈を踏まえると、この「冥見」が、熊野権現とは区別すべき性質のもの（山僧としての立場から期待するなにがしかの加護）であることが明らかとなってくる。したがって、ここで「冥見」への疑念を俊寛が口にすることによって、城方本では熊野権現に対する流人たちの姿勢の対照性が表現上いっそう際立っているのである。微細な表現ではあるが、これが先に検討した一連の叙述の様相と深く絡み合っていることは疑いあるまい。

ちなみに、こうした俊寛の姿勢に関連して、城方本には次のような表現も存在する。

……やう〳〵歩ゆけ共、僧都さすが歩もやり給はねば、童が肩にひつかけて、をしへにまかせて行程に、ある山の麓に二人の人々の作りをかれたりしあしやの、松の枝を柱にし、絞竹を桁梁に渡し、松の落葉・芦の枯葉を上にも下にもひしと取かけられたりけるを、「是こそ我家よ」とて、立いつてふされけれ共、いづくに雨風のたまるべし共みえざりけり。（巻第三「蟻王が嶋くだり」）

許された二人が都へ上った後に島へ下った有王は俊寛と再会し、その住居にいざなわれるが、城方本ではそれを特に傍線部（覚一本等なし）のごとく記しているのである。この「あしや」（葦屋）は、当該場面に先立って赦免使が到着した際の記述、「僧都一人柴の庵におはしけるが、聞給ひて……」（「ゆるしぶみ」）や、「僧都斜ならず喜給て急柴の庵にかへり、此文をひらいてみ給へば……」（同）に見える傍線部「柴の庵」とは別物と考えられ、[6]また、「二人の人々の作りをかれたりし」という表現からしても、熊野参詣に関わりあった建物跡とみるのが妥当であろう。しかし、俊寛にとって、それはやはり信仰に関わるものではなく、単なる現在のすみかに過ぎない。ここで描き込まれた「あしや」は、流人たちの熊野権現に対する精神性の落差をもよく示しているのである。

以上のように、城方本は俊寛が一貫して熊野権現を受け入れなかったことに殊に目を配り、それを丹念に踏まえながら、覚一本とは異なる表現を効果的に織り込んでいる。そしてその一方で、そうした俊寛とは対照的な姿勢を持った成経・康頼の権現への積み重なる思いを特徴的に綴っていることも、既に述べたとおりである。城方本における俊寛と他の二人との運命の差は、こうした二つの相が絡み合った先に、まさしく熊野権現への姿勢の相違を鍵として明瞭に導き出されることとなる。ここで改めて想起し注目すべきは、城方本における俊寛の熊野権現に対する姿勢には、引用(I)に見たごとく「もと山僧」という事情が大きく作用していたことであろう。そこに現れる俊寛の悲劇は、「熊野信じの人」であった成経・康頼との状況の差を根源的な要因として描かれているのである。こうした悲劇の様相は、俊寛の偏った性格を前面に打ち出し、「天性不信第一の人」と記した覚一本では描き得ないものであったろう。まずはこうした点に、語り本の多様さの一端を認め、かつ個性的な位相に結実した城方本の叙述を相応に再評価する必要があると思うのである。

三　俊寛の怨霊と崇徳院・頼長の怨霊と

さて次に、やはり覚一本との相違を踏まえつつ、巻第三に語られるごとき時代状況を見つめる城方本の視線について考察を加えてみたい。本章冒頭で確認したように、覚一本は俊寛の恨みとその怨霊化を強く示唆しつつ、平家の行く末を覆う影を提示している。それに対して城方本でも、確かに「頼豪」の段で、「昔も怨霊はかくおそろしき事にのみこそ申伝へたれ。されば今の鬼界が嶋の俊寛をもともにめしこそ帰されんずらめ。醜し〳〵とぞ人申ける」と、その怨霊化の可能性が示唆されはするのだが、ここ以外にそれが押し出されることはなく、俊寛怨霊化への比重のかけ方において両本には明らかな相違が認められるのである。

この点に関連して、崇徳院と頼長の怨霊への視線の相違が極めて注目される。以下、城方本を軸にその叙述を検討していくこととしよう。

(イ)かゝりける折をえて、こはき御物怪どもとりいれ参らせ、御験者しきりなり。まづは讃岐院の御霊、宇治の悪左府の憶念、成親卿・西光法師父子が死霊、別しては鬼界が嶋の生霊なんどぞうらなひ申ける。①きくも世におどろ〳〵しうおそろしかりし御事共也。②近年不慮なる事共あつて世上いまだ落居せざる事も、是偏に怨霊の故也とて、讃岐院の御追号あつて崇徳天皇と号し、宇治の悪左府贈官贈位、太政大臣正一位をつかはさる。勅使は小内記維長とぞ聞えし。件の墓所は、大和国添上郡河上の村般若野の五三昧なりしを、保元の昔ほりおこして捨られし後は、死骸道の辺の土となつて年〳〵に春の草のみ茂れり。③しかるを今勅使たづね下つて勅命を授られけれ共、亡魂いかゞ思はれけん覚束なしとぞ人申ける。昔も怨霊はかくおそろしき事にのみこそ申伝へたれ。（以下略）

（巻第三「ゆるしぶみ」）

右は徳子の着帯の場面だが、城方本は傍線部①（覚一本なし）で、現れた霊に対する畏怖を示し、傍線部②で近年の世情不安と怨霊の存在とを結ぶ。続いてそれゆえに崇徳院の追号・頼長の贈官贈位がなされたとするのであるが、傍線部③「亡魂いかゞ思はれけん覚束なし」という表現がなされているように、ここでは頼長の魂が鎮まったとは解されていないのである。一方、覚一本はこの追号や贈官贈位を、「是（さまざまな霊の出現・鈴木注）によッて、太政入道生霊も死霊もなだめらるべしとて……」と清盛が主導する形で記し、また傍線部③に当たる表現を「今勅使尋来て宣命を読けるに、亡魂いかにうれしとおぼしけむ」（共に巻第三「赦文」）とする。城方本のごとく世情不安と怨霊の存在に関係性を見、それと併せて追号・贈官贈位をとらえる視線は覚一本には存在せず、また頼長の霊もここで鎮まったものと理解されていることが読み取れるであろう。

次に引用するのは徳子の御産場面である。覚一本にない表現には傍線を付した。

(ロ)（御験者の気色に）いかなる御物怪なり共、おもてをむかふべし共みえざりけり。④其外顕はる、所の御物気共をば、明王よりましの縛にかけてせめふせ〳〵踊くるうありさまおそろしなん共をろかなり。法皇は今熊野へ御幸なるべきにて御精進の御次手なりければ、御机帳《ママ》ちかう御座あつて千手経を打あげ〳〵あそばされけるにぞ、さしもおどりくるう御よりまし共もしばらくばくをしづめて聴聞仕りける。⑤なによりも法皇の仰ける御詞こそ忝はうけたまはれ。「縦いかなる御物のけなり共、この老法師がかくて候はん程はいかでか輙近付奉るべき。⑥但讃岐院の御霊ばかりなり。それも御追号の後は御うらみあるべし共存ぜず。其外次ぎざまの者共は朝恩をもつてみな人と成たるものぞかし。縦報謝の心をこそ存ぜず共、豈障碍をなさんや。とふ〳〵まかり退候へ」とて……

（巻第三「御産の巻」）

傍線部④では「御物気共」への畏怖が殊更に表明されており、城方本ではそうした流れの中で、特に傍線部⑥のごとく「讃岐院の御霊」が後白河法皇に対抗し得る唯一の存在として提示されているのである。

このように城方本では、崇徳院・頼長の怨霊の存在を見つめながら徳子の着帯から御産に至る過程が語られ、続いてクーデターが綴られることとなる。

(ハ)今度四十余人の人々の事にあはれける故をいかにと申に、中納言の中将殿と近衛の二位の中将殿と中納言御相論ゆへとぞ聞えし。さらば中納言の中将殿ばかりこそいかなる御目にもあわせ給ふべきに、四十三人の人々の事にあはれけるこそふしぎなれ。近年不慮なる事どもあつて世上さはぎやまざる事も、是偏に怨霊の故なりとて、去年讃岐の院の御追号あつて崇徳天皇と号し、宇治の悪左府の贈官贈位の聞えありしか共、怨霊はいまだしづまりもやまざるにや、入道いよ〳〵腹をすへかね給へりと聞えしかば、京中の上下「又いかなる事か出こむずらん」とて、騒のゝしる事なのめならず。（巻第三「院の流され」）

ここにはクーデターの解釈が示されているが、城方本ではやはり傍線部のごとく世情不安と怨霊の存在とが結ばれ、それゆえに追号や贈官贈位がなされたとみられている。さらにここでは、鎮まらぬそれらの怨霊の存在と清盛の横暴とを関係づけてもいるのである。[7]

これら引用(イ)・(ロ)・(ハ)から窺える、城方本の時代状況を見つめる視線は、明らかにそれぞれに照応し一貫している。そして、その根底には保元の乱に発する崇徳対後白河という対立の構図が存在しているものと考えられるのである。その点に関連して興味深いのは、城方本では保元の乱が、「保元元年の七月に主上上皇の御国あらそひのありしとき……」（巻第一「あひの物　清盛昇進の沙汰」）と記されている事実である。覚一本の当該部分が「保元元年七月に宇治の左府代をみだりし時」（巻第一「鱸」）とあることとの相違を受け止める必要があろう。また、こうした表現の存在は、先のごとき城方本の視線が巻第三の部分的なものにとどまらない、より広範な叙述を支える認識に基づいていることをものがたってもいる。

如上、俊寛の怨霊化を強く示唆する表現を組み立てる覚一本[8]に比して、城方本では俊寛怨霊への叙述上の比重は軽く、むしろ世情不安の背後に存在する崇徳院・頼長の怨霊を見つめつつ、その叙述は進行しているのである。同じ語り本とはいえ、両者が一括し難い側面を有していることは明瞭であろう。また、城方本のこうした視線が保元の乱における対立の構図を踏まえたものであるならば、それは後白河法皇をいかに位置づけるかという問題と表裏の関係にあるわけで、前章までに指摘してきた法皇に対する城方本の格別な叙述姿勢とも通底する問題かと考えられる。[9]そうした意味でも、本節で検討したごとき、時代相をとらえる視線は、城方本の叙述の中に深く根付いたものの一部と見通されることを、ここで指摘しておきたい。

四　流人帰洛記事の様相

……姫君「さては」とて、年十三にてさまをかへ、奈良の法花寺におこなふて父の後世をぞ祈られける。童も僧都の遺骨を頸にかけ高野へのぼり、奥のゐんにをさめつゝ、蓮花谷にて法師になり、山々寺々修行して主の後世をぞ祈ける。かやうに人のおもひのつもりける平家のすゑこそおそろしけれ。（巻第三「蟻王が嶋くだり」）

※傍線部覚一本「か様に人の思歎きのつもりぬる平家の末こそおそろしけれ」

さて本節では、以上の考察を基として、覚一本との相違にも目配りしつつ、流人譚を総括する右引用中傍線部の表現が持つ色合いを、城方本の叙述の中に探ってみたい(10)。まずは少々長くなるが、成経・康頼の帰洛場面を引用することにする。

(イ)A去程に、康頼入道は東山双林寺へとて行ければ、少将六波羅へいり給ふ。少将の母上霊山におはしけるが、昨日より宰相の許におはしてまたれけるが、少将のいり給ふを只一目見給ひて、「命だにあれば」と計にて又引かづきてぞなかれける。宰相の内の上下男女みなひとつ所にさしつどひ、よろこびの涙をばながしける。少将乳人の六条が黒かりしかみも白なり、北の御方のさしもはなやかなりし御有様も、①此三年が間のつきせぬ御物おもひにやせくろませ給ひて、其人共みえ給はず。又少将のながされ給ひしとき三歳になられけるおさなき人も、ことしは五歳になられける。はるかにおとなしうなつてかみゆふ計にぞ見えられける。又北方のかたはらにみつばかりなるおさなき人のおはしけるを、少将「あれはいかに」と宣へば、乳人の女房「是こそ」と計にて涙にむせびければ、少将「誠や、流されし時胎内にありしをこゝろもとなうみすて、下しが、扨は別の事なうむまれそだちたる事の不思議さよ」とぞの給ひける。其後少将二度君にめしつかへて宰相の中将まであがられけるとぞ聞えし。

(ロ)B去程に、康頼入道は東山双林寺の宿に落つゐて、まづとゞめをきたりける母の行衛を問けるに、近きあたりの人の申けるは、「さん候。それは去年の春のころまでは是に御渡り候ひしが、それもなを人めをつゝませ給て、一条の北紫野の辺に忍ふで御渡り候ひしが、御上りのよしを聞給ひて斜ならず喜ばせ候ひしが、過にし衣更着のころより御風の心ちとやらん聞えさせ給ひしが、(11)終にむなしうならせ給ひて、けふははや五日なり」とぞ申ける。②康頼入道涙をながし、「我肥前の鹿瀬の庄にて年を送り、備前の有木の別所にて日数をだにもをくらずは、などか今一度母を見奉らざるべき。定なき世のならひなり。一生はこれ夢のごとし。誰か百年の齢を期せん。万事はみな空し。いづれか常住のおもひをなさん」と詠じつゝ、ふるき軒の板まよりもる月影の朧なるをみて、なく〳〵よみたりけるとぞ。

故郷の軒のいたまに苔むして思ひし程はもらぬ月哉

と口ずさみつゝ、やがてそこに籠居して、うかりしむかしをおもひやり、宝物集といへる物語を作りけるとぞ承はる。C哀なりし事共也。（巻第三「少将の都がへり」）

便宜上(イ)・(ロ)に分けたが、これらは連続した本文である。覚一本との相違として一見して注目されるのは(ロ)の記事であろう。引用は控えるが、覚一本では東山の山荘についた康頼がひとり「ふるさとの……」の歌を詠じ、後に宝物集を執筆したことが簡略に記されるにすぎない（「少将都帰」）。それに対して城方本では、康頼の帰洛が母親との関係の中で語られ、傍線部②のように数日のすれ違いで再会を果たせなかった康頼の深い思い歎きが綴られているのである。

康頼の帰洛が肉親との再会を軸として語られている点は、内容上引用(イ)との並列性を窺わせる。(イ)では成経の帰洛が「御物おもひ」（傍線部①。覚一本なし）を重ねてきた北の方や乳母、子供達という近親者との関係の中で描かれているのである。また、より具体的な表現の上から見ても、(イ)の冒頭波線部Aで二人の別れが示されると、(ロ)の冒頭波線部Bではまさしくそれを受ける形で叙述が進められ、さらに波線部Cでは、二人の帰洛を「哀なりし事共也」と一括りにするのである。これら波線部A・B・Cはいずれも覚一本には見えない表現なのだが、ここには明らかに叙述の連続性への配慮が認められる。

　こうした配慮や記事内容面での並列性は、ここにはとどまらず、続く有王島下りの場面にも及んでいる。

(ハ)③中にも法勝寺の執行俊寛僧都の童に蟻王・亀王とて候ひけるが、ともにしうの事をぞかなしみける。中にも亀王は、其思ひのつもりにや、程なうはかなく成にけり。なをも浮世に蟻王は粟田口の辺に忍ふで候ひけるが、「二人の人々はめし還されて上り給ひぬ。僧都壱人嶋にとゞまり給ひ《ママ》」と聞えしかば、もしやと鳥羽の辺まで行むかふて見けるに、誠に二人の人〳〵はみえ給へ共、我しうはみえ給はず。人にとへば、「嶋にとゞまり給ひぬ」とぞ申ける。D童判官入道のそばちかう立よつて事の子細をとひけるに、康頼入道嶋の有様をこまやかに語りければ、いとゞせんかたなくかなしくて、つきせぬは涙なり。④童「われ宮古にて角物をおもはんより、嶋へ尋まいらせて参、かはらぬ御姿をも今一度見もし見え奉らばや。縦又此世になき身となり給ひたりとも、御骨をも取てたつとき所におさめばや」と思ひければ、人にはいはね共内々は出立けり。（巻第三「蟻王が嶋くだり」）

引用したのはその冒頭部分であるが、傍線部③では覚一本には登場しない亀王が主俊寛の状況を悲しみ、「其思ひのつもりにや」亡くなったことが語られている。また、傍線部④（覚一本なし）では有王が「宮古にて角物をおもはんより」といって島へ下ったとされている。城方本では、俊寛の近親者たちの物思いがこうして印象的に語られているのである。また、波線部Dも表現上注目される。すなわち城方本は、先に帰洛のさまが描かれた康頼の言葉が、有王のこの行動に直接的に作用したとする明確な脈絡を成り立たせているのである。

以上のごとく、城方本では流人帰洛に関する記述に表現上の連続性が明瞭に設定されており、人々の物思いが列をなすように配されていることがわかる。こうした様相を受けて、本節冒頭に掲げた「人のおもひのつもりける……」という一文があることを受け止める必要があるだろう。確かに、覚一本「か様に人の思歎きのつもりぬる……」の「人」も、流人関係者を広く含み込んでいるのであろうが、前節までに見たごとき位置づけとの関係から、同本では俊寛個人の存在感の強さを否めないように思われる。こうした点を比べてみても、覚一本とは異なる位相に結実している城方本のあり方が浮かび上がってくるのである。

五　おわりに

ところで、本章では語り本の様相を考察するにとどまったが、この先にはいわゆる読み本と語り本との交錯という問題が検討課題のひとつとして展望されることになりそうである。ここまでとはいささか考察の志向を異にするが、最後にこの点にもひとこと言及しておきたい。

第三節にみた城方本の崇徳院・頼長の怨霊に関する記述が、例えば延慶本の「八月三日、宇治ノ左大臣、又贈官贈位ノ事アリ。…（中略）…今マ朝ノ使尋行テ、勅命ヲ伝テム。亡魂イカヾヲボシケム、穴倉ナシ。思ノ外ナル事共アリテ世間モ静ナラズ。『非是直事ニ。偏ニ怨霊ノ至ス所ナリ』ト人々被申ケレバ、加様ニ被行ケリ」（第一末　卅八「宇治悪左府贈官等ノ事」）や、「去々年七月、讃岐法皇御追号、宇治ノ悪左府贈官ノ事有シカドモ、怨霊モ猶鎮リ給ハヌヤラム、此世ノ有様、偏ニ天魔ノ所行トゾ見ヘシ」（第二本　廿八「師長尾張国ヘ被流給事付師長熱田ニ参給事」）、あるいは「天魔下道ノ、入道ノ身ニ入替ニケルヨトゾミヘケル。人ノ夢ニミケルハ（以下略・崇徳院が清盛邸へ入る話）」（第二本　廿七「入道卿相雲客四十余人解官事」）や、「（静憲）『……天魔彼身入代テ加様ニ悪行ヲ企ト云ヘドモ、君誤ラセ給事一ナシ。……』」（第二本卅一「静憲法印法皇ノ御許ニ詣事」）といった記述[12]に通じていることは即座に想起されるところであろう。

また、第二節にみた「山僧」としての俊寛の言葉については、長門本や『源平盛衰記』との関係性の如何が一部注目されよう[13]。

・ほつせう寺のしゆ行にのたまひあはせければ、「御しゆくぐわんはさる事にて候へども、もし都にめし返されて候はん時、さんそうどもの、『ひえいのじむじやはほんしやへだにもさんけいせず、ほつ勝寺のしゆ行こそいわうが嶋にるざいせられてありけるが、かなしさのあまりによしなきもろ〳〵の岩かどをくまのごんげんとあがめて、おがみありきたりけり』とわらはれん事のはづかしく候へばまいり候まじ。山王の御事などはさもありなん（ならばイ・鈴木注）」とて、参詣にはあたはざりけり。（長門本　巻第四）

・「只仏法ヲ修行シテ今度生死ヲ出給ベシ。但我立杣ノ地主権現、日吉詣ナラバ伴ナン、熊野ノ神ハ中悪」トテ不与ケリ。（『盛衰記』巻第九「康頼熊野詣」）

ここでは部分的に現象を指摘するのみとならざるを得ないが、語り本と読み本との交わりについて、覚一本を通してでは浮かばなかった問題が、城方本の検討の先に透視されてくるのである。その際、既に確認したとおり、城方本の叙述がかなりの緊密性をもって構成されているという事実は見逃し難く、分析の重要な鍵となるのではないかと思われる。今後、その交錯がいかなる位相のものであるかを判断しつつ、より詳細な検討を加えていく必要もあろう。それによって『平家物語』諸本の展開相の再吟味、あるいは城方本が抱えている時代性の追究といった課題にもひとつの契機が与えられるのではないか。

以上、本章では、従来語り本の代表として扱われることの多かった覚一本の様相を視野に収めつつ、特に俊寛の位置づけに着目しながら城方本の叙述を読み解いてきた。上述のごとく城方本は、混乱する時代状況の背後に、鎮まらぬ崇徳院や頼長の怨霊の存在を感じ取り、それを随所で問題視しながら、その一方では鬼界島流人関係者に代表される人々の累積した思い歎きを綴ることによって、厳然とした権力を振るう平家の行く末に影を投げかけてもいるのである。こうした重層的な視線に基づく叙述を構成している点は、城方本の特徴として大いに評価に値するものであろう。加えて、かかる城方本の様相は、個々に多様な像を結びつつ再生を遂げていった語り本の展開状況をも我々に推測させるのである。

誤解のないようにあえて言えば、前章までと同様の問題意識を継承する本章での試みも、決して諸本の間にひとつの物語としての優劣をつけようとするものではない。今回の検討についていえば、覚一本は城方本のごとく複眼的に状況を見つめる視線は有していなくとも、城方本に比べて格段に大きな役割を俊寛に担わせることによって、印象的な基軸を有した叙述を構成し得ていることを見逃してはなるまい。ここで受け止めるべきより本質的な問題は、いわゆる語り本に限ってみても、『平家物語』の世界にはかなりの幅が存在したということである。それはすなわち、叙述の再生を促した力の大きさを窺わせるものといえる。そうした諸本展開の多様性自体を、『平家物語』が抱える本質の一つとして見つめ、さらにその諸相を解明していく必要があると思うのである。こののちも、そうした展望のもとにひとあしひとあしを刻んでいかねばなるまい。

注

（1）今成元昭氏『平家物語流伝考』（一九七一・三　風間書房）、佐伯真一氏「『平家物語』の因果観的構想――覚一本の評価をめぐって――」（「同志社国文学」12　一九七七・三）、美濃部重克氏「平家物語の構成――鹿谷のプロット――」（「文学」56－3　一九八八・三）等。

（2）語り本では俊寛が食を断って死ぬ点においても、干死した頼豪との連想契機が指摘されている。佐伯氏注（1）論文、山田昭全氏「安徳帝と怨霊」（「中世の文学　附録」16　一九九一・四）等。

（3）従来の検討が、多く読み本と語り本の相違を照らし出すことに焦点を合わせ、多くの成果を導いてきたことは疑いない。しかし、その反面、特に語り本の展開の幅広さが等閑視され続けてきたことも確かであり、今後はそうした側面の解明が求められよう。その先に、古態論に従属するような諸本論とは異なる見地から、諸本展開論の新局面が展望できるのではなかろうか。

（4）以下に述べるところは、前章までと同様、いわゆる八坂系第二類諸本に共通する性格と見なしうる。

（5）城方本はここで俊寛の性格を云々していない。巻第一「鹿谷」の部分に、覚一本のごとき俊寛の系譜や計画与力の理由を語る記事が存在しないことと併せて、こうした点からもそれらと一線を画していることが知られよう。「天姓不審第一の人」という表現については、志立正知氏「「天姓不信第一の人」――覚一本『平家物語』の表現形成――」（『日本文学』46－12一九九七・十二）の分析がある。

（6）「柴の庵」は、文脈上、上陸してすぐに発したと思われる赦免使の声が聞きとれる位置、すなわち海辺にあったとされていると理解するのが妥当であろう。赦免状を待つ流人の心理からしても、こうした理解が最も自然であろう。したがって、「あしや」が「ある山のふもと」にあるとする傍線部の表現は、それと相容れない。やはり両者は別物とみるべきであろう。

（7）この傍線部は覚一本には、「去年讃岐院の御追号、宇治の悪左府の贈官贈位有しか共世間はなをしづかならず。凡是にも限るまじかむなり。『入道相国の心に天魔入かはッて、腹をすへかね給へり』と聞えしかば」（巻第三「行隆之沙汰」）とある。「是」の指す内容については、①崇徳院・頼長の怨霊とする説と②今回の事件とする説とがあるが、いずれにせよ文脈上崇徳院・頼長の怨霊の扱いは城方本と対照的といえよう。

（8）覚一本では崇徳院・頼長の怨霊の存在を抑えることによって、俊寛の怨霊化がより印象的に示される結果となっている点に注意したい。

（9）なお、城方本が引用(ロ)の傍線部⑤で特に後白河法皇に視線を向けていることも、これと無関係ではあるまい。

（10）傍線部は、本文的には覚一本に近いが、それがもたらす印象は以下の指摘のごとく覚一本とは同一視できるものではない。

（11）「過にし衣更着のころより御風の心ちとやらん聞えさせ給ひしが」の部分は、彰考館蔵八坂本等のいわゆる第二類A種諸本には存在しない。

（12）以上の表現は長門本・『源平盛衰記』にもほぼ共通する。

（13）俊寛が山門関係の僧であったことは『尊卑分脈』の「山」「法勝寺執行」「法印権大僧都」等の注記や、『耀天記』の「又法勝寺執行春寛僧都、日吉二宮殿ニテ、五部大乗経供養、導師澄憲法印説法之時……」（「一　大宮御事」）などから窺える。物語が俊寛と山王との関係を語るのは、あるいはこうした実態を踏まえているのかもしれない。いずれにせよ、それが各本において如何に叙述化されているかを問うていく必要があろう。

第六章　頼朝と義経の関係

一　はじめに

諸本体系の中に一定の位置が与えられて以来一九九〇年代半ばまでほとんど顧みられることのなかった、いわゆる八坂系諸本の中にあって、第二類本と称される諸本群が巻第十二の中に有する、吉野軍や義経最期といった〈義経関係記事〉は、他諸本には存在しないという事情もあって、同諸本群を特徴づけるものとして早くから取りあげられ、また認知度も相応に獲得している貴重な記事群と言えよう。[1] ただし、従来の注目のあり方は、他諸本には見えない記事が存在することを諸本系統上の問題とし、それらを後代的な増補記事とする理解を提示するにとどまるものであった。そしてたとえば、山下宏明氏の、「これらを平家物語という作品の中において見る場合、明らかに判官物語への逸脱で、その構想の弱さを暴露、語り物としての平家物語の終焉、異質の語り物との交替の萌しを見せている。」という発言や、池田敬子氏の、「「吉野軍」の話の出所はおそらく義経記に求められ、そしてそこに室町の好みを認めることができるのだが、平家物語にとっての問題は「吉野軍」や義経最後（ママ）さらに平泉滅亡までを挿入することが物語の守備範囲を越えてしまわないかと思われる点である。」という問いかけのごとく、これらは『平家物語』という作品の枠を越えた、突出した記事であるとの基本的な認識が継承されてきたのである。

また、その過程では、義経に関する記事という視線からこれらの独自性が取り沙汰されたため、先の発言にも見えるように、『義経記』との何らかの関連が想定されたり、そこに室町という時代の趣味が看取されたりもしてきた。

そしてこうした時代性は、当該記事の『平家物語』からの突出した性格を読みとる前述のごとき理解と併せて、第二類本諸本の諸本系統上の後出性を証する重要な根拠ともみなされてきたのであった。

　こうした理解の姿勢には、古態本をこそ上位とする、近代以降の研究史が生んだ価値観が厳然とした前提として作用している。今日に至るまでの研究史が古態本文探求を要請し続けていることはただちに想起されるところであり、その結果として多くの成果が蓄積されてきたことは改めて言うまでもなかろう。しかし、そうした観点や価値観のみで、『平家物語』という作品が中世を通じて持ち続けた生命力や動態性を総括的にとらえることは不可能である。語り本の展開相やそこに生じた伝本の位相を探ってきた本編各章の検討を踏まえれば、このいわゆる〈義経関係記事〉の存在を『平家物語』からの逸脱などとして済ませることはできなくなるであろう。中世社会における『平家物語』の平均的な姿態を問うばかりではなく、この物語がその名のもとに抱え込み得るものの幅、言いかえれば単一の姿をもって固定した書物としての『平家物語』ではない、〈平家物語〉という概念の度量をもとらえていく必要がある。そうした視座については、ここまでにも折に触れて述べてきたとおりである。

　こと当該記事の評価に即していえば、〈平家物語〉なるものの枠組み自体の実体（態）を問い直すことが、本書を貫く課題のひとつなのである。その枠組みは、決して一様にとらえられるものではあるまい。こうした記事群をも含み込む異本が生み出され、それらがいずれも『平家物語』として存在し続けたことの意義を問わねばなるまい。それは必然的に、この物語が中世社会に展開していった範囲を見つめることにもつながろう。そうした意味で、当該記事を有する第二類本の検討は、物語の展開と再生の具体相を解明するための注目すべき課題のひとつなのである。

　殊に、右に示したごとき先行研究にみえる理解が、部分的・微視的に当該記事の存在に注目するのみで、それらを含み持っている叙述の脈絡を問うことなく導かれているという事実に向き合うとき、そこには重大な問題が見過ごされているように思う。そこで本章では、これらの記事が占める位相を、巻第十二の中で、またそれ以前の叙述との連関の中で探るべく、特に頼朝と義経の関係に着目し、より広い視野から第二類本の叙述を読み返してみることとしたい。なお、本章における第二類本に関する分析では、ここまでに用いてきた城方本（第二類B種本）ではなく、彰考館蔵八坂本（第二類A種本。以下、彰考館本）を用いることとする。第二類本A・B種間には大小さまざまな異同が存在するが、そのうち巻第十二には両者における頼朝の扱い方を色濃く反映した異同が見えることが、近時櫻井陽子氏によって指摘されている（［追記一］参照）。本章では第二類本巻第十二に特徴的に現れる頼朝の意志性や、それを踏まえた頼朝主導の文脈のありように注目していくが、現在のところ、それに関わる部分についてはB種本よりもむしろA種本の叙述を優先して取りあげるべきと判断しているがゆえの選択である。[2] また、こうした巻第十二に関する事情を除けば、以下に指摘する彰考館本の様相は、前章までと同様、基本的には第二類諸本に共有されたものと理解し得ることをあらかじめ指摘しておく。

二　頼朝主導の文脈

『平家物語』に語られる頼朝と義経の関係を考えようとする際、その間に立つ梶原景時の果たす役割を無視することはできまい。その叙述に占める梶原讒言の位相は、諸本の性格差を把握する上でも重要な指標のひとつとなるものと目されるからである。以下、まずは彰考館本における梶原讒言の機能を検討しておきたい。

　彰考館本では、巻第十一において、壇浦合戦に先立つ義経と梶原の先陣争いのしめ括りに、(イ)「……それより梶原判官を弥憎奉て、鎌倉殿に讒言し終に討せ奉りけるとぞ聞へし。」という一文が存する。同じ第二類本でもB種とされる諸本群の場合、これに先立ついわゆる逆櫓論争の結びに、(ロ)「……梶原『天性此殿に付て軍せじ』とぞつぶやきける。それよりしてぞ、梶原判官をにくみそめ奉つて、鎌倉殿に讒言して終に討せ奉りけるとぞ聞し。」（城方本）という表現が見える。こちらでは、特に傍点部の表現によって、梶原の心理の段階的変化がより明確に提示されていることになる。(3)城方本における義経の滅びに至る過程を分析した牧初江氏は、こうした様相に関して、覚一本の梶原がこの後も讒言をくり返し記していくのに比べると、城方本では讒言と義経の「滅び」の関係がこの二箇所以外には希薄であり、したがって頼朝と義経の対立関係がより直接的なものとなっていると指摘している。(4)この点については基本的に首肯すべきものと言えよう。城方本に限定した論となっている牧論を踏まえ、彰考館本と城方本の間には(ロ)の有無という異同があることをも勘案した上で、二人の対立関係のそうしたありようが城方本やそれを含むB種諸本群のみならず、彰考館本等A種諸本群をも含めた第二類という諸本群の特徴として大きくとらえ得ることを、ここではまず補足的に述べておきたい。

そして、関連する叙述として、彰考館本には次のような梶原の言葉が存在することは、なお注目に値するものと思われる。

(A)去程に、鎌倉には源二位殿梶原を召て、「今は頼朝が敵に成べき者覚えず。奥の秀衡ぞ有」と宣へば、梶原「判官殿もおそろしき人にて在候へば、打とけさせ給まじ」と申ければ、「頼朝も内〳〵さ思也」とぞのたまひける。

（巻第十二「間　参河守之最後」）

これは、彰考館本において、梶原が義経に関する見解を頼朝に対して口にする唯一の場面である。そうした意味でも、ここに、先に引いた巻第十一に見える言葉(イ)「……鎌倉殿に讒言し終に討せ奉りけるとぞ聞へし」との対応関係が認められて然るべきであろう。義経を「おそろしき人」と評し、頼朝に注意を促す波線部の言葉が、彰考館本における具体的な「讒言」といえる。

右引用部では、二重傍線部の言葉に見えるように、梶原の言動は頼朝の本来持っていた意志を表面化させるものとして機能している。こうした両者の関係性は、続く範頼討伐に際する表現にも見いだすことができ、極めて注目される。当該部分を次に引用するが、ここでも梶原の言動（波線部）を契機として頼朝の内なる意志が導き出されていることが確かめられるであろう。

(B)懸りける所に、梶原源二位殿に申けるは、「参河守殿と九郎大夫の判官殿と御一所に成せ給てはゆゝしき御大事にて候はんずれ。こはいかゞ御計候やらん」と申たりければ、「頼朝も内々はさ思ふ也。さらば汝伊豆に越え、参河守討て」と宣へば、梶原承て父子三人、……　（巻第十二「間　参河守之最後」）

以上の通り、彰考館本の梶原讒言は義経の滅びと因果関係にあるにはとどまらず、範頼の命運とも関係づけられている。従来のように、義経のみを取りあげることの不当さが推察されるところでもある。

これに関連して、引用(A)では頼朝が梶原を召し出すことから事態が始まっており（傍線部）、また、引用(B)傍線部でも頼朝の仰せを承って梶原父子が範頼追討に出立するという、頼朝主導の文脈が成り立っていることも看過できない。実はこうした文脈は、壇浦合戦後の彰考館本の叙述に広く浸透しているものなのである。次にその点を、まずは義経の鎌倉下向から再上洛までの記述の中で確認しておこう。

(C)去程に、判官は三日路より鎌倉へ人を先だて案内を申されたりければ、源二位殿先梶原をめして、「けふ九郎が鎌倉入すなるぞ。いか様にも過分の振舞をぞせんずらん。侍ども召べし」と宣へば、梶原承て鎌倉中を馳廻て催しけるに、大名・小名はせ集て源二位殿を守護し奉る。　（巻第十一「腰越」）

(D)源二位殿また梶原をめして、「かねあらいざはに関すへさせよ」と宣へば、承て梶原親子三騎五百余騎にて行むかひ、かねあらい沢にせきすへさせ、大臣殿父子を請取奉て、それより判官をば腰越へ追かへし奉る。　（巻第十一「腰越」）

(E)此状不達上聞もや有けん、兎角の御返事もなく、終に判官に逢給はず。同き十日の日、「大臣殿父子是にて失奉るに及ず。都にて切べし(5)」とて、判官に返し奉る。　（巻第十一「大臣殿被斬」）

(C)・(D)は義経鎌倉入りの知らせを受けた頼朝の対応、(E)は腰越状の提出も空しく義経が都へ戻っていく場面である。頼朝が自発的にこれらの状況を先導していることは、傍線部の表現に明瞭であろう。

さらに、これらに続く義経追討軍の派遣に関する記述にも、こうした文脈は一貫している。彰考館本で最初に追討使に選ばれる範頼に関しては、(F)「有時源二位殿参河守を呼て、『御辺都に上り、九郎討給へ』と宣ひければ、参河守被申けるは……」（巻第十二「間　参河守之最後」）と語り出され、範頼がそれを辞退すると、(G)「其後鎌倉には源二位殿土佐房昌俊を召て、『わ僧都に上り、九郎討て』と宣へば、土佐房畏て申けるは……」（巻第十二「土佐房が夜討」）と、土佐房昌俊の派遣が続けられる。この昌俊も夜討ちに失敗すると、(H)「去程に、鎌倉には都にて土佐房討れたりときこへしかば、源二位殿『さては』とて、北条の四郎時政に六万余騎の軍兵をさしそへてぞのぼせられける」（巻第十二「吉野軍」）と、北条時政の上洛が綴られていくのである。

このように、彰考館本における頼朝主導の文脈は極めて鮮明に看取される。参考までに、覚一本におけるこれらの部分の様相を点検しておけば[6]、(C)で「梶原さきだッて鎌倉殿に申けるは、『日本国は今はのこるところなうしたがひたてまつり候。たゞし御弟九郎大夫判官殿こそ、つゐの御敵とは見えさせ給候へ。…（中略）…』とかたり申ければ、鎌倉殿うちうなづいて、『けふ九郎が鎌倉へいるなるに、おの〳〵用意し給へ』と仰られければ……」（巻第十一「腰越」）、(E)で「さる程に、九郎大夫判官やう〳〵に陳じ申されけれども、景時が讒言によッて鎌倉殿さらに分明の御返事もなし」と、彰考館本には見えなかった梶原讒言が頼朝の行動をくり返し方向づけているさまが綴られている。こちらでは頼朝自身の本来の意志の如何は示されていないことに注意したい。また、確かに覚一本でも、(F)「舎弟参河守範頼を討手にのぼせ給ふべきよし仰られけり」（巻第十二「判官都落」）や、(G)「土佐房昌俊をめして、『和僧のぼッて物詣するやうにて、たばかッてうて』との給ひければ、昌俊畏ッてうけ給はり……」（巻第十二「土佐房被斬」）という部分には彰考館本と共通する文脈が窺い見えるものの、決してそれで一貫してはいない。こうした他本との対照性の中からも、頼朝が自らの意志に基いて事態を主導するという文脈の存在が、彰考館本の特徴として浮上してくるのである。

三　〈義経関係記事〉の脈絡と「吉野軍」の位相

さて、本節では、彰考館本をはじめとする第二類諸本群の巻第十二を特徴づける、いわゆる〈義経関係記事〉にひとつの確たる脈絡が存在することを指摘したい。前節での検討が、いわば頼朝側の記事を対象としたのに対して、ここでは義経側の記事に注目することとなる。まずは平大納言時忠の流罪に関する記述を見てみよう。

(Ⅰ)さる程に、法皇は故女院の御事を思召れけるに付ても、「いかにもして此卿をば都のうちに助をかばや」と思召されけれども、日来の振舞餘に傍若無人也ければ、御憤りふかゝりけり。判官もしたしう成て御座ければ、「何ともして此卿をば都のうちにをき奉らばや」とは思はれけれども、わが身さへ鎌倉の源二位殿に心よからざるうへ、法皇の御憤ふかゝりければ、ちからをよび給はず。（巻第十二「平大納言被流」）

時忠と縁を結んでいた義経はその流罪をとどめようとするが、結局は諦めるざるを得なくなる。その理由として、彰考館本は、諸本に通じる法皇の憤り深さに加えて、傍線部のように頼朝との不和を殊更に掲げているのである。他諸本には全く見いだせないこうした表現の存在は、安易に見過し難い。

果たして、両者のこうした関係性は、この後も彰考館本の中でくり返し記されていくこととなるのである。義経都落ちの際の表現に注目してみれば、院の御所を訪れた義経の言葉は、(Ⅱ)「義経鎌倉の源二位と心よからざるによつて、北条の四郎時政に六万余騎の軍兵をさし副てのぼせ候。宇治・瀬田橋を引、都の内にて支む事は最安ふ候へども、公家・院中の御さわぎなるべし。哀、西国・鎮西の御家人の中へ義経見放べからざるよしの庁の御下文を下給り候はゞや」（巻第十二「吉野軍」）とあり、そこで義経はまず第一に兄弟不和を口にしている。また、この場面に続けて、都落ちした義経を襲わんとする摂津国源氏の、(Ⅲ)「あはや判官殿社鎌倉殿に御中たがはせ給て西国へ下らせ玉ふなれ。にくし、其儀ならば是にて討留奉らん」（巻第十二「吉野軍」）との状況把握が記されていく。これらの傍線部もまた、他本には見えない表現である。

次に引用するのは、従来その独自性が注目されてきた吉野軍と義経最期に関する記事の冒頭部分であるが、これらについても、やはり傍線部のごとく、兄弟不和が問題視されている。

(Ⅳ)さるほどに判官は吉野山に忍ふで御座けるを、大衆発て、「あはや判官殿こそ鎌倉殿に御中違はせ給て、此山に忍ふで御座なれ。入立申ては叶まじ。悪し、其儀ならば追出し奉れや」とて、大勢にて向ふ由聞へしかば……（巻第十二「吉野軍」）

(Ⅴ)去程に判官は奥州にくだり、秀衡入道に尋合給て、「我身鎌倉の源二位殿と快ざるによつて、汝を頼て是まで来れるなり」と宣へば、秀衡入道かいぐ〱敷もたのまれ奉て、やがて衣川柳が館に御所しつらふて置奉り、有時秀衡判官に申けるは、「詮ずる所鎌倉殿に御中なをし奉らん。縦又鎌倉殿入道が申旨を御承引なくて奥をせめさせ給ひ候とも、奥州・羽州両国の兵廿八万騎にてふせがんずるに、などか防がざるべき」と世にもたのもしげにこそ申けれ。（巻第十二「法性寺合戦」）

以上を見渡してみれば、彰考館本巻第十二の〈義経関係記事〉に、兄弟不和を軸とする確固とした脈絡が存在していることは疑いなかろう。振り返って、彰考館本では頼朝自身の意志性が明示され、また頼朝が自発的に義経の動向に対処していく形で叙述が進められていたことも、このように兄弟不和をくり返し語る姿勢と響き合っているものと推察されよう。こうした流れを読み解く時、引用(Ⅳ)や(Ⅴ)から導入される吉野軍や義経最期といった記事を、従来のようにその叙述の中で部分的に突出したものとは見なし難くなってくるのである。

さて、彰考館本の叙述に占める「吉野軍」の段の位相については、直前に位置する「土佐房が夜討」の段の記述との関わりからも検討しておきたい。「吉野軍」では、佐藤忠信が(a)「兄にて候し三郎兵衛嗣信は、八嶋にて御命に替り参らせ候ぬ。けふは忠信御命に替り参らせ候べし」という決意をもって、一度は自害を決意した義経をなだめ、その活躍によって義経がその場を逃れ、やがて奥州に至ったことが語られていく。そこには、先の言葉に象徴されるように、義経を思う忠臣としての忠信の姿が描き出されているのである。こうした点を踏まえ、「土佐房が夜討」を振り返ってみたい。

ここでは特にその末尾に注目したいのだが、夜討ちに失敗した昌俊が眼前に引き出されると、義経は「やがて汝をば切ても捨べけれども、故左馬頭の殿の御時金王丸とて、さしも御不便にせさせ給ひたりしかば、其御菩提の御ために命をば助くるぞ。……」と、父義朝との関係の深さを思い、一度は助命を口にする。しかし昌俊は、「鎌倉殿の御前を罷出る時、『君を討奉らずは全く罷下らじ』と申切て罷上て候に……」と、この上洛の前になした頼朝との誓約を持ち出してそれを拒絶、自らの申し出の通りに頸を刎ねられることとなる。

……やがて五条河原に引出し、西むきにぞ引すへたる。土佐房申けるは、「昌俊は只神とも仏とも鎌倉殿をこそ頼奉りて候へ。同うは東向にてきられたう候」と申たりければ、「さらば」とて、東向にぞ引すへたる。其時土佐房手を合せ、「南無鎌倉の源二位殿」と三度唱てぞ被斬にける。土佐房をほめぬ者こそなかりけれ。

（巻第十二「土佐房が夜討」）

右引用部のごとく、頼朝の命を全うし、鎌倉を拝しつつ斬られる昌俊の姿は他諸本中に類を見ないものである。連続する段の中で語られているこの昌俊と先の忠信は、忠臣としての共通性を持ちつつ、その一方で頼朝と義経という主君の相違において、その対照性を際立たせていると言えよう。この点、先に検討した頼朝・義経兄弟の不和を打ち出す脈絡とも不可分な関係にあるものと思われる。以上からも、「吉野軍」の段が彰考館本巻第十二の叙述に深く根

を張っていることが確かめられるのである。(7)

四　兄弟対立への視線

彰考館本巻第十二では、前節までに見たごとく、頼朝・義経兄弟の対立が他本にも増して色濃く取り扱われている。それに関連して興味深いのは、彰考館本がこの兄弟を特に区別する視線を、平家追討過程を記す中でも既に有していた節があることである。以下、義経に従う軍勢の記述に着目し、この点について検討を加えてみよう。

まずは田代冠者信綱が、彰考館本では特別な役割を担わされていることを指摘しなければなるまい。

(Ⅰ)抑此田代の冠者と申は、伊豆の先の国司中納言頼綱の朝臣の子也けり。伊豆の国の住人狩野介光茂が娘に相ぐして儲られたりしを、母かたの祖父に預けられてぞ弓矢とりとはなされたる。その先祖を尋ぬるに、後三条院の第三の王子、資仁の親王には五代の末也けり。かやうに俗姓もよかりける上、弓矢をとつてもゆゝしかりけり。されば石橋の合戦の時も、一方打破てはがねをあらは（さ）れし人ぞかし。しかるを今度かまくら殿、「九郎が行衛をみつぎ給へ」とて、御曹司には副られけるとぞきこえし。（巻第九「三草之夜討」）

引用傍線部は彰考館本ほか第二類本諸本に特有のものだが、田代冠者は頼朝が義経に添えた目付けとしてここで明確に規定されていることになる。こうした役割に留意しつつ、その叙述を見渡してみると、義経軍の名寄せの場面で、その筆頭（即ち義経の直後）に常に田代冠者の名が見えることに気づかされるのである。当該部分を二例掲げておこう。

(Ⅱ)さるほどに、源氏六万余騎尾張の熱田より大手・搦手二手に分てぞ上られける。先大手の大将軍蒲の御曹司範頼に相随ふ人々には、…（中略）…搦手の大将軍九郎御曹司義経に相随ふ人々には、田代冠者信綱、大内の太郎維義、侍大将には…（中略）…を先として、都合其勢二万五千余騎にて伊勢の国を通り、伊賀の国を経つゝ、宇治橋の詰にぞ押寄たる。（巻第九「宇治川」）

(Ⅲ)……されども四日は吉日なれば、門出斗をせよや」とて、源氏六万余騎を大手・搦手二手にわけてぞ向はれける。先大手の大将軍蒲の御曹司範頼に相したがふ人々には、……（中略）…搦手の大将軍九郎御曹司義経に相したがふ人々には、田代の冠者信綱、大内の太郎維義、山名の冠者教義、侍大将には…（中略）…御曹司の手郎等には奥州の佐藤三郎次信、同き四郎忠信、片岡の太郎親経、伊勢の三郎義盛、源八広綱、江田の源三、熊井太郎、武蔵坊弁慶を先として、都合其勢一万余騎、是も同き日の同時に京を立て……（巻第九「三草之夜討」）

(Ⅱ)は義仲を討つべく京上する軍勢、(Ⅲ)は平家追討のために西国へ向かう軍勢である。それぞれ田代冠者には傍点を付した。これらと同様の位置づけは、他に(Ⅳ)巻第十一「逆櫓」で四国へ船出する「五艘の舟」の紹介部分や、(Ⅴ)その後屋島へ押し寄せた際の名乗りの順序（本文後掲）にも見いだせる。ちなみに、(Ⅱ)・(Ⅲ)に関して覚一本の記載を参照しておけば、(Ⅱ)には田代冠者の名すら見えず、(Ⅲ)も「搦手の大将軍は九郎御曹司義経、同く伴ふ人々、安田三郎義貞・大内太郎維義・村上判官代康国・田代冠者信綱……」（巻第九「三草勢揃」）とあって、田代は彰考館本のように筆頭に記されてはいない。こうした他本の様相と比較すれば一層明瞭となるが、そうでなくとも、彰考館本で(Ⅱ)〜(Ⅴ)に一貫した田代冠者の位置づけは、彼が常に義経の近くにあることを踏まえた表現と目され、そこに(Ⅰ)の傍線部に見た特徴的な設定との対応を認めるのはごく自然なことと思われるのである。

ところで、こうした田代冠者の位置づけに加えて、引用(Ⅲ)で特に二重傍線部「御曹司の手郎等には」（この部分、第二類本特有）として、以下の者たちを義経軍の中でも別枠として括っていることも示唆的である。そこで具体的に義経の手郎等に関する記述を追ってみると、これらに対する特別な視線の存在が窺い見えてくる。

同き廿六日に都には除目行はれて、源氏蒲の冠者範頼参河守に成。弟九郎義経判官に成さる。同き廿八日に判官の郎等二人兵衛尉・靫負の尉になる。奥州の佐藤三郎次信は左兵衛の尉に成。弟四郎忠信を右兵衛尉にぞ成されける。同き八月一日の（日）、判官は使宣を給て五位の尉に成て、大夫の判官とぞ申ける。（巻第十「藤渡」）

右は義経が判官に任じられた際の記述だが、彰考館本はそこに傍線部のごとく、佐藤兄弟が左・右兵衛尉になされたことを特に語り添えているのである。この傍線部もやはり他諸本には見いだせない。

また彰考館本では、手郎等が登場する場面で、他諸本に比して詳しくその名を列記することがしばしば見受けられる。ここでは、四国に船出する際のやり取りの中から一例をあげておこう。

（義経）「……一々に射殺せ」と宣へば、承て奥州の佐藤三郎兵衛嗣信、同き四郎忠信、片岡の太郎親経、同八郎為治、伊勢三郎義盛、源八広綱、江田源三、熊井太郎、武蔵坊弁慶以下の兵ども、片手矢はげて、「一定おのれら船をば出すまじきか。出さずは一々に射殺さん」とて……（巻第十一「逆櫓」）

覚一本はこの傍線部で、「奥州の佐藤三郎兵衛嗣信・伊勢三郎義盛」（巻第十一「逆櫓」）の名をあげるのみである。彰考館本のこうした傾向は、壇浦合戦に先立つ義経と梶原の先陣争いの場面に見える「……判官の方には、奥州の佐藤四郎兵衛忠信、片岡の太郎親経、同八郎為治、伊勢の三郎義盛、源八広綱、江田源三、熊井太郎、武蔵房弁慶以下の兵ども、片手矢をはげて……」（「壇浦合戦」）の他、重衡を伴った都入りの場面などにも指摘でき、決してこの部分に限られるものではない。

さて、このように「御曹司の手郎等」にこだわりを見せる彰考館本の姿勢は、次の部分に極めて明瞭に現れている。覚一本と対照させて掲げておこう（前述した田代冠者の事例(V)に相当）。

彰考館本	覚一本
続て名乗は田代の冠者信綱、後藤兵衛実基、子息新兵衛の尉基清、金子の十郎家忠、同与一親則と名乗。源氏謀	其次に、伊豆国の住人田代冠者信綱、武蔵国の住人金子十郎家忠、同与一親範、伊勢三郎義盛とぞなのッたる。

に（五騎十騎うちむれ〳〵よせけるに、）又続て名乗るは、奥州の佐藤三郎兵衛嗣信、同四郎兵衛忠信、片岡の太郎親常、源八兵衛弘綱、伊勢の三郎義盛、武蔵房弁慶と名乗。（巻第十一「大坂越」）

つゞゐて名のるは、後藤兵衛実基、子息の新兵衛基清、奥州の佐藤三郎兵衛嗣信、同四郎兵衛忠信、江田の源三、熊井太郎、武蔵房弁慶と、声々に名のッて馳来る。（巻第十一「嗣信最期」）

ここでは、傍点を付した伊勢三郎義盛と、波線を付した後藤兵衛父子が記された位置に注目したい。まず下段覚一本では、伊勢三郎は田代冠者らと共に名乗り、続いて後藤兵衛父子以下手郎等が名乗っている。それに対して、上段彰考館本では、後藤兵衛父子は田代冠者らとまとまりをなしており、伊勢三郎は手郎等集団の中に然るべく収められている。つまり、彰考館本はここで田代冠者以下と手郎等とを別集団として明確に区別しているのである。こうした姿勢が、翻って本節引用㈲で、敢えて「御曹司の手郎等には」として彼らを特別枠としていた姿勢と通底していることは確実であろう。

如上の田代冠者の目付けとしての位置づけや、それらと手郎等とを明確に区別して記す姿勢は、共に頼朝と義経との間に一定の距離を見るという発想に支えられたものとみられる。とすれば、少なくとも巻第九に田代冠者が登場する時点から既に、巻第十二に見える兄弟対立の様相に通じる視線が両者に向けられていたこととなろう。義経が具体的な行動を伴って登場するのは巻第八の最末尾であるから、それに極めて近い時点から既にこうした視線が存在することは決して看過できまい。かかる事実は、先に検討した特徴的な巻第十二の様相が、彰考館本のより広い叙述展開の中で読み解くべきものであることを示す一証左として極めて重い意味を持つものと思われるのである。

五　おわりに

本章では頼朝と義経の関係に着目し、主に①彰考館本では壇浦合戦後の叙述において頼朝の意志性が表面化しており、頼朝主導の文脈が広く定着していること、②巻第十二の義経関係の記事が兄弟不和を軸とする脈絡に規定されていること、③彰考館本は義経に従う軍勢を二つに区別しており、そこに義経の登場とほぼ同時点からこの兄弟間の距離を見る視線の存在が窺えることなどを述べてきた。①②のごとき叙述の様相は相互に絡み合いながら、③のごとき視線の延長線上に位置するものと思われ、これらを個々に無関係なものとは考え難い。こうした流れを踏まえると、吉野軍や義経最期といった記事を、諸本系統上の部分的、後発的な増補の結果とみなすにとどまる評価の姿勢は、やはり再考を要するものとなってこよう。そこには、先行本文をうけ、新たな記事をも盛り込んだ上で、独自の叙述を織りなしていく丹念な営みが存在したのである。そうした営為を経て、ある『平家物語』は新たな『平家物語』へと再生を遂げたのであった。こうした動態性を含み込む形で、この作品の性格は把握される必要がある。

さて、巻第十二の問題はここにとどまらない。たとえば第二節で検討した頼朝主導の文脈は、平家の子孫を探索するさまが彰考館本では、「去程に、源二位殿鎌倉より北条の許へ使者を立て、『…（中略）…いかにもして尋出して失はるべう候』と宣ひ遣はされたりければ、北条「さては」とて、やがてにてを分て京中を触られけるは……」と語り出され、続けて六代探索も、「源二位殿『…（中略）…但平家の嫡々小松の三位の中将維盛卿の嫡子六代は、年も少おとなしかんなれば、いかにもして尋出して可被失』と宣ひ被遣たりければ、北条「さては」とて、又てんでをわかつて西山・東山を尋させけれども……」（共に巻第十二「六代」）と綴られていくこととも連動する表現として、さらに広く読み解く必要があろう。また、範頼討伐（第二節引用Ⓕ）や、今回は触れられなかったが義範・行家の追討記事なども、これと一連のものとして把握する必要がある。すなわち、彰考館本をはじめとするいわゆる第二類本諸本の巻第十二は、従来、〈義経関係記事〉＝義経に関する独自記事を持つことをその特性とされてきたが、その叙述でより根本的に問題視されているのは、義経ではなく、壇浦合戦後の諸状況に占める頼朝の位置なのである。本章の考察によってそれを明らかにし得たものと思う。

私は本編前章までの各章において、八坂系第二類本と呼ばれる諸本群が共有する性格を見通しつつ、具体的には城方本の分析を通して、その諸本間における位相を測る試みを続けてきた。その過程では、歴史認識の質の如何を検討軸のひとつとし、法皇を代表とする朝家中心に傾斜した歴史把握の姿勢の存在を指摘してきたわけである。本章で指摘したいくつかの事実も、彰考館本の歴史叙述としての質や、それを支える歴史認識のありようと深く絡むものと予測される。それは、同じ第二類本とはされるものの、頼朝の扱いに関して姿勢を異にしていることが指摘されている城方本との位相差という、第二類本諸本群内にも存在する差異性を問うことともつながってこよう。(8)今後、巻第十二以前を含めた総体としての特質を見据えながら、より多角的な検討を推し進めなければなるまい。

本編でおこなった一連の検討の最後に、こうした第二類本の叙述を、諸本の横の広がりの中において吟味する作業を継続することの必要性を強調しておきたい。それは一面で、八坂系諸本がそれぞれに抱える時代性を見極めることにもつながっていくであろう。(9)「古態本」に対する「後出本」という語に含まれる価値観から脱却し、膨大な異本を生みだし続けたこの物語の、そして物語享受者たちの再生力を一々に受け止め、それらを俯瞰していくことによって、『平家物語』の享受論や変容論は固定的な関係論を脱し、いくつものうねりを伴った運動性の中で見通されてくるのではなかろうか。そして、そうしたありようこそが、この作品の中世的実態であったように推測するのである。八坂系諸本はこうした視座を提供し、またその具体的な分析の端緒を随所に内在させている。本章から引き続いて、今後検討すべき課題は大きく深い。

注

（1）山下宏明氏『平家物語研究序説』（一九七二・三　明治書院）、池田敬子氏「平家物語八坂流本における巻十二」（「軍記と語り物」22　一九八六・三　→同著『軍記と室町物語』〈二〇〇一・十　清文堂出版〉改題収録）等。以下に引用する両氏の発言はこれらに拠る。

（2）第二節で指摘する頼朝主導の文脈は、大局的にみれば第二類諸本に共有されているが、特に同節引用(A)・(B)の中の二重傍線部の表現の有無等を鍵として、第二類本A・B種間に差異がみられる。本論や注の中に特別な言及がない場合、該当部におけるB種城方本との際だった異同はないものと判断されたい。本章でA種彰考館本を用いる所以については、［追記一］参照。また、彰考館本の引用のうち、括弧に入れた部分は、同本の誤脱と思しき部分を城方本で補ったものである。

（3）「弥」という語が用いられていることを考慮すれば、彰考館本でもこうした段階性を語る一面は窺える。むしろ、(ロ)が同本に現れないことが問題となる。

（4）牧初江氏「城方本『平家物語』の義経の「滅び」――梶原と範頼をめぐって――」（「学芸国語国文学」25　一九九三・三）

（5）これは頼朝が直接義経に対して発した言葉ではないが、頼朝の言葉として伝えられていることは確かである。

（6）本章でも覚一本を語り本の広がりを知るための一指標として用いる。微細な相違こそあれ、屋代本・百二十句本・鎌倉本等との対照からも、やはり彰考館本の特徴は浮かび上がる。一々には断わらないが、本章における以下の事例についても同様である。

（7）彰考館本では、忠信の兄嗣信は、「……又弟にて候忠信をば相構て御不便にせさせ給べし」という言葉を最後に命を失う（巻第十一「嗣信之最後」）。弟を思うこの言葉は他本には見えず、「吉野軍」で兄を想起する忠信の言葉(a)との呼応関係が認められよう。巻第十二のみならず、総体としての彰考館本に占める「吉野軍」の位相を考える上で注目すべき一事であろう。

（8）注（2）参照。

（9）その一部については、第二部第三編第二章で示した。本編で指摘したごとき第二類本の叙述の様相は、十五世紀以前の問題としてとらえ得ると考えている。この点は、第一類本との関係性の如何とも関わろう。第二部第一編で述べきたったとおり、この両者の関係については、従来の常識の再吟味から出発しなければならないが、その近接度と乖離点を探る際、第二類本の持つこうした一貫性や表現連関の有機性が重要な鍵を握ってはいないであろうか。

［追記一］

注（2）で示したごとき八坂系第二類本内での異同については、櫻井陽子氏「八坂系平家物語（一、二類本）巻十二の様相——頼朝関係記事から——」（『軍記と語り物』32　一九九六・三　→同著『平家物語の形成と受容』〈二〇〇一・二　汲古書院〉改題収録）が、A種彰考館本とB種城方本との違いとして、城方本で「全体的に苛酷な頼朝像が和らげられている」ことを指摘している。櫻井論では、いずれかの削除・加筆といった改訂の事情に関する判断を保留しているが、私としては第二類本巻第十二は本来、頼朝主導の文脈を共有していたと考えている（第二部第三編第二章の論述内容を踏まえた判断である）。本章で彰考館本を取りあげる所以は、こうした異同の存在と、それに関する私なりの判断にある。なお、彰考館本と並ぶA種本たる京都府立総合資料館本（以下、京資本）には巻第十二が存在せず、京資本と近しい関係にあると思しき新出伝本である城幸本には巻第十二があるが、本格的な検討は今後の課題である。城幸本については、拙稿「早稲田大学図書館蔵城幸本『平家物語』について」（『早稲田大学図書館紀要』50　二〇〇三・三）において、その性格の一部について検討した。秘閣粘葉本もA種の本文を有するが、他よりもさらなる改訂が加えられた伝本である。

右記櫻井論は、本章のもととなった原論文執筆に先立っておこなった口頭発表（中世文学会　於久留米大学）の内容を原稿化する過程で口頭発表され（第二九三回軍記・語り物研究会）、公刊されたものであった。時期を同じくして準備された論であるため、原論文では同論の内容に〔付記〕として言及することしかできなかった。本書をまとめるにあたり、その成果を踏まえて論述を一部整理し、注（2）とこの［追記一］に要点を記すこととした。

［追記二］

「手郎等」なる語の用例としては、『源平盛衰記』の「…手郎等ニハ、奥州佐藤三郎兵衛継信、同四郎兵衛忠信、城三郎、片岡八郎為春、備前四郎、鈴木三郎重家、亀井六郎重清、武蔵坊弁慶等ヲ始トシテ……」（巻第三十六「源氏勢汰」）がある。なお、同書には「手武者」（巻第二十六「宇佐公通脚力」）の用例があり、『前九年合戦之事』（盛岡中央公民館蔵本）に、「此（ノ）時経清等大ニ恐怖シ、手ノ郎党ヲ潜ニ招キ語（リ）テ云ク……」ともある（引用は梶原正昭氏『陸奥話記』〈一九八二・十二　現代思潮社〉に拠る）。語誌調査が求められる語のひとつと言えよう。

第二編　『源平盛衰記』への作品展開

第一章　文覚と頼朝

――人物形象を導く力――

一　はじめに

文覚は、流人頼朝に後白河院の院宣を伝え、時代の転換を導いた人物として『平家物語』に登場する。とりわけ東国の動向を詳細に記す諸本群においては、文覚関係記事は頼朝挙兵話群の始発部ともなっており、これまでにも、相対的に古態を多く残すとされる延慶本を中心に、そこから諸本それぞれの歴史叙述への志向や物語の生成過程に関する問題などが探られてきた(1)。

ここで取りあげる『源平盛衰記』（以下『盛衰記』と略称）の文覚関係記事については、赤松俊秀氏(2)が延慶本研究の視座から『平家物語』諸本の様相を整理し、『盛衰記』の特色にも言及しているが、その後は渡辺貞麿氏(3)や小林美和氏(4)の論に代表されるごとく、主に独特な発心譚を軸として、説話の生成基盤や社会的背景の探求という方向で議論が進展してきた観がある(5)。そこで本章では、先行する『平家物語』本文を基調として、様々な素材を斟酌・統括しつつ生成してきた『盛衰記』という作品において、文覚が如何なる機能を果たすべく形象されているかを探っていくこととしたい。『盛衰記』が『平家物語』諸本に比べて極めて特徴的な文覚形象をなしていることは確かであり、本章はそれらが指向するところの大枠をまずは把握することを目指すものである。なお、以下、『盛衰記』に見える叙述の特色を『平家物語』諸本の展開相とのあわいにおいて相対的にとらえるために、延慶本との相違を視野に収めつつ論述を進めることとしたい。

二　両親追慕の情

『盛衰記』を読み進めるとき、文覚形象の特徴としてまず目を引くのが、その行動を亡き両親への追慕の情との関連で意味づけている点であろう。[6]

(Ⅰ)少ヨリ時々物狂ノ気アリケリ。容顔ハ勝ザリケレ共、大ノ男ノ力強ク心甲也。武芸ノ道人ニ勝テ、道心モサスガ在ケルトカヤ、常ニハ母ガ難産シテ死ニケル事ヲ云テ泣、父ガ事ヲ恋テ悲ム。生年十八歳ニテ糸惜キ女ニ後テ、髪ヲ切テ遁世シキ。（巻第十八「文覚頼朝勧進謀叛」）

『盛衰記』[7]は文覚の経歴を語る中で、遁世の具体的契機を語る一文（波線部）に先立ち、両親を追慕する常の姿を通して、彼がもとより「道心」を有していたことを窺い見る。[8]『盛衰記』に特徴的なこの傍線部の表現は、引用部のすぐ前に存する文覚の出生・成長の過程を記す独自記事中の、「……父ハ六十一、母ハ四十三ニテ生タル一男也。母ハ難産シテ死ヌ。…（中略）…父赤子ヲ抱テ歎ケル程ニ、…（中略）…三歳ノ時盛光モ死ニケリ。堅固ノ孤児也ケレ共……」といった表現を受けたものである。

ところで、こうした文覚の思いは、この後神護寺再建を発願する際にも、「宿因多幸ニシテ出家入道ノ身ヲエ、破壊ノ堂舎ヲ修補シ、無縁ノ道場ヲ相訪テ、二親之菩提ヲ助、平等ノ済度ヲタレンコト、剃髪染衣ノ思出タルベシ……」（巻第十八「文覚勧進高雄」）の傍線部のごとく独自にくり返され、さらには、伊豆流罪の船中での文覚の言葉にも現れることとなる。

(Ⅱ)……于時八大龍王座ヲ起、仏ヲ三匝シテ威儀ヲ調、尊顔ヲ奉守テ三種ノ大願ヲ発テ云、「一我願仏入涅槃後孝養報恩ノ者ヲ守護スベキ。二我願仏入涅槃後閑林出家ノ者ヲ可守護。三我願仏入涅槃後可守護仏法興隆者。」此三ノ願ヲ心ニ案ズレバ、併文覚ガ身ノ上ニアリ。法師ハ加様ニ心急々ニシテ時々物狂ノ様ナレドモ、母ハ我ヲ生トテ難産シテ死ヌ、父ハ三歳ノ時別ヌ、憑方ナキ孤子ナレバ、幼キ子ヲ思ヲキケン父母ノ心ノ中、イカバカリノ事案ジケント思ヘバ、親ヲ思フ志今ニ不浅。妻ニ後テ出家入道スレドモ、本意ハ只至孝報恩ノ道念ヨリ起レリ。八大龍王ノ第一ノ願ニ答テ被守護べキ身也。……

（巻第十八「龍神守三種心」）

　文覚は領送使国澄との問答の中で、釈迦在世時の説法に際して八大龍王が発した「三種ノ大願」に自分が適っていることを述べ、龍王に守護される理由を説く。このやりとり自体は延慶本などにも存在するが、ここでは第一の願（波線部）を解釈する言葉、特に傍線部が注目されよう。すなわち、延慶本に「父ニモ母ニモ子ニテ候之間」（第二末　五「文学伊豆国ヘ被配流事」）とあるのと比較してみても、『盛衰記』が文覚の親への思いを強く押し出した文脈を作り出していることは一目瞭然なのである。そしてこの表現が、先に引いた『盛衰記』特有の表現との具体的な対応関係を有しつつ、一連の文覚形象を担っていることも明らかであろう。こうした流れを踏まえるとき、文覚の本意の由来を語る二重傍線部の言葉には、延慶本のほぼ同様の表現とは異なる、より大きな比重がかけられていることを受け止めておかねばなるまい。

　このように『盛衰記』には、親への追慕の情が文覚の行動を支えていることを語る、『平家物語』諸本にはない脈絡が確実に形成されていることが知られる。確かにこれは『盛衰記』における多彩な文覚形象の一面に過ぎないのだが、こうした文脈は、この後彼によって挙兵に導かれる頼朝の描き方との関係において、特別な機能を果たしているようである。次節ではその点を吟味していくこととなるが、それに先立ち、『盛衰記』の性格を端的に示すものとして、他の『平家物語』諸本には見えない、『盛衰記』固有の中国故事である曹公説話に注目しておきたい。本話は、文覚が頼朝に挙兵を決意させるべく、義朝の首（ただし偽物）を差し出す場面に続いて引用されている。

……昔ノ曹公ハ骸ヲ懐テ臥、今ノ頼朝ハヒザニ案ジテ泣。彼ハ十五里ヲ去テ水神与之、是ハ廿余年ヲ経テ文覚持来レリ。恩愛骨肉ノ情、トリ〴〵ニ哀也。（巻第十九「曹公尋父骸」）

『孝子伝』等に伝えられ、日本でも広く流布している話だが(9)、『盛衰記』の場合、その話末において、義朝の首を膝に抱く頼朝と父の遺骸を懐く曹公とを類比し、傍線部のようにそれぞれの「恩愛骨肉ノ情」を窺い見ながら結ばれている点に特徴を有する。あらかじめ言えば、『盛衰記』の頼朝は義朝の子であることが他本に増して問題視されており、本話の位置づけも、そうした叙述姿勢の中で理解すべきものと思われるのである。以下、その点を具体的に検証していくこととしたい。

三　「相人」としての文覚

伊豆に流罪された文覚は、やがて頼朝と対面することとなる（巻第十九「文覚頼朝対面付白首」）。『盛衰記』は両者の対面に至る経緯を独特な形で綴っていく。その特徴としてまず注目できるのが、文覚の「相人」としての側面が色濃く提示されていることである。

(a)抑文覚配流ノ後籠居シタル処ヲバ、奈古屋寺ト云。本尊ハ観音、大悲ノ霊像也。効験無双ノ薩埵也ケレバ、国中ノ貴賤参詣隙ナシ。其上文覚、「我目出キ相人也」ト披露シケレバ、事ヲ御堂詣ニヨセテ、男女多ク人集テ相セラル。向後ハ知ズ、過コシ方ハ露違ハズ。「有難相人也」ト云。

「目出キ相人」であることを公言した文覚のもとへ多くの人々が集まり、確かに「有難相人」との評価を得ていたことが語られている。右二重傍線部は延慶本などには見えないのだが、この直後に続く、

(b)兵衛佐殿ハ、胡馬北風ニ嘶ヘ越鳥南枝ニ巣習ニテ、都ノ人ノ床シサニ、行テ物語シ身ノ相ヲモ聞バヤト思召ケレ

共、人目モイブセク機嫌モ知ザリケレバ、思ナガラサテノミ過ル程ニ……

という叙述へと本文を読み進めるとき、この後の頼朝・文覚の対面を文覚の「相人」としての側面を鍵として語ろうとする『盛衰記』独自の志向が窺い見えてくるのである。そして実際、両者の最初の対面を『盛衰記』は次のごとく描いていくこととなる。

(c)文覚ハ目モ懸ズ詞モ出サズ、佐殿ノ御座スル処ヲ、黒脛カ、ゲウワゲヾハキテ前へ後へ通行事四五返シテ後ニ、障子ノ内ニ入テ頭バカリヲ指出シテ、両目ニテハ睨片目ニテハ睨、立上テハ睨サシウツブキテハ睨。佐殿ハ、今ヤ打〳〵、イカニ打共コラヘナン、実ニ堪へ難ハ逃テント被思テ、面モ損セズ身モハタラカサズ、掻刷テ良久御座ケル。文覚ハ遙ニ加様ニタメ見テ、障子ヲサトアケテ佐殿ノ前ニ出合テ、「戯呼、御辺ハ故下野殿ノ三男トコソ見奉レ。歳ノカサナルトテ以外ニクマミ給ケリ。糸惜〳〵」トテ、ヤガテハラ〳〵ト泣テ、切テ継タル様ニアナガチニ畏テ礼儀シケリ。

文覚は訪問者を様々に眺め回し（二重傍線部）、彼が「故下野殿ノ三男」であることを言い当てる（傍線部）。延慶本の場合、両者の最初の対面は、文覚の立てた湯屋を頼朝が訪れる形となっており、文覚は小童部共が「兵衛佐殿コソオハシタレ」と囁き合うのを聞き、頼朝の供の者に「是ハ流レテオワシマスナル兵衛佐殿歟」と問いかける。そこには右のごとき文覚の姿はなく、『盛衰記』が「相人」という側面の描出に意を用いたことは、そうした延慶本との対照性の中からも鮮明化しよう。また、「相人」文覚の役割は、訪問者が義朝の子たることを直接言い当てること（傍線部）に始発する点には注意しておきたい。

さて、文覚はこれに続けて頼朝の別の一側面を相することとなる。すなわち、文覚は頼朝の行く末を「国ノ主」という言葉で述べるのである。

(d)文覚良有テ云ケルハ、「法師日本国修行シテ在々所々ニ六孫王ノ末葉トテ見参スルヲ見ルニ、大将ト成テ一天四海ヲ奉行スベキ人ナシ。或ハ心勇テ人思付ベカラズ、或性穏シテ人ニ無威応。穏シテ威ナキモ身ノ難也。勇テ猛キモ人ノ怨也。サレバ威応アリテ穏シカランハ国ノ主ト成ベシ。殿ヲ見ルニ、心操穏シテ威応ノ相御座。是ハ者ノ思付相也。項羽ハ心奢テ帝位ニ不登、高祖ハ性ヲダシクシテ諸侯ヲ相従ヘリ。御辺ハ後憑シキ人ヤ、目出シ〳〵」ト嘆タリ。

こうして頼朝を二つの側面から相する最初の対面を経て、文覚は二度目の対面の場でいよいよ挙兵を勧めることとなる。その言葉は次のようにある。

(e)文覚重テ申ケル、「良佐殿、源平両家ハ相互ニ一天ノ守護、四海ノ将軍タリキ。…（中略）…今ハ何事カ侍ベキ。御辺ハ大果報ノ後憑シキ人也。文覚相シ損ジ奉ルマジ。法師ガ目凡夫ノ眼ニ非ズ。…（中略）…疾々謀叛ヲ発シ平家ヲ打亡シテ、父ノ恥ヲモ雪メ、国ノ主トモ成給ヘ。…（中略）…」ト、細々ト申。

傍線部を見れば、この言葉が先に述べた内容（引用(c)・(d)）を踏まえていることは明らかであろう。また、これに関連して、延慶本の傍線部が、「父祖ノ恥ヲモ雪メ、君ノ御鬱ヲモ休奉リ給ヘ」とあることとの相違にも目を配っておきたい。

以上のように、『盛衰記』には、文覚が頼朝に父義朝のことと、「国ノ主」という行く末とをくり返し直接語りかけるという流れが見いだせるわけだが、これを受けてさらに特徴的な設定が施されている。それは義朝の首を差し出す記事の位置づけ方である。延慶本はこれを、「又四五日アリテ、文学来リケレバ、佐被出逢ケリ。「イカニ」ト宣ヘバ、文学懐ヨリ、白キ布袋ノ持ナラシタルガ、中ニ物入タルヲ取出タリケレバ……」（第二末　七「文学兵衛佐ニ相奉ル事」）と、二度目の対面から「四五日」の時を隔ててのこととするのだが、『盛衰記』は引用(e)の言葉を受けて躊躇する頼朝の姿に続け、文覚が即座に首を取り出したとするのである。

(f)文覚懐ヨリ白キ布袋ノ少シ旧タルニ裹タル物ヲ取出シテ、「ヤ、佐殿、是ゾ故下野殿ノ御首ヨ。…（中略・首を盗み、隠し持っていたこと）…伊豆国へ被流べキト聞シカバ、定テ見参シ奉ランズラン、サテハ進セントテ、頸ニ懸テ下タリキ。日比ハ次デ悪ク侍ツレバ、庵室ニ置奉テ候キ。国コソ多所コソ広キニ、当国へシモ被流ケルハ、然ベキ佐殿ノ父ノ骸ニ見参シ給ベキ事ニコソ候へ。其進セン」トテ、ハラ〳〵ト泣ケリ。

前述のごとき設定に加えて、文覚がここで、自らの流罪を傍線部のごとく意味づける点も看過できまい。先に義朝の子であることを言い当て、「父ノ恥」と述べたことを受け、頼朝の義朝追慕の情に効果的に訴えかける文覚の行為であり、言葉であるといえよう。続いて頼朝の姿が次のように示される。

(g)兵衛佐殿是ヲ見テ、一定トハ不知ドモ父ノ首ト聞ヨリイツシカナツカシク思ツヽ、泣々是ヲ請取テ、袋ノ中ヨリ取出シテ見給ヘバ、白曝タル頭也。膝ノ上ニカキ据奉テ、良久ゾ泣給フ。此下野守ニハ子息アマタ御座セシ中ニ、兵衛佐ヲ鬼武者トテ、十バカリマデモ膝ノ上ニ居テ愛シ給シ志ノ報ニヤ、今ハ其骸ヲ請取テヒザノ上ニ置奉テ、昵ジク覚エ、其後ゾ深合体シ給ケル。「志合則胡越為昆弟、由余・子臧是。不合則骨肉為讐敵、朱象・管蔡是。只志ヲ明トセリ。必シモ親ヲ明トセズ」トゾ、文覚恒ニハ申ケル。（前掲曹公説話へ）

頼朝は、自らを「十バカリマデモ膝ノ上ニ居テ愛シ」たという父義朝の恩愛を回想し、その思いの中で文覚と「深合体」するに至る。それは波線部の言葉に象徴されるごとき「志」の結合であった。そしてこれに続くのが、前節末に引いた、父に対する頼朝の「恩愛骨肉ノ情」を語るべく位置づけられた曹公説話なのである。(10)

右に示された「志」について、『盛衰記』は曹公説話を挟んで次のように記している。

(h)文覚佐殿ニ申ケルハ、「我神護寺造営ノ志アリテ院御所ヲ勧進シ奉リシニ、辛目ミルノミニ非ズ、流罪ノ宣ヲ蒙ル時、心中ニ発願ノ占形ヲスル事ハ、我必神護寺ヲ造営成就スベキ願望ヲトゲンナラバ、配所ヘ下着マデ断食セン二死スベカラズ。其事難叶ナラバ、途中ニ骸ヲサラスベシト誓タリシガ、仏神加護シテ建立成就スベキニヤ、卅一日ニ此所ニ下着シタリ。トク〳〵平家ヲ打亡シテ後、且ハ父ノ菩提ノタメ、且ハ文覚ガ本意ノ如、大願ヲ果シ給へ」トイヘバ……　（巻第十九「文覚入定京上」）

両者の志が、神護寺造営という文覚の「大願」を媒介として一つとなったことを語る、他本には見えない言葉である。注目すべきは、ここで文覚がやはり「父ノ菩提ノ為」と述べている点であろう。如上の流れを読み解くとき、頼朝の、父義朝への情を鍵として文覚との対面から挙兵決意への過程を綴ろうとする『盛衰記』の姿勢が浮上してくるのである。[11]

加えて、右引用(h)の傍線部に見える「文覚ガ本意」が第二節引用(Ⅱ)の二重傍線部に見たごとく、文覚の両親への思いに導かれたものであったことを想起する時、この傍線部は、亡き親を追慕する両者の精神面での重なりを示唆し、その結束をより密なものとして印象づける表現と言えよう。前節で述べた両親への追慕の情を懐く文覚形象は、特徴的な「相人」としての形象と相まって、頼朝との連帯関係をより強固なものとして描き出そうとする『盛衰記』の志向を反映したものであることが判然とするのである。[12]

四　後白河院への意識

さて、本節では視線を転じ、『盛衰記』の文覚形象を別の角度から照らし出してみたい。

『盛衰記』では他本に比べて圧倒的な量の言葉を文覚が口にする。特異な設定を施す頼朝との対面場面はさておき、延慶本とほぼ同様の記事展開を示す神護寺再建の勧進から伊豆流罪の過程を対照すれば、その顕著さは明らかとなろう。

(イ)文覚「罷出マジ。院中ノ御助成ヲ憑進テコソ、此大願ヲモ思立テアレ、只空テイデン事ハ大願ノ空ナルニテ有べシ。大願空ク成ナラバ命生テ無要也。同死ル命ナラバ、大願ノ代ニ死ベシ。死骸ヲ朝庭ニサラシテ面目ヲ閻魔ノ庁ニ施事、身ノ幸也。造営ノ有無、唯法皇ノ御計タルベシ。五畿七箇道所ヒロシ、ナドカ荒郷一所給テ、貧道破壊ノ伽藍ヲ助給ハザラン。詩歌管絃ハ今生一旦ノ遊、卿相雲客モ現世片時ノ臣也。イツマデカ伴、イツマデカ翫給ベキ。無常ノ風ハ朝ニモ吹、夕ニモ吹。期明日御坐ベシヤ。暫長夜ノ御眠醒奉ン為ニ、聊妙法ノ音ヲアゲテ勧進帳ヲ読侍ル。全ク僻事ニ非。浅猿田夫野人ダニモ程々ニ随テ後生ヲバ恐侍ゾカシ。況万乗ノ国主トシテ聖衆ノ来迎ヲ期シ給ハザランヤ。文覚ガ所持刀ハ人ヲ切ントニハアラズ、放逸邪見ノ鬼神ヲ切、慳貪無道ノ魔縁ヲ払トナルベシ。是文覚ガ刀ニ非ズ、大聖文殊ノ知恵ノ剣也。不動明王ノ降伏ノ剣也。文覚更ニ悪事ナシ。上求菩提下化衆生ノ方便也。トク〳〵一分ノ慈悲ヲタレ給ヘ」トテ、護法ノ付タル者ノ様ニ躍上〳〵テ出ザリケリ。

(ロ)文覚ハ悲キ目ヲバ見タレ共少モロハヘラズ、門外ニ引張レナガラ御所ノ方ヲ睨ヘテ、「天子ノ親トモ覚ズ、死生不知ノ事セサセ給ヌル者哉。袈裟カケ衣着タル僧ノ発心修行シテ造営済度セントスルヲ、打張、ソ頸突トハ宣べシトモオボエズ。懸ル悪王ノ代ニ生合ケル文覚ガ身ノ程コソ不当ノ奴ニテハ侍レ。…（中略）…況文覚ト云ハ、発菩提心ノ後浄行持律ノ聖也。興隆仏法ノ勧進也。返々モ口惜キ事セサセ給ヘル君哉。賢王明徳ノ道ハ幣民ヲ育ヲ以テ先トス。況剃髪染衣ノ僧ヲヤ。ソレニ打擲刃傷ニ及条、希代ノ不思議也。世ハ已ニ末世ニナリ極レリ。穴無慙ノ人共ヤ。夢幻ノ栄花ヲノミ面白キ事ニ思テ、三途常没ノ猛火ニ燋ン事ヲ不知。…（中略＊）…サリ共後悔コソシ給ハンズラメ」ト、御所中響ケト叫ケリ。（共に巻第十八「仙洞管絃」）

(イ)は法住寺殿からの退出を拒絶する場面、(ロ)は捕縛され法住寺殿から引き出される場面である。延慶本当該部分の言葉が順に、(イ)「只今ニ罷出テハ、イヅクニテ誰ニ此事ヲ申ンゾ。サテアランズルヤフニ、命ヲ御所中ニテ失トモ、神護寺ニ庄ヲヨセラレザラムニハ、一切ニ罷出マジキ者ヲ」、(ロ)「奉加ヲコソシ給ハザラメ、文学ニカラキ目ヲミセ給ツル報答ハ、思知ラセ申サンズルゾ」（共に第二末　四「文学院ノ御所ニテ事ニ合事」）とあるにとどまるのを見れば、その分量の差は明白である。こうした言葉多き文覚の人物形象に関連して、『盛衰記』では文覚の声色・言葉遣い・口数に関する表現が多用されている事実を看過できまい。「コキ墨染ノ奇ニ思モヨラヌ大法師、調子乱ル、大音ニテ、片言ガチナル勧進帳ヲ読タレバ、……」（巻第十八「仙洞管絃」）、「其後一門ノ者共ニ向テ、目ヲ見ハリ嗔声ニテ云ケルハ、……」（巻第十八「同人清水状・天神金」）、「去バ「角ナ宣ソ」ト制シケレドモ、文覚ハ念珠押捻、大ノ声ノシハガレタルヲ以テ申ケルハ、……」（巻第十八「龍神守三種心」）などはその一部である。(13)

また、『盛衰記』では「悪口」という語が文覚に関して多用されている点も、一連の現象かと思われる。延慶本の一例（全七例）、覚一本の二例（全三例）に対し、『盛衰記』では十三例（全二十六例）である。『盛衰記』では用例数自体が多いことには注意する必要があるが、一個人に関してこれほど多用されることは他になく、やはり言葉多き文覚を形象しようとする姿勢との関連を受け止めることができるのではなかろうか。

こうした叙述が、言葉を巧みに操る勧進聖の実態的な活躍を背景として成り立ち得ていることは確かであろう。(14)ただし、『盛衰記』は単に巧みなる口わざを持つ勧進聖としての文覚像を明確化しようとしただけとは思われない。文覚が発する言葉には、一つの傾向が看取できるのである。改めて、引用(イ)・(ロ)を振り返ってみたい。

(イ)で文覚は冒頭から神護寺造営という「大願」をくり返し（傍点部）、それが「法皇ノ御計」が鍵を握るものであることを述べている（二重傍線部）。続く言葉も、引用傍線部に注意すれば、後白河院を意識したものであることが知られよう。また、(ロ)の言葉も同じ姿勢に貫かれていることは傍線部に明確なのである。もちろん、これが後白河院への勧進行為である以上、そうした傾向を持つことは自然とも言えるが、これ程には顕著な傾きをみせない延慶本との相違は容易には見すごし難いものである。また何より、心なき後白河院への思いが、この後も文覚の行動となり、言葉となって、『盛衰記』の中に特記されていくことの意味は重要であろう。

(ハ)……勧進スル事如元。法皇ノ御助成ノナキ事ヲ安カラズ思テ、京中・白川・大路・門、人ノ集リタル所ニテハ浅増キイマ〳〵シキ事ヲノミゾ云ケル。黒衣ノ裳短ニ、黒袴脛高ニ着、同色ノ袈裟懸テ、太刀ヲ腰ニ横へ、指縄緒ノ平鈇ハキテ、勧進帳ヲ手ニ、ギリ、世ニモ恐レズ、口モヘラズ、知モ知ヌモ人ニ会テ云ケルハ、「コ、ノ闕タルハ院ノ所為ヨ。頭ノ腫タルハ法皇ノ所行ゾカシ。蒸物ニ合テ腰ガラミ」トテ、法住寺殿ノ御所ノ前ヲ東西南北ニラミ廻リテ、「官位ヲ高砂ノ松ニヨソヘテ祝トモ、春降雪ト水泡、消ン事コソ程ナケレ。輪王位高ケレド七宝終身ニソハズ。況下界小国ノ王位ノ程コソ危ケレ。十善帝位ニ誇ツヽ、百官前後ニ随ヘド、冥途ノ旅ニ出ヌレバ、造レル罪ゾ身ヲ責ル。南無阿弥陀仏〳〵、イツマデ〳〵。春夏ハ旱、秋冬ハ洪水、五穀ニハ実ナラズ、五畿七道ハ兵乱、家門ニハ哀声、臣下卿相煩テ君憂目ヲ見給ベシ。世中ハ唯今ニ打返ンズル者ヲ。安キ程ノ奉加ヲナ、阿弥陀仏〳〵」ト高念仏申テ、「因果ハ糾縄ノ如。人ニ辛目ミセ給ヘル代ハ、去共〳〵」トテ上下ニ通ケレバ、及天聴、公卿僉議アリテ……

（巻第十八「仙洞管絃」）

ひとたび赦免された後、文覚は勧進活動を再開する。その姿を『盛衰記』は右のように語るのである。特に傍線部には後白河院への恨みの念が表出している。自らの傷を口にする部分は、情に訴えて人心を手繰り寄せようとする勧進聖一般の行為を透視させはするが、一連の文脈は明らかに強固な対後白河院意識に貫かれていると言えよう。当該部分の延慶本が、

……如元ニ勧アリキケリ。サラバタヾモナクテ、「此ノ世ノ中ハ只今ニ乱レテ、君モ臣モ皆滅ナムズル者ヲ」ナド、サマ〴〵ノ荒言放テ、イマ〳〵シキ事ヲゾ云アリキケル。無常讃ト云物ヲ作テ、「三界ハ皆火宅也。王宮モ其難ヲ不可遁ル。十善ノ王位ニ誇タフトモ黄泉ノ旅ニ出ナフ後ハ、牛頭馬頭ノ杖楔ニハサイナマレ給ハフズラフハ」トテ、院ノ御所ヲ左サマニハニラミテトヲリ、右サマニハニラミテトヲリケルアヒダ、「猶奇怪ナリ」ト云沙汰有テ、……

（第二末　四「文学院ノ御所ニテ事ニ合事」）

と、文覚の口にする「荒言」「イマ〳〵シキ事」への注目を見せつつも、主に文覚の「奇怪」さをいう文脈へと収斂しているのとは、様相を異にしているのである。

この他、『盛衰記』では、「放免ドモ、「悪キ僧ノ詞カナ。奴原トハ何事ゾ。イザ咎ン」ト云ケルヲ、其中ニ制シテ、「暫一天ノ君ヲダニモ悪口申物狂也。天狗ノ様ナル者ナレバ何トモイへ、人々敷者ニイハレテコソ恥ニモ及べ……」（「同人清水状・天神金」）、「係シカバ、元来天狗根姓ナル上ニ、慢心強ク高声多言ニシテ、人ヲ人トセザリケル余リ、院御所ニテ悪口ヲ吐、預勅勘被流罪ケリ」（巻第十八「龍神守三種心」）のように、独自の記述の中に後白河院を「悪口」したが故に流罪されたという表現が定着してもいる。先に引用した頼朝と文覚の結束を語る記事（第三節引用(h)）中の、「文覚佐殿ニ申ケルハ、「我神護寺造営ノ志アリテ院御所ヲ勧進シ奉リシニ、辛目ミルノミニ非ズ、流罪ノ宣ヲ蒙ル時、心中ニ発願ノ占形ヲスル事ハ……」という表現は、こうした流れをも踏まえた言葉なのであった(15)。

以上のように、『盛衰記』は文覚に後白河院への恨み言をくり返させることによって、両者の距離を決定的なものとして印象づけていると言えよう。言葉多き文覚像を形作ろうとする志向はそこに由来すると考えられるのだが、文覚の対後白河院意識の濃さは、より広い視野から見れば、神護寺造営という課題を挟んで、頼朝と後白河院の対比という問題へと収斂していくようである。視線を福原院宣授受の場面に移すこととしよう。

五　頼朝像の形象

文覚は後白河院の院宣を受け、福原から伊豆へ戻る。但し、『盛衰記』の文覚は、「院宣ハヨク／＼申サバ賜気也。今ハ安堵シ給へ。勢ヲ語ヒ給へ」と、恰も院宣はまだ手にしていないかのごとくに述べる。そして、この状態での挙兵をためらう頼朝に、文覚は次のように語りかけ、一つの駆け引きを挑むのである。

文覚ハ「申固メテ下タリ。肝ヲツブシ給フゾ。法皇ノ仰ニハ、『頼朝左様ニ憑シク申ナレバ、子細ニヤ』ト被仰出タリ。又京上コソ煩シケレ共、佐殿ノ本意ノ叶フカナハヌヲバ、唯文覚ガ計ヒ也。其ニ取テ、我此国へ被流罪事モ高雄ノ神護寺造立ノ故也。又院宣ヲ給ラン事モ、御辺ノ力ニテ彼寺ヲヤ造ルト云所存也。サレバ院宣ヲ急ギ給ラント思給ハヾ、高雄へ庄園ヲ寄進有ベシ」ト云ケレバ……（巻第十九「文覚入定京上」）

文覚はここで神護寺造営のために、荘園寄進を求める。そして、自らの現在の立場を思い戸惑う頼朝に「唯文覚ガ計ニ随テ、ハヤ寄給へ」と言葉を連ねる。以下のやりとりを引こう。

佐殿ハ「我軍ニ勝テ日本国ヲ手ニ把バ、一国二国ヲモ乞ニヨルベシ」ト宣ヘバ、文覚ハ「手ニトリ得ツレバ必惜キ事也。ナキ物ハ惜カラズ。国モ広博也。唯所知ヲ十余所寄進シ給へ」トテ、紙硯取向テ、丹波国ニハ新庄・本庄・雀部・宇津・ナウ野、播磨国ニハ五箇庄、土佐国ニハ高賀茂郷ヲ始トシテ、十三箇所ヲ撰出シ、「ソレ〳〵」ト云ケレバ、佐殿鼻ウソヤキテハ被思ケレ共、寄進状ヲ書判形ヲ加テ、文覚ニ給フ。文覚ホクソ咲テ、「ア、御辺ハ以外ニ心広キ人、我物顔ニイミジク寄給ヘリ。其荒涼ニテハ一定天下ノ主ト成給ナン。サラバ院宣進ツラン」トテ、懐ヨリ文袋ヲ取出シ、中ナル院宣ヲ進ル。（巻第十九「文覚入定京上」）

頼朝は最終的に寄進状を書き、文覚はその頼朝を「一定天下ノ主ト成給ナン」と評する。ここでの文覚の姿勢は法住寺殿でのそれと同様の目的意識に貫かれており、したがってここから、先に寄進を拒否した後白河院と今の頼朝との対照性が明瞭に浮かび上がることともなってこよう。前節までに述べたところを改めて振り返るならば、『盛衰記』はここに至るまでの叙述において、親を追慕する姿を結節点として頼朝と文覚の精神的連帯を強調し、その一方で心なき後白河院への恨み言を文覚にくり返し語らせることによって両者の間の決定的な距離を表現していた。そうした文覚関連の『盛衰記』特有の文脈は、ここで文覚が頼朝をやがて「天下ノ主」となる者として位置づけ、後白河院との対照性を導き出すことにおいて、一つに融合しているとみなされるのである。(16)

こうした事実は『盛衰記』の文覚形象を支える力が、単に文覚個人への関心のみならず、頼朝の位置づけという課題と連動して生じたものであることを示唆するものと言えよう。それに関して、文覚の発した「天下ノ主」という言葉が、これに先だつ頼朝との二度の対面において文覚が用いた「国ノ主」という言葉（第三節引用(d)・(e)）と響き合うものであることは看過できまい。参考までに延慶本を振り返れば、文覚が相した頼朝の将来は、「頼朝ト云名ノ吉ゾ。大将軍ノ相モオワスメリ」（引用(d)相当部）、「殿ハサスガ末タノモシキ人ニテオワスル上、高運ノ相モオワス。大将ニ可成給ノ相モアリ…（中略）…今ハ何事カハ有ベキゾヤ。謀叛発シテ、日本国ノ大将軍ニ成給へ。…（中略）…イカサマニモ殿ヲバ大果報ノ人ト見申ゾ」（引用(e)相当部。共に第二末　七「文学兵衛佐ニ相奉事」）のように、「大将軍」という言葉を軸に見通されており、『盛衰記』とは隔たりをみせている。既に確認したように、特に『盛衰記』における文覚の、頼朝に対する言葉は前を踏まえる形で緊密に展開しており、加えて延慶本とのこうした相違をも視野に入れると、『盛衰記』がこの段階で、頼朝の行く末を「国ノ主」・「天下ノ主」という概念において特記していることは大いに注目に値するであろう。

そこで改めて文覚の言葉に立ち返ってみると、次のような言葉の存在に気がつく。

(A)「……穴無慙ノ人共ヤ。夢幻ノ栄花ヲノミ面白キ事ニ思テ、三途常没ノ猛火ニ焦ン事ヲ不知。只今文覚ガ加様ニセラル、事ハ全ク身ノ恥ニ非ズ。臣下卿相ヲ始トシテ己等ガ恥ト思給ベシ。但後生マデハ遙也。遠ハ三年、近ハ三月ガ中ニ、思知セ申サンズルゾ。サリ共後悔コソシ給ハンズラメ」ト御所中響ケト叫ケリ。

（巻第十八「仙洞管絃」）

捕縛されて法住寺殿から引き出される際の言葉（第四節引用(ロ)中略＊部に位置するもの）であるが、後白河院の寄進がないことを受け、文覚はそれを「遠ハ三年、近ハ三月」の間に思い知らせようと語る。右引用部のみを見ると御所中の人々一般に向けられた言葉のごとくだが、引用(ロ)が特に後白河院を意識した言葉であったことを考慮すれば、やはり主として院に向けられた言葉とみて相違あるまい。そしてこの一節が、文覚関連話の直前に位置する安達盛長の夢見話中の次の部分（傍線部）と重なっているのである。

⒝或夜ノ夢ニ藤九郎盛長見ケルハ、…（中略）…盛長此事兵衛佐ニ語ル。景義申ケルハ、「夢最上ノ吉夢也。征夷将軍トシテ天下ヲ治給ベシ。日ハ主上、月ハ上皇トコソ伝ヘ奉レ。今左右ノ御脇ヨリ光ヲ比給ハ、是国王猶将軍ノ勢ニツ、マレ給ベシ。東ハ外浜、西ハ鬼界島マデ帰伏シ奉ベシ。酒ハ是一旦成酔、終ニサメ本心ニナル。近ハ三月遠ハ三年ニ酔ノ御心醒テ、此夢告一トシテ相違事ハ有ベカラズ」トゾ申ケル。（巻第十八「文覚頼朝勧進謀叛」）

延慶本には盛長夢見話に関してはほぼ同文が存するものの、法住寺殿での言葉（引用⒜相当部）は「奉加ヲコソシ給ハザラメ、文学ニカラキ目ヲミセ給ツル報答ハ、思知ラセ申サンズルゾ」（第二末　四「文学院ノ御所ニテ事ニ合事」）とあるのみで、こうした対応関係は認められないことをまずは指摘しておく。その上で安達盛長の『盛衰記』における役割に注目してみたいのだが、『盛衰記』の盛長は文覚・頼朝の最初の対面に先だって、両者の間を往復し、双方の意志を伝達するという特別な役割を担わされているのである。

文覚ガ庵室ト兵衛佐ノ館トハ無下ニ近程也ケレバ、藤九郎盛長ヲ以テ、先文覚ガ弟子ニ相照ト云僧ヲ被招ケリ。…（中略・文覚の情報を仕入れ、対面の意志を伝える）…相照庵室ニカヘリテ、此由文覚ニ語ケレバ、「来給ヘカシ」ト云。相照又立帰テ佐殿ニ申セバ、守長ヲ召具シテ上人ガ庵室ヘ渡給フ。（巻第十九「文覚頼朝対面付白首」）

当然、初対面の設定を異にする『平家物語』諸本にはこうした役割は見られない。頼朝に仕える盛長の実態的な立場との兼ね合いを考慮する必要もあろうが、既に検討したような、この対面記事を支える『盛衰記』の濃厚な志向性や、夢合わせと文覚記事が連接しているという構成面を勘案しても、ここに盛長が選ばれていることは見逃しがたい事実であろう。『盛衰記』が夢合わせの記事と、続く文覚の言葉とを共鳴させ、頼朝の行く末を語る文脈を多角的に形作ろうとしていた可能性は高いのではなかろうか。

ここに至って、本章で検討してきた独特な文覚形象を導く力の根元には、その勧めによって挙兵し、やがて国を掌握していく頼朝を如何なる形象のもとに叙述するかという、より大きな課題が存在することが明らかになったものと思うのである。

六　おわりに

『盛衰記』における頼朝の行く末とはすなわち、文覚の言葉にいう「国ノ主」・「天下ノ主」であり、夢合わせ記事で「国王猶将軍ノ勢ニツ、マレ給ベシ」（前節引用(B)波線部）と表現されるような存在である。挙兵段階で上述のごとく規定された頼朝が、その後如何に記述されていくかは今後さらに検討を加える必要があるが、まずは「同晦日解官幷流人宣旨被下ケリ。…（中略）…威君僭臣コト不異平将。…（中略）…去二十七日可預議奏人々トテ、関東ヨリ交名ヲ注進ス。…（中略）…今度源二位注進ノ状ニ入人ハ其威ヲ振、不入人ハ失其勢。世ノ重ジ人ノ帰スル事平将ニ万倍セリ」（巻第四十六「闕官恩賞人々」）等の具体的な表現を論拠とし、『盛衰記』終結部の頼朝が、朝廷を威圧し、清盛をも凌ぐ権力を掌握した驕れる存在として記されているという榊原千鶴氏の指摘[17]を踏まえる必要があるだろう。つまり、終結部のそうした頼朝像は、実は挙兵段階の文覚の言葉において既に提示されていたものなのである。したがって、これらを見渡すとき、『盛衰記』の頼朝像がより広いところで一つの像を結ぶわけで、本章で検討してきた文覚形象の諸相は、総括的な頼朝形象を支える『盛衰記』の歴史認識との関わりの中から様々に導き出されたものであったことが明らかとなるのである。

　百科全書などとも評され[18]、個々の説話や表現に伝承世界や管理圏等を探る方向でのアプローチがなされることの多い『盛衰記』だが、その一面には独自の〈歴史〉を構築する志向を持ち、緊密にその叙述を織りなしている作品であることを忘れてはなるまい。着実に探求が進展しつつある所収話の管理圏や生成基盤と、総体としての『盛衰記』の歴史叙述としての志向、作中に描き出されている内乱期の歴史像とが、どの程度、また如何に交わるのかといった問題は、この作品をまとめ上げている力の質を解明するためには避けられない検討課題であろう。(19)また、先行する『平家物語』を踏まえて独自の一歩を踏み出した作品である『盛衰記』を基点として、『平家物語』の幅広い展開相を逆照射する意味も小さくはなかろう。文覚形象を通して、『盛衰記』の求心的な叙述を支える、頼朝像形象への志向というひとつの力を照らし出した本章を経て、次章ではそうした課題へとさらに迫っていくこととなる。

注

(1)　小林美和氏「延慶本平家物語における文覚・六代説話の形成」(「論究日本文学」39　一九七六・三　→同著『平家物語生成論』〈一九八六・五　三弥井書店〉再録)、同「文覚発心譚再考――物語の伝統とその変質――(上)(中)」(「青須我波良」40、42　一九九〇・十、一九九一・十二　→同著『平家物語の成立』〈二〇〇〇・三　和泉書院〉再録)、砂川博氏「頼朝挙兵由来譚の表現構造――延慶本平家物語に即して――」(「日本文学」33－6　一九八四・六　→同著『平家物語の形成と琵琶法師』〈二〇〇一・十　おうふう〉再録)、同「延慶本平家物語における伝承とその受容――文覚発心説話の場合――」(「北九州大学文学部紀要」43　一九九〇・十二　→同前著書再録)等。なお、『盛衰記』固有の文覚像については、内山和彦氏「『源平盛衰記』の文覚――その両義的人物像について――」(「日本文芸研究」51－2　一九九九・九)が、長谷観音の申し子である一方で天狗の属性をも身にまとうという、その両義性に注目している。

(2)　「文覚説話が意味するもの――平家物語の原本についての続論――(上)(下)」(「文学」38－9、10　一九七〇・九、十　→同著『平家物語の研究』〈一九八〇・一　法蔵館〉再録)

(3)　「『平家』における文覚像とその背景――発心譚を中心として――」(「文芸論叢」2　一九七四・三)、「『平家』文覚譚考――勧進聖と念仏聖――」(「大谷学報」59－4　一九八〇・二　→同著『平家物語の思想』〈一九八九・三　法蔵館〉再録)。

(4)　「文覚説話の展開――説話の変容――」(同著『平家物語生成論』収)、「『源平盛衰記』の武勇譚――中世渡辺党異聞――」(「伝承文学研究」46　一九九七・一　→同著『平家物語の成立』再録)

（5）佐伯真一氏「勧進聖と説話――或は「説話」と「語り」――」（水原一氏他編あなたが読む平家物語2『平家物語　説話と語り』収　一九九四・一　有精堂）等。

（6）鷲山樹心氏「文覚発心説話考」（「禅学研究」58　一九七〇・三）は、こうした記述と発心譚との齟齬を指摘する。

（7）本編で扱う部分の『盛衰記』（慶長古活字本）本文には、誤脱を除き、内容に関わる蓬左文庫蔵写本との決定的な異同はない。

（8）延慶本はここから発心譚へ続ける。『盛衰記』の発心譚は位置を大きく違えており、文覚の伊豆到着を語った後（巻第十九巻頭）に位置づけられている。それに伴い、女ゆえの発心という色がこの段階では相対的に薄くなっている点に注意したい。

（9）黒田彰氏「静嘉堂文庫蔵孝行集について」（説話と説話文学の会編『説話論集　第一集』収　一九九一・五　→同著『中世説話の文学史的環境　続』〈一九九五・四　和泉書院〉再録）に研究史を含め、詳細な言及がある。

（10）波線部は、延慶本では第四　十七「文覚ヲ便ニテ義朝ノ首取寄事」に存在する。この句を記す際の、両者の志向差は鮮明であろう。

（11）『盛衰記』は義朝の本物の首が届けられた際のさまを福原院宣の後に記しているが、その末尾に「後ニコソ角ハ有ケレ共、初ニハ父ノ首ト語ケレバ哀ニ嬉覚テ、上人ニ心ヲ打解テ、此院宣ヲバ給ケリ」という独自の一文を持つのも、これと関連しよう。

（12）延慶本にも「究竟ノ相人」（第二末　七「文学兵衛佐ニ相奉ル事」）という表現が見え、相人としての文覚の姿は存在するのだが、『盛衰記』がそれとは異なるところに文覚像を結んでいることは明らかであろう。延慶本の当該部については、早川厚一氏「『平家物語』の成立――頼朝と征夷大将軍――」（「国語と国文学」74－11　一九九七・十一　→同著『平家物語を読む――成立の謎をさぐる――』〈二〇〇〇・三　和泉書院〉再録）参照。

（13）本章引用中、傍らに破線を付した表現がその具体例のいくつかである。

（14）注（3）渡辺論、注（5）佐伯論等。

(15)『盛衰記』では上西門院の崩御を、文覚の獄中での祈念を受けて、「サレバニヤ、上西門ノ女院、指タル御悩モマシマサズシテ御寝ナル様ニテ隠レサセ給ニケリ」と記す。『愚管抄』・『玉葉』などから知られる後白河院との親しい姉弟関係を想起すると、こうした独特な叙述も対後白河院意識の中で把握できるのかもしれない。

(16)延慶本の文覚は「平家ヲ呪詛シケリ」と記されたり、頼朝がみた「平家ノ人々ノ首」が掛け並べられた夢を解いたりする（共に第二末　七「文学兵衛佐ニ相奉ル事」）。これらを持たない『盛衰記』には、相対的に対平家色が薄いことも関連して指摘しておく。

(17)「『源平盛衰記』の頼朝」（「日本文学」42－6　一九九三・六　→同著『平家物語　創造と享受』〈一九九八・十　三弥井書店〉再録）

(18)松尾葦江氏「源平盛衰記素描――その意図と方法――」（「国語と国文学」54－5　一九七七・五　→同著『平家物語論究』〈一九八〇・三　明治書院〉再録）

(19)拙稿「平家物語」（日本仏教研究会編『日本の仏教第Ⅱ期第3巻　日本仏教の文献ガイド』収　二〇〇一・十二）でも、総体としての『盛衰記』をとらえようとする視座について、わずかではあるが言及した。

［追記一］

『源平盛衰記』における「悪口」の全用例数を、原論文では二十五例としていたが、事実誤認があった。本章では全二十六例に訂正している。

［追記二］

『源平盛衰記』を『平家物語』の一異本として扱うのではなく、新たに再生した歴史叙述として自覚的にみつめ、『平家物語』から『源平盛衰記』への作品展開の様相をとらえようとする本編の問題意識を明確化するため、「六　おわりに」には、原論文にはなかった一文を加筆してある。なお、『盛衰記』をこのようにとらえる最近の動きは、たとえば、小峯和明氏「聖地の表現世界――厳島参詣と願文・表白――」（同氏編『平家物語』の転生と再生』〈二〇〇三・三　笠間書院〉収）及び同書序にも認められる。

第二章　終結部にみる編集姿勢
――頼朝挙兵譚からの脈絡――

一　はじめに

文学や芸能の世界のみならず、中世社会の諸局面における頼朝の存在感の大きさについては、従来さまざまな角度から検討が加えられてきた。そうした中にあって、『源平盛衰記』（以下『盛衰記』）の特徴として注意すべきは、その叙述に頼朝の滅びを示唆する表現をも内包している点であろう。榊原千鶴氏は、『盛衰記』の終結部に至って、頼朝が第二の清盛へと変貌していく様相を丹念に読み解き、そうした叙述の根底に存在する、歴史というものに対する『盛衰記』の認識にも言及している。(1)

本章は、頼朝の行く末とも関わる氏の的確な指摘を踏まえ、頼朝が壇浦合戦を経て獲得する地位に関して、その性質を問いなおそうとするものである。具体的には、それを描き出す叙述を構築する際の『盛衰記』なりの編集姿勢に着目したいと考える。『平家物語』諸本論の進展によって、『盛衰記』がその前段階として延慶本のごとき『平家物語』を有しているという基本線は、今日大方の認めるところと言えよう。そこで、『平家物語』が新たな叙述として変貌・再生していくという動態性の中で、先述のごとき頼朝の地位をとらえ返すことによって、『盛衰記』における頼朝像、さらには頼朝観をより鮮明な形で把握してみたいのである。それによって、『盛衰記』という作品の特質のひとつにいささかなりとも迫ることを目指したい。なお、こうした試みを今敢えてなそうとするのは、中世に形づくられる頼朝イメージ（それは、たとえば武家社会誕生に関する後世の歴史理解とも不可分であろう）と、社会に流布する『平家物語』の力との相関関係を把握していくことを、先なる課題のひとつとして見据えているからに他ならない。それは必然的に、書物としての『平家物語』の内容のみならず、その周辺に並存するもろもろの作品・話題・知識・事物・事象等を「平家物語」の名のもとに関連づけ、包括する認識枠としての〈平家物語〉の実相を解き明かすことにもつながろう。こうした展望のもと、以下、特に巻第四十六・四十七に現れる叙述を取りあげ、そこから窺い見える編集姿勢と、『盛衰記』なりの頼朝像を生みだす脈絡とを照らし出す作業をしばし続けていくこととしたい。(2)

二　記事の縮小

『盛衰記』において、頼朝の最終的な地位を見定めようとする際、①平氏残党粛清記事と②源氏の内紛記事の二つが大幅に縮小されていることをまずは踏まえておく必要がある。

①について、延慶本は第六末廿八「薩摩平六家長被誅事」・廿九「越中次郎兵衛盛次被誅事」・卅「上総悪七兵衛景清干死事」・卅一「伊賀大夫知忠被誅事」・卅二「小松侍従忠房被誅給事」・卅三「土佐守宗実死給事」・卅四「阿波守宗親発道心事」・卅五「肥後守貞能預観音利生事」において、平氏残党の処分に関する話題を列挙し、その先に卅七「六代御前被誅給事」を据えている。たとえば忠房の場合、紀伊国の湯浅宗重のもとに隠れる忠房に対して、「二位殿此ノ由ヲ聞給テ、熊野別当湛増法眼ニ仰テ」攻撃させたとし、その攻防が三月に及ぶと二位殿頼朝は兵糧攻めをするよう「被仰」。すると「依之ニ守護キビシカリケレバ、如案ニ兵粮米尽テ、思々ニ皆落失ニケリ」と決着がつくこととなる。頼朝は、降人となった忠房と鎌倉で対面した後に上洛を指示するが、その結末は「近江国勢多ト云所ニテ、タバカリテ切テケリ」というものであった。「賢カリケル謀也」という評が続けられていることからみても、これは頼朝の意

志による処分とされているのである。(3)

　延慶本における平氏残党粛清の過程は、このような形で、頼朝の意志・権力との関わりの中で語られていく。しかし、『盛衰記』はそれらについて次のような記事を載せるのみである。(4)

　同十二月十七日、侍従忠房、前左兵衛尉実基ガ預タリケルヲ、野路辺ニテ斬首。又小児五人内、二人ハ前内大臣息、一人ハ通盛卿男、二人ハ維盛卿子也。同ク彼所ニシテ誅殺ス。何モトリ〴〵ニ兒有様ヨシ有テ見エケレバ、武士共剣刀ノ宛所モ不覚ケレバ、トミニ不斬シテ程ヘケルニ、此少キ人共或殺サルベシト知テ泣悲モアリ、又思分ズシテ母ヲヨバヒ乳母ヲ慕テ泣悶ユルモアリ。彼ヲ見、此ヲ見ニ、無慙ニモカハユクモ覚エケレバ、兵ドモ涙ヲゾ流シケル。

（巻第四十六「尋害平家小児」）

先に例示した忠房記事はごく簡潔な記述とされ（傍線部）、他の公達についてはその名さえ記されず（波線部）、盛次・景清などの平氏家人たちの件は全く取り挙げられないのである。平氏残党粛清記事は、延慶本のみならず長門本・四部本や語り本諸本にも共有されている。したがって、『盛衰記』がいかなる先行『平家物語』本文を参照したにせよ、現在の形ができあがる間には、これらの記事を叙述から放棄するという営みがあったことが想定されるのである。

　こうした傾向は、②源氏の内紛の記し方とも連動する問題とみなされる。延慶本では範頼の誅殺、義経の都落ちに加えて、義経と共に都落ちした後、姿を隠していた十郎蔵人行家が発見されて常陸房昌明によって討たれたことが記され、その間には三郎先生義憲の自害話も挟み込まれている（廿二「十郎蔵人行家被搦事付人々解官事」）。当該話が、「サテモ鎌倉ヨリ、使鏡ノ宿ニ馳向テ、北条ニ申ケルハ……」と、鎌倉から行家討伐の命が伝えられたことに始まり、その過程でも、「鎌倉殿ノ御使」という昌明の名乗りや、「サテ一定殿ハ鎌倉殿ヲバ奉打ト思食サレテ候シカ」という昌明の言葉に、行家が「……トク首ヲ切テ兵衛佐ニ見セヨ」と応じ、鎌倉へその頸を持参した昌明に頼朝が「神妙也」という感嘆の言葉を与え、やがて勧賞に預かったことなどが記されていく。そこには彼らが頼朝の意志の下で滅ぼされていった過程が描出されているのである。

『平家物語』諸本に共有されているこの話を『盛衰記』は持たない。そして、この時点での行家については、「……九国四国之勇士、可従義経行家下知、兼又不論国衙庄園、可備調庸之由、被成下庁下文ケリ」（巻第四十六「土佐房上洛」）、「此ニ雖無誤無犯、舎兄頼朝ガ讒訴ニツイテ、今義経行家都ヲ罷出」・「伊豫守義経備前守行家源二位ニ中悪テ」・「義経行家其行方ヲ不知」・「源義経同行家巧反逆赴西海」（同「義経行家出都」）、「義経行家ハ都ヲ落ヌ」・「義経行家追討ノタメトゾ聞シ」（同「時政実平上洛」）などと、義経に付随する存在としての名を描き込むだけなのである。その具体的な行動としては、いわゆる堀河夜討ちの際の、「……昌俊ガ軍敗テ、河原ヲ指テ逃走。行家此事ヲ聞、馳来ケレバ、夜討ノ党類弥四方ニ敗散」（同「土佐房上洛」）と、都落ちの際の「……即罷出ケレ共、少モ人ノ煩ヲナサズ。備前守行家、同打具シテ、都ヲ出。彼此ガ軍兵見人数ケレバ、三百騎ゾ有ケル」（同「義経行家出都」）を見いだせる程度にすぎない。『盛衰記』では範頼について、頼朝による誅殺までを語っていないことをも勘案すれば、『盛衰記』が、頼朝による他の源氏たちの最期を記すことに決して積極的ではないことが明らかとなろう。(5)

以上に概観したように、『盛衰記』には、対平氏・対源氏関係の中で権威を示す頼朝の姿を語ろうとする姿勢が希薄である。こうした点において、『盛衰記』における頼朝の地位は、『平家物語』諸本の巻第十二相当部に現れるもの(6)とは明確に一線を画しているのである。では、『盛衰記』はその叙述の最終段階で頼朝をどのように定位しているのであろうか。

三　頼朝の地位と後白河院

そこでまず注目したいのが、北条時政・土肥実平の上洛に関する記述である。土佐房昌俊の夜討ち失敗と、範頼への頼朝の懐疑心が記された後、『盛衰記』は、(イ)「為義経誅戮北条四郎時政・土肥次郎実平可上洛之由有評定」（巻第四十六「土佐房上洛」）と、新たな義経追討使としてこの二人を登場させる。傍線部のごとき意義は、相対する義経の認識としても、(ロ)「爰ニ頼朝軍兵ヲ指上テ追討ノ企ヲ起ス。速ニ時政・実平ヲ待得テ、雖可決雌雄、都ノ煩人ノ歎タルベシ……」（同「義経行家出都」）と独自に書き込まれている。そしてこれに続いて義経の都落ちが記され、そこから派生する形で独自の義経伝（同「義経始終有様」）へと展開するのだが、その文脈を本筋に戻すべく付された、次のごとき『盛衰記』独自の表現に注意したい。

(ハ)源二位或望、或鬱申事アリテ、時政・実平ヲ指進テ、可懴近臣輩由聞エケレバ、人皆恐怖シケルニ、（本章段ここまで）（巻第四十六「義経始終有様」）

傍線部に示された二人の上洛目的は、先の(イ)・(ロ)とは変化している。ここにいう「近臣輩」は後白河院の近臣とみなされ、『盛衰記』は、頼朝と後白河院との関係性へと叙述を進めようとする指向を、この上洛目的を語る文脈の推移の中にのぞかせているのである。(7)

では、二重傍線部にみえる「望」と「鬱」(8)とは何をさすのであろうか。それは引用(ハ)に続く文脈から明らかとなる。入洛した二人は、「源二位ノ依下知」って守護地頭の設置と兵糧米の充行とを求める。しかし、「頼朝申状頗過分也」と「君モ臣モ思召」したと記される。延慶本にも同様の記事は存在するのだが、『盛衰記』はそれに続けて次のような独自の叙述を有している。

(ニ)……ト君モ臣モ思召ケレバ、御返事有御猶預ケレバ、時政奏スラク、「吾朝日本国ニ昔ヨリシテ謀叛人多ク日記ニ留レ共、平相国ニ過タル犯人ヲ不見。天竺ニハ提婆達多、仏ノ御身ヨリ血ヲバ出シタリケレ共、国ヲ悩ス事ハナシ。唐ノ会昌天子、僧尼ヲ亡シケレ共、臣公ハ穏シカリキ。平家大政入道ハ南都・園城ノ仏法僧ヲ滅シ、仙洞・梁園ヲ蔑シ、三公・侍臣ヲ流シ失。昔モ類ヲ不聞、向後モ実ニ難有。朝庭コレヲ歎、仏家専悲。①コレヲ平グルハ源氏ノ高名也。是ヲ鎮ルハ関東ノ忠勤也。国ヲ守、人ヲメグマンガ為ニ被奏申処也。ナドカ御免ナカラン」ト申上タリケレバ、②道理ハサモ有ケレドモ、当時ノ威応ニ恐テ、任申請旨、諸国ノ守護人・段別ノ兵粮米・平家知行ノ跡ニ地頭職ヲ被許ケリ。

（巻第四十六「時政実平上洛」）

時政はここで、三国史上無類の「犯人」であった清盛を朝廷のために平らげた「源氏ノ高名」「関東ノ忠勤」（傍線部①）を強調し、要求内容の認可を求める。結果、院は「当時ノ威応ニ恐」れてそれを許したというのである（傍線部②）。右の引用にあたる部分を、「……難有御許容一トハ思食セドモ、源二位ノ所被申一、難去被思食ケレバ、御免有ケルニヤ、諸国ニ守護地頭職ヲヲカレケリ」（十四「諸国ニ守護地頭ヲ被置事」）とのみ記す延慶本と比べてみても、『盛衰記』では頼朝勢力の強圧的な姿勢が一層表出されていることが確かめられよう。そして、時政たちが担ってきた頼朝の「望」とはまさしくこの一件に見出し得るのである。

一方の「鬱」については、このすぐ後に位置づけられた解官・流罪の沙汰（以下、解官記事と称す）を指すものと解される。それは「任源二位申状」せて行われたとされ、「大蔵卿父子三人被解官ケル事ハ、義経以彼卿毎事奏聞シケル故トゾ聞エシ。能成ハ義経ガ同母弟、信康ハ義経ガ執筆也」のごとく義経関係者の処罰であった。また、業忠・範綱・知康・信盛・時定・信定等を、「為加其刑、関東ヨリ召下」すともある。そして、その処分に関する宣旨が下されたことは次のように記されている。

(ホ)同晦日、解官幷流人被下宣旨ケリ。参議親宗・右大弁光雅・刑部卿頼経…（中略・業忠、隆職、範綱、知康、信盛、信貞）…同尉時盛被解官ケリ。光雅朝臣・隆職ハ官府ヲ成下シケル故トゾ聞エシ。泰経卿ハ伊豆、頼経朝臣ハ安房へ配流由被宣下ケリ。威君僭臣コト不異平将。時政天下ノ権ヲ執ケレバ、諸公卿士列座右、集門下。

（巻第四十六「闕官恩賞人々」）

冒頭に「被下宣旨ケリ」とはあるが、頼朝追討の官符が義経に下された一件を問題にしていること（波線部）からみて、これが頼朝の圧力によってなされた処分とされていることが分かる。と同時に、そこにあげられた人々は院の近臣たちであり、これが後白河院に対する頼朝の圧力となっていることも見逃せない。この処分こそ頼朝の「鬱」の結果であると見なし得よう。こうした展開をうけて頼朝は「威君僭臣コト不異平将」（傍線部）と評されているが、この評が先の引用(ハ)傍線部と呼応していることは一目瞭然である。さらに、こうした流れが、いわゆる議奏公卿の交名を進上する記事（以下、議奏公卿記事と称す）へと連なるのだが、そこでは「今度源二位注進ノ状ニ入人ハ其威ヲ振、不入人ハ失其勢。世ノ重ジ人ノ帰スル事、平将ニ万倍セリ」とも、「法皇モ『頼朝卿任申入之旨、於今者世事偏可被計行』ト被仰」とも記される。頼朝の圧倒的な権威と、それを院も認めざるを得ない様子が示され、巻第四十六は結ばれるわけである。

　このように、『盛衰記』は独自の叙述である引用(ハ)以降、頼朝の地位を示す特有の文脈を創り出していることが分かる。加えて、右の解官記事及び議奏公卿記事が『盛衰記』の独自記事ではなく、延慶本にもほぼ同文で存在し、しかしながら両者ではその位置が異なっていることにも目を向けてみるとき、『盛衰記』の志向はいっそう明確化する。[9]当該記事は、延慶本では廿一「斉藤五長谷寺ヘ尋行事」の末尾、俯瞰してとらえれば十六「平家ノ子孫多ク被失ハ事」に始まる一連の六代助命話の後に位置づけられている。また、時政の上洛に伴う守護地頭設置要求記事が記されているのは、その前の十四「諸国ニ守護地頭ヲ被置事」の段。つまり延慶本では、六代助命話を挟む形で、守護地頭設置要求記事と解官記事・議奏公卿記事とが離れた位置におかれているのである。したがって、『盛衰記』は両記事を敢えて近接させたものと推考されるわけで、そこには先述したごとき、「望」と「鬱」を軸とした特有の叙述の中にこれらの記事を活用しながら、頼朝の地位を示す文脈を創り出すという編集上の姿勢が窺い見えてくるのである。先に概観した対平氏・対源氏政策の扱い方をも勘案すれば、『盛衰記』における頼朝の地位は、後白河院に代表される朝廷との間という、より限定された関係性の中で見定められているという点で独自色を有していると言える。こうして

『盛衰記』は、後白河院の権威との関係性の中でそれを凌ぐ頼朝の地位を示していくのである。

四　頼朝・義経の関係から

ところで、こうした関係性は、頼朝・義経関係の描き方にも投影している。まず、この二人の不和が最初に記される部分には、次のような形で頼朝の思いが書き込まれている。

(a)伊予守義経源二位頼朝ヲ背由、此彼ニサ、ヤキ合リ。…（中略）…上下怪ヲナス。【此事ハ去年八月ニ蒙使宣、同九月ニ五位大夫ニ成ケルヲ、源二位ニ申合事ナシ。何事モ頼朝ガ計ニコソ依ベキニ、仰ナレバトテ不申合条、自由也。又壇浦ノ軍敗テ後、女院ノ御舟ニ参会条狼藉也。又平大納言ノ娘ニ相親事無謂。旁不得心ニ宣テ、打解マジキ者也ト被思ケルニ、】梶原平三景時ガ渡辺ノ船汰ノ時、逆櫓ノ口論ヲ深遺恨ト思ケレバ、折々ニ讒ス。…（中略）…「頼朝モ後イブセク思也」トテ、追討ノ心ヲ挟給ヘリ。（巻第四十六「頼朝義経中違」）

【】内は延慶本にはない叙述である。『盛衰記』はその中に義経に対する頼朝の反感を記すが、その筆頭に義経が後白河院との直接関係に立脚して任官したことを問題視する頼朝の姿勢を特記する（傍線部）。そしてこうした姿勢は、義経追討の使者を選ぶ際の言葉にも現れる。

(b)三浦・佐々木・千葉・畠山等多ク参集タリケル中ニ、鎌倉殿仰ケルハ、「九郎ガ心金ハ怖キ者ナリ。…（中略・西国大将軍選びの話）…平家ヲ誅罸シテ天下ヲ鎮タルハ神妙ナレ共、頼朝ニカサミテ見ユ。頼朝ガ父下野殿ハ、平家ニ討レ給ヌ。依当腹、十三歳ノ時…（中略・平治の乱での流罪）…軍功ヲイタシ、花洛へ責上タレ共、未昇殿ヲダニモ免サレザリキ。何ゾ弟ノ身トシテ、仙洞ノ御気色ヨケレバトテ、頼朝ニ不申合、推テ五位尉ニナル事奇怪也。又立フジ打タル車ニ乗、禁中花色ノ振舞、以外ニ過分也。頼朝ニカサミテ見ユ。我ヲ我ト思ハン人々、九郎冠者ヲ打テタベ」ト宣ケレ共、閉口是非返事申人ナシ。……（巻第四十六「頼朝義経中違」）

三浦以下の御家人たちを集めて僉議する右の場面は他諸本には見えない。そこでは義経が「頼朝ニカサミテ見ユ」ることが問題視されているが(10)、その過分なる姿として頼朝が認めがたいのは、やはり後白河院との関係の中で官職を受けたことなのである（傍線部）。『盛衰記』はそれを殊更に明記する。

ところで、二人の新たな関係の始発部における、頼朝のこうした姿勢は、義経関係記事の末尾（前節引用（ハ）参照）に現れる姿勢と響き合うことにも留意しておきたい。そこに示された頼朝の「鬱」とは、後白河院周辺の義経関係者の処分であった。右の引用(a)・(b)にみた義経への憤りはその根元に存在するものといえよう。

さて、こうした後白河院を焦点とした二人の関係性を踏まえて義経記事を読み進めると、そこには義経に対する親近感を内包した表現が散見することに気がつくこととなる。たとえば、都落ちに先だって義経は後白河院の御所を訪れるが（巻第四十六「義経申庁下文」）、『盛衰記』はその姿を「何トナク見人上下恐ヲ成テヒソマル気色ナリケルニ、思ヨリモ閑ニシテ、忍ヤカ」（独自表現）であったとする。そして義経は頼朝との関係について、「源二位頼朝ガ度々ノ奉公ヲバ忘テ、無由悪思事更ニ不得其意。無其誤由聞ヤ直スト思候へ共、弥ニコソ承侍也」と述べたとする。その言葉には、自分への正当な理解を待ち続けるが、結局それが叶わずに都落ちせざるを得ないという、受動的な弱者として頼朝と向きあう義経像が現れている。ちなみに延慶本はこの部分に「郎等共ガ讒ニ付テ」という表現を介在させており、義経は受動的ではあるものの、二人の関係は直接的ではない（十二「九郎判官都ヲ落事」）。

その翌日、実際に都落ちをする場面を延慶本は、「三日、事ノ由ヲ申入テ、京中ニ少モ煩ヲイタサズ、卯時計ニ洛中ヲ出ニケリ」云々とごく簡潔に記すだけだが、『盛衰記』はそこでも後白河院と義経との対面場面の描出に多くの筆を費やす（同「義経行家出都」）。そこにはまず、「大庭ニ跪」き、「『……今一度可奉拝龍顔由雖相存、其体異形也。非無其恐。命ノ存ン程ハ、当時ト云、向後ト云、更不可奉背勅定』ト申」す姿が、「聞之人々或憐或惜ケリ」という状況と共に記されている。加えて、「凡義経京中守護間、有威不猛、有忠無私。深不背叡慮、遍相叶人望ケレバ、貴賤上下惜合リケルニ、懸事出来タレバ、男女大小歎ケリ。今度ノ奏聞次第ノ所行、壮士ノ法ヲ不乱ケレバ、生テハ被嘆、死デハ被忍ケリ」という評も付されている。(11)これらの独自表現によって、最後まで後白河院に礼節ある態度を保ち、人々から同情される姿が『盛衰記』では色濃く表出されているのである。(12)

先述したように、『盛衰記』は後白河院をも凌ぐものとして頼朝の地位を提示していく。そうした姿勢は、後白河院に対して礼を尽くした義経の姿を描き、それに同情的な表現を殊更に施していく姿勢と、無関係に並存するものではないだろう。それらは隣接し、時に交錯する関係にあって、相乗的に頼朝の地位を明確な輪郭をもって浮かび上がらせていると考えられるのである。

五　六代助命話について

さて、『盛衰記』における頼朝の地位について、以下では巻第四十七の六代助命話が内在している問題から考察を進めていくこととしたい。

『盛衰記』は『平家物語』巻第十二相当部にみえる六代関係話を全て採用しているわけではない。文覚の奔走によって助命された後の話題である高野山・熊野参詣話と、その後の処刑話がなく、助命話だけでまとめられているのである。このことは『盛衰記』が平氏の断絶を語ることを志向していなかったことを示す事実であろう。(13)そしてここで注目してみたいのは、その叙述の中に北条時政の情けが増幅されていることである。

文覚が、六代の助命を頼朝に嘆願するべく鎌倉に下向するに先立って時政に言い置いた言葉に、「此若君ヲ奉見先世ニイカナル契カ有ラン、余ニ糸惜ク思奉レバ、鎌倉殿ヘ参テ可申請。今廿日ヲ待給ヘ。ソレハ御辺ノ可芳心。文覚鎌倉殿ニ忠ヲ致シ、奉入功事ハ且見給シ事ゾカシ。……」（巻第四十七「文覚関東下向」）とある。延慶本には見えない傍線部の言葉は、助命が叶ったのちの、時政に向けた文覚自身の言葉によって再確認される。

　北条ハ「承シ日数モ過シカバ、御免ナキニコソト思給ツレバ罷下ツルニ、賢ゾ誤仕ザリケル。今一時モ遅カリセバ、本意ナキ事モ有ナマシ」ト申ケレバ、上人「実ニ日数モ延レバ、無心元ツルニ、今日マデ別事ナキハ御辺ノ御恩」トゾ悦ケル。（巻第四十七「六代蒙免上洛」）

やはり傍線部は延慶本には見えない。『盛衰記』ではこうした独自表現を話の前後で呼応させ、六代助命に時政の情けがひとつの鍵を握ったという事件展開の大枠を設定しているのである。

　その枠内には時政の情けある姿がくり返し現れる。いよいよ斬られることとなり、斎藤五・六に遺言する六代に対して、「此有様ヲ見テ、北条イトヾ涙ヲ流ケレバ、家子郎等モ皆袖ヲ絞ケリ。日モ既ニ暮ナントスレバ、偖モ有ベキナラズトテ、北条泣々トク〳〵ト勧」めるという姿を描く（傍線部延慶本なし）。また、赦免状が届いた場面は次のようにある。

　其詞ニ云、「小松三位中将息六代高雄上人頻ニ申請間、所預給也」ト書レタリ。北条高カニヨミ上ヌ。「戯呼、嬉キ者哉」トテ、打置ケレバ、免給ケルニコソトテ、武士共聞テ悦アヘリ。（巻第四十七「六代蒙免上洛」）

波線部「高カニヨミ上ヌ」という表現に関して、延慶本の時政が「高ハヨマネドモ、『神妙々』トテ打置ケレバ」（十九「六代御前被免給事」）と記されることとの相違を受け止めたい。延慶本の表現には、頼朝の代官として微妙な立場に立つがゆえの複雑な心理が窺えるのに対して、『盛衰記』にはそうした立場を越えて心から安堵する時政の姿が現れているのである。

　こうした色はさらに続く。『盛衰記』には、助命が叶ったことを現実とも思えぬ六代が、「消ズトテ憑ム命ニアラネ共今朝迄露ノ身ゾ残ケル」という和歌を詠むという独自場面が存するが、それを受けた時政の姿は「最哀ニ糸惜ク聞エケレバ、北条モ又涙ヲゾ流ケル」と記される。その後、時政は馬ニ疋を斎藤兄弟に与え、次のようなやりとりをする。

若公モ宣フ言ナケレ共、①思歎ニ窄給ヘルモ痛敷思給ケルニ、引替嬉ゲニ覚シテ顧給ヘバ、北条涙ヲ拭テ申ケルハ、「一日モ御送ニ参ベケレ共、急申ベキ大事共侍レバ此ヨリ可罷下。②奉久馴御遺コソ尽シガタク侍レ」ト申セバ、若公モ打涙グミ給テ、③「日来ノ名残コソ」ト宣フモイトツキ〴〵シクコソ聞エケレ。（巻第四十七「六代蒙免上洛」）

傍線部の表現はいずれも延慶本には存在しない。この場面での時政の涙（波線部）は延慶本にも現れるが、傍線部①にはその涙を誘引した六代の姿が明示され、傍線部②③は日頃の二人の心情面での交流を窺わせる表現となっている。そして『盛衰記』は、上洛した六代が母にこれまでの経緯を語る場面をこの後に独自に設け、「サテモ六代ハ不習旅ノ東路ニ、跡ニ心ノ留シ事、折ニ触テ北条ガ情ヲ残シ、事共、ツキ〴〵シク語給テモ泣給ケレバ、見人モ聞人モ皆袂ヲ絞ケリ……」（同「長谷観音」）と、特別な時政の情けを口にさせもするのである。

以上に見渡してきたように、『盛衰記』では時政の情けがより大きく打ち出されており、六代の助命が時政を含めた周囲から強く願われていたことが、いっそう明瞭に提示されている。[14]そしてそれは、この段階での頼朝の地位の描き方との関係においてひとつの意味を帯びていると考えられる。

(a)サル程ニ、上人モヤガテ馳来タリ。馬ヨリ下、「【ヤ、北条殿、若公ハ申預ヌ。今一足モトテ、免文ヲ先立テ奉リヌ。定テ見給ヌラン。鎌倉殿宣ケルハ、】『此童ハ平家ノ嫡々ノ正統ナリ。父ノ三位中将ハ初度ノ討手ノ大将軍也。イカニモ難免。[a]【頼朝モ幼稚ヲ宥ラレテ今懸ル身トナレリ。此童ヲ免置テハ定テ後悪カリナンズ。上人ガ奉公其恩忘ガタケレ共、此事ハ難治也』トテ、】ツヤ〳〵動給ハザリツルヲ、【『上人ガ心ヲ破給テハ、鎌倉殿モ争冥加オハスベキ。[b]【此ヲタビタラバ、軈テ法師ニナシテ仏法修行センズレバ、更ニ後悪キ事侍マジ。】若不預給ハ、文覚鎌倉ニテ飲食ヲタチ思死ニシテ、御子孫ノ怨霊トモ成ベシ』ナド、【一度ハ威シツ一度ハスカシツ、】種々ニ申ツル程ニ、【『抑維盛卿息ヲバ頼朝ヲ相シ給シ様ニ、見給フ処アリテ角ハ申請給歟』ト問給ツル間、『是ハ其儀ニハ不思寄。免ス方ナキ程ノ不覚ノ人ニテ、聊モ心ニ籠タル事ハ侍ラズ。ワリナキ姿ノ不便サニ、慈悲ノ心ニ催サレテ』トマデ申タレバ免給ヌ」】ト、ユ、シク気色シテゾ云ケル。

（巻第四十七「六代蒙免上洛」）

鎌倉から戻った文覚は頼朝との問答を再現する（【　】内延慶本なし）。『盛衰記』は傍線部a・bで「後」に関する問答（延慶本なし）を、二重傍線部でかつて頼朝の将来を文覚が相したことに発して、六代の将来についての問答を記す。また、破線部は文覚が鎌倉下向に先立って時政に言い置いた頼朝説得の言葉、「……モシ若公ヲ預給ハズハ、ヤガテ文覚鎌倉ニテ干死ニシテ死霊ト成ナバ、鎌倉殿ノ為モ由ナカルベシ……」（延慶本なし）を受けた表現であることにも注意を要する。(15)『盛衰記』はここで、六代や文覚の将来が頼朝の行く末と密接に関わることを積極的に打ち出す形で、六代助命話を展開させていると考えられるのである。

こうした叙述への志向は、右二重傍線部に関する『盛衰記』の編集姿勢からも確かめられる。すなわち、延慶本に存在する類似表現は、廿三「六代御前高野熊野ヘ参給事」の冒頭に収められているが、当該部分は「権亮三位中将ノ子息六代御前ハ、年ノ積ニ随テ……」と書き出されており、それは助命から年月を隔てた時点の六代に関する表現なのである。つまり、『盛衰記』はこれを敢えて助命に関わらせる形で前に送り、設定を改変してここに用いているのであった。

六代の将来は、一連の助命話の末尾（巻第四十七末）でも取り沙汰される。すなわち、

(b)上人ハ不斜カシヅキ奉テ、斉藤五・斉藤六ヲモ孚、母上ノ大覚寺ノ住居ノ幽ナルヲモ訪申ケリ。若公姿・形・心ヅカヒ無類オハシケルニ付テモ、文覚ハ懸レドモ如何ナル事カアランズラント、空恐シク肝ツブレテゾオボエケル。

（巻第四十七「長谷観音」）

と、六代の将来に作用する頼朝の力を不安視する文覚の姿が描き込まれるのである。『盛衰記』の六代話は、頼朝の六代への懸念がこの先も続くであろうこと、すなわちその限りにおいて頼朝の行く末が決して安泰ではないことを示唆するこの一文によって結ばれる。そしてこの傍線部も、延慶本では先の引用(a)二重傍線部に相当する叙述と同位置(廿三「六代御前高野熊野へ参給事」の冒頭)に記されている。そこに、一貫した編集上の姿勢が窺い見えることについては、もはや多言を要すまい。

以上のように、『盛衰記』は六代助命話の中に、頼朝の行く末の不安定さを示唆する文脈を意識的に織り込んでいる。『盛衰記』が六代関係話を助命話に限って記した所以は、まずはこうした様相との関係で理解されるべきものではなかろうか。また、そこに現れる頼朝の姿は、先に見たように六代に心から寛大さを示す、情けある時政の姿との対照性の中で、一層際立つこととなっていることも見逃すことはできないのである。

六　おわりに――挙兵譚からの脈絡とその広がり――

以上、後白河院との関係の中で規定される形で頼朝の地位を描き出そうとする巻第四十六における志向と、頼朝の行く末との関係から六代助命話を意図的に活用した巻第四十七のあり方とを検討してきた。最後に、これら二つの局面が決して無関係なものではないことも指摘しておかねばなるまい。改めて前節引用(a)二重傍線部にみえた「相人」文覚の姿と言葉に注目してみよう。

前章〔第二部第一編第一章〕において私は、頼朝に挙兵を勧める文覚の姿に、『盛衰記』では「相人」としての側面が色濃く提示されていることを指摘した。そこでは、

文覚良有テ云ケルハ、「法師日本国ヲ修行シテ在々所々ニ六孫王ノ末葉トテ見参スルヲ見ルニ、大将ト成テ一天

四海ヲ奉行スベキ人ナシ。或ハ心勇テ人思付ベカラズ、或性穏シテ人ニ無威応。穏シテ威ナキモ身ノ難也。勇テ猛キモ人ノ怨也。サレバ威応アリテ穏シカランハ国ノ主ト成ベシ。殿ヲ見ルニ、心操穏シテ威応ノ相御座。是ハ者ノ思付相也。項羽ハ心奢テ帝位ニ不登、高祖ハ性ヲダシクシテ諸侯ヲ相従ヘリ。御辺ハ後憑シキ人ヤ、目出シ〳〵」ト嘆タリ。（巻第十九「文覚頼朝対面付白首」）

といった表現に着目したわけだが、「相人」文覚がそこで主張していたのは、「国ノ主」という地位に至るという頼朝の行く末であった(16)。それを踏まえ、『盛衰記』は「相人」文覚の姿を、挙兵譚と終結部の六代助命記事において、頼朝と関係づけているのである。その間には、文覚形象に関する一貫性が認められて然るべきであろう。また、挙兵時の相見のとおり、まさしく後白河院を凌ぐ「国ノ主」としての頼朝が終結部で描き出されていることについては、本章で検討してきたとおりである。さらに、その表現にいささか踏み込んでみれば、挙兵時の文覚は「国ノ主」となる条件として、心の穏やかさと「威応」とをあげていた。この「威応」という側面は、実は後白河院を圧する頼朝の最終的な地位と関わる形でも用いられていた語なのであった（第三節引用㈡参照）。つまり、六代話で示唆される頼朝の行く末の危うさは、「相人」文覚の人物形象を介して、後白河院を圧するその地位の不安定さとも不可分な問題とされているのである。

ところで、こうして通覧してみると、本章で検討してきた巻第四十六・四十七の叙述の様相は、挙兵譚との照応が意図されたものであることを理解し得る。そこにはたらく編集姿勢は、挙兵譚の叙述を構築する営みとも脈絡を通じ、遠く響き合っているものと目されるのである(17)。かつその脈絡は、さらなる広がりをもって『盛衰記』の叙述内に張りめぐらされていることも予見しうる(18)。『盛衰記』がおこなった編集作業は、物語が提示しようとする歴史像の再構築という意義を多分に内包するものであったと思しい。そこには『平家物語』に連なる事件に意味づけや解釈を加えていく姿勢がはたらいていたに違いない。その叙述に多種多様な文献や解釈原理(19)を援用していることが指摘され、時にその饒舌さゆえに拡散的な相貌をもみせる『盛衰記』だが、一面として歴史状況の推移を叙する際に不可欠な求心力を堅固に有している。本章で最終的に指摘したひとつの脈絡は、そうした基幹部分に関与しているのではなかろうか。この点については、異なる角度からの検討を要しよう。依然として残された分析課題は多いが、少なくとも、本章までの検討によって、『盛衰記』が先行する『平家物語』を踏まえつつも、特にその歴史叙述という側面における内実を新たな姿として自覚的に再生させており、そうした意味でひとつの作品としての展開を遂げた段階にあることは確認し得たのではなかろうか。

本章を結ぶにあたり、今後吟味すべき事柄のひとつとして、『盛衰記』において頼朝がどのように重視されているのかという問題を指摘しておきたい。榊原論で指摘され、本章でも見てきたように、『盛衰記』の頼朝は後白河院を凌ぐ圧倒的な存在と化す。しかし、これも既に見たように、『盛衰記』はそれによって頼朝の絶対性を語ろうとしてはいないのである。とすれば、頼朝という存在を絶対視しない『盛衰記』の価値観を、頼朝をめぐる中世の精神史の流れや社会状況の中に定位する試みが今後なされて然るべきであろう[20]。また、言うまでもなく、叙述展開上の鍵として頼朝を重んじることと、その存在自体を権威化、あるいは絶対化することとは別問題である。そうした意味でも、やはり頼朝の扱われ方は、一面で『盛衰記』の歴史叙述を律する求心力と確実に関わっている。今後そうした力の質を問い、それを生みだす営みの推進力の所在へと迫っていくことも求められよう。そうした問題意識と展望のもと、本章では主に頼朝の地位を描き出す編集姿勢に着目して、『盛衰記』に広く織りなされた脈絡の一端を照らし出してみた。

注

（1）榊原千鶴氏a「『源平盛衰記』の一視点」（「南山国文論集」9　一九八五・三　→同著『平家物語　創造と享受』〈一九九

八・十　三弥井書店〉再録）、同b「『源平盛衰記』の頼朝」（「日本文学」42－6　一九九三・六　→同前著書再録）。

（2）本章での指摘は、『平家物語』の中の特定伝本における人物形象論のひとつとして収束させることを意図するものではないことをあらかじめ述べておきたい。

（3）本章で扱う延慶本の引用は、第六末の叙述である。引用に際しては巻数を略した。

（4）ただし、『盛衰記』にも忠快赦免話と髑髏尼話は存する。とはいえ忠快はいわゆる「残党」とは性格を少しく異にしている。また、髑髏尼話は『盛衰記』が特別な関心を寄せる重衡の扱い方との関係からとらえるべきものと考える。この点は今後の検討課題としたい。なお、松尾葦江氏「長門本・延慶本・盛衰記の平氏断絶記事について——読み本系とは何かを考えるために——」（「軍記と語り物」8　一九七一・四　→同著『平家物語論究』〈一九八五・三　明治書院〉改題再録）は、『盛衰記』が『吾妻鏡』に比して平氏断絶に強い熱意を示していないことに注意を促している。

本章で扱う部分の『盛衰記』慶長古活字本には一部に欠字がある。蓬左文庫本等を参照して補ったが、煩雑さを避けるため一々には示さなかった。また、両本の関係部分には内容に関わるような異同は存在しない。

（5）『盛衰記』巻第四十六「義経始終有様」は義経の生い立ちから奥州での自害までを記す独自記事だが、伊勢三郎義盛の存在が特筆されたり、頼朝の奥州合戦まで記されていることなどをみても、頼朝による義経の追討を語ることを主たる眼目とはしていないことは明らかである。

（6）それは、諸本間の小差をこえて「魔王」として受け止めるべきものと言われる。水原一氏「『平家物語』巻十二の諸問題——「断絶平家」その他をめぐって——」（「駒沢国文」20　一九八三・二　→同著『中世古文学像の探求』〈一九九五・五　新典社〉再録）参照。『盛衰記』の底辺にもそうした像が存することを否定するつもりはないが、『平家物語』諸本で「魔王」像を形づくる冷血で仮借なき姿は、平氏残党や源氏の粛清という行為が大きな要素となっており、それを『盛衰記』が大幅に縮小していることにここでは注目したい。

（7）その処分は後に示されるように義経との縁を問題としており、また既にこの段階では義経は都落ちした後でもある。したがって、全面的な方向転換ではないのだが、その目的が向く方向とそれを明示する姿勢とに注目したい。

（8）底本には「鬱」に「イキトヲリ」というルビが振られている。蓬左文庫本はこの部分を「あるひはのそみあるひはいきとをり申事ありて」と記す。

（9）注（1）榊原論bは特に㈡・㈭の表現に着目して、「平将」を凌ぐ存在と化した頼朝の姿を読み取り、議奏公卿記事などを取りあげて、後白河院をはじめとする朝廷の人々を威圧する存在と化した頼朝の姿を読み取る。ただし、当該部について同論は、『盛衰記』の叙述をそのままに読み解く姿勢をとる。その点、延慶本等との差異から編集上の志向を問題とする本章とは観点が異なっている。

（10）二重傍線部の前者は蓬左文庫本には存在しない。

（11）ここで義経に付された「有威不猛」という評は、「威応ニ恐」られる存在（第三節引用㈡傍線部②参照）である頼朝との対照性を示すものとして特に目を配っておきたい。「威応」をめぐる『盛衰記』特有の文脈については後述する。

（12）なお、『盛衰記』は、義経が都落ちに際して石清水八幡宮を伏し拝むという独自記事を持っており、そこで朝廷への奉公の経緯を述べさせ、頼朝に虐げられる姿を書き込んでもいる。

（13）『盛衰記』に六代斬られが記されないことについては、従来、観音信仰を強調する『盛衰記』におけるその霊験称揚の立場、あるいは『盛衰記』の中に意識的に組み入れられた観音のはたらきといった観点から理解されてきた。しかし、このことは、高野山・熊野参詣話をも持たないことと併せて説明される必要があるのではなかろうか。以下に述べるように、本章では、頼朝の行く末を示唆する助命話として六代話群を扱おうとする『盛衰記』の志向を読みとっていく。そうした志向を持つがゆえに、これらの記事は『盛衰記』では採用されなかったものと考えられる。ただし、この指摘によって、観音信仰のはたらきが『盛衰記』の中で機能していることを否定するつもりはない。『盛衰記』における六代斬られと観音信仰の関係については、今井正之助氏「『平家物語』終結部の諸相――六代の死を中心に――」（「軍記と語り物」19　一九八二・三）、榊原千鶴氏「『源平盛衰記』にみる観音信仰のはたらき」（「伝承文学研究」38　一九九〇・七　→前掲同著再録）等に言及されている。

（14）時政の六代への同情は、これらの他にも延慶本にはない表現として、平家の子孫を捜す段階で、「岩木ナラヌ身ナレバ、加様ニ無情振舞ケルモイミジトハ不思」（巻第四十七「北条上洛尋平孫」）と記されたり、捕縛した六代を見て「中々心苦コソ侍レ」（同「文覚関東下向」）と述べる姿として書き込まれる。なお、時政の六代への同情的な姿勢は、『平家物語』諸本にもある程度共有されたものである。したがって、ここでは『盛衰記』で特に増幅した傾きとして注目していることをお断りしておく。

(15)　破線部の表現については、延慶本にも「若此事聞給ワズハ、ヤガテ大魔縁ト成テ恨申ムズル」（十九「六代御前被免給事」）という類似表現がある。ただし、『盛衰記』では「御子孫ノ怨霊トモ成ベシ」とあって、より長期的な歴史的推移を見渡そうとする眼が獲得されていることに留意しておきたい。

(16)　文覚がそこで相したもう一つは、「父ノ恥ヲモ雪メ、国ノ主トモ成給ヘ」（巻第十九「文覚頼朝対面付白首」）などと見える、頼朝が義朝の子であること。

(17)　羽原彩氏「『源平盛衰記』頼朝挙兵譚叙述の一方法」（『国文学研究』131　二〇〇〇・六）は頼朝挙兵譚を叙する『盛衰記』の手法とその緊密性とを丹念に読み解いており、注目される。挙兵譚と『盛衰記』における頼朝形象との関係、頼朝体制の位置づけといった問題については、本編第三章で論じる。

(18)　たとえば、榊原氏が指摘する「平将」と頼朝との類比、重衡叙述の様相などは本章での指摘と密接に絡み合った事柄と考えている。

(19)　美濃部重克氏「『源平盛衰記』の解釈原理（1）」（『伝承文学研究』29　一九八三・八　→同著『中世伝承文学の諸相』〈一九八八・八　和泉書院〉改題再録）等。

(20)　佐伯真一氏「源頼朝と軍記・説話・物語」（説話と説話文学の会編『説話論集　第二集』収　一九九二・四　→同著『平家物語遡源』〈一九九六・九　若草書房〉再録）は、『盛衰記』に「頼朝を助けた話」が特に顕著であることを指摘している。また、佐伯論でも注目されている家伝については、私も佐々木家伝の検討からその一端を指摘したが、それらの話題における頼朝は、その家の起源と関わって揺るぎ得ぬ存在であり、本章で見てきた頼朝とは明らかに位相を異にしている。拙稿「佐々木家伝「奉公初日記」をめぐる一考察——自己認識と家伝、その継承と創作——」（『早稲田大学高等学院研究年誌』

45　二〇〇一・三）〔第三部第二編第二章〕参照。まずは、『盛衰記』の中に存在する二つの頼朝観の落差を受け止めておく必要があろう。

第三章　〈頼朝鎌倉入り〉の意義づけ

――『平家物語』から『源平盛衰記』へ――

一　はじめに

今日、『源平盛衰記』（以下、『盛衰記』）は『平家物語』の後出異本のひとつとみなされることが多い。(1)しかし、こうした理解は、二十世紀に入ってからの、とりわけ戦後の『平家物語』諸本研究史によって形成されたものと言ってよい。たとえば、近世社会においては、『平家物語』と『盛衰記』がそれぞれに版本として刊行され続けており、明治・大正期における複数の叢書の中にも、両作品が並んで収められていることを見れば、それは一目瞭然である。(2)近代における『平家物語』の諸本研究――その主軸はこの物語の原態・古態の探求にあった――が多くの成果をあげ、現在の『平家物語』理解の基盤を築いてきたことは疑いない。ただしその一方で、改作を経たいわゆる後出諸本については、覚一本という特例を除いては多く等閑に付され、それゆえに後出という属性や現象それ自体の持つ意味が顧みられることは極端に少なかったというのもまた事実であろう。そうした状況下で、『盛衰記』が単立した物語としての色を失い、『平家物語』の一異本として扱われるようになっていく過程とは、すなわち『盛衰記』を『平家物語』の後出本という枠の中に押し込めて、その叙述・表現・言説の質を判断していった過程と言い換えられる。『平家物語』が時と共に多様に姿を変えて再生を遂げていく様態をこそとらえようとする、本書を貫く問題意識に照らせば、こうした『盛衰記』理解には、今後いっそう意識的に向きあっていく必要がでてくるのである。

『盛衰記』の基盤に、延慶本のようないわゆる読み本系『平家物語』があることは、大枠としては認めてよいだろう。とすれば、既存の『平家物語』を踏まえつつも、それを凌いでいこうとした力とその叙述の内実とを読み解いていかねばなるまい。それは、中世社会に生じた、『平家物語』に根ざす文化営為のひとつを吟味することにもつながろう。こうした問題意識の上に立つ具体的な試みとして、既に本編第一章では、『盛衰記』の頼朝挙兵譚に見える特徴的な文覚の人物形象が、より根元的なところでは、大局的な歴史叙述の中に頼朝を位置づけるありかたと呼応していることを指摘し、続く第二章では頼朝挙兵譚に発するそうした脈絡が終結部にまで及ぶことを、終結部の編集姿勢に着目しながら検証し、『盛衰記』における頼朝という存在の重さを浮かび上がらせた。前二章の成果に照らせば、頼朝を作中に定位する『盛衰記』の様態が、延慶本等の『平家物語』諸本とは異なる、注目すべき特性を備えていることは疑いない。そこで本章では、頼朝を核とした社会体制が確立する過程を、『盛衰記』がどのように描き出しているのかを見極め、『平家物語』と『盛衰記』のあわいを照らし出そうとするここまでの一連の分析を、さらに深めることを目指したい。

本章では、『盛衰記』の頼朝挙兵譚を締め括る〈頼朝鎌倉入り〉の性質を問い直してみたい。あらかじめ言えば、『盛衰記』は、『平家物語』諸本には存在しないこの独特な記事に焦点をあわせた注目すべき脈絡を創り出し、当該記事に頼朝を中心とした体制が確立する画期を設定していると考えられるのである。以下、源平両氏の長き歴史的変遷を『盛衰記』がいかにとらえ、その先に現れた頼朝という存在をどう定位するのか、その際に当該記事はどのように意義づけられているのかを問うていこうと思う。『平家物語』との距離に注目する関係上、本章でも延慶本には随時目を配り、両者の差異を踏まえつつ論述を進めることとしたい。なお、こうした試みは、前章末で提示した、『盛衰記』において頼朝がどのように重視されているのかという問いと向き合うことにも、必然的につながっていくであろうことを付言しておく。

さて、当該記事は、『盛衰記』を特徴づけるものとして、従来より注目されている。榊原千鶴氏は、この記事によって「盛衰記は…（中略）…頼朝が東国支配の緒についた、という始まりの認識を示す」とし、「雌伏の時代を経て雄飛期を迎えた頼朝の転換点」をここに「明示」する『盛衰記』の姿勢を読み解いている。(3)また、小柳加奈氏は、当該記事で結ばれる『盛衰記』の頼朝挙兵譚について、「頼朝が関東に覇権を確立し、都の清盛に比肩しうる立場にのしあがるまでを描いた頼朝の成長の物語」ととらえる。(4)さらに、近時羽原彩氏は、『盛衰記』の頼朝挙兵譚を分析し、「義家という〈過去〉」を背負う存在として頼朝を位置づけている様相を指摘、同挙兵譚はそうした頼朝が「鎌倉で為政者として立つまでを、〈源氏の物語〉として描き出している」という、『盛衰記』がとった叙述方法に関する見解を示している。(5)これらの先行研究は、表現こそ異なれ、当該記事に頼朝の描かれ方に関するひとつの画期を見いだしていることは共通している。ただし、分析の観点における相違から、〈頼朝鎌倉入り〉記事のとらえ方については差異が認められる。それについては、本章の検討を踏まえて、後に私なりに問い直すつもりである。また、頼朝体制の確立過程を歴史的に定位する『盛衰記』の特質を解き明かそうとする本章の分析は、必然的にまずは『盛衰記』がもつ清盛・頼朝以前へのまなざしを吟味することからはじめることとなる。それは、「〈過去〉」に対する『盛衰記』の視線を対象化した羽原論を承け、私なりにさらなる展開を期した試みと言うべきものである。

二　「朝家前後之将軍」——源平共栄の歴史——

『盛衰記』は、清盛・頼朝に至るまでの源平両氏の歴史をどのようにとらえているのか。それを示唆するものとして注目されるのが、両氏を「朝家前後之将軍」とする理解である。たとえば延慶本では、こうした表現は木曾義仲が都への歩みを進める途上で奉じた白山願書の中には見えるものの（第三末　十「義仲白山進願書事付兼平与盛俊合戦事」(6)）、地の文には一切現れない。ところが『盛衰記』では、内容展開上大きく溯って、いわゆる鹿谷事件発覚の段階からそうした理解がくり返し表出されているのである。

(a)（多田蔵人行綱）「……大納言宣シハ、『平家ハ悪行法ニ過テ、動スレバ奉嘲朝家之間、可追討之由被下院宣タリ。但源平両氏ハ、昔ヨリ朝家前後之将軍トシテ、逆臣ヲ誅戮シテ所蒙異賞也。サレバ今度ノ合戦ニハ、御辺ヲ憑。可有其意』ト被仰間、……」（巻第五「行綱中言」）

謀叛計画に関与していた多田蔵人行綱は身を翻して清盛への密告に及ぶ。その言葉は、延慶本では、「其レハトコソ申候シカ、カクコソ申候シカ」（第一末　七「多田蔵人行綱仲言ノ事」）とごく簡潔に記されるのみだが、『盛衰記』では鹿谷での光景を詳細に再現していく行綱の言葉が連ねられている。特徴的なその記述の中で、行綱は成親から右引用部のごとき言葉をかけられたと証言しているのである。『盛衰記』は、延慶本には見えない傍線部のごとき源平理解を提示し、それを行綱がこの時に頼りとされた根拠としていることを読みとっておきたい。

こうした理解は、続く以仁王・頼政挙兵譚の中でも提示されている。名馬「木下」をめぐって宗盛から侮辱を受けた仲綱が耐え難き思いを父頼政に訴える場面で、延慶本他の『平家物語』諸本とも共通する発言に先立って、『盛衰記』の仲綱は次のような注目すべき言葉を口にしている。

(b)（仲綱）「仲綱コソ京都ノ咲グサニ成テ候へ。平家ハ桓武帝ノ苗裔トハ申セドモ、時代久ク下テ十三代、中比ハ下国ノ受領ヲダニモ不免ケルガ、近家ヲ興セリ。当家ハ清和帝ノ御末、多田満仲ノ後胤トシテ、入道殿マデ九代。間近御事也。但源平両氏朝家前後ノ将軍ナレバ、必シモ甲乙有マジキ事ナレ共、一旦ノ果報ニ依テ、当時暫ク官途ニ浅深アルニコソ。……」（巻第十四「木下馬」）

ここで仲綱は、まず桓武天皇から十三代（＝宗盛）、清和天皇から九代（＝頼政）という観点から現在の源平両氏を対比して、頼政の方が天皇に世代数が「間近」なことを指摘する（波線部）。その上で、両氏が「朝家前後ノ将軍」であるという歴史的関係をも提示して、本来両氏は対等であるはずだとする自己認識を主張している。ここでも『盛衰記』は、傍線部のごとき源平理解を、頼政・仲綱らの明確な意識として特徴的に描き込んでいるのである。

同様の理解は、この後の三井寺での僉議に際して、平家方の一如坊阿闍梨真海の発言としても示されていく。

(c)（三井寺僉議）僉議シテ云、「抑仏法王法ハ助君守法、文官武官ハ治国鎮乱。其中ニ源平両氏ノ将軍ハ、朝家前後ノ守護トシテ国土ヲ治、奉守君王、互ニ牛角タリキ。然而倩近来ヲ見ニ、源家ハ運衰テ諸国ニ零落シ、平家ハ威盛ニシテ一天ヲ管領セリ。依之五畿七道不背其命、百官万庶相従其威、衆流ノ海ニ入ガ如ク、万木ノ似靡風。……（巻第十四「三井寺僉議」）

右の引用部分もやはり、延慶本等には見えない。『盛衰記』を特徴づける引用(a)〜(c)傍線部のごとき表現は、それぞれの場面における機能を考慮しても、無自覚に書き込まれた句とは考えがたく、『盛衰記』が持つ源平理解の内実を踏まえた、質感を伴った表現であることが推察されるのである。

かかる判断の妥当性は以下の検討で別の角度からも吟味することとなるが、ここでは、当該表現が過去における源平共栄の歴史を前提とする表現であることに留意しておきたい。たとえば、『平家物語』諸本が「昔ヨリ源平両氏朝家ニ召仕ハレテ、皇化ニ不随ハ、朝憲ヲ軽ズル者ニハ、互ヒニ誡ヲ加ヘシカバ代ノ乱モ無リシニ」（延慶本第一本　六「八人ノ娘達之事」）といった定型表現を共有していることはよく知られている。そして『盛衰記』はそれを一部に継承してもいる（巻第一「清盛息女」など）。ただし、そうした概念と、源平を「朝家前後之将軍」とする理解との間には見逃しがたい相違がある。前者が源平が相互に誡め合ってきたという歴史を語るものであるのに対して、後者は、両氏が同時に並び立ってきた歴史にこそ焦点を合わせた理解なのである。後者には、「必シモ甲乙有マジキ事」（引用(b)傍線部）、「互ニ互角タリキ」（同(c)傍線部）といった、両者の対等を表明する文言が添えられていることにも留意したい。そして後者におけるかかる焦点の所在は、「将軍」という立場との関係の中で明確に打ち出されていることも見逃せない。

『盛衰記』は、清盛・頼朝以前における源平の歴史を、朝家の「将軍」としての共栄という観点からとらえる自覚的な目を有しているのである。

三　清盛・頼朝以前へのまなざし――義朝と平治の乱――

ところで、清盛・頼朝以前の源平両氏に関する『盛衰記』の理解を示唆するものとして、頼朝の父義朝の特別な扱われ方を見過ごすことはできない。まずは、いわゆる青侍の夢にまつわる叙述を取りあげてみよう。

福原への都遷りは、『盛衰記』では「皇化ノ善政ヲ打トヾメ奉リ、神明ノ擁護ニモ背ケルニヤ」と評され、平家一門の人々の夢見も悪しき折節、源中納言雅頼の侍が神々の僉議の座を夢に見る。そこで交わされた、清盛から頼朝への御剣の授受をめぐるやりとりが、その後の源平両氏の浮沈と関わる重要な僉議となっていることは延慶本などと同様である。ただし、当該部の内容に関する延慶本等との相違点として看過し難いのは、『盛衰記』では義朝の存在が特別に盛り込まれていることである。

(e)座上ノ人ノ赤衣ノ官人ヲ召テ仰ケルハ、「下野守源義朝ニ被預置御剣、イサ、カ朝家ニ背ク心アリシカバ召返テ清盛法師ニ被預給タレ共、朝政ヲ忽緒シ天命ヲ悩乱ス。滅亡ノ期既ニ至レリ。子孫相続事難。彼御剣ヲ召返ナリ。汝行テ剣ヲ取テ故義朝ガ子息前右兵衛権佐頼朝ニ預置ベシ」ト有ケレバ、……（巻第十七「源中納言夢」）

延慶本などと同様、『盛衰記』でもこの後に、その御剣は「朝敵誅罰ノ大将軍」が賜る「節刀」であることが明かされている。ただし、右に引用した発言を、延慶本の「日来清盛入道ノ預リタリツル御剣ヲバ、被召返ズルニヤ、速可被召返。彼御剣ハ鎌倉ノ右兵衛佐源頼朝ニ可被預也」（第二中　卅四「雅頼卿ノ侍夢見ル事」）という発言と対照してみると、『盛衰記』では、この刀剣が清盛に至る前段階の所有者として、義朝が特別視されていることは明らかであろう。すなわち、『盛衰記』は、延慶本等の『平家物語』諸本には見えなかった義朝の段階を加えた、義朝→清盛→頼朝という「朝敵誅罰ノ大将軍」の流れをここで提示しているのである。

こうした表現をもつこと自体、『盛衰記』が清盛・頼朝以前の源平の歴史について、依拠した既存の『平家物語』そのままではない理解を有していることを示唆する事実といえよう。加えて、右の場面とも関連して、頼朝挙兵譚の中で、「義朝ノ秘蔵ノ物」が重要な役割を担うこととなっていることにも目を配っておきたい。いわゆる山木夜討ちに際して、山木兼隆を討つべく頼朝のもとから出立する加藤次景廉に頼朝が与えた小長刀について、『盛衰記』は次のような独自の由来を付加しているのである。

(f)……トテ、小長刀ヲ給フ。《是ハ故左馬頭義朝ノ秘蔵ノ物也ケルヲ、流罪ノ時、父ガ形見ニモ見ントテ、池尼御前ニ申請テ下給タリケル也。銀ノ小蛭巻ニ、目貫ニハ法螺ヲ透シテ、義朝身ヲ不放持レタリシ宝物ナレドモ、且ハ軍ヲ進ンガ為、且ハ事ノ始ヲ祝ハントオボシテ給ニケリ。》景廉是ヲ給テ、佐殿ノ雑色一人・洲前三郎・下人二人、已上五騎ニテ八牧城ニ推寄ス。
（巻第二十「八牧夜討」）

右引用中、私に《　》で括った部分に対応する延慶本の表現は、「銀ノヒルマキシタル小長大刀」（第二末　十「屋牧判官兼隆ヲ夜討ニスル事」）とあるにとどまる。それに対して『盛衰記』は、ことさらにそれが義朝秘蔵の宝物であることを説いているのである。[7]『盛衰記』の頼朝は、挙兵決意に至る経緯を語る文覚関係話の中でも、父義朝への追慕の情を強く表出した記述によって形象されている（本編第一章）。引用(f)における義朝への傾斜は、亡き父への強い思いの中で挙兵を決意し、実行していく頼朝の姿を描き出そうとする『盛衰記』の貫徹した叙述志向との関係でまずは理解し得よう。

ただしその一方で、当該部は、先の引用(e)との関係でも読み解く必要がある。延慶本によれば、神々の僉議によって頼朝へ渡されることとなった「日来清盛入道ノ預リタリツル御剣」とは、かつて高野山の大塔を修理した清盛に厳島大明神が託宣を下し、夢を見せた後に下し与えた「銀ノ蛭巻シタル小長刀」（＝「節刀」）であるとされている（第二中　五「入道厳嶋ヲ崇奉由来事」）。そして、そうした節刀の行方に伴う大将軍移行を語る脈絡は、(8)『盛衰記』にも基本的に継承されていると考えてよい。それは、『盛衰記』で言えば、「当初安芸守ト申時、厳島社ノ神拝ノ次ニ、蒙霊夢賜ルト見タリケルガ、ウツ、ニモ実ニ有ケル銀ノ蛭巻シタル手鉾ノ、秘蔵シテ常枕ヲ不放被立タル」（巻第六「入道院参企」）と記されているものこそが、義朝にひとたび預けられ、後に神慮によって清盛のもとへと移された「節刀」であると考えられるからに他ならない(9)。

こうした脈絡を踏まえた上で注目されるのが、「銀ノ蛭巻」をした「節刀」としての手鉾の姿が、義朝が秘蔵していたとされる「銀ノ小蛭巻」をした「小長刀」（引用(f)波線部）と重なることである。厳密に言えば、神々の決定によって義朝から剝奪されたそれは、清盛に与えられたとされていた以上、流罪に際して父の形見として池禅尼からもらい受けたという経緯（引用(f)）で頼朝に伝来したものとは相容れない。また、「目貫ニハ法螺ヲ透シテ」（波線部）という装いが、両者に共通するものかどうかも定かではない。しかし、挙兵の発端となるいくさで兼隆を討つという重い意義を背負った小長刀を、『盛衰記』がわざわざ義朝秘蔵のものと明言したゆえんは、清盛以前には義朝が「節刀」を所持していたという設定との響き合いの中で読み解くのが自然ではなかろうか。そこには、厳密な論理・文脈の整合性とは別の次元で成り立つ、義朝イメージに由来する『盛衰記』なりの連想の脈絡が存在しよう。

『盛衰記』は、節刀の行方を通して清盛から頼朝への転換を語る『平家物語』の叙述を踏まえつつ、それに先立つ義朝段階を特別なまなざしのもとに扱っている。先に、『盛衰記』が源平の共栄に焦点をあわせて両氏の歴史をとらえる目を持つことを指摘したが、そうした状況下、かつて義朝が清盛よりも優位にある段階があったとみなされているのである。そこに、『盛衰記』がもつ歴史認識の一端が見えてくる。

ところで、義朝（源氏）と清盛（平氏）のそうした上下関係を転換させたのは、言うまでもなく平治の乱である。

ここに至って改めて問題となるのは、『盛衰記』が、『平家物語』諸本に増して頼朝挙兵の根元に作用する平治の乱の重さを盛り込んだ叙述を有していることである。それは、同書では頼朝挙兵譚が、流罪された頼朝の状況と深意を、

(g)前右兵衛佐頼朝ハ、去永暦元年依義朝縁坐伊豆国へ被流罪タリケルガ、武蔵・相模・伊豆・駿河ノ武士共、多ハ父祖重恩ノ輩也。其好忽忘ベキナラネバ、当時平家ノ恩顧ノ者ノ外ハ、頼朝ニ心ヲ通ハシテ、軍ヲ発サバ命ヲ捨ベキ由示者共数アリケリ。①頼朝又心ニ深ク思萌事也ケレバ、世ノ有様ヲウカヾヒテ年月ヲ送ケルコソ怖シケレ。（巻第十八「文覚頼朝勧進謀叛」）

と記すことから本格的に語り出され、以下に続く一連の記事群が②「兵衛佐頼朝ハ、平治以来本望也ケル上ニ、文覚ガス、メニ依、一院院宣ヲ蒙シ後ハ、此営ノ外ハ他事ナシ」（巻第廿二「俵藤太将門中違」）という一文をもって結ばれることに顕著に現れている。傍線部①については延慶本もほぼ同様に記しているが（第二中　卅八「兵衛佐伊豆山ニ籠ル事」）、傍線部②は『盛衰記』特有の記事に含まれた表現なのである。これらは、前後で照応することによって挙兵譚の大枠を形づくっており、それによって『盛衰記』では、頼朝が平治の乱以来抱き続ける内なる意志によって行動していることが明確化されている。(10)すなわち、『盛衰記』は、かく自覚的に義朝や平治の乱を扱うことによって、義朝以来、清盛への転換、頼朝へのさらなる転換というらねりを生じつつ展開する源平両氏の歴史的動向を、特に将軍史という観点から提示しようとしていることが見通されてくるのである。(11)

四　清盛から頼朝へ――将軍継承者の条件――

続いて、『盛衰記』における清盛から頼朝への転換の意義づけ方を、さらに掘り下げてみたい。

ここで注目したいのは、石橋山合戦に臨んで、頼朝追討軍を率いる大場景親が頼朝軍に投げかけた発言とそれに答

える北条時政との応酬である。[12]それは、山木夜討ちの後、頼朝軍がはじめて平家方の軍勢と対峙し、相互にその立場を主張し合う場面の中に現れる。両者のやりとりは延慶本にも記されているが、『盛衰記』はそれを冒頭から次のように構成し直している。まずは大場景親の発言を引こう。

(h)大場進出テ、弓杖ヲ突鐙踏張立上テ、「Ⓐ抑平家ハ桓武帝ノ御苗裔葛原親王御後胤トシテ、代々蒙将軍宣、遙ニ朝家ノ御守タリ。天下ノ逆乱ヲ和、海内ノ賊徒ヲ随ヘ、武勇ノ名勝他家、弓矢ノ誉伝当家。Ⓑ就中太政入道殿保元平治ノ凶賊ヲ鎮治シヨリ以来、公家ノ重臣トシテ其身太政大臣ニ昇、子孫兼官兼職ニ御座ス。一天重之。万民誰カ軽シメン。依之南海西海ノ鱗ニ至マデ随其威応。東国北国ノ民何ゾ可奉忽緒。Ⓒ爰ニ今タヤスクモ奉傾平家御代トノ合戦ノ企、誰人ゾ。恐クハ蟷蜋ノ手ヲ挙テ向流車喩カハ。名乗〳〵」トゾ攻タリケル。

（巻第二十「石橋合戦」）

その内容は、Ⓐ桓武天皇以来の平家の系譜と「将軍」としての平家の歴史、Ⓑ平治の乱以降の清盛の昇進ぶりとその「威応」に四海の人々が従っていること、Ⓒそうした平家との合戦を企てた首謀者に名乗りを求める、という内容からなる。この発言を受けた時政の答えは次のように進んでいく。

(i)北条四郎歩セ出シテ、「ⓐ汝不知哉、我君ハ是清和天皇第六皇子貞純親王ノ御子六孫王ヨリ七代ノ後胤八幡殿ノ四代ノ御孫、前右兵衛佐殿ゾカシ。傍若無人ノ景親ガ申状、頗尾籠也。ⓑ平家ハ悪行身ニ余テ朝威ヲ蔑ニス。依之早彼一門ヲ追討シテ可奉休逆鱗由、大上法皇ノ院宣ヲ被下タリ。錦ノ袋ニ納テ御旗ノ頭ニ挟給ヘリ。且ハ可奉拝。サレバ佐殿コソ日本ノ大将軍ヨ。平家コソ今ハ朝家ノ賊徒ヨ。……」

（同前）

ⓐは直接的には景親発言Ⓒを承けた答えであるが、清和天皇以来の頼朝の系譜であることから、内容的にはⒶと並列的な関係にあると言えよう。また、続くⓑは平家追討の院宣を受けた頼朝こそが「日本国ノ大将軍」であり、平家は今では「朝家ノ賊徒」なのだとする主張である。これが特に先のⒷと対応することも一読して明らかであろう。

延慶本における景親の当該発言は、「抑近代日本国ニ光ヲ放、肩ヲ並ル人モナキ平家ノ御世ヲ傾ケ奉リ、ヲカシ奉ラムト結構スルハ、誰人ゾヤ」（第二末　十三「石橋山合戦事」）と、『盛衰記』でいう©の部分しか存在しない。右に見たような緊密に絡み合った応酬は『盛衰記』に特徴的なものなのである。そしてⒶ・Ⓑの内容は、代々「将軍宣」を受けてきた平氏の流れを汲む清盛の「威応」に人々が従っていることを明言するもので、対する時政発言のⓑに見える、頼朝こそが「日本ノ大将軍」だとする、延慶本にはない傍線部の主張と呼応している。こうした延慶本との相違を見渡してみると、『盛衰記』はここで現在の清盛と頼朝の「将軍」としての適性・資格を問うやりとりを創り出していることが、いっそう明確に浮かび上がってくるのである。(13)

このやりとりの意義を解き明かすには、『盛衰記』には次のような文覚の発言が記されていることを勘案する必要があるだろう。

(j)文覚良有テ云ケルハ、「法師日本国修行シテ、在々所々ニ六孫王ノ末葉トテ見参スルヲ見ルニ、大将ト成テ一天四海ヲ奉行スベキ人ナシ。或ハ心勇テ人思付ベカラズ。或性穏シテ人ニ無威応。穏シテ威ナキモ身ノ難也。勇テ猛キモ人ノ怨也。サレバ威応有アリテ穏シカランハ国ノ主ト成べシ。殿ヲ見奉ルニ、心操穏シテ威応ノ相御座。是ハ者ノ思付相也。項羽ハ心奢テ帝位ニ不登、高祖ハ性ヲダシクシテ諸侯ヲ相従ヘリ。御辺ハ後憑シキ人ヤ。目出シ〳〵」ト嘆タリ。（以下略）（巻第十九「文覚頼朝対面付白首」）

『盛衰記』の文覚は傍線部のごとき独自の言葉を連ねて頼朝に挙兵を勧める。ここにいう「大将」は、引用部に続くやりとりから、「将軍」と同義と判断される。その発言内容は、この後まさしく「国ノ主」となっていく「将軍」頼朝の行く末を予見的に示唆するという重要な意味を含んでいるものなのであった（本編第一・二章）。

身に「威応」があることと心が「穏シ」きこと、これこそが『盛衰記』における将軍継承者の条件なのであり、そしてこの点においてこそ、先の景親・時政の問答を創り出した姿勢と響き合う『盛衰記』の理解が見定められるのである。すなわち、景親は、清盛の「威応」に人々が従っていることをもってその「将軍宣」を受けた者としての立場の妥当性を主張していた。しかし、それだけでは「将軍」たるものの条件として不十分なのである。「平家ハ悪行身ニ余テ朝威ヲ蔑ニス」という言葉を含む時政の返答は、まさにその欠落した条件――「穏シ」き心――を突いて、逆に頼朝の適性を主張するものとなっているのである。時政がここで頼朝こそが「将軍」なのだと断ずる根拠は、表面上は後白河院の院宣ゆえとされてはいるのだが、その根底には『盛衰記』の叙述を大局的に包みこむ、確たる「将軍」認識が存在することを受け止めておかねばなるまい。『盛衰記』がしばしば用いる「威応」なる言葉がその「将軍」理解と直結したものであり、それゆえに要所で機能しているキーワードであることを改めて指摘しておきたい。(15)

『盛衰記』は、こうした独自の叙述によって「将軍」継承に関する明確な条件設定のもと、それを十全に備えた人物が頼朝しかいないことを示していく。(16)それは清盛から頼朝への転換の必然性を語ることともなっている。今少し視野を広げてみれば、『盛衰記』は頼朝挙兵段階の清盛の姿を、「太政入道ハ善事ニモ悪キ事ニモ思立ヌレバ前後ヲモ顧ズ、人ノ諫ヲモ用給フ事ナシ。時々ハ物グルハシキ心地モアリケルニヤ、懸ル遷都マデモ思立給ヒケリ」（巻第十七「福原京」）のような独自の評言をも付加しながら表現していることにも気がつく。(17)これらもまた、「穏シ」き心を欠く清盛の姿を強く印象づける表現に他ならず、先に指摘した頼朝への転換の必然性を語る脈絡を側面から支える役割を果たしてもいよう。『盛衰記』はこうして自らが有する将軍継承者の二つの条件に則って、清盛から頼朝への「将軍」移行を必然的なものとして、随所で印象づけていくのである。

五　源氏「一門」における頼朝の特権性

前節までには、清盛・頼朝以前の源平両氏に関する『盛衰記』の理解を、独特な将軍認識との関係から照らし出してきた。引き続き、『盛衰記』がもつ源平理解の輪郭を別の角度からより具体化していくこととしたい。

羽原氏は、『盛衰記』が以仁王・頼政挙兵事件を頼朝挙兵と対比的に位置づけることで、「平氏と頼朝を中心とした源氏との争い」として意識的に描き出していることを指摘している。(18) より具体的に言えば、同論は、二つの挙兵事件における軍勢召集の描かれ方の対比性などから、以仁王・頼政挙兵事件を頼朝挙兵の前哨戦として位置づけ、その背後に存在する頼朝の力を、特徴的な表現によって暗示していく『盛衰記』の特性を析出しているのである。こうした表現志向の傾きにも留意しつつその叙述を追うと、(19)『盛衰記』には源氏を「一門」としてとらえる色が濃厚に存在することに気づかされる。たとえば、以仁王の令旨を受け取って出立する行家の発言は次のようにある。

(k)十郎畏テ、「平治年中ヨリ新宮ニ隠籠テ夜昼安キ心ナシ。イカヾシテ素懐ヲトゲテ、再家門ノ恥ヲキヨメント存ル処ニ、今蒙厳命条、併ラ身ノ幸ニ侍リ。一門誰カ子細ヲ申べキ。速ニ東国ニ罷下テ、同姓ノ源氏、年来ノ家人ヲ催シ上候ベシ」トテ、御前ヲ立処ニ……

（巻第十三「行家使節」）

右の言葉は延慶本等『平家物語』諸本には存在しないものである。その中で十郎行家は、これまで身を隠しながら「家門」の恥を雪ぐことを期していたこと、以仁王の命に意義をとなえる「一門」の者はいないであろうことを述べている。これらは、行家の精神性が決して彼個人のものではなく、平治の乱以来、(20) この「一門」に共有されたものであることを強く表明する言葉となっている。そして『盛衰記』はこの直後に、行家が近江国（山本・柏木・錦織）、美濃・尾張国（山田・河辺・泉・浦野・葦敷・関田・八島）、信濃国（岡田・平賀・木曾義仲）、甲斐国（武田・小笠原・逸見・一条・板垣・安田・伊沢）へ赴いてそれぞれに令旨の案書を与えたことを続け、次いで伊豆国北条で頼朝に令旨が届けられたとする。行家の諸国巡りをこのように詳細に記す点は、先に「一門」を意識した発言をさせていたことと無関係ではあり得まい。延慶本では伊豆に至るまでに歩んだ行家の経路が記されていないことと比べてみても、『盛衰記』当該部の特徴は明瞭である。

令旨を受け取った頼朝は内容を披見し、行家と次のようなやりとりを交わす。

(1)佐殿ハ廻宣披見ノ後宣ケルハ、「平家追討ノ令旨ヲ被下事、当家ノ面目ニ侍リ。尤一門同心シテ、家人ヲ相催シ上洛仕ベシ。但頼朝別心ヲ不存トイヘドモ、当時勅勘ノ者ニ侍リ。身ニ当テ令旨ヲ給ラズハ、軍兵引卒其憚アリ」ト宣ヘバ、行家ハ、「其事兼テ御沙汰アリキ。別シタル令旨」トテ、笈ノ中ヨリ取出テコレヲワタス。佐殿ハ手洗、口嗽テ、是ヲウケトツテ、頷許入テゾ御座ケル。……（巻第十三「行家使節」）

これも『盛衰記』の独自記事である。頼朝は令旨の到来を「当家」の問題として受け止め、「一門」の同心を口にしている。そして『盛衰記』ではこの後、行家が常陸国（信太・佐竹）を経て奥州（義経）へと下ったこと（独自記事）、さらに㋐「兵衛佐殿ハ、別シテ令旨ヲ給ケル間、国々ノ源氏等ニ被施行。其状ニ云、…（中略）…係ケレバ国々ノ源氏背者一人モナシ」（巻第十三「頼朝施行」）と、頼朝の施行状によって諸国の源氏が彼のもとで一体化したことが示されていく（傍線部・二重傍線部共に独自）。これら一連の記事の中では、「一門」としての源氏の動きが描かれていることは明白であろう。加えて、これらの記事群を締め括る右引用㋐の二重傍線部が、これに先だつ㋑「伊豆国流人前兵衛佐頼朝ハ源家ノ嫡々ナレバトテ、別令旨ヲ被下。其状ニ云、（「別令旨」の文面・略）」（巻第十三「高倉宮廻宣」）という独特な設定を承けたものであることも見逃せない。

羽原論は、この㋐・㋑の表現の対応等を通して、『盛衰記』では頼政挙兵事件段階から頼朝の存在が重く描き込まれていることを指摘する。本章で注目する源氏「一門」という認識様態は、同論が析出したこうした『盛衰記』の叙述姿勢と通底するものと考えられるのである。

『平家物語』において「一門」なる語は、基本的に平家一門について用いられる語である。たとえば延慶本では全八十一例のうち七十例までが平家に関する用例で、「源家ノ一門」という用例は一例しか存在しない[21]。すなわち、『平家物語』でこの語を源氏に関して使用するのは特異な事柄なのである。用例にそうした極端な偏りがある語が、『盛衰記』ではくり返し源氏に関して用いられていること自体、容易に見過ごしがたい事実と言えよう。

この「一門」という語が示す内実、とりわけその指し示す範囲としては、令旨が伝えられた者たちが基幹をなすことは確かであろう。ただし、それに加えて、この後頼朝挙兵の報を受けた清盛の、「東国ノ奴原ト云ハ、六条判官入道為義ガ一門、頼朝ニ不相離侍共ト云モ皆彼ガ随ヘ仕シ家人也キ。昔ノ好争カ可忘」（巻第十七「大場早馬」）という発言や、頼朝のもとへ下ろうとする佐々木高綱の、「父秀義ハ故六条判官為義ニ父子ノ儀ヲナサレテ代々一門ノ好ヲナス」（巻第十九「佐々木取馬下向」）という発言も無視できない。いずれも『盛衰記』独自記事の中に見える発言で、それらによれば、東国武士をはじめ、頼朝に至る源家の人々と代々主従関係を結んできた者たちもまた、「一門」と表現されているのである(22)。

さらに、ここで改めて振り返りたいのが、第二節引用(a)〜(c)に現れていた源平理解である。先には源平を「朝家前後之将軍」とする理解を取りあげたのだが、それが行綱や頼政・仲綱に関する文脈の中で提示されていることも改めて大きな問題となる。『盛衰記』は行綱について、成親が「……御辺又源氏ノ藻事也。争カ執心モナカラン。平家亡ヌル者ナラバ、日本ノ大将軍共成給ヘカシ。……」（巻第三「成親謀叛」）といって協力を要請したこと、行綱が尋ねてきたと知った清盛が、「行綱ハ源氏ノ最中也。隙モアラバ平家ヲ亡シテ、世ヲ知ラント思心モ有ランナレバ、非可打解」（巻第五「行綱中言」）と述べ、重衡と共に「銀ニテ蛭巻シタル小長刀」を盛国に持たせて対面したことなどを記している。これらの傍線部によれば、『盛衰記』は行綱をこの時点での源氏の代表・中心としていることが知られよう。そして、ここで清盛に取り添えられた小長刀は、その形容から判断して、「将軍」たることの証「節刀」とみられる（第三節）。清盛に敢えてそれを持たせるという『盛衰記』独自の設定もまた、それに対する行綱を「源氏ノ最中」と扱えればこそ活性化する。こうした行綱理解、源氏理解は延慶本等の『平家物語』諸本には全く見えないものである。同じく、頼政に関する引用(b)（波線部）では、頼政を源氏の代表として、天皇からの世代数において平氏（清盛）と対照している点が注目される。そして、続く引用(c)の傍線部は、これらと同様の表現を有するものの、続く部分で「源家ハ運衰テ諸国ニ零落シ」とあることからみて、行綱や頼政親子ではなく、頼朝ら諸国に散在する源氏勢力を意識した表現となっているのである。これらを踏まえれば、『盛衰記』に言う「朝家前後之将軍」とは、頼朝に至る一流のみに特別に付与された属性とはいえないことが確認されよう。

源氏の人々を広く「一門」として表現する『盛衰記』の姿勢が、『平家物語』諸本とは異なるものであることは既に指摘した。以上の検討を総括すれば、そこにいう源氏「一門」とは、『平家物語』諸本で主流として扱われる頼朝に至る流れだけではなく、その一流に代々仕えてきた者たちや以仁王令旨が伝えられた「同姓ノ源氏」たち、さらには行綱や頼政らをも含み込んだ、より大きな集団を包括する概念として扱われているのである。『盛衰記』では、それらが一集団として取りあげられることによって、「平家一門」との対抗の構図がいっそう明瞭となり、かつその「一門」の中心に位置づけられている頼朝の特権的な地位が際だつこととなっている。『盛衰記』は、このような意味での源氏「一門」を随所で打ち出しているのである。

(23)(24)(25)(26)

六　支援者たちの目的意識

ここまでには、頼朝挙兵に至るまでの源平両氏に関する理解の質を掘り下げてきた。それを踏まえて、頼朝挙兵譚を分析し、『盛衰記』が語る頼朝体制確立の様相を見定めていこうと思う。そこで本節では、挙兵に協力して頼朝を支えていく、東国武士を中心とした支援者たちの目的意識に着目してみたい。

『盛衰記』には、「世ニナキ身」たる頼朝を再び世に立てるという発想に基づくやりとりが随所に織り込まれている。それは延慶本等にも見いだせるものではあるが、『盛衰記』においていっそう顕著なものと言える。以下に、『盛衰記』独自の記事・表現からいくつか例示してみよう。

①（頼朝）「祖父故六条判官、各ノ親父佐々木殿ト父子ノ儀ヲ奉成シ上ハ、万事阻ナク憑存ズレ共、世ニナキ身ナレバ思出侍ラズ。聞アヘ給ハズ下向、返々神妙。平家ヲ亡テ世ニ立給ハン事、併人々ノ力ヲ憑。サテ〳〵兄弟ノ殿原尋給ヘ」（巻第十九「佐々木取馬下向」）

②（景廉）「……但我討レナバ此軍鈍カルベシ。佐殿ヲ世ニ立奉ラント思ニ、汝景廉ト名乗テ敵ノ矢ニ中テエサセテンヤ……」（巻第二十「八牧夜討」）[28]

③（頼朝）「糸惜ヤ、世ニナキ我ヲアレ程ニ思フラン事ノ嬉シサヨ。……」（巻第廿二「佐殿漕会三浦」）

引用①は馳せ参じた佐々木高綱に対して、頼朝がかけた言葉、②は山木館への夜討ちの際、加藤次景廉が乳母子洲崎三郎に述べた言葉、③は安房落ちの船中で頼朝が発した言葉である。他にも、第四節冒頭で取りあげた景親・時政の詞いくさの部分で、景親が「何ゾ世ニナキ主ヲ顧テ今ノ可忘恩」と述べる部分などがある。

東国武士たちのこうした発想は、頼朝を世に立てることによって恩賞（特に所領）を獲得しようとする目的意識の現れとして、より積極的に表現されている。同じく『盛衰記』の独自記事・表現をいくつか引用しよう。

④（佐々木高綱）「兵衛佐殿世ニ御座セバ、近江国ハ我物也。紀介ガ後生コソ弔ハメ。指殺テ馬ヲ取ラン」ト思テ、……（巻第十九「佐々木取馬下向」）

⑤（三浦大介）「ヤヲレ義盛ヨ。今ハ日本国ヲ敵ニ受タリ。…（中略）…若又百人ガ中ニ一人ナリトモ生残テ、佐殿世ニ立給ヒタラン時、父ヤ祖父ガ骸所トテ知行センニモ衣笠コソ知タケレ。……」（巻第廿二「衣笠合戦」）

⑥（三浦大介）「……君ニ力ヲ付奉テ一味同心ニ平家ヲ亡シ、佐殿ヲ日本国ノ大将軍ニナシ進セテ、親・祖父ガ墓所也トテ骸所ヲモ知行シテ、我孝養ニ得サセヨ。東国ノ人共誰カ君ノ重代ノ御家人ニアラザル。……」（巻第廿二「衣笠合戦」）

⑦（土肥実平）「……我屋ハ何度モ焼バヤケ。君ダニ世ニ立給ハヾ、土肥ノ杉山広ケレバ、緑ノ梢ヨモ尽ジ。伐替〳〵造ランニ、更ニ歎ニアラジカシ。君ヲ始テ万歳楽、我等モ共ニ万歳楽」トゾ舞タリケル。（巻第廿二「土肥焼亡舞」）

⑧家主ガ内へ悦宣ケルハ、「頼朝世ニ立ナラバ、此悦ニハ名田百町・在家三宇計ヒ給フベシ」ト、此旨盛長申含畢ヌ。（巻第廿二「大太郎烏帽子」）

引用④は近江国から頼朝のもとに参上しようとするものの、自らも「世ニナキ身」ゆえに乗るべき馬を持たず、路次で出会った紀介なる男を刺し殺して馬を奪う際の佐々木高綱の心中思惟である。この後、先の引用①にみた場面へと続いていく。引用⑤・⑥は衣笠合戦に際する三浦義明の発言。『盛衰記』の義明はこの後に、「哀糸惜キ子孫ト相共ニ佐殿ノ世ニ立給テ日本国ヲ知行シ給ハンヲ見テ死タラバ、イカニ嬉シカラン」とも述べている。引用⑦は逃亡中の頼朝一行が真鶴にさしかかったとき、土肥の在家に火が放たれたことを目撃した実平が、頼朝の面前で乱舞しながら口にした言葉。引用⑧は、大わらわとなった頼朝一行に烏帽子を奉った烏帽子商人大太郎に伝えられた頼朝の発言である。事情を聞いた大太郎の妻は、この後「サラバ哀此殿ノ世ニ立給ヘカシ」と述べたともいう。以上いずれの事例においても、頼朝がこの後「世ニ立ツ」ことを見越し、新たに知行を認めてもらうことが彼らの現在の精神性を支えていることが表現されている。(29)

そしてかかる目的意識は、彼らに対する頼朝の側からも保証される形で叙述が進められていく。引用⑧はそうした例のひとつと見るべきものでもある。この他、こうした例についても『盛衰記』独自記事・表現から数例をあげておこう。

頼朝の名を偽って名乗り、主を逃すために尽力した佐々木高綱に対して、『盛衰記』の頼朝は⑨「汝ガ依忠節難遁命ヲ全セリ。世ヲ打取ンニ於テハ、必半分ヲ分給ベシ」と語っている（巻第二十「高綱賜姓名」）。また、伏木のうつほに隠れる頼朝を見逃した梶原景時に対して、頼朝は心中、⑩「我世ニアラバ其恩ヲ忘ジ。縦亡タリ共七代マデハ守ラン」と誓ったという（巻第廿一「梶原助佐殿」）。さらに、身を賭して匿ってくれた小道地蔵堂の上人に対して、頼朝は⑪「上人ガ志云ニ余アリ。頼朝世ヲ取ナラバ、此堂ノ修理ト云、今ノ恩ノ報答ト云、心ニカケテ不可忘」と謝して立ち去っていく（巻第廿一「小道地蔵堂」）。その後、安房落ちの海上で三浦一族と合流した頼朝に、和田義盛が侍所別当をあらかじめ求める著名な場面では、⑫「君カクテ御座セバ、今ハ真一入ニ思入テ平家ヲ亡シ本意ヲ遂テ、君ノ御代ニナシ参ラセ、庄園ヲ給リ知行セン事ヲ評定シ給ベシ…（中略）…君モトク〳〵国々庄々ヲ分給ベシ。中ニモ義盛ニハ日本国ノ侍ノ別当ヲ給リ候ヘ」という義盛側の思いを伝えられた頼朝が、「世ニアラバ左右ニヤ及ブ。去共早」と答えるやりとりが描き出されている（巻第廿二「佐殿漕逢三浦」）。波線部・傍線部共に延慶本には存在しない。こうしたやりとりは、本節でここまでに見てきた叙述群を踏まえれば、『盛衰記』が語る東国武士の典型的な精神性を表出したものとして理解できよう。

以上のように、『盛衰記』は、「世ニナキ」頼朝を「世ニ立」てることで恩賞（所領安堵）を受けようとする、東国武士等の挙兵支援者が持つ目的意識の根幹部分と、「世ニ立」った後には支援者たちに賞を与えようという頼朝の思いとを、双方向からくり返し描き込んでいく。両者が表裏一体の関係にあることは言うまでもない。(30) そして、こうした目的意識のありよう(31)は、彼らが築きあげていく頼朝を中心とした体制の確立を、『盛衰記』がどこに見定めているかという問題へと必然的につながっていくものと言えよう。こうした意味での頼朝の立場の変化は、先に検討した清盛から頼朝へという転換とは別の角度から、頼朝の地位を描き出す文脈において相乗的に機能している。以上のような脈絡を読み解くとき、ようやく問題の〈頼朝鎌倉入り〉の意義を受け止める道が開けてくるのである。

七　〈頼朝鎌倉入り〉と頼朝体制の確立

『盛衰記』は富士川合戦の後に、頼朝の鎌倉入りを語る記事を有している。鎌倉入りした頼朝は三つのことをおこなったとする。すなわち、A勧賞・B罪科の輩の処分・C鶴岡八幡宮の造営である。まずはこれらの記事に、ここまでに検討してきた『盛衰記』の特徴的な叙述の様相がことごとく収斂されていることを確認していこう。

A兵衛佐殿ハ其ヨリ鎌倉へ帰入テ、様々事行シ給ケリ、先勧賞有ベシトテ、遠江ヲバ安田三郎ニ給フ。駿河ヲバ一条次郎ニ給。上総ヲバ介八郎ニ給フ。下総ヲバ千葉介ニ給。其外奉公ノ忠ニヨリ人望ノ品ニ随テ、国々庄々ヲ分給ケリ。（巻第廿三「頼朝鎌倉入勧賞」）

ここで明記されるのは、安田・一条・上総介・千葉に対する勧賞だけではある。しかし、それは頼朝にとっての優先順位との関係で導かれたありようにすぎまい。ここまでの『盛衰記』が挙兵支援者たちの目的意識を色濃く打ち出していたこと（前節）を勘案すれば、そうした様相は、「先勧賞有ベシ」（傍点部）と言って何よりも先に論功行賞をおこなおうとする頼朝の姿勢へとつながり、かつ波線部の表現もまた、あらゆる支援者たちに向けて頼朝の相応な対処がなされたことを示唆していることを受け止めるべきであろう。

これに続くのが処分記事である。三記事のうちでは、分量的にこれが最も多い。まずは石橋山合戦に関わる大場景親、懐島平権守景義親子、俣野五郎景久の件、そして荻野五郎末重、山内滝口三郎利氏・四郎利宗、長尾五郎為宗の記事が連なる。そこでは、たとえば荻野が「石橋軍ノ時」に頼朝に「源氏ノ名折」と声をかけた者として導かれ、山内兄弟も頼朝の廻文を受けての悪口が取り沙汰され、長尾は佐奈田与一を討った者として紹介されている。これらは明らかに挙兵譚の中で既に記された具体的な記事と対応しており、その後日談として位置づけられていると言えよう。

殊に山内兄弟についての記事は、

B佐殿宣ケルハ、「汝ガ父俊綱幷ニ祖父俊通ハ、共ニ平治ノ乱ノ時故殿ノ御伴ニ候テ討死シタリシ者也。其子孫トテ残留レリ。我世ヲ知ラバ、イカニモ糸惜シテ世ニアラセ、祖父・親ガ後世ヲモ弔ハセントコソ深ク思シニ、盛長ニ逢テ種々ノ悪口ヲ咄、剰景親ニ同意シテ頼朝ヲ射ン条ハイカニ。富士ノ山ト長比ベト云シカ共、世ヲ取事モ有ケリ」トテ、……　（巻第廿三「平家方人罪科」）

とあるように、前節でみた頼朝が「世ニ立」ち、恩賞を与えるという一連の表現群中にあるもので（傍線部）、かつ波線部の言葉は、第三節や本編第一章で取りあげた、平治の乱・義朝への強い思いの中で行動する、『盛衰記』に特に顕著な頼朝の姿に通じるものなのである。

そして次の記事が現れる。

(I)凡有忠者ヲバ賞シ有罪者ヲバ誅シ給フ。八箇国ノ大名小名眼前ニ打随テ、四角八方ニ並べ居ツヽ、非番当番シテ被守護。其勢四十万余騎トゾ注シケル。呉王ノ姑蘇台ニ在シガ如ク、始皇ガ咸陽宮ヲ治シニ似タリ。靡カヌ草木モナカリケリ。　（巻第廿三「平家方人罪科」）

傍線部の表現がA勧賞とB処分を総括していることは明らか。そして、これらを経た頼朝に皆が従ったとする二重傍線部の表現に接するとき、おのずから想起されるのが、本章第四節で検討した『盛衰記』特有の「将軍」の条件である。その二つの条件を備える者には「人思付」くとされ、頼朝は「是ハ者ノ思付相也」と見立てられていたのであった（引用(j)傍線部）。鎌倉入りした頼朝が、東八箇国の大名小名たち四十万余騎に守護される様子は、まさしく頼朝が『盛衰記』の言う「将軍」として、「高祖」のように「諸侯ヲ相従へ」る様子に重なる。くり返せば、「将軍」たり得る者の二条件とは、身に「威応」があることと、心が「穏シ」きことであった。実は、先の処分において、全ての者が殺されたと記されているわけではない。山内兄弟については義朝時代の関係を思い（引用B波線部）、また「故殿ノ御追善」のためとも考えて助命され、また長尾も法華経を読む姿を神妙とする判断から、出家させられた後に追い放たれている。そこには厳しいだけではない頼朝の姿がさりげなく映し出されている。こうした話題を承けて、引用(I)の傍線部は記されているのである。ここには、まさしく『盛衰記』のいう「将軍」の条件を満たした頼朝の姿[32]と、その権威を頂点とした体制の確立が提示されていると見てよいであろう。[33]であればこそ、右引用部に続いて、

(II)今ハ東国ニ其恐ナシトテ、十郎蔵人行家・木曾冠者義仲ヲ始トシテ、一姓ノ源氏、一条・安田・逸見・武田・小笠原等ヲ以テ平家追討ノ談義様々ナリ。（同前）

という、「一姓ノ源氏」を総括する立場にある頼朝の姿が提示されることともなるのである。この段階で行家や義仲や甲斐源氏らを含めて頼朝集団とする見方が、歴史的実態に適わないことは言うまでもない。頼朝重視のまなざしは、確かに偏差こそあれ、『平家物語』諸本が共有している。しかし、この段階でかくも明確に彼らの関係性を示すことは、『盛衰記』の大きな特色と認め得る。源氏を「一門」としてとらえ、その中での頼朝の特権性を語る一連の脈絡（前節）は、この場面がもつ意義の重さを極めて明瞭に浮かび上がらせることにもなっている。

さて、この段階が頼朝を核とした体制の確立時であることをいっそう印象づけているのが、C鶴岡八幡宮造営記事である。

C兵衛佐殿ハ、「頼朝運ヲ東海ニ開キ且々天下ヲ手ニ把ル事、所々ノ霊夢、折々ノ瑞相、併八幡大菩薩ノ御利生也。都へ上ル事ハ不輙、大菩薩ヲ勧請シ奉ベシ」トテ、鎌倉ノ鶴岡ト云所ヲ打開キテ、若宮ヲ造営シテ霊神ヲ祝奉ル。

……（巻第廿三「若宮八幡宮祝」）

傍線部で、頼朝がこの段階で自らの立場を「運ヲ東海ニ開キ且々天下ヲ手ニ把ル」と把握していることに注意したい。それはまさしく、「世ニ立」った頼朝の姿と言えようし、したがってその体制の確立は、この鎌倉入りをもって見定められていると考えられるのである。

『平家物語』を踏まえ、新たな表現志向のもとに生み出された『盛衰記』という歴史叙述において、頼朝の鎌倉入りという事件は、第一義的には、〈始まり〉としてではなく、過去の累積の上に導き出された〈到達点〉として提示されている。(34) 挙兵譚をもつ延慶本等の『平家物語』諸本とは異なり、『盛衰記』はここに頼朝権力に関する独自の山場を設定したのである。当然のことながら、頼朝の地位という観点からすれば、この〈到達点〉は終結部の姿（本編第二章）へと転化していく新たな脈絡の〈始まり〉としてこの後機能していくこととなる。『盛衰記』が頼朝の描き方にさまざまな形で腐心していることは、本編各章で指摘してきたとおりだが、であればこそ、独自記事である〈頼朝鎌倉入り〉の扱いを通して、『盛衰記』が『平家物語』とは均一視し得ない位相にその大局的な叙述を織りなしていることを確かに見通し得るのである。

八　おわりに——作品展開の先に——

本章では、〈頼朝鎌倉入り〉という事件を作中に定位する『盛衰記』の姿勢と手法を吟味してきた。『盛衰記』は清盛・頼朝以前の源平両氏の歴史に関して、『平家物語』とは異なるまなざしを有している。それは、両氏を「朝家前後之将軍」ととらえるなど、両者の共栄に焦点をあわせた表現のありようから看取されるものであった。また、清盛に先立つ義朝の段階が特別視されており、それによって義朝→清盛→頼朝という「将軍」の推移が提示されてもいた。そして、清盛から頼朝への転換は、『盛衰記』の言う「将軍」継承者がもつべき二条件に基づいてその必然性が示されており、それは、源氏を広く「一門」として扱うという特徴的な表現群とも相まって、頼朝の特権性を保証する脈絡を形づくっていた。さらに、こうした『盛衰記』の頼朝挙兵譚の中には、東国武士をはじめとする挙兵支援者たちの間に、「世ニナキ」頼朝を「世ニ立」てるという目的意識が共有されている様子が色濃く描き込まれており、それは『盛衰記』が頼朝体制の確立をいかにとらえるかという問題と密接に連なっていると考えられた。そして『盛衰記』は、以上に読み解いてきたようなもろもろの文脈を、〈頼朝鎌倉入り〉へとことごとく収斂させているのであった。(35)『盛衰記』において、頼朝体制の確立は巻第廿三巻末に記される鎌倉記事にこそ見定めることができる。それが独特な「将軍」観に基づく長き源平共栄史を見つめる視線に支えられていることも、改めて確認しておきたい。こうした理解は、延慶本をはじめとする『平家物語』とは明らかに大きく位相を異にしているのである。

加えて、『盛衰記』はかかる頼朝体制を絶対視していないことも見過ごせない事実である。既に指摘したように、『盛衰記』はその終結部で頼朝の滅びを強く示唆していく（本編第一・二章）。また、いわゆる青侍の夢話の中で『盛衰記』は、「ゲニモ源氏三代将軍ノ後、知足院ノ入道殿ノ御子ニ太政大臣忠通公三代ノ孫道家公ヲバ光明峯寺殿ト申、其末ノ御子ニ寅ノ日、寅ノ時ニ生給タリケレバ三寅御前ト申、歳九ニテ関東へ下テ世ヲ治メ給ケリ。入道将軍トハ是事也。雅頼卿ノ侍ノ夢モ、成頼入道ノ物語モ違ハザリケリ」（巻第十七「源中納言夢」）と、いわゆる摂家将軍の誕生をも明確に書き記している。これもまた、はっきりと頼朝の滅びを前提にした表現の一環にあるものといえよう。したがって、本章で検討してきたように挙兵譚を通じて丹念に設定された〈到達点〉としての頼朝体制の確立もまた、その後へ続く長大な歴史の一齣、通過点として位置づけられているに過ぎないのである。頼朝が終結部に至って後白河院をも圧する地位を獲得し、それによって彼の滅びが示唆されていくことを勘案すれば、〈鎌倉入り〉をもって提示されたものとは、いわば『盛衰記』の価値観で言うところの、あるべき頼朝体制の確立とみるのがより妥当であろう。そしてもちろん、『盛衰記』が成り立たせている歴史叙述の大きな特性は、挙兵譚の末尾まで示される、このあるべき頼朝体制の確立過程の独特な描き方にとどまらず、それをも含み込んで終結部に至る、より大局的な展開の起伏を創出したところにこそ見定めるべきなのである。

源氏将軍が三代で絶えたことは過去の事実として動かし難く、『平家物語』諸本もそれを奥底に含み込んだ叙述を有してはいる。しかし、ここで重要なのは、『盛衰記』がそれを明言できる位相にある物語だということである。義朝→清盛→頼朝という「将軍」の流れを見つめる『盛衰記』の視線は、一見すると源平両氏が順次交替していくという歴史観として受けとめられるように思われる。しかし、『盛衰記』は頼朝が滅んだ後に藤原氏の将軍が誕生することを明示している。とすれば、そこに示される「将軍」の推移は、本質的には源氏と平氏という要素を過剰に主張するものではないだろう。むしろそれは、個々の盛者たちの衰滅の歴史的連鎖として受け止めるべきものではないか。こうした点については、中世における「源平交替史観」とは何かという問いかけと共に、より幅広い社会思潮との関係から掘り下げていくべき課題となる。本章およびそれに先だつ本編各章で見渡してきた様相には、『平家物語』を土台としながら、そこに新たな息吹きを注ぎ込んだ歴史叙述として再生した『盛衰記』の内実を読みとることができる。本章で解き明かしてきた個々の特徴的な叙述やそれを支える諸認識もまた、『平家物語』を踏まえつつも、それを組みかえ、読みかえる中で獲得されたものとして受け止めるべきものであろう。まずは『盛衰記』を従来の『平家物語』諸本論という枠から解放し、ある『平家物語』が再生を遂げた物語としてとらえ、『平家物語』から『源平盛衰記』への作品展開の様相を意識的に分析していくことを提言したい。

そして今、その先にある問題も既にある程度は見通し得る。それは、本章で確認してきたような『盛衰記』の個性的な表現もまた、より大局的な視座からとらえるならば、作品間の位相差・表現差を越えて、全てが後の世に〈平家物語らしさ〉を形づくる要素となっていくという問題である。先に『平家物語』諸本論という枠組みから『盛衰記』を解き放つことを提唱したが、歴史的に見れば、それらは総体として、いっそう大きな観念体としての〈平家物語〉の中に組みこまれていくこととなる。そうした〈平家物語らしさ〉の形成過程と、その中世社会における様相の実態については、引き続き重要な分析課題となる。本書においても、こうした展望と問題意識が、本章に続く第三編や第三部の各章にもつながっていくことを指摘し、『平家物語』から『源平盛衰記』への作品展開を照らし出すいくつかの断面を論じた本編を結ぶこととする。

注

（1）たとえば、『日本古典文学大辞典』（一九八四・一　岩波書店）「源平盛衰記」の項（水原一氏執筆）には、「『平家物語』広本系の一異本であるが、近世以来独立した別個の軍記として流布した」とある。また、松尾葦江氏「源平盛衰記と説話――方法としての説話――」（説話と説話文学の会編『説話論集　第二集』収　一九九二・四　清文堂出版）は、「源平盛衰記は、近年は平家物語の一異本とみなされている。ある意味では、最も異本らしい異本と言えるかもしれない」と近時の状況にコメントしている。同論は、「世間流布の「平家物語」」や長門本・延慶本などとは異なる、「独特の作品世界を樹立したとき」に「源平盛衰記」の成立を見定めようとするものだが、やはり『平家物語』諸本の枠組みの中で同書をとらえている。その一方で、美濃部重克氏「「源平盛衰記」の解釈原理（一）」（「伝承文学研究」29　一九八三・八　→同著『中世文学の諸相』〈一九八八・八　和泉書院〉改題再録）が、「源平盛衰記」について論述するにあたり、「「平家物語」の諸本の多様性を再生過程の問題として、作品の流伝における創造的営為の上から動的に捉えること」の魅力に言及していることは特記しておきたい。また、武久堅氏「『平家物語』生成論の研究史、二十世紀一〇〇年の展望」（山下宏明氏編軍記文学研究叢書5『平家物語の生成』収　一九九七・六　汲古書院）は、「二つを並記して対象化する発想を失い過ぎていはしまいか、という反省」を述べている。こうした観点には大いに学ばせていただいた。

（2）たとえば次のような叢書・啓蒙書に両作品が併収されている。
・国民文庫『源平盛衰記』（一九一〇・十二）、『平家物語附承久記』（一九一一・五）
・有朋堂文庫『平家物語』（一九一〇・十二）、『源平盛衰記』上・下（一九一一・十二、一九一二・六）
・日本歴史図会『平家物語図会』（一九二〇・八）、『源平盛衰記図会』（一九二一・五）
・校註日本文学大系『保元物語　平治物語　平家物語』（一九二五・八）、『源平盛衰記』上・下巻（一九二六・四、十）
これらの他、論文としても星野恒氏「平家物語源平盛衰記は誤謬多し」（「史学雑誌」9－1　一八九八・一）などがある。

（3）榊原千鶴氏「『源平盛衰記』の頼朝」（「日本文学」42－6　一九九三・六　→同著『平家物語　創造と享受』〈一九九八・十　三弥井書店〉再録）

（4）小柳加奈氏「頼朝挙兵譚の一展開――『源平盛衰記』の頼朝をめぐって――」（梶原正昭氏編『軍記文学の系譜と展開』収　一九九八・三　汲古書院）

（5）羽原彩氏「『源平盛衰記』頼朝挙兵譚における義家叙述の機能――頼朝に連なる〈過去〉――」（「国文学研究」140　二〇〇三・六）。当該論の指摘は、大枠において本章の以下の論述と響き合う。羽原論は最終的に義家以来の〈源氏の物語〉に組み込まれたものとして頼朝挙兵を読み解くが、本章ではそれとは別の観点から、鎌倉入り記事の意義を検討していくことになる。

（6）「……次源氏平氏之両家、自古至于今如牛角。天子左右之守護、朝家前後之将軍也。……」とある。同様の文言は『盛衰記』巻第廿九「三箇馬場願書」所収覚明願書にもみえる。

（7）『義経記』巻第四「土佐坊義経の討手に上る事」に、和泉判官（山木兼隆）を討った「身は一尺二寸ありける手鉾の、蛭巻白くしたるを、細貝を目貫にしたる」ものを、頼朝が土佐坊昌俊に与えたとする話が見える。しかし、そちらでは義朝所持とはされず、「大和の国千手院といふ鍛冶に作らせて秘蔵し持ちた」るものとされている。

（8）生形貴重氏「『平家物語の構想』試論――武具伝承と物語の構想・延慶本を中心にして――」（「日本文学」32－12　一九八三・三　→同著『「平家物語」の基層と構造――水の神と物語――』〈一九八四・十二　近代文芸社〉再録）、同「『平家物語』の構造と説話の文脈――延慶本を中心にして――」（説話と説話文学の会編『説話論集　第二集』収　一九九二・四　清文堂）、水原一氏「『平家物語』のある底流――延慶本の重盛諌言からさぐる――」（『延慶本平家物語考証』一収　一九九二・五　新典社）。

（9）『盛衰記』には延慶本のごとき大塔建立話がない。したがって、それを賜った状況が異なっている。なお、延慶本は安芸守の神拝の際に賜ったとする説をも有しており（第一末　十八「重盛父教訓之事」）、内部で異なる由来が並列することとなっている。

（10）傍線部②を含む記事に続けて、知らせを受けた清盛が高倉院に対して、「保元・平治ノ日記」に記された為義・義朝の「法皇ノ御敵」としての行為や、頼朝助命に関する話題を語り、自らの「青道心」を悔やむという記事がある（巻第廿二「入道申官符」）。これも『盛衰記』の独自記事で、平治以来の過去を語るという点で、ここに指摘した事柄と無縁ではないだろう。

（11）注（5）羽原論は、『盛衰記』に「義家を起点とする〈過去〉によって〈現在〉の頼朝と武士の関係を把握する認識」が存在することを指摘している。ここでは、同論では言及されなかった義家から頼朝に至る間の世代のうち、特に義朝時代を持ち出しているという特徴を指摘した。なお、羽原論はそうした義家叙述が編み出される由来を、義家を重視する時代相に求めるが、その具体像については、さらなる吟味が必要と考える。

（12）羽原彩氏「『源平盛衰記』高倉宮・頼政挙兵事件叙述の一方法」（「早稲田大学大学院文学研究科紀要」45―3　二〇〇〇・二）でもこの問答に着目している。ただし、『盛衰記』の「「将軍」を絶対視する姿勢」を読みとる同論とは、着眼点を異にする。

（13）この問答では頼朝に妥当性があるとされていることは、やりとりの最後に敵味方双方から景親が笑われていることからも明らかである。

（14）延慶本では一例しかみえない。恵美仲麻呂について、「イトヾ威応重クシテ、人怖畏スル事、今ノ平家ノ如シ」（第三末　卅三「恵美仲麻呂事付道鏡法師事」）とするもの。

（15）この語が『盛衰記』を読み解くキーワードの一つであることは、本編第一・二章でも取りあげた。

（16）延慶本の文覚は、重盛と頼朝の関係について、「サレバ小松殿ニ次テ、ワ殿ゾ日本国ノ主ト可成給人ニテオワシケル」と語っている（第二末　七「文学兵衛佐ニ相奉ル事」）。すなわち、将軍継承者として頼朝はあくまでも重盛の次に位置づけられているのである。こうした表現を『盛衰記』は持たない。

（17）この他にも、（仏の舞を見て）「天性入道ハ善事ニモ悪事ニモ前後ヲバ顧ズ、逸早キ人ニテ、心ノ中ニ舞ノ終ヲ遅々トゾ待給ケル」（巻第十七「祇王祇女」）、（祇王話の末尾）「加様ニ何事ニモ掲焉人ニテ、思立給ヌレバ人ノ制止ニモ不拘、後悪カランズル事ヲモ顧ズ。適被諫申シ小松殿ハ失給ヌ、心ニ任テ振舞給ケレバ、遷都モ思立給ケルニコソ」（巻第十七「祇王祇女」）といった表現が散見する。また、清盛を「極タル大偏執ノ人」（巻第三「澄憲祈雨三百人舞」）とする独自表現もある。『盛衰記』の清盛形象については、別に分析してみたい。

(18) 注（5）（11）参照。

(19) 二つの事件が連動していることは、大局的にとらえれば『平家物語』諸本でも同様である。ここで問題とするのは、その連続性を描き出す際に『盛衰記』がいかなる脈絡を紡ぎ出し、それによってどのような表現の傾きが生じているかという点である。

(20) この点は、前節で取りあげた平治の乱重視の姿勢ともつながる。

(21) 以仁王方に属し雷房と呼ばれた法輪院の荒土佐が、宇治川に怯む平家方に対して、「源家ノ一門ナラマシカバ、今ハ此河ヲワタシテマシ」と声をかける場面が唯一の例である（第二中　十八「宮南都へ落給事付宇治ニテ合戦事」）。なお、この他に源重貞が為朝を捕縛した後の体験を想起し、「平家ニ諂ケル間、一門ニ擯出セラレタリケル故ニ」（第三末　二十「肥後守貞能西国鎮メテ京上スル事」）云々と述べる言葉がある。この語も「源氏ノ一門」を指すとみられよう。しかし、この他にこうした用例は存在しない。

(22) この点は、『盛衰記』に東国武士を頼朝の「重代ノ御家人」とする表現が頻出することとも関わろう。こうした傾向については、注（5）羽原論に指摘がある。

(23) 『盛衰記』も頼朝に至る系譜を嫡流とみる目を一部に有している。独自記事としても、次のように現れている。

（聞性坊阿闍梨）「……況又御先祖貞純親王ノ御子六孫王ノ御時、武勇ノ名ヲ取テ始テ源氏ノ姓ヲ給シヨリ以来、経基・満仲・頼信・頼義・義家・為義・佐殿マデ八代也。又故伊予守頼義三人ノ男ヲ三社ノ神ニ奉ル。太郎義家石清水、次郎義綱賀茂社、三郎義光新羅ノ社、其中ニ佐殿正嫡トシテ八幡殿ノ後胤也。八幡宮ノ氏人也。日本国広シ、東八箇国ノ中ニ被流給モ子細アリ。……」（巻第十九「聞性検八員」）

(24) 引用(k)破線部や巻第十三「熊野新宮軍」（「宮ノ令旨ヲ給テ、同姓ノ源氏、年来ノ家人ヲ催促ノ為ニ関東へ下向ス」とある。

独自記事）などにこの表現がみえる。

（25）『盛衰記』では義経の参会も、「一門ノ我執ヲ存ジ、御力ヲツケ奉ラン為ニ」という義経の意志と共に語られている（巻第廿三「義経軍陣来」）。延慶本当該場面の義経は、頼朝の質問に応じて秀衡のことを答えるばかりである。

（26）もちろん、他の源氏の人々に対する頼朝の優位性は、延慶本をはじめとする『平家物語』諸本でも基本的に保証されている。本節では、『盛衰記』がそれをいかなる仕組みによって表現しているか、それが延慶本などといかなる質的な相違を有しているのかを検討したことになる。

（27）この点は、すでに前掲小柳論・羽原論でも注目されている。なお、小柳論はこれを頼朝の「現在の自身の境遇」への認識として取りあげる。これらの表現が、そうした意をも含みつつ、輻輳する関係性の中ではたらいていることは、以下に述べるとおりである。

（28）当該部の延慶本は「兵衛佐ハ打板ノ下ニテ是ヲ聞給テ、「哀、世ニアリテ、是等ニ恩ヲセバヤ」トゾサマ〴〵ニ被思ケル」（第二末　十八「三浦ノ人々兵衛佐ニ尋合奉事」）とある。類似した表現ではあるが、ここでは『盛衰記』で「世ニナキ我」という直接的な表現になっていることに注目した。

（29）延慶本とも通じる事例はこの他にも散見する。『盛衰記』ではそれが定型といえる程に明示されているところに、作中における当該認識の定着ぶりが読み取れよう。注（5）羽原論も引用⑥や⑪などを取りあげながら、「「源氏大将軍」の頼朝がいずれ世を治め、報恩するであろうことが予見される」と指摘している。

（30）こうした頼朝が恩賞を与える話について、従来は「頼朝を助けた話」としての頼朝伝説の残映が見通されてきた。そうした観点の可能性を排除するものではないが、本章で検討してきた事柄を踏まえれば、今後は『盛衰記』の叙述方法としても見直す必要があるようには思われる。佐伯真一氏「頼朝伝説――神と流人の間」（広川勝美氏編『落人――貴種の末裔』〈民間伝承集成5〉収　一九八〇・三　創世記）、同「源頼朝と軍記・説話・物語」（説話と説話文学の会編『説話論集　第二集』収　一九九二・四　清文堂　→同著『平家物語遡源』〈一九九六・九　若草書房〉再録）参照。

（31）関連して見逃せないのは、こうした精神性が頼朝に挙兵を勧めた文覚に関する、『盛衰記』独特な形象にも通じていることである。本編第一章で述べたとおり、文覚もまた頼朝に神護寺への所領寄進を要請した駆け引きをくり広げていた。注（30）で示した事柄とも関わって、これらが、より広い脈絡との関係性の中で設定された『盛衰記』なりの表現様式であることを、やはり考慮すべきであろう。

（32）『吾妻鏡』治承四年（一一八〇）十月二十三日条は、頼朝のおこなった処罰について、「此外石橋合戦余党雖レ有二数輩一、及二刑法一之者、僅十之一歟云々」と結んでおり、その寛大さに一面的な比重をおいて記している。『盛衰記』が描く頼朝の姿との隔たりを受け止めたい。『吾妻鏡』の引用は、新訂増補国史大系本に拠る。

（33）引用(I)傍線部の表現については、本文形成面からいえば、「仏法ヲ興シ王法ヲ継ギ、一族ノ奢レルヲシヅメ、万民ノ愁ヲ宥メ、不忠ノ者ヲ退ケ、奉公ノ者ヲ賞シ、敢テ親疎ヲワカズ、全ク遠近ヲヘダテズ」（延慶本第六末　卅九「右大将頼朝果報目出事」）や、「ちうあるものをばしやうし、あだあるものをばねはをぞきりからされける。きだいふしぎの将軍なり」（中院本巻第十二「右大将上洛事」）などとの何らかの関係が推測される。ただし、ここでの問題は、本文の出自の如何という物理的な動きにとどまらないことは言うまでもない。

（34）本章冒頭に抜粋・紹介した注（3）榊原論が、鎌倉入り記事の意義を、「頼朝が東国支配の緒についた、という始まりの認識」、「雌伏の時代を経て雌飛期を迎えた頼朝の転換点」といった言葉で評していたことを想起したい。もちろん、本論中でもこの後に述べるように、ここで〈到達点〉として描き出された頼朝権力の姿も、終結部の姿（本編第一・二章）へと移行していく〈始まり〉として機能していくわけだが、ここでは『盛衰記』がここに至る前段階を描き出すことに執心しており、それに関する叙述が『盛衰記』を大きく特徴づけていることをこそ受け止めたい。それによって、『盛衰記』における頼朝像の揺れ幅も明確な形で理解できることとなろう。

（35）論中では指摘しなかったが、『盛衰記』の挙兵譚の中には、頼朝を支える八幡大菩薩の加護を語る独自記事が散見する（巻第廿一「梶原助佐殿」・巻第廿二「大太郎烏帽子」・巻第廿二「佐殿漕会三浦」）。鶴岡八幡宮造営記事がこれらを承けて位置づけられていることは疑いない。

第三編　作品間交渉と時代環境

第一章　「御輿振」の変容とその背景

一　はじめに

本編各章は、『平家物語』が様々に変容を遂げ、新たな姿として再生していった様相に関して、特に他の軍記物語諸作品との併存と交渉のありようを軸に、その具体相のいくつかを照らし出そうとするものである。現存する数多くの異本を通して、この作品が、ひとたび成立した後も、享受される過程において様々なレベルで改作・改訂が施されていったことは容易に推察し得るところである。『平家物語』という作品は、中世を通じてなぜかくも動態的であり続けたのであろうか。そうした問いに向き合うためには、他作品の存在を視野に収めることは不可欠であり、その上で、各伝本が伝える現存形態に至る生成の実態を探り、諸本文のあわいにおける相対的な色彩の濃淡をそれぞれに明らかにしていくことも必要な作業となろう。

さて、本章では巻第一「御輿振」の記述を取りあげ、まずは現存屋代本当該部の叙述の位相について再吟味を試みる。また、その過程で浮上する語り本特有の設定をめぐって、それが生み出された条件やそこに作用した力について、検討を加えてみようと思うのである。現在、屋代本は語り本の古態を多く残しているとの評価が一般である。ただし、既に指摘があるように[1]、それはあくまでも古態性の濃度を指標とした相対的な位相を言う理解でしかなく、本章もその点を再確認することから論述を始めることとなる。そして、以下に試みるような屋代本の検討によって、従来あまり注意が払われてこなかった角度から、本文展開の様相や、さらにはひとたび成立した物語が新たな姿を獲得していく経緯などに迫っていく道筋が開けてくるようにも思うのである。論述の最後には、そうした点について見通しを述べてみたいとも考えている。

二 閑院殿と大内裏と

加賀国鵜河における寺僧たちと目代師経との争いは、白山を介して山門をも巻き込んだ大騒動へと発展、安元三年(一一七七)四月十三日、山門の大衆は加賀国国司師高及び目代師経の処罰を求め、神輿を捧げて下洛することとなる。いわゆる「御輿振」事件の場面だが、その大衆入洛の様相を屋代本は左のように語っている。

……神輿ハ一条ヲ西ヘ入セ給フ。御神宝ハ天ニ耀テ、日月地ニ落給ヘルカト驚カル。皇居、閑院殿ニテ坐シケレバ、御輿ヲ閑院殿ヘ向奉ル。源平両家ノ大将軍、臨時勅ヲ承テ大衆ヲ防グ。平家ニハ小松内大臣重盛、三千余騎ニテ東西南ヲ固メラル。源氏ニハ大内守護ノ右京大夫頼政、三百余騎ニテ二条面縫殿陣ヲゾ固メケル。大地《(ママ)》ハ広シ、勢ハ少シ、マバラニコソ見タリケレ。大衆、無勢タルニヨテ縫殿陣ニ御輿ヲ向奉ル。

閑院殿は二条大路南、西洞院大路西に位置していた(『拾芥抄』)。したがって、大衆が「皇居」たる「閑院殿」を目指して歩みを進めるという傍線部の記述は、頼政が「二条面」を固めたとする設定と呼応している。また、頼政の他に、重盛が「東西南」を固めたともあるように、ここには閑院殿の四面を源平両氏が守護するという状況が描き出されていることになる。

ところで、右の叙述の中にはいささか不審な点が存在する。まず、二条大路に面する閑院殿を目指すのに、大衆は何故「一条ヲ西へ」進んだとされるのかという点である。このコースを通る場合、少なくともあと一度の左折を経なければ閑院殿に行き着けない。高野川・賀茂川に沿って南下してきた大衆の進路としては、そのように右左折を繰り返す道順よりも、一気に二条大路まで下り、そこで一度右折した後、そのまま二条大路を閑院殿まで直進する方が理にかなっているのではないか。実際のこの事件で、大衆はまさしく二条を西進するコースを辿っていたという事実を思い合わせるとき、(2)ここに決定的な錯誤が生じているとまでは言い難いものの、右に述べたような印象は一層強くなろう。

その一方で、頼政が「二条面縫殿陣」を固めたという表現は、事件当時の閑院殿の状況としては混乱を内包している。すなわち、閑院殿の北門が「二条面」であることはよいにしても、一般に「縫殿陣」とは北に縫殿寮を持つが故の朔平門（内裏の北門）の異称であり（『拾芥抄』）、閑院殿北門の名としては相応しくないのである。

但し、ここでは鎌倉期の閑院殿の変遷をたどっておかねばならない。仁安二年（一一六七）十二月十日、摂政基房によって再建された閑院殿（『玉葉』）は、高倉天皇の即位後は里内裏として用いられていくが、承元二年（一二〇八）十一月二十七日に焼失する（『猪隈関白記』・『明月記』他）。しかし、建暦三年（一二一三）には源実朝の尽力によって新造され、二月二十七日には順徳天皇が遷幸している。注目すべきは、この時の様子が「今度大略模大内」（『仁和寺御日次記』(3)）、「今度多被模大内」（『遷幸部類記』所引『権中納言光親卿記』(4)）と記されていることで、傍点部のごとき表現が複数の文献において敢えてなされていることからみて、これ以前の閑院殿は大内裏と通じる様式ではなかったことが推察されよう。実際、この建暦の再建は『古今著聞集』巻第十一画図第十六「紫宸殿賢聖障子幷びに清涼殿等の障子画の事」(5)（三八四）にも、「……承元に閑院の皇居焼て、即造内裏ありけるに、本は尋常の式の屋に松殿作らせ給たりけるを、此度あらためて大内に模して、紫宸・清涼・宜陽・校書殿・弓場・陣座など、要須の所〳〵たてそへられける。……」と綴られてもいるのである。

閑院殿はこの後も宝治三年（一二四九）二月一日に焼失するが、建長三年（一二五一）六月二十七日には幕府によって改めて新造された御所への遷幸がなる（『百練抄』）。この建長の造営もまた大内裏を模さんとしたもので、『吾妻鏡』

建長二年三月一日条に掲載される造営雑掌目録によって、その具体的相貌を窺うことができる。そして、同目録の中の「縫殿陣土平門　但馬次郎左衛門尉」(6)との記述に従えば、建長造営の閑院殿には縫殿陣が造られていたものと推察されよう。また、溯って宝治三年の焼亡を伝える『岡屋関白記』には、「今度回祿出来自縫殿陣北面妻戸内」(7)とあり、建暦三年造営の閑院殿にも縫殿陣が存在していたことが確かめられる。

しかし、先に確認したように、大内裏を模した建暦造営の閑院殿はそれ以前の造りとは異なるものなのであった。とすれば、安元年間の御輿振事件当時、閑院殿に「縫殿陣」があったとする屋代本の記述は、やはりいささか不審とせねばなるまい。

こうした不自然さは何に由来するのであろうか。あらかじめ言えば、屋代本のこの部分は、大内裏を舞台とする本文の上に、閑院殿という要素を後次的に上塗りしたものであり、そこに混乱の源があると考えられるのである。以下、その点について検討を加えていこうと思うのだが、まずは、事件の舞台と、入洛した大衆が通った道筋との関係性に着目しながら、他の『平家物語』諸本等の叙述を概観しておきたい。

延慶本・長門本では、舞台は前述のごとく閑院殿。そこでは、「西坂本」から「東北院、法城寺ノ辺」に充満した大衆が閑院殿へ神輿を向け、「二条烏丸、室町辺ニ近キ御ス」と記される。地理的に東北院や法成寺は一条大路より南に位置しており、また「二条烏丸、室町」という表現は、大衆が東から西へと次第に閑院殿に接近する様子を想わせる。したがって、その叙述は、大衆が二条大路を西へ進んでいるものとして進められていると解釈するのが最も妥当であろう(8)。そして、かかる道筋は、二条大路に面した閑院殿を舞台とすることと密に関わり、滑らかに照応していることにも留意しておきたい(9)。

閑院殿を舞台とするのは、これら二本の他には前掲屋代本と南都本である。南都本巻第一は屋代本的本文をも受け継ぐ混態本であるという指摘がある(10)ので今は措く。これら以外の諸伝本（覚一本やその後出本(11)、八坂系第一・二類本〈以下、八坂系本〉、四部合戦状本〈以下、四部本〉や、『源平闘諍録』〈以下、『闘諍録』〉、『源平盛衰記』〈以下、『盛衰記』〉）は大内裏を舞台とする点で一致している。それは、重盛を筆頭とする平家の軍勢が陽明門以下を固めたという記述がなされていることによって判然とするのだが[12]、ここでは特に、語り本が等しく舞台を大内裏としていることを考えれば、屋代本の閑院殿という設定がその中にあって際立っていることに目を配っておきたい。

さて、覚一本や八坂系本といった語り本は、いずれも大衆が「一条を西へ」進んだと記している。この点が先の延慶本等とは異なるわけだが、最初に大衆と対することになる頼政が御所の北を守護していること（諸本共通）を踏まえると、こうした道順には、大内裏を事件の舞台とする設定との響き合いが認められるのではなかろうか。つまり、一条大路を西へ進むという表現は、本質的に大内裏を舞台とする叙述の中でこそ有効な意味を持つものと思われるのである。

以上のように、語り本と延慶本との間、換言すれば舞台を大内裏とするか閑院殿とするかには、その場面描出の方法に大きな隔たりが存することが知られよう。そしていずれの形であれ、入洛後の大衆が進む道筋は、事件の舞台との関係から有効に意味づけられているのである。以上を踏まえて屋代本の記述を振り返ってみよう。

同本で大衆は「一条ヲ西ヘ」進み、「閑院殿」を目指す。「閑院殿」では、北門にあたる「二条面縫殿陣」を頼政が固めている。諸本の記述を見渡すとき、「閑院殿」・「二条面」は延慶本の設定に通じ、「一条ヲ西へ」・「縫殿陣」は大内裏を舞台とする語り本系諸本に重なっていることに気がつく。つまり、屋代本には趣向を異にする二種類の本文それぞれの要素が混在しているのである。そしてまさしくそこに不自然さが認められるのであった。

この部分に関して、冨倉徳次郎氏が一つの見解を提示している[13]。氏はこれを「閑院内裏と大内裏との混乱から来たもの」とし、その上で、「こうした誤りがもと」となって、語り本から「閑院内裏」の語が消え、大内裏を舞台とする設定が生まれたこと、それに伴って重盛が守護する場として陽明門以下が導き出され、かつ頼政が固めた門に関しては「二条面」の語が消えて縫殿陣が残った、という過程を想定されている。その論述をたどる限り、氏はこの部分についても屋代本の形が他の語り本に先行するという前提に立っていると思われる。また、続けて氏は「こうした調査は語りもの系十二巻本が、ある種の読みもの系をもとに整理されたものであることを証明している」とも述べている。屋代本が延慶本と同じく閑院殿を舞台とすることから、この部分に何らかの系譜的関係を想定し、これを覚一本のごとき形態の成立に至る過渡的な姿ととらえているのであろう。

　右にいう「閑院内裏と大内裏との混乱」が如何なるものであるかは、必ずしも明確ではないのだが、①大内裏の位置に閑院内裏が存在し、②その閑院内裏にも「縫殿陣」が存在するという誤解（もしくは無理解）が生じているということであろうか。①が「一条ヲ西ヘ」と、②は当然「縫殿陣」と関わる。しかし、屋代本には、重盛が固めた「東西南」とは別の「二条面縫殿陣」という表現も同時に存在していることに注意したい。それは「閑院殿」の北門が「二条面」にあるとする表現なのである。したがって、この部分の不自然さは、御所（「閑院殿」）が右の①②のごとく大内裏の位置にあるとする誤解と、閑院内裏の正確な位置にあるとする理解とが混在しているところに由来するとみるのが妥当であろう。

　先に閑院殿と大内裏と、両者を舞台とする他の諸伝本の記述を概観した。それらの表現の綿密さと、両者の間の趣向面での距離を改めて想起するとき、こうした混乱を含んだ記述が生み出される過程としては、大内裏を舞台とする本文と、「閑院殿」・「二条面」という要素とが融合したと考えるのが最も自然なのではあるまいか。舞台を大きく違える二形態の間では、それ相応に確かな志向に基づく改編が施されたものと推察される。また、閑院殿へ向かうのに一条大路を西へ進むような叙述が、一面的な誤解だけでは生じ得ないことも既に見た通りである。以上を勘案すれば、これが一方から他方へ変化する際の過渡的な形態である可能性は極めて低いと判断せざるを得まい。

　この本文交渉の際、基調となったのは大内裏を舞台とする語り本のごとき本文であったと思われる。それは屋代本当該部が基本的に語り本系本文を持つことからも類推できようが、今少し掘り下げるとすれば、御所を守護する源平の配置に注目できよう。延慶本では重盛が御所の「東面左衛門陣」を、頼政が「北ノ陣」を守護したとされるのみであるが、語り本では等しく彼らが御所の四方を固める様子が記されている。その点、屋代本で重盛が御所の「東西南」を、頼政が北門たる「二条面縫殿陣」を守護するのと通底しているのである。加えて四部本・『盛衰記』・『闘諍録』が大内裏を舞台としつつも四方守護の趣向を持たないことをも考慮すれば、この部分の記述は語り本の特性を根底に有するといえるであろう。

以上、屋代本の混乱が、事件の舞台に関して別の設定を持つ本文との部分的な交渉に由来することを検証してきた。この部分の屋代本の記述が、必ずしも語り本の展開過程で本来的な形とはいえないことが明らかになったものと思う。こうした現存屋代本の位相と共に、本文交渉という現象が既に屋代本の中にも見いだせることの意味の重さをまずは受け止めておきたい。

三　鵺退治説話の位置

屋代本の「御輿振」には、前節で見たところとは別に、後次的に位置を操作したものと思しき記事が存在する。それは、摂津竪者豪雲の口から発される頼政評の中に現れる、いわゆる鵺退治説話である。少々長くなるが、まずは屋代本から豪雲の言葉を引用しておこう。

「尤サイハレタリ。神輿ヲ陣頭ニ振奉テ訴詔ヲイタス程ナラバ、大勢ノ中ヲ推破テコソ後代ノ聞モアラムズレ。中ニモ此頼政ハ、六孫王ヨリ源氏嫡々ノ正統也。弓箭ヲ取テ未聞其不覚ヲ。剰エ哥道ノ達者ニテアンナルゾ。(A)【二条院ノ御時、鵺ト云鳥宮中ニ鳴テ、屢バ奉悩震襟。公卿僉議有テ、頼政ヲ召シテ射サセラル。頼政是ヲ射ントスルニ、比ハ五月廿日余ノ暗ナリケレバ、体モ形モ不見分シテ、何クヲ矢ツボトモ難定。サレドモ大ノ鏑ヲ以テ、鵺ノ声スル方ヲ射ル。鵺ハ鏑ノ音ニ驚テ御坪ノ方ヘ響テ落ケルヲ、二ノ矢ニ聽テ小鏑ヲ取テ番テ、ヒフツト射落ス。主上御感ノ余リニ御衣ヲカヅケサセ給フニ、大炊御門ノ右大臣公能給ハリツイデ、頼政ニタブトテ、昔ノ養由ハ雲外ノ雁ヲ射キ、今ノ頼政ハ雨ノ中ニ鵺ヲ得タリト仰ラレテ、

　五月ヤミ名ヲアラハセル今宵カナ

ト仰カケラレタリケレバ、

　タソガレドキモ過ヌトヲモヘバ

ト仕テ、御衣ヲ給テゾ出ニケル。】(B)又近衛ノ院ノ御在位ノ時、当座ノ御会ノ有ケルニ、深山ノ花ト云題ヲ被出タリケルニ、人々読ミワヅラヒタリケレドモ、頼政祝哥ニ読タリケリ。

　深山木ノ其ノ梢トモワカザリシ桜ハ花ニアラハレニケリ

ト云名哥仕テ御感ニアヅカル程ノヤサ男ニ、如何カ臨時ニデ情ナウ恥辱ヲバアタウベキ。此御輿昇返シ奉レヤ」ト云ケレバ……

右引用中、【　】で括り(A)とした部分がここで問題としたい記事である。まずは、続く「深山木ノ」の歌話(B)と併せて、諸伝本の状況を把握しておこう。(B)は大半の伝本で巻第一のこの位置にあり[14]、頼政の歌人としての側面を語るエピソードとして機能しているものである。一方、(A)は頼政の死後、生前を回想する形で巻第四に置かれている場合が多く、覚一本や八坂系本、延慶本などはいずれもこうした形をとる[15]。それに対して、巻第一にこれを有するのは、前掲屋代本のほか、四部本・長門本・『闘諍録』・竹柏園本・南都本である。このうち、四部本のこの部分の記述には後次性が認められ[16]、長門本・『闘諍録』はここに本話を含めた頼政の和歌関係話を集約的に記すという整理を施している。屋代本的本文をも継承する混態本とみなされている竹柏園本・南都本と併せて、かかる他本の特殊な様相を考えれば、屋代本における当該記事の位置が、諸伝本中でも特異なものに属することが確認できよう。

こうした位置づけは、従来、屋代本の古態性との関係で理解されてきたようである。すなわち、諸本展開の過程で当該記事は巻第一から巻第四に移されたとする理解である。(17) しかし、右のような諸本の状況に占める屋代本の特殊性を視野に収めると、そうした理解の妥当性を再考する必要を感じるのである。改めてその本文を振り返ってみたい。

まず、巻第四におけるこの話が頼政の如何なる側面を照らし出すものとして機能しているかを、延慶本を通して確かめておきたい（第二中　廿八「頼政ヌヘ射ル事付三位ニ叙セシ事」）。そこでは和歌による昇殿と三位昇進が語られ、「此人ノ一期ノ高名トオボシキ事」として二つの話が続いている。近衛院の御悩にまつわる第一の話においては、「……然レバ、先例ニ任セテ、武士ニ仰テ警固アルベシ』トテ、源平両家ノ中ヲ選セラレケルニ、此頼政ゾエラビ出サレタル」とあり、堀河天皇の時の義家に準えられて、頼政が「変化ノ者」に対すべき「武士」として選ばれている。そして、弓術を以てそれを退治した彼は、勧賞を受ける際の巧みな連歌と併せて、『凡此頼政ハ、武芸ニモカギラズ、哥道ニモ勝レタリ』トゾ、人々感ゼラレケル」と評されることとなる。続く第二の話がⒶに相当する二条天皇の時の鵺退治話だが、「然レバ先例ニ任セテ、頼政ヲゾ召レケル」とあるように、明らかに第一の話の延長線上にその性格を読みとることができよう。こうして見てみると、鵺退治話は義家の話と「先例」という語を媒介として連なっているわけで（傍点部）、基本的には頼政の武の側面を語るものとして存在していると考えられるのである。(18) こうした各記事間の脈絡は、覚一本や八坂系本でも変わりはない。当該話に、右二重傍線部に言われるような文武兼備を語る側面があることは否めないが、頼政の武芸を語る文脈がその根底を支えていることに留意しておきたい。そうした側面は、たとえこれを単独話としてみた場合でも基本的には変わるまい。(19)

さて、問題のⒶは屋代本でどのように位置づけられているのであろうか。その導入部では、頼政が武芸に長じていることが述べられた後、「剰ェ哥道ノ達者ニテアンナルゾ」（傍線部）と、その和歌的才能に話題が転じられ、Ⓐが導かれている。また、豪雲はⒶ・Ⓑを語った後に頼政を「ヤサ男」とも評している。かかる文脈に従えば、ⒶはⒷと共に頼政の和歌の才を語る話として位置づけられていることが読み取れよう。[20] しかし、先に確認した通り、(A)には頼政の武芸を語る脈絡が色濃く存在しているのである。それは頼政が「哥道ノ達者」・「ヤサ男」たることを述べる文脈には馴染まぬものであろう（傍線部の後、直ちに(B)を続ける他諸本との隔たりは小さくあるまい）。

さらに、屋代本はこうした色彩を持つ(A)を、まさしく頼政の歌才そのものを語る話である(B)に先立って持ち出しているわけだが、この(A)・(B)という記事順は、時代設定の面からみても無自覚に選ばれたものとは思われない。すなわち、(A)の「二条院ノ御時」が保元三年（一一五八）～永万元年（一一六五）なのに対して、(B)の「近衛ノ院ノ御在位ノ時」は永治元年（一一四一）～久寿元年（一一五五）であり、両記事は年代順を逆にしているのである。頼政の歌才を語るという目的を共有しているにもかかわらず、敢えてこうした順とされるからには、(A)・(B)いずれかの位置づけと関わる、何らかの必然性が存在したと考えるのが自然であろう。(A)は頼政の才を武→文の順に語るものだが、仮にこれを頼政の歌才を語る(B)の後に置く場合、その間の内容展開上の凹凸は現在の形態にも増して大きくなることは明らかである。また、先にみたような当該記事そのものの性格や、それに伴う文脈上の振幅、さらには位置に関する諸本間での特殊性などをも考え合わせると、事は(A)をここに挟み込もうとする志向に関わるものと推察されるのである。とすれば、頼政を「弓箭ヲ取テ未聞其不覚ヲ」とする直前の言葉との関係で、(A)に語られる武の側面を定位しようとしたものとも思われる。

現存屋代本は、そうした操作を経た形態を伝えていることに注意しなければなるまい。ここには屋代本の古態性よりも、むしろ後次的な改編作業を想定すべきであろう。[21] 従来のように、これを本来的な形とする前提のもとで語り本の展開過程を把握するのは短絡的なのではないか。前節に述べた部分と併せて、屋代本の「御輿振」には現存本の位相を測る上で見逃し難い現象が認められることをくり返し述べておきたい。

四　大内裏の選択と『平治物語』

前節までには、屋代本巻第一「御輿振」の本文が必ずしも語り本系諸本の本来的な形とは言えず、ある段階での改編を経たものであることを検証してきた。それは語り本の展開過程に占める、屋代本の位相を画一的にとらえることに改めて注意を促すものといえよう。また、こうした事実は、見方を変えれば、屋代本を溯る時点で既に様々な形で本文の交渉が進行していたという注目すべき実態をものがたってもいる。本節では改めて御輿振事件の舞台設定に視線を向け、そこに見られる本文変容の背景について一つの可能性を探ることで、特に語り本の展開過程の一側面を今少し追究してみたい。

大内裏を事件の舞台とする語り本は、いずれも頼政が守護した場所を「縫殿陣」と記すのであるが、これは内裏の北門であるという点で、重盛らが固めた陽明・待賢・郁芳門といった大内裏の門とは性格を異にしている。こうした点を見ると、語り本では大内裏の北門については細かな意が払われていないことが窺われよう。大内裏の荒廃は十三世紀に急速に進んだことが指摘されており(22)、また閑院殿も正元元年（一二五九）五月二十二日の焼失が伝えられ（『百練抄』）、以後再建されることはなかった(23)。御所としての実体が失われ、時が隔たることによって、これらに関する詳細な理解が徐々に失われていったことは想像に難くない。こうした事情を背景とするからこそ、混乱を含んだ表現が様々に新たに創造され、かつそうした形でも享受され得たのであろう。語り本はいずれも、事件の舞台となる御所の実体への希薄な理解を条件としてその表現を成り立たせていることに注意したい。当該部について延慶本のごとき形を、物語のより本来的な姿とみるならば、諸本展開の過程において、閑院殿から大内裏へという舞台の転換が行われたものと推測されるわけだが、そうした改編とて右に述べたような事情と無関係ではなかっただろう。閑院殿ではなく、大内裏をより相応しい舞台と判断した際、そこに立ち現れていたのはいわば幻想としての大内裏であったと思われるからである。

ところで、語り本で大内裏が選択されたことに関しては、もう一つ別の可能性を探ることができそうである。その点と関わって注目されるのが、御所の四方を源平両氏が守護するという、語り本にのみ見える設定である。たとえば、前述のとおり、延慶本では御所の南・西を武士が守護する様は記されていない。この部分の屋代本が、語り本の本来的な形態をとどめているとは見なし難いことは既に確認した。その点は、重盛ひとりで「東西南」を守護する軍勢を指揮するという、冷静に考えれば少々強引にもみえる設定からも窺い知られる。したがって、まず検討すべきは覚一本と八坂系本の叙述ということになろう。当該部分を覚一本・八坂系第一類本（三条西本）・同第二類本（城方本）の順に引用する。

《覚一本》是によッて、源平両家の大将軍、四方の陣頭をかためて、大衆ふせぐべき由仰下さる。平家には、小松の内大臣の左大将重盛公、其勢三千余騎にて、大宮面の陽明・待賢・郁芳三の門をかため給ふ。弟宗盛・知盛・重衡、伯父頼盛・教盛・経盛なンどは、にし南の陣をかためられけり。源氏には、大内守護の源三位頼政卿、渡辺のはぶく・さづくをむねとして、其勢纔に三百余騎、北の門縫殿の陣をかため給ふ。所はひろし勢は少し、まばらにこそみえたりけれ。

《一類本》くわうきよには、げんぺいりやうかの大しやうぐんちよくをうけたまはりて、四方のぢんをかためて大衆をふせぐ。平氏には小松殿、三千余きの勢にてひんがしおもてやうめい・たいけん・いうはう、三の門をかためらる。左衛門のかみよりもり一千よきにて南のぢんをかためらる。平宰相教盛千よきにてにしの門をかためらる。源氏には大内の守護源三位頼政、わたなべたうはぶく・さづく・となうなどをはじめとして、つがうそのせい三百よき、きたおもてぬいどの、ぢんをかためたり。おほぢはひろしせいはすくなし、もてのほかにまばらにこそみえたりけれ。

《二類本》皇居には源平両家の大将軍勅を承て四方の門をかためて大衆をふせぐ。平氏には小松殿三千余騎にて東面の陣、陽明・待賢・郁芳門三の門をかためらる。右衛門督頼盛一千余騎にて南面の陣をかためらる。平宰相教盛これも一千余騎にて西面の陣をかためらる。源氏には大内守護の源三位頼政、渡辺の省・授を先として、都合其勢三百余騎北面縫殿の陣を堅めて大衆をふせぐ。大路ひろし勢はすくなし、まばらにこそはみえたりけれ。(24)

いずれも御所の四方を源平が守護するという共通性を持つものの、覚一本はここで源平の多寡を対比することに焦点を合わせていると言えよう。宗盛以下の一門を列挙する独特なあり方は、他本にはない「纔に」（傍点部）という表現と共に、そうした色合いを強く表出している。それに対して八坂系本は重盛・頼盛・教盛の三人の名を、それぞれ軍勢を率い、各々の陣を守護したものとしてあげており、そこに覚一本とも違った特徴的な設定を認めることができる。

ところで、八坂系本では重盛の他に、なぜ頼盛と教盛が取り立てて記されているのであろうか。ここで想起されるのが『平治物語』に描かれる大将軍としての三人の姿である。

(a)六波羅より左衛門佐重盛・三河守頼盛・常陸守教盛、その勢三百騎ばかりにて、土御門東の洞院にて参合。さてこそ、君も安堵の御心つかせまし〳〵けれ。（上巻「主上六波羅へ行幸の事」）

(b)此勅定をうけたまはりて、六波羅よりむかふ大将軍には、左衛門佐重盛・三河守頼盛・常陸守教盛、三人なり。その勢三千余騎、六条河原へうちいで、馬の鼻を西へ向てぞひかへたり。…（中略）…此大勢、河原を上りに、近衛・中御門、二つの大路より大宮面へをしよせてみれば、陽明・待賢・郁芳門、三の門をぞひらきける。（上巻「待賢門の軍の事」）

右は古態本（陽明文庫本）からの引用である。(b)に見えるように、この三人は大内裏攻撃に向かう大将軍として扱われている。さらに、作中でこの三人は並記されることが多く（a もその一例）、その点は後出本にも継承されていくこととなる。『平治物語』の享受過程では、この三者を一括して捉える視線が十分に培われていたことがここから推察されよう。

改めて振り返れば、語り本『平家物語』に描かれる彼らの姿は、大内裏に押し寄せる山門の大衆に対峙するというものであった。『平治物語』での彼らの姿は、まさしくその裏返しの位置に見いだせるのである。御輿振事件当時の記録類を見るかぎり、頼盛や教盛の行動は定かではない。また何よりも、『平家物語』における彼らは武人としての側面を決して強くは有していないのである。こうした諸要素を考え合わせても、八坂系本でこの三人が大内裏を守護する武士として選ばれている背景に、『平治物語』の作用を看取し得るように思われるのである。(25)

八坂系本は頼盛・教盛に個別の軍勢を与え、各々一つの陣を守護する役割を担わせており、他本に比べてみても、彼らが重い位置を占めていることは明らかである。そうした彼らの存在を介すれば、ここで戦略的にはさして重要とも思われない大内裏の南・西という方角が敢えて持ち出される意味（すなわち御所の四方守護の趣向の必然性）も理解できるのである。再び覚一本に目を転ずるに、そこでも「西南の陣」が問題視され、頼盛・教盛の名も見えるものの、こうした意味づけは読み取り難い。また、前述のごとく源平の対比に傾斜したその叙述が、他諸本の基盤となったとも考え難かろう。とすれば、八坂系本の形は閑院殿から大内裏への転換を促した力、すなわち、語り本『平家物語』の本文生成に与えた『平治物語』の影響を示唆していると考えられるのではあるまいか。(26)右に述べた問題は、諸本展開過程に関する従来の理解の再吟味とも当然関わるもので、今後別の側面からのさらなる検討が必要となろうが、ここではまず一つの可能性を提示してみた次第である。

五　おわりに

本章では、屋代本巻第一「御輿振」の叙述には、後代的な本文操作の形跡が存することや、そこにはたとえば延慶本のごとき本文との部分的な交渉関係も想定されることなどを述べ、その上で大内裏を事件の舞台とする語り本の記述が生み出された背景について、『平治物語』との関係の中から少しく検討を加えてみた。『平家物語』諸本間の本文交渉の様相は、覚一本の影響力の強さが際立っているためか、これまでには同本の成立より時代の下った時点での現象として把握されることが多かった。しかし、本章で試みたわずかな検討によっても、既に屋代本以前の段階でもこれに類した現象が生じていたことが窺えるのである。今回はごく限られた部分での検討に止まったが、こうした現象は屋代本の他巻の記述中にも散見する。それらについては別の機会に指摘していこうと思うが、現存屋代本の位相を語り本の展開過程の中で測る作業は、今後も大きな課題の一つとなろう。もちろん、本章には、屋代本が他の語り本に先行する叙述を相対的に多く有することを否定する意図はない。ただ、現存『平家物語』諸本がいずれも複雑な本文交渉を経た結果、多彩な色を上塗りされた段階にあることに鑑みれば、そうした各段階での実態に可能な限り即した形で作品世界に光を当てていく必要を感じるのである。

ところで、右のような試みをなすに当たり、諸本それぞれの抱える時代性が重要な鍵を握るであろうことは想像に難くない。とすれば、屋代本が応永年間（一三九四～一四二八）頃の写しかといわれることにも[27]、より自覚的になってよいのではないか。その妥当性を疑ってみる必要はあるにせよ、応安四年（一三七一）年成立とされる覚一本との本文的距離を勘案すれば、そこから十四世紀の状況を様々に見通し得るのではないか。また、他章[28]で指摘してきたように、八坂系本はその叙述に屋代本との共通性を含み持っており、同様の時代環境との関わりの中でその表現を吟味してみる価値は十分に存するであろう。[29] 本章はそうした見通しに立った試みのひとつである。いずれにせよ、『平家物語』が抱えた動態性の実に長期的なることを受け止め、今後もなお諸本の抱える時代性やその叙述に反映される当代性を意識しつつ、その多彩なる実態を掘り下げていかねばなるまい。

注

(1) 千明守氏「屋代本平家物語の成立――屋代本の古態性の検証・巻三「小督局事」を中心として――」(あなたが読む平家物語1『平家物語の成立』収　一九九三・十一　有精堂)、同「『平家物語』巻七〈都落ち〉の考察――屋代本古態説の検証――」(『軍記と語り物』30　一九九四・三)等。

(2) 『愚昧記』安元三年四月十三日条。陽明叢書記録文書篇『平記・大府記・永昌記・愚昧記』(一九八八・五　思文閣出版)を参照した。本記事に関しては、赤松俊秀氏「頼政説話について(上)(下)――平家物語の原本についての続論――」(『文学』40―7、8　一九七二・七、八　→同著『平家物語の研究』〈一九八〇・一　法蔵館〉再録)、早川厚一氏「『平家物語』の成立――鹿谷事件と二条・高倉両帝の造形について――」(『名古屋学院大学論集』人文・自然科学篇24―1　一九八七・六)に紹介がある。

(3) 引用は、『続群書類従』二十九下に拠る。

(4) 引用は、『大日本史料』第五編之十二に拠る。

(5) 引用は、岩波日本古典文学大系本に拠る。

(6) 引用は、新訂増補国史大系本に拠る。

(7) 引用は、大日本古記録本に拠る。

(8) 当該部分の長門本には延慶本には見えない、「白玉、金鏡、緑羅、紅絹をかざり奉る。神輿あさ日の光にかゞやきて、日月の地におち給ふかとあやまつ。一条を西へ入せ給ひけるが」という表現が存する。しかし、これを除く部分には、ここに述べた延慶本と共通する、二条を西進する様を語る叙述が存在している。長門本には語り本や『盛衰記』に依拠した後次的な本文交渉の様相が指摘されており、右引用部もその一例かと思われる。島津忠夫氏「長門本平家物語の一考察」（説話と説話文学の会編『説話論集　第二集』収　一九九二・四　清文堂　→同著『平家物語試論』〈一九九七・七　汲古書院〉再録）、川鶴進一氏「長門本『平家物語』の本文形成――語り本記事挿入箇所の検討――」（「国文学研究」120　一九九六・十）参照。

（9）いわゆる〈史実〉との距離を測るつもりはないが、実際の事件で採られたコースにそれなりの必然性があったことは確かであろう。

（10）弓削繁氏「平家物語南都本の本文批判的研究――読み本系近似の巻を中心に――」（「名古屋大学国語国文学」29　一九七一・十二）、服部幸造氏「南都本平家物語（巻一）本文考」（「大阪府立大学紀要（人文・社会科学）」21　一九七三・三　→同著『語り物文学叢説――聞く語り・読む語り――』〈二〇〇一・五　三弥井書店〉再録）。

（11）鎌倉本・平松家本・斯道文庫蔵百二十句本・竹柏園本は、従来の指摘同様、この部分にも屋代本的本文をも継承した混態性が認められる。屋代本の位相を測るという目的に鑑み、本章ではこれらを直接の論述対象とはせず、必要に応じて注の中で触れるにとどめる。

（12）四部本の重盛は「左衛門陣・美福・朱雀・皇嘉門」を、頼政は「二条大宮大路」を固めている。大衆が「二条」を「西」へ進むことと併せて、そこでは大内裏二条面をめぐる攻防が独自に設定されている。とはいえ、大内裏を舞台とする点は共通している。

（13）『平家物語全注釈』上巻（一九六六・五　角川書店）二〇二頁以降。なお、注（10）弓削論は、この発言を受け、屋代本の形でも筋は通るとしているが、本章はそれとは異なる観点に立つものである。

（14）鎌倉本・平松家本には本話が存在しない。

（15）八坂系第一類本・斯道文庫蔵百二十句本には、(A)に相当する話が存在しない。

（16）山下宏明氏『平家物語研究序説』（一九七二・三　明治書院）七〇頁。

(17)　渥美かをる氏『平家物語の基礎的研究』（一九六二・三　三省堂）中篇第四章、冨倉徳次郎氏注（13）六五〇頁以降。

(18)　ここに見える頼政の二つの説話は、阪口玄章氏『平家物語の説話的考察』（一九四三・七　昭森社）等によって、本来『十訓抄』第十に見えるごとき一つの話であったものと推測され、現在に至る。当該話は和歌関連説話の中に配列されてはいるものの、人々の称賛が記された後、「頼政蟇目の外に、征矢を取具して持ちたりけるを、後に人の問ひければ、『もし不覚かきたらば、申し行ひたりし人をぞいんがためなり』とぞ答へける」との一文が存し、中心的興味は頼政の武芸にあったものと考えられる。

(19)　たとえば、『太平記』巻第十二隠岐広有の怪鳥退治の場面でも、義家の鳴弦と頼政の鵺退治が想起されている。また、延慶本第二中・十八「宮南都ヘ落給事付宇治ニテ合戦事」には、「源平両家（ノ）中ニ撰レテ、鵼射給タリシ大将軍ゾヤ。臆スル所ロ尤道理ナリ」という頼政評も存する（『盛衰記』に継承）。これらを通じて、本話の受け止められ方は十分に窺えよう。

(20)　(A)・(B)は「又」という語で繋げられており、「ヤサ男」は二話を受けた総括的な評価となっていると言えよう。池田敬子氏「やさし――軍記の武者像――」（『論集　日本文学・日本語3中世』収　一九七八・六　角川書店　→同著『軍記と室町物語』〈二〇〇一・十　清文堂出版〉再録）が軍記物語における用例を整理し、「やさし」という語と、「文学・音楽に携わる能力」との関連を指摘している。

(21)　屋代本・南都本は巻第四を欠くため、そこから移したものかは判断できない。

(22)　日下力氏「『平治物語』成立期再考――中世軍記文学誕生の環境――」（「早稲田大学大学院文学研究科紀要」文学・芸術学編39　一九九四・二　→同著『平家物語の誕生』〈二〇〇一・四　岩波書店〉加筆改題収録）、谷口耕一氏「平治物語の虚構と物語――「待賢門の軍の事」の章段をめぐって――」（「語文論叢」22　一九九四・十二）参照。

(23)　橋本義彦氏「里内裏沿革考」（山中裕氏編『平安時代の歴史と文学　歴史編』収　一九八一・十一　吉川弘文館　→同著『平安貴族』〈一九八六・八　平凡社〉再録）が、里第が内裏化していく過程を論じる中で、閑院殿の変遷に関する問題を取りあげている。

『徒然草』第三十三段には、閑院殿を模して新造された二条富小路内裏について、玄輝門院が「閑院殿の櫛形の穴」と違っていることを指摘したという話が載る。焼失した閑院殿への理解度が低くなっていればこその話題で、そうした焦点の所在は、本章での判断を補うものとして興味深い。

(24)　第二類本B種奥村家本も同様。同A種彰考館本・京都府立総合資料館本では、「平氏には小松殿三千余騎にて陽明・待賢・郁芳門にて三の門を堅らる。右衛門督頼盛・平宰相教盛二千余騎にて西南の陣を堅らる」と、頼盛・教盛の二人は個別に記されてはいないが、特別に扱われていることに変わりはない。第一類本との関係に鑑み、B種本から引用した。

(25)　古態本『平治物語』には、新大系脚注が指摘するように教盛と経盛に関する混乱が存在する（同書一八〇頁注十七等参照）。しかし、本章では古態本の影響に限定してはおらず、金刀比羅本などの後出本に至る中で教盛に統一されていく過程を重視すべきと考える。

(26)　この想定に従えば、屋代本他の語り本では頼盛・教盛の名が消去されたこととなる。それは彼らが武人として作中に描かれていないことと関連しよう。また、作中で武に関わる存在とされている重衡の名が竹柏園本などで現れるようになるのは、その逆の現象かと思われる。

(27)　山田孝雄氏「平家物語異本の研究（一）」（「典籍」2　一九一五・七）。春田宣氏による角川書店刊影印本の解説に継承されている。

(28)　拙稿「『平家物語』覚一本と八坂本の間——頼朝の存在感と語り本の展開——」（「国文学研究」116　一九九五・六）（第二部第一編第二章）、「『平家物語』諸本展開の一側面——八坂本における俊寛の位置付けをめぐって——」（「国文学研究」120　一九九六・十）（同第五章）等に述べたところがこれと関わる。

(29)　たとえば、第一類本のひとつである東寺執行本は永享九年（一四三七）十二月朔日の識語を持っている。

［追記一］

本章をまとめるに際して、原論文にはなかった、閑院殿の実態に関する注(23)を加えた。また、近時、野口孝子氏「閑院内裏の空間領域——領域と諸門の機能——」（「日本歴史」674　二〇〇四・七）が、当該期の閑院内裏の東西南北諸門の位置と機能を解明している。同論に拠れば、二条大路に面した北には小門がひとつあったが、貴族等の出入りには使われておらず、縫殿陣と称された「北陣」は北門には置かれておらず、東北門（東面北門）や西北門（西面北門）、西四足門に臨時に置かれたものだという。本章の論旨と特に関わる事柄として特記しておきたい。

〔追記二〕

千明守氏『『平家物語』屋代本古態説の検証――巻一・巻三の本文を中心に――』（『野州国文学』67　二〇〇一・三）によって、本章のもととなった原論文の一部について批判を受けた。ただし、氏の「この部分の屋代本の本文が、覚一本等の他の語り本の本文の下位に立つことを結論づけられた」という拙稿理解には誤解が存する。私は原論文で、「基調となったのは大内裏を舞台とする語り本のごとき本文であったと思われる」（七九頁。傍点はここで新たに付す）とは述べたが、その「語り本」を現在見るような覚一本他のごとき姿を全面的に有するものだとは述べていない。また、右傍点部にこそ論述の力点があることは、それまでの論の展開から明らかであろうと考える。さらに、この周辺の覚一本の叙述に関して、「その叙述が、他諸本の基盤となったとも考え難かろう」（八四頁）という見解をも同論中で示している。こうした拙稿で示した見解と先のごとき氏の理解には明らかな落差が存在する。詳細は両論を併せてご覧いただければ幸いであるが、同稿では諸本の現存形態の前後関係は論じていないのであり、当該部分の諸本の関係については、氏の結論に対立する意見は示していない。批判の妥当性について再検討を求めたい。本章は部分的に改訂を加えてはいるが、反論をうけた部分の表現や論旨には手を加えていない。

〔追記三〕

吉田永弘氏「屋代本平家物語の語法覚書――書写年代推定の試み――」（石川透氏・岡見弘道氏・西村聡氏編『徳江元正退職記念　鎌倉室町文学論纂』収　二〇〇二・五　三弥井書店）は、語法の検討に基づいて、応永頃という書写年代への疑問を提示した。原論文の段階で、屋代本の書写年代が応永頃とされる点について、「その妥当性を疑ってみる必要はあるにせよ」（「五　おわりに」の内。本章にも継承）と記したが、その具体的な検討として注目している。

第二章　『承久記』との交渉関係

――「四部之合戦書」の時代――

一　はじめに

数多くの異本を生んだ『平家物語』はもちろん、『承久記』もまた、中世という時代のある時期を生きた人々によって享受され、改作の手が加えられ、時には他作品へと受け継がれることでさまざまな再生を遂げていった。とすれば、その叙述が背負うそれぞれの時代状況や社会的環境などを見すえながらの作品分析が求められることは必然であろう。これらの作品の動態性が持つ意義を総合的に把握するためには、そうした試みへの模索を絶えず続けていく必要があるように思われる。本章では、従来そうしたアプローチがなされる機会の極めて少なかった、八坂系第二類本と称されている『平家物語』諸本群（以下、二類本と略称）[1]にみられるひとつの特徴的な記述を分析の端緒として、『平家物語』の展開過程に生じた流布本『承久記』との交渉について検討を加えていこうと思う。そしてその分析を通じて、十五世紀中葉にはある程度の広がりをもって社会に浸透していたと目される「四部之合戦書」という概念と、流布本『承久記』や二類本に内在する時代性との照合を図ることを目指していきたい。

二　八坂系第二類本の一改変

八坂系第二類本とよばれる一群には、巻第十二末尾に次のような記述がみえる。そこに注目することから考察を始めたい。

(a)（法性寺合戦）……是は建久八年十月の事共也。去程に、鎌倉殿も一期限り御座ければにや、正治元年正月十三日に、御年五十三にて失給ふ。▼か丶りければ、主上御位をさらせ給て、御子土御門の院に授参らつさせ給けり。上皇御位に渡らせ給ひし程は、さしも賢王聖主の聞え渡らせ給ひしが、御位をさらせ給て後は何鹿邪にならせ御座在。あそびをこのませ給ては、いやしき婦女になぞらへ、武芸をこのませ給ては、諸国の兵どもめしあつめ北《ママ》面となづけてめされける。▲ごわうけんかくをこのみしかば、天下に疵を蒙る者おほく、そ王細腰を愛せしかば、禁中に飢て死する女おほし。上にこのめば下もすなはち随ふならひ、是偏に世の損すべき前表かとぞ上下申あへりける。其比の叙位除目は、院内摂政関白の御成敗にもあらず、一向京の二位の局のま丶なりければ、都鄙の愁ぞおほかりける。去程に、文覚は故高倉院の二宮を御位に付奉らんとて、諸国の武士をぞ語らひける。上皇此由を伝へきこし召れて、官人助包に仰て、文覚をば二条岩上にてからめ捕、隠岐の国へぞ流されける。文覚廃流の事をあさからず思ひければ、「なんでう此毬杖冠者におゐては、我居たらんずる所へ向へんずる物を、〳〵」、踊あがり〳〵ぞ申ける。此後鳥羽院と申奉るは、おさなふより毬杖の玉を愛せさせ御座在けるに依て也。さればそのゆへにや、承久に事おこり、関東よりの訴詔の為に隠岐へ流されさせ給けり。去程に、文覚は年八十にして、隠岐の国にて干死にこそしたりけれ。（巻第十二「法性寺合戦」）

二類本は、頼朝の平家残党たちへの対応を、伊賀大夫知忠を核とした一党の処分まで列記した後、引用冒頭のごとく「是は建久八年十月の事共也」と記してまとまりをつける。そして①頼朝の死を記す。その後、②後鳥羽院の「邪」な姿、③文覚の謀叛計画、④その発覚と流罪、⑤承久の乱での院の流罪、⑥文覚の死と語り、⑦六代の斬殺へと続ける。こうした展開が、『平家物語』諸本中で独特なものであることは、他本と比較してみれば即座に明らかとなる。

ここでは同じ語り本である覚一本の当該部を引用しておこう。

(b)其比の主上は御遊をむねとせさせ給ひて、政道は一向卿の局のまゝなりければ、人の愁なげきもやまず。呉王剣客をこのんじかば…（『六代勝事記』引用・中略）…心ある人々は歎あへり。こゝに文覚もとよりおそろしき聖にて、いろうまじき事にいろいけり。二の宮は御学問おこたらせ給はず、正理を先とせさせ給ひしかば、いかにもして此宮を位に即奉らむとはからひけれども、前右大将頼朝卿のおはせし程にかなはざりけるが、建久十年正月十三日、頼朝卿うせ給ひしかば、やがて謀叛をおこさんとしける程に、忽にもれきこえて、二条猪熊の宿所に官人共つけられ、めしとッて八十にあまッて後、隠岐国へぞながされける。…（文覚の言葉・中略）…されば、承久に御謀反おこさせ給ひて、国こそおほけれ、隠岐国へうつされ給ひけるこそふしぎなれ。彼国にも文覚が亡霊あれて、つねは御物語申けるとぞ聞えし。（巻第十二「六代被斬」）

両者の違いとして注目したいのは、覚一本が平家残党狩りのあとを、②→③→①→④→⑤→⑦の順で記すことに加えて、内容的にみると、(Ⅰ)頼朝の死の意味づけ(2)（二重傍線部）、(Ⅱ)後鳥羽院と文覚の関係の記し方に相違が表れていること、そして(Ⅲ)後鳥羽院の「邪」な姿と関わって、▼▲で括った特徴的な叙述を二類本が有することである。

まずは(Ⅰ)頼朝の死の意味づけ方を確認しておこう。覚一本においてそれは文覚謀叛の契機とされており、あくまでも文覚の動きを語る叙述の一要素として扱われるにすぎない（二重傍線部）。それに対して、二類本では文覚話とは別扱いされ、むしろ頼朝による平家残党狩りの流れの末尾としてこそ位置づけられており、さらにそれが「かゝりければ」として、後鳥羽天皇譲位の契機としても意味づけられているのである。二類本には頼朝の死が後鳥羽院にまで影響を及ぼしたという脈絡が顕在化していると言えよう。

ところで、私は先に、壇浦合戦後の二類本の叙述には頼朝の意志性が特に打ち出されており、頼朝主導の文脈が一貫して成り立っていることを〈義経関係記事〉などの分析を通して指摘し、そうした様相のさらなる広がりに関する見通しを述べておいた(3)。この点は櫻井陽子氏の、「彰考館本の巻第十二は、源氏の粛清と平家残党狩りという記事群において、頼朝による展開という構図を表面化している」という指摘(4)とも関連する。そうした成果を想起するとき、先に見たごとく頼朝の死を、その後の歴史的状況の推移との関係で特別に意義づけていくあり方も、二類本巻第十二を貫く叙述姿勢との関係から読み解くべきものと考えられてくる。当該部は二類本を特徴づける、頼朝を軸とする文脈の延長線上にあり、その末尾にあたるものといえよう。

そこで注意すべきは、当該部を境として、二類本の視線は後鳥羽院へと傾斜していくことである。『平家物語』諸本はこの周辺で、後鳥羽院の姿との関係から『六代勝事記』の表現（波線部）を利用している(5)。二類本はそれに加えて、他諸本にはみえない後鳥羽院像を▼▲内の叙述によって提示しているのである。

さらに、こうした後鳥羽院の姿勢を注視する傾向は、(Ⅱ)院と文覚の関係の記し方にも反映している。二類本は文覚の処分を「上皇此由を伝へきこし召れて、官人助包に仰て、文覚をば二条岩上にてからめ捕、隠岐の国へぞ流されける。」と、院の主体性を明示する形で記すのである。覚一本他ではここまで示されることはない。なお、覚一本では、文覚の謀叛計画に頼朝の存在が制御をかけていたとするわけだが、それを持たない二類本では、右のような表現とも相まって、両者の関係がより直接的になっていることにも留意しておきたい。

このように、二類本では、それまでの頼朝を軸とした文脈と入れかわる形で、後鳥羽院への視線が明らかに浮上しているのである(6)。一見、それは頼朝の死後ゆえの必然とも見えるが、他本に比べて、当該部の表現には後鳥羽院を記すことへの自覚的な志向が看取できることを無視できまい。そしてその一方で、かかる後鳥羽院への傾きが、この後に語られる六代の死とは特別な脈絡を形づくっていないことも見逃せない。つまり二類本当該部の叙述は、後鳥羽院への関心に導かれた、部分的改変によって生み出されたものと目されるのである(7)。そこで問題となるのが、こうした改変の経緯である。

三　流布本『承久記』との交渉

『平家物語』の変容・展開の過程を見すえつつこの改変が持つ意義を考える際、流布本『承久記』冒頭の後鳥羽院を紹介する次の叙述は、極めて示唆的である。(8)

(A)百王八十二代の御門をば、後鳥羽院とぞ申ける。隠岐国にて、隠れさせ給しかば、隠岐院とも申す。後白河院の御孫、高倉院第四の御子。①寿永二年八月廿日、四歳にて御即位。御在位十五箇年の間、芸能二を学び給へるに、歌撰の花も開き、文章の実もなりぬべし。然りし後、御位を退かせ御座て、第一の御子に譲り奉らせ給ぬ。其後、いやしき身に御肩を双、御膝をくみまし〳〵て、后妃・采女の無止事をば、指おかせ給ひて、あやしの賤に近付せ給ふ。賢王・聖主の直なる御政に背き、横しまに武芸を好ませ給ふ。然る間、「弓取りよく、打物持てした、かならん者を、召使はゞや」と、御尋有しかば、国々よりも進みて参り、又勅定に随ひても参る。白河院の御時、北面と云ふ事を始て、侍を近く召使はるゝ事ありけり。此御時に又、西面と云ふものを召置れけり。其比、関東へ仰て、「弓取のよからん者を十人参せよ」と被召しかば、津田筑後六郎・賤間若狭兵衛次郎・原弥五郎・筒井兵衛太郎・高井兵衛太郎・萩野三郎、且六人をぞ進らせける。②呉王剣革を好しかば、宮中に疵を蒙らざる者なく、楚王細腰を好しかば、天下に餓死多かりけり。上の好に、下したがふ習なれば、国の危らん事をのみぞ奇みける。

後鳥羽院の系譜・経歴、そして土御門帝への譲位後に卑賤なる女性を身近におき、殊に武芸に傾倒していったことが綴られ、そうした院の性格が乱の根幹に関わっていることが示されている。『承久記』の改作・展開に伴う後鳥羽院像の変貌の様相に関して、とりわけ流布本では後鳥羽院の性向に乱の原因（王法が尽きた原因）が求められており、君臣論的な立場から乱をとらえ、院を批判する視座を有していることが諸氏によって指摘されてきた。(9)右引用部は、それら諸論において常に分析の基点とされてきた部分である。かかる研究史をうけ、ここで改めて注目してみたいのは、当該部には「其後」（傍点部）という形で、譲位に伴う後鳥羽院の性格変化が示されていることである。[10]

具体的な検討に先立ち、まずは古態本をうけた冒頭部改作の志向とも関わる、『六代勝事記』（以下、『勝事記』と略称）と『保元物語』との交渉に関する研究の現状を概観しておかねばならない。『承久記』の改作過程に『勝事記』が影響を及ぼしていることは早くから指摘がある。[11]先の引用(A)でも、傍線部①②は『勝事記』に依拠する部分である。一方、こうした指摘をうけ、『保元物語』が『承久記』の変貌に大きく作用したことが兵藤裕己氏によって論証された。[12]同論は、『勝事記』他の文献との間にみられる修辞・素材的レベルでの交渉とは異なり、「改竄本系の成立」を構想の次元から説明するものとして、『保元物語』（特に金刀比羅本系統に注目する）との構成・表現両面における交渉関係を解明したところに特徴と意義があった。その中では、後鳥羽院の紹介に始まるこの冒頭部に関して、『保元物語』序章の鳥羽院の紹介に始まる叙述展開との類似が指摘されている。

『承久記』の改作に果たす『勝事記』『保元物語』の影響の度合いについては、現在のところ理解の幅が存在しており、今後の検証に委ねられる部分も多いように思われる。[13]とはいえ、この二書が『承久記』変容への作用という点で、看過し得ない書として併存していることは疑いない。そして、後鳥羽院の紹介に関して、慈光寺本とは大きく異なる流布本の叙述は、まさしくこれまでの分析の焦点のひとつなのである。この課題に関して、どちらがより重要な書であったかという問いは生産的ではない。『保元物語』と『勝事記』、いずれが欠けても、今日みるような流布本・前田家本のごとき姿が成立しえなかったことは、これまでの研究史に明らかなのである。したがって、個々の論自体の検証とともに今後分析を進めるべきは、『承久記』改作の志向と関わって両書が、どの程度、いかに絡み合いながら利用され、改作本の叙述が織りなされているのかという点であろう。

そこで以下、こうした観点から流布本『承久記』の冒頭部に関していささか検討を加えてみたいのだが、ここでは、

『勝事記』引用に関して一部書き換えがなされていることに注目してみたい。(14) 先の引用(A)の中の傍線部①は、『勝事記』の「寿永二年八月廿日、御年四歳にして位につき給へり。御宇十五年。芸能二をまなぶなかに、文章疎にして、弓馬に長じ給へり。」に基づく。しかし、『勝事記』にいう後鳥羽院の学んだ「芸能二」が「文章」(文)と「弓馬」(武)と解されるのに対して、流布本『承久記』では、「歌撰」(和歌)と「文章」(漢詩文)とが「芸能二」と特に結びつけられているのである。

つまり、流布本は、譲位前の後鳥羽院の姿を記す際、〈武〉に傾斜してはいたがともかくも〈文〉を学んではいたとする『勝事記』の表現を、〈文〉にのみ習熟していたという表現へと改めたのである。(15) そして先に述べたとおり、続く「其後」以下の記述によって流布本は、譲位後の院の変化を語る。こうした書き換えによって、譲位前後の転換が〈文〉から〈武〉へという形で際立つこととなろう。つまり、ここにみえる『勝事記』引用の姿勢は、後鳥羽院の変貌、ひいては〈武〉へと偏向する院の姿を、譲位前の〈文〉と対照させることによってより明確に打ち出そうとする志向との関わりから理解すべきものとみなされるのである。実際の院は、譲位後も和歌の世界を離れてはいない。つまり、流布本はこの引用・改作によって、より実態に即する後鳥羽院の姿を志向しているわけではないのである。当該部には流布本が求める院の姿＝〈武〉に傾斜した姿を提示しようとする確かな志向がはたらいている。そしてこうした叙述は当然、院個人の性向が乱と関わっていることを打ち出すという、従来から指摘されている流布本の様相とも響き合うものなのである。

さて、引用(A)に続くのが次の叙述である。

(B)其後十二箇年を経て、承元四年三月三日、土御門院御位を下進らせ給ひて、第二の御子を御位に即奉らせ給ふ。是は当腹御寵愛に依てなり。新院、御恨も深けれども、力及ばせ不レ給。又十一箇年を経て、承久三年四月廿日、御位を下奉りて、新院の御子をつけ進せ給ふ。懸しかば、一院・本院御中不レ善。

後鳥羽院が土御門天皇、続いて順徳天皇をも譲位させたことと共に、その過程で後鳥羽院と土御門院（新院）との間に違和感が生じたことを語っている（傍線部）。この部分は、兵藤氏によって『保元物語』の「構成・本文を無造作に襲った」部分とみなされており、こうした不和が実際には考えがたいことも指摘されている。[16]『保元物語』における崇徳院と『承久記』の土御門院との類比がもたらす効果とは別に、ここでは、後鳥羽院の独断ぶりと、その存在が天皇家内部で孤立する様子を語っていることに注目したい。天皇家内部のこうした対立は慈光寺本には一切記されておらず、改作の過程で『保元物語』との接触を通して獲得された設定である。振り返ってみれば、先の『勝事記』利用に際してはたらいていた後鳥羽院形象への姿勢と、ここで院を特立させるあり方とは、乱の責任を院個人に収斂させる姿勢において軌を一にしていることが知られよう。[17]

以上、先行研究の成果に導かれつつ、『勝事記』の書き換えという問題を通して、『保元物語』の活用とも連動する『承久記』改作の一事例についての補足をしてみた。以下の論述との関わりで確認しておくべきは、譲位前後の後鳥羽院の変貌を語る叙述は、『勝事記』や『保元物語』の活用をも含めた関係性の中で生まれ、流布本が志向する院形象の一部を担っていると考えられることである。

さてこの点を踏まえ、前節で取り挙げた二類本を特徴づける▼▲で括った部分の記述に立ち戻ってみたい。その内容は、後鳥羽院の譲位前後の変化を語り（傍点部）、譲位後に遊びを好み、卑しき女性を近づけ、また武芸を好んで「北面」（「西面」とあるべき）を設けたというものであった。そこに存する共通性を確認し、表現上の類似[18]にも目を配るとき、両作品の交錯を想定せざるを得なくなるのである。[19]

先に検討したとおり、二類本では当該部において後鳥羽院への傾きが突出していた。二類本はそうした表現を先行本文に加筆したと考えられるわけだが、「邪」になって武芸を好み、西面をおいたという院の姿によって、その後の二類本の叙述に独自の文脈が生じているわけではない。たとえば、二類本でも承久の乱後の流罪は文覚との関係で説明されており、他本との差はないのである（前掲本文参照）。つまり、二類本なりの叙述展開と関わる内発的な必要性からこうした叙述が創り出された可能性は極めて低いと判断せざるを得ないのである。[20]それに対して、京方と鎌倉方の〈武〉の対決を軸に承久の乱を語り、その責任を後鳥羽院個人に収斂させる志向を一貫して有する流布本『承久記』にあっては、〈武〉に傾く院の姿を冒頭で印象づける意義はすんなりと理解できるのである。

ここまでに検討してきたような二類本の文脈に占める当該部の質や、他文献の利用と密接に関わる流布本の改作志向などを勘案すれば、当該部にみる両作品の関係は、流布本『承久記』から二類本『平家物語』へという関係において把握するのが、より妥当な判断であろう。[21]その際、二類本は単にそれを既存の叙述に挟み込むのではなく、頼朝の死という出来事と関連づけ、ひとつの歴史の流れを提示したのである。そうした意味で、二類本は土台とした『平家物語』本文や、依拠した流布本『承久記』が語るところとは別の一歩を踏み出しているといえよう。ただし、その目的が時代の推移を実態に適うように描くことでなかったことは、後鳥羽院の譲位と頼朝の没年との前後が逆転しているという一事をもっても明らかである。二類本は後鳥羽院の流罪に関して、「関東よりの訴詔の為に」（傍線部）という独自の一節を殊更に記しており、また他ならぬ『承久記』を利用していることからみても、承久の乱に至る京・鎌倉の対立をより自覚的にとらえようとしている。二類本はここで、歴史的実態との照合を図るのではなく、流布本『承久記』にみえる仮構された後鳥羽院の姿を援用することによって、先行する『平家物語』とは異なる観点を導入し、頼朝の死と承久の乱という二つの大事件の間に脈絡をつけている。それはこの間の歴史的推移に関する新たな解釈を『平家物語』の中に組み込む営みといえるだろう。二類本当該部には、こうした重層的かつ多義的な作品改変の経緯が透かし見えるのである。

四　「四部之合戦書」の時代

こうした二類本の営みははたして何をもたらしたのであろうか。たとえ『承久記』に導かれつつ承久の乱への過程を後鳥羽院の姿に見通し、そこに頼朝の死からの脈絡をつけたとしても、それ以上の事情を語ることはなかった。それが六代の死を語らねばならぬ『平家物語』としての限界であったかとも思われる。また何より、二類本が流布本『承久記』から手にした院の姿は、人物像としても、承久の乱への脈絡としても、他の部分の叙述と呼応することはないのである。その成果は決して高く評価できるものではあるまい。それでは、なにゆえにこうした形で『平家物語』と『承久記』との交渉が生じたのであろうか。

二類本にみえる後鳥羽院の変貌を語る問題の表現は、同じ八坂系諸本でも第一類本には存在しない。当該部分における流布本『承久記』受容は、『平家物語』諸本のうち二類本というごく限られた伝本群の共通祖本においておこなわれた営みと考えられる。ただし、その点と関連して、八坂系第四類本（以下、四類本）が左のごとき記事を有していることは注目すべきことである。[22] 関係部分を以下に引用してみよう。

（平家残党処罰）是等ハ皆建久八年十月ノ事也ケルトゾ承ル。去程鎌倉殿モ一期限坐セバ、建久十年正月十三日御年五十三ト申セバ、竟隠給ケリ。其比ノ主上ハ少フ〈御座ケレバ〉御遊ヲ以宗トセサセ給フ。又政道ハ一向ニ卿ノ局〈ノ任ニ也ケレバ、人愁〉歎多カ〈リ〉ケリ。剰天下ニ疫癘《エキレ□》流布シケ〈リ。後鳥羽院ハ差〉モ賢王・聖主ノ聞エ坐ツルガ、御位ヲ下給テ御位土御門院ニ譲進サセ給テ後ハ、思ノ外ノ御事共渡セ給テ、諸国ノ兵共ヲ召仕セテ西面ト号シテ召仕セ給フ。武芸ヲ好セ御座ス。下女ニ交セ給テハ、御遊ヲ宗トセサセ給フ。呉王好ミ二剣客一シカバ…（『勝事記』引用・中略）…不歎悲ニ云コトナシ。爰文覚ハ綺フマジキ事ニノミ綺ケリ。…（二の宮の優秀性・中略）…如何ニモシテ此君ヲ御位ニ奉テ即バヤト伺ケレ共、鎌倉殿一期ノ程ハ叶ハザリケルニ、去ル正月失給テ後、軈謀叛ヲ企ケル程ニ、無レフ程漏聞テ、「文覚ヲ搦メ取テ隠岐国へ可レ被レ遣」トテ、宿坊ハ二条猪熊也ケルニ、官人共乱入テ文覚〈ヲ〉搦メ取ル。（以下略）

（両足院本　巻第十二）

四類本は、基本的には二類本と覚一本系統の後出本文との混態本とみなされている。右の引用に際して、明らかに二類本と関わる部分には破線、覚一本に類する部分には傍線、また両本共通の『勝事記』引用部は波線で示した。当該部分もそうした混態の様相を呈している。その点は、内容面から、頼朝の死の重出、院が御遊を宗とするという記述の重複などをみればいっそう明瞭となろう。この四類本のうち、両足院本の本文はその奥書から大永六年（一五二六）以前に存在していたことが分かる。[23] したがって、二類本の当該部がこれ以前に成立していたことが確かめられるのである。

とすれば、翻って流布本『承久記』の記事は、『平家物語』諸本のかかる混態の動きや二類本当該部の誕生をさらに溯る時点で成立したと考えられる。加えてこれが同書の冒頭記事であり、前節で述べたごとき同本を貫く後鳥羽院形象のあり方との関わりの深さから判断しても、流布本『承久記』の成立下限を恐らくは十五世紀中に溯って示唆する事例と言えよう。なお、四類本の奥書年代は二類本確立期の下限とも連携することは言うまでもない。[24]

こうした時代に流布本『承久記』の存在価値や影響力を確認するとき、両作品が交錯する所以も浮上してくるように思われる。すなわち、いずれも著名な事例であるが、『蔗軒日録』文明十七年（一四八五）二月七日条には、「宝（保）元物語以下の四作品を「四部之合戦書」として一括りの書物群とする認識が存在したことが分かる。「謂之」という口調からしても、こうした理解がある程度浸透していたさまも窺えよう。[25] そして実際、これに先立つ「文安三年丙刀（一四四六）九月十四日」、もしくは「文安四年（一四四七）卯月五日」の奥書をもち、巻頭に「平家物語巻第一　并序　四部合戦状第三番闘諍」のごとく記す四部合戦状本『平家物語』の存在も想起される。また、成立時期は不明ながら、室町期の当道の伝承を伝える『平家勘文録』には、「此平家ハ四部ノ合戦状アリ」として、保元の乱を記した「本朝第一番ノ合戦状」以下、承久の乱に関する「本朝第四番合戦状」の存在を紹介する。さらに、『看聞日記』紙背文書「諸物語目録」（応永二十七年〈一四二〇〉十一月十三日付）によれば、これら四作品が並んで蔵されていた場のひとつを知ることもできるのである。[26] また、同書によれば、伏見宮家所蔵の「保元平治物語平家」（永享三年〈一四三一〉八月二十八日条）等や、「保元平治双子」（同四年四月五日条）が内裏へとまとまって提供されてもいる。

もちろん、『保元物語』以下の作品の接近は、十五世紀を溯る段階から始まっていたことではあろう。[27] 実際、その具体相が作品の内実に沿って解明されてもいる。[28] 先の「四部之合戦書」という概念が社会的に定着する背後には、作品間の様々なレベルでの具体的な交渉の進展や内容面での均衡関係が築かれていく過程を実態的に想定せざるをえまい。

そうした中に、『承久記』改作に及ぼした『保元物語』、そして『平家物語』の影響も意義を持つものであった。[29]『承久記』と『平家物語』との関係については、既に複数の論がある。[30] その過程で、とりわけ流布本『承久記』への『平家物語』の影響の強さが指摘されてきた。両作品の関係は、語句・表現の転用や場面設定の借用など多岐にわたっているが、本章の論旨との関連で確認しておかねばならないのは、『平家物語』を踏まえた加筆・改作が確実に存在することである。[31] そしてそれを本章での検討とあわせて考えると、『平家物語』を踏まえて改作された『承久記』が、さらに『平家物語』へと影響を及ぼしていく過程のひとつとして見定められるのである。本章でみた両作品の交渉関係は、「四部之合戦書」をとりまく思潮が成熟していく時代状況を反映しつつ、二作品が交渉を重ね、新たな姿として再生していく過程を、双方向的な動きとして、これまでの理解以上に立体的に浮かび上がらせるものと言えるだろう。

二類本における『承久記』活用には、頼朝の死以後の時代変遷、そしてそこに関わる後鳥羽院への視線が透かし見えた。『平家物語』諸本は巻第十二巻末で文覚との関係から承久の乱への目を有してはいるわけだが、二類本ではそうした基盤の上に一歩踏み出して、『平家物語』と『承久記』とを作品を越えて連携する道が模索されたのではなかったか。二類本にとっての『平家物語』という枠組み[32]の範囲内で、承久の乱そして『承久記』との架橋が目論まれたのではないかと考えるのである。それを背後で支えたのが「四部之合戦書」という観念である。いわゆる八坂系『平家物語』諸本は、その社会的な存在意義について未解明な部分も多いが、これらもまた「四部之合戦書」という概念枠の中に存在しており、そこから刺激を受けながら変容と再生を遂げていったことを、本章でみた事例は示唆しているのではないだろうか[33]。

五　おわりに――物語と社会との脈絡へ――

以上、本章では八坂系第二類本『平家物語』による流布本『承久記』利用の問題を中心として、その背景にある時代状況との関係性にも言及してきた。ここで改めて、二類本において、承久の乱と関わって後鳥羽院を記そうとする際に、『承久記』が利用されているという事実を見直してみたい。つまり、『承久記』はそうした内容を持つ作品として認識され、扱われていたのであり、そこには中世社会における乱認識に対する『承久記』のなにがしかの影響力を見通しうるのである。とすれば、今後継続して分析すべきは、中世社会に流布する後鳥羽院イメージあるいは乱認識と『承久記』の表現とがいかなる均衡関係を保っていたのかという問題である[34]。たとえば、改作本のひとつ前田家本『承久記』は足利将軍体制に近いところで成立したことが指摘されるが、それが中世社会においてどのように享受され、実社会での意義を有していたのかは必ずしも明らかではない。また、本章で指摘したような後鳥羽院形象は、どの程度作品周辺に存在する後鳥羽院理解と共存しうるものなのであろうか。これまでの『承久記』論の中では、諸本間の位相差を測る作業はいくらか重ねられているが、それを作品外部の状況とのあわいでとらえ返す試みは存外に少ないように思われる。そして、こうした問題が『承久記』に限った課題でないことは言うまでもない。軍記物語がさまざまな形で再生を遂げていく動態性が持つ意味を、本文上の現象面のみで把握することは不可能であろう。物語と実社会の中を生きる中世人との間に存する脈絡を掘り起こしていかねばなるまい。こうした問題については一概に論じきれるものではなく、稿を改めて少しずつ検討していくつもりである。本章では「四部之合戦書」という概念を鍵として、二作品の双方向的な交渉関係を指摘したが、今後はより視野を広げ、物語内部と中世社会に広がる思潮や歴史認識等との双方からの分析の架橋が求められることは蓋し必然であろう。

注

（1）A種彰考館蔵八坂本（彰考館本）・城幸本・秘閣粘葉本、B種城方本、田中教忠旧蔵本、那須本、奥村家本を調査した。本章で取りあげる箇所に特別な異同は存在しない。以下の引用は彰考館本に拠る。本章では、巻第十二に関してこれら諸本群が共有する属性を取りあげるので、第二部第一編第六章との関係から、彰考館本を引用することとした。また、論述に際しては「第二類本」という呼称を用いるが、それは第二部第一編でおこなった問題点の整理と分析の成果を踏まえ、諸本群としての属性であることをより明確に示すためである。この名称が必然的に内在させている問題点に鑑み、本章でも一伝本群を表す分類名としてこれを用いる。名称を変えることよりも、それに対する認識・概念をこそ改める必要があるのであって、その上で自覚的に使用すれば必要以上の混乱は避けられると私は思う。

（2）諸本において頼朝の死は、文覚謀反の契機（延慶本・語り本）または文覚への院勘の契機（長門本・四部本）とされている。

（3）拙稿「八坂本『平家物語』の特性――頼朝と義経の関係をめぐって――」（「中世文学」41　一九九六・六）〔第二部第一

編第六章」において、彰考館本をもとにしつつ指摘した。

（4）櫻井陽子氏「八坂系平家物語（一、二類本）巻十二の様相──頼朝関連記事から──」（『軍記と語り物』32　一九九六・三　→同著『平家物語の形成と受容』〈二〇〇一・二　汲古書院〉改題再録）。

なお、同論が指摘するように、B種本では頼朝の姿が後退している。そうしたありようがいかなる過程で生じたものかは問題となる。その点について、本章で指摘する流布本『承久記』との関係がA・B種本に共通して存在すること、そしてその交渉関係を導く姿勢が、頼朝を軸とする文脈を打ち出すA種本において、より自然な脈絡を形成していることは、少なからず示唆的なのではなかろうか。すなわち、B種本が頼朝の存在感を隠蔽していったと考える方が、可能性としては高いように現時点では考えている。なお、そうしたA・B種本の関係は、あくまでもこの問題に限った判断にすぎないことを、念のため申し添えておく。

（5）延慶本をはじめとする『平家物語』諸本の当該部における『勝事記』利用の様相については、弓削繁氏「六代勝事記と平家物語」（『中世文学』21　一九七六・十　→同著『六代勝事記の成立と展開』〈二〇〇三・一　風間書房〉改題再録）、及び同氏校注『六代勝事記・五代帝王物語』（二〇〇〇・六　三弥井書店）参照。なお、以下の『勝事記』の引用は本書に拠る。

（6）注（4）櫻井論は、二類本の頼朝の死の部分を「頼朝による粛清の物語」の終結とし、続く文覚・六代記事との落差を読みとる。後鳥羽院の扱いという観点からも、ここに落差を認められよう。なお、後述するように、こうした転換には後鳥羽院への関心に導かれた流布本『承久記』依拠という問題が根本的に存在していると私は考えている。

（7）その一方で、その叙述が頼朝を軸とした脈絡に連接されていることは、二類本の編集上の姿勢として把握しておきたい。注（4）参照。

（8）本章で扱う部分について、松林靖明氏校注新撰日本古典文庫1『承久記』（一九七四・九　現代思潮社〈底本元和四年古活字本〉）の解説（以下、松林氏解説）で同系統とされる、慶長古活字本と内閣文庫蔵写本に大きな異同はない。前者は岩波新日本古典文学大系『保元物語　平治物語　承久記』、後者は松林氏「翻刻内閣文庫本『承久記』（乾）」（『甲南女子大学研究紀要』37　二〇〇一・三）に拠った。

（9）松林靖明氏「前田家本『承久記』の一側面（上）（下）」（「青須我波良」15、17　一九七七・十一、一九七八・十一）、大津雄一氏a「慈光寺本『承久記』の文学性」（「軍記と語り物」17　一九八一・三）、同b「前田家本『承久記』の後鳥羽院と義時――その文学性の評価のために――」（「国文学研究」75　一九八一・十）、同c「『承久記』の変容」（「古典遺産」36　一九八五・七）、佐藤泉氏a「『承久記』考察」（「国文鶴見」20　一九八五・十二）、同b「『承久記』考察――後鳥羽院の周辺――」（「軍記と語り物」25　一九八九・三）、弓削繁氏「『承久記』と鎌倉期の歴史物語」（長谷川端氏編軍記文学研究叢書10『承久記・後期軍記の世界』収　一九九九・七　汲古書院）等。

（10）従来院の二面性とみなされる向きもあったが（松林氏解説、大津氏a等）、本論中で以下に示すような、その記述の質やそれが果たす効果を考慮すると、一歩踏み込んで後鳥羽院の変化として把握すべきと考える。こうした判断は、後鳥羽院を「天皇在位中と、譲位後に分かちてとらえている」という、佐藤泉氏aの発言の延長線上にある。

（11）国史叢書『承久記』（一九一七・五　国史研究会）解説に始まり、後藤丹治氏「六代勝事記を論じて承久記の作成問題に及ぶ」（「文学」2－7　一九三九・七）へと続く。松林氏解説及び弓削氏注（9）掲載論に研究史をまとめた記述がある。

（12）兵藤裕己氏「承久記改竄本系の成立と保元物語」（「軍記と語り物」14　一九七八・一）

（13）たとえば『勝事記』の影響の度合いについて、松林氏解説が慎重な態度を保つのに対して、弓削氏注（9）掲載論は極めて積極的にその意義を提唱する。

（14）なお、冒頭部における『勝事記』利用に関しては、流布本と前田家本では差がある。ただし、土御門帝への譲位をうけて「其より以来」と記すように、譲位を屈折点ととらえていることは確かであり、発想の基盤においては流布本との共通性がみられる。ただし、一方で前田家本は譲位後の院の姿として、「賢王・聖主の道をも御学ありけり」と記すなど、独自の観点をも提示していることには注意を要する。同本では、以下に述べるような〈文〉から〈武〉へという転換は語られていないことになる。

（15）ちなみに、『勝事記』の当該部分は『平家物語』諸本にも引かれているが、そちらでは「……文章疎ニシテ、弓馬ニ長ジ給ヘリ」（延慶本）という形で、典拠に沿う形で引かれており、流布本『承久記』の利用姿勢との差は明確である。

(16) 引用末尾の「本院」は「中院」(土御門院)とあるべきか。松林氏校注本頭注参照。
(17) 土御門院の「御恨」が、『保元物語』からの影響とも関わって、乱後流罪される場面と照応していること、及びその効果については、大津論cに指摘がある。
(18) 流布本「いやしき身に御肩を双」と二類本「いやしき婦女になぞらへ」、「横しまに武芸を好ませ給ふ」と「邪にならせ御座在」・「武芸をこのませ給ては」など。
(19) 松林氏は注(8)校注本補注四に覚一本と共に城方本当該部を掲げる。特別な言及はないが、両者の類似に注目されたがゆえの引用であろう。
(20) 譲位前後の変化は、天皇と院との立場の違いをより実態に即すように記したとも見える。しかし後述するように、他ならぬ土御門帝への譲位の時期さえ史的な正確さを期していない二類本が、こうした配慮から書き換えたとは考えがたい。また、実際の院は譲位後も〈文〉、すなわち和歌の世界から決して離れてはおらず、流布本『承久記』にこうした配慮がはたらいたとも考えがたい。
(21) 二類本巻第十二には、吉野軍や義経最期などの義経に関わる記事など、実態は未詳ながら外部資料を摂取して位置づけたと思しき記事が散見することも併せて想起すべきであろう。
(22) 如白本・両足院本・大前神社本・南部本・米沢市立図書館本を調査。引用に用いた両足院本は虫損により判読不能部分があるため、大前神社本で補い、〈 〉で括って示した。□は虫損部分。
(23) なお、大前神社本は天正十六年(一五八八)八月の奥書をもつ。また、城一本(第五類本)に当該記事はみえない。
(24) 現存二類本にはその後に手が加わっている可能性は残る。しかし、その混態の様相から判断するに、四類本成立の前提として、現存二類本のごときまとまった伝本が存在したことは疑いない。そこに二類本の基盤をみることは可能だと考えている。
(25) なお、同説は、筆者季弘大叔のもとに出入りし、同日条にもみえる琵琶法師「城菊」から得た知識であろうか。とすればなお、こうした認識の広がりを推察できよう。『蕉軒日録』の引用は、大日本古記録に拠る。

（26）　この蔵書群が伏見宮という特殊な場のものであることは考慮しておく必要があろう。なお、同目録には『太平記』『九郎判官物語』『梅松論』などの作品も並ぶ。

（27）　永仁五年（一二九七）の序を有する『普通唱導集』の「琵琶法師…（中略）…平治保元平家之物語　何皆暗而無滞」という一節も想起される。

（28）　最近の論考として、原水民樹氏「『保元物語』諸テクストの作者像――金刀比羅本・流布本――」（栃木孝惟氏編軍記文学研究叢書3『保元物語の形成』収　一九九七・七　汲古書院）、日下力氏『平治物語の成立と展開』（一九九七・六　汲古書院）所収諸論考などがある。

（29）　注（12）兵藤論も、こうした時代環境を重視している。松林氏解説に的確なまとめがある。

（30）　後藤丹治氏「平家物語著述年代考（三・完）――従来の諸研究への再吟味――」（「史学雑誌」52―12　一九四一・十二）、村上光徳氏「流布本承久記と前田本承久記の関係――その性格をめぐって――」（「駒沢大学文学部研究紀要」25　一九六七・三）、松尾葦江氏「承久記の成立――軍記物語史構築のために――」（徳江元正氏編『室町藝文論攷』収　一九九一・十二　三弥井書店　→同著『軍記物語論究』〈一九九六・六　若草書房〉再録）等。松林氏解説にも要点が整理されている。

（31）　なお、両書の関係、とりわけ依拠の方向について再吟味する価値があることは、本章で取りあげたごとき事例が存することによって再認識されよう。今後の課題の一つとしたい。

（32）　『蔗軒日録』文明十七年（一四八五）十一月廿五日条に、「是日城菊至。企《〔食カ〕》放参而去。平家ハ近衛院仁平三年ヨリ、土御門ノ初マデ八代ニシテ、アイカ《〔タカ〕》六《〔代カ〕》年也。但前后モアレドモ、或ハ譬喩ニ引之也。前ハ多而后ハ少キ也。頼朝以后ノ事ゾトアリ。仁平三年正月十《〔三〕》五日、大政ノ入道ノ父タヾモリ逝去、正治元年正月十五日、頼朝逝去スル也。此間四十四年。治乱盛衰記之也。……」とあるのは、当時『平家物語』が作中の時代枠への関心の中で理解されていたことを示す一事例として注目される。第一部第二編第二章参照。

（33）　拙稿「『平家物語』巻第一「御輿振」の変容とその背景――屋代本より語り本の展開過程に及ぶ――」（「国文学研究」122　一九九七・六）〔第二部第三編第一章〕において、御輿振事件に際する大内裏攻撃の記述について、特に八坂系諸本に顕著な『平治物語』の影を指摘した。本章での指摘とはレベルを異にするが、広い意味では包括的にとらえうる現象であろう。

（34）乱の目的を「倒幕」とする理解と『承久記』との関係については、西島三千代氏「慈光寺本『承久記』の乱認識」（『国文学研究』130　二〇〇〇・三）の丹念な分析がある。さらに、承久の乱が回想される場と『承久記』が享受された環境との接点を探る試みが多面的に試みられてしかるべきであろう。

［追記一］

本章をまとめるに際し、第二部第一編（特に同六章）との関係もあり、八坂系第二類本A種・B種の間に存在する文脈差について、注（4）の中で現在の見解を示した。

［追記二］

前田家本『承久記』の成立期や本文的性格等について、近時再考が進められている。日下力氏「前田家本『承久記』本文の位相」（同氏他編『前田家本承久記』収　二〇〇四・十　汲古書院）、西島三千代氏「『承久記』研究における発見のいくつか」（同前書収）参照。

第三章　「蜷川家文書」にみる軍記物語享受の諸相とその環境

一　はじめに

室町幕府の政所代を歴任した蜷川氏[1]に伝えられ、明治二十一年（一八八八）十月から、内閣文庫（現在の独立行政法人国立公文書館内閣文庫）に所蔵されることとなった、「蜷川家文書」（整理番号古一六／二九五）と称される文書群（冊子二十七冊、巻子二軸）が存在する。既に『大日本古文書家わけ第二十一蜷川家文書』（全六冊）として、年代順に整理された形で翻刻もなされており、今日では容易にその内容を通覧することができる。その中には後年書写されたものも含まれているが、永享年間以降の年次を持つものについては、内容と成立年次がほぼ一致する（すなわち原本）とみなされている[2]。

政所は、室町幕府の諸機関のうち、室町中期以降もその機能を果たし続けた唯一の存在といわれる[3]。その機能は大きく裁判機能と経済的機能（幕府財政と将軍家の財政管理、記録）という二つの観点からとらえられている。また、その構成員は、義満期以降ほぼ伊勢氏によって世襲された執事または頭人と呼ばれる長官の他、政所代・執事代・寄人と呼ばれる人々で、その職務上の関係の具体相については従来から議論が続いている。本章で注目する蜷川氏は、伊勢氏の被官として政所代を世襲していた一族である。当該文書は、こうした職務との関わりの中から同氏の元に累積され、管理されてきたものであることをまずは確認しておこう。

また、蜷川氏には文学関係の事績にも注目すべきものがあり、歴代の連歌・和歌に関する研究が重ねられていることとは周知のことであろう[4]。試みに『和歌大辞典』を参照してみれば、そこには「智蘊（親当）」・「親孝」・「親俊（親世）」・「親元」・「親俊詠草」・「親元詠草」・「親元百首」・「蜷川親孝家歌合」・「蜷川親当三十三回忌品経和歌」といった蜷川氏関連項目が立項されている。幕府内での家職と共に、その文事においても注目すべき存在であることは多言を要すまい[5]。

さて、『大日本古文書』では第六冊目に和歌・連歌の懐紙をはじめとする文学関係の文書類が一括されている（附録八一～）。それらが文学研究の観点からみても、質量ともに、極めて注目すべき史料群であることは一目瞭然である。ただし、それらに対する検討は未だ本格的にはなされていないように思われる。そこで本章で分析の俎上にのせてみたいのは、同書の附録一〇九～一一七「雑記」と題された九点の文書群である（以下、煩雑さを避けるため、これらについては一〇九～一一七の番号で示す）。『大日本古文書』が「○右紙背／（年月日未詳）平家物語（断簡）」として目次に掲出するように、これらの紙背には『平家物語』が記されている。これまでのところ当該文書を取りあげた研究は見あたらないようだが、そこに遺された本文は、物語の展開過程に関する議論に新たな視座を提供してくれるように思われる。そこでまず本章では、まずは当該断簡にいくつかの角度から分析を加えてみることとしたい。

あらかじめ言えば、検討すべき課題はそこにはとどまらない。実は、当該『平家物語』断簡の紙背（今日の表面）に記された「雑記」の内容もまた、軍記物語の享受史を考える上で、豊富な情報を提供してくれるものなのである。本章の論述は、物語断簡の検討を踏まえて、「雑記」の内容分析へと進んでいくこととなる。その過程で、これらを持ち伝えた蜷川家という存在を視野に収めながら、軍記物語享受とその環境に関わる諸問題を順次照らし出していくこととしたい。

二　『平家物語』断簡の検討

（一）書誌的事項

まずは『平家物語』断簡九点に関して、その書誌的事項を確認しておこう。九紙はいずれも同質の楮紙で、その寸法（縦×横）は次のとおりである。

一〇九	二十七・九糎×四十五・九糎	一一〇	二十七・八糎×四十五・九糎
一一一	二十八・一糎×四十五・七糎	一一二	二十七・六糎×四十五・六糎
一一三	二十八・〇糎×四十五・五糎	一一四	二十七・八糎×四十五・七糎
一一五	二十八・二糎×三十・四糎	一一六	二十八・二糎×四十五・五糎
一一七	二十八・二糎×四十五・四糎		

このうち、一一五の横の寸法が他と大きく異なるのは、伝来の過程で断裁されたことによる。本文は全て同筆。書きさしとなった時点によって、紙面に写された本文の量（行数）はさまざまであるが、用紙全面にわたって本文が記された一一一・一一三・一一六・一一七に従って述べれば、紙面の左右に本文が九行ずつに振り分けて記され、その間に約一行分の余白が作られている（本章末影印参照）。以上から、これらは『平家物語』の書写に際して生まれた一連の反古とみなしうる。そこで期されていたのは、半葉九行の袋綴本（寸法は約二十八糎×約二十三糎）であったと言えよう。

その本文は『大日本古文書』に翻刻されているが、一部に疑問点があることも考慮し、ここでは句読点・濁点等を

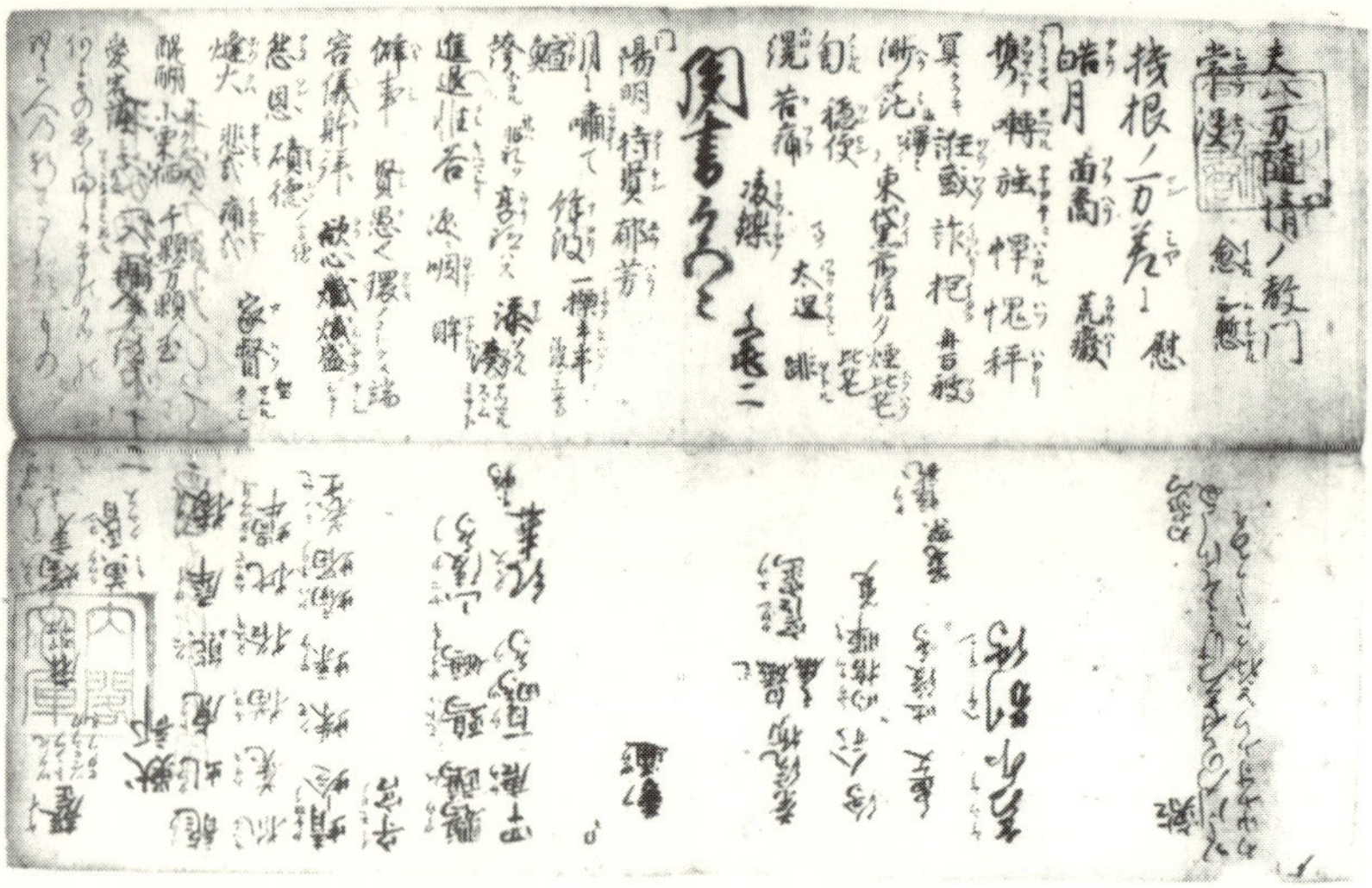

図版一　附録一一〇「雑記」

付した形で本章末に示しておいた。九紙に記された本文の物語中の該当箇所を一覧すれば、次のとおりとなる。

〔該当章段一覧〕（章段名は覚一本〈高野本〉による）

一〇九紙背　巻第十二「大地震」
一一〇紙背　巻第十二「大地震」
一一一紙背　巻第十二「大地震」
一一二紙背　巻第十二「泊瀬六代」
一一三紙背　巻第十二「判官都落」
一一四紙背　灌頂巻「六道之沙汰」
一一五紙背　灌頂巻「六道之沙汰」
一一六紙背　灌頂巻「大原入」
一一七紙背　灌頂巻「大原御幸」

記された場面には重複があり（一〇九紙背～一一一紙背、一一四紙背と一一五紙背はそれぞれ同一箇所）、残存するのは巻第十二と灌頂巻の中の六場面である。全十二巻に対する場面の偏りの由来は、全くの偶然とも、全巻の書写を分担し、蛭川氏が巻第十二と灌頂巻（同一巻とされていた可能性がある）[6]を担当したためとも、巻第十二（含灌頂巻）のみが書写されたためとも考えられるが、今のところ定かではない。ただし、現在の表面となっている「雑記」の内容は、現存する九紙の間で必ずしも連続しておらず、物理的な断絶が認められることから推せば、かつてはさらに多くの同様の反古が存在したのであろう。ちなみに、一行二十字前後という字配りを考慮すれば、灌頂巻を含む巻第十二の分量は、全七十丁前後であったかと推察される。(7)

その書写年代については、紙背に記された「雑記」の内容を踏まえた判断を要する。その詳細は後述するが、「雑記」は数次にわたって書き継ぎがなされたものとおぼしい。ただし、一一〇「雑記」中央の「聞書色々」「文亀二」という記載を目安とし、文亀二年（一五〇二）を物語書写時期の下限と考えてよさそうである（図版一参照）。(8)この「聞書色々」「文亀二」は、左右の記載とは墨色、字の大きさを異にする。その記載位置からみて、左右の書き込みに先立って記されたものと目される。九紙は反古となったのち、いずれも横半折の折紙として用いられている。おそらくは同様の料紙を束ねたものの表書きにあたるのがこの「聞書色々」「文亀二」という記載だったのではなかろうか。また「聞書色々」が他紙のどの記載と対応するのか、必ずしも明らかではない（現存しない可能性もある）。とはいえ、今は「文亀二」が仮構された年代記載ではなく、『平家物語』断簡の書写年代を測る際の基点となることを確認しておきたい。

一方の上限に関しては、一一四「雑記」に記された次の和歌から手がかりを得られる。

寄木恋　　　清雲

春やいつ枝にわかれてちるもみぢ
それもおもへばくれなゐの露

清雲（晴雲）とは正徹の弟子で、晴雲庵と号した正広（応永十九年〈一四一二〉～明応二年〈一四九三〉または三年）のこと。応仁の乱直後には晴雲と号していたことが知られている。そしてその家集『松下集』によれば、当該歌の詠作状況もある程度明らかとなる。すなわち、文明十二年（一四八〇）八月のこととして、「八日、舟出して、十日江州余呉庄と云ふ所に舟よりあがりて、平新左衛門尉光知所にて一続ありしに」という詞書に続く三首のうちに、これが収録されている（八四〇番歌）。したがって、当該歌の書き込みはこれ以降のことと判断できる。(9)

また、一一六「雑記」には、幕府・将軍家の贈答品管理にもあたった蜷川家の職務と関連すると思われる記載がなされた部分があるが、その中に、

浦上進之目刺五百串

御山荘普請　御移徙御礼

というまとまった書き込みが見える。これらは、『親元日記』文明十五年記（一四八三）に現れる次の記載と無関係ではあるまい。

・一、浦上方より目刺一折五百串海月一桶進之。被遣御状了。（五月二十七日条）

・一、御山荘御普請自貴殿御沙汰あり。（六月五日条）

・一、御山荘御移徙来廿七日御礼事可触申之由、以斉藤小次郎奉之。……（六月十七日条）

他ならぬ蜷川親元の日記の中の、数日のうちに集中するこうした記載が、内容的に「雑記」と重なることを全くの偶然とは考えがたい。これらの記載は『親元日記』からの抜粋とみて相違あるまい。(10)

右の六月五日・十七日条にいう「御山荘」は足利義政の東山山荘のことで、これらはその造営に関する記載である。同山荘の造営過程に関する研究によれば、その経済的基盤のひとつである守護大名の出銭のうち、「山荘造営段銭」の催促・受領業務を政所代蜷川親元が行い、「造営要脚諸国段銭」の受領業務は公方御倉定泉坊が担っていることが指摘されている。(11) 加えて、この両者が共に政所構成員であることから、この造営費用のうちの守護大名の負担分については、政所が担当機関であったことも注目されている。(12) こうした分析を支える、当該造営費用徴集に関係する文書は、実際に「蜷川家文書」の中に残存しており（一二七・一三〇・一三一・一三二・一四一・一四三）、移徙の礼物に関す

る文書も同じく伝存している（一三九・一四〇）。こうした事情に照らしても、「御山荘普請」「御移徙御礼」という書き込みは東山山荘造営の動向に関するものとみてよいだろう。

義政は応仁の乱以前から同山荘造営の意図を有していたらしいが、それが具体化するのは大乱後のことで、文明十四年（一四八二）二月四日に事始め（『後法興院記』二月八日条など）、八月十九日に立柱上棟が行われる（同書八月二十三日条）。以後造営が進む中、いまだ完成を見ぬ翌年六月二十七日、義政は同山荘常御所へと移徙し、その御礼に諸大名が群参している（同書六月二十七〜二十九日条、『親元日記』同日条など）。ここにみえる記載は、右のような経緯を踏まえた『親元日記』の関連記事の一部を後に拾い出したものと考えられるわけである。

九紙の「雑記」には時を異にした書き込みがなされており（詳しくは後述）、これらが文亀二年以後の書き込みである可能性もあるため、確定的なことは言えないが、『平家物語』書写の上限は早く見積もってもこの文明年間頃を想定しておいてよいのではなかろうか(13)。かくして、当該断簡は十五世紀末の物語本文の一様相を伝えるものと目されるわけだが、これが蜷川家に伝来したものであることを勘案すれば、当時の蜷川家の家督で、歌人としても知られる蜷川親孝（?〜大永五年〈一五二五〉）周辺の文事をものがたる資料として注目することも可能となろう(14)。親孝は、連歌史に名を残した智蘊（親当。?〜文安五年〈一四四八〉）の孫で、父親元（永享五年〈一四三三〉〜長享二年〈一四八八〉）もまた和歌を嗜んでいた。こうした蜷川家の文事に関しては、「雑記」の内容分析を踏まえた後に改めて取りあげることとしたい。

（二）本文・伝本系統

続いて断簡の本文・伝本系統を検討しておこう。その際、まずはその巻構成に注目しなければなるまい。一〇九〜一一一紙背は、巻第十二の冒頭に当たる部分である。ここから、①本文中には章段名が記されていないこと、②巻第十二の冒頭記事がいわゆる「大地震」であることが分かる。
本断簡の素姓や意義を測る上で、特に②のような巻構成を見逃せまい。既に指摘があるように[15]、この記事構成は覚一本独自のものである。参考として巻第十一～十二の境界を示した記事構成表を掲げておこう。

［記事構成表］　※太線が巻第十一と十二の境目。

覚一本	葉子本	京師本	下村本	流布本	八坂系	屋代本
A大臣殿被斬	A	A	A	A	A	A
B重衡被斬	B	B	B	B	B	B
C大地震	C	C	C	C	C	C

この点から、まず構成面では本断簡が覚一本の特徴を有していることが確かめられる。
しかし、その本文は覚一本とは離れ、むしろ葉子十行本（以下葉子本）に最も近接している。構成面から覚一本系統であることは明らかであるため、同系統の後出諸本をもとに、いくつか例を示してみよう[16]。

［事例一］一一七紙背

（覚）さよとおほしめし　抑汝　はいかなるものそと仰　けれは　さめ〳〵とないてしはしは御返事
（底）さよとおほしめし　抑なんちはいかなる物　そと仰　けれはこの尼さめ〳〵とないてしはしは御返事
（葉）さよとおほしめし　抑なんちはいかなるものそと仰　けれはこの尼さめ〳〵とないてしはしは御返事
（京）さよと思召　て抑汝　ハいかなる者　そと仰　けれハ此　尼さめ〳〵と泣　てしはしハ御返事
（下）さよと思食　て抑汝　はいかなる者　そと仰せけれは此　尼さめ〳〵と泣　てしはしは御返事

（覚）にも及はす良　あて涙を、さへて申けるは申につけても
（底）にも及はすや、あて涙を、さへて申けるは申につけて
（葉）にも及はす良　あて涙をさへて申けるは申につけて
（京）にも不及　良　あて涙を押《ツ》へ　申につけて
（下）にも及はす良　有て涙ををさへて　申につけて

［事例二］一一七紙背

（覚）とそをの〱申あはれける　あなたこなたを叡覧あれは庭の千種　露おもく籬に
（底）とそをの〱申あはれけるさてあなたこなたを叡覧あれは庭の千くさ露おもく籬に
（葉）とそをの〱申あはれけるさてあなたこなたを叡覧あれは庭の千種　露をもく籬に
（京）とそ各　々　感　合れける　あなたこなたを叡覧あれハ庭の千種　露をもく籬に
（下）とそ各　感し合れける　かなたこなたを叡覧あれは庭の千種　露重　く籬に

事例一・二の傍線部に、当該断簡と覚一本との差が現れている。事例一の傍線部では断簡の本文は葉子本以下の四本と通じているが、事例二傍線部や、事例一・二の波線部を勘案すれば、葉子本に最も近似していることが知られよう。また、波線部のごとき京師本・下村本との大きな異同は随所に現れており、断簡本文はこの二本とは明らかに異なる段階にある。こうした判断を支える事例を、念のためもう一例のみ見ておこう。この事例三からも、覚一本との差（傍線部）、京師本・下村本との差（波線部）とともに、現存諸本中では葉子本との一致度の高さを確認し得よう。

［事例三］一一三紙背

（覚）舎弟参河守範頼を討手にのほせ給ふへきよし仰られけり
（底）舎弟参河守範頼をうてにのほり給ふへきよし仰られけり
（葉）舎弟参河守範頼をうてにのほり給ふへきよし仰られけり
（京）舎弟蒲冠者範頼を討手に上　給　へき由　宣へハ
（下）舎弟参河守範頼を討手に上り　給ふへきよし宣へは

ただし、断簡本文は葉子本と完全に一致するわけではない。そうした箇所として、Ⓐ一一七紙背「今更御らんしわすれける」と葉子本「今更御らんし忘れけり」、Ⓑ一〇九・一一一紙背「ふりおとす……ふりたうす」と「汰落《ユリ》す……ゆりたうす」、Ⓒ一一一紙背「汀こく舟は……陸ゆく駒……」と「汀こく舟は……陸ゆく駒は……」といった例を指摘できる。とはいえ、Ⓐは字体の類似による誤写、Ⓒは対句形式からみて誤脱の可能性が高く、Ⓑとて決して際だった異同とは言い難い。こうした状況に照らせば、断簡本文は葉子本に極めて近いものと判断してよかろう。

以上によって、当該断簡は、巻構成は覚一本に一致するが、本文的には葉子本に等しいという興味深い様相を呈していることがわかる。ここで、近時佐伯真一氏によって、諸本展開史における京師本の位置が本格的に分析され、同本の成立の上限は十五世紀中頃に見定めることができ、十六世紀に入るとその書写が盛行したことが指摘されたことを想起したい[17]。同論によって、主に十六世紀における京師本系の広範な伝播という問題に光が当てられたわけだが、そこでは併せて、従来葉子本系・下村本系・流布本系とみなされていた写本の中に多く京師本系が含まれており、そうした状況の一面として、「純粋な葉子本の写本はむしろ少な」いとの見通しが示されてもいる。こうした指摘との関係から見れば、まずは、十五世紀末～十六世紀初頭における葉子本系本文流布の一斑を具体的に示すものとしての本断簡の価値が認められよう。

さらに、その巻構成と本文との特異な関係を、覚一本から葉子本への展開過程という観点から注目してみると、限られた残存部分からの推測ではあるが、その間に、①本文の改訂→②巻構成の改編という二段階の動きを伴った流れが見通されてくるのである。もちろん、葉子本的本文が生まれた後、巻構成のみを覚一本の形態にならって再編したとも考えられるが、そうした伝本の存在は今のところ確認できない。さらなる伝本調査を必要としようが、本断簡が覚一本から葉子本への変遷の具体相に迫る糸口となる可能性を秘めていることに注意を促しておきたい(18)。

（三）書写の姿勢と環境

次に、断簡から窺える書写の姿勢を検討してみたい。まず、これらが反古とされた理由だが、一一一紙背「陸ゆく駒……」（「駒は」の脱字。前述）、一一二紙背「十蔵人」（「十郎蔵人」の脱字）のように、多くは誤字・脱字の存在と関係するものと思われる。また、一一四紙背は、末尾を「……二位のあまとおほえて龍宮城とこた□」と記す。葉子本の当該部「……とこたへてさふらひし」を参考にしてみると、末尾には「へ」が入ると思われるが、判読困難なその一文字は「へ」とは判読できそうにない(19)。おそらくはここに誤写が生まれたのであろう。また、同様の箇所を記す一一五紙背では、「……龍宮城とこたふ」として書き差されているが、同様に葉子本と対照してみれば、やはりそこに誤写の可能性が認められよう。これらの他、一一三紙背の場合、「……舎弟参河守範頼をうてにのほり給ふへきよし仰られけり」の傍線部が、覚一本では「のぼせ給ふべき」とあったわけだが（前掲［事例三］）、その違いは「給ふ」の敬意の対象が範頼か頼朝かという問題と関わる。一紙分を書写した後、この文脈の揺れが問題となったかと推察される。

このように、たった一文字の誤字・脱字をミセケチ等にすることもなく、その一紙を反古としてしまう姿勢には、親本に対する正確な本文書写と清書本へのこだわりを看取することができよう。[20]ただし、重複した場面（一〇九紙背と一一一紙背、一一四紙背と一一五紙背）の本文を比べてみると、ひらがなの字母に相違がみられ、一行あたりの字配りにも差が見いだせる。したがって、親本への忠実さは、字母や文字配りにまでは及んでいなかったことも判明する。その意味では、この書写によって、新たな風情の一本が生み出されたものと思われる。

こうした書写の姿勢は、その整然とした書体とも関わろう。他の『平家物語』写本の書体に比べてみても、本断簡の手は決して拙劣なものではない。たとえば、『親元日記』寛正六年（一四六五）五月一日条、同七月二日条をもとに、政所執事伊勢氏や政所代蜷川氏のもとには、職務上の要請に即座に対応できるように書籍が収蔵され、能筆の知識階級が集められていたことが指摘されている。[21]こうした蜷川家の存在形態を勘案すれば、本断簡は蜷川親孝周辺の右筆の手によって書写されたものとみるのが最も妥当ではなかろうか。さらに、右の『親元日記』寛正六年の二事例が、足利義政の御台富子や同朋室阿茶との関係での書籍流通を示すものであることを見逃せまい。蜷川家における書籍の動きは、その家職と無関係であったとは考え難く、したがって本断簡が生まれた『平家物語』書写もまた、その職務の一環であったとみて大過あるまい。とすれば、この書写活動とこの時の将軍・室町殿との何らかの関係が想定されもするのである。[22]先述のごとき贅沢ともみえる料紙の扱いもまた、そうした時の権力者との近接性を示唆しているように思われる。

将軍・室町殿の直接的な関与の有無に関わらず、蜷川家の立場と家職とに照らせば、少なくとも、これを足利将軍家にごく近い環境での『平家物語』享受の一様相としてとらえることは許されよう。その場合、本断簡がいわゆる覚一本から本文的に一歩踏み出したもので、実体としていえば〈非覚一本〉であったことが改めて注目される。「文安三年（一四四六）孟夏日」、「道賢」（細川持賢）によって、「公方様」（足利義政）より借用した「覚一検校伝授之正本」が書写されており（龍門文庫蔵覚一本灌頂巻奥書）、ここから義政のころまでは覚一ゆかりの「正本」が将軍家に存在したことが知られているが[23]、その存在と並行して、そこに記されたものと同様の本文が十五世紀中には社会に流通しており、以後の作品改編のうねりの中で利用され続けていたのであった[24]。本断簡はそうした〈覚一本〉の本文流通の実態を再認識させるものであり、かつそうした流通の環境が、他ならぬ将軍家周辺にも及んでいたことを示唆している。蜷川家に伝来した本断簡は、足利将軍家と〈覚一本〉との関わり方――それは時に「管理」という概念で理解されている――の内実（その象徴性と実体としての伝本・本文の関係など）を、時代的変遷を見すえながら掘り下げていくことの必要性を強く認識させるものでもある。

三　「保元物語聞書」と『平治物語』享受

（一）「保元物語聞書」本文の性格

さて、以上に『平家物語』断簡が内在する問題を指摘してきたわけだが、続いてこれらが反古とされた後、その紙背に書き込まれていった記載（「雑記」）の内容分析へと移りたい。九紙に記された内容は、質的に実に多彩であるが、まずは軍記物語に関わるものから検討を進めていきたい。

保元物語聞書

A　あさくらやきのまろどのに入《蓮誉》ながら
　君にしられでかへるかなしさ
B《讃岐院》　あさくらやたゞいた《御返事候》づらに返すにも
　釣するあまのねをのみぞなく

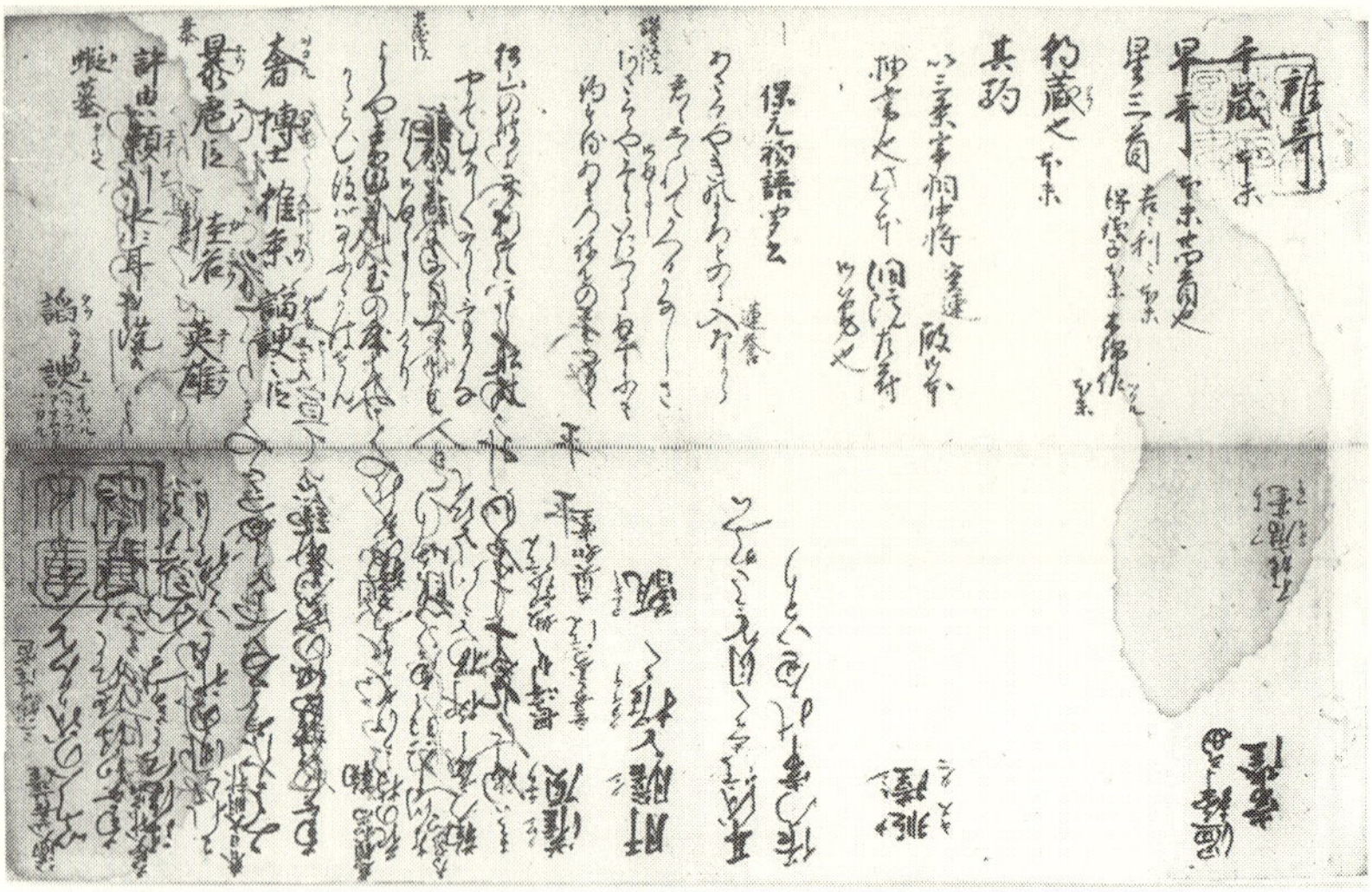

図版二　附録一一二「雑記」

C　松山の波にながれてこし船の
　やがてむなしくなりにけるかな
　　西行夢ともなくうつゝとも
　　なく御返事申けり
D　崇徳院
　よしや君むかしの玉の床とても
　かゝらむ後はなにゝかはせん
　（以下、後掲）

これは一一二「雑記」に記された「保元物語聞書」（以下、略称には「聞書」を用いる）の記載である。後の論述との関係上、和歌にA～Dの記号を付したが、これらが『保元物語』の中では乱後讃岐国に流罪された崇徳院関係記事の中に現れるものであることは一目瞭然である（下巻「新院御経沈めの事付けたり崩御の事」）。この記載に関して、あらかじめ以下の二点を確認しておきたい。一つめは、この直前（右側）の「雑哥」以下のまとまりとの関係である（図版二参照）。その中に「朝蔵《クラ》也」の記載がみえるが、この記載と「聞書」のA・B「あさくらや」歌との間には、語彙を媒介とした連想の糸を看取することができる。とすれば、二つの部分は一連の営みの中で記されたものである可能性が想定されよう（この点は後に改めて詳述する）。そして二つめは、「聞書」の中に、同一の墨色、筆跡で記された「蓮誉」「讃岐院　御返事候」「崇徳院」という三つの記載が、和歌本文とは別筆とみなされることである。別筆が混在している関係上、以下の分析は本文とこれらの注記とに分けておこなうこととしたい。

まずは和歌本文の部分と『保元物語』との関係を明らかにしておこう。『保元物語』諸本において当該和歌の所収状況を一覧表にして示すと次のとおりである（本頁左上方）。そこに見えるように、A～D歌を全て含むのは半井本と金刀比羅本（以下金刀本）で、結論からいえば、金刀本の本文が当該「保元物語聞書」の記載に適合する。ちなみに、A・Bの贈答を含む話は『発心集』や『源平盛衰記』に、C・D歌を含む話は『古事談』・『西行家集』・『平家物語』延慶本・『盛衰記』などに見えるが、これらのうちで四首を全て有するのは『盛衰記』のみで、その『盛衰記』では『保元物語』とは大きく異なる設定がとられている。したがってこの記載の素姓は、あくまでも『保元物語』との関係の中で測られて然るべきである。

	A	B	C	D
半井本	○	○	○	○
鎌倉本	○	○	×	○
金刀本	○	○	○	○
流布本	×	×	×	○

さて、金刀本のみとの一致を示す箇所として、まずはB歌の初句「あさくらや」が半井本「アサクラヲ」と、同第五句「ねをのみぞなく」が半井本「ネコソ泣ルレ」と、C歌の第二句「波にながれて」が半井本「浪ニユラレテ」と、それぞれ異同を有しており、いずれも金刀本とは共通している点が挙げられる。加えて、半井本においてはC・D歌はともに西行の詠んだ和歌とされているのに対して、当「聞書」ではD歌が西行の返歌とされている点にも注意を要する。こうした設定は、金刀本が白峯での西行の口説きを「……宿執のほどこそ悲けれ」と結んだ後に、C・Dを次のように続けている部分と照応する。

C　松山の波にながれてこし舟のやがてむなしくなりにけるかな

西行夢ともなく現ともなく御返事申けり。

D　よしや君昔の玉のゆかとてもかゝらん後は何にかはせん
かやうに申たりければ、御墓三度迄震動するぞ怖しき。（以下略）（金刀本下巻「新院御経沈めの事付けたり崩御の事」）

金刀本は、本来西行歌であったCを崇徳院の歌とし、これらを白峯の「御墓」前での贈答歌として作りかえた点を特徴としている。(25)こうした特徴的な設定の一致に加えて、右の金刀本傍線部と「聞書」Dの詞書との表現の一致を考えあわせてみると、金刀本的な本文が「聞書」の土台となっているとみるのが最も妥当と結論づけられるのである。

（二）「保元物語聞書」注記の性格

続いて、本文とは別筆で書き込まれた注記の検討に移りたい。

まず、「蓮誉」というA歌の作者名に注目したい。半井本・鎌倉本の他、『発心集』や『盛衰記』はこの人物の名を「蓮如」としている。したがって、これらの注記が金刀本系統の『保元物語』に依拠したものと判断することができる。

次に、C歌の右肩に付された「讃岐院」は、同歌の作者注記とみられるが、D歌の右上方に記された「崇徳院」という注記をそれと同様に扱うことはできない。(26)その点は、「聞書」ではD歌がその詞書によって、金刀本同様、西行詠として扱われていることによって首肯されよう。その記載位置も、作者注記としてはやや違和感が残るように思われる（図版二参照）。

この「崇徳院」注記が記された所以を考える上で注目したいのが、「讃岐院」と「崇徳院」という二つの呼称がここに書き込まれていることである。この呼称変換は『保元物語』の次の記述と関係するのではなかろうか。

其後九ケ年をへて、御年四十六と申し、長寛二年八月廿六日、終隠させ給ひぬ。白峯と云所に渡奉る。…（中略）
…此君当国にて崩御成しかば、讃岐院と申しを、治承の比怨霊を宥られし時、追号有て、崇徳院とぞ申ける。

（金刀本下巻「新院御経沈めの事付けたり崩御の事」）

金刀本ではこの追号記事の前にA・B歌、後にC・D歌が記されている[27]。ここに現れた呼称変換は、まさしく金刀本系統の伝本を実際に参照しながら、その展開に沿ってこれらの注記が施されていった状況をものがたるものとみられる。金刀本系統からの抜書とおぼしき「聞書」が記された後、改めて金刀本系統の本文によってその内容が確認されたのであろう。注記はいわばそうした第二段階において施されたものと目されるのである。

以上を踏まえて、D歌右上方に「崇徳院」と書き込まれた事情を振り返ってみよう。この注記が、西行が同歌を詠んだ時点での院の呼称を示すためのものであることは以上から明らかとなる。ただし、この施注者は既にB歌のごとく作者注記をしていることを考慮すれば、「聞書」本文や金刀本の理解に素直に従うかぎり、C歌の右肩に作者注記としてこれを記す方がむしろ自然である。しかし、そうした形での書き込みはされなかった。ここから、C歌が崇徳院の歌であることに対して施注者が疑念を抱いていた可能性が浮上してくる。つまり、C歌が実際には西行詠であるという知識を施注者が有しており、そうした自身の知識と、記載された「聞書」本文や参照した金刀本系統『保元物語』の内容との間に摩擦が生じたのではなかったかと考えられてくるのである。「崇徳院」注記のいささか不審の残る位置には、こうした和歌の知識を有した施注者の知的葛藤が反映しているように思われる。

「聞書」の本文と注記の性格やそこになされた営為の質をこのようにとらえ、その上で「保元物語聞書」とは何かを考えてみたいのだが、それに先立ち、これに続く部分の内容にも分析を加えておかねばならない。続いてそちらに視線を移してみよう。

（三）『平治物語』享受との関係

「保元物語聞書」に続いて、一一一「雑記」には次のような記載がみえる（図版二参照）。

奢《ヲコル》　博士《ハカセ》　推条《スイテウ》　諂《タウ》諛《ユ》之臣

暴虎臣《ホウコノ》　佳名《カミヤウ》吉名也　英雄《エイユウ》

暴
許由ハ穎川《エイセン》水ニ耳ヲ洗

蝦《カ》蟇カイル也　諂《タウ》ウタウ諛《ユ》イツハル ヘツラフ アサムク ハ、カル

これらは『平治物語』から抜き出された語彙として理解すべきものである。あらかじめいえば、諸本中でも特に古態本段階の伝本との関係が浮上してくる。そこで、古態本（上巻は陽明文庫本、下巻は学習院大学図書館蔵本）に基づいて、まずは該当箇所と、諸本での差異を確認しておこう(28)。

その際、これらの語彙の記載順に配慮する必要がある。その書体を見る限り、右上から左下へ、つまり「奢」「博士」「推条」「諂諛之臣」「暴虎臣」「佳名」「英雄」「許由ハ穎川水ニ耳ヲ洗」「蝦蟇」「諂諛」の順で書き込まれたとみてよさそうである。以下の判断に際しては、この順序と物語の展開との対応をひとつの目安としていきたい。これらが物語の内容展開とは無関係に摘記された可能性もあるが、後述するように、この享受にはたらいていたとおぼしき場面選択の意図性との関係からみても、その対応の意義は無視できないと考えるからである。

こうした観点から見ると、「奢」と対応するのは、巻頭の文武の必要性を説く部分にみえる、「なかんづく末代のながれに及びて、人おごつて朝威をいるかせにし、民はたけくして野心をさしはさむ」（上巻「信頼・信西不快の事」）であろう。この一文は諸本が共有するものである。なお、同段には、信西の言葉の中の「……信頼などが身をもつて大将をけがさば、いよ〳〵おごりをきはめて、暴逆の臣となり……」や、それに続く「信西、せめてのことに、大唐、安禄山がおごれるむかしを絵にかきて……」という記述も見える。いずれにせよ、物語中で「博士」「推条」の組み合わせ以前に現れるのはこの段の語彙しか存在しない。

続く「博士」「推条」「諂諛之臣」は、信西関連の叙述の語彙として一括してとらえるべきであろう。まず「博士」は、「そも〳〵少納言入道信西は、南家博士なりけるが……」（上巻「信西出家の由来付けたり除目の事」）が該当しよう。物語はこの後、信西の宇治田原の奥にある自らの所領大道寺への逃亡を回顧的に記し、「此人は、天文淵源を究て、擭条掌をさすが如成しが」と信西の特性を紹介する（上巻「信西の首実検の事付けたり南都落ちの事并びに最後の事」）。岩波新日本古典文学大系では、傍線部「擭条」について、同系統の国文学研究資料館蔵本・尊経閣文庫蔵本では「推条」とあり、覚一本『平家物語』巻第三「法印問答」に「此泰親は晴明五代の苗裔をうけて、天文は淵源をきはめ、推条掌をさすが如し」とあることから、「推条」と校訂している。この点は従うべき判断と考える。さらに、「諂諛之臣」は獄門に懸けられた信西の頸を見た僧の言葉に現れる。「……此人ひさしく存ぜしかば、国家もいよ〳〵泰平ならまし。諂諛の臣にほろぼされて、忠賢の名をのみ残さんことのむざんさよ……」がそれである（上巻「信西の首大路を渡し獄門にかけらるる事」）。

連続した信西関係の場面にこれらが現れることを考えれば、やはり右に推定した部分から抜き出されたと考えるのが最も自然であろう。「博士」は当該場面の前にも、「博士判官坂上兼重」という記載が現れてはいるが、その妥当性はより低いとみられる。

右の対応のうち、「博士」は諸本が同場面で共有する語彙だが、「推条」に関しては、古態本のみが有する語彙である。他本は「天文は淵源を究たりければ」（金刀本）、「もとより天文淵源をきはめたりければ」（流布本）のように記すのみで、古態本のごとき対句的表現は用いられていない。また、「諂諛之臣」を含む先の文も古態本のみが有するものである。とはいえ、「諂諛」という語彙は、流布本（及び杉原本）にも見えることには一定の注意を要する。それは、「又讒佞の徒は、国の蠹賊なり。栄花を旦夕にあらそひ、勢利を市朝にきほふ。その諂諛のすがたをも(っ)て、忠賢の、をのがかみにある事をにくみ、其《の》邪の心ざしをいだひて、富貴のわれさきたらざる事をうらむ。是《れ》みな愚者のならひ也。用捨すべきは此《の》事なり」という流布本の独自文に現れている。しかし、これは巻頭で君臣論から信頼紹介へと続く部分に挟み込まれたものである。このように、他の語彙を含めた記載順に物語展開との対応関係を想定すると、ここで大きく逆行するのはやはり落ち着きが悪く、何よりも「諂諛之臣」と「諂諛の臣」という、より密接な古態本との対応をまずは重視すべきであろう。これら二つの語彙の検討を通して、諸本中では古態本との関係の深さが浮上するのである。

「暴虎臣」「佳名」「英雄」「許由ハ潁川水ニ耳ヲ洗」はやはり一括してとらえるべきもので、これらを含むのは、右の信西関係の場面に続いて、熊野参詣途上の清盛一行のもとへ使者が立てられたことが記された後に、宮中での公卿僉議の場に現れる光頼に関する次の場面である。

光頼卿、「こはいかに。天気なればとて、存ずる旨はいかでか一儀もさざるべき。われらが曩祖、勧修寺内大臣、三条右大臣、延喜の聖代につかへてよりこのかた、君すでに十九代、臣又十一代、承行事は、みな徳政なり。一度も悪事にまじはらず。当家はさせる英雄にはあらねども、ひとへに有道の臣にともなひて、讒佞のともがらに与せざりしがゆへに、むかしよりいまに至まで、人に指をさゝるゝほどの事はなし。御辺、はじめて暴逆の臣にかたらはれて、累家の佳名をうしなはん事、くちおしかるべし。……」

（上巻「光頼卿参内の事付けたり清盛六波羅上洛の事」）

惟方を説得するこのやりとりの後、光頼は「昔の許由は、悪事を聞て潁川に耳をこそあらいしか。此時の大裏のありさまを見きゝては、耳をも目をもあらいぬべくこそおぼゆる」と語って涙することになる。「暴逆の臣」という表現にわずかな差異がみえ、厳密に言えば三語彙の記載順が物語内での順序とは違っている可能性があるが、これらを含む場面として当該部を想定することは許されよう[29]。諸本の差異としては、「暴悪臣（＝暴逆臣）」「佳名」「英雄」は流布本・京文本・杉原本には存するが、金刀本他には見えない語である。

最後の「蝦蟇」は、下巻「頼朝死罪を宥免せらるる事付けたり呉越戦ひの事」にみえる、呉越合戦の故事の中の次の部分と対応しよう。

越王、暇をえて本国へ帰る時に、蟾蜍たかく踊て道をこえけり。越王、下馬して、これに礼をなす。見る人、問て曰、「何ぞ、蝦蟇に礼をなすや」。越王の臣范蠡がいひ（ママ）て、「我君は、いさめる者を賞し給ふぞ」と答ければ、勇士おほく付にけり。

この語彙は、用字こそ異なるが諸本に等しく現れている。

さて、以上を見渡してみると、当該記載に関わる伝本として最も注目されるのは、古態本段階の伝本であることが明らかとなる。そしてその関係は、口頭の語りなどに拠るものではなく、ある伝本との直接的な依拠関係として把握してよいかと思われる。これらの語句は、古態本段階の『平治物語』の享受資料として、まずは注目に値するものと言えよう。

ところで、このときの物語享受のあり方を掘り下げようとする際、これらを含むのがいずれも君臣関係を扱う場面であることを看過できまい。信西、光頼に関する叙述はもちろん、「蝦蟇」もまた「越王」と「越王の臣范蠡」との話題の中に現れる語であった（前掲引用参照）。こうした共通性に照らせば、君臣関係に焦点をあてた場面選択を伴う『平治物語』享受（語彙の摘出）がなされたものと推察されるのである。

ただし、これらの語句が敢えて選ばれた理由は定かではない。いずれの語句にも読み方が付されており、また「佳名」の「吉名也」、「蝦蟇」の「カイル也」という意味注記の存在から考えれば、物語の内容との関係というよりも語句そのものへの関心に基づく摘句であったかとも推考される。実はこうした物語享受のあり方は、別の「雑記」の記載とも通底するものと思われ、こうした形でなぜ語彙の抜き書きがなされたのかという問題とも関わってくる。その点については、「雑記」全体を見わたした上で改めて考えることとしたい（第四節）。

さて、古態本段階とおぼしき『平治物語』享受を示すこうした痕跡について、直前に記された「保元物語聞書」との関係等を整理することで、「聞書」の輪郭を今少しはっきりさせておこう。「あさくらや」を初句とするＡ・Ｂ歌に始まる「聞書」は、その前の「朝蔵《クラ》也」という記載との間に連想のつながりを認めることができた。そして「聞書」が崇徳院に関する和歌についての関心に支えられたものであることは明らかである。したがって、「聞書」は『保元物語』の金刀本系統の伝本と二段階にわたる関係性を有するものではあったが、その記載の核には物語に収められた和歌への関心が認められる。そうした意味で、軍記物語に関する和歌抜書という享受形態の一環にあるものと言えよう。(30) 続く『平治物語』享受に関しては、書き抜かれた語句の選択基準とは別に、君臣関係を軸とした場面選択がなされたものと目される。こうした関心の向きの違いを踏まえれば、連続した記載ではあるが、両者は別時点での書き込みとみるのが妥当であろう。

また、「保元物語聞書」の実体との関係では、これが文字どおり聞き書きされたものであるとは限らないことを付け加えておかねばなるまい。その直前の、

　　以三条宰相中将実連殿御本
　抽書候也。此御本洞院左苻（府）
　　　御筆也。

という記載によれば、「雑哥」以下の記載は、「洞院左苻（府）」（洞院実熙）筆の「三条宰相中将」（三条西実連）蔵本から「抽書」したものである。(31) つまり、一一〇「雑記」に「聞書色々」といった記載があり、これが「保元物語聞書」と題されてはいるが、「雑記」の記載内容はいわゆる口述筆記のみではないのである。したがって、既に文字化されている「保元物語聞書」がここに転記された可能性も考慮しておかねばならず、先に見た金刀本本文と「聞書」との近しい表現上の一致を考えれば、この「聞書」に関しては、むしろこちらの想定の方が正鵠を射ているように思われる。

以上、一一二「雑記」に記された「保元物語聞書」と『平治物語』享受に関わる問題を検討してきた。改めていえば、これらは『平家物語』反古の紙背に記されたものであった。これら軍記物語諸作品が蜷川家をとりまく環境の中で近接した環境の中におかれており、その中で流通していたであろうことを読みとっておきたい。こうした軍記物語享受の環境の実相により接近するべく、「雑記」の世界へとさらに分析の歩みを進めていこう。

四　「雑記」の世界――軍記物語の享受環境への接近――

（一）書き継ぎとその年代

先にも少し触れたとおり、「雑記」には文亀二年以降の書き込みも見いだせる。記載内容の分析に先立ち、それらのうちの特定可能なものについて、おおよその時期を把握しておこう。

一一七「雑記」に、次のような細川政元の夢想歌が書き込まれている。

永正元閏三月九日夜、右京兆○《政元》御
夢想となり梅といふ題にて
武《梅》士の上矢の風も匂ひぬる
はな開そふる陣ぞむべなる

細川政元は永正元年（一五〇四）当時の管領。政元の歌会出詠は文明十一年（一四七九）四月二十六日「足利義政勧進崇徳院法楽百首」が初見とされる（この時十四歳）。その履歴に関して注目すべきことのひとつに、いわゆる明応の政変以降に顕著となる愛宕信仰への傾倒がある。それに伴って愛宕法楽和歌が多く見られることが彼の歌歴として知られている。[32] 右の和歌は、そうした時期における夢想歌である。

幸い、この和歌をめぐる動向はある程度窺い知ることができる。すなわち、同年閏三月二十四日に将軍義澄が張行した室町殿御会で、この政元夢想歌の三十一文字ひとつひとつを頭に頂いた、「巻頭御製、軸御詠、其外摂凡公武各一首」（『再昌草』四一二）の冠字和歌が詠進されたという。それに先だつ二十一日には、三条中納言実望が室町殿の使者となって、左衛門督冷泉為広による歌題とこの和歌を記した短冊が御会への出詠者たちのもとに届けられている（以上、『実隆公記』同十九日、二十一日、二十四日条、『後法興院記』同二十一日、二十四日条、『再昌草』四一二、『実淳集』四六四）。「雑記」に記された当該和歌はこの御会の発端となった政元夢想歌に他ならず、その歌会の性格を考慮すれば、右に述べたような一連の動向の中で、蜷川家のもとに伝えられ、手控えとしてここに転記されたと考えられるのではなかろうか。[33] その家職を考えても、蜷川家がこの室町殿御会に無関係であったとは考えがたい。もちろん、書き込みの時点はさらに下る可能性は残るが、少なくとも「雑記」が文亀二年以降にも書き継がれていることは明らかとなる。

続いて、一一三「雑記」の記載から、次の部分に注目してみよう。

朝倉太郎左衛門尉
宗滴　昨雨軒《軒号》

ここに見える宗滴は朝倉太郎左衛門尉教景（文明六年〈一四七四〉～弘治元年〈一五五五〉）の法名。宗滴は、朝倉貞景・孝景・義景三代を補佐し、同氏の全盛時代を生んだ名将として知られる。[34]『朝倉始末記』一「賀州国主富樫介滅亡之事」によれば、永正三年（一五〇六）七月の越前国一向一揆との合戦に際して出家したという。ただし、それ以後も太郎左衛門尉を名乗っていたらしいことが『宗長手記』などから知られる。昨雨軒での宗長の発句があるなど、宗長との交流は著名である（『宗長手記』『宗滴話記』）。この記載も、連歌などの文事を介した人間関係の中で理解すべきものであろう。この記載によって、永正三年七月以降の書き込みの存在が確認できる。

こうした記載を見渡すと、先に紹介した清雲《晴》（正広）歌の文明十二年（一四八〇）八月十日や『親元日記』文明十五年（一四八三）六月記からの抜粋の時期を上限として、文亀二年（一五〇二）、永正元年（一五〇四）閏三月、同三年（一五〇六）七月を含む範囲が、「雑記」九紙への記載期間として見定められることになろう。異筆・別墨を含む多彩な書式、断片的な内容が混在する紙面の状況は、それらが一括して記されたものではなく、数次にわたって書き込みが続けられたことを示唆している。と同時に、そうした様相から、これらがまさしく手控え的なものとして扱われていたことも確認し得る。また、こうした扱いは、書き込みが長期間にわたった可能性の低さを一面で示唆してもいよう。おそらくは文亀二年を含む数年のうちに書き継ぎは終了したのではなかろうか(35)。

（二）軍記物語享受の痕跡

続いて「雑記」の内容をいくつかの角度から分析していきたい。既に「保元物語聞書」と古態本段階の『平治物語』享受に関する部分の検討はすませたが、「雑記」にはそれらの他にも軍記物語関連の記載が見える。まずは一一〇「雑記」にみえる、『平家物語』からの摘句と思しき部分を取りあげよう。

それは、「聞書色々」「文亀二」という記載の左側の書き込みである。その書式などの具体相は前掲図版一を参照していただくこととし、それぞれの語句と対応する語を含む章段名を覚一本に基づいて一覧形式にして示しておこう。

①陽明・待賢《タイケン》・郁芳《ユウハウ》　○巻第一「御輿振」
②月に嘯《ウソフイ》て　○巻第二「徳大寺之沙汰」
③䱊《ハラカ》　▽巻第二「阿古屋之松」（巻第九「生ずきの沙汰」）
④余波《ナゴリ》　▽巻第二「徳大寺之沙汰」他にあり
⑤一擲手半《チヤクシユハンノ》・弥陀ノ三尊　○巻第二「善光寺炎上」

⑥誇《ホコル》　▽巻第二「教訓状」にあり

⑦神ハ非礼ヲ享《ウケ》給ハス　▽巻第二「教訓状」（巻第一「鹿谷」・巻第十一「腰越」）

⑧添《テン》《ソウル》　▽巻第二「山門滅亡　堂衆合戦」「山門滅亡」他にあり

⑨進退惟谷《コレキハマレリ》　○巻第二「烽火之沙汰」

⑩涙ニ咽《ムセンテ》　▽巻第二「大納言流罪」・「少将乞請」他にあり

⑪眸《マナシリ》　○巻第二「康頼祝言」

⑫僻事《ヘキシ》　▽巻第二「教訓状」・「少将乞請」他にあり

⑬賢愚《ケンク》也　○巻第二「教訓状」

⑭環《タマキ》ノコトクシテ端ナシ　○巻第二「教訓状」

⑮容儀躰拝　▽巻第二「烽火之沙汰」（巻第五「富士川」）

⑯欲《ヨク》心熾盛《シシヤウ》ニシテ　○巻第二「山門滅亡　堂衆合戦」

⑰怨《アタ》・恩《ヲン》　○巻第二「烽火之沙汰」

⑱碩徳《セキトク》ノ高僧　○巻第二「座主流」

⑲烽火《ホウクハ》　○巻第二「烽火之沙汰」

⑳悲哉《カナシキ》・痛哉《イタマシキ》　○巻第二「烽火之沙汰」

㉑醍醐・小栗栖《ヲクルス》　○巻第二「烽火之沙汰」

㉒千顆《クワ》万顆ノ玉
　・一入再《サイ》入ノ紅　○巻第二「烽火之沙汰」

㉓愛宕護　○巻第二「山門滅亡」

○を付したのは、該当語が作中に一例しか見られないものである。二語以上を一項目としてあげているものは、それら全てを含む部分を該当箇所と判断して掲出した。中には『平家物語』でなくとも現れ得る語が含まれているが、これらを全て含むものといえば、やはり『平家物語』と考えるのが妥当であろう。加えて、○を付した該当部分は巻第二に偏っている点を考慮すれば、複数の用例がみられる語句（一段下げて▽を付したもの）についても、巻第二の用例との関係で把握してよいだろう(36)。

巻第二の全章段と、該当章段（ゴシック部分）との対応関係は次の通りとなる（覚一本〈高野本〉の章段名）。

座主流・一行阿闍梨之沙汰・西光被斬・小教訓・**少将乞請**・**教訓状**・**烽火之沙汰**・**大納言流罪**・**阿古屋之松**・大納言死去・**徳大寺之沙汰**・**山門滅亡**　**堂衆合戦**・**山門滅亡**・**善光寺炎上**・**康頼祝言**・卒都婆流・蘇武

こうした分布から考えて、これらの語句を抜き出しながら、おそらくは巻第二全体が通覧されたものと思われる。巻第一と関わる唯一の例である①「御輿振」には重盛が現れることを考慮すれば、重盛関係話から巻第二へという関心の流れが存在したのかもしれない。なお、これらの語句は葉子本等にも存在しているため、その依拠伝本を特定することは難しい。

同じ一一〇「雑記」で、「聞書色々」の向かって右側の記載は、『保元物語』からの摘句を含んでいるように思われる。依拠本文を探る上で注目されるのは、その中の「東黛《タイ》前後夕煙比芒《ホクハウ》（北）」という書き込みで、これは金刀本の、

　馬嵬が野べ、鳥部山、東黛前後の夕の烟、北邙新旧の朝の露、はかなき例とその哀と聞置しは、舟岡山の事なりけり。（下巻「為義の北の方身を投げ給ふ事」）

という表現と一致する。この句はたとえば、易林本『節用集』（慶長二年版本）に「東岱《トウタイ》前後《ゼンゴノ》煙《ケフリ》无常之義也」といった形で掲出されるなど、無常を語る際の常套句として中世社会に定着していたことが窺われるものだが、「夕煙」とする点が『保元物語』当該部の表現と通じていることには、続く「北邙」との組み合わせと共になお注目してよいかと思わ

れる。この句は半井本・鎌倉本・流布本には見えず、この時には金刀本系統の本文が参照された可能性が高い。以下、金刀本に拠りつつ、対応関係を一覧形式で示しておこう。

①愈《イユル》　下「為朝生捕り遠流に処せらるる事」
②無慙《ムサンナル》　下「義朝幼少の弟悉く失はるる事」「為義の北の方身を投げ給ふ事」「為朝生捕り遠流に処せらるる事」他
③慰　下「新院讃州に御遷幸の事」「新院御経沈めの事付けたり崩御の事」他
④苗裔《ソウヘウ》　下「新院御経沈めの事付けたり崩御の事」、中「為義最後の事」
⑤荒廃《クワウハイ》　下「新院御経沈めの事付けたり崩御の事」
⑥携《タツサハテ》　下「左府の君達并びに謀叛人各遠流の事」
⑦強《アナカチニ》　下「義朝幼少の弟悉く失はるる事」「左府の君達并びに謀叛人各遠流の事」「新院御経沈めの事付けたり崩御の事」他
⑧憚《ハヽカル》　上「官軍勢汰へ并びに主上三条殿に行幸の事」、中「左府御最後付けたり大相国御歎きの事」
⑨詐《イツハリ》　上「官軍方々手分けの事」
⑩抱《イタク》　下「義朝幼少の弟悉く失はるる事」他
⑪穏便《ヲンヒン》　中「為義降参の事」
⑫渺茫《ヘウく》　下「新院讃州に御遷幸の事」
⑬訇《ノヽシル》　下「為朝生捕り遠流に処せらるる事」他
⑭馬ノ太　逞《フトクタクマシ》　上「官軍方々手分けの事」、「官軍勢汰へ并びに主上三条殿に行幸の事」
⑮縨《ホロ》　中「白河殿へ義朝夜討ちに寄せらるる事」「白河殿攻め落とす事」

⑯跳《ヲトル》　中「白河殿攻め落す事」

関連場面について特別な偏りは見いだしがたいが、下巻の語句と対応するものが比較的多いとはいえよう。その記載の様式からみて、先の『平家物語』の場合と質を同じくした作品享受の姿勢を窺い知ることができる。(37)

　また、一一二「雑記」（図版二参照）に書き込まれた、「灌頂《クハンチヤウ》」（巻第二「山門滅亡　堂衆合戦」・巻第三「大塔建立」・巻第四「三井寺炎上」）、「肝膽《タン》を摧《クタイテ》て」（巻第二「一行阿闍梨之沙汰」・巻第三「頼豪」・「医師問答」・巻第六「祇園女御」・巻第八「名虎」）、「甑《コシキ》」（巻第三「公卿揃」）、「耳を信して目をうたかふハ俗のへいなり」（巻第三「法印問答」）、「瑕瑾《カキン》《キスタマ》」（巻第四「南都牒状」・巻第七「木曾山門牒状」）にも、『平家物語』からの摘句の可能性を指摘できよう（カッコ内は該当語句を含む章段名）。その推測が正しければ、書体の相違から判断して、先の『平家物語』『保元物語』からの摘句とは別時点での享受であったとみられる。ただし、記された語句の種類からみて、その典拠は必ずしも『平家物語』に限定できるものではない。慎重を期し、ここではあくまでも可能性を見いだすにとどめざるを得ない。

　このように、「雑記」には軍記物語享受の痕跡が複数存在する。とりわけ、それぞれの作品や伝本の流布状況を、時代性と社会的環境の中で、すなわち十五・六世紀の境目頃における、蜷川家周辺の動きとして提示してくれる点は、「雑記」の資料的価値として見逃せまい。そして、こうした軍記物語享受の環境の実態へとさらに接近するためには、今少し広い視野から「雑記」の内容を検討してみる必要がある。

（三）　物語享受の質――古辞書との関連から――

　そこで注意したいのが、先に検討した古態本段階の『平治物語』からの摘句も含めて、ここまでに取りあげた軍記物語から拾い上げられた語句には、多くは振り仮名の形で、ほぼ全てに読み方が示されているという事実である。それはすなわち、読み方への関心によってこれらの語句が物語の中から書き出されたという事情を示唆している。そしてたとえば、既に見たとおり、「謟《タウ》《ウタウ》諛《ユ》《イツハル ヘツラフ アサムク ハ、カル》」・「瑕瑾《カキン》《キスタマ》」（一一二）、「添《テン》《ソウル》」（一一〇）のように複数の読み方が示されたり、「冥《クラキ》」・「誇《ホコル》」（一一〇）のように右傍（いわゆる振り仮名）ではなく下方に読み方が記されている事例が存在することから考えれば、これらの注記は依拠した物語本文に存在したものではなく、語句を書き抜いた後に加えられたものとみるのが妥当であろう。さらに、「家督《カトク》《セムル タ、シ》」（一一〇）に付された「和玉」は『和玉篇』を意味する注記であろうから、そこには明らかに『和玉篇』のごとき古辞書の内容への意識を看取することができる（図版二参照）。かかる状況から判断して、これらの読み方注記は、一々に古辞書の類で確認した上で加えられたものとみてよいのではないか。そう考えると、物語内には見えない「湊《ソウ》《アツマル ス、ム ミナト》」（一一〇）や、「愧《ハツ》」「秤《ハカリ》」（同）が、『平家物語』『保元物語』からの摘句と共に書き込まれている事情も理解しやすい。すなわち、それぞれの直前に記された「添」と「憚」に関して古辞書が参看され、字形または部首・読み方が近いこれらの語がそこに書き添えられたと考えられるのである。

こうした見通しは、「雑記」の中に散見する、古辞書からの転写と思しき記載によっても保証されよう。関連部分を抄出して掲げてみる（改行を／で示す）。[38]

①獣部／龍《リウ》　虬《タツ》　虎《トラ》　熊《クマ》　犀《サイ》　猿《サル》／狐《キツ子》　莵《ウサキ》　猫《子コ》　貉《タヌキ》　狖《ムサ、ヒ》　蝸牛《カタツムリ》／…（中略）…紇《タ、ス》　森下鴨（一一〇）

＊書式からみて、直前の「馨　麻　燭秉　黄昏」から続く一連の記述と考えられる。

②番匠具足／釿《テウノ》　斧《ヲノ》　鉞《マサカリ》　鐇《タツキ》　鋸《ノコキリ》／錐《キリ》　鏩《カンナ》カナ共　楔《キツチ》　槌《同》椎同　柊同（一一三）

③心厳《コ、ロウツクシウ》　見覚草《メサマシウ》　方惣《ウレハシウ》…（中略）…暮月夜《ユウツクヨ》万葉集　夕付夜日本紀　夕去《ユフサリ》／長庚《ユフツ、》太白星（一一四）

④人倫人部／曾祖父《ヒホホチ》《オホオホチ》　高祖父《カウソフ》《トホツヲヤ》　祖父《オホチ》　祖母《ウハ》／伯父《ヲチ》　伯母《ヲハ》…（中略）…玄孫《ヤシワコ》（一一五）

⑤師《イクサ》　勇士《ヨウシ》　帥兵《スイヒヤウ》　士率《シソツ》／楯突《タテツキ》　前駆《サキカケ》　城郭《クハク》　堀《ホリ》／要害《ヨウカイ》　尺木　乱株《ランクイ》　鬩《トキノコヘ》　鬩正／分捕《フントリ》　囚孚《メシウト》同　追手　搦手《カラメテ》／生擒《イケトリ》
活捉同　後攻《ウシロセメ》　組討《クミウツ》／頸捕《クヒトル》　射《イ》退《シラマス》　降参《カウサン》　退散《タイサン》／窈《クツロク》レ陣《ヲ》　逃《ニクル》　剛《カウ》　臆《ヲク》　虜《イケトリ》／狼藉　下手人《ケシユニン》或解死人　蹴散《ケチラス》／（一

一五）

①②④のような部立を持つことからみて、そこには古辞書との関係が明確に認められる。また、これらが語の読み方への関心から書き出されていることは、それぞれの注記から明らかであろう。「雑記」の筆者にこうした関心が存在したことは、先のごとき軍記物語享受の質を考える際に重要となろう。

こうした関心のありようはやはり蜷川家の家職と関わっていたらしい。現在調査が及んだ限りでは、右のごとき記載と最も近い部類をした古辞書は『撮壌集』である[39]。著者は飯尾為種（法名永祥。生年不明～長禄二年〈一四五八〉）で、享徳三年（一四五四）成立とされる。飯尾氏は幕府草創期から代々幕府奉行人を勤める一族であり、為種も山門奉行、評定衆、将軍（義教）右筆ほかの要職を歴任している。為種の子之種は、文明期に政所執事代を勤めていることも、蜷川家との関係から注意しておきたい。『撮壌集』の特徴として、下巻に「武職部」を置き、そのもとに「武職名」「武具類」「太刀具」「刀具」「剣類」「弓部」「矢部」「武略部」の項目を設けたことについて、同家の職務との関わりが指摘されている。

こうした『撮壌集』の性格を踏まえて両者の関係を探ってみると、右にその全文を掲げた⑤が、同書を特徴づける「武略部」に掲げられる戦争関係の語彙と重なる内容をもち、②の「番匠具足」が同じく同書の特徴である諸道部「番匠具足」と部立の名称を等しくする点が特に注目される。幕府内での蜷川氏と飯尾氏の職務上の関係を勘案すれば、語句に関するこうした知識、情報をほぼ同時代的に共有する環境を想定してよいのではなかろうか[40]。「雑記」の当該記事は、そうした共通基盤の上にたって、記録や文書執筆といった蜷川家の家職と不可分な語句・用語への関心のもとに書き込まれたものと考えられるのである[41]。

これらが読み方を軸とした関心に貫かれた記載であることは確かだが、そこには「アキラカ也」（一一〇。「皓月《カウ》」の注記）、「時分事也」（一一〇。「燭秉《ショクヘイ》《トル》」の注記）のように、語義への関心も併存している[42]。こうした語そのものへの関心が「雑記」記載者には存在するのである。先述のごとき軍記物語享受の質は、そうした訓詁学的関心のもとに見極められるべきであろう。また、⑤は軍記物語に用いられる語彙との関係でも注意すべきであろうし、「雑記」には「三字吉也。／ツネ二字用之。恐（凶）之。」（一一〇。『平家物語』の「愛宕護」の注記）といった実用を考慮した注記や、「門」（一一〇。『平家物語』の「陽明　待賢《タイケン》　郁芳《ユウハウ》」の注記）、「吉名也」（一一二。『平治物語』の「佳名《カミヤウ》」の注記）、「カイル也」（一一二。同「蝦《カ》蟇」の注記）のような語義注記が施されていたことも看過できまい。そこでなされた『平家物語』他軍記物語享受の営みは、はたしてその内容を情緒的に、あるいは歴史的に受け止めようとするものであったのだろうか。その可能性を完全に否定することはできないが、少なくともそれに優先して、自家の職務と連動した訓詁的知識（語彙・語義・読み方等）を学び、蓄積するための対象として、これらの物語が扱われていたことを、「雑記」の記載はものがたっているのではなかろうか(43)。この時期の軍記物語の社会的位相を考える上でも、こうした享受様式は注目すべきものである。その点を掘り下げるべく、さらに「雑記」の内容へと分け入ってみよう。

（四）和歌関連の記載について

「雑記」には和歌関係の記載が多く見られる。既に「保元物語聞書」（一一二）、清雲（正広）歌（一一四。『松下集』八四二）、細川政元夢想歌（一一七）については紹介した。その他ではとりわけ、『和漢朗詠集』からの抄出が多い（四五・二七・九二・八一・三〇・七一〈以上、一一一〉、二二六・二四二〈以上、一一四〉、二五三・二六〇〈以上、一一六〉、一五九・一六五・一八六・一九一〈以上、一一七〉。以上登場順）。また、西行歌二首（一一五。『新古今和歌集』一五三一・一五三三）も見える。『朗詠集』や西行歌の記載は、蜷川家の人々による古典学習の営みの一環において理解すべき記載かと思われる。その他の和歌については、関連歌とその間の異同を含めて以下に示しておこう。

〔一一〇〕

①何よその忍にまじる草の名の我には人の軒になるもの

＊典拠不明

鮎　　為家卿

②かも川ののちせしづけみさでさしてあゆふすふちをねるはたがねぞ

＊『新撰和歌六帖』九八二・『現存和歌六帖』一五四（共に第五句「ねるや誰が子ぞ」）・『歌枕名寄』一〇四

〔一一二〕

鞠

慈鎮和尚

③花の枝にかけてかぞふる鞠の音のなづまぬ程に雨そゝぐなり

＊『夫木和歌抄』一五一六五・『拾玉集』二三二〇（第二句「かけて数そふ」）

為家卿

④鞠の庭に柳桜をうつしをきて春は錦にたちやまじらむ

＊『夫木和歌抄』一五一六八（第二句「さくら柳を」）

〔一一六〕

⑤さけば又おそく桜の木のもとに花よりはなのやどにうつりす

＊典拠不明

⑥宇津の山月だにもらぬ蔦の庵ゆめぢたえたる風の音かな

＊『新続古今和歌集』九五九（第三句「つたのいほに」）・『夫木和歌抄』八五〇七（第三句「蔦の庵に」、第五句「松風ぞふく」）・『壬二集』一六八七（第二句「月だにしらぬ」）・『六華和歌集』一六四〇

③④⑥については、まずは『夫木和歌抄』享受との関係で考えるべきかと思われる。また、②に関連して、『夫木和歌抄』に「かも川ののちせしづけみ後もあはんいもにはわれよけふならずとも」（一〇九八七　だいしらず　読人しら

ず）という和歌があることを指摘しておく。今はそれぞれの異同（傍線部）が持つ意義などについて検討する用意はないが、本章の主旨との関係では、こうした書き込みが、蜷川家が当時置かれていた和歌に関わる環境と密接に関係していることを確認しておきたい[44]。

また、「雑記」には神楽歌に関する記載もみえる。一一一には「神楽」として「庭燎《ニワヒ》」「阿知女作法」と記され、続けて「採物《トリモノ》」として、「榊　本末」以下、「幣《みてくら》」「杖」「篠」「弓」「剣」「鉾」「杓」「片折」「諸上」「葛」「韓神」「早韓神」の名と、「小前張」として、「薦枕本末」以下、「志都也《シツ》」「磯等」「篠波」「殖槻」「総角《アケマキ》」「大宮」「湊田」「萁」の名が、それぞれ「榊」「薦枕」で示したような本方・末方の注記と共に掲げられている。これらは、先に取りあげた一一二で「保元物語聞書」の前に記されていた「雑歌」として「千歳」「早歌」「星三首」「木綿作《ツクル》」「朝蔵《クラ》也」「其駒」（本方・末方注記を付す）という記載へとつながる、一連の記載とみなしうる。

一一二に記された識語によれば、これらは左大臣洞院実熙筆になる宰相中将三条西実連蔵本から「抽書」したものであることが知られる（前掲識語及び図版二参照）。構成上、一一一はその冒頭、一一二はその末尾と目され、この時実連のもとに蔵されていた神楽歌書の構成のほぼ全容を伝えるものかと思われる。その構成・部類のあり方は、たとえば鍋島家本『神楽歌』などとは差異をみせており、神楽歌伝本の展開史の観点からも今後の分析を要しよう。その点は、「剣　本銀ノめぬきノたち　末いそのかミふるやをとこのたち」がその歌詞の一部を伝えることや、「志都也《シツ》　又関野ともかくなり　本末」・「萁　又蟋蟀《シツソツ》かやうにも書也　本末」（共に一一一）のような、異本の記載を意識したかとおぼしき記述がみえることとも関連する。また、「葛　近比うたハす云々」（一一二）という記載も、当代の神楽歌に関する状況を窺わせる注記として見逃せまい。

おそらくは早世した実連の書が弟実隆のもとに伝えられており、それが蜷川家に貸し出され、ここに「抽書」されたのではなかろうか。この記載については、当時の蜷川家をとりまく文化的環境、人脈の広がりをものがたるものとしても注目できよう。

これが神楽歌書からの「抽書」であるならば、「朝倉」の本方歌である「朝倉や木の丸殿に我が居れば」を承ける形で、「保元物語聞書」のA歌「あさくらやきのまろどのに入ながら……」が導かれるという連想の脈絡を改めて確認することもできる(45)。こうして見てくると、かかる和歌への関心が、これまでにみた軍記物語享受に対する関心のありようとも無関係ではないことが知られよう。また、先に述べた古辞書に現れる語彙は、時に歌題となる語が含まれていたことを併せて想起しておきたい。「雑記」の記載の根底には、こうした諸状況と連動した知識への関心が存在するのである(46)。

（五）三社託宣歌をめぐって

その点は、いわゆる神祇説との関係としても現れている。たとえば、古辞書から転記されたと思しき部分として前掲したもののうち、③に「暮月《ユウツク》夜《ヨ》万葉集　夕付夜日本紀」との記載があった。こうした「日本紀」注記は、一一三にも「無為史記《アチキナウ》　無人望《スケナウ》　音信《イトナウ》　最煩《イトイタウ》／無道日本紀」のごとく現れている。「史記」「万葉集」といった注記と併せて、中世神祇説に関わる知的環境や書物と、「雑記」の内容との交渉関係が垣間見えてこよう。

そうした観点から、「保元物語聞書」等と並んで一一二に書き込まれた、次の託宣歌に注目してみよう（図版一参照）。

三社御託宣

八幡大菩薩
いにしへの我が名を人のあらハして
　南無阿弥陀仏といふもうれしき

天照大神
弥陀仏ととなふる人のこゑなくハ
　われ此国の神といはれじ

春日大明神
又もまたあらハや人にをしふべき

南無阿弥陀仏の六の外にハ

天照大神以下三神による「三社御詫宣」と呼ばれる和歌三首である。三社託宣信仰に関してはこれまでに膨大な研究の蓄積がある。(47) ここでその詳細を振り返ることは避けるが、いわゆる三社託宣は漢文体で、おおよそ「天照皇太神　謀計雖為眼前之利潤、必当神明之罰、正直雖非一旦之依怙、終蒙日月之憐」、「八幡大菩薩　銅焔雖為食、不受心汚人之物、銅焔雖為座、不至心汚人之処」、「春日大明神　雖曳千日之注連、不至邪見之家、雖為重服之深厚、必至慈悲之室」（『醍醐枝葉抄』(48)）のごときものである。本来は個別に存在していたと思しきこれらの託宣が、この三神による一組の託宣として理解される早い例のひとつが、この『醍醐枝葉抄』（応永年間成立）である。神仏習合と正直（天照大神）・清浄（八幡大菩薩）・慈悲（春日大明神）という徳目を表したこの託宣文が、以後近世に至るまで広く流布・展開していった様相は、既にさまざまな資料を通じて指摘されている。

中でも、中世におけるこれらの流布に意図的に関与したのが吉田兼倶である。彼は、『神楽岡縁起三社託宣本縁』(49)を著すなど、いわゆる吉田神道にこれを積極的に組み込もうと画策していく。『親長卿記』長享三年（一四八九）六月二十八日条、および『山科家礼記』・『実隆公記』の延徳元年（一四八九）八月二十九日条には、兼倶の言に基づくこの託宣の由来が書き留められているが、そのうちの春日大明神の託宣に関して、「春日大明神ハ、伊比丸ニ託宣云々」（『親長卿記』）、「春日大明神ハ吉田神主が祖千智磨《（麿）》ト云人ニ」（『山科家礼記』）、「春日託宣文者兼倶卿曩祖名字可尋。御失念云々。」（『実隆公記』）とあるように、その間には揺れが認められる。二ケ月ほどの短期間のうちに記された、この「伊比丸」と「千智磨《（麿）》ト云人」という説の違いは、その由来が社会的に確定していないことをものがたっている。従来、たとえばこうした動きを通じて、兼倶の策謀が見通されてきたのであった。(50)

三社託宣信仰の展開史の中で、その内容を読み込んだ三社託宣歌の存在も指摘されてきた。「故宮地直一氏旧蔵雲阿筆一鋪」(51)や『万代詩歌集』(52)などに収められたものがそれである。当該「雑記」に記された前掲和歌は、それらとわずかな異同をもつものの、同一の和歌三首と判断してよい。ただし、従来紹介されていたものがいずれも近世に入ってからの事例であることを考えれば、「雑記」の記載は、その存在が十六世紀初頭に遡る可能性を提示してくれる点で注目すべきものである。(53)

この時期にかかる託宣歌の存在を想定するとき、この書き込みの背景にある状況を踏まえておく必要がでてくる。たとえば、その当時能筆として知られた中御門宣胤の日記『宣胤卿記』を繙いてみると、(54)宣胤が諸方から請われて三社託宣文を書写した記事を随所に見いだすことができる。その注文主は「冷泉前宰相」（為富。長享三年四月三日条）、「兼永朝臣」（文亀二年二月十七日条、永正元年四月二十二日条）、「花恩院」（同三月十八日条、永正四年五月一日条）、「俊通三位」（永正元年八月八日・十日条）、「或人」（同九月八日条）、「大覚寺殿」（永正四年五月一日条）、「三条黄門」（同八月二十八日条）、「前内府」（同十月二十一日条）など多彩である。中には、

侍従二位兼倶卿所望之三社託宣、幷天神名号、行海律師所望弘法大師卅三相、継友右京職下司中村式部申天神名号、以上今日書之遣之。三社託宣、服中所不可苦之由、兼倶卿演説。任彼商量了。（文亀二年〈一五〇二〉二月十一日条）

のように、兼倶の明確な関与が確認できる事例もみえる。兼倶女は宣胤息宣秀に嫁しているが、それに象徴されるような両者の近しい関係も、右のごとき三社託宣記事が同記に頻出する背景としてとらえておかねばなるまい。そして、まさしくこの文亀二年を挟んで永正年間に至る数年の間こそ、先に推測した「雑記」への書き込みがなされたと目される期間なのであった。とすれば、在世中の兼倶（永正八年〈一五一一〉没）の喧伝によって、三社託宣への関心が盛りあがりをみせる世情の中で、かかる託宣歌も受容されており、それが記し留められたということなろう。改めて一一二「雑記」の紙面を見渡せば、それとさして時を隔てずして、同じ蜷川家周辺という環境において、神楽歌書からの「抽書」がなされ、「保元物語聞書」や古態本段階の『平治物語』などが享受されていたことを知り得るのである。

ここまでに紹介、検討してきた和歌や古辞書、そして『平家物語』『平治物語』などとの関係が窺われる記載などは、すべて当時の蜷川家がおかれていた〈現在〉の状況と関わっている。そうした意味で、「雑記」の記載は、同家をとりまく当世的状況を反映した側面を有していて不思議ではない。本節で検討してきた「雑記」の多様な記載の内容を総括的に踏まえ、改めてそこに見える『平家物語』などの軍記物語享受に関する記載の位相を測るならば、それらは決して他の記載とのあわいにおいて突出したものでないことが明らかとなろう。したがって、当該部分のみを切り出して、個々の作品の享受資料とみる扱いによって、捨象されてしまうものが大きいことも理解されよう。十五世紀末〜十六世紀初頭の蜷川家において、社会生活上必要とされる諸知識を蓄えようとする営みの対象となる、広範な言説群の一部として、軍記物語は受け止められているのである。そこには既に古典化された物語の姿を看取できる。「雑記」の内容は、蜷川家という幕府中枢に近い環境においてすら、既にかかる作品享受がなされていることを明かしてくれる。その意義は、今後さらに多角的に問い直されてよいのではなかろうか。

五　蜷川家の文事から

以上、『平家物語』断簡紙背に記された「雑記」の内容をいくつかの角度から分析し、軍記物語享受の場の様相やその享受の質について検討を加えてきた。その過程で、『平家物語』他の作品を、同時代的な諸知識が交錯する環境の中において享受する動きの一端とその質とが照らし出されたものと思われる。ただし、こうした様相は蜷川家ゆえの特異性としてとらえるべきものではないだろう。その点は、改めてさまざまな事例に即して掘り下げていかねばなるまい。ここまでには十五・十六世紀の端境期における状況を探ってきたが、最後にもう少し時代的に幅を広げた中で蜷川家の文事を見渡し、軍記物語の享受・展開史と関わる問題を整理し、今後の検討の足掛かりをいささかなりとも築いておくこととしたい。

まずは蜷川家のおこなった古典作品の書写や書籍管理の動きについて、「蜷川家文書」を通して補足してみよう。既に紹介した通り、同家の家職の一環としてこうした側面に光を当てた田端泰子氏の論があるが、同論で取りあげられなかった活動としては、『親元日記』文明五年（一四七三）七月二十五日条にみえる「大方殿より預給三代集返遣之」や、文明九年（一四七七）五月朔日条にみえる、

一、御草子書写事被仰出之。
　老若五十首歌合建仁元年二月　歌数五百首
　百番歌合初心尊守　二百首
　鎦素三十六人歌合　三百六十首
　　以上三帖

などもあげることができる。「大方殿」（義政生母日野重子）との関係や、「被仰出」という上下関係の中でこれらが行われていることに注意したい(55)。その上で、「蜷川家文書」の中に伝えられている、『太平記』書写に関わる書状案（八〇六「蜷川親俊詠草」紙背）を見てみよう。

今日者式日延引之由候、無念存候、仍太平記二三巻借用申度候、此者ニ（ママ）待存候、写申候ハん用候、不宜、

『大日本古文書』は、この書状案の紙背に記された「花契多春」という題での五首の和歌を親俊詠とする。親俊は先の親孝の孫にあたる。当該詠草の年代は不明だが、同書では仮に永禄七年（一五六四）のあとに収められている。細かな事情は不明だが、「式日延引」とあることからみて、蜷川家が関与する何らかの沙汰の延引に伴い、『太平記』第二・三巻の借用を求める内容となっている。これが書き差された書状であることを思えば、蜷川家の誰か（親俊とも）が、他所に『太平記』の借用を求めたと考えるのが妥当であろうか。そうであれば、「写申候ハん用」という言辞は、

蜷川家ゆえの事情を強く示唆することとなろう。そうでなくとも、沙汰延引の知らせを受けた当日、即座に『太平記』の借用を願い出ていることを思えば、両者の関係は比較的親しい関係だったかと推察される。蜷川家が深く関与した『太平記』書写活動の存在をここでは確認しておこう。

また、蜷川家では『源氏物語』の書写・管理もおこなわれていた。同文書附録八四「源氏物語帚木巻断簡」や、附録一二二・一二三「源氏物語巻別注文」（巻別の書写者注文）、附録一二四・一二七「源氏物語紙数注文」（巻別の紙数注文。一二四の紙背は「蜷川道標詠草」）の存在に注目したい。井上宗雄氏は、蜷川親孝も参加した「武家歌合」（文亀末か永正初頭とされる）について、恋歌に『源氏物語』を踏まえた歌が多いことを指摘、武家の間に王朝古典が浸透する様相に注意をうながしている。(56) 右の「注文」は時代が下ることに注意を要するものの、それと通底する営為が、以前から継続的に行われていたことを推測しても大きく的をはずすことはないだろう。(57)

こうした活動の対象が歌集・歌論書の他多岐に及んだことは、「蜷川家文書」の中に、附録八一「諏訪社法楽五十首和歌」、同八二「江州御陣三十首続歌懐紙」、同九一「歌書断簡」、同九二「家集歌数注文」、同九三「建久五年六百番歌合詠者注文」、同九六「連歌懐紙写」（末尾に「二条摂政御作云々。良基公」とある）、同九七「拾烈集」、同一〇〇・一〇八「拾遺愚草断簡」（後者一〇八にはいわゆる「最勝四天王院障子和歌」などが載る）、同一一一「歌枕注文」などが伝えられていることをもって推し量ることが可能であろう。これ以上の掲出は控えるが、同文書には数多くの和歌・連歌関係の資料が伝えられており、今後の個別的な分析が求められるところでもある。

ところで、蜷川家の文事の一斑に、いわゆる文学作品を対象とした訓詁注釈の営みがあったことは、「雑記」の内容からも察することができたが、それに加えて、謡曲受容の一例を指摘しておこう。(58)

あつまや　四《し》阿《あ》《あつまや》と書也

さうふれん　想夫憐《さうふれん》　想夫恋《さうふれん》

南殿《なんてん》　紫宸殿《ししんてん》
よるのおとゞ　夜御殿《よるのおとゝ》
中宮《ちうくう》　きさき也
小督《こかう》　少納言信西《シンセイ》が子桜町中納言シゲノリノ卿ノムスメ也
高倉院人皇八十代
かたおり戸　かた〳〵おりたる様ノ戸也
漢ノ武帝　李夫人少翁と云者、夜更テ甘泉殿ニテ返魂香ヲ焼也
標茅原《シメジカハラ》　下野ノ名所也
あつたの浦　尾張ノ名所也
なるミがた　同名所也
たかし山　高師山、遠江名所也
はまなのはし　浜名橋、同国也
刑戮　刑ハ人ヲツミスル事、戮ハ人ヲキル事也
しの、め　明がたの事也、東雲《シノヽメ》と書、和字也
罔然《ハウセン》
もろこしが原　相模国名所也、諸越原ト書也
　名にしおはゞ乕や住べき東路に
　　ありといふなるもろこしが原
まかり申　辞申《マカリ》也、晦乞する事《こと》也

（附録一二五「雑記」）

あさぎぬ　麻衣也
哥ニ木曾ノあさきぬと有

引用部の前半部分は一見して『平家物語』巻第六「小督」との関係が疑われるが、「あつまや」から「漢の武帝」までを一括りとして、謡曲「小督」から抜き出されたものと考えるべきである。『平家物語』巻第六「小督」には「あつまや」と「漢の武帝」にあたる語句がみえない。また、これらに続く項目のうち、「あつたの浦」から「まかり申」までは謡曲「盛久」に含まれる語句であることも注意されてよいだろう。これらは謡曲に用いられた語彙に関する注釈と考えられる。また、「標茅原」は同じ「盛久」の「……南無や大慈大悲の観世音、さしも草さしも畏き誓ひの末……」の部分と関連している。謡曲「田村」「藍染川」「船弁慶」に、「只頼め、標茅が原のさしも草、われ世の中に、あらん限りは」（「船弁慶」）という定型表現（清水観音の神詠）として用いられているように、「さしも草」は「標茅原」を暗示する語彙なのである。[59] こうした表現理解をした上で、この語彙が記されていることに注意したい。

「小督」記事と「盛久」記事では、後者の語彙が曲の展開に沿う形で掲げられているのに対して、前者ではそうではないという記述姿勢の違いがみえる。それがいかなる事情に由来するのかは見極め得ていないが、そうした配列方法が逆に、語釈を通じて曲への理解を深めようとする姿勢を示唆しているように思われる。関連して、単に詞章からいくつかの語彙を選んだだけではなく、先の「標茅原」のように、その表現の背景へと踏み込んだ跡が見える点は見逃してはなるまい。

ちなみに、最後に記された「あさぎぬ」には「麻衣也／哥ニ木曾ノあさきぬと有」という注釈が付されている。この語は、「俊寛」「寝覚」「善知鳥」「梅枝」に見えるが、「寝覚」「善知鳥」ではまさしく「木曾の麻衣」という形で用いられている。とすれば、その注釈として改めて「哥ニ木曾ノあさきぬと有」と記されるとは思われない。「小督」「盛久」と並べられていることを踏まえれば、『平家物語』に関わる曲として、「俊寛」に関する語釈である可能性を第一に想定できようか。今はその妥当性についてこれ以上吟味することは難しいが、蜷川家ではこうした謡曲享受も行われていたことを指摘しておきたい(60)。

なお、蜷川家の文事を総括的にとらえようとするとき、今日にいう文学作品との関わりのみならず、武家故実書への積極的な関与（伝本書写など）もまた見すごすことはできない。それらについてここでは、『大日本古文書』に附録一～八〇としてまとめられていることを記すにとどめ、他日の分析を期すこととしたい。

蜷川家の人々の和歌・連歌との関わりの大きさは既に知られるとおりであるが、その文事は実に多様な実態を有しており、資料的にも検討すべき課題が数多く残されていることを改めて確認しておきたい。そしてこうした様相を踏まえるとき、改めて軍記物語変容の動きの実相へと接近する道が開けてくるようにも思うのである。作品の変容と再生の過程で、さまざまな分野の話題や表現、知識、思考方法等の摂取が指摘され、また周辺作品との交渉や軍記物語間の相互交渉を見通してきたわけだが、そうした運動が起こり得る場の典型として、本章でここまでに分析してきた「雑記」を通して浮かび上がる、多彩な知識が往来し、物語諸伝本が並存する環境を措定することができるのではないか。

くり返すが、それは蜷川家に限定される環境ではない。濃淡差があるのは当然だが、同様の場は他にも数多く存在したであろう。ここまでの検討の先に、そうした諸々の環境を具体的に掘り下げていくことが求められよう。そしてその際、軍記物語が決して特別な地位を与えられていないという現実に対して、より自覚的になって分析に臨む必要があるのではなかろうか。

六　おわりに

以上、本章では「蜷川家文書」の中に伝存する九紙の『平家物語』断簡とその紙背文書の内容を検討することによって、十五世紀末から十六世紀初頭にかけての蜷川家における軍記物語享受の諸相とその環境とを照らし出してきた。本章を通じて明らかとなった享受者側の実態をひとつの踏み台として、物語享受の実態へのアプローチをなお続けていかねばなるまい。その際、「蜷川家文書」のさらなる分析が少なからず意義を担うものと考えている。特に『大日本古文書』の附録文書群には、さまざまな角度からの分析が加えられて然るべきであろうことを強調しておきたい。

なお、物語の享受論・受容論は、どのようにそれらの作品が読みつがれていったのか、そしてなぜそれらの作品が社会的に必要とされたのかという問いかけと切り離し得ないものである。とりわけ、過去の戦乱を扱う物語や表現が歴史的・時間的推移の中でいかに変質していくかという問いかけは、今日に至るまで普遍的な問題として存在し続けていることにも自覚的でありたい。中世における軍記物語の動きをとらえる際の基調でもある、そうした課題と向き合う試みは、一面で、中世社会に広がるひとつひとつの言葉の質やそれに付随する心性を吟味することへとつながっていく。それは言語表現と向き合う際の原点ともいえる営みであろうが、本章ではようやくその出発点を確認し得たにすぎない。

注

（1）坂井誠一氏『遍歴の武家——蜷川氏の歴史的研究——』（一九六三・十二　吉川弘文館）、『国史大辞典』「蜷川氏」の項（坂井誠一氏執筆）等参照。

（2）『国史大辞典』「蜷川家文書」の項（桑山浩然氏執筆）。
（3）桑山浩然氏「中期における室町幕府政所の構成と機能」（寶月圭吾先生還暦記念会編『日本社会経済史研究（中世編）』収　一九六七・十　吉川弘文館）、青山英夫氏「室町幕府奉行人についての一考察」（日本古文書学会編『日本古文書学論集8中世Ⅳ』収　一九八七・八　吉川弘文館　初出一九八〇・十二）、森佳子氏「室町幕府政所の構成と機能――文明期を中心として――」（『年報中世史研究』13　一九八八・五）、田端泰子氏「中世の家と教育――伊勢氏、蜷川氏の家、家職と教育――」（『日本中世の社会と女性』収　一九九八・十二　吉川弘文館　初出一九九六）、山田康弘氏「後期室町幕府政所の意思決定システムに関する一考察」（『学習院史学』31　一九九三・三）など。
（4）井上宗雄氏a『中世歌壇史の研究　室町前期』（一九六一・十二　風間書房）、同b『中世歌壇史の研究　室町後期』（一九七二・十二　明治書院）など。
（5）その一部は歴代の日記『親元日記』『親孝日記』『親俊日記』によっても確認できる。
（6）断簡の本文的性格との関係で後に注目する覚一本・葉子十行本のほか、多数の事例を指摘できる。
（7）覚一本（龍谷大学本）等を参考として算出した。
（8）『大日本古文書』はこの記載をもとに附録一〇九～一一七「雑記」を全て「（文亀二年カ）」とする。しかし、後述するように、そこには時代が下る記載も交じっており、「雑記」の記載時を一律には扱い得ない。とはいえ、この書き込みは「雑記」紙背の『平家物語』断簡の書写年代判断に際しては貴重である。
（9）正広（晴雲）に関しては、井上宗雄氏「正広および招月庵の門流について」（『文学・語学』28　一九六三・六）、稲田利徳氏『正徹の研究』第一篇第三章第三節「正広について」一九七八・三　笠間書院　初出一九七〇・七）参照。ちなみに、「清雲」という表記は「歌道秘伝書」（広島大学国文研究室蔵）に見えることが稲田論に紹介されている。『松下集』には蜷川親世（六〇〇）・親元（九三六）の名がみえる。当該歌はそうした交流関係の中で蜷川家に伝えられたものの書き込みだろう。関連して、同集所収歌では歌題が「寄木別恋」とあり、

春やいつ枝にわかれてちるこのはそれも時雨は紅の露

の部分に異同がみえる。正広歌の改訂という観点からも別に問題となろう。なお、引用は『新編国歌大観』に拠る。

(10) 『親元日記』抜粋としては三四六「蜷川親孝書状案」紙背の記載があげられる。

(11) 川上貢氏『日本中世住宅の研究』(一九六七・十　墨水書房　→新訂版二〇〇二・五　中央公論美術出版)、黒川直則氏「東山山荘の造営とその背景」(日本史研究会史料研究部会編『中世の権力と民衆』収　一九七〇・六　創元社)、森田恭二氏『足利義政の研究』(一九九三・二　和泉書院)等参照。なお、「山荘造営段銭」は守護大名の直接負担となるもの(黒川氏は「御山荘御要脚」とする)、「造営要脚諸国段銭」は守護大名を通じて集められた国役段銭と考えられるもので、実質的には守護大名の負担となるもの(黒川氏は「山荘要脚段銭」とする)。

(12) 石崎建治氏「文明・長享期室町幕府における「大御所」足利義政の政治的基盤に関する一考察――室町中期将軍御所・山荘造営遂行様態の分析から――」(「金沢学院大学文学部紀要」1　一九九六・三)

(13) 反古となった料紙を、紙背の利用を期して保存する時間が数十年に及ぶとは考え難いように思われる。とすれば、文亀二年により近いころを想定すべきであろうか。

(14) なお、『親元日記』文明十七年六月十五日条、二十八日条、七月二十七日条、八月三十日条、九月十六日条からの抜粋が三四六「蜷川親孝書状案」の紙背に記されている。この筆跡を『大日本古文書』は三四七「雑記」と同筆とみており、その三四七の記載内容は、わずかな異同はあるものの附録一〇九「雑記」と共通している。三四七と附録一〇九の記載は共通の文献からの抜粋されたものと判断すべきものである。この筆跡判断に従えば、附録一〇九を含む『平家物語』断簡九紙と、三四六・三四七に関連性を見いだせることになる。この点は、親孝周辺での活動を示唆する問題として注目しておきたい。また、三四六には「大内左京大夫義興」の書き込みが見え、その任官は明応七、八年頃(一四九八、九)とされている(『大日本古文書』)。日記の記主親元の没年(長享二年〈一四八八〉)とあわせて、抜粋の時期との関係から留意する必要があろう。ちなみに、『親元日記』は天文頃の同朋衆沢巽阿弥の「親元日記　大帖御座候を、古筆先年はやり中候時、きれ〴〵ニ取くづし、如此ニし……」(『沢巽阿弥覚書』〈続群書類従二十四下〉)という言によって、後世古筆としてもてはやされたことが知られている。ただし、右に述べたものはこうした動きと質を異にしていることはここで確認しておく。

（15）水原一氏「平家物語巻十二の諸問題――「断絶平家」その他をめぐって――」（『駒沢国文』20　一九八三・二　→『中世古文学像の探求』〈一九九五・五　新典社〉再録）

（16）対照本文の略称は以下のとおり。（底）…当該断簡、（覚）…覚一本〈龍大本〉、（葉）…葉子十行本〈米沢本〉、（京）…京師本〈国会図書館本〉、（下）…下村本〈静嘉堂文庫本〉。

（17）佐伯真一氏「京師本『平家物語』の位置」（山下宏明氏編『軍記物語の生成と表現』収　一九九五・三　和泉書院）、同氏「康豊本『平家物語』の諸問題」（『同志社国文学』41　一九九四・十一）、同氏「解説」（同氏校注『平家物語（下）』収　二〇〇〇・四　三弥井書店）。

（18）仮に、当該断簡が覚一本から葉子本への過渡的形態を伝えるものとすれば、今日にみる葉子本の派生が京師本よりも下り、十六世紀に入って本格化した可能性も想定する必要がでてくる。葉子本自体の分析が今後求められよう。

（19）『大日本古文書』はこれを「ふ」と読み、さらに一字続いているとしている。

（20）一一〇・一一六・一一七紙背は反古とされた理由が定かではないが、何らかの理由があったものと思われる。

（21）注（3）田端論は、住吉社の松に関する夢物語に興味を抱いた富子のために、親元が仮名書きで「此一巻」を書写した記事（『親元日記』寛正六年〈一四六五〉五月一日条）と、義政側室阿茶が「論語御本一冊」を伊勢貞宗に返却した記事（同七月二日条）に注目している。なお、後同七月二日・三日条によれば、「明恵上人絵三巻」が伊勢貞親との間でやりとりされており、同六日にも関連記事がみえる。その他のいくつかの事例については後に紹介する。

（22）文亀二年当時の将軍は義高（六月義澄と改名）。その将軍就任はいわゆる明応の政変を経てのものであったが、そこに当時政所頭人を世襲していた伊勢氏の貞宗・貞陸父子が重要な役割を果たしたことが明らかにされている（蜷川家は伊勢氏の被官であった）。山田康弘氏「明応の政変直後の幕府内体制」（『戦国期室町幕府と将軍』収　二〇〇〇・七　吉川弘文館　初出一九九三）が先行研究を踏まえてその具体相を掘り下げている。

（23）兵藤裕己氏「覚一本平家物語の伝承をめぐって――室町王権と芸能――」（上参郷祐康氏編『平家琵琶――語りと音楽――』収　一九九三・二　ひつじ書房　→同著『平家物語の歴史と芸能』〈二〇〇〇・一　吉川弘文館〉改題再録）の指摘

がある。

（24）京師本をはじめとして多くの混態本の存在がそうした事実をものがたっている。

（25）この点に言及した最近の論として、犬井善寿氏「『保元物語』の源拠と典拠――西行白峯訪陵記事の形成と変容――」（栃木孝惟氏編軍記文学研究叢書3『保元物語の形成』収　一九九七・七　汲古書院）をあげておく。なお、半井本ではCは讃岐国国府で、Dは白峯の墓前での詠とされている。

（26）『大日本古文書』はこれをD歌の作者注記として扱うようだが、相応しくない。

（27）作中での院の呼称の基本は「新院」。半井本には「讃岐院」はあるが「崇徳院」はない。野中哲照氏「『保元物語』における語り手の〈現在〉と崇徳院怨霊」（「国文学研究」101　一九九〇・六）に、半井本での呼称を取りあげた分析がある。

（28）諸本の異同状況の調査に関しては、笠栄治氏『平治物語研究　校本編』（一九八一・六　桜楓社）に拠るところが大きい。諸本の略称も同書に従う。

（29）なお、「謀逆の臣」は「奢」に関して引用した部分（「信頼・信西不快の事」）にも見えるが、やはり順序との関係からこちらをとるべきであろう。

（30）『看聞日記』応永二十三年五月三日条に、連歌の付け合いの背景にある和歌の詠者に関する「諍論」がおこり、「平家歌共撰集双子一帖」が参看されている。櫻井陽子氏「神宮文庫蔵『平家物語和歌抜書』に窺える和歌の受容」（『平家物語の形成と受容』収　二〇〇一・二　汲古書院　初出一九九一・三、七）は、近世の受容を中心に和歌抜書の問題を論じているが、最後に右の箇条を通して、中世の状況との架橋を図っている。この「聞書」は、中世の事例であり、『保元物語』に関わる点からも注目すべきものである。これが活用される場は、本章諸所で指摘する蜷川家の文事とその環境との関係においてとらえるべきであろう。

（31）この識語については後述する。三条西実連は嘉吉二年（一四四二）～長禄二年（一四五八）。康正二年（一四五六）三月二十九日任左近中将（『公卿補任』長禄二年）。洞院実熙は応永十六年（一四〇九）～長禄元年（一四五七）出家（まもなく没か）。この識語は実連の事績としても注目に値しよう。

(32) 政元の文事に関しては、米原正義氏「細川氏の文芸――管領家政元・高国、典厩家政国を中心として――」(『國學院雑誌』80－3　一九七九・三)、井上宗雄氏注(4)掲載書等参照。

(33) なお、この記載は、政元が夢想を得た日(閏三月九日)が明らかになる点でも貴重である。また、第四句「はなさきそへる」(『再昌草』『実隆公記』)、「花さきそむる」(『実淳集』)の部分に異同がある。当日、この文字の和歌を担当者はどう詠んだのかという観点からも興味深い。また、蜷川家からの出詠は他資料に確認できないが、その可能性もあろう。『再昌草』『実淳集』の引用は『私家集大成中世Ⅴ』に拠る。なお、夢想を契機としたこれと同様の形式の歌会は、永正元年十一月六日にも行われており(『後法興院記』『宣胤卿記』等)、「如常」(『後法興院記』)とあることからみて、この時期に頻繁に催されていたことが窺える。

(34) 米原正義氏「越前朝倉氏の文芸」(『戦国武士と文芸の研究』収　一九七六・十　桜楓社)等参照。

(35) なお、一〇九「雑記」にみえる人名(官位)他の記載に関しては時期との関係からさらに検討を要するが、政所寄人たちについては永正二・三年以前の官位で記されたものとみてよさそうである。「若州小浜庄験候」という記載は、あるいは三八八「若狭小浜絹屋主計陳状」(永正三年十二月日付。端裏銘は同九日とする)がやりとりされた事態と関連しようか。

(36) 『平家物語』に見えないのは「湊」と「家督」。後者は重盛との関係で記されたものか。なお、「家嫡」は巻第二「大納言流罪」にある。前者については右上の「添」との字体の類似が注目される。この点については改めて後述する。

(37) この部分の記載の中には「囀」「冥」「誑惑」「舟百艘」「海漫々」「苦痛」「凌鑠」など、『保元物語』に現れない語句も多い。ただし、「夫八万随情《ゼイ》ノ教門」「常没《シヤウモツ》」「機根ノ万差《マンシヤ》に」「皓《カウ》月」の部分などは、論中に示した語とは文字の大きさや字配りが異なっている。そこには別時点での書き込みも混在している可能性が高い。ただし、いずれも、何らかの依拠資料からの摘句と考えるのが妥当であろう。今後の調査を期すと共に、諸賢のご教示を願いたい。

(38) 他に一一七にも類似した形式の記載がみえる。

(39) 『撮壌集』については、川瀬一馬氏『古辞書の研究』(一九五五・十一　講談社)第三篇第二章第六節「撮壌集」、「『撮壌集』解題」(中田祝夫氏・根上剛士氏編『中世古辞書四種研究並びに総合索引』収　一九七一・七　風間書房)、『国語学研究事典』「撮壌集」の項（酒井憲二氏執筆　一九七七・十一　明治書院）等参照。

(40) この点は『撮壌集』の流布環境という観点からも注目すべきであろう。なお、貞親と永祥は、康正二年（一四五六）正月十日、共に四位に叙せられている（『斎藤基恒日記』）。両家の近しい関係性の一面を窺わせる一事としてここに例示しておく。

(41) 「蜷川家文書」には伊勢氏の代筆をした文書も多く残されている。三四七と共通の典拠に基づく一〇九の記載も、やはり家職と関係することは明らかであろう。注（35）も参照。

(42) 一一七にも「ヤナ網代類也」（「魚梁《ヤナ》」の注記）、「十五歳事」（「志学ノ始」の注記）などがみえる。

(43) これに類似した例としては、『太平記抜書』の存在を指摘できよう。読み方や意味に関する語句そのものへの関心を軸とした作品享受の対象として、軍記物語が存在していたことを受け止めておきたい。長坂成行氏「宮内庁書陵部蔵『御願書并御告文旧草』中『太平記詞』・翻刻」（「青須我浪良」34　一九八七・十二）等参照。

(44) 典拠不明歌二首（①⑤）については、今後の調査を期す。また、ご教示を願いたい。

(45) 神楽歌の引用は小学館日本古典文学全集『神楽歌　催馬楽　梁塵秘抄　閑吟集』に拠る。

(46) 他にも、一一一「雑記」に、「むへ」「わくらはに」「すかのね」「しかすかに」「かて」を一つ書きにした語釈記事などが見える。

(47) 三社託宣に関しては、星野日子四郎氏「三社託宣の歴史的批判的研究」（「明治聖徳記念学会紀要」1、2、3　一九一四）、石巻良夫氏「三社託宣の秘密」（「芸文」8－6　一九一七・六）、平泉澄氏「吉田兼倶の冤罪」（「史学雑誌」31－7　一九二〇・七）、河野省三氏「三社託宣の話」（「江戸時代文化」2－3　一九二八・三）、永島福太郎氏a「三社託宣の源流」（「國學院雑誌」46－8　一九四〇・八）、渡辺（河野）国雄氏「三社託宣の信仰」（『神道思想とその研究者たち』収　一九五七・十一　渡喜　初出一九三七・八、九）、西田長男氏「三社託宣の制作」（『日本神道史研究』第五巻中世編（下）所収　一九七九・五　講談社　初出一九四一・七）、永島福太郎氏b「三社託宣の源流」（「日本歴史」512　一九九一・一）、國學院大学日本文化研究所編『神道事典』「三社託宣」の項（森瑞恵氏執筆　一九九四・七　弘文堂）などがある。

（48）引用は『続群書類従』第三十一下に拠る。
（49）注（47）渡辺国雄氏著書に影印が掲載されている。
（50）『親長卿記』は増補史料大成、『山科家礼記』は史料纂集、『実隆公記』は続群書類従完成会本に拠る。なお、今日では三社託宣の兼倶作者説は否定されている。
（51）注（47）西田論文で紹介された。「江戸時代中期ごろ」のもので、「神名の上にはそれぞれ「南無阿弥陀仏」などと刻した朱印四顆を踏してある」という。
（52）東北大学附属図書館狩野文庫蔵。マイクロフィルムに拠った。そこに写されたものは、「台徳院殿御筆」つまり徳川秀忠筆になる、「春性院」京極高和（寛文二年〈一六六二〉没）蔵の「正本」とされている。八木意知男氏a「三社託宣と和歌――『万代詩歌集』より二題――」（『女子大国文』126　一九九九・十二）の指摘がある。関連論文・資料紹介として、同b「三社託宣和歌と託宣集」（『京都女子大学宗教・文化研究所研究紀要』13　二〇〇〇・三）、同c「史料紹介『三社託宣』事例紹介」（『神道史研究』49－4　二〇〇一・十）、同d「史料紹介　拾遺『三社託宣』事例紹介」（『神道史研究』51－1・2　二〇〇三・四）がある。
（53）『お湯殿の上の日記』明応四年（一四九五）七月二十一日に、「三しやのたくせんの御ほうらくに、御ひと、ころ御たうさに御うたあそはす」とある（『続群書類従』補遺三）。法楽のための和歌であるから、ここにみる三社託宣歌とは区別すべきであろうが、和歌との関係という点では注意しておきたい事例である。なお、注（52）八木論aは『万代詩歌集』や『尊師聞書』四四八（飛鳥井雅章述。大阪市大蔵）などの関連記事から、中世における飛鳥井家と三社託宣和歌との関係を窺っている。ただし、『万代詩歌集』は飛鳥井雅章周辺の編纂かと思われ、それらに記された記述は、近世飛鳥井家における三社託宣歌（特に天照大神歌）を利用した自家の歴史（過去）の創造に関わる言説ともみられる。中世飛鳥井家の実態と当該歌との関係を含めて今後の検討を要しよう。
（54）引用は増補史料大成本に拠る。
（55）蜷川家による記録類の管理は、『蔭凉軒日録』文明十七（一四八五）年六月三日条「壬生官務記録」、同八日条「壬生官務所レ記北御所故事」、同七月三日条「御得度記録」、同七月二十四日条「東相公御得度記録」に関わる事例などが見いだせる。また、伊勢氏と関わる書籍の動きとしては、「玉燭宝典」に関する問答（『康富記』宝徳三年〈一四五一〉九月四日条）、「夢中問答幷谷響集以上四巻」（『蔭涼軒日録』文正元年〈一四六六〉二月二十八日条）や、「拾遺御本」（『親長卿記』文明十七年〈一四八五〉四月八日条）、「花鳥余情」（『後法興院記』明応三年〈一四九四〉八月二十九日条）、「三代集」（同明応九年〈一五〇〇〉四月九日条）などがある。『蔭涼軒日録』の引用は増補続史料大成本に拠る。

(56)　注（4）掲載書b一六六頁。

(57)　足利義尚『常徳院詠』一九三番歌の詞書に「同比、源氏目録にて雑体歌よみ侍しに、隠題、桐壷」とあるが、その背景にたとえば蜷川家の職務を想定することは許されるのではなかろうか（「同比」は文明十七年〈一四八五〉四月末のころをさす）。引用は『私家集大成　中世Ⅳ』に拠る。

(58)　当該文書が謡曲に基づいているという判断については、本章のもととなる口頭発表時（早稲田中世の会　二〇〇二年三月十六日）に、竹本幹夫氏から受けた「盛久」に関するご教示に導かれた部分が大きい。

(59)　岩波日本古典文学大系『謡曲集上』補注一六九参照。

(60)　なお、「もろこしが原」には「名にしおはゞ虎や住べき東路にありといふなるもろこしが原」〈『永久百首』五三〇、『題林愚抄』八六二九、『歌枕名寄』五三六九忠房歌〉を例歌としてあげる。やはり和歌的知識が基盤のひとつを形づくっている。

付　「平家物語断簡」影印・翻刻

＊改行は原本のとおり。私に句読点・濁点・「　」などを付し、一部字体を改めた。

＊資料の掲載を許可して下さった独立行政法人国立公文書館に深謝します。

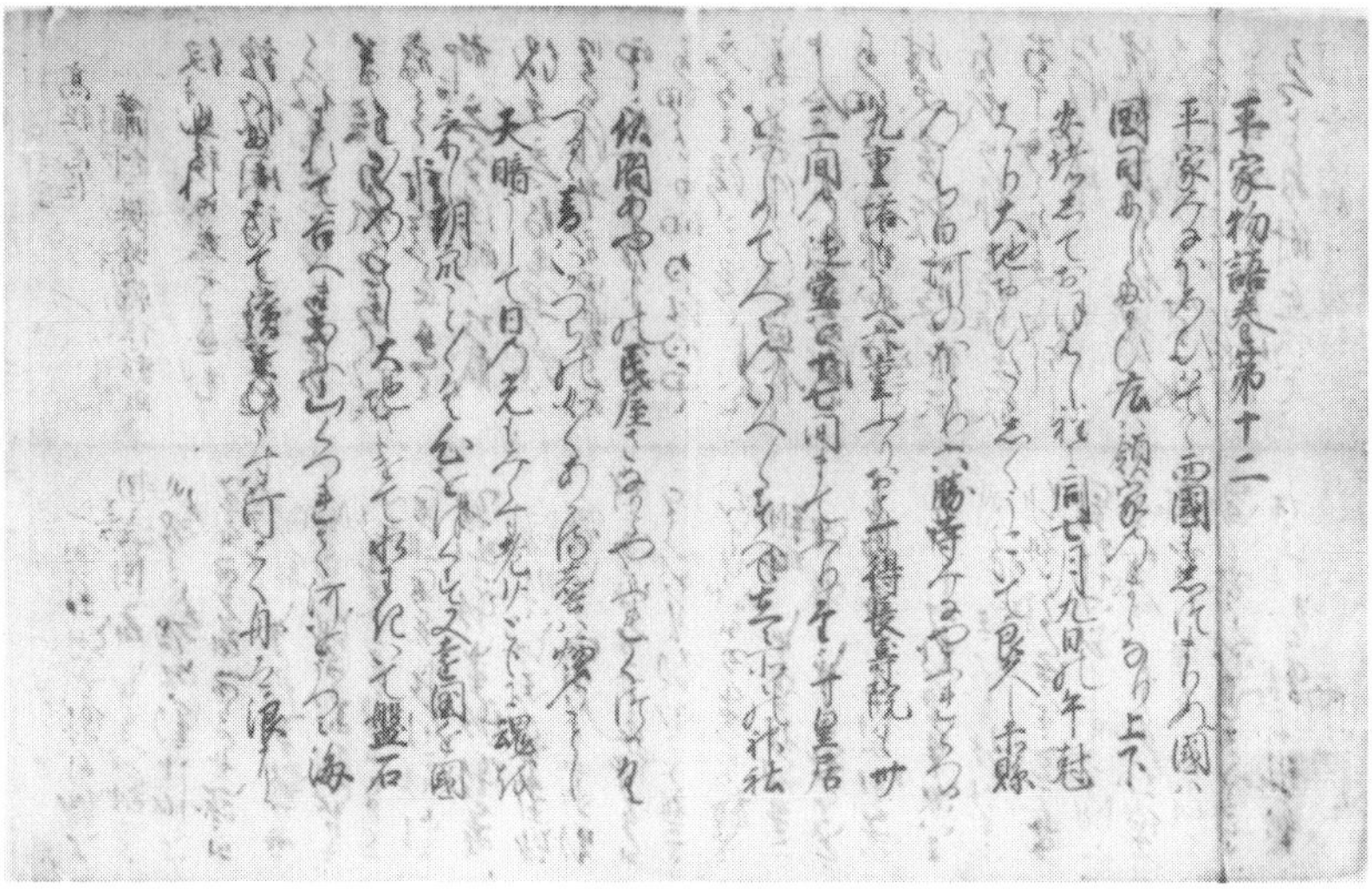

(a)附録一〇九紙背　＊巻第十二「大地震」

平家物語巻第十二
平家みなほろびはてゝ、西国もしづまりぬ。国は
国司にしたがひ、庄は領家のまゝなり。上下
安堵しておぼえし程に、同七月九日の午剋
ばかり、大地おびたゝしくうごいて良久し。赤縣
のうち、白河のほとり、六勝寺みなやぶれくづる。
九重塔もうへ六重ふりおとす。得長寿院も卅
三間の御堂を十七間までふりたうす。皇居
をはじめて人々のいへ〳〵すべて、在々所々の神社　（」表）
仏閣、あやしの民屋、さながらやぶれくづる。く
づるゝ音はいかづちの如く、あがる塵は煙のごとし。
天暗うして、日の光もみえず。老少ともに魂を
けし、朝衆こと〴〵く心をつくす。又遠国近国
もかくのごとし。大地さけて水わきいで、盤石
われて谷へまろぶ。山くづれて河をうづみ、海
たゞよひて浜をひたす。汀こぐ舟は浪に
ゆられ（以下記載なし）　（」裏）

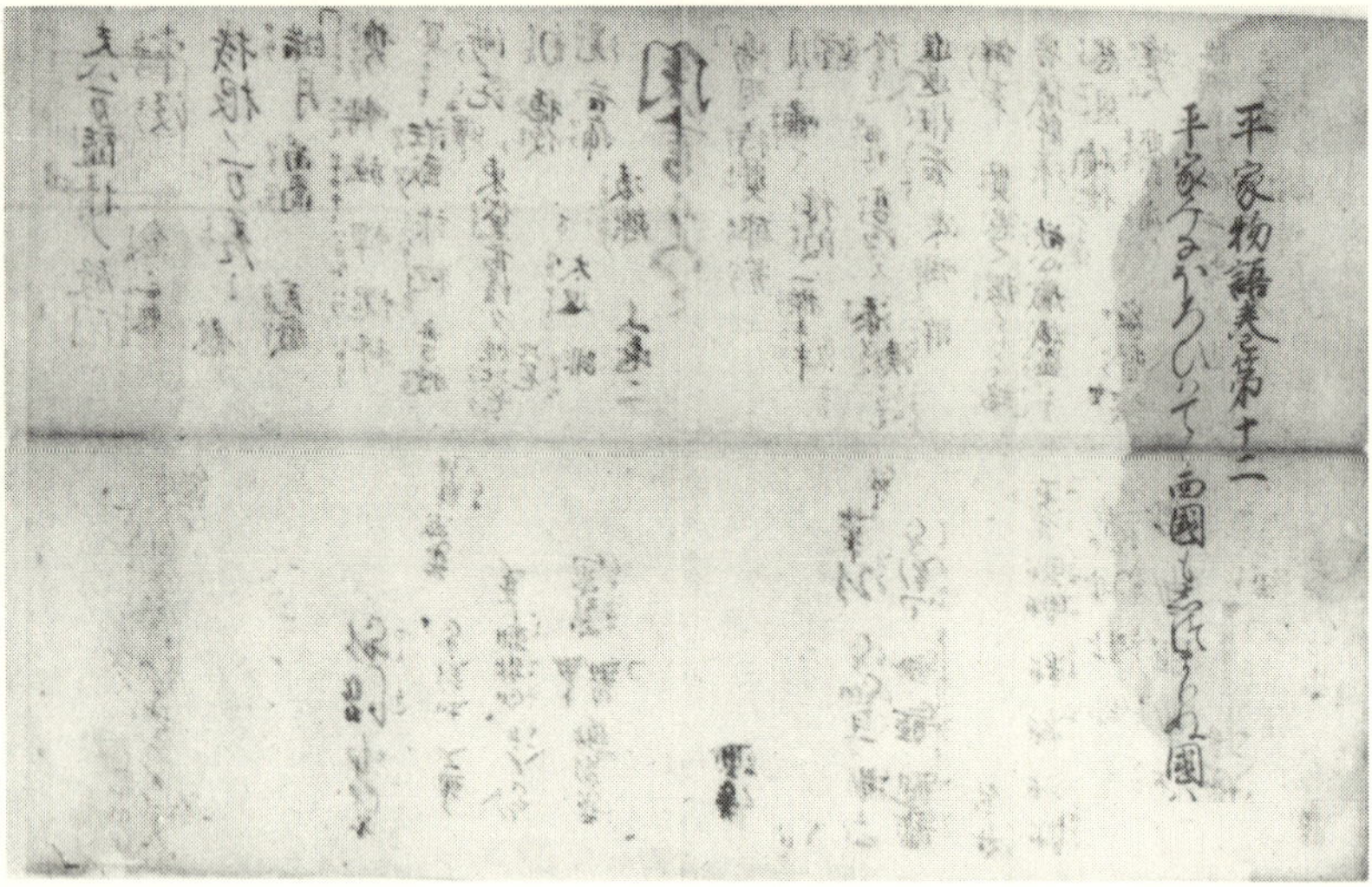

(b)附録一一〇紙背　＊巻第十二「大地震」

平家物語巻第十二
平家みなほろびはて丶、西国もしづまりぬ。国は
（以下記載なし）

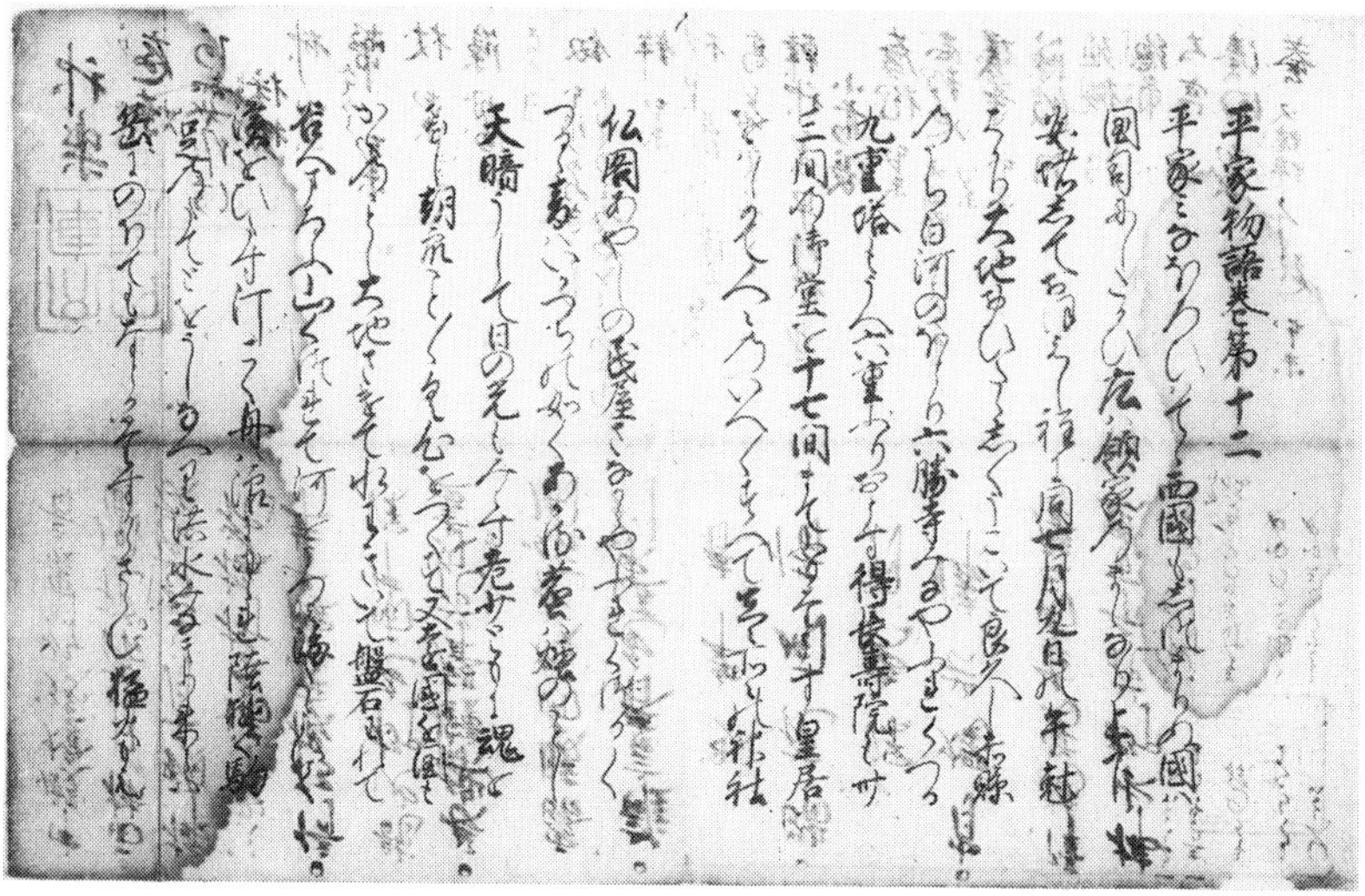

(c)附録一一一紙背　＊巻第十二「大地震」

平家物語巻第十二
平家みなほろびはて丶、西国もしづまりぬ。国は
国司にしたがひ、庄は領家のま丶なり。上下
安堵しておぼえし程に、同七月九日の午剋
ばかり、大地おびた丶しくうごいて良久し。赤縣
のうち、白河のほとり、六勝寺みなやぶれくづる。
九重塔もうへ六重ふりおとす。得長寿院も卅
三間の御堂を十七間までふりたうす。皇居
をはじめて人々のいへ〳〵すべて、在々所々の神社　（」表）
仏閣、あやしの民屋、さながらやぶれくづる。く
づる丶音はいかづちの如く、あがる塵は煙のごとし。
天暗うして、日の光もみえず。老少ともに魂を
けし、朝衆こと〴〵く心をつくす。又遠国近国も
かくのごとし。大地さけて水わきいで、盤石われて
谷へまろぶ。山くづれて河をうづみ、海たゞよひて
浜をひたす。汀こぐ舟は浪にゆられ、陸ゆく駒
は足のたてどをうしなへり。洪水みなぎり来らば、
岳にのぼてもなどかたすからざらむ。猛火もえ　（」裏）

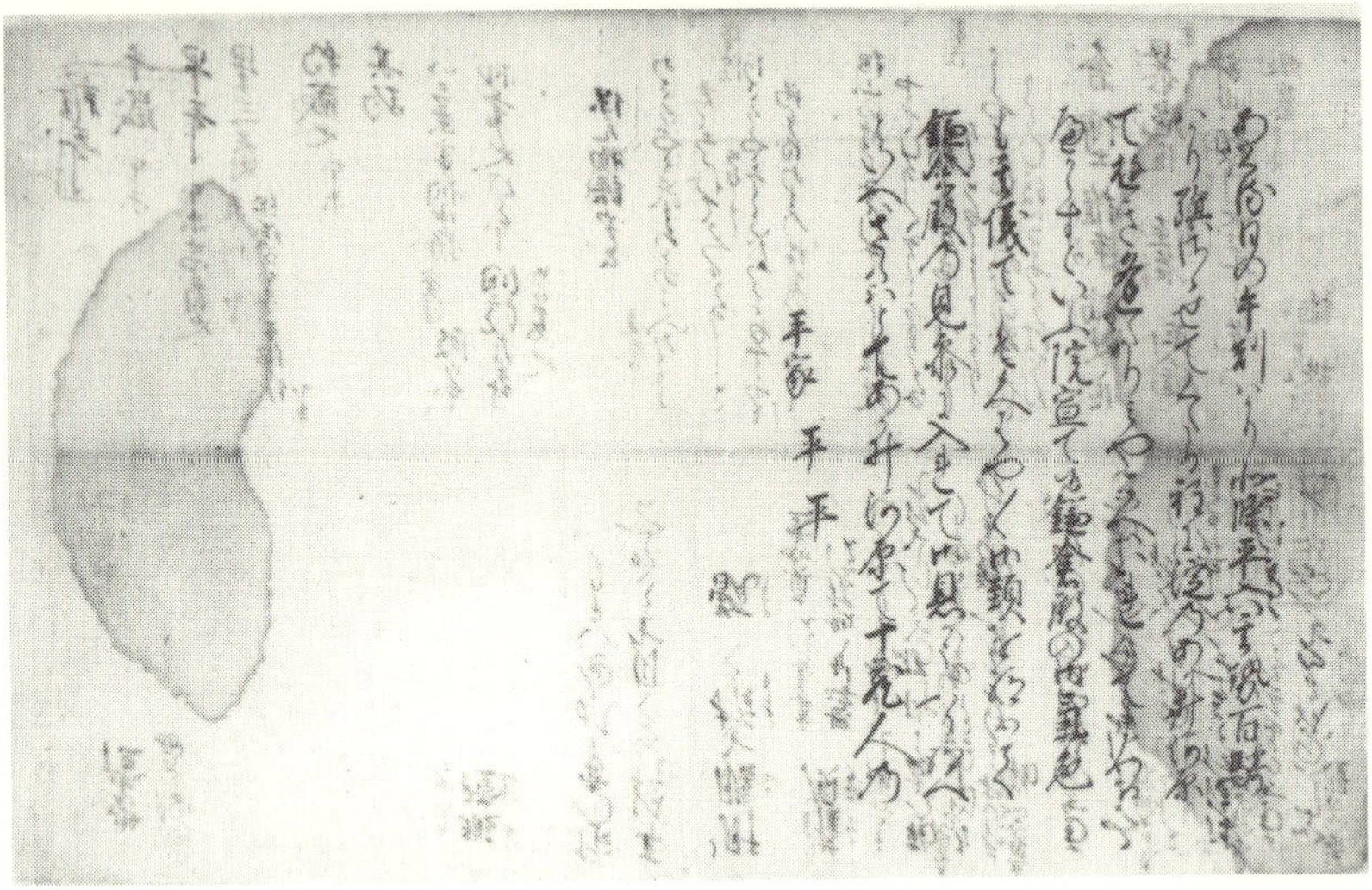

(d)附録一一二紙背　＊巻第十二「泊瀬六代」

あくる日の午剋ばかり、北條平六其勢百騎
ばかり、旗さゝせてくだる程に、淀のあか井河原
でゆき逢たり。「みやこへはいれたてまつる
べからずといふ院宣で候。鎌倉殿の御気色
も其儀でこそ候へ。はや〳〵御頸を給はて
鎌倉殿の見参に入れて、御恩かうぶり給へ」
といへば、「さらば」とて、あか井河原で十蔵人の

平家　平　平

（以下記載なし）

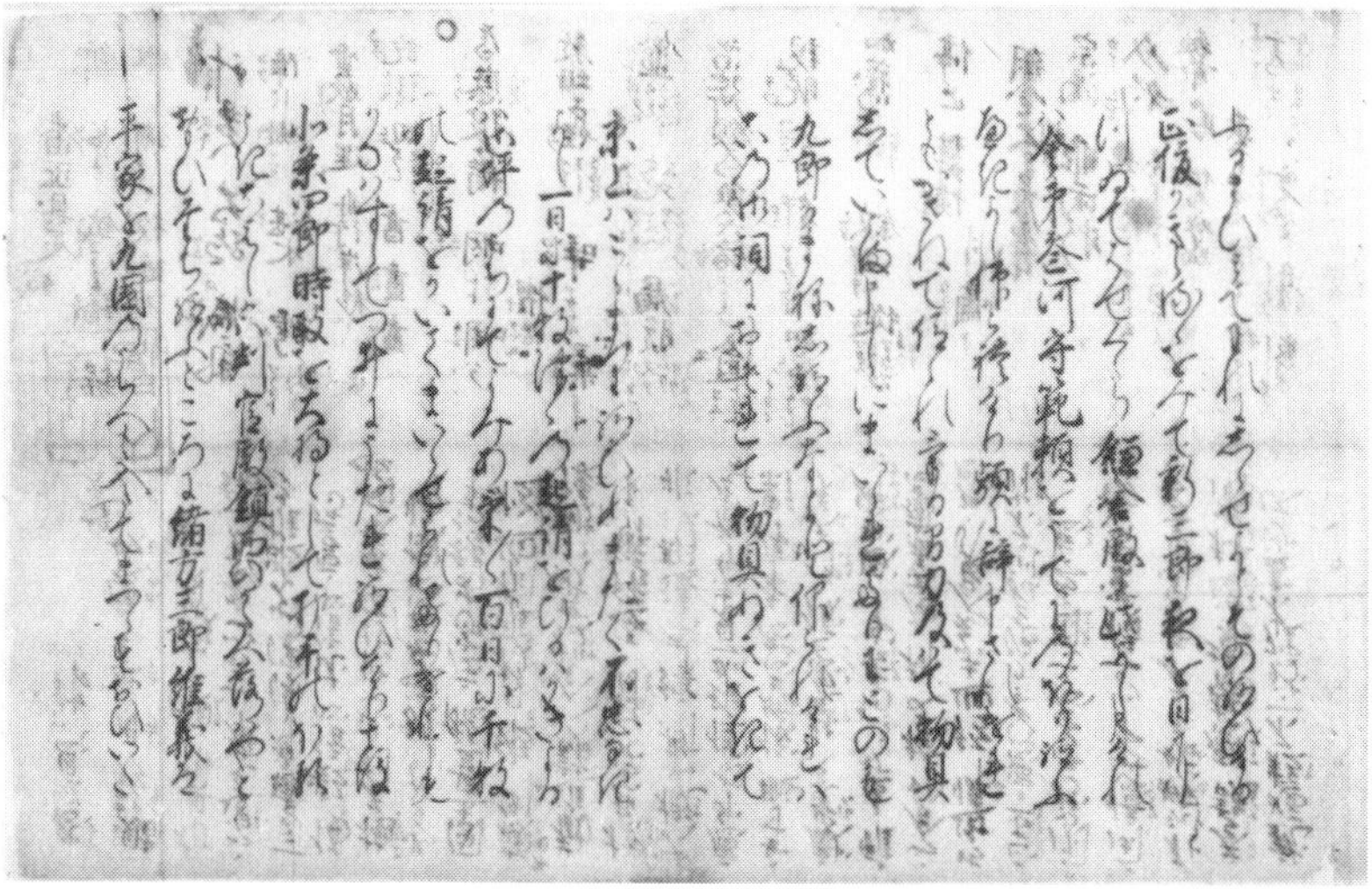

(e) 附録一一三紙背　＊巻第十二「判官都落」

ふるまひみて、われにしらせよ」とぞの給ひける。
正俊がきらるゝをみて、新三郎夜を日に
つゐではせくだり、鎌倉殿に此よし申けれ
ば、舎弟参河守範頼をうてにのぼり給ふ
べきよし仰られけり。頻に辞申されけれ
ども、かさねて仰られける間、力及ばで、物具
して、いとま申しにまいられたり。「わとのも
九郎がまねし給ふなよ」と仰られければ、
この御詞におそれて、物具ぬぎをきて
京上はとゞまり給ひぬ。またく不忠なき　（」表）
よし、一日に十枚づゝの起請をひるはかき、よる
は御坪のうちにてよみあげ〳〵、百日に千枚
の起請をかいてまいらせられたりけれども、
かなはずして、つゐにうたれ給ひけり。其後
北條四郎時政を大将として、打手のぼる
ときこえしかば、判官殿鎮西のかたへ落ばやと
おもひたち給ふところに、緒方三郎維義は
平家を九国のうちへも入たてまつらず、おひいだ　（」裏）

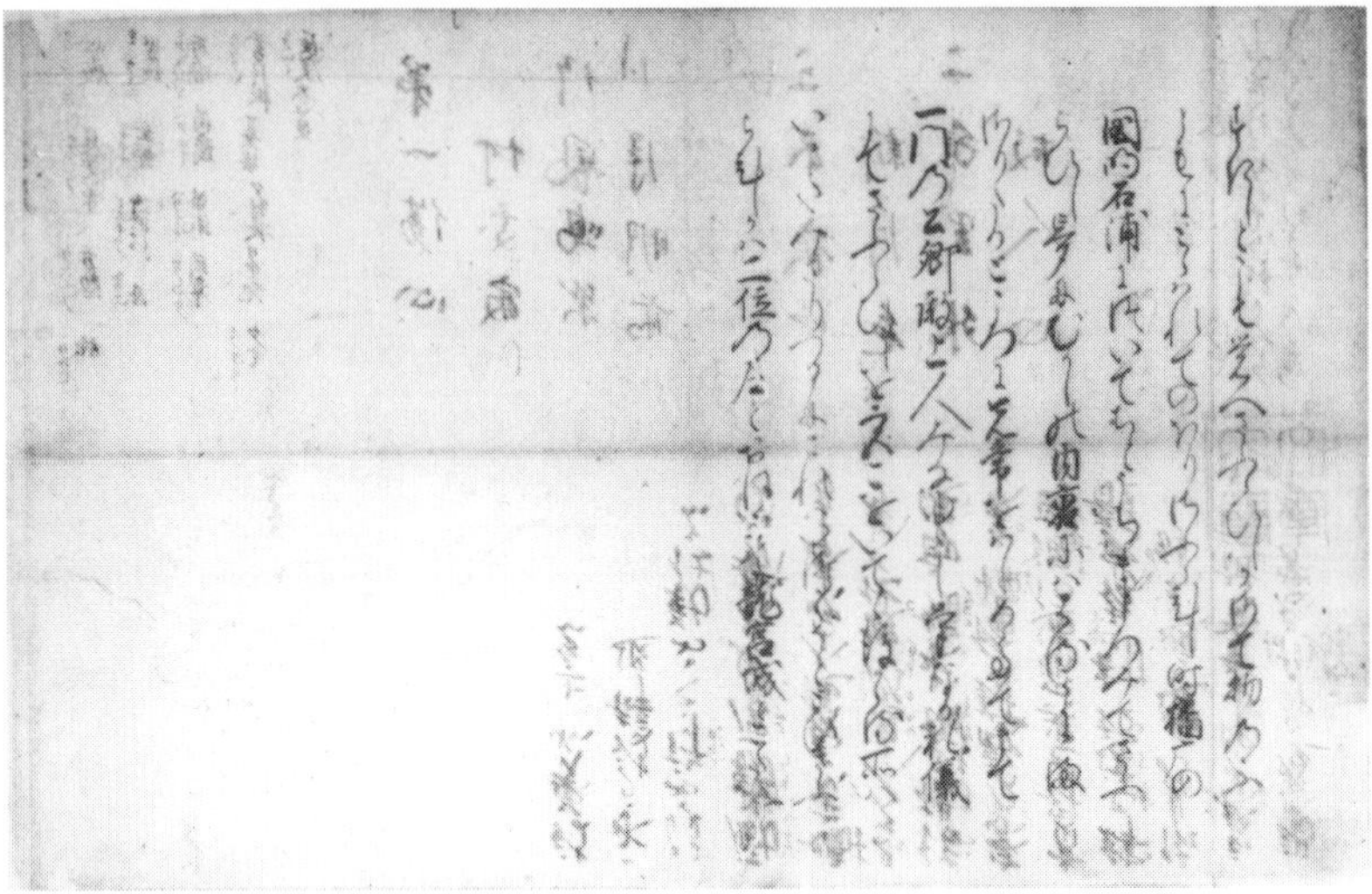

(f)附録一一四紙背　＊灌頂巻「六道之沙汰」

すぎじとこそ覚へさぶらひしか。さて物のふ
どもにとらはれて、のぼりさぶらひし時、播磨の
国明石浦について、ちとうちまどろみてさぶ
らひし夢に、むかしの内裏にははるかにま
さりたるところに、先帝をはじめたてまて
一門の公卿殿上人、みなゆゝしげなる礼儀
にてさぶらひしを、宮こをいでゝ後、かゝる所は
いまだみざりつるに、「これはいづくぞ」ととひさぶ
らひしかば、二位の尼とおぼえて、「龍宮城」とこた□　（」表）

（記載なし）　（」裏）

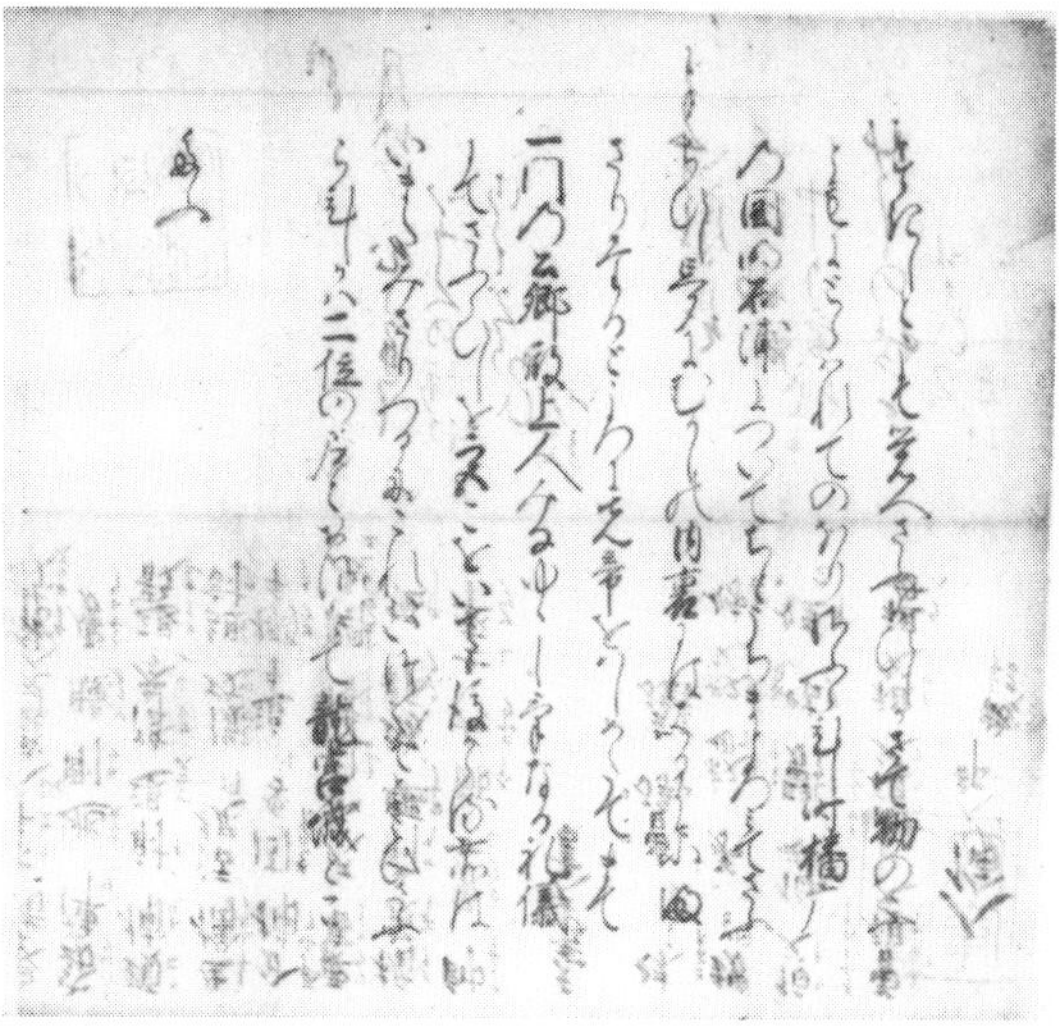

(g)附録一一五紙背　＊灌頂巻「六道之沙汰」

すぎじとこそ覚へさぶらひしか。さて物のふ
どもにとらはれて、のぼりさぶらひし時、播磨
の国明石浦について、ちとうちまどろみてさぶ
らひし夢に、むかしの内裏にははるかにま
さりたるところに、先帝をはじめたてまて
一門の公卿殿上人、みなゆゝしげなる礼儀
にてさぶらひしを、宮こをいでゝ後、かゝる所は
いまだみざりつるに、「これはいづくぞ」ととひさぶ
らひしかば、二位の尼とおぼえて、「龍宮城」とこ　（」表）
たふ（以下記載なし）　（」裏）

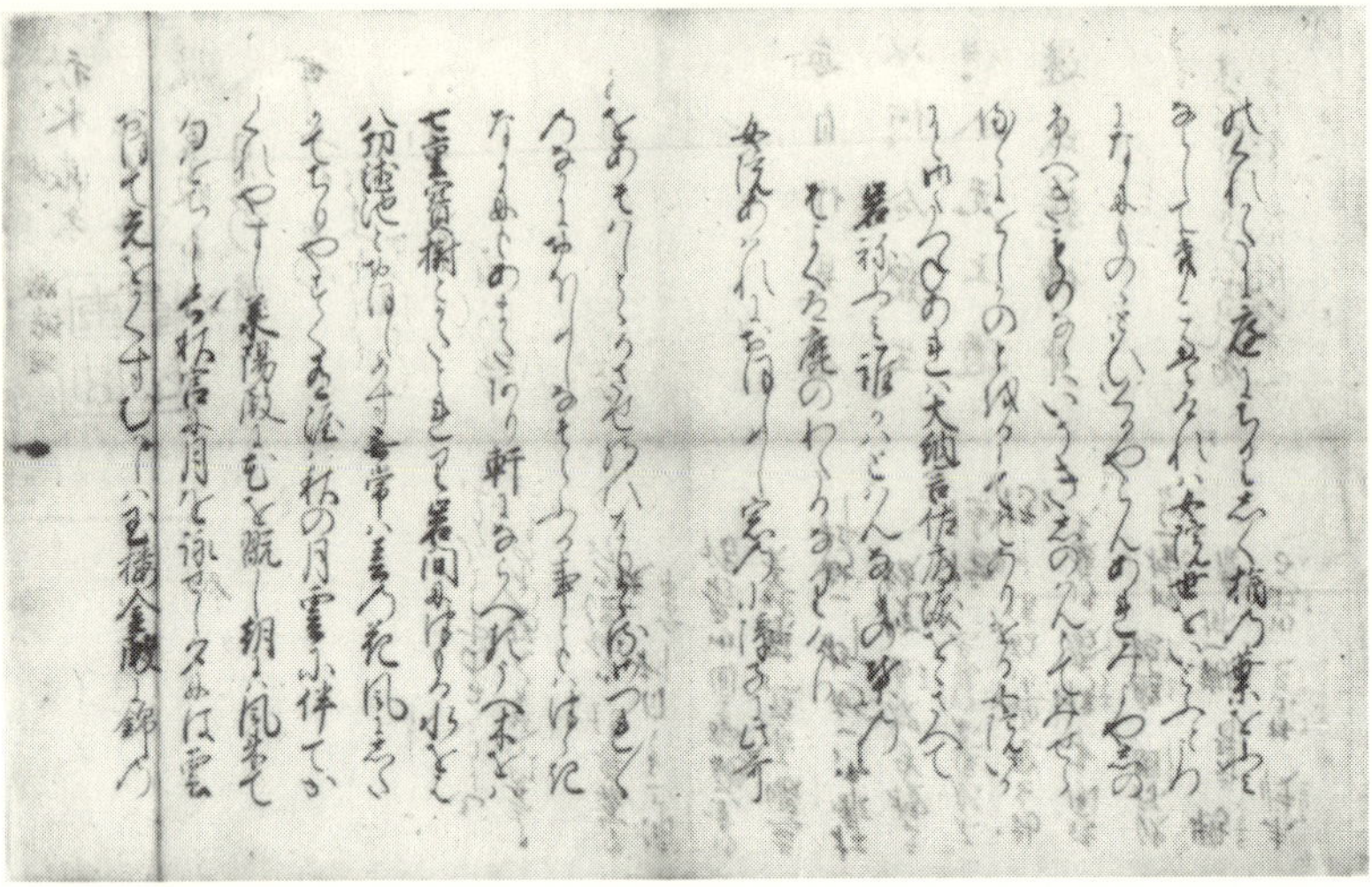

(h) 附録一一六紙背　＊灌頂巻「大原入」

のくれがたに、庭にちりしく楢の葉をふみならしてきこえければ、女院「世をいとふところに、なにもの、とひくるやらん。あれみよや。しのぶべきものならば、いそぎしのばん」とて、みせらるゝに、をじかのとをるにてぞありける。女院「いかに」と御たづねあれば、大納言佐殿涙をゝさへて、

岩ねふみ誰かはとはんならの葉の
そよぐは鹿のわたるなりけり

女院あはれにおぼしめし、窓の小障子に此哥（」表）をあそばしとゞめさせ給ひけり。かゝる御つれ〴〵のなかに、おぼしめしなぞらふる事どもは、つらきなかにもあまたあり。軒にならべるうへ木をば、七重宝樹とかたどれり。岩間につもる水をば、八功徳池とおぼしめす。無常は春の春風にしたがてちりやすく、有涯は秋の月雲に伴てかくれやすし。承陽殿に花を翫し朝には、風来て匂をちらし、長秋宮に月を詠ぜし夕には、雲おほて光をかくす。むかしは玉楼金殿に錦の（」裏）

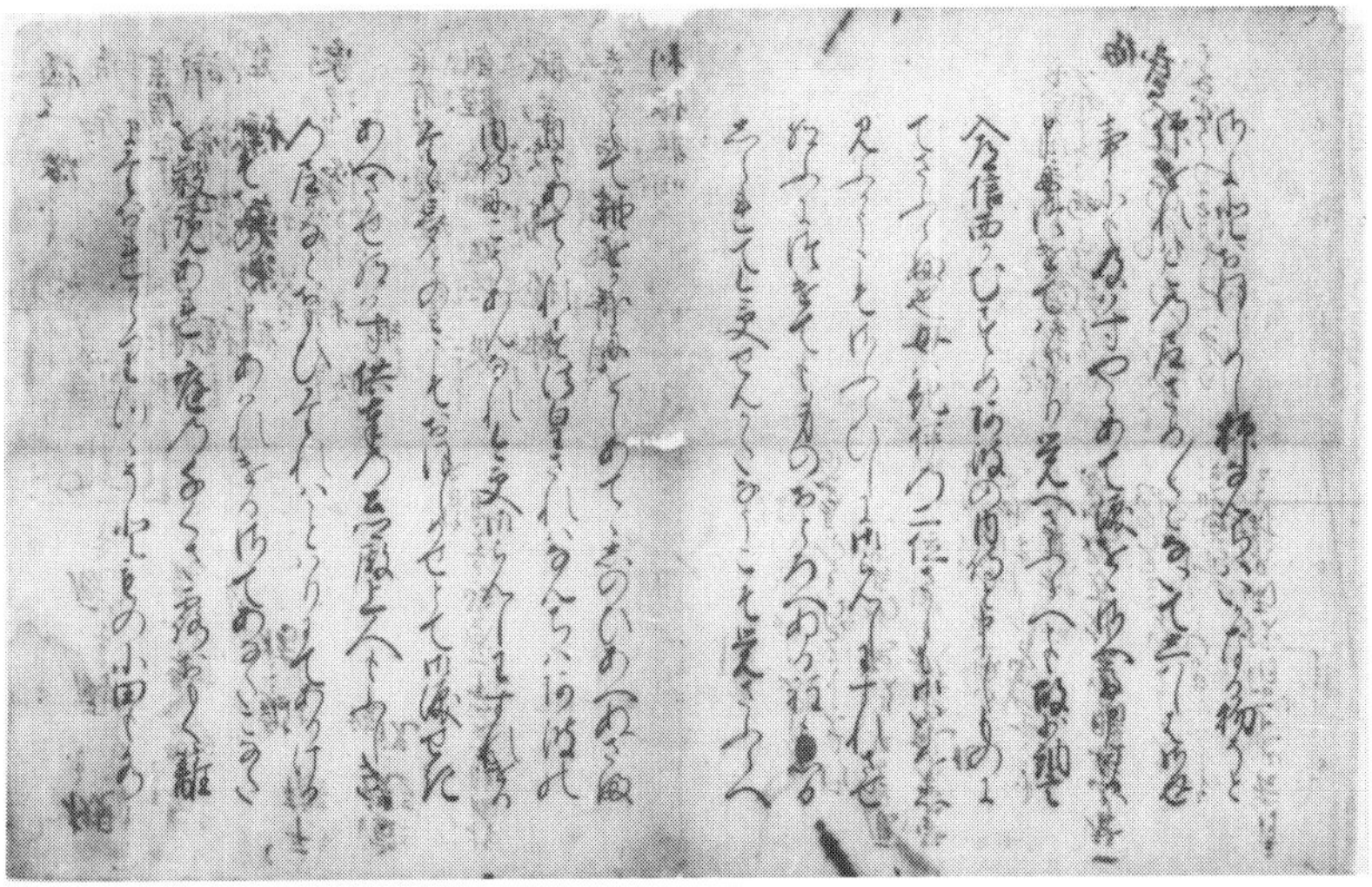

（i）附録一一七紙背　＊「大原御幸」

さよとおぼしめし、「抑なんぢはいかなる物ぞ」
と仰ければ、この尼さめ〴〵とないて、しばしは御返
事にも及ばず。やゝあて、涙を、さへて申けるは、
「申につけてはゞかり覚へさぶらへども、故少納言
入道信西がむすめ阿波の内侍と申しものに
てさぶらふ也。母は紀伊の二位、さしも御いとをし
みふかうこそさぶらひしに、御らんじわすれさせ
給ふにつけても、身のおとろへぬる程も思ひ
しられて、今更せんかたなうこそ覚さぶらへ」　（」表）
とて、袖をかほにをしあて、しのびあへぬさま、
目もあてられず。法皇、「さればなんぢは阿波の
内侍にこそあんなれ。今更御らんじわすれける、
たゞ夢とのみこそおぼしめせ」とて、御涙せき
あへさせ給はず。供奉の公卿殿上人も、「ふしぎ
の尼かな」とおもひければ、「ことはりにてありけり」
とぞ、をの〳〵申あはれける。さてあなたこなた
を叡覧あれば、庭の千くさ露おもく、籬
にたおれかゝりつゝ、そともの小田も水　（」裏）

第三部　中世社会への展開と再生

第一編　中世刀剣伝書との関係

第一章　中世刀剣伝書の社会的位相

――儀礼社会と「銘」に関する知識――

一　はじめに

『平家物語』をはじめとする軍記物語の展開と再生の様相は、異本間の本文交渉あるいは軍記物語諸作品間の交渉関係からとらえきれるものではない。たとえば、異なる本文・表現の発生を、その作品をとりまく時代思潮や文化環境、より根元的には作品を享受する人々の社会生活のあり方と、ひとたび定まった眼前の叙述に自らの手を加えようとする表現志向との均衡の中で把握していくことが必要なのではないだろうか。そうした意味では、軍記物語の表現を、同時代のさまざまな種類の言説の中に据えて相互の位相差を検証し、それぞれの質や意義を測りなおしていく作業が求められることとなる。

こうした問題意識と関わって本編で注目したいのは、中世以来、多くは相伝の形をとって伝えられ、社会に広がっていった刀剣伝書が内包する言説世界との関係性である。刀剣伝書への従来の注目は、歴史学では中世社会の鉄器生産と流通、刀工の分布といった商業史・技術史・職人史の検討の中にわずかにみられる(1)。ただし、それらは近世成立の伝書に基づいており、中世伝書は取りあげられていない(2)。文学研究の観点からは、説話・謡曲や室町物語、そして軍記物語や「剣巻」等にみえる刀剣や刀鍛冶関係話の分析において、いくつかの中世伝書が参照されてきている(3)。しかし、それらの研究の方向性としては、あくまでも個々の説を部分的に取りあげる形にとどまっている。

そうした中で、刀剣伝書群のうちの「銘尽《めいづくし》」と呼ばれる一群が持つ説話世界と文学作品との関係性を照らし出そうとする鈴木雄一氏の発言は貴重である[4]。同論は、中世における刀剣への関心のありようを、「銘」（鍛冶が刀剣の茎《なかご》〈「中心」などとも表記〉に刻む刀工名や製作年月日などの記載）への関心を軸として整理し、中世成立の銘尽伝本を十二本紹介した上で、その内容と刀剣説話・伝承世界との関係性へと迫る必要性を説いたものであった。ただし、同論で示された銘尽の伝本調査の成果が貴重なものであることは疑うべくもないが、その一方で、「銘尽」と呼ばれる一群は、実は膨大な伝書群のひとつの核ではあるが、一部分にすぎないことにも留意しておく必要がある。そうした意味では、伝書自体を網羅的に把握していく試みを、さらに広い観点から継続していく必要がある。

また、伝書所収説と文学作品の内容との関係性に注目する視点が、刀剣界の中には早くから少なからず存在していたことにも目を配っておきたい[5]。まずは文学研究の側からもそうした成果に学ぶ必要があろうし、それらを多角的に吟味しあっていくことで、より幅広い視野に立った検討も可能になるに違いない。

さて、右のごとき観点は、『平家物語』をはじめとする軍記物語が享受され、その姿を変えつつ再生を遂げていく過程を分析しようとするとき、極めて示唆的なものでもある。具体的には本編各章で述べていくこととしたいが、膨大な伝書の分布を見渡すとき、伝書所収説と軍記物語の表現との関係が、個々の説として現れる表面的な様相の分析のみでとらえきれるものでないことは自明のこととなる。したがって、これまでの研究状況から踏み出すには、何よりも伝書群自体についての基礎的な検討をおし進める必要がある。その具体的な課題としては、①伝書の現存状況の把握、②各伝書の内容分析と伝来・相伝過程の解明、③伝書および伝書所収説の社会史的・制度史的・文化史的・文学史的意義の検討、などを即座にあげることができよう。そして、④伝書の影印・翻刻による紹介も求められる。本編では、到底これら全てを扱うことはできないが、そうした課題を具体的に掘り下げ得る状況を少しでも整えていくことを目指したい。その端緒となる本章では、伝書の現存伝本を概観し、続いて中世社会における「銘」への関心のありようを見渡すことによって、武家を中心とした儀礼社会における伝書の位相を探ってみようと思う。その過程では、伝書生成の社会的基盤を検討すると共に、随時『平家物語』をはじめとする軍記物語に現れる刀剣関係の話題・言説の傾向を、いくつかの事例を通して照らし出していくこととなるだろう。(6)

二　伝書の種類と諸本

まず、現在までに存在を確認し得た伝本を概観しておきたい。ここでは奥書や、「〇〇年（現在の年）迄△△年（経過年数）」といった伝書の現在を示す起算年等によって中世（便宜上慶長四年〈一五九九〉以前とする）の成立・書写が確認もしくは想定されるものに限定しておく。というのは、社会体制の転換期となった慶長年間を境として、刀剣書の伝存数は飛躍的に多くなる。また、古活字本・整版本の出版とも相まって、近世期の様相は中世とは大きく異なる展開をみせることとなるのである。その様相を把握していく必要性もあろうが、本編の問題意識は刀剣伝書の流布状況と中世の文学作品や言説世界、あるいは中世人の歴史意識とがいかなる接点を有し、いかに影響しあっているかを解明することにある。それゆえに、以下では考察対象を中世伝書に絞り込んでおきたい。

さて、刀剣界では伝書の分類として一般に、（一）銘尽・銘集、（二）目利書、（三）茎絵図集という三分類が用いられている。(7)（一）は国別・時代別に鍛冶名（＝銘）を集成する形態を基本とした書の一群である。著名な鍛冶についてはそれぞれの時代、在国、作例などが解説され、ときに銘を刻んだ茎（中心）図が併せて記載されることもある。加えて著名な刀剣についてはその由来話が記されることもあり、この部分が主にこれまでの文学研究では注目を集めてきたわけである。（二）は刀剣類の質の上下や真贋を見分けるための書で、各鍛冶の作刀の形状（特に茎の仕立て）、銘のきり方や位置、地鉄・刃文の特徴などが記されている。その内容上の必要性から、（一）と同様に絵図が付される場合も多く、茎図のみならず刃文図が示されることもある。（三二）は名刀の茎を写し取って集成したもので、中にはその特徴や鍛冶の居住地、来歴などを付記し、併せて刃文を並べ記したものも存在する。本書ではこの（三二）については、茎絵図集に加えて、切先・刃文を描いた絵図集や、押形集を含めて、刀剣の形状を視覚的にとらえることを軸とした「絵図集」として一括し、以下の論述を進めることとしたい。

右のごとき概説から了解されるものと思うが、こうした分類は、あくまでも大まかな指標にすぎず、内容的にはむしろそれぞれの要素が混在するものがほとんどで、厳密な意味での境界線を引けるわけではない。また、次に掲げる奥書の一致は、これらが物理的にも不可分な関係にあったことを如実にものがたっている。

(A)右此抄、雖為拙者秘蔵、貴殿御所望之間、不残所蔵令写進者也。
　永禄元年三月三日　　三好下野守
　　松永右衛門介殿参
（三好下野守本『能阿弥銘尽』[8]）

(B)右銘抄、雖為拙者秘蔵、貴殿御所望之間、所存令写進仕候也。
　永禄元年三月三日　　三好下野守
　　松永右衛門佐殿
（『三好下野入道殿聞書』[9]）

その内容から先の分類にあてはめれば、(A)は銘尽、(B)は目利書に含まれることになる。しかし、この奥書によれば、これらの祖本は時と場を同じくして一具として相伝された書であったことが知られよう。こうした実態に鑑みれば、銘尽所収説に限らず、諸伝書の説を連動したものとして俯瞰しながら、当時の刀剣に関する関心や知識の相伝の様相を探る必要があることは明白であろう。

以上を踏まえ、現在までに存在を確認し得た中世伝書の一覧を本章末に示しておいた。書物の性格上、個人蔵や近世期の転写本などが他にも数多く存することが想定され、また見落としも少なくないものと思われるが、今後の補訂と個々の伝書のより詳細な紹介・検討を期し、ここではかかる伝書を生み出した刀剣への関心とそれを必要とした需要の幅を窺い知る目安としておきたい。

三　「銘」に関する知識と伝書の構成

こうした刀剣伝書が必要とされ、広く流布していく基盤となる社会的状況として、従来より、外装から銘へという関心の変化が注目されている(10)。銘は、いわゆる「七枝刀」や「丙子椒林剣」などで知られるように、奈良時代からきられてはいるが、平安期になると一般的に刀工名が刻まれるようになる（多くは二字銘）。やがて鎌倉期に入ると、そのあり方はさらに多様化し、年号や刀工の在国なども刻まれるようになるという(11)。以後も外装への関心は決してなくなるわけではないが、応永末～永享年間になると、銘に注目する人々の姿勢が文献上にも多く顕在化してくる。ただし、後掲『新札往来』の記事などによって、こうした関心が、当該期を溯る時点で既に高まりをみせていたことは確かである。

ところで、先に銘尽・目利書・絵図集という分類の便宜的なることを述べた。それらの内容は、偏差はあるものの、いずれも鍛冶の名を最小単位として諸説の分類・配列を行っていることに相違はない。そうした意味でも、鍛冶名＝銘への関心が、諸伝書を生み出し、それを受容していく人々の根底に存在していることは疑いない。刀剣の銘に注目するという社会的価値観の諸相については、既に通史的な研究もあるため(12)、ここで詳述することは避けるが、伝書の構成やそこに現れた理解の姿勢との関係から、次の記事には、改めて注目しておきたい。

(A)太刀・刀之身、昔之天国以後、得《タル》二其名《ヲ》一鍛冶、雖レ覃《オヨブト》二数百人《ニ》一、紀新大夫・舞草、中比後鳥羽院《ノ》番鍛冶、御製作者以レ菊為レ銘。此外、粟田口・藤林・国吉・吉光以下、又三条小鍛冶・了戒・定秀・千手院・尻懸・一文字・仲次

郎、此等《ハ》大略其振舞如《ク》レ剣《ノ》候。【近来、来国俊、国行、進藤五、藤三郎、五郎入道、其子彦四郎、一代之名人候。】
御所持候者、少々可二拝領《ス》一候。
（『新札往来』[13]）

(B)遣《ヤリ》刀、長刀及《ビ》太刀・腰刀者《ハ》、昔《ムカシノ》在月山《クワツサン》・天国《アマクニ》・雲同《ウントウ》以後、得《ル》二其《ノ》名《ヲ》一之鍛冶、雖レ有《ト》二数百人一、於《テ》二其《ノ》内《ニ》一信房《ノフ》・舞《マヒ》草《クサ》・行平・定秀《チヤウシウ》・三条《ノ》小鍛冶《カチ》宗近、後鳥羽院《ノ》番《ノ》鍛冶、御作者《サクニハ》以《テ》レ菊《ヲ》為《ス》レ銘《ト》。粟田口者《ハ》、藤林・国吉《ヨシ》・吉光《ヨシミツ》・国綱等。来者《ハ》国行、国俊《トシ》等。此外者《ハ》、了戒《レウカイ》・千手院有計留《ケル》。一文字・進藤五・仲次郎・五郎入道正宗・備前三郎国宗・彦四郎・文殊四郎・金剛兵衛等、一代之聞《モン》人達《タチノ》者《ニ》候。皆獲《エテ》二干将《カン》莫耶《ハクヤ》・吹毛《スイモウ》・太阿之佳声《カセイヲ》一、不レ異《コトナラ》二于不動之《ノ》利剣《ケンニ》一者歟。所持之分、少々所二副《ソヘ》進《スル》一也。老体《ノ》病質《シツ》不レ及二同道中《ニ》一。表《ス》二餞《ハナムケスルニ》レ行之志《ヲ》一耳《ノミ》。
（『尺素往来』[14]）

(C)一、上件一々之太刀・刀・長刀等之実者、以往鍛冶天国、神息、藤戸、菊作、粟田口、藤林、藤次、林次、国綱、国吉、三条小鍛冶宗近、来国俊、国光、又法師鍛冶定秀、雲秀、了戒、備前国長光、景光、三郎国宗、五郎守家、長船之一党、備中国貞次、盛継、葵作、伯耆国貞綱、筑紫三家、田多・鬼神大夫行平、波平、谷山、石貫金剛兵衛、奥州舞房光長、鎌倉新藤五、彦四郎、五郎入道、九郎次郎、南都千手院、文殊四郎、一文字中次郎、尻懸当麻作也。後鳥羽院番鍛冶等、亦当世作者、信国、国重、達磨、有来、藤島出雲鍛冶等也。但此中有可及缺而渋朽実也。……
（『桂川地蔵記』[15]）

(A)『新札往来』は四条道場金蓮寺に住した眼阿（素眼）が貞治六年（一三六七）に編纂したもの。その自筆原本は上巻を欠くため、ここでは康暦二年（一三八〇）自筆本に拠った。(B)は文明十三年（一四八一）に没した一条兼良の著とされ、(C)は応永二十四年（一四一七）以後の成立とみられている。(A)と(B)・(C)との近似性や継承関係は広く知られるところだが[16]、ここで改めて注意しておきたいのは、これらが単に引き写されているのではなく、それぞれについて取捨選択がなされているという事実である。鍛冶名に増加があり、また(B)では彼らの作が「干将莫耶・吹毛・太阿」といった中国の名剣・宝剣になぞらえられるという潤色が施されるに至ってもいる（波線部）。また、「昔」・「中比」・「近来」、あるいは「以往鍛冶」・「当世作者」のように、現在につながる歴史的な展開の中に集成した形で名工をとらえようとする視線を三者が共有していることも見逃せない。こうした表現や観点が生じる背景には、確実に銘（＝名刀工）への関心の高まりを看取することができようし、(17) その関心のあり方が一定の方向性のもとにあることもわかるのである。(18)

加えて注目すべきは、(A)・(B)の傍線部の表現である。(A)はこれら名工の太刀を所持していたら拝領したいという希望を、(B)は老体ゆえに同行できないかわりに餞別として少々所持している名工の作を贈ることを伝える形式となっている。これらがいわゆる往来物の中の一節であることを考慮すれば、こうした状況がある程度一般性をもった場面として設定されており、この記事をそうしたものとして受けとめる知的土壌が既にできあがっていることを推察することができよう。すなわち、こうした銘（＝名刀工）に関する知識が、室町期の儀礼社会における刀剣贈答の場と関わった、極めて実用的なものであったことをも読みとることができるのである。そしてそこには、これら名刀工の作を譲り受け、あるいは所持することを特別な名誉とする価値観をも看取し得よう。

さて、地域別・時代別に鍛冶を把握する、引用部に現れたごとき関心のありようは、伝書の構成と響き合っている。その具体例として、伝書中奥書年の古い二本、観智院本『銘尽』（奥書年……応永三十年〈一四二三〉）、『鍛冶名字考』（奥書年……享徳元年〈一四五二〉）の構成を示してみよう。

(a)観智院本『銘尽』

備前備中雑鍛冶交名・古今諸国鍛冶之銘・神代鍛冶・日本国鍛冶銘・青井系図・粟田口系図・千手院系図・来系図・相模鍛冶系図・大和国・備前国鍛冶次第不同・備中鍛冶次第不同・筑紫鍛冶次第不同・陸奥鍛冶次第不同・

鎌倉鍛冶・来系図・後鳥羽院御宇被召抜鍛冶十二月結番次第・大宝年中・一条院御宇・奥州鍛冶・後鳥羽院御宇・後鳥羽院御宇鍛冶結番次第・粟田口鍛冶系図・奈良鍛冶・伯耆鍛冶・伯耆国鍛冶次第不同・散在国・不知国鍛冶・剣作鍛冶前後不同・神代より当代まで上手之事・諸国名

(b)『鍛冶名字考』

名乗字・伯耆国住鍛冶等・筑紫住鍛冶等・備前国住鍛冶等・備中国住鍛冶・備後国住鍛冶・讃岐国住鍛冶等・播磨国住鍛冶・和泉国住鍛冶・河内国住鍛冶等・丹波国住鍛冶等・山城国住鍛冶等・京都住鍛冶等・大和国住鍛冶等・美濃国住鍛冶・越中住・信濃国鍛冶・三河国鍛冶・遠江国鍛冶・駿河国・相模国・奥州住・伊勢大神宮御作勝御夢想蒙鍛冶等・不知住国鍛冶等・(御作史)・(後鳥羽院鍛冶結番次第)・(備前・大和・粟田口・陸奥国鍛冶系図)・鍛冶実名一ヲ以テアマタ流之事

先にも少しく触れたように、伝書はこのように鍛冶の所在する国別・地域別もしくは時代・年代別、あるいはそれらの組み合わせという観点のもとに構成されている。ここまでに述べきたったような実社会における鍛冶の増加と全国展開、それに伴う名刀工やその歴史性への関心の高まりに沿う形で伝書が成り立っていることを確認できよう。また、先の記事が眼阿や兼良らによって編まれたものであったことに立ち戻れば、伝書に結実するような知識や関心のありようが、決して武家に限られたものではなかったことも十分に察することができるのである。

四　伝書の必要性——武家故実との関わり——

先に銘に関する知識の実用性に言及したが、本節ではそれが武家故実の一面を形づくっていたことにも目を配っておこう。それを踏まえて、銘への知識を核として、伝書が室町期の儀礼社会の中で占めていた位相を考えていくこととしたい。

(a)一、太刀・かたな銘によりて引出物に成申さず候哉。同中心きりたる刀、又無銘の太刀・かたなはいかゞの事。
銘によりて、御物ニハ不レ成候。銘々の進物ニハ不レ及二其沙汰一候か。無銘の事、式々の進物には不レ成候。常には不レ苦候。其時ハ目録ニも持と付候。又中心切たるも同前。式々の引出物には不レ可レ然候。

(『大内問答』[19])

(b)一、太刀を人の方へ遣時、正本にもあらぬ銘を書ことは不レ可レ然。古人はさ様の太刀をも力なく遣時は、太刀一腰と計書也。又近代、太刀一腰持と書事あり。銘はあれども正本にあらず、或は無銘なるを書族あり。糸巻などにまぎらかさじとての儀也。太刀一腰糸、太刀一振金などとあり。糸とは糸巻を下略す。金とは金覆輪といふ心なり。

(『家中竹馬記』[20])

(a)は永正六年(一五〇九)九月の成立で、武家殿上の儀式作法に関して、大内義興の問いに対する伊勢貞陸の答えを伊勢貞久が書きとめた『大内問答』の中の一箇条。[21] 銘の種類によって「御物」と「進物」の差があること、銘の有無によって「式々」と「常」の進物として差があることが示されている。また、(b)『家中竹馬記』は、永正八年(一五一一)十一月成立で、弓馬・酒宴・書札等の小笠原流故実を土岐伊豆守利綱が記したものとされる。[22] 傍線部の記述は、裏返せばこの当時、「正本」ならざる銘を目録に書き込む悪習が蔓延していたことを示唆していよう。「持」に関する扱いは(a)にも通じるところであり、この両説が伊勢・小笠原という当時の武家故実に携わる二家の説であることを勘案しても、このころには刀剣の贈答において、銘の種類や有無がいかに重視されていたかを察することができる。

著名な記事だが、伊勢貞頼の故実書『宗五大双紙』[23](奥書……大永八年〈一五二八〉正月)の「公方様諸家へ御成の事」の中に、

(c)一、御成の時進物の事。…(中略)…又たち、打がたな、ぐそく、これハ腹巻なり。是ハ両人してからびつのふ

たをかきて参候。其外の進物ハ、御座の左の方にならべて可レ被レ置候。御物に成り候太刀の銘、神息、天国、真守、宗近、正恒、信房、行平紀新大夫、友成、三池《ミケノ》伝太、久国、国吉、有国、吉光藤四郎、国綱、正宗、貞宗、国俊、包平、則国、安国、国友、菊十六葉あるべし、国次なども成候歟。此外も可レ有候。太刀覚たる分注し候。但たしかならず候。

とある。ここに列挙された「御物に成り候太刀の銘」は、同じ伊勢氏の説であることを考慮すれば、(a)の内容の一部を具体的に示したものとみなし得よう(24)。

こうした状況をうけて、具体的な作法としても銘の扱いが問題とされるようになっていく。ここでは、折紙の書式に関わる例をあげておこう。

(d)一、折紙に調候物の次第。大内殿より故勢州へ被レ尋候時しるして被レ遣候分。公方様へハ御太刀一腰銘、御馬一疋毛付印付、万疋此字成べし。又千疋五千匹。私ざまにてハ御の字あるべからず。又太刀の銘ハ大方太刀のわきに付べし。又書状には用脚の異名を書候。(以下略)　(『宗五大双紙』)

(e)一、折紙に太刀刀代物事加認候事も可有之候。細々にはなき事に候。太刀も刀も銘付之作様までハ、余こまかなる様に候歟。但注文などにて、遠所又奏者などに渡候ハゞ、小刀など迄も可注候歟。　(『豊記抄』(25))

このように、銘への関心が、あくまでも儀礼社会における実用性と連関したものであることを見逃してはなるまい。そこには、単に未知の知識や情報を蓄えようとする志向ではなく、一定の価値観のもとにある社会生活に必要とされた知識・関心を体系的に求める姿勢が存在するのである。かかる関心が、武家の有職故実の一面を形づくっていたこと、それが都のみならず諸地域へと展開していたことは、右の記事の関係性からみて自明である。

こうした点を踏まえると、次のような記事を持つ伝書の性質が明らかとなろう。

(f)　神代より当代まで上手之事

藤戸雲上　天藤　海中　天国　天雲
月山　宗弘　安綱　行平　鬼丸
定秀　神息　正恒　宝次　宗近
助包　世安　信房　助宗　諷誦
了戒　真守　国友　国綱　国安
恒次　重弘　森房　浪平名ハ正国　
幡房　瓦安　行延　秦包平　来国俊
三気典太　則宗　御作　重利　助平
恒次備中　国弘相模　　吉光有如此

（観智院本『銘尽』）

(g)本云、此内ノカヂワ、天下ノ重宝トサダメヲカレシ、山門ヨリ内ノホウザウニコメラレ、ジンピノメイヅクシノヨシ云々。鹿(?)蓮院サマ是ヲメシ出シ、御ヒケンヤガテヲカレヌ。時ニ蓮賀殿御所望アリケリ。然ニ不思義ノヱンヲモツテモトメテ是ヲカキウツス物也。次ニ時ノ筆者中河武磐、初ニ彼銘尽ニハ昔中比之カヂ斗ニテ、近比ノ者名物ノ者タリトイヘドモ、本書ニ是ヲノセス。雖然イノクマ下向之時、名物共彼仁ニ見、ハンダンニ及ブ。口伝又上手聞分少シシルス物ナリ。

進上之名作ノ物之事

吉光二　有国　安則二　真長　国俊二　友成二　行平
来国光二　重助　助平二　長光九　長則二　元重五　正恒□□
実守二　定利二　安行　宗近三　秀貞　国行三　宗忠□
宗次　真次　貞次三　吉包　家次　助宗二　守家□　久□□

重吉　則房　貞実　包平　信房二　国吉二　紀新大夫
助包　光忠　是介　則包　守次三　家光　宗吉　重光
広光二　正宗　助守　安光　助久　貞則　信正　国宗三
真則　雲次

長享弐（ママ）年廿日

（直江本『銘尽』本奥書）

(f)は観智院本の奥書の直前に位置する記事である。(f)「神代より当代まで上手」、(g)「進上之名作ノ物」として名工の名を一括りとするこうした理解には、先の(c)や前節(A)～(C)と近似した性質を認めてもよいであろう。このように伝書の記事は、明らかに当代の武家故実を形づくる知識と連動しながら存在していたのである。[26]

また、(g)には長享二年の書写に至るまでの興味深い経緯が記されているが、残念ながら今のところ人物・事情等の詳細は未詳。しかし、ここでは筆者中河武磐なる人物が、「昔中比之カヂ斗」しか記されていなかったある「銘尽」に、「近比ノ者名物ノ者」を書き加えたとする内容にも注目しておきたい。ここに記されたような知識が、流動的な、現代に生きた知識として扱われている実態が窺われる。さらに、「イノクマ下向之時、名物共彼仁ニ見、ハンダンニ及ブ」との一文は、「名物」と呼ばれる実物の刀剣をもとに「ハンダン」が新たになされたことをものがたってもいる。「口伝」として伝えられるものと、「上手」・「名物」であるとされた新たな知識・価値とが重なり合う形で伝書が更新されていく動きを、ここから察することができるのである。

既に「銘尽」に関する指摘があるとおり、伝書の流布は、武家のみならず、公家・寺院にも及び、また都の外の諸地域へも広がっていた。[27]そうした幅広い展開をみせた所以として、以上に概観してきたごとき、伝書の説が当時の儀礼社会の中で生きていくために必要とされた知識と連動していたことを看過できまい。伝書所収説は、説話的関心から注目される向きも強いが、第一義的には伝書が持つこうした社会的位相との関係から理解すべきであろう。先の(c)

『宗五大双紙』の傍線部末尾に「……なども成候歟。此外も可レ有候。太刀覚たる分注し候。但たしかならず候。」とあった。その口振りは、かかる知識が、個々に記憶しておくべき性質のものであったことに加えて、自らの知識を時に確認する営みが必要とされたことを示唆している。そしてそうしたありようは、(g)直江本『銘尽』本奥書に見たごとき知識の動態性とも対応している。伝書の必要性は、そうした状況の中においても理解し得るのである。

　さて、時代的にみれば、観智院本奥書の応永三十年や、刀剣贈答などに際して銘が付記される諸記録の分布状況などを指標として、十五世紀にはこうした知識体系や知的・文化的環境が成り立っていたことは確実である。以上に述べきたったごとき状況を総括的に踏まえてみると、伝書に記されたような知識の伝播した環境が、『平家物語』をはじめとする軍記物語を享受する人々や場と全く無関係であったと考える方が不自然であろう。とりわけ十五世紀という時代は、「四部之合戦書」という認識が実質的な作品間交渉の動きとなって現れ(28)、『平家物語』に限ってみても、その本文変容が大きく進んだ時代であった(29)。伝書所収説と軍記物語との関係性を問うことの妥当性や意義は、少なくないものと予測されるのである。

五　物語再生への作用

『平家物語』をはじめとする軍記物語がさまざまに展開・再生を遂げていく過程で、新たな刀剣関係の記事・言説が加筆されていくこととなる。その中からいくつかの事例を通じて、伝書と軍記物語双方に接する共通の知的土壌の存在を窺い、本章の問題意識をさらに具体化してみよう。

　ここまでに述べてきた銘への関心の高まりという観点から、まず注目されるのは、流布本『平治物語』に現れる次のような記事である。

(イ)此産衣・鬚切は、源氏の重代の武具の中に、ことに秘蔵の重宝なり。…（中略）…さて鬚切と申は、八幡殿、貞任・宗任をせめられし時、度々にいけどる者千人の首をうつに、みな鬚とともにきれければ、鬚切とは名付たり。奥州の住人に文寿といふ鍛冶の作也。昔より嫡々に相伝せしかば、悪源太こそつたへ給ふべきに、三男なれ共、頼朝さづかり給けるは、つゐに源氏の大将となり給ふべきしるし也。（上巻「源氏勢汰への事」）

右は、頼朝が帯していた鬚切の太刀についての記事である。義家以来という名称由来説や、頼朝の将来との関係を説く一文は古態本には見えない。金刀比羅本はこれらをほぼ同様に記すものの傍線部を記さず、これを持つのは流布本段階の特徴とみられる。[30]また、刀剣作者説と関わる流布本段階での同様の加筆は、抜丸作者として「伯耆国大原の真守が作と云々」（中巻「待賢門の軍の事付けたり信頼落つる事」）と記される一文もあげられる。古態本段階と金刀比羅本段階の本文が持つ要素を混在させているといわれる流布本に、先行本文には見えない要素が加筆されていることに注目したい。この「文寿」・「真守」という鍛冶名は、流布本段階での創作にかかるものではなく、当時実際に存在していた作者説を取りこんだと解するのが妥当である。そうした説が社会に広がっていたことは、観智院本が大宝年中の鍛冶として「文寿」・「真守」をあげ、順に「むつの国住人。げんじち□□□《(うだい)》ひ□《(げ)》き□《(り)》といふ太刀のつくり《(作)》なり」、「はうきの国住人。めい《(銘)》うつやう伯耆国大原真守と打。平家重代のぬけまるを作」という説を載せており、一々にあげることは控えるが、同様の説が以後の中世伝書に受け継がれていくことを見ても明らかなのである。[31]

続いて『平家物語』に目を転ずると、たとえば佐々木高綱と梶原景季の宇治川先陣争いの場面で、百二十句本（斯道文庫蔵本）・鎌倉本には次のような記事が存在する。

(ロ)佐々木ハ河ノ案内者、其ノ上生数寄ト云世一ノ馬ニハ乗タリケリ。大綱ドモノ馬ノ足ニ懸リケルヲバ、佩タル面影ト云太刀ヲ抜テ、フツ〳〵ト打切々々、宇治川早トイヘドモ、一文字ニザツト渡テ思フ処ヘ打上ル。（百二十句本　巻第九「宇治川」）

佐々木高綱が渡河に際して太刀を抜き、河中に張りめぐらされた大綱を斬るという要素は、延慶本をはじめ諸本に共通するが、ここではその太刀の「面影」という号を殊更に記している。(32) これら諸本はいわゆる混態本文を有しており、(33) その先行本文にごく近いものの一つとして注目される屋代本の当該巻が存在しないため、傍線部が記されるようになった経緯の詳細は不明とせざるを得ないが、他諸本の状況を勘案しても、この「面影」という号は、諸本展開の過程で加筆されたものと考えて相違なかろう。当該場面が、本来、いけずき・するすみという名を与えられた名馬をめぐる先陣争いを焦点としていることを考慮すれば、この太刀の号がやや突出した位相にあることは明白であろう。

ところで、「面影」という太刀が、義家以来という由来付きで実際に佐々木氏のもとに伝えられていたことは、『拾珠抄』第七所収「佐々木備中入道百箇日願文」によって知られている。(34) 同願文によれば、この高綱の渡河を経て綱切と改名され、後に承久の乱でも信綱がこれを帯びて宇治川を渡ったという。現在のところ、こうした佐々木氏の家伝が、やがて『平家物語』の中に組み込まれていったという過程が一般に想定されているように思われる。(35) ただし、その一方で、伝書の中にも同様の説が展開していったことも看過し得ない事実であろう。

(a)正恒　備前国住人。柄身細ク長シ。切リ鏟ノチトスヂカウ也。峯モハモ四方也。銘ハ目貫穴ノ下ニ打ッ。佐々木四郎高綱所持之太刀綱切造之。足利又四郎忠綱イ。　（伊勢貞親本『銘尽』「一条院御宇」）

(b)正恒　忠長、崎ブツギリ。鈩スヂカヘヤスリ。三尺二寸。此作聖武天皇御宇天平比。行平外孫也。銘目貫穴下。佐々木四郎（綱・脱カ）切造之。　（佐々木本『銘尽』「筑紫鍛冶事」）

(c)正恒　行平ガ子トイエリ。紀新大夫行平ガ子也。此作中子すぢかいやすり、サキナガクブツギレナリ。ヤイバアシフカクミダレテ、ハダエマサメニテスナカシアリ。又一説ニハ、中子ミジカク丸□□（破損）ハスグ□（破損）ヒロシトイエリ。佐々木四郎高綱宇治河先陣渡シ□□□（破損）キリ、又足利之又太郎同河ニテツナキリシ太刀モ□□□（破損）□。是を一説ニハ神息之子共ニ云リ。彼作太刀ハ、□□□（破損）希也。彼神息ハ龍神之化身トイエリ。

（直江本『銘尽』「備中国之鍛冶一流」）

(d)正恒　つかの身、きりやすりにてみじかし。さきまるし。めいハめぬきあなのしたにうつ。やきばすぐにほそし。
みねもはもよほう也。かの作のめい、字をさうにうつと云々。佐々木四郎高綱しよぢのつなきりこれなり。
めいには備前国住吉岡新藤兵衛と打。

（『神代幷文武天王御宇大宝年中以来鍛冶銘集』「備前国物」）

(e)正恒一条院御宇永延之比　豊後国紀正恒。銘ハ帯裏目貫穴上平ニ打。或ハ備前国住人始ノ正恒。鈩ハ直違。銘目貫穴下打。峰モハ方モ角。柄身長ク、先一文字也。佐々木四郎高綱所持之太刀綱切、正恒ガ作也。

（『元亀元年刀剣目利書』中）

所在国や時代に差異がみえるが、「正恒」作の太刀として、佐々木高綱が宇治川先陣を果たした際に用いた「綱切」への理解が、十五・六世紀の伝書の中に受け継がれていたことを確認することができよう。また、この太刀が後世でも話題となっていたことは、次の記事からも察することができる。

(f)貞宗五郎入道が子。　江州高木住する間、高木彦四郎ト名付。一年貞和・観応ノ比、六角判官、先祖高綱宇治川ノ先陣シタリケル時所持シタルつな切ヲにせさせんために、鎌倉より彼彦四郎貞宗召上て、高木ト云所ニかんにん分ヲおして居住させけり。是ニよりて高木ノ彦四郎ト云也。（以下略）

（埋只本『能阿弥銘尽』）

「貞和・観応ノ比」（一三四五～五二）、「六角判官」（氏頼）が先祖高綱ゆかりの「綱切」模作のため、貞宗を鎌倉から召し寄せたという。こうした事態の歴史的実態の如何を問わず、右の記事は、高綱の「綱切」がその末裔たちの先祖意識とも関わりながら後世に受け継がれており、そうした理解が佐々木家のみならず社会的にも共有されていたことをものがたるものと言えよう(36)。

「綱切」の号を記す『平家物語』が存在しないことを考慮しても、(a)～(e)のごとき伝書の説の基盤には、やはり「佐々木備中入道百箇日願文」にみたような佐々木家伝と同様の理解が存在するとみるのが妥当であろう。家意識を支える家伝とは、その家の外部（主従関係や他家との関わり）の中でこそ意識され、その意義を発揮するものであり、そうした意味で常に社会性を帯びたものである。[37] それがこの綱切説についても同様であったことは、(f)の事例からも察し得る。[38] 伝書はその号に伴う先陣譚を含み込む形で「綱切」を、百二十句本等は改名以前の話題であることを考慮して「面影」を採用したとみなせようか。いずれにせよ、かかる名称が記しとどめられる基盤には、その号の由来話を共有する知的土壌の存在を想定して然るべきであろう。

高綱の太刀に関して、伝書と『平家物語』との間に直接的な影響関係を想定することは難しい。ただし、引用(a)・(c)の波線部に足利又太郎忠綱の宇治川渡河戦に関する異説が付されていることを考えあわせてみたい。忠綱の渡河話は『平家物語』諸本が語るところであり、同時にその渡河の注意を伝える下知の内容等が、高綱先陣話と共通の要素を多分に含み持っていることも、現在では周知の事実である。伝書で綱切の太刀と高綱・忠綱との関係が異説として併存している状況は、まさしく物語の表現上のありようと通底した様相を呈しているのである。

忠綱が帯していた太刀を正恒作とする説は、観智院本が次のような三説を収めている。

(g)正恒　備州。此作足利又太郎忠綱宇治川ノ合戦時是帯、綱《ツナヲ》切云々。或説ニハ紀新大夫ガ子孫神息子ナリ。

(h)正恒　備前国住人。なかごすぢかゐやすり、なかごさきぶつぎり也。あしかゞの又太郎忠綱しよぢの太刀なり。

(i)正恒　足利又太郎。細（綱カ）切丸作。

これによって、高綱と切り離された当該説が十五世紀初頭以前には既に存在していたことを確認できる。とはいえ、『鍛治名字考』・佐々木本等が収める当該説には、「綱切」の号が付されてはいない。綱切が実際に佐々木氏の末裔に伝えられた太刀であることを考えれば、綱切を忠綱所持の太刀とする説は後に派生したもので、観智院本所収説はその早い例とみるのが最も蓋然性が高い。それは、『平家物語』の忠綱譚には河中の大綱小綱を切るという要素がみえないこととも関わった判断である。とすれば、こうした異説の派生に、『平家物語』の叙述に現れる、高綱と忠綱の二つの宇治川渡河譚をつなぐ連想の糸が作用していた可能性は高いのではあるまいか。

想像するに、先にみたような伝書の説は、ごく断片的であるがゆえに、その背後にある物語を常に呼び起こさざるを得ないものであったのではないか。また、そうした表裏の関係性の中で、説の歴史的な正当性や権威が保証され、さらには当該鍛冶の優秀性も認識されていたのであろう。軍記物語と伝書の均衡関係のひとつは、こうしたところに見定めることができるのである。

さらに一歩踏み込むならば、こうした異説が並立する状況は、厳密に見れば物語とは異なる事件像を提示することともなる。したがってこの点は、必然的に物語の叙述がもつ正当性や権威とも関わってくる。そうした幅をもった言説が交錯する状況こそが、当時の知的実態に近いありようなのではなかろうか。それはすなわち、『平家物語』を相対化し、異化する言説群への目配りの必要性を改めて認識させるものである。こと宇治川合戦譚に限ってみても、前述のごとき高綱・忠綱をつなぐ連想が社会へ伝播していく過程を、『平家物語』の本文展開という観点のみからとらえることの限界はもはや明らかであろう(39)。

さて、社会的な刀剣への関心の高まりが物語の改編に影を落としたことが想定される事例として、『源平盛衰記』（以下、『盛衰記』と略称）巻第十六「三位入道芸等」にみえる、頼政の人物形象にも注目してみたい。『平家物語』は頼政挙兵の顚末を記した後、敗死した頼政の生前を回顧する記事を載せている。『盛衰記』はその中に、「又打物ニ取テ名ヲ揚ル事アリキ」として、藤原信頼が世にありし時代に、頼政が内裏に出現した剣を「天ノ告示給フ事」によって宝剣と見分け、それに懐疑的な信頼の求めに応じて、「御坪ノ石」を切り破るという独自話を有している。文脈上は、同じ剣を用いながら、先に信頼には切れなかった「御坪ノ石」を頼政が切り捨てるという要素などによって、「世下テ後モ頼政程ノ者ナカリケリ。諸道ヲ不疎、立ル能ゴトニ不顕威ト云事ナシ。花鳥風月、弓箭兵杖、都テコノミト好ム事、名ヲ揚人ニ勝レタリ」と評される頼政の姿を描き出すことがもくろまれている。ただし、その叙述の中

に、

(ハ)……折節頼政参会タリ。信頼欺之、「イカニ、剣ハ見知給ヘルカ」ト申。頼政、「弓矢取身ニテ侍ル、如レ形知タル候」ト云。……（中略）……フシギ也トテ頼政ニミセラル。頼政打見テ仰テ、……

という場面があることをここでは見逃せまい。この会話には、刀剣を「見知」ること（＝目利き）を武士の持つべき能力とする発想が透かし見えるのである。先述したとおり、頼政は「天ノ告示給フ事」にしたがって判断を下すのだが、単にその告を伝えるのではなく、剣を手にとって「打見」るという所作を伴っていることも特に重要であろう。『平家物語』諸本において、頼政の武勇は弓箭の技を軸として描き出されている。その点は『盛衰記』も同様で、こうした話をうけて、「就中弓矢ニ験ヲアラハシキ」として、鵺退治話を続けている。かかる様相を踏まえてみると、そこに頼政が修めた「諸道」・「立ル能」の一つとして、刀剣の目利きという新たな要素が加えられた事情が、やはり問題となるのである。

　刀剣の目利きについては、『増鏡』が承久の乱前夜の後鳥羽院の姿を記す中で、「剣などを御覧じ知事さへ、いかで習はせ給へるにか、道の者にもやゝまさりて、かしこくおはしませば、御前にてよきあしきなど定めさせたまふ」（第二「新島守」）と記していることから、『増鏡』が記された時期には、刀剣目利きの専門家（「道の者」）とそのための専門知識、「よしあしき」という観点が定着していたことが知られている。「御覧じ知」という表現が、先の『盛衰記』の「見知」と通底していることは言うまでもない。そして、時代は下るが、目利きの実例として、『言国卿記』に次のような記事がみえる。

・一、晩影番帰参。即御前参。少輔《（頼久）》ミスル刀ヲ懸御目也。鬼神大夫云々。人ニミセラルベキト云々。（明応二年〈一四九三〉三月二日条）

・一、昨日入見参刀、シヤウシン《（正真）》ニテハナキトテ、被帰《返》下。即少輔返畢。（同三日条）

鬼神大夫と呼ばれて重んじられた行平作の太刀が後土御門天皇の御前に供され、その目利きをさせるようにとの命が下っている。[40]翌日、それは「シヤウシン《（正真）》ニテハナキ」との判断が下されたがゆえに、返却されたという。真贋を見極めるこうした目利きは、『盛衰記』で頼政が「宝剣」たることを見定めるのとはいささか性格を異にするようにも見えるが、刀剣を「見知」ることとは、こうした行為をも包括したものであることは疑いない。そして、その際に用いられたのが、目利書をはじめとする伝書に記されるような、各鍛冶の作刀にみえる諸々の特徴なのであった（具体例として、本節引用(a)〜(e)参照）。

『盛衰記』にこうした記事が増補される背景には、やはり刀剣にまつわる社会儀礼の浸透とそれを支える知識や行為の拡大という事情を想定しておかねばなるまい。右のような事例や伝書の流布状況をみれば、刀剣目利きは必ずしも武家のみが行うものではなかったことが知られる。そうした実態を踏まえることによって、先引『盛衰記』中の「弓矢取身ニテ侍ル、如形知タル候」（波線部）という表現の作為性や社会的位相もより鮮明化してくるのである。

また、この頼政話にみえる「石を切る」という要素について付け加えると、金刀比羅本・流布本といった改作本の『平治物語』には、悪源太義平所持の太刀「石切」が登場する。この説は、伝書にも採用されており、

(j)有成　河内国住人。後白川院石切造之。義平所持之。　（貞親本「白河院御宇」）

(k)有成 悪源太義 樋梵字　一条院御宇正暦比鍛冶。石切作之。至文明四百七十九年。直焼刃也。始備前国剣作四人内也。　（佐々木本「河内国鍛冶事幷泉州・紀州」）

のように現れる。傍線部は、後白河院から義平が石切を拝領したと解するのが自然であろうか。また、義平所持とは明示されないが、

(l)一、有成　河内国鍛冶。一条院御宇石切作。……　（三好下野守本『能阿弥銘尽』）

もまた、有成の石切作者説をあげている。『平治物語』にはその名称の由来は語られていないが、こうした伝書の表

現の背景とも通じる由来説の存在が想定されて然るべきであろう。『盛衰記』で頼政が石を切った宝剣は、安徳天皇入水に伴う宝剣喪失後の新たな宝剣とされている。したがって、これらを同一の刀剣とみることはできないが、そこには「石を切る」という要素を名剣の証とする共通の発想を看取しうる。そうした意味でも、『盛衰記』の当該話は、刀剣に関する知識の広がりの中で培われた発想に基づいて生み出されたものとみて然るべきなのである。

さらなる例示は控えるが、軍記物語の展開と再生への動きにはこうした痕跡が見いだせる。まずはかかる点への注意を喚起しておきたい。

六　おわりに

『朝倉孝景条々』（いわゆる『朝倉敏景十七箇条』）に次のような箇条がある[41]。

一　名作之刀さのミ被レ好まじく候、其故ハ万疋之太刀を為レ持共、百疋之鑓百挺求、百人に為レ持候ハゞ、一方ハ可レ禦事、

本書は、朝倉孝景が越前守護となった文明三年（一四七一）五月から同十三年七月二十六日に没するまでの間の成立とされる。この時期、都を離れた越前朝倉氏のもとでも、かかる家訓の中の一条となるほどに「名作之刀」への関心が高まっており、それに伴って実戦での武具の実用性がかえりみられなくなる程であったことを察することができる。今日に伝わる中世刀剣伝書が広範な展開をみせたのは、まさしくそうした時期であった。そして当該期が、軍記物語の展開過程としても注目すべき時期にあたることは既に述べた。

本編では、軍記物語の叙述・表現を、もろもろの関係性の中に据えてその位相を把握しなおすためのひとつの窓口として、中世刀剣伝書に注目していく。その始発にあたる本章では、中世伝書の分布を概観した上で、それらを構成

する最小単位の要素である銘に関する知識に着目し、その実用性を焦点として、武家故実の知識とも連動しながら儀礼社会で意義を有していたことを指摘し、その過程で伝書の必要性等の問題にも言及してきた。冒頭にも述べたとおり、今後は断片的な分析のみならず、本格的な伝書論こそが求められる。そのためには、ときの文化的・社会的状況との関係を整理していく必要がある。また、そうした伝書研究の成果を踏まえながら、軍記物語をはじめとする物語群との関係性を吟味していく必要がある。それは、表現上の影響関係のみならず、それらの言説群が形づくる歴史像、あるいはそれに基づく歴史認識のありようという観点からも取り組まれるべき課題となろう。本章で言及し得たのはごくわずかな部分にすぎず、引き続き検討すべき課題は多いが、以下の各章を通じて少しずつ分析を進めていくこととしたい。

注

（1）　豊田武氏『増訂中世日本商業史の研究』第一編一「商品流通の展開」（二）「金属工業」（一九五二　岩波書店）、仲村研氏「中世の大工・刀工・鋳物師と技術」（三浦圭一氏編『技術の社会史　第一巻』収　一九八二・九　有斐閣　→同著『中世地域史の研究』〈一九八八・五　高科書店〉再録）、網野善彦氏「中世の鉄器生産と流通」（永原慶二氏・山口啓二氏編『講座・日本技術の社会史　第五巻』収　一九八三・九　日本評論社　→同著『中世民衆の生業と技術』〈二〇〇一・二　東京大学出版会〉再録）等。

（2）　主に取りあげられているのは、『続群書類従』三十二上所収『諸国鍛冶系図』（慶長十八年序）・『諸国鍛冶寄』（慶長十九年奥書）のほか、近世成立の刀剣書であることには一定の注意を要しよう。そこに記載された説が中世以来のものであるにせよ、中世伝書への視座が必要であろう。なお、藤田達生氏「刀剣書の成立――「諸国刀鍛冶系図写」を素材として――」（『三重大学教育学部研究紀要』〈人文・社会科学〉51　二〇〇〇・三）は、織豊期の社会状況との関係から刀剣書の成立を論じている。ここでは、当該期ゆえの問題とは別に、刀剣伝書の成立と展開は十五世紀に溯って検討する必要性があることをあらかじめ述べておく。

（3）村戸弥生氏「『小鍛冶』の背景――鍛冶による伝承の視点から――」（「国語国文」61－3　一九九二・三　→同著『遊戯から芸道へ――日本中世における芸能の変容――』〈二〇〇二・二　玉川大学出版部〉加筆改題収録）、小峯和明氏「中世の注釈を読む――読みの迷路」（三谷邦明氏・小峯和明氏編『中世の知と学』収　一九九七・十二　森話社）、池田敬子氏「「しゅてん童子」の説話」（説話と説話文学の会編『説話論集　第八集』収　一九九八・八　清文堂出版　→同著『軍記と室町物語』〈二〇〇一・十一　清文堂出版〉再録）、二本松泰子氏「『保元物語』鵜丸譚の叙述基盤――鵜飼伝承圏と関わって――」（「立命館文学」552　一九九八・一）などがある。

（4）鈴木雄一氏「重代の太刀――「銘尽」の説話世界を中心に――」（「文学史研究」35　一九九四・十二）

（5）原田道寛氏『大日本刀剣史』（一九四〇・六　春秋社）や川口陟氏『定本日本刀剣全史』第四巻（一九七二・十一　歴史図書社）の他、刀剣界では軍記物語などの文学作品に現れる名刀への関心が高い。

（6）刀剣界では、戦前から複数の伝書が翻刻され、伝書間の比較・検討も断続的に続けられている。但し、翻刻底本は所在が不明なものもあり、個別の論は特定の鍛冶の特徴を現物との関係から検討するものが多い。ともあれ、まずはそうした成果に学ぶ必要があろう。なお、主要伝書の影印・翻刻については、現在調整中である。

（7）『長船町史　刀剣編史料』（一九九八・十　長船町）参照。

（8）内閣文庫蔵（154／191）。一冊。所蔵者目録書名「鍛冶銘尽」。

（9）静嘉堂文庫蔵（80／35）。一冊。

（10）鈴木友也氏「中世における刀剣贈答と刀工について」（「刀剣美術」421　一九九二・二）、注（4）鈴木雄一氏の論などに指摘がある。

（11）辻本直男氏「「銘」覚え書（一）」（「刀剣美術」67　一九七一・一）

（12）注（5）川口氏著書は、諸文献に現れる刀剣関係の記事を時代ごとに網羅的に整理している。他に注（10）鈴木論にもこの点に関する言及がある。

（13）引用は石川謙氏編『日本教科書大系　往来編第二巻古往来（二）』（一九六七・五　講談社）に拠る。底本は康暦二年（一三八〇）眼阿自筆本。眼阿自筆本としてはこの他に、貞治六年本（一三六七）・応安七年本（一三七四）がある。引用中、【　】で括った部分は続群書類従本（十三下所収）との異同がみえる部分である。

（14）引用は注（13）に同じ。

（15）『群書類従』九所収。

（16）たとえば注（4）鈴木論がこれらを「同趣」とするように、従来は書式・形式面での類似が指摘されるにとどまっているようだが、その違いが持つ意義に踏み込んでみる必要があろう。本記事をここで敢えて取りあげる所以である。

（17）【　】で示した部分に、群書類従本との異同があることに注意したい。それが生じたこと自体が、こうした知識が流動的であること、すなわち実用に供された生きた知識であったことを示唆していよう。

（18）関連して、引用(B)波線部のごとき鍛冶への視線は、永仁五年（一二九七）正月の序を持つ『普通唱導集』に、「鍛冶　伏惟　ゝゝゝ　鏌耶干将之利剣　任我手可作出一寸二寸之小釘　随人要能打得」という形で既に見えることも付け加えておこう。引用は、村山修一氏「普通唱導集　東大寺蔵」（同著『古代仏教の中世的展開』収　一九七六・四　法蔵館）に拠る。

（19）『群書類従』二十二所収。

（20）『群書類従』二十三所収。

（21）『大内問答』については、米原正義氏『戦国武士と文芸の研究』第五章「周防大内氏の文芸」（一九七六・十　桜楓社）参照。

（22）『群書解題』第三。

（23）『群書類従』二十二所収。

（24）この他、関連する記述を武家故実書の中に求めれば、『人賢記』（伊勢流故実書。作者未詳。慶長三年の識語あり。『続群書類従』二十四下所収）の、

一、御太刀かたなに、御物と進物と相替候。物別銘により、進物にも不成事候間、用捨可有之事に候。

一、進上の御太刀に、無名（銘）ハ不成候。然共遺太刀の事不苦候。きつと仕たる時ハ不可然候。

などが挙げられる。また、(c)『宗五大双紙』の傍線部に類似した記事として、『奉公覚悟之事』（作者未詳。室町期成立）の、

一、進物になる名物の事先ハ、神息　真守
正恒　友成　吉光　正宗　国吉
久国　行平　宗近　信房　有国
包平　国綱　則国　国友　国次
菊一文字　此等也。
右名御（物カ）の事、御成申沙汰には、此内太刀・刀に二三種も参候はでハ不レ叶也。

という記事がある。ただし、こちらでは「進物」とされており、「御物」と「進物」に関して、ここにも理解の流動性が現れている。

(25)『続群書類従』二十四下所収。

(26) 以上は十五世紀中の事例を挙げたが、十六世紀の伝書にみえる武家故実書との関係としては、『土岐家聞書』（作者未詳〈土岐利綱か〉。十六世紀初頭の成立かという。『群書類従』二十三所収）の次の記事などを指摘し得る。

一、鍛冶の中に可レ然物と云位あり。其おこる所の子細は、鹿苑院殿の御時、宇津宮入道天下の目利たりしに、或時殿中にて仰出されし旨、諸侍に下さる丶御太刀をば定而聊爾におもふべからざる歟。然るに、よからぬものを下されんは然るべからず。可レ然物を注し申べき由仰出さる丶時、則御前にて注したるもの也。然る間、数も多からず。又上作名などは不二加書一之。（以下略）

「可然物」という価値基準が、将軍義満の時に「天下の目利」である「宇津宮入道」によって定められたという。こうした認識は、十六世紀後半の竹屋系伝書に受け継がれている。『竹屋惣左衛門理庵伝書』（奥書年：天正七年〈一五七九〉）から関係部分を引用しておく。

可然物

助則　則包　安則　則助　則常　永包　吉家　宗忠　守恒　家安　国光　介成　高包　包助　有正　実忠　成宗　重家
有行　延正　友安　家忠　助久　景則　康貞　重吉　貞真　真光　助光　守俊　景安　実守　助重　助真　真守　守家
弘次　行次　雲次　守重　光長　則房　成綱　順慶　光重　則光　守次　吉房　次植　国長　景秀　則依　助次　吉次
真次　景依　雲生　行真　長則
已上六拾人

一、可然物ト云ハ昔ヨリ定置ル、儀ニハ非。鹿苑院殿御時ニ、宇津宮三河ノ入道参候シケルニ、殿仰出ケルハ、人々ニ御太刀ヲ被下ヲ諸侍重代ニモスベキ歟。不可然者切レザラン物ナド可被下事不可然之間、可然物ヲ記シ可申由被仰出。聽而御前ニ而記シ進上申也。備中・備前両国之鍛冶中ニ而、可然少シ記テ備上覧ニト云。故ニ数モ不多カラ。上作ナドモ出入也。

伝書の説と武家故実とは不可分の関係にあることが改めて確認できよう。

(27) 注（4）鈴木論に指摘がある。

(28) 拙稿「『平家物語』と『承久記』の交渉関係――「四部之合戦書」の時代における作品改変の営み――」（『国文学研究』136　二〇〇二・三）〔第二部第三編第二章〕で、その一部について述べた。

(29) 最近では、『平家物語』八坂系諸本の動きに関しても当該期への注目がなされている。松尾葦江氏「平家物語本文流動――八坂系諸本とはどういう現象か――」（『國學院雑誌』96―7　一九九五・七　→同著『軍記物語論究』〈一九九六・六　若草書房〉改題収録）等参照。

(30) 諸本の状況については、笠栄治氏『平治物語研究　校本編』（一九八一・六　桜楓社）に拠るところが大きい。諸本の略号も同書に従う。鬚切説の傍線部は京文本にもみえる。

(31) 抜丸説については、本編第五章参照。また、鬚切説については、拙稿「源家重代の太刀「鬚切」説について――その多様性と軍記物語再生の様相――」（『日本文学』52―7　二〇〇三・七）で、その展開相を論じた。

(32) 竹柏園本は「帯タル典ト云太刀ヲ抜テ」とする。ある段階での誤写であろう。

(33) 山下宏明氏『平家物語研究序説』（一九七二・三　明治書院）、千明守氏「平家物語「覚一系諸本周辺本文」の形成過程（上）（下）」（「國學院雑誌」87－5、6　一九八六・五、六）、同「平家物語「覚一系諸本周辺本文」の成立過程」（「國學院雑誌」91－12　一九九〇・十二）等。

(34) 『天台宗全書』第二十巻所収。同記事については本編第二章で取りあげる。

(35) 明言はされていないが、新潮日本古典集成『平家物語』巻第九「宇治川」の補説「高綱先陣の真偽」（水原一氏校注）も、こうした認識に立つものと思われる。

(36) 貞和・観応年間は、二十～二十七歳であった氏頼が家督としての地位固めをした時期にあたる。しかし、氏頼は観応二年（一三五一）六月、二十六歳で出家（法名崇永）、近江守護職を辞す（三年後に復帰）。このころ佐々木道誉との間で、一族内での主導権争いが続いていたことが指摘されており（森茂暁氏『佐々木道誉』〈一九九四・九　吉川弘文館〉）、先祖の高名を象徴する「綱切」の模作という行為の意義も、家督としての立場をめぐるかかる動向との関係で理解し得るのではないか。少なくとも、伝書の説がある社会性の中で成り立っている可能性を認めることはできよう。

(37) 家伝については、美濃部重克氏「戦場の働きの価値化——合戦の日記、聞書き、家伝そして文学——」（「国語と国文学」70－12　一九九三・十二）に、軍記物語との関係からの分析がある。なお、第三部第二編第一・二章においても、家伝が社会と接する一局面を取りあげる。

(38) 芳蓮本『銘尽』（弘治三年〈一五五七〉書写奥書）には、「京鍛冶」の吉家に関して、さらに異なる綱切説がみえる。

　三条名字ハ吉家也。　吉家作也。三条ト打之。此鍛冶鵜丸ヲ作。盗人此太刀ヲ取ル也。今ノ佐々木秘蔵。今ノ綱切之也。

詳細は不明ながら、「綱切」を「今」の「佐々木」家が「秘蔵」しているという社会的実態を踏まえた説である。こうした説が生まれてくること自体、綱切説が同時代的な問題として意識され続けていることを示唆していよう。

(39) 『太平記』等に現れる宇治川合戦故事や流布本『承久記』等の宇治川合戦譚に、『平家物語』や佐々木氏の家伝からの影響が認められているが、そうした関係が、たとえば刀剣伝書をも含めたより広い幅をもった連想の環の中にあることを想定してみる必要があるのではなかろうか。注（31）拙稿はそうした問題意識を具体化したもののひとつである。

（40）鬼神大夫行平については、本章第三・四節で挙げた諸文献にその名が現れていることからも、その評判の高さを察することができよう。

（41）引用は、佐藤進一氏・池内義資氏・百瀬今朝雄氏編『中世法政史料集　第二巻』（一九六五・八　岩波書店）に拠る。

付　中世刀剣伝書伝本一覧（稿）

〔凡例〕

・大分類として、（一）銘尽・銘集、（二）目利書、（三）絵図集、（四）その他、の項目を設定した。（二）については、相伝の経緯を考慮し、さらに三群に分類した。A群は竹屋系、B群は三好系と呼び得る。（三）については、茎絵図のみならず、押形集等も含め、絵図集とした。（四）には未見・所在不明などの理由によって、現在のところ内容の判断がついていないものを一括した。これらについては、今後の調査課題である。

・本一覧への採用基準は、①中世の奥書を伝えている、②起算年が中世である、③紙背・奥書などから中世における存在や中世伝書との系譜的関係が確認できる、の三点のうちの少なくともいずれかひとつを満たすこととした。

・ここでは便宜的に慶長四年（一五九九）以前のものに限って掲出した。

・現存伝本に付された書名は後世（現代を含む）に名づけられたものも多い。したがって、書名は内題による他、奥書から判明する相伝者や奥書の年時を基準とした認定書名で掲出する。なお、本一覧での掲出書名と現蔵機関での整理書名が異なる場合、所蔵者整理書名を（　）に入れて示しておいた。

・原本未見のものには＊印を付し、そのあとに存在確認の典拠を示した。

・複製・翻刻の存在、その他内容に関する情報は、※のあとに簡潔に示した。

・刀剣博物館と和鋼博物館の蔵書については、順に間宮光治氏編『（財）日本美術刀剣保存協会附属刀剣博物館所蔵和装刀剣古伝書等蔵書目録』（一九八三・三　（財）日本美術刀剣保存協会）、和鋼記念館編「日立金属株式会社安来工場附設和鋼記念館蔵和装図書及古文書目録刀剣関係の部」（「大素人」13付録　一九八一・四）に目録化されている。

（一）銘尽・銘集

①観智院本『銘尽』写・一冊　国立国会図書館　※複製・釈文（一九三九　便利堂）、「刀剣美術」237～246（一九七六・十～一九七七・六）
②『鍛冶名字考』写・袋一冊　天理大学附属天理図書館
③加賀文庫本『喜阿弥銘尽』写・袋一冊　都立中央図書館加賀文庫（『日本国中鍛冶文集』）
④宮崎氏旧蔵本『喜阿弥銘尽』写・一冊　宮崎道三氏旧蔵（現所蔵者未詳）＊※抄出「刀剣美術」223～233（一九七五・八～一九七六・六）
⑤『神代并文武天王御宇大宝年中以来鍛冶銘集』写・袋一冊　刀剣博物館（『銘尽正安本写』）
⑥元盛本『能阿弥銘尽』写・仮一冊　刀剣博物館（『正銘尽』）
⑦三好下野守本『能阿弥銘尽』写・袋一冊　内閣文庫（『鍛冶銘尽』）
⑧埋只本『能阿弥銘尽』写・袋一冊　和鋼博物館
⑨村上氏補写本『能阿弥銘尽』写・袋一冊　和鋼博物館
⑩宮崎氏旧蔵本『能阿弥銘尽』写・巻数不明　宮崎於菟丸氏旧蔵（『太刀刀銘尽秘談』）＊辻本直男氏（「刀剣美術」30一九五四・二）に指摘
⑪佐藤本『能阿弥銘尽』写・一冊　佐藤寒山氏　＊※校訂「刀剣美術」157～164（一九七〇・二～一九七〇・九）
⑫松平頼平旧蔵本『能阿弥銘尽』写・不明
⑬田使行豊本『能阿弥銘尽』写・袋一冊　和鋼博物館（『本邦鍛刀銘尽』）※明治期の写。
⑭『古刀銘鑑』写・袋一冊　刀剣博物館

⑮佐々木本『銘尽』　写・袋一冊　刀剣博物館（『佐々木氏延暦寺本銘尽』）
⑯直江本『銘尽』　写・袋一冊　刀剣博物館（『長享弐年銘尽』）
⑰伊勢貞親本『銘尽』　写・袋一冊　和鋼博物館（『宇都宮銘尽』）
⑱本阿本『銘尽』　写・袋一冊　刀剣博物館（『梁氏正長銘尽』）
⑲聖阿本『銘尽』　写・一冊　刀剣博物館（『刀剣書　享禄比写』）
⑳『長享銘尽』　写・袋一冊　国立国会図書館（旧安田文庫本写）　※抄出「刀剣美術」262～268（一九七八・十一～一九七九・五）
㉑芳運本『銘尽』　写・袋一冊　和鋼博物館
㉒『元亀元年刀剣目利書』　写・袋三冊　刀剣博物館
㉓『後鳥羽院御宇鍛冶結番次第』　写・袋一冊　東京大学史料編纂所（『後鳥羽院御宇鍛冶結番次第』。保井芳太郎家蔵本の影写本）
㉔『後鳥羽院御宇鍛冶結番次第』　写・袋一冊　和鋼博物館（『慶長銘尽』）
㉕『後鳥羽院御宇鍛冶結番次第』　写・袋一冊　和鋼博物館（『慶長十年銘尽』）
㉖『後鳥羽院御宇鍛冶結番事』　写・列一帖　和鋼博物館（『古今銘集』）
㉗『本朝古今銘尽』　写・列二帖　刀剣博物館
㉘『萬日利書』　写・袋一冊（上巻欠か）　和鋼博物館
㉙『諸国鍛冶銘寄之事』　写・列一帖　刀剣博物館（『諸国鍛冶銘寄』）
㉚『慶長銘尽』　写・袋一冊　和鋼博物館

（二）目利書

〈A系統〉

①『竹屋惣左衛門理庵伝書』　写・袋一冊　和鋼博物館

②『竹屋惣左衛門理安伝書』　写・仮一冊　尊経閣文庫（『竹屋目利書』）

③『目利之書』　写・袋四冊　刀剣博物館　※第一・二冊抄出「刀剣美術」192～203（一九七三・一～一九七三・十二）

④『竹屋源七郎伝書』　写・列一帖　刀剣博物館（『慶長元年竹屋源七郎伝書』）

⑤『口伝書』　写・袋一冊　和鋼博物館（『竹屋口伝書』）

⑥『竹屋甚左衛門尉重次伝書』　写・袋一冊　和鋼博物館

⑦『和朝古今鍛冶之次第同名乗事』　写・列一帖　刀剣博物館

⑧『和朝古今鍛冶之次第同名乗事』　写・袋一冊　刀剣博物館（『古刀銘集記』）

⑨『和朝古今鍛冶之次第同名乗事』　写・一冊　国立国会図書館

〈B系統〉

①『三好下野入道殿聞書』　写・袋一冊　静嘉堂文庫（『三好下野入道刀剣聞書』）

②『三好下野入道口聞書』　写・袋一冊　刀剣博物館　※「刀剣美術」255～261（一九七八・四～一九七八・十）

③『三好下野守入道口伝聞書』　写・一冊　陽明文庫（『銘尽』）＊国文学研究資料館マイクロフィルム。

④『三好下野入道口伝』　未詳＊※「刀剣と歴史」89～107（一九一八・二～一九一八・八）

⑤『為我学集』　写・列一帖　和鋼博物館（『太刀名刀目利集』）　※「三好下野入道聞書」を併収。

⑥『本阿弥光家口伝集』　写・袋二冊　和鋼博物館（『古刀口伝集』）

〈C系統〉

①『目利書国々図入』　写・仮一冊　和鋼博物館
②『元旨目利書』　写・袋一冊　刀剣博物館
③『粉寄論』　写・袋一冊　和鋼博物館
④『金物目術書』　写・袋一冊　刀剣博物館
⑤『目利延宝書』　写・袋二冊　刀剣博物館
⑥『鎌倉鍛冶聞書』　写・一冊　現蔵者未詳　＊※「刀剣美術」297〜299（一九八一・十〜一九八一・十二）
⑦『作見様図入書』　写・列一帖　和鋼博物館
⑧『目利本』　写・袋一冊　和鋼博物館
⑨『慶長元年銘尽』　写・列二帖　和鋼博物館
⑩『諸国鍛冶銘寄之事』　写・列一帖　刀剣博物館（『諸国鍛冶銘寄』）

（三）　絵図集

①『往昔抄』　写・一冊　※複製（一九五五・十二　日本美術刀剣保存協会）
②『本銘写』　写・袋一冊　刀剣博物館
③『天正中心本』　写・袋一冊　和鋼博物館
④『天正刀譜』　写・袋一冊　静嘉堂文庫
⑤『文禄三年押形』　写・折一帖　刀剣博物館

⑥『刀剣銘尽』　写・巻子一軸　成簣堂文庫＊『お茶の水図書館蔵　新修成簣堂文庫善本書目』（一九九二・十　（財）石川文化事業財団お茶の水図書館）

（四）その他

①『鍛冶目録』　写・一冊　栗田文庫＊『国書総目録』
②『鍛冶類聚記』　写・二冊　小如舟書屋＊『国書総目録』、『小如舟書屋蔵書目録』
③『刀剣口伝』　写・一冊　猪熊恩頼堂＊『国書総目録』、『四天王寺国際仏教大学所蔵恩頼堂文庫分類目録』附録「猪熊信男氏作成　恩頼堂文庫目録抄」乙櫃の部七十九（現蔵者不明）
④『刀剣目利書』　写・三冊　小如舟書屋＊『国書総目録』、『小如舟書屋蔵書目録』
⑤『古刀銘尽伝書』＊福永酔剣氏『日本刀大百科事典』（一九九三・十一　雄山閣出版）「参考文献」
⑥『関鍛冶七流銘鏡』＊同右
⑦『文明銘鑑』＊同右
⑧『文明鍛冶銘尽』＊同右
⑨『天文目利書』＊同右
⑩『魂魄人間五体国分之書』＊同右
⑪『口伝書』＊同右
⑫『口伝抄』＊同右
⑬『本阿弥光心押形』＊同右
⑭『天正十六年押形』＊同右

〔付記〕
今後、伝本調査を継続し、随時補訂をおこなっていくつもりである。伝本の所在等につき、情報提供を乞う。

第二章　重代の太刀の相伝

――刀剣伝書の生成基盤と軍記物語――

一　はじめに

中世社会の中で成立し、享受されていった『平家物語』をはじめとする軍記物語を読みすすめるとき、数多くの名刀、特に特定の家に伝えられる重代の太刀と呼ばれる存在に関する言説にしばしば接することとなる。その現れ方や記載内容、関心のありようは、室町・戦国軍記と称される作品に至るまで極めて多様であり、また異本間でも大きく異なっている。それらのうち、中世初期成立の作品に関する一定の整理は試みられているが[1]、今後なお、幅広く刀剣関係の言説を集成し、既存のジャンル枠を越えた網羅的な検討を進めることが求められる。とはいえ、研究の現状としてはこうした作業はいまだ本格化してはいない。

こうした軍記物語等の作品と並行して、中世社会では刀剣に関するさまざまな言説を収載した書が生み出され、特に十五世紀以降、武家社会はもちろん、公家たちの間や宗教社会にも広く流布していった。刀剣伝書と称すべき伝本群がそれである。現存伝本の奥書によれば、それらは多く相伝の形で継承される「伝書」として存在しており、内容面から大きく、①銘尽・銘集、②目利書、③絵図集に分類できる[2]。ただし、これらの間には明確な線引きができるわけではなく、実際には知識を共有しながら、相互補完的に機能していたとおぼしい。その伝本は、現在までに調査の及んだ、中世の姿を伝えると目されるものに限っても七十点をこえる（前章末伝本一覧参照）。こうした伝書に顕著に現れる刀剣への関心と、軍記物語が展開・再生を遂げていく動きとが双方向的な影響関係にあったことは十分に想定される事柄である。その一部については前章で指摘し、また次章以下ではさらなる事例をより詳しく紹介、検討することとなる。

これらの伝書群を網羅的に体系化した成果はこれまでに見られないようだが[3]、文学研究・刀剣研究の中では、伝書所収説への個別的な注目は漸次続けられている[4]。しかし、その一方で、総体として伝書群をとらえ、その社会的位相や機能、享受・流布の実態を解明していく作業は課題として残されたままである。それらの検討を踏まえてはじめて、先述したような、軍記物語をはじめとする文学作品の当該叙述の位相や、従来の個別的な分析の意義をより根元的に問い返すことも可能になるのではなかろうか。こうした展望のもと、前章では中世伝書の社会的位相について検討してみたのだが、その成果を踏まえつつ、本章では、伝書生成の基盤となる一状況を照らし出すべく、特に重代の太刀の相伝という観点から、いささか考察を加えてみようと思う。

初期の伝書が編纂された時と場は定かではないが、現存最古の奥書（応永三十年〈一四二三〉十二月二十一日）を有するのは観智院本『銘尽』[5]（以下観智院本）である。同書収載説には、たとえば「備前政真　正和五年までは百五十年也」のように、正和五年（一三一六）を起算年とするものが散見する。また、『神代幷文武天王御宇大宝年中以来鍛冶銘集』[6]には「正安の比まで三百余歳」といった起算年がしばしば現れる（正安年間は一二九九～一三〇二年）。それらの信憑性を吟味する必要はあろうし、その起算年をそのまま各伝書成立の時期と見なすことはできまい[7]。とはいえ、そこには、こうした説が鎌倉時代末期には生み出されていたことが示唆されてはいよう[8]。

また、先の観智院本が数種の伝書や断片的記載をとりあわせて一括書写した本とみなされており[9]、かつその中に「或本ニ」といった記載が複数見えることを考えれば、応永三十年当時、既に複数の伝書が流布していたことを察することができる。そうした想定は、享徳元年（一四五二）十月二日の奥書をもつ『鍛冶名字考』[10]（以下、『名字考』）の記載が、「或本ニ云」・「或本ノ口伝ニ曰ク」・「アル本ノ系図ニ」・「一本云」・「口伝ハ」のように、異本の説や口伝を幅広く摂取する形で成り立っていることとも照応する。鎌倉末期以降には諸説が派生しており、やがてそれらが集積され、体系化されて一書の形をとるようになり、応永期にかけて、複数の異本を生み出しながら伝書が流布していったことを、こうした記載の先に見通すことができるだろう。

かかる状況に鑑み、本章では、主に鎌倉末期から応永・永享期までに現れる諸家の重代の太刀をめぐる人々の動向をたどっていくこととしたい。そして、その過程で浮上してくる状況が一面で軍記物語の変容・再生を促す環境と連接していることにも留意し、論述の中で、随時そうした問題にも言及していきたい。

二　刀剣伝書にみる重代の太刀

刀剣伝書にはその家を象徴する重代の太刀の記載が散見する。観智院本から数例をあげてみよう。

・天国　平家ぢう代のこがらすといふ太刀のつくり《（作）》なり。
・文寿　むつの国住人。げんじち□□□《（重代）》ひ□き□《（髭切）》といふ太刀のつくりなり。
・藤戸　かの作の太刀、みうらの和田三郎重代也。
・真守　はうきの国住人。めいうつやう伯耆国大原真守と打。平家重代のぬけまるを作。
・延房　日本国のかぢのちやうじやを給る。うつの宮の重代つぼきりといふ太刀この作也。
・藤原次　さがみの国三浦のすけ重代咲栗といふ太刀の作。やきば《（焼刃）》はほそくやまと《（大和）》太刀ふぜい也。

これらは「重代」たることを明記した記載だが、これらの他にもたびたび現れる「○○家太刀」という表現は、「重代」の語を記さずとも、同様の理解に基づくものと考えられる。なお、一々の事例をあげることは控えるが、こうした側面は他の伝書にも共通して現れることを確認しておこう。

また、『名字考』は、「備中国住鍛冶」の「康次」に関して、次のような興味深い説を掲げている。

康《ヤス》次　貞次ガ嫡子。伯耆権守ト号。後鳥羽ノ院ノ御宇作者。此太刀為義□（虫損）嫡子義教帯之、嫡子木曾ノ冠者義仲コレヲ譲与。嫡子清《シ》水冠者義高コレヲ伝給。頼朝御ムスメ桜子《アコ》ノ御ツボネニムコニトリタマイテ後、カノ義高ヲタバカリテカヂワラ平三ニ仰ツケ、義高ヲウチ給フ時、此太刀ヲ頼朝ニメサル。頼家右大臣コレヲ伝。死去ノ時、相模ノ守義時コレヲ伝タリ。先代七代高時、元弘四年五月廿日鎌倉三条ニシキノ小路兵衛督直義カマクラヘ打入、高時打タマフ時、此太刀ヲ取、尊氏ニタテマツル。尊氏持之。日本一ノ宝物也。

為義以来、頼家までは源氏に、そののちは北条氏に、そして鎌倉幕府滅亡後は足利氏へと伝えられた「日本一ノ宝物」に関する説である。先に観智院本でみた例が、特定の家に相伝された太刀に関する説であったのに対して、これは政治動向の中で諸家を転々としながら伝えられてきた太刀といえる。とりわけこの説は、源氏将軍→北条氏→足利氏という、鎌倉幕府の時代と足利政権下にある当代の社会との歴史的系譜、連続性を語る話としての一面を有している点が注目される。また、ここに現れる人物のイメージや他作品との影響・均衡関係など（たとえば『太平記』所収説との関係など）にも注目すべきものがあることはもちろんだが、ひとまずここでは、伝書の中に現れる刀剣への関心の一面が、それを相伝する家の歴史や政権（時代）の推移と対応した形で成り立っていることを受け止めておきたい。

さらに、『長享銘尽』(11)に目を転ずると、そこには「我等見タルハ如此ヤスリミエズ。細川右京大夫殿御剣カヤウニアリ」・「山名殿御腰物如此」・「上椙殿住代」・「大友七郎殿御腰物如此アリ」・「武田殿刀如此アリ。矢摺ト云、槌目トモ見ヘズフリタリ」・「探題殿住代」・「細川殿ノ御剣如此也」・「都城殿（重）ノ住代」・「京□（極カ）殿住代」・「武衛様ノ住代」・「畠山殿住代」・「小笠原殿住代」・「六角殿住代」・「高野ノ住代」といった記載が散見する。いずれも、それぞれの家が当時実際に所持する刀剣を意識した言説と考えられる。特に傍点部のような言葉からは、それを実見し、その刀剣の実在とその形姿とを確認していく複数の人々の動きが透かし見えてくる（同書には茎絵図も描かれている）。それは見方をかえれば、伝書に記載された説、ひいてはその伝書自体の権威を高めるための営為といえよう。往昔よりの名工・名刀を、概念化された単なる知識として一書の中に集積するのではなく、常に〈現在〉につながる歴史意識の中で、肌ざわりある〈実物〉との関係性をも保ちつつ、伝書の説は相伝されていたのであり、その一面を支えたのがそれぞれの家の歴史（の一部）を象徴する重代の太刀への関心なのであった。

ところで、こうした説が内在する問題と関わって、平安末〜鎌倉期における武家の家門意識や先祖意識と、その表徴としての相伝の武具（旗・鎧・太刀）との相関性を分析した羽下徳彦氏・川合康氏の発言を踏まえておかねばならない。(12) 右に取りあげたのは、伝書に収められた膨大な言説群中のほんの数例にすぎないが、かかる記載もまた、両氏の指摘との関係性が測られて然るべきであろう。ただし、刀剣に関して見るならば、羽下論では、『平家物語』の「小烏」の記述が取りあげられているのみであり、また川合論では流布本（古活字本）『平治物語』に見える「鬚切」と、後述する「朽木文書」の事例が加えられているにとどまる。重代の刀剣に関する記述が軍記物語に散見することは周知の事実だが、その一方で、諸本間で記事の有無を含めた大きな異同が存在することを無視できないと私は考える。(13) これらの物語の展開と再生の過程をとらえていこうとする本論の立場からみれば、両論で取りあげられた軍記物語関連の事例には、受容された物語を新たな姿（異本）へと導いた、後の時代の要請が投影している可能性を少なからず考慮せざるを得まい。

刀剣をめぐる中世人の心のありようを具体的に探る上では、軍記物語の表現には諸本の段階に応じて時代的推移があることを考慮し、ひとまずはそこから離れて、中世社会で交わされた刀剣に関する話題の質や人々の言動の実態を見つめてみる必要があるのではなかろうか。当然、こうした作業は、軍記物語諸作品・諸伝本の叙述が有する社会的位相のひとつを測る糸口ともなるだろう。また、前掲のごとき伝書収載の諸説の性格も、かかる作業を経た上で再度検討してみなければなるまい。こうした見通しを意識しながら、具体的な事例の検討に移っていくこととしよう。

三　「綱切」と「明剣」——佐々木氏の太刀——

まず、『拾珠抄』第七所収「佐々木備中入道百箇日願文」(14)を取りあげてみたい。「佐々木備中入道」は延慶三年（一三一〇）十二月二十四日、六十九歳で没した佐々木頼綱。その息、時信を施主とする百箇日の追善の法会に際して作成された当願文は、かつて『平家物語』に見える佐々木高綱の宇治川先陣話の創作性が、『承久記』にみえる佐々木信綱の宇治川先陣話との関係を含めて議論される中で、高綱話が物語の完全なる創作ではないことを証するものとして紹介された(15)。以来、『平家物語』の成立期や『承久記』との関係等をめぐって注目されてきた周知の文献だが、ここでは視点を変え、それらの話を含む願文の基調をなす文脈に注目してみたい。少し長くなるが、関係部分を引用しておく。

……其上為《シテハ》二人《ノ》子《ト》一以レ継レ家宿習《ノ》令レ然事可レ知候。①継二其家《ヲ》一申候ハウズルハ、我家重宝《ヲ》伝《フヲ》以《テ》継《トハ》レ家《ヲ》可レ申候。此条不レ可レ依二年齢《ノ》之稚《ニモ》一。可レ知二家業不絶事《ヲ》一。出世之法《モ》其家本尊聖教一流《ノ》文籍等《ヲ》以《テ》二相承《スルヲ》一、伝二其流《ヲ》一正流《トハ》申《テ》事候。而今、粗如《ナラバ》二承及一者、号《タル》二綱切《ト》一御太刀者、自二六条判官為義一、以三当家曩祖佐々木三郎為二猶子一、被レ加二首服《ヲ》一之刻、手自《ララ》取出《テ》二一腰《ノ》太刀《ヲ》一被レ与《ケルニ》、即被レ命候《ケルハ》、今此剣更《ニ》非二普通之物一。名《テ》二面影《ト》一、八幡殿不レ離レ身之重宝也云《トフ》。仍《テ》佐々木三郎殿秀義以レ之為二重宝一。以二件剣《ヲ》一五人《ノ》子息《ノ》中《ニ》奉レ譲二嫡子佐々木《ノ》判官定綱《ニ》一。其後東関右幕下《ノ》追二罰平家《ヲ》一之時、嫡子以下四人者相二従于右幕下一。最末子五郎依レ為二平家一、於二伊豆国相山《ニ》一合戦刻、奉レ対二右幕下一依レ為二奇怪之所行一、幕下執世之後欲レ罪《セント》。五郎舎兄四人一同依二申請《ルニ》一、且申二替勲功之賞一。然者、七箇度可レ懸二軍之前陣一之由被レ命之間、其後和田畠山承久合戦《ノ》末、毎度甲斐甲斐敷《ク》懸二五郎先陣《ヲ》一。爰聖霊祖父佐々木判官《ハ》在二鎌倉一之間、以二件剣一与二四郎高綱一。於二京都一欲レ誅二木曾義仲《ヲ》一之刻、四郎渡二宇治川一。而為二京方之護《ト》一、河中張二大綱一欲レ防二禦甲兵《ヲ》一。爰《ニ》四郎抜二舎兄佐々木判官所与之剣一、切二捨大綱《ヲ》一、更無二停滞一。依レ無《ニ》為《スニ》レ渡二宇治川《ヲ》一、自二其時一此剣之名改二面影《ヲ》一号二綱切《ト》一。遂与《シテ》平家追罰之佐々木殿飽《マデ》預二勲功賞一。所謂江州之守護佐々木庄士（等カ）無二相違一。②爰判官定綱死去之時、江州《ノ》守護等雖レ譲二嫡子弘綱《ニ》一、於二重宝一者被レ申二置彼室一。大施主《ノ》曽祖父信綱自二関東一上洛之時、慥《ニ》可レ伝二譲之一。為二嫡子一弘綱種雖二相語一、継母敢不レ許。任二遺言一被レ譲二近州禅門一。其後承久兵乱出来。聖霊父生年四十二、自二関東一上洛。帯二件剣《ヲ》一被レ渡二宇治川一。舎兄弘綱者依レ為二京方一、蒙二関東《ノ》勘気《ヲ》一之間、③佐々木庄江州守護等、近江判官信綱悉《ク》拝領《ス》。仍《テ》判官被レ譲二壱岐入道一。壱岐入道奉レ譲二聖霊《ニ》一。聖霊奉レ譲二大施主一。以二此次第一粗案レ之《ニ》、何《ナレバ》為二嫡子《ト》一。又凡《ソ》譲二佐々木江州守護等一、件《ノ》剣許《リハ》不レ譲二嫡子弘綱《ニハ》一、四男《ノ》江州禅門《ニハ》被レ譲候《ケルヤラム》。頗《ル》只事《ニ》アラズ。弘綱《ハ》承久兵乱之刻何方《ニ》落行《トモ》不レ知。若《シ》弘綱《ニ》令二相伝一者其人猶不レ知二行方一。其宝争《カ》可レ留二我家一。倩勘二往事一偸《ニ》案二今儀一、所レ詮以レ相二伝《御ス》此重宝《ヲ》一、向後《ノ》御先途後栄有レ憑無レ疑。可レ知三箇度渡二宇治川一之剣希代《ノ》重宝也。（後略）

「面影」と呼ばれた「八幡殿」（義家）の「重宝」が、その猶子となった「当家曩祖佐々木三郎」（秀義）に与えられ、以後「嫡子佐々木判官定綱」→定綱室→「近州禅門」（「近江判官信綱」）→「壱岐入道」（泰綱）→「聖霊」（頼綱）→「大施主」（時信）と相伝されたことが述べられる。その間の波線部で、この太刀を定綱が四郎高綱に与えたとするのは、一族のかつての名誉を「綱切」への改名に託して語る必要性ゆえの設定と言えよう。「聖霊祖父佐々木判官在《ハ》二鎌倉一之間」という事情を付加し、後の記述でも高綱の所持はあくまでも一時的なものとして扱われているところに、そうした意図性が窺い知られる。当該願文において、高綱先陣話は第一義的にはこうした形で位置づけられているものなのである。

右の叙述で注目したいのは、嫡流意識と重代の太刀との関係である。何よりも、この話題が、傍線部①のように、家を継ぐべき嫡流とは、という主張の中で導入されていることは見逃せまい。そして、嫡流の証としては、「我家重宝」である太刀の相伝こそが、一般に言われる「其家本尊・聖教・一流文籍」の相承にも増して重視されているのである。

この願文は「大施主」時信へ至る系譜を嫡流とする発想に基づく主張となっているわけだが、その際に問題となるのが、承久の乱で京方となった「嫡子弘綱」の扱いである。そこで、定綱は近江国守護職を弘綱（広綱）へ譲ったものの、家の重宝は信綱へ「慥可レ伝二譲之一」という「遺言」をのこし、それに従って、弘綱の「嫡子」としての申し出を定綱妻が許さなかったとしている。そして、承久の乱を経て、弘綱の近江守護職なども信綱が「悉拝領」するに至ったとするのである。つまり、定綱の「遺言」は、将来の信綱流への嫡流移行を見越した深謀遠慮として設定されていることになる。そして二重傍線部で、時信への相伝が明示されていく。これをうけて、「倩勘二往事一偸ニ案二今儀一、所レ詮以レ相二伝此重宝一、向後ノ御先途後栄有レ憑無レ疑」（傍線部③）という判断へと至る。「希代ノ重宝」であるこの太刀を一門嫡流の証として重視する、傍線部①で示された認識が再確認されるわけである。重代の太刀と嫡流意識、佐々木家の歴史に関わる自己認識とが密接に結びついた様相を認めることができる。従来注目されてきた宇治川渡河譚が重出するという、一見不審な様相も、この太刀の「綱切」への改名と鎌倉幕府へと至る頼朝体制への勲功とを語る重要な故事をうけて、それと同様のふるまいを見せた信綱こそが、一門の嫡流たる存在であるとする発想のもとになされた作為的な設定として、まずは理解すべきであろう。

延慶四年（一三一一）春の時点で、重代の太刀に対するこうした意識が社会的に広まっていたことを確認し[16]、その上で、かかる佐々木氏の事情との関連で注目しておきたいのが、太刀「明剣」の相伝を語る次の「佐々木頼綱譲状案[17]」である。

次男五郎源義綱ニ譲渡物具事

一、太刀一 各明剣・同ほろ一

此太刀ハ、弘安八年十一月十七日の合戦の時、かたきをあまたうつといへども、聊もしらまず、つたへたる宝物也。身をはなつべからず。ならびにほろ一相具して、所譲渡如件。

弘安十年三月三日　　　左衛門尉源頼綱
御在判

太刀明剣事、義綱ニ雖譲、奥州禅門合戦之時、身にあて丶、戦を致所の太刀をもつあひだ、此明剣をバ氏綱にとらせ畢。同合戦之時かくる所のふさしりがい一具を義綱ニとらする所也。

正応二年五月廿日　　　同判

弘安八年（一二八五）十一月のいわゆる霜月騒動の際に使用された「明剣」が、「宝物」として、弘安十年（一二八七）に頼綱から義綱へ伝えられ、正応二年（一二八九）には頼綱がそれを改めて氏綱に与えていることがわかる。先述した通り、川合論では相伝の武具が先祖意識の表徴として機能していることを表す例としてこれが提示紹介されている。それを踏まえて、先の願文の内容をも勘案しながら、問題を整理し直してみよう。

「明剣」を伝えた佐々木頼綱は信綱の孫にあたり、高島を号した高信の子である。頼綱の子氏綱は田中、義綱は朽木をそれぞれ号する（『尊卑分脈』）。右の譲状は、その義綱に「明剣」が伝えられた由来を示している。なお、「明剣」を伝えたこの頼綱と、先の『拾珠抄』所収願文に見えた頼綱とは従兄弟の関係にある別人（〔関係略系図〕参照）。『尊卑分脈』は高信の弟泰綱に「今家嫡也」、時信に「今嫡家」と注記しており、この一流を佐々木氏の嫡流とする認識は、先の願文の内容と符合する。その点は、たとえば泰綱息の頼綱が建長二年（一二五〇）十二月三日、時の執権北条時頼を烏帽子親として元服するという扱い（『吾妻鏡』）を見ても、一般的なものであったと思われる。

〔関係略系図〕

- 信綱
  - 高信 ― 頼綱
    - 頼信
    - 氏綱
    - 義綱
    - 有信
  - 泰綱 ― 頼綱 ― 時信

同世代の二人の頼綱について記す二つの文献を並べてみるとき、家の歴史意識を形づくる重代の太刀の相伝という営為は、一門の嫡流のみならず、庶流とされる人々の間でも相似的におこなわれていたことがわかる。そして、それぞれにその由緒が伝えられていくことを勘案すれば、重代の太刀は、一門の中に異なる家意識を派生させる一要素として機能していたとみられる。「明剣」の相伝に見るとおり、広い一門の中での嫡庶とは別に、より細分化された家意識の中で重代の太刀をとらえる認識が、十三世紀後半には熟成されてきている。刀剣への関心のあり方のひとつが、細分化する家意識との関係からも確立していったことを窺い知ることができるのである。

四　源平ゆかりの太刀

「明剣」の由来に現れた霜月騒動と関わるものとして、次の「北条貞時寄進状」(18)にも言及しておかねばなるまい。

右大将家御剣号髭剪後御上洛(建久六年)之時、依或貴所御悩、為御護被進之。其後被籠或霊社之処、陸奥入道真覚(安達泰盛)令尋取之云々。去年(弘安八年)十一月合戦之後、不慮被尋出之間、於殿中被加装束或作、為被籠法花堂御厨子、以工藤右衛門入道杲禅、昨日被送之入赤地錦袋。仍令随進、奉籠御堂之状如件。

弘安九年十二月五日　(北条貞時)(花押)

別当法印公朝

当時安達泰盛の嫡子宗景が源氏を称し、それは自らが将軍となる意志を持つがゆえであるとの解釈がなされたという(『保暦間記』)。同書には、当該記事に先立って、平家追討を果たした頼朝が、後白河院から「源氏重代ノ鬚切ト申太刀」を拝領したこと、それは平治の乱の後、清盛が手に入れていたが、院の所望に応じて進上されたものであることなどが記されている。つまり同書は、明らかに当時の社会に存在していた鬚切説を踏まえた叙述を織りなしているのである。そうした状況との関係で注目されてきたのが、泰盛が頼朝所持の「髭剪」を探しだして所持していたことを示すこの記載である。ここでは霜月騒動の歴史的意義などには立ち入らないが、こうした説を当時の源氏将軍観との関わりから意義づける指摘がなされていることには注意しておきたい。(19) 霜月騒動の後も、北条貞時によって「法華堂」の厨子に籠められ、以後恐らく秘蔵されたであろうことを考えあわせても、この「髭剪」には頼朝以来の源氏将軍を象徴する意義が付与されており、そうした認識が東国武士の間に広く共有され得るものであったことを看取できよう。これも十三世紀末の刀剣への関心のあり方を示す一例である。

ところで、「髭剪」の「法華堂」納入をめぐるこうした動向との関連では、『鍛冶名字考』に収められた次のような「ヒゲキリ」説が注目される。

実次　号伯耆権守ト。天武天皇ノ御宇、慶雲年中ノ作也。此作ノ太刀、源氏伊与守帯之。子息築(ママ)後守是ヲツタヱ畢。嫡子八幡太郎コレヲ伝タリ。コ、ニ後冷泉天皇ノ御宇、天喜年中ニ奥州五十四郡、出羽国十二郡管領ノ時、安倍《アベノ》貞任・宗任ツイバツノタメニ、義家八万騎ニテ相向。十二年ノ合戦ニ奥州金崎クリヤ河ノ城セメヲトシ、貞任召取テ頸ヲキル時、頸ヲキリスヘテ、アマル太刀ニテヒゲヲキリ落シケル間、ヒゲキリト名付タリ。又奥州舞草行重作太刀相ソヘテ、二振御ヒザウニ思食ケリ。…（「ヒゲキリ」から「友キリ」への改名、行重の「若草」命名にまつわる話・中略）…義家イヨ〳〵二フリノ太刀御ヒザウ也。子息六条ノ判官為義コレヲ伝給フ。其ノ子下野《ツケ》ノ守義朝コレヲ伝。友切《キリ》ヲバ頼朝是ヲ伝。子息実友(ママ)伝之。其後相模《サガミ》ノ守義時伝テ合戦ノ時セウマウニヤキケルヲ、陸奥《ムツノ》守時頼此太刀ヲ行次ニヤカセテ有リケルヲ、相模ノ守貞時出家シテ、西明寺禅門崇演許渡《ワタシ》進タリケルヲ、法華堂ニ彼ク納《ヲサメ》タリ。又此作ノ太刀陸奥守宗宣一フリ帯之。此作ノ太刀三十振我ガ朝ニアルベシ。

「伯耆国住鍛冶」のひとりとして掲げられた実次に関する記述である。鬚切説のありようとしては内容的に「剣巻」

との関連性も注意されるところだが、ここでは頼義→義家→為義→義朝→頼朝→実朝→義時→時頼→貞時という伝来に関して、頼朝ゆかりの太刀を、他ならぬ貞時の時代に「法華堂」に納めたとする理解（傍線部）に注目したい。そこには、先の「北条貞時寄進状」にみた理解との共通性が認められよう。『名字考』の段階では、鬚切説は既に大きなふくらみを見せてはいるが、両者を見比べることによって、実社会に存在した「髭剪」（とされる太刀）とも絡み合いつつ伝書所収説が生み出され、次第に変貌を遂げていった過程が見通されてくるのである。(20)

ところで、『平治物語』では古態本の段階から頼朝が所持する「鬚切といふ重代の太刀」（学習院本中巻）の記述が見えており、(21)かかる認識が鎌倉中期には既に流布していたことを想定することができる。そして金刀比羅本段階になると、「八幡殿奥州にて貞任を責られし時、度々の間に生取千人の首をうち、ひげながら切てゝげれば、鬚切とはなづけたり」（上巻「源氏勢汰への事」）という命名の由来が付加されることとなる。ただし、金刀比羅本が語るその由来は、先の『名字考』の説（波線部）と異なっていることに注意したい。こうした異説が林立する基盤には、鬚切という名刀の真の由来への関心の高揚を看取できよう。その理由はひととおりではないだろうが、こうした説明を付す必要性が次第に生じてきたのである。第二節に引用した観智院本の鬚切説はもちろん、他ならぬ「平治物語二帖上下椎野本」と並んで伏見宮に蔵されていた「鬚切物語一巻」の存在（『看聞日記』巻七紙背文書一四九「物語目録」。応永二十七年〈一四二〇〉十一月十三日付）もまた、その時期から判断して、こうした動向と無関係ではなかったであろう。

さて、以上の検討の中で、伝書の説が軍記物語の内容と連携しつつも、完全には一体化されてはおらず、併存する力を発揮していたことも明らかとなってきた。次に平氏ゆかりの重代の太刀を取りあげてみよう。

(a)「平宗度譲状」(22)

だい〳〵《（代々）》このいへ《（家）》につたへ給ハるうちがたな《（打刀）》一

次郎あきもり《（顕盛）》にゑいたい《（永代）》をかぎりて、ゆづりわた□《（す）》ところなり。た《（他）》のさまたげ《（妨）》あるべからず。よつてゆづりじやうくだんのごとし。
かりやく《嘉暦》二ねん六月十三日

たいらのむねのり（花押）

(b)「平顕盛譲状[23]」

ゆづりわたす
しそく《子息》まんじゅ《万寿》丸所
たんごの国くらはし《倉橋》のがうの内よほろ《与保呂》の村のぢとうしきの事
かまくらあまなハ魚町東頭地《煩》一円事
むさしの国ひき《比企》のこをりの内いしさかの村事
あはの国くずわら《葛原》の村事
ぢうだい《重代》の太刀うち刀の事
右、所領ども幷屋地・大刀うち刀・代々御下文・てつぎせうもん《手継証文》あいそゑて、まんじゅ《万寿》丸やうし《養子》したるあいだゆづりわたす物也。ゑいたいさうでん《永代相伝》として、これをちぎやう《知行》すべし。仍状如件。

元徳弐年九月廿二日

平顕盛（花押）

(a)によれば、嘉暦二年（一三二七）六月十三日に平宗度から次郎顕盛へと重代の「打刀」が譲られている。(b)にはそれを伝えられた顕盛が、元徳二年（一三三〇）九月二十二日に所領・屋地等とともに養子万寿丸へと譲ったことが記されている。顕盛の養子となった万寿丸は後の朽木経氏。幸い、一群の文書の中には「池流平氏系図」（「朽木文書」一三四・一三五）、「丹後国倉橋荘与保呂村相伝系図」（同一三六）が伝えられており、

平忠盛――頼盛――保業――光度――為度――維度――宗度――顕盛――経氏（万寿丸）

という系譜と、所領の相伝が確認できる。[24] (a)で「だい〳〵このいへにつたへ給ハる」と称される以上、宗度の父祖の

代から相伝されたものとみるのが自然ではあろうが、どの世代まで溯るものかは不明である。したがって、この「打刀」と『平家物語』に登場する忠盛・頼盛との関係は定かではないが、元徳二年（一三三〇）十月二十二日付「朽木時経請文」（同一三二二）には顕盛を「いけどの」と記しており、顕盛の頃まではこの一流が池大納言頼盛流たることへの意識が、朽木家との間で共有されていたことを確認しうる。とすれば、実態の如何とは別に、この重代の太刀が頼盛との関係で意義づけられ、相伝されていた可能性も皆無とは言い切れまい。

『平治物語』『平家物語』は古態本の段階から、頼盛は平家重代の太刀「抜丸」を相伝していたことを記している。鎌倉末期にはそれらの享受・異本作成への営みも進んでいることを考慮すれば、頼盛と抜丸を結ぶ説は当時の社会に流布し始めていたであろう。また、元来両物語において抜丸話は、清盛・頼盛兄弟の嫡流意識の表現化と不可分の関係にあった(25)。こうした物語の記述と、実社会を生きるその末裔たちを含む人々の意識との相関性は、さらに広い視座に立って掘り下げていく必要があるが、物語が記さない「抜丸」の行く末への関心と並行して、右に見たような形で頼盛流への意識が、別の重代の太刀との関係の中で存在し続けているという均衡関係の存在を今は受け止めておきたい(26)。

五　応永～永享期の状況

さて、ここまでの事例とは少し時代を隔てることとなるが、観智院本の書写年代との関係からも留意しておきたいのが、応永～永享年間にかけての状況である。まずは、次の「小早川則平自筆譲状(27)」に注目してみよう。

譲与

嫡子次郎左衛門尉持平知行分事

右所領等并重代鎧薄金・太刀壱、相副亡父宗順（小早川春平）之譲状、所譲渡也。同戸野、郡戸各半分所、同可被知行。以此下残、兄弟供可被加扶持。於御公事者、守前例、厳密仁可被懃仕者也。仍譲状之如件。

応永廿年六月十七日　（小早川則平）（花押）

小早川一族の瀬戸内海島嶼部への進出は、康永元年（一三四二）の伊予の南朝勢力の追討がきっかけとなったと言われる(28)。その当時の惣領備後守貞平の孫にあたるのが、右の譲状を認めた則平。応永二十年（一四一三）、則平が安芸国の所領と並んで「重代鎧薄金・太刀壱」とを嫡子持平(29)へと譲与している。ここにも家の嫡流意識と結びついた重代の武具・太刀への関心を読みとることができる。さらに、則平（法名常嘉、後に常建）から持平への重ねての譲状である、翌応永二十一年四月十一日付「小早川常嘉譲状案写(30)」の次の記載によって、その太刀の素姓を知ることができる。全文の引用は控えるが、同文書では譲与される所領・職が一つ書き形式で列挙される中に、

一、重代鎧一両薄金

一、太刀一振依軍忠自大将軍給之

のごとく武具も並記されている。当文書によって、持平は将軍足利義持から安堵をうけるのだが(31)、傍線部のごとき注記が殊更に付された理由は、このたびの譲渡の正当性を高め、持平の権威を保証しようとする意識と密接に関わろう。また、実戦を契機として、ある刀剣がその家に相伝されていくという構図は、先にみた霜月騒動における朽木家の「明剣」と同様である。

合戦での勲功により拝領した刀剣の相伝という観点からみると、時代は少し下るが、次の「大内政弘感状(32)」の例を指摘できる。

去十九日、以敵大勢詰寄候之処、神崎要害事一身楯籠、被遂合戦、得勝利、殊敵数多被討捕候之条、本望無極候。則頸京着候了。被官等大略太刀討被疵候之次第、自霜台（山名政豊）注進候。雖不始事候、被廻計略候之通、高名之至候。仍

太刀一腰信国遺之候。是ハ去年畠山殿（義就）より給候。彼家重代にて秘蔵とて、三位入道（畠山持国）の実名を被載て候よし被申候つる。一段可有祝着候。弥其堺之儀肝要候。一所衆今度軍忠事、重而注給。可感遣候也。謹言。

十二月廿五日　　政弘（花押）

仁保上総介（弘有）殿

いわゆる応仁・文明の乱が続く中、西軍に属して摂津に拠を占めていた大内政弘の軍勢は、文明元年（一四六九）十月十六日、備後で勢力を結集した山名是豊らの攻撃によって退却を余儀なくされる（『大乗院寺社雑事記』）。その後、十二月十九日、摂津国神崎にあった大内軍の将仁保上総介弘有は是豊の攻撃を受けるものの、その合戦に勝利をおさめる。その「高名」を賞して、大内政弘が信国銘の太刀を与えたことを記すのが右の文書である。

　この太刀は、先年「畠山殿」（義就）から政弘が賜った、「彼家重代」として「秘蔵」される、「三位入道」（持国。法名徳本。義就の父）ゆかりの太刀だという（波線部）。畠山重代の太刀が大内政弘に譲られ、さらに仁保弘有へと下賜されていく。西軍に属した政弘の政治的立場とも関わるであろう、その相伝の過程も興味深いが、今は、この太刀に付随する特別な由緒によって、このたびの軍忠への賞賛の度合いが増幅されるという関係が成り立っていることに注目したい(33)。畠山持国は嘉吉元年（一四四一）二月二十七日に従三位に叙せられ、同年出家している（『公卿補任』）。刀剣へのこうした意義づけは、先の小早川氏の例とあわせてみれば、文明年間を溯っても、決して突出したものとは見なしがたいことが推察されよう。

　続いて、永享年間の事例として、『満済准后日記』に記された今川家の家督相続をめぐる一件を見てみよう。同書によれば、永享四年（一四三二）三月末以降、駿河守護今川範政の後継者をめぐる争いに幕府が介入していく。範政には彦五郎、弥五郎、千代秋丸の三子があったが、末子千代秋丸への相続を希望する範政の希望を幕府は許さず、以後大きな混乱が生じる。幕府が問題視するのは、千代秋丸の母が「関東上杉治部少輔姉妹」、つまり鎌倉府ゆかりの扇谷上杉氏定の娘という「関東有縁」の者である点であった（三月二十九日条。上杉治部少輔は氏定の息持定）。それは、義持の死後、将軍義教と鎌倉公方持氏との対立が激化し、幕府にとって、鎌倉府管轄国と接する駿河国の守護職の重要度がいっそう増していたがゆえの判断である。家督相続をめぐる騒動の経過は略すが(34)、翌年六月に嫡子彦五郎範忠への相続が決定、範忠は「駿河守護職幷一家惣領」となり、民部大夫に任じられて駿河国へ下向する（同三日・二十七日・二十九日条）。こうした展開を踏まえて注目したいのは、その家督相続の象徴として、この後、今川家重代の鎧・太刀の相伝という問題が浮上することである。

(a)自御所様（義教）被仰。今河民部大輔（範忠）重代鎧幷太刀未弥五郎方ニ所持云々。明日吉日間、可被渡遣。以管領（細川持之）可被仰付弥五郎之条可宜歟。又以赤松播磨守（満政）等可被仰歟云々。……（永享五年〈一四三三〉十月十四日条）

(b)今河民部大輔使節朝比奈近江守、今日懸御目了。重代鎧幷太刀号ヤク王於籾井所請取了公方御蔵。去年以来民部大輔舎弟弥五郎令随身参洛処、為公方被召出。被返下民部大輔也。（永享六年〈一四三四〉四月二十日条）

範忠下向後も駿河国での騒動は続くが、九月には範忠の地位が決定的となっていく。(a)には、そうした状況をうけて、将軍足利義教が次男弥五郎の所持する今川家重代の鎧・太刀を、同家惣領となった範忠へと引き渡そうとし、その次第について満済に意見を求めたことが記されている（引用部に続いて満済の回答が記されているが、今は略す）。家督をめぐる先の混乱の中では、次男弥五郎を相続人と認める「御判」が渡されてしまうという一幕もあり（永享五年五月九日条）、そうした中で弥五郎はこれらの武具を手にしていたものと推察される。そしてこれらが範忠方へと引き渡されたのは、(b)翌年四月のことであった。

こうした動向の中から、重代の鎧と「ヤク王」と号される太刀の相伝が、家督相続の必要条件とされていることを看取し得る。関連して言えば、弥五郎は駿河に下った範忠と入れかわるように上洛しているのだが（同五年七月四日条）、(a)の内容や(b)傍線部と併せ考えるならば、上洛してからも三ヶ月程はこれらを手元から離さず、その後義教に召し出されたということになる。弥五郎がこれらを手放さずに所持し続けた姿勢にも、家督の象徴として重代の武具をとらえる認識が透かし見えはしまいか。将軍義教の積極的な関与の姿勢をみても、そこには単なる物の移動にとどまらない精神的な営みが付随しており、その少なからぬ効果が期待されていたことが読みとられて然るべきであろう。重代の太刀（武具）の相伝は、個々の家内部の問題にとどまらず、時には幕府政治の一局面において、政治手段として用いられる程の大きな意義を担っていたのである。見方を変えれば、その相伝の効果が社会的に機能するような認識の土壌が広く共有されていることを、本件はものがたってもいる[35]。

こうした事件を経て、今川家の「ヤク王（薬王）」に関する説は、やがて刀剣伝書に収められることにもなる。佐々木本『銘尽』（以下、佐々木本）に次のような説が見えるのである[36]。

一、粟田口国吉事

或時、老翁白張着テ来テ、長二尺一寸剣ヲアツラヘ給。約束日、打出シケル処ニ、御硯ノ蓋ニ砂金ヲ入テ給之。御剣ヲ被召ケル後ニ、住吉神殿造替時、御硯蓋不見。不思儀ノ事トテ此蓋ヲ尋テ合スルニ、アイケル。御剣今神殿ニ是アリ。又、今川殿薬王ト申太刀、国吉也。薩多山合戦時、甲ヲ二羽重テ着テ城ヲ責ル処、二ノ鉢ヲワリケレバ、号薬王也。懐剣同作。西明寺時右大将永簾《ママ》丸写之者也。

京粟田口住の鍛冶国吉に関して、老翁姿に化現した住吉明神とのやりとりが紹介された後、今川家の「薬王」が国吉作であることと、その名称の由来が薩多山合戦との関係から説明されている。観応二年（一三五一）十二月の同合戦には、足利尊氏軍にしたがって今川範国と範氏・貞世兄弟が参加、薩多山に布陣している。その戦闘の様子は『太平記』巻第三十にも語られるところである。「薬王」の由来が薩多山合戦と結びつけられるのは、今川家の駿河守護としての支配基盤を築いた範国との関係を語らんがためであろう[37]。佐々木本に載る当該説は十六世紀に入ってから取り入れられた説である可能性が高いのだが[38]、こうした伝書への流入の前提として、実在した今川家の重代の太刀に関する話題が、同家の内のみならぬ環境でも語り継がれていたことを想定せざるを得まい。

以上、応永～永享期の重代の太刀への関心について、いくつかの事例に沿って概観してきた。鎌倉末期からこの時期にかけての実例の調査はさらに必要となろうが[39]、前節までに検討してきた状況を勘案すれば、刀剣への関心のひとつの軸として、十三世紀末以降、重代の太刀への関心が、家意識の展開と連関しながら、次第に社会へと浸透していく流れを考えてよいのではなかろうか。そして、伝書はこうした関心と結びついた知識をも集積することで成り立っていく。それらを共有することへの需要が社会的に形づくられていくことが、初期の伝書の生成基盤としてまずは想定されるべきであろう。ここまでの検討によって、その大筋は確認し得たのではなかろうか。

六　公家・宮家の重代の太刀

ところで、先に紹介した羽下論は、武家家門の可視的表徴としての武具の相伝に注目したものであったが、刀剣に関するこうした意義は決して武家固有の問題ではない。実戦での使用の有無において一線を画することができる場合もあろうが、たとえば、三種神器のうちの宝剣や「累代東宮の渡り物なり」(『江談抄』)といわれる「壺切」[40]、また摂関家に伝えられた「小狐」[41]などは即座に想起されるところであり、そこから天皇家や公家の家意識と重代の太刀との関係を窺うことはできる。以下には、初期の伝書が生まれてくるころには、こうした認識が武家以外でも決して特別なものではないことを確認していこう。

まずは、正応三年(一二九〇)三月九日の夜、内裏へ侵入した「浅原のなにがし」(源為頼)が自害する際に用いた刀である。『増鏡』はこれについて、「三条の家に伝はりて、鯰尾とかやいふ刀のありけるを、この中将(三条実盛)、日ごろ持たれたりけるにて、かの浅原自害したるなどいふことども出で来て」と記す(第十一「さしぐし」)[42]。『保暦間記』によれば、この為頼は「甲斐国小笠原一族」の「強弓大力」という。その自害に用いられたのは、事件後に「同意」の者と判断されることとなる三条宰相中将実盛が相伝する刀であった(43)。

続いて、『建内記』に書き留められた次の記述に目を向けてみよう(44)。

葉室中納言宗豊入来。言談。勧盃酌。
一、伯州年貢稲積・矢送《ヤスリ》両庄文書可沽却事。
一、彼流代々日記、長顕卿一筆書写。備故（由カ）長宗卿事。
一、龍記正文所持云々。近日可契約之可示之。
一、顕俊卿記号厳記、件正本相伝云々。
件記正文、若相伝歟。記事云々不意云々。
一、長宗卿遁世之時、雀手箱ヲバ奉納北野宝蔵、光頼卿以来相伝之打刀ヲバ奉納春日宝蔵云々。
（永享十一年〈一四三九〉六月二日条）

ここには記主万里小路時房と葉室中納言宗豊との言談の内容が箇条書きされている。当日の話題は主に葉室家代々の家記のことだったようだが(45)、同家に相伝される物に関する話題の流れの中で、長宗が遁世に際して「光頼卿以来之打刀」を春日社へ奉納したという話題が現れている。長宗は嘉慶元年（一三八七）正月二十四日の出家と伝えられるから（『尊卑分脈』）、かつて葉室大納言と呼ばれた光頼ゆかりの打刀が、彼の死後二百十余年を隔てた長宗遁世の時まで同家に相伝されていたことが、さらにその後五十年ほど経った永享十一年の時点までは確実に語り伝えられていたことになる。「彼流代々日記」と並んで、家の歴史を象徴的に背負う刀剣の存在を、葉室家においても確認しうるのである。その打刀の相伝の過程で、同家の軌跡がしばしばたどられていたことを察し得よう。

ところで、光頼といえば、平治の乱に際して、ひとたびは藤原信頼に組した弟惟方を叱責して寝返らせ、大内裏に幽閉された後白河院と二条天皇の脱出への途をひらいた人物として『平治物語』に現れる。注目すべきは、同書では公卿僉議に臨むその姿について、「左衛門督光頼卿、殊あざやかなる装束に蒔絵の細太刀帯て」と紹介され、「侍には右馬允範義に雑色の装束させて細太刀ふところにさゝせ、『もしの事あらば、我をばなんぢが手にかけよ』とてたのまれける」とその覚悟が語られていることである（陽明文庫本上巻「光頼卿参内の事付けたり清盛六波羅上着の事」）。作中に語られる乱の経過と結果から言えば、光頼の判断が葉室家のその後を救ったわけだが、その転換点となったのがまさしくこの局面であった。

物語に記される細太刀と長宗奉納の打刀を、伝承上ただちに同一物とすることはできないが、[46]「光頼卿以来」とされるゆえんに、かつて自家の転換期を乗り越えた人物のイメージが伴っていたことは相違あるまい。また、敢えて一歩踏み込むならば、長宗の時代には既に『平治物語』の流布も相当に進んでいたものと目され、葉室家内部に伝わる光頼イメージとその段階で交錯する動きが問題となる。その点に関して、「われらが曩祖、勧修寺内大臣、三条右大臣、延喜の聖代につかへてよりこのかた、…（中略）…一度も悪事にまじはらず。当家はさせる英雄にはあらねども、ひとへに有道の臣にともなひて、讒佞のともがらに与せざるしゆへに、むかしよりいまに至るまで。人に指をさゝるゝほどの事はなし。御辺、はじめて暴逆の臣にかたらはれて、累家の佳名をうしなはん事、くちおしかるべし。」（同前）という、家の歴史を強く意識した光頼の作中での口振りは、この「打刀」に伴うイメージとして格好のものであるとは言えよう。史料的制約から、物語におけるその言葉の創作性を測ることは難しいが、こと長宗以降の事情としては、物語の表現が実社会を生きる人々の意識へ及ぼす影響という観点から留意する必要もあるように思われる。

さて、話題を戻し、次に『看聞日記』に現れる伏見宮家の護刀《まもりがたな》を取りあげてみよう。

(a)若宮御護剣宝剣崇光院以来相伝秘蔵也。吉日之間進之。　（応永二十六年〈一四一九〉八月七日条）

(b)抑護剣二令研。崇光院以来相伝秘蔵剣也。鬼神大夫作云々。一ハ法安寺坊主進之。

（永享三年〈一四三一〉九月二十三日条）

(c)護太刀欛鞘下品之間欲作、定直奉行事仰付。磨五郎男参。金銀給。委細仰之。件剣大通院以来相伝重宝之間、秘蔵々々也。

（永享十年〈一四三八〉九月十日条）

(a)は六月十七日に誕生した貞成親王の若宮（のちの後花園天皇）に「護剣」が進上されたこと、(b)は貞成のもとにあった二振りの「護剣」を研がせたことを伝える。いずれも貞成の祖父崇光院から相伝されたものとされる。また(c)は「護太刀」の柄と鞘が「下品」ゆえ、その修繕を命じた記事。これは貞成の父大通院栄仁親王から相伝した「重宝」だという。当時の皇統は崇光院の弟の後光厳流の称光天皇へと移っており、崇光院は伏見宮家と皇統との分節点にある存在であった。「崇光院以来」「秘蔵」されたという意義は、そうした状況下での宮家の意識と不可分の関係にあろう[47]。また、貞成が他所に預けられていた大通院の「御護太刀」を「重宝」として召し出すという営為（応永二十五年〈一四一八〉八月九日条）も、同様の意識の脈絡において理解すべきであろう。

加えて、(b)ではそれが「鬼神大夫作」であることが殊更に明記されていることも見逃せない。鬼神大夫は広く重宝された豊後国住の名工行平。その名が十四世紀中頃には一般に浸透していたことは、『新札往来』の記述から明らかである（前章参照）。名工の作であることが、家意識と相まって刀剣への関心を形づくっているさまを看取できよう。そしてそれは、前節までに検討した武家のありようと通底していることも明らかなのである。

これらの他にも、花山院持忠の元服に用いられた道具について、「刀幷髪搔等皆重代之物也」（『薩戒記』応永二十五年〈一四一八〉年二月二十四日条）と記される例など、ここには引用を控えるが数多くの例をひろうことができる。以上の例のように、公家や宮家にも武家に類似した重代の刀剣への意識は存在する。つまり、鎌倉中・後期以降、特に応永～永享年間までには、刀剣へのこうした視線が、武家にとどまらない中世社会における共通認識を形づくっていたことが窺い知られるのである。先に示したような刀剣伝書の表現を受容する側には、こうした精神的土壌が形成されていることを把握しておきたい。

そして、こうした武家以外の重代の太刀に関しても、伝書はその情報を収録していく。佐々木本『銘尽』の例をあげておけば、「不知国鍛治」のひとり「行秀」に関して、「三条殿剣利目丸作云説アリ。但数本利目丸行平作也」という説を収めている（廿二「不知国鍛治事」）。傍線部の説は、但し書きとして続けられる「利目丸」の作者を「行平」とする説（「数本」の伝書に存在するとされている）によってただちに相対化されてしまうが、佐々木本が「三条殿」に相伝される太刀への視線を有していることは間違いない。また、廿九「昔鍛治霊剣作者事」に列記されるもののうち、「一、師子丸。遠州友安作」には「後徳大寺左大臣実定公太刀也」と注記され、「一、利目丸。紀新大夫行平作」には「閑院家相伝之」と記されている。後者は先の「利目丸」の由来と関わるさらなる異説と言えよう。伝書は、こうした武家以外の刀剣への広い視線をも内在しながら成り立っていくのである。

さらに、こうした認識は、一面で軍記物語の展開と再生の基盤とも接している。武家の刀剣については、既にいくつかの事例に関連して述べたが、ここでは公家に関する例を一例のみあげておこう。長門本『平家物語』巻第三で、流罪される藤原成親が住吉大明神への願書をしたため、「重代御剣」である「竹現」と共に奉納する独自話に注目してみる。その場面は、願書に続けて、次のように記される。

……と書給て、難波次良に仰られけるは、「竹現と申太刀、門脇宰相のもとにあり。それを取て、此願書とゝもにかならずまいらせよ」と経遠に仰付らる。仰のごとく是をまいらす。竹現は神剣と成て宝蔵第一の重宝とぞ聞えし。いまの世までにあり。

このような公家重代の刀剣の話題が増補されることも、増補された時代を問わず、先述のごとき公家社会での実態と無関係ではありえまい。また、右傍線部は先にみた葉室家の春日社奉納の例を想起させる。類似した例は数例にはとどまらなかったのではなかろうか。

七　おわりに

以上、初期の伝書の生成・展開期と目される時期に現れる重代の太刀に関する諸説を取りあげ、そこにあらわれた人々の行動様式と意識の様相を窺ってきた。重代の太刀の相伝は、実在して肌ざわりのある〈物〉に付随する、家の歴史という物語を伝えることでもあったと言えよう。それは、それぞれの家内部はもちろん、時にはより広い社会性の中で、政治的に機能するものでもあった。かかる重代の太刀に関する諸説を幅広く取りこんでいる伝書は、必然的に諸家の歴史を集積するという一面を有することとなっている。中世社会において伝書が生成し、以後長く受け継がれていった理由を、古今の名工やその作刀の目利きのための知識への関心の高まりにのみ求めるのでは不十分であろう。刀剣という〈物〉に伴う歴史性とその多様な社会的機能への関心とが交錯するところに、それを見極めていく必要がある。

一方、こうした心性を持つ人々の間に、『平家物語』をはじめとする軍記物語が受容されていたことに改めて注意を促しておきたい。軍記物語もまた、本章で取りあげた時期を経て、より動態的な作品展開期を迎えることとなる。軍記物語の展開の過程における重代の太刀に関する記述の増加という現象には、刀剣伝書やそれに通じる関心・知識に基づく認識が広く浸透した社会の様相が投影されていることを想定しておくべきであろう。軍記物語の展開と再生の様相は、今後いっそう社会の諸状況に連接した形で具体的に見極めていくことが求められる。あえて物語の記述を離れた実例の中に、そうした状況の一端を探ってきた本章を、続く分析の足がかりのひとつとしたい(48)。

注

（1）多田圭子氏「中世軍記物語における刀剣説話について」（『国文目白』28　一九八八・十二）、白崎祥一氏a「軍記物語における刀剣伝承の展開――源氏系話を中心に――」（『中世説話とその周辺』収　一九八七・十二　明治書院）、同b「『平家物語』「剣巻」の源氏系伝承考――屋代本・百二十句本の比較を通して――」（『早稲田――研究と実践――』9　一九八八・三）等。

（2）『長船町史　刀剣編史料』（一九九八・十　長船町史編纂委員会）の分類のうち、③を茎《なかご》（中心などとも表記）に限定せずに押形集等を含めたグループとして設定した。前章参照。

（3）銘尽に関しては、鈴木雄一氏「重代の太刀――「銘尽」の説話世界を中心に――」（『文学史研究』35　一九九四・十二）が、十二種の伝本を紹介している。また、刀剣研究の中では、伝書に関する個別的紹介が続けられている。鹿島則泰氏「古鈔本銘尽について（上）（下）」（『書誌学』1－1、2　一九三三・一、三）、辻本直男氏「中世に於ける刀剣書の研究（一）～（四）」（『刀剣美術』22、23、30、40　一九五三・七、一九五三・九、一九五四・十二、一九五六・七）、同「『鍛冶名字考』について」（『ビブリア』7　一九五六・十）なども、個別伝書に関する先行研究である。

（4）文学研究では、須藤敬氏「『保元物語』信西の太刀「小狐」をめぐって」（『軍記と語り物』23　一九八七・三）、村戸弥生氏「『小鍛冶』の背景――鍛冶による伝承の視点から――」（『国語国文』61－3　一九九二・三　→『遊戯から芸道へ――日本中世における芸能の変容――』〈二〇〇二・二　玉川大学出版部〉加筆改題収録）、小峯和明氏「中世の注釈を読む――読みの迷路――」（三谷邦明氏・小峯氏編『中世の知と学』収　一九九七・十二　森話社）、池田敬子氏「「しゅてん童子」の説話」（説話と説話文学の会編『説話論集　第八集』収　一九九八・八　清文堂出版　→同著『軍記と室町物語』〈二〇〇一・十　清文堂出版〉再録）、二本松泰子氏「『保元物語』鵜丸譚の叙述基盤――鵜飼伝承圏と関わって――」（『立命館文学』552　一九九八・一）、拙稿「抜丸話にみる『平家物語』変容の一様相――軍記物語と刀剣伝書の世界――」（『国語と国文学』77－8　二〇〇〇・八）〔第三部第二編第五章〕等がある。刀剣研究では、川口陟氏『定本日本刀剣全史』全八巻（一九七二・十一～一九七三・七　歴史図書社）をはじめとして、特に「刀剣美術」誌に多数の論考が掲載されている。それらの中には、現存刀や鍛冶（刀工）の特徴分析を伝書を参照しつつ解明しようとするものも多い。
（5）国立国会図書館蔵。一冊。国重要文化財。同本の引用は複製本（一九三九）による。
（6）刀剣博物館蔵。一冊。
（7）間宮光治氏は、「刀剣古伝書についての考え方（一）」（「大素人」20　一九八三・一）、同氏「観智院本銘尽について」（「刀剣美術」321　一九八三・十）において、観智院本の奥書の扱いに慎重な姿勢を示している。私も、氏の指摘のごとく、一書としての成立と個々の説の成立とを直結することは危険であろうと考えている。
（8）『増鏡』第二「新島守」の、承久の乱前夜の後鳥羽院の姿を記す部分に、「剣などを御覧じ知事さへ、いかで習はせ給へるにか、道の者にもや、まさりて、かしこくおはしませば、御前にてよきあしきなど定めさせたまふ」とある。菊作と呼ばれる院御製の太刀との関係からも注目されてきた記述だが、少なくとも、『増鏡』が記された時期には、刀剣目利きの専門家（「道の者」）とその特殊な知識の存在と、それに基づく「よきあしき」という刀剣への観点が定着していたことを確認することはできる。
（9）三矢宮松氏「観智院本銘尽解説」（一九三九・八　複製解説）。
（10）天理大学附属天理図書館蔵。一冊。
（11）国立国会図書館蔵。旧安田文庫本（焼失）の臨模本。一冊。「彼元暦ヨリ今ノ長享三年迄三百五年也」といった起算年の記載を持つ。
（12）羽下徳彦氏「家と一族」（『日本の社会史第6巻　社会的諸集団』収　一九八八・六　岩波書店）、川合康氏「奥州合戦ノート――鎌倉幕府成立史上における頼義故実の意義――」（「文化研究」3　一九八九・六　→同著『鎌倉幕府成立史の研究』〈二〇〇四・十　校倉書房〉再録）。のちにこの問題は、入間田宣夫氏「鎌倉武士団における故実の伝承――「過去」の支配をめぐって――」（渡部治雄氏編『文化における時間意識』収　一九九三・二　角川書店　→同著『中世武士団の自己認識』〈一九九八・十二　三弥井書店〉再録）に受け継がれている。
（13）たとえば、『平治物語』古態本では「鬚切」に関して、重代の太刀との記載はあるものの、由来話はみえない。こうした軍記物語の動態性の一面については、注（4）拙稿でも述べた。

（14）『天台宗全書』第二十巻所収。以下の引用は同書に拠るが、一部私に返り点などを改めたところがある。

（15）後藤丹治氏『戦記物語の研究』（一九三六・一　筑波書店）

（16）引用部の後、「綱切霊剣者我家之重宝也。孝子烈㆓智恵之剣㆒、而伐㆓煩悩之綱㆒。」という表現が現れる。「綱切」の名が、追善法会の場でレトリックとして用いられた実態を知ることができるとともに、こうした唱導の場で刀剣に関する話題が持ち出される所以のひとつを窺うこともできよう。

（17）「朽木文書」一四八。引用は史料纂集本に拠る。

（18）相州古文書所収法華堂文書。引用は『神奈川県史』資料編2（一〇四三）に拠る。なお、本節で述べる鬚切説に関しては、拙稿「源家重代の太刀「鬚切」説について――その多様性と軍記物語再生の様相――」（『日本文学』52―7　二〇〇三・七）と深く関わる。併せてご覧いただきたい。

（19）渡辺晴美氏「得宗専制体制の成立過程（Ⅳ）――文永・弘安年間における北条時宗政権の実態分析――」（『政治経済史学』165　一九八〇・二）、青山幹哉氏「鎌倉将軍の三つの姓」（『年報中世史研究』13　一九八八・五）、川合康氏「源氏将軍と武士社会」（『歴史を読み直す8　武士とは何だろうか』収　一九九四・二　朝日新聞社）、金永氏「摂家将軍期における源氏将軍観と北条氏」（『ヒストリア』174　二〇〇一・四）

（20）傍線部のような経緯は、貞時（法名崇演）と時頼（最明寺禅門）の生存時期に照らしてあり得ない。説の変容には誤解や事実関係への無理解も関与している。また、泰盛所持の「髭剪」は「右大将家御剣」と、あくまでも頼朝との関係で意義づけられていたが、『名字考』の段階では頼義・義朝以来という由緒が付随している。その間には、南北朝期以降に高まりを見せた〈頼朝以前〉への関心のあり方が影をおとしているようにも思われる。こうした点については、注（18）拙稿でも取りあげた。

（21）なお、同本下巻にも鬚切は「源家の重宝」・「家の名物」という表現を伴って記されている。

（22）「朽木文書」一三二。

（23）「朽木文書」一三三。

（24）「朽木文書」一一五～一三六。

（25）注（4）拙稿および第一部第一編第二章。

（26）「抜丸」の行方と頼盛流への意識については、足利将軍家の所蔵品との関係から次章で取りあげる。

（27）「小早川家文書椋梨家什書二」一一三「小早川則平自筆譲状」（『大日本古文書家わけ第十一小早川家文書之一』所収）

（28）『広島県史　中世　通史Ⅲ』（一九八四・三）

（29）「沼田小早川系図」（『大日本古文書家わけ第十一小早川家文書之二』所収）に拠る。

（30）「小早川家證文二」五三（『大日本古文書家わけ第十一小早川家文書之一』所収）

（31）「小早川家證文二」五四「足利義持安堵御判御教書案写」（『大日本古文書家わけ第十一小早川家文書之一』所収。応永二十一年五月二十四日付）

（32）「三浦家文書」六五（『大日本古文書家わけ第十四』）

（33）引用した感状は、それに五日先立つ二十日付「大内政弘感状」（「三浦家文書」六四）をうけ、重ねて下されたものである。

（34）小和田哲男氏「今川氏の代替りと内訌」（小和田哲男著作集第一巻『今川氏の研究』収　二〇〇〇・十一　清文堂出版　初出一九七五・十）、同「守護大名今川氏の発展」（小和田哲男著作集第三巻『武将たちと駿河・遠江』収　二〇〇一・七　清文堂出版　初出一九八一・十二）、『静岡県史通史編2中世』第二編第二章第三節「今川範政と家督相続」（山家浩樹氏執筆　一九九七・三）等がこの経緯を詳述している。ただし、後述する重代の鎧・太刀の相伝の意義については言及されていない。

（35）ここまでに通覧してきた事例を勘案すれば、この譲渡にはたらく政治的配慮を、従来指摘されている以上に積極的に読みとることができると考えている。
　ちなみに、この後に編纂される『今川家譜』・『今川記』などの家伝的な軍記には「ヤク王」に関する記述は見えないが、同家に相伝される「龍丸（龍王）」という義家以来の太刀が象徴的な意義を帯びて記される。一見、類似した重代の太刀に関する記述ではあるが、その間に存在する位相差に注意したいところである。本章が敢えて軍記物語の記述から一定の距離を保とうとするねらいとも関わる。

(36) 刀剣博物館蔵。一冊。同書はその奥書から、先行する伝書の説を集成する形で成り立つ類聚本的性格を有しており、諸説の分布を知る上で貴重な書である。

(37) 今川氏の初代を誰とみるかには諸説があるが、注(34)小和田論は駿河の今川氏という観点から範国を初代とするのを妥当としている。伝書の説が薩多山合戦を持ち出すのも、その理解の妥当性を側面から保証するのではないか。

(38) 当該記事は、文明十六年霜月十三日付けの書写奥書に続く、後補されたとおぼしき記事群の中に見えるものである。これに続く一連の記事の中に、「文亀比ヨリ……」(文亀年間は一五〇一～四年)という表現が見えることを考慮し、十六世紀に流布していた説が加えられたものと判断した。

(39) 注(3)鈴木論等も指摘する「累代太刀天狗切」(『看聞日記』永享八年十二月十日条)等もあげられる。

(40) 引用は岩波新日本古典文学大系に拠る。

(41) 注(4)須藤論参照。

(42) 引用は岩波日本古典文学大系本に拠る。この事件は、『古事類苑　兵事部二』「兵事部三十　刀剣三　名剣」の項にも引かれている著名な一件ゆえ、ここではこれが公家の重代の太刀であることに注意を促し、簡単な紹介に留める。

(43) 『保暦間記』の引用は、佐伯真一氏・高木浩明氏編『校本保暦間記』(一九九九・三　和泉書院)に拠る。

(44) 引用は大日本古記録に拠る。

(45) 「稲積・矢送両庄」は葉室家領。なお、光頼から長宗・宗豊までの系譜は次の通り。

光頼―宗頼―宗方―資頼―季頼―頼親―頼藤―長隆―┬長光―長宗
　　　　　　　　　　　　　　　　　　　　　　　└長顕―宗顕―定顕―宗豊

(46) 現在、長宗奉納の菱作りの打刀が春日大社に蔵されている(『有識故実大辞典』〈一九九六・一　吉川弘文館〉「打刀」の項。鈴木敬三氏執筆)。その図版は、文化庁監修『国宝・重要文化財大全6　工芸品(下巻)』(一九九九・九　毎日新聞社)

「866打刀」などに掲載されている。なお、この打刀と光頼の関係は、以下に述べるような状況に照らせば、後世になって光頼に仮託された可能性を見ておく必要はあるだろう。

（47）後崇光院のおかれた境遇については、横井清氏『看聞御記　「王者」と「衆庶」のはざまにて』（一九七九・十二　そしえて）等参照。

（48）次章では、本章では敢えて取りあげなかった足利将軍家と関わる状況からの分析に取り組むこととなる。

第三章　足利将軍家の重代の太刀

――「御小袖の間」の所蔵品から――

一　はじめに

前章では、鎌倉末期以降応永～永享期までを目安として、諸家の重代の太刀に関するいくつかの説を取りあげ、そこに現れる人々の意識を探り、その先に刀剣伝書の生成基盤、そして軍記物語に変容と再生を促す社会背景の一端を探ってみた。その点を踏まえ、本章では足利将軍家の重代の太刀に注目することとしたい。将軍・将軍家という存在が、室町期の社会を成り立たせている儀礼体系の核であったことは言うまでもなかろう。その将軍家にも重代の太刀が伝えられており、関連記事を諸文献から拾い出すことができる。そこにはやはり、重代の太刀をめぐるさまざまな制度や儀礼、それに関わる人々の営みや心のありようが見え隠れしている。将軍家の社会的な位置を考慮すれば、それは重代の太刀をめぐる中世人の実態を最も典型的に示すものとも言えるであろう。こうした観点から、本章では足利将軍家の重代の太刀にまつわる動きをとらえていくこととしたい。

周知の記事ではあるが、まずは足利将軍家重代の太刀「篠作」と「二銘」の初出とみなされている記事を掲げておこう。

(I)尤両将一度ニ御発向可然由衆儀一同ノ処ニ、両将其日ハ、筑後入道妙恵、頼尚ヲモテ両御所へ進タル赤地ノ錦ノヒタ、レニ、唐綾威ノ御鎧。御剣二。一ハ御重代ノ大ハミ也。御弓ハ滋籐、上矢ヲサ、ル。御馬ハ黒糟毛、宗像大宮司、昨日進上シタリシ也。当日ハ御重代ノ御鎧御小袖ト号ス、勢田野田大宮司着ス。…（中略）…頭殿是モ同人進シタリケル赤地錦ノ直垂ニ、紫皮威ノ御鎧。御剣篠作。御弓、将軍ト同前。御馬栗毛、是モ昨日宗像大宮司申進上シタリシニゾメサレタリシ。　（『梅松論』下）(1)

(II)御処様ハ廿六日ノ辰刻ニ、一色左京大夫ノ亭中御門堀河ノ宿処へ御出ナル。家僕御退治ノ御出ナレバトテ、御着長ヲモ不被召、御烏帽子ニ長絹ノ御直垂ヲ被レ召テ、篠作ト云御帯刀ヲハカセ給タリ。……　（『明徳記』上巻）(2)

(III)御処様ノ其日ノ御装束ニハ、態〔ト〕御小袖ヲバ召レズ、薫皮威ノ御腹巻ノ中ニ通リ黒皮ニテ威シタルヲ召レタリ。同毛ノ五枚冑ノ緒ヲ縮、累代ノ御重宝ト聞エシ篠作ト云御剣ニ二銘ト申太刀ヲ一振副テ帯セヲハシマシテ、薬研融ト云御腰物ヲ指セ給テ、御秘蔵ノ大川原毛五尺三寸ノ馬ト聞ヘシニ金覆輪ノ御鞍置テ、厚総ノ鞦懸テゾ召レケレ。抑、今度御小袖ヲ召レズシテ腹巻ヲ召《レ》ケル御事ヲ何事ゾト申ニ、御小袖ハ朝家ノ御敵退治ノ時召サル、佳例ノ御着長也。今度ハ家僕ノ悪逆誡メ〔ノ〕御沙汰ノ御合戦ナレバ、敵ニ合ヌ御鎧ナル上、若氏清・満幸等ヲ御覧ジ付サセ給ハヾ、人手ニ懸ズ、自ラ当落サセ給ハン為ノ御謀トゾ聞ヘシ。　（『明徳記』中巻）

引用(I)『梅松論』では、建武三年（一三三六）三月、多々良浜合戦に臨んだ足利尊氏が「大ハミ」（延宝本「骨食」）他二振りの御剣を、直義が「篠作」を帯していたとされている。この「篠作」は、引用(II)(III)『明徳記』で、明徳二年（一三九一）十二月、出陣した義満が「二銘」と併せて帯していたとされる「篠作」と同一の「御剣」とおぼしく、両書の記事を併せ見ることによって、将軍家に篠作・二銘という刀剣が相伝されていたことが読みとれる。

足利将軍家重代の太刀については、川口陟氏が右の記事や『看聞日記』等の記事をもとに、篠作・二銘・薬研通・抜丸等の存在を紹介しているほか(3)、刀剣界では現存する刀剣の由緒などとも関わりながら、近世期以降の伝来を含めた整理・紹介がなされている(4)。ただし、その中世における実態については、少なからず検討すべき点が残されているように思われる。ここでは、前章までと同様、現存する刀剣との関係（真偽の如何など）や近世以降へと増殖していく由緒等についてはひとまずおき、中世、特に十五世紀における実態的状況とそこで交わされている言説の様相とを、できるだけ俯瞰的に検討していくこととしたい。それを踏まえて、刀剣伝書が本質的に備えている社会的位相の一面を明らかにすることが本章の当面の課題となる。また、こうした作業を通じて、軍記物語が中世の社会意識に及ぼした影響に関する、新たな解釈の可能性にも言及してみたいと考えている。

二　御小袖と御小袖の間《ま》――足利将軍家の「御重代」――

前節引用(Ⅰ)・(Ⅱ)・(Ⅲ)には、重代の太刀のみならず、足利将軍家重代の鎧「御小袖」の名も見いだせる。この鎧については、鈴木敬三氏によって、足利氏の重宝で、一説に義家以来相伝との由来が付されていること（後掲『親長卿記』に基づく）、柳営の「御小袖の間」とよばれる一室に太刀と並んで安置され、御小袖番衆が警固していたこと、朝敵退治に際してのみ着用されるものであること（『明徳記』）が指摘され、後にこの鎧の消長に関して若干の事例が補足されている。(5)これをうける形で、足利氏による源氏嫡流工作の一環として、この鎧が義家以来のものとして宣伝され、いわば将軍の「神器」として誇示されたとする川合康氏の論も提出されている。(6)

こうした先行研究によって、御小袖の性格はかなり明らかになっているのだが、それと関わる人々の動きや意識の変遷については、なお吟味すべき点が残されているように思われる。また、本章の問題意識と特に関わる、御小袖と並んで蔵されていた重代の太刀をとりまく実態には、従来の分析の視線は向けられていないに等しいというのが現状である。そこで、本節では、まずは御小袖の間の変遷を軸にしながら、足利将軍家重代の鎧・御小袖と関わる人々の動きや発言をたどり、将軍家の重代の武具に対する共通認識を照らし出していくこととしたい。なお、その過程では必然的に重代の太刀に関する記事も視野に入ってくるが、それらについては、本節を踏まえた次節で取りあげ直すことととしたい。

（一）御小袖の間

御小袖の間については、建築史の分野では川上貢氏他によって、室町殿の変遷との関係で早くから注目されている(7)。その成果にいくつか史料的補足を加え、時間軸を意識しながら御小袖の間の実態を整理していこう。

「御小袖の間」という名称が文献上にあらわれるのは六代将軍義教期からである。ただし、それを溯って四代義持期以前から同様の空間が室町殿に設けられていたらしいことは、『看聞日記』応永二十九年（一四二二）四月二日条に、「去比室町殿有怪異。宸殿棟辻風吹破。重代鎧小袖置所之棟一間吹破」とあることから確かめられる。この記事は川上論では言及されていないが、時期的にみても、先の『梅松論』・『明徳記』の表現や、御小袖の名をあげる『異制庭訓往来』（延文三年〈一三五八〉～応安五年〈一三七二〉成立(8)）と並ぶ比較的早い時期の事例といえよう。

将軍御所としての室町殿は、破却と新造をくり返していくため、御小袖の間もまたそのありようを変化させていくのだが、その内部構造をよく伝えているのが、次の『満済准后日記(9)』（以下、『満済』と略称）の記事である。

(a)……寝殿北向間障子ヨリ西、東西四間、南北三間也。但此内南東寄二ケ間号御小袖間。被安置累代御鎧御剣等也。……
（永享四年〈一四三二〉正月八日条）

(b)其様ハ寝殿北向傍南号御小袖間。一間々半計在所在之。四方以厚板為垣。北面一方板戸。其脇ハ夕板也。戸ク、ロ鋲也。其上又板戸、同ク、ロ也。仍二重戸在之。……（中略）……仍将軍御仰天、令成彼在所給被御覧処、御重代御太刀号サ、作ト。并御重代御鎧号御小袖。戸入口ニ大文御座二畳並敷之。其上ニ三尺許机白木立之、四方引木綿、其上安置之。件サ、作無為間先御祝着。其北奥畳外ニ立机一脚勢分同。不及引木綿安置抜丸入錦袋。此剣粉失了。
（同五月八日条）

還俗して将軍となった義教は、永享三年十二月十一日、父義満の室町殿跡に建てられた「新造上御所」へと移徙する（『満済』）。右の二つは義教の室町殿における御小袖の間の様子である。川上論では、この記述が、『門葉記』巻第百六十五勤行法補一之四にみえる「永享十二年十月二十三日北斗法仏事道場指図」として伝えられる室町殿寝殿指図や、「永享四年七月二十五日室町殿御亭大饗指図」（国立国会図書館蔵）に示された室内空間と対応していることも指摘されている[10]。「御会所之御塗籠之内」（『看聞日記』永享四年五月九日条[11]）・「塗籠」（同十五日条）とも表現されるこの一間×二間の空間は、将軍家の「御重代」を収納しておく特別な一室であった。周知の記事ではあるが、後者の傍線部が、重代の太刀「篠作」とあわせて室内での配置にまで言及されており、以下の検討の基盤となる記事ゆえ、あえて指図を引用しておく（次頁参照）。

さて、引用(b)は御小袖の間から御剣「抜丸」が盗まれた事件を記した記事である（その経緯は後述）。やがて「抜丸」は発見され、御小袖の方はもとより無事であったのだが、この一件を契機として、御小袖の間は別に建てられることとなる。六月三日に立柱、八月十六日午刻にはその「新造御在所」（『満済』）・「室町殿新造御小袖間」（『師郷記』[12]）に御小袖が移され、人々が参賀に訪れたという。両書には明記されてはいないが、「サ、（篠）作」・「抜丸」等の重代の刀剣もこちらに移されたとみるのが自然であろう。

この室町殿は義教の没後に義勝へと相続されるが、義勝は早世。その後将軍となった義政は日野資任の邸宅烏丸殿を御所とし、室町殿から寝殿以下の建物を移築させている（『斎藤基恒日記』文安二年〈一四四五〉六月二十八日条等）。先に新造された御小袖の間の行く末は判然としないが、重代の品々はこの御所移転に伴って烏丸殿へ移動したものと推察される。烏丸殿内での在所は未詳である。

長禄二年（一四五八）十一月二十七日、義政はかつて義教の室町殿があった地へ移り住もうと、「花御所御造作事」を命じる（『在盛卿記』[13]）。この室町殿は文明八年（一四七六）十一月十三日に焼失するまで存続するが（『長興宿禰記』[14]）、そこにも「室町殿御対面所御小袖間、番衆当時祗候」（『親長卿記』文明四年〈一四七二〉正月二十日条）が設けられていた。同日条の記

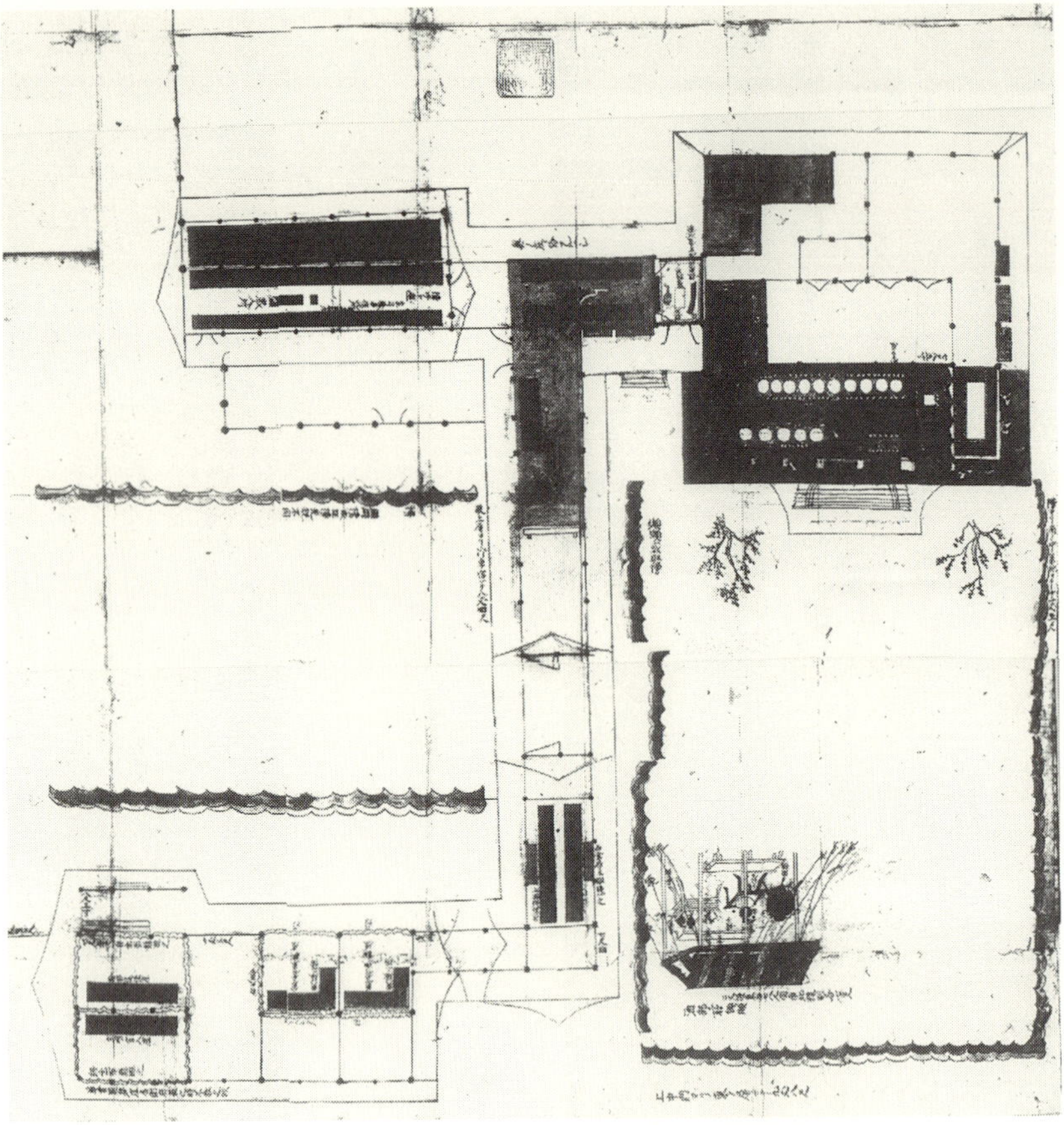

「永享四年七月二十五日室町殿御亭大饗指図」（国立国会図書館蔵。部分）

載をもとに、この一室が寝殿とは別殿をなしており、番衆がこれを警固していたことは、川上論に指摘されるとおりである。[15] 番衆の存在は、御小袖をはじめとする重代の品々が持つ意義の重さをものがたっている。番衆は先の永享四年の盗難事件の時には既に存在しており（『満済』同日条）、こうした警固体制はそれ以前から続けられていたことがわかる。また、室内空間としての御小袖の間の、十五世紀における実態を窺わせる記事として、時代は下るが、『言継卿記』永禄八年（一五六五）六月十五日条[16]にも注目してよいだろう。

(c)大和雑談、武家之御小袖之間鳴動之事、普広院殿御生害之時、兼日鳴動、慈照院殿御代鳴動、被改御座所之処、常御所悉顚倒云々、今度鳴動、又後日に重て一日に三度鳴動云々、然に御用心無之段、御運尽故也、

同年五月十九日、松永久秀らの軍勢に急襲された十三代将軍義輝は、二条御所で奮迅の末に自害する。その討ち死にの必然性を、御小袖の間の鳴動の歴史との関係から大和入道宗恕が説いたとするのが右の引用部である。『言継卿記』には、討ち死にの当日、「御小袖之唐櫃、御幡、御護等櫃三」が伊勢貞助の手で「禁中へ被預申」たとあり、『江陽屋形年譜』は、最期に臨んだ義輝が御小袖を着し、そこに九筋の矢が立ったと記している。[17] 御小袖はこのころまでは実際に伝えられ、将軍の証として確かに認識されていた。そして、ここでは御小袖の間の鳴動を介して、今回の事件を義教の暗殺（嘉吉の変）や義政時代の常御所顚倒という異変と類比している点も興味深い。こうした形で、御小袖の間が持つ一種の聖性が語り継がれていたのであった。もちろん、その空間の核は御小袖という将軍家重代の鎧ではあるが、先に見たとおり、そこには重代の太刀もまた収められていた。それらはまさしく、足利将軍家の歴史を象徴する武具群とされていたのであり、そうした意味で極めて重い社会的な意義を有していたことを十分に察し得るのである。[18]

(二) 出陣・帰陣・家督相続

ここまでは、御小袖の間という室内空間の変遷をたどってきたが、続いて御小袖をとりまく人々の動きへと目を移してみよう。

特別な一室に安置された御小袖が、日常的には人の目に触れないものであることは言うまでもない。したがって、それが人々の目に触れる機会は必然的に特別な意味を帯びることとなる。

(d)一、御小袖御拝見。当御代始而御拝見也。御代ニ一度御拝見之御嘉例云々。一色左京大夫殿（義直）申沙汰也。仍御太刀金参。大名・外様・公家・門跡少々、御供衆・右筆方御前衆、御造作奉行各一腰進上也。前七日御神事也。左京大夫殿・同兵部少輔（義遠）殿両人直垂（打・脱カ）裏也。

一、就今日之儀、一色殿へ参。衆中同道対面也。（以下略）

（『長禄四年記』長禄四年〈一四六〇〉七月二十八日条[19]）

右傍線部によれば、将軍一代につき一度だけ「御小袖御拝見」の儀が執り行われていたことが知られる。「御嘉例」という表現からすれば、当時の将軍義政以前の代から続くものとして、これが既に恒例化していたことも察し得よう。この時は、御拝見に先だって「前七日御神事」がおこなわれ、当日には武家・公家・門跡が群参するという盛大な催しであった[20]。将軍家重代の鎧がもつ歴史的象徴性を考慮すれば、この儀式は、ときの将軍義政と御小袖を「御拝見」した者との主従関係を、歴代足利将軍との系譜的連帯感の中で強く意識させ、現在の関係をより強固なものとして再構築するものであったかと推察される。この時、義政は宝徳元年（一四四九）の将軍就任以来十一年目の二十五歳。この「御拝見」の政治史的意義については別に検討する必要があろうが、成人した将軍義政の立場と深く関わる動きであったとみて大過あるまい。

御小袖が人前に持ち出される機会としては、この他には将軍出陣・帰陣という局面があげられる。十五世紀においては、長享元年（一四八七）九月の九代将軍義尚の近江出陣と延徳三年（一四九一）八月の十代将軍義材の近江出陣、明応二年（一四九三）二月の義材の河内出陣に際して、御小袖が持参されたことは確実である。ここでは将軍出陣の様子を見物した人々が書きとめた御小袖に関する記載に注目してみよう。

まずはじめの事件については、『長享元年九月十二日常徳院殿様江州御動座当時在陣衆着倒』（以下、『着倒』[21]）がその様子を次のように記している。

(e)　常徳院殿様御動座之御出立事

香之御袷ニ、赤地之錦の桐唐草の御鎧直垂ニ、御縁塗ニ、白綾之御腹巻ニ、御腰物は厚藤四郎吉光也。丼金作の御太刀也。廿四さしたる矢、中ぐろの御矢。上帯者不レ引也。御鞭は三所藤也。御多羅枝は重藤也。豹皮之御連貫ニ、御馬は河原毛也。梨地之御鞭也。御博士之者参り、御祓など申也。在通・在重等也。御祝之御酒参るなり。すでに御所様御成有也。一番ニ御小袖之御出也。一色殿手勢五六百人。其次ニ御護之役人、大和大和守一類二三百人。其次ニ御旗差の進士美濃守参る。其次ニ雑色之男共十人計。なしうちゑぼしに、黒キ布直垂ニ、かへしも、だちを高く取て、腰刀計也。其次ニ御小者六人参る。中ニ御刀者、御長刀、ほねかみと申御重代をかづく。其次ニ五ケ番之衆は思ひ〳〵に出立、太刀をはき、左右ニ分て、三百人計参る也。（以下略）

『着倒』は、その奥書によれば明応二年（一四九三）六月の時点でこの出来事を回顧して記述されたものではあるが、『後法興院記』・『長興宿禰記』・『鹿苑日録』等に記された出陣の見聞記（九月十二日条）と内容的に照応しており、一方でそれらには見えない要素をも含んだ詳細な行軍の描写がなされている点で貴重である。傍線部にあるように、六角高頼追討に向かう将軍義尚に伴って、御小袖はこのとき近江へと移動していった。『長興宿禰記』の「御小袖鎧唐櫃、侍男舁之前行。一色吉原四郎重服暇中・同兵部大輔二騎従之」や、『鹿苑日録[22]』の「一色吉原騎馬。年甚少。馬前士卒二人、被堅執鋭。舁櫃而進。所謂御小袖也。吉原代宗領而掌之」といった記載からすれば、このとき御小袖は唐櫃に入っており、その実際の形姿は周囲からは見えなかったはずである。おそらくそれは鎧唐櫃ではあっただろうが、それにしても、等しくその中身を御小袖と認識していること（『後法興院記』[23]は「先是御小袖重代前行」とする）からみて、将軍の出陣に伴う御小袖の帯同というしきたりが武家・公家・寺社の別を問わぬ常識的な理解のもとにあったことが知られよう。また、『着倒』には、右の引用部のあとに「軍記（規）式・次第は、等持院殿様任二御例一」とあり、この出陣が尊氏の先例に倣って行われたことが明かされている。こうした先例意識が持たれていることの背後に、先にあげた『梅松論』や『明徳記』に見えたごとき認識が浸透していく歴史的過程が想定されてよいだろうし、そうして形成された共通認識を利用して、御小袖を媒介とした将軍出陣の系譜の中にこの出陣を権威づけ、意義づけようとする政治的意図が窺い見えてもくるのである。[24]

　この出陣の翌年、鈎の陣にある義尚のもとを、興福寺大乗院門跡の政覚が訪れている。長享二年（一四八八）正月十七日の早朝、陣所真寶館に参上した政覚は、申次伊勢貞固に導かれ、「御小袖ノ間ノ前ニ御座」す義尚と対面している（『政覚大僧正記』同日条）[25]。また、翌十八日にも早朝に義尚のもとを訪れた政覚は、申次二階堂に従い、「御小袖ノ間ニテ対面」している（同前書）。かかる記載によれば、義尚が御小袖を持参していることはもちろん、その陣中に「御小袖ノ間」と呼ばれる空間を設けており、その場は他者との対面の場になっていたことがわかる。洛中の室町殿を離れた所にも御小袖の間が作られたことを示す貴重な事例である。

　続いて、延徳三年の出陣に目を移してみよう。この出陣はより多くの見物者・関係者によって記しとどめられている。その経緯を簡潔に記しておくと、まず八月二十三日に御小袖と御旗を義材が一見し、翌日には諸家がその参賀に訪れている（『蔭凉軒日録』・『大乗院寺社雑事記』〈以下、『日録』・『雑事記』と略称〉二十三日条、『後法興院記』・『北野社家日記』二十四日条）。将軍による御小袖一見と諸家の参賀という経過は、出陣に先立つ恒例の流れであった可能性が高い。そしてこの参賀は、やはり将軍との主従関係を再確認する意味を持っていたに違いない。

このときの出陣は八月二十七日であった。「常徳院殿（義尚）御出陣ニ百倍也。希有見物不可過之」（『雑事記』）と言われる程に盛大であったその様子は、右にあげた諸記録同日条に詳しい。ここでは御小袖警固の様子を記す『後法興院記』を見ておこう。

(f)是日武家出陣。相伴実門幷右府密々見物。大概記之。…（中略）…

次武家衆

武衛後騎四十九人。主人帯甲冑。

次御小袖唐櫃

警固　一色修理大夫後騎四十二人

同名吉原四郎、同兵部少輔等相従之。

次御護唐櫃

警固　大和守、同三郎、同三重左京亮、同佐渡彦三郎、松原七郎、同本郷太郎左衛門、入袋懸郎等頸。但私ノ旗歟。可尋之。次御旗杉櫃一合舁之。連ヲハル。是御旗歟。

（八月二十七日条）

唐櫃に入れられた御小袖の存在が、この出陣の際にも、当事者はもちろん、見物者たちにも特筆すべきものとして意識されていたことが確かめられる。右引用部に続く部分には、追討される六角高頼が「被准朝敵」たと記されており、前掲『明徳記』の「御小袖ハ朝家ノ御敵退治ノ時召サル、佳例ノ御着長也」という表現どおりに、後世、その由緒が再現され続けていたのである。

さて、近江を鎮めた義材は、明応元年（一四八九）十二月十四日に帰洛するが、翌年二月十五日、今度は畠山基家追討のために河内へ赴く。この将軍不在の間に、京都でいわゆる明応の政変が起こり、新将軍義遐（義澄）がたてられることとなる。立場の一転した義材は、同年閏四月二十七日、河内国正覚寺で上原左衛門大夫元秀のもとに投降し、五月二日には帰洛、龍安寺へと入る。その具体的な様子は重代の太刀「二銘」に関する検討をおこなう次節で取りあげることとし[26]、ここでは、前将軍義材の没落と帰洛に際して、御小袖の無事が大きな関心事となっていたことのみ指摘しておきたい。したがって、このたびの将軍出陣でも、確かに御小袖は伴われていたのであった。

続いて、当時の人々の、右のような関心の根底にある意識とも関わって、御小袖が足利家家督の証として扱われていた実例を確認しておきたい。

長享元年に近江へ出陣した義尚は、父義政に先立って同三年三月二十六日に江州鈎の陣において二十五歳で他界、三十日にはその亡骸が帰洛する。その報をうけて四月八日には、応仁・文明の乱の後美濃へ長らく逃れていた義政の弟義視とその息義材が上洛する。その行動は、義材の次代将軍への就任を期したものであったが、それが実現に向けて本格化するのは、義尚没後の政務を執っていた義政が翌延徳二年（一四九〇）正月七日に没し、「御相続事左馬頭殿（義材）治定」（『後法興院記』同八日条）となってからであった。十三日には家督相続の武家参賀がなされているが、『後法興院記』の記主近衛政家は、その前日条に、翌日の武家参賀のことを「寿官」（小槻長興）から伝え聞き、「明日左馬頭殿家督御礼武家輩悉可為群参候。御重代伊勢守（貞宗）可持参云々」と記している。

ところで、この当日に伊勢貞宗が持参した「御重代」に関して、次の記事にも目を配っておこう。

(A)……今日今出川殿御礼人々申之云々。珍重々々。御重代御剣（二銘）貞宗持参云々、……　（『実隆公記』同十三日条[27]）

(B)……自京都又注進状到来。十三日御重代者共伊勢守持参申。公武御礼思々ニ申入云々。仍明後日可上洛者也。　（『尋尊大僧正記』同十四日条[28]）

(C)一、去十三日御重代ノ物共、伊勢守貞宗通元（玄）寺ヱ持参、進左馬頭殿。仍諸家御礼云々。然者早々可罷上由被仰下了。　（『政覚大僧正記』同十四日条[29]）

当日は複数の「御重代」が伊勢貞宗によって持参されており（引用(B)・(C)）、その中に「御重代御剣二銘」が含まれていたことが確認される（引用Ⓐ）。そして、「進左馬頭」と明記されていることを見ても、これらは新しい足利家家督義材の所有すべき物として扱われているのである。

ただし、右の一件に関していささか注意すべきは、実はこの時には御小袖は進上されなかったと考えられる点である。実際に御小袖が義材のもとへと伝えられたのは、それから三箇月強を経た四月二十八日のことであった。

(g)今日御小袖自二小川御所一、見レ移二通玄御所一。皆献二太刀一云々。

（『日録』四月二十八日条）

右の記事は極めて示唆的である。小川御所はもとは義尚がその主であり、その没後は義政の差配によって御台富子の所有となっていた(30)。御小袖がその小川御所から通玄御所へと移されたというのであるから、義尚没後、御小袖はその亡骸とともに帰洛し、小川御所で母富子の管理下にあったものとみられるのである。また、『後法興院記』長享三年（一四八九）四月十九日条によれば、通玄御所は上洛した義視・義材親子の在所であり(31)、このときの彼らは「近日可有移住小川御所云々」と噂されているが、富子の方では小川御所を義政の猶子義澄に譲る手筈を整えていった。同書延徳二年（一四九〇）五月十八日条によれば、この日小川御所は義材によって破却されてしまうのだが、その背景には、「家督事御台可被執立香厳院（義澄）由与細河京兆（政元）有密談之由雑説。依此儀被破却小河亭歟」（同書同日条）と解されるような関係があった。つまり、こうした経過を見るかぎり、富子は次の家督として、義視の子義材を支持していなかったわけで、そうした義材の立場は「今出殿（川・脱）御身上無御心元云々」（『尋尊大僧正記補遺』延徳二年五月十二日条(32)）と評されてもいる。こうした状況の中、先の正月十三日の武家参賀の際には、あるいは御小袖も義材のもとに移される予定だったのかもしれないが、それは叶わなかったものと推察されるのである。

かかる富子と義材との関係から判断するに、家督相続決定から御小袖の移動までに経過した三箇月強という時間は、富子の家督をめぐる考え方を反映しており、その意思表示でもあったのではなかろうか。当該期の富子の政治的動向との関係から、この時の御小袖の移動が持つ意義を見つめ直してみる必要があるように思われる。少なくとも、以上に見た経緯は、御小袖をはじめとする重代の品々が家督を象徴するものとして特別視されていたことを如実にものがたっていよう。

こうした側面は、明応二年五月、敗北した前将軍義材に伴って帰洛した御小袖等の行方が、「武家重代具足、今日被渡家督云々」（『後法興院記』同六日条）と記されていることからも確認できる。いわゆる明応の政変で擁立された新将軍義遐が、家督としての立場の証しとして持つべきものが「武家重代具足」だったのである。続く九日には、その帰洛をうけて武家・公家が「重代無為之御礼」のために将軍のもとに訪れていることにも目を配っておこう（『後法興院記』同八日条、『言国卿記』同八・九日条）。

以上、出陣・帰陣・家督相続の場面にまつわる御小袖をめぐる人々の動きを通じて、そこに現れた人々の認識について概観してきた。従来、御小袖については、「八幡殿御具足」（『親長卿記』明応二年閏四月二十七日条）という、明らかに仮構されたその由緒に注目が集まることがほとんどであった。そうした側面が持つ意味は確かに重いのだろうが、その一方で、足利家家督あるいは室町幕府の将軍を象徴するものとして、換言すれば、現実的な社会体制のありようとの関係の中でなにがしかの機能を果たす事例の方が、文献上には多く認められるという事柄にひとたび立ち戻ってみたいとも思うのである。[33]

（三）その他――怪異・喪失の危機・一色氏――

さて、続いて、御小袖にまつわる怪異・盗難等の諸事件を取りあげ、その際の人々の反応を見渡してみることとしよう。

本節（一）の冒頭に引いた応永二十九年（一四二二）四月の「室町殿」[34]の「怪異」に際しては、「秘蔵名馬」が北野社へ神馬として進上され、その他にも祈禱がなされている（『看聞日記』）。そうした敏感な対応ぶりはもちろん、「此外所々有怪異。有何事哉」（同日条）という言葉として現れた不安心理の高まりもまた、御小袖に、ここまでに見たような特別な象徴性を認める共通認識が存在すればこそのものと考えられる。御小袖の間にまつわる怪異から、ときの将軍の暗い行く末を連想するという精神的営為は、先の『言継卿記』の事例（引用(c)）を遡ったこの段階で、それと同様におこなわれていたとしても何ら不思議ではあるまい。

　ところで、ここまでに見てきた諸記録の中で気がつくことは、御小袖の周辺に一色氏の人々の存在が散見することである。引用(d)では御小袖御拝見について、「一色左京太夫殿申沙汰也」・「就今日之儀、一色殿へ参」（共に前掲引用波線部）などとされ、(e)では長享元年の出陣行列の中で「一番ニ御小袖之御出也。一色殿手勢五六百人」（前掲引用傍線部）と御小袖に続いてその集団が記されている（『長興宿禰記』『鹿苑日録』にもその集団が記されている。該当部前掲）。また、延徳二年の出陣に先立つ「公方御小袖御披見」は「一色参申。有其儀哉」と記され（『雑事記』八月二十三日条）、(f)の出陣行列では御小袖唐櫃警固役として「一色修理大夫後騎四十二人、同名吉原四郎、同兵部少輔等相従之」の名が記されている。『北野社家日記』同日条は、「……其後一色殿為　御小袖警固令参。其跡　御所様也」とする。この役は、『雑事記』同日条では「御小袖奉行一色」の名で呼ばれていることにも注意したい。さらに、明応二年の義材帰洛に際して、御小袖の行方が関心事となっていたことは先に述べたが、それに関する記事の中でも、「……御小袖定而手ニ取之歟云々。御小袖奉行一色代吉原、越智手ニ取之」と記されてもいる（『雑事記』閏四月二十五日条）。そして、こうして帰洛した御小袖等を新将軍に渡したのも、「一色少輔殿」なのであった（『日録』五月六日条）。こうした立場は、これらに先立つ永享四年五月の御小袖の間御剣盗難事件（引用(b)に関連）の際に、その知らせが「……新兵衛罷向一色左京大夫宿所、此子細申云々。一色左京大夫参申事及子刻云々」（『満済』五月八日条）と真っ先に一色左京大夫持信のもとへ報告されていることにも通じるように思われる。

　こうして通覧してみると、十五世紀には、一色氏の人々が代々御小袖の動きに密接に関与していることが浮かびあがってくる。特に「御小袖奉行」といわれたその役職の存在は、彼らが「御小袖御番衆」とともに、将軍家重代の鎧を核とした諸儀礼、あるいは社会体制の構成要素として確固とした地位を早くから占めていたことを窺わせるのである。

さて、御小袖が直面した何度かの危機に目を移してみよう。永享十二年（一四四〇）五月十五日、当時の一色家の家督義貫他が将軍義教によって大和陣中で誅殺される（『斎藤基恒日記』・『師郷記』等）。若くして家督を継いだ義貫は、将軍義持との関係の中で一色家の地位を確立した人物であったが、義持の没後を継いだ義教との関係は穏やかではなく、やがてこの事件へと至ることとなった[35]。誅殺の翌十六日には、義貫の弟で、義教の近習であった持信の息五郎教親が、「勘解由小路堀川匠作（義貫）宿所」の請け取りに向かうが、義貫の被官人らはこれを拒絶し、「則懸火了」という非常事態に及ぶ（『斎藤基恒日記』同十六日条）。この義貫の屋形の炎上に関連して、『師郷記』は次のような記載を有している。

(h)……武家累代重宝一色預申之。而今度炎上焼失之由令存之処、彼家倉預入道也取出進上云々。希代事也。

（五月十六日条）

ここに言う「武家累代重宝」は、先の一色氏との関係を踏まえれば、御小袖を指すとみてまず間違いなかろう。この時、屋形への予想外の放火によって、同氏に預けられていた御小袖は焼失の危機にさらされたが、「倉預」によって難をのがれることとなったのである。その存在感の大きさを示唆するものとして、末尾に付された「希代事也」の響きに耳を傾けたい[36]。

この他、十六世紀初頭の例として、将軍義澄の時代以来将軍家に不在であった御小袖が、六角四郎によって進上され、初めて十二代将軍義晴のもとに安置されたことを語る、次のような記事がある。そこには、一種の危機的状況を克服した喜びを読みとることができよう（ちなみに、義澄は永正八年〈一五一一〉八月十四日、左の記事中に現れる近江岡山にて没している)。

(i)今日室町殿有㆓総参賀事㆒。子細者、昨日御小袖始被㆓安置㆒、其御礼云々。仍不㆑能㆓故障㆒。令㆓参賀㆒。法住院殿(義澄)御代、江州岡山御座之時、九里被㆓預置㆒之処、六角四郎九里依㆑令㆓退治㆒、此御小袖于㆑今不㆓返上㆒。京兆廻㆓計略㆒、今度以㆓内義㆒令㆓進上㆒也。為㆓奇特㆒者歟。有㆓御対面㆒。御太刀進上如㆑常。(『菅別記』大永四年〈一五二四〉七月二十日条)[37]

右の事態と関連するものとして、「御小袖進上尤神妙。……」、「御重代御小袖進上尤珍重々々。……」と書き出される、これに先立つ六月八日付で九里伊賀入道に出された御内書が存在していることを付け加え(『御内書引付』)[38]、十六世紀に入ってからも、既述したような共通認識が大枠として継承されていることを見通しておきたい。その延長線上に、先述した『言継卿記』永禄八年六月十五日条や、『江陽屋形年譜』に現れていたような認識が位置することについては、もはや多言を要すまい。

◇　◇　◇

本節では、足利将軍家重代の鎧・御小袖に関する動向を、十五世紀に焦点をあわせながら概観してきた。次節では重代の太刀に関する言説へと視線を移すこととなるが、以上を踏まえて確認しておくべきは、足利将軍家を核とした社会環境において、重代の武具が担う象徴性が、実社会での行動をも規制しながら存在していたという事実である。その力を意図的に利用した政治的判断さえなされるほどであったことを改めて受け止めておきたい。本編前章において諸家の重代の太刀に関する意識のありようを分析したが、ここまでの検討を勘案すれば、将軍家の「御重代」をめぐるこうした認識とそれらは相似形をなしながら、同時代的な認識の規範として広く定着しており、人々の思考・発想の基幹のひとつともなっていたことを看取できるであろう。次節では、その点を重代の太刀に即して見直すこととなる。

三　足利将軍家重代の太刀

足利将軍家に伝えられていた重代の太刀としては、『梅松論』・『明徳記』に篠作と二銘が登場し、『満済』に抜丸がみえることは既に示しておいた。『満済』には、篠作・抜丸が御小袖の間の中に安置されており、前者は御小袖と並んで、「戸入口ニ大文御座二畳並敷之。其上ニ三尺許机白木立之、四方引木綿、其上安置之」、後者は「其北奥畳外ニ立机一脚勢分同。、不及引木綿安置抜丸入錦袋。」と記されている。そうした特別な扱いをみても、御小袖と並んでこれらが足利将軍家の重宝として、その歴史と権威を象徴する武具であったことは十分に察することができよう。以下には、それらと関わる人々の動きと意識の様相を、（一）出陣・帰陣、（二）盗難、（三）年中行事という観点に分けて検討していきたい。

（一）出陣・帰陣

明応二年（一四九三）閏四月二十五日、河内正覚寺で投降した前将軍義材らのことは即座に都に伝えられ、諸記録に記しとどめられることとなった。前節で、この際に御小袖の無事が関心事となっていることは指摘しておいたが、それと並んで、重代の太刀「二銘」の無事もまた注目の的となっていた。

(イ)今日廿五正覚寺代敗績之由、自㆓方々㆒告㆑之。不㆑知㆓其実㆒。暮夜九峯来云、正覚寺落居一定也。注進有㆑之。義材公・葉室公・妙法院・種村方、上原左衛門大夫陣所江御降参云々。御小袖幷二銘等御所持云々。

（『蔭凉軒日録』閏四月二十五日条）

(ロ)二楽院来云、正覚寺城没落一定云々。大樹・葉室大納言幷妙法院僧正・種村以上四人走入上原左衛門大夫陣被相憑云々。則令注進京都間、今日種々有談合云々。畠山左衛門督父子不知行方云々。抑大樹身躰事不足。（言・脱カ）言語道断事也。武家重代太刀具足自陣被随身云々。（『後法興院記』同二十六日条）

(ハ)昨日廿五日河内正覚寺没落云々。仍御所者昨日辰剋御小袖幷二銘之御重代被持、上原左衛門大夫手江有御落。御伴人数者、葉室大納言忠光（光忠）・一色駿河守幷種村入道・同刑部少輔・同八郎・木阿・其子。奉公面々者、二番々頭桃井・足助参河守・小田伊豆守・市・富永・結城五郎、大概遁世云々。巨細追而可注之。

（『北野社家日記』同二十六日条）

右の傍線部によれば、義材のもとに携えられていた二銘は、御小袖と並ぶ「武家重代」・「御重代」として、広く社会的に認知されていたものであった。この後、御小袖が一色氏の手配りのもと、家督の証として新将軍義遐のもとに伝えられるが（前節（三）参照）、そこでも「御小袖幷二銘等、暮夜一色少輔殿、為㆓御使者㆒持以見㆑謁㆓当相府㆒云々」（『日録』同五月六日条）と二つが並び称されていることを指摘しておく。

ただし、右の記載では両者が並列的に扱われているものの、その一方で、御小袖の帰洛しか記さない例（『雑事記』同閏四月二十五日条・五月三日条『言国卿記』・『日録』同五月二日条）[39]、や、家督義遐への譲渡を「武家重代具足、今日被渡家督云々」（『後法興院記』同五月六日条）とのみ記す例があることに加えて、引き続いておこなわれる武家参賀を、「重代無為之御礼云々」（『後法興院記』同八日条）と記し、また「其子細ハ小袖参御礼云々」（『言国卿記』同日条）ととらえる認識が存在することを考えれば、御小袖の方がより重要視されていたようではある。この点は、これらが安置された空間に、「御小袖の間」という名称が付されていたこととも対応しよう。

こうした度合いの差が存在することは確かではあるが、足利将軍家の重代の太刀の無事と、新将軍への滞りなき譲渡とに注目する視線が、当時の社会に一定の広がりをもって存在していたこともまた疑いない事実である。この点は、前節（二）で示した義材への二銘等の移譲の例（引用(A)〜(C)）の他、御小袖に義家以来という由緒を付す唯一の事例である『親長卿記』の「今日或仁語云…（中略）…御小袖八幡殿御具足、号御小袖、等被渡之云々」（同閏四月二十七日条）という口ぶりにも、わずかではあるが反映しているように思われる。

なお、義材が二度の出陣に際して御小袖を伴っていたことは既に指摘しておいたが、延徳三年（一四九一）の近江出陣の際に二銘等の重代の太刀を持参していたかという点は未詳である。とはいえ、長享元年（一四八七）の義尚の近江出陣の様子を記した前掲『着倒』を改めて参照してみると、義尚の「御腰物は厚藤四郎吉光也。幷金作の御太刀也」と記され、行列の中で「御小者六人」の所持するものが、「中ニ御刀者、御長刀、ほねかみと中御重代をかつぐ」と記されている（前節引用(e)波線部参照）。『梅松論』・『明徳記』の例をも勘案すれば、将軍出陣に重代の太刀を伴うのは恒例のこととみられる。また、かかる『着倒』の記載を参考にすれば、明応二年の河内出陣の際にも、二銘は「御小者」によって持参された可能性はみておいてもよいだろう。

ところで、この明応二年の出陣に際して、義材が帯びていたのは、実は将軍家にとって特別な太刀であった。まず第一に、それは後土御門天皇からの拝領物であった。

(ニ)一、今日将軍家依河内之儀、畠山(政長)申間、八幡マデ御出陣也。是ノ門前ヲ御通アリ。五時分也。武家御ヱボシ・御直垂カウ也。今度自　禁裏被進御太刀ヲ御ハキアリ。御供馬シヤウ共済々アリ。畠山(尚順)尾張ハ夜中ニ前陣参マウせイ也。……（『言国卿記』二月十五日条）

山科言国はその出陣の様子を書きとどめる中に、義材が「禁裏」から賜った太刀を帯していたとしている。そして言国は、これに先立って義材が参内した折、主上との間で太刀の贈答がなされたことを、その日記の中に記してくれてもいる。

(ホ)一、昼時分御参　内アリ。…（中略）…三コンニ武家御天酌ニテ御坏被参時、自　禁裏失目鬼神大夫御剣被進。御祝着々々。又被武家同御太刀御進上云々。……（同二月十日条）

こうした経過を踏まえれば、義材が出陣の際に帯したのはこの「失目鬼神大夫」と号された太刀であったとみてよかろう。(40)

鬼神大夫は豊後国鍛冶行平の号であり、当時名作として評判の高かった太刀であるが、(41)むしろこの太刀独自の由緒は「失目」と冠される号との関係で語られていたのだろう。「失目」のいわれは定かではないが、この太刀に関する別の由緒を『後法興院記』が伝えている。

(へ)是日武家進発。辰刻出門。主人烏帽子《カザオリ》、朽葉直垂帯剣乗馬如去々年。今暁尾張守出陣。其外大名今夕明旦可参陣云々。抑今度被用帯剣事、等持院贈左府剣云々。度々合戦被達本意云々。然而此剣成　禁裏御物。今度為出陣被申請間被遣之。仍其代名作太刀二腰被進上云々。（『後法興院記』同年二月十五日条）

傍線部によれば、これが「等持院贈左府」すなわち尊氏ゆかりの「剣」であり、過去の合戦で度々の功績をあげた後、禁裏御物とされていたものだというのである。そうした歴史性を背負った太刀を、義材は今回の出陣のために申し請けたのであった。『言国卿記』（引用(ホ)）に見えた太刀贈答にはたらいていた事情を、右傍線部は強く示唆しているのである。

こうした贈答の背景や、太刀の由緒を踏まえてみると、尊氏と自分とをなぞらえようとする義材の意図が明確化してくる。長享元年の近江出陣の様子も、「軍記式(規)・次第は、等持院殿様任二御例一」（『着倒』）と言われていたこと（前節(二)参照）を併せて想起したい。義材は、自らの権力を、初代の足利将軍になぞらえた出陣で周囲に示し、尊氏ゆかりの遺品＝重代の太刀と鎧（御小袖）によって装飾しようとしたのである。義政の弟義視の子であり、義政没後に特に政治力を発揮していた富子や伊勢氏、細川政元らとは隔たりがあったといわれる義材の、自らの権威確立を意図した政治的営為としてこの点は注目に値しよう。本章の問題意識から言えば、重代の太刀（武具）がそうした将軍権力を保証するものとして認識され、用いられていたことを顕著に示す事例として、この動きに注目しておきたいのである。

（二）盗難とその処罰

さて、将軍家重代の太刀はしばしば盗難の危機に直面している。以下には、その際の動きを通して当時の認識のありようを照らし出していきたい。まずは前節（一）で取りあげた永享四年五月に起きた、御小袖の間からの「抜丸」盗難事件に改めて目を向けてみよう。

五月八日の早旦、京へ向かう三宝院満済のもとに「早々可出京」、「早々可参」といった言葉が重ねて伝えられたことから、『満済』事件当日条は始まっている。これ自体、際だった異常事態が起きたことを示唆しているが、「被副御小袖御鎧事也御剣粉失」という報告を受けた満済は、それは「サ、作」のことだと理解し、「仰天無申計々々」と驚く。しかし、室町殿に赴いてみると、奪われたのは予想していた「サ、作」ではなく「御剣抜丸」と判明。満済は、新兵衛と号する御所侍がこれを見つけて、御小袖番衆と一色左京大夫に報告するまでの経緯を聞いている。報告を受けた将軍義教は「御仰天」し、御小袖の間を自身で検分、「御重代御太刀号サ、作ト、幷御重代御鎧号御小袖」の無事を確認する。周囲には竹と木でできた「作鑰《カギ》」が落ちていた。「非尋常盗人所行」との仰せによって、「畠山、当管領斯波兵衛佐、山名、細河右京大夫、一色修理大夫、赤松左京大夫入道」の六人に命じ、「洛中土蔵幷口々関所」の捜索が開始される。「酉初」になって赤松方から抜丸発見の報が届く。その知らせを受けて諸大名以下が室町殿に参上、御剣発見を祝うこととなる。

事件の経緯を『満済』に沿って粗々記したが、満済や将軍義教の驚きぶり、六大名に命じての迅速な捜索の様子、発見後の「早速出現不能言詞。珍重由申遣了」、「猥雑無申計云々。参御前処御悦喜無比類」といった複雑な思いの入り交じった記載などから、この盗難がいかに大騒動となったかを窺うことができよう。この事件は、『看聞日記』同九日条にも記されているが、貞成親王は、こののち相国寺僧百人で大般若経真読、観音懺法等が「御剣紛失之御祈禱」のためにおこなわれたことを記している（同五月十五日条）。加えて、これに続けて、

(ト)……御剣紛失事、真実不思儀表事也云々。塗籠二重戸鑰をねぢ切て取之。容易人不出入所也。而失之条怪異歟云々。盗人未露顕。（同五月十五日条）

と記している点も注目される。御小袖の間で起きたこの事件が、「不思儀表事」・「怪異歟」と認識されているのである。こうした感慨は、即座に前節（三）等でみたような、御小袖の間の怪異のとらえ方を想起させよう。おそらく、抜丸が発見された後にもかかる大規模な祈禱がなされた背景には、御小袖の間の怪異に接した人々が共通して抱かざるを得なかった不安感を想定することができよう。

こうした経緯から、さらにいくつかのことが明らかとなる。まず、満済が「被副御小袖也御鎧事御剣」として真っ先に篠作を思い浮かべていることからすれば、将軍家重代の太刀として筆頭に位置するのは篠作であったとみられる。また、それは「被副御小袖」ているものだという認識が現れている点も看過し得まい。やはり篠作が御小袖に対して従属的な位置にあったことを察し得るわけだが、とはいえこの二つの武具があくまでも一対の存在と見なされていることにも注意しておきたい。この点は、本節（一）で他文献から確認した関係のありようとも照応しているのである。そして、少なくとも十五世紀を通じて、こうした認識が存在し続けていたことは、以上の諸事例の分布によって疑いなかろう。

さて、この御剣抜丸の存在から既に明らかだが、御小袖の間には、御小袖と篠作という一段特別な「御重代」の他にも、将軍家に伝えられる複数の重宝が蔵されていたらしい。右の事件に関して貞成親王が伝え聞いたところをみてみよう。

(チ)抑室町殿御重代之御剣二紛失。此間鹿苑院御座御留守之間、人盗取云々。七日被見付。御会所之御塗籠之内ニ被

置。件剣ヌケ《抜》丸云々今一者不知。仍洛中土蔵ニ被触仰相尋之処、土蔵両所ニ件剣預置。則取進之間、天下之重宝紛失、以外御仰天之処出来、御悦喜無極。仍御礼ニ御剣公家・武家進之。……

（『看聞日記』同五月九日条）

貞成親王は、盗まれた抜丸が発見された翌日に、この一件の顚末を記している。右傍線部によれば、この時紛失した太刀は二振りあったことになる。篠作が無事であったことは事件発覚の段階で判明しており（前述『満済』）、かつ御剣が「土蔵両所」から発見されている以上、抜丸とは別の、号不明の太刀も、当時の御小袖の間には所蔵されていたと考えてよいだろう。そしてそれらは、「天下之重宝」（二重傍線部）として一括してとらえられていたのであった。

この他にも、将軍家には重代の太刀が複数存在していた。たとえば、応永三十五年（一四二八）正月十七日に、病床にある将軍義持が満済に語った話に、「宝篋院殿（義詮）以来御剣鬼神大夫云々」が現れている（『満済』同日条）。義持没後の新将軍がこの後、八幡神前での鬮取りで決定されていくという史上名高い動向の中の一齣である。[42] 義持は自分の息子である五代将軍義量が早世した後、八幡宮の神前に赴き、自分の子がこの後生まれるか否かを、この太刀の奉納の可否と絡めて鬮を取り、この太刀を神殿に奉納すべからず（すなわち男子が誕生する）という結果を得たと語っている。とすれば、この太刀は以後も将軍家に伝えられたことであろう。広く知られた記事ではあるが、ここからこうした重代の太刀が将軍家に多数存在していたことを推察するとともに、将軍歴代の行く末を、「宝篋院殿以来御剣」を媒介として問うという、その心性に注目しておきたい。将軍家の重代の太刀は、将軍の過去と未来に関与し、そのあわいに立つ現在の将軍の位置を折々に見定めさせるものなのであった。

さて、話を盗難事件へと戻すが、永享四年の一件の後も、たとえば文明十二年（一四八〇）十二月、二銘をはじめとする重代の品々が盗み出されている。[43]

(リ)伝聞、武家重代重宝、或人盗取云々。太刀号二銘・刀・長刀等七色紛失云々。希代事也。

（『後法興院記』文明十二年十二月九日条）

当時将軍は十六歳の義尚で、前将軍義政も「室町殿」として健在であった。義政は文明八年（一四七六）十一月十三日の花御所炎上以来、小川御所を「不断之御所」としており、前年二月十三日に事始めのあった「室町殿」に居住していた義尚とは別に住んでいた[44]。この時、傍線部に見える二銘ほかの重代の品々は、『宣胤卿記』の「於室町殿（大納言殿御亭）所失御太刀、昨日露顕云々」（同十四日条）という記事によれば、義尚（大納言殿）のもとに置かれていたと考えられ、これらが家督の所有物であることが改めて確認される。

この時の盗品七点は十五日には悉く発見され、犯人も捕縛されることとなった。それらを受けてやはり諸家の参賀がなされている。

(ヌ)武家重代一昨日悉尋出云々。近日種々被致祈禱云々。可謂神慮歟。賀茂地下人盗之。召戒問之。今日諸家進太刀云々。

（『後法興院記』同十七日条）

この事件に関わった動きにいささか踏み込んでみれば、まず右波線部にあるように、事件以来さまざまな祈禱がなされていたことが知られる。その発想は、先に検討した永享四年の抜丸盗難事件の際の祈禱とも通底していよう。ちなみに、このときの祈禱は南都七大寺でも行われていた[45]。

(ル)一、旧冬七大寺御祈禱。将軍累代御腰物粉《紛》失、御太刀二名《銘》各失了。賀茂悪党取之。被召取之間、各出現了。

（『雑事記』文明十三年〈一四八一〉正月七日条）

その祈禱の規模から、この事件の深刻な受けとめられ方と共に、「将軍累代」の品々の存在意義の大きさを読みとれよう。

この事件の犯人については、右の記事では「賀茂地下人」（引用(ヌ)）・「賀茂悪党」（引用(ル)）と記されるのみだが、翌年四月二十六日に彼らが一条大路を渡され、六条河原で斬首に処される際の記事などによって、賀茂社の氏人であったある兄弟の犯行であったことが知られる。

(ヲ)一、御剣之盗人兄弟、大路をわたして六条河原に頸を誅かくる由所司代浦上貴殿へ参申之。

（『親元日記』文明十三年四月二十六日条）(46)

(ワ)今日聞、去廿六日盗人賀茂氏人。室町殿、大納言殿重代御太刀乗雑役、被渡一条大路、至六条河原被誅云々乍兄弟。今日聞、去廿六日賀茂氏人故勝久縣主子三人、為氏人申沙汰、押而打取了。無道之儀也。不知子細了。

（『親長卿記』同三十日条）

なお、この大路渡しと処刑の様子は、『宣胤卿記』同日条にも、「去年所取武家御重代御太刀盗人」の「賀茂氏人也兄弟両人云々」の処刑として記されている。

犯人捕縛に力を発揮したのは、赤松政則を補佐して赤松家再興に尽力し、当時は侍所所司代であった浦上美作守則宗である。その「粉骨」に対して御内書が出され、その御礼として「赤松殿」（政則）が義政・義尚・富子・伊勢貞宗に太刀・馬などを献じている（『親元日記』文明十三年三月十二日条）。さらに、則宗はその処刑にも携わっていた（引用(ヲ)）。

一連の経緯を踏まえて注意したいのは、捕縛から処刑までの間に四箇月強の時間が経過していることである。詳細は不明ながら、その間には事件の裏側にある思惑の如何が探られていたはずである。とすれば、ここで経過した時間の長さもまた、本件の事の重大さを示唆しているように思われる。

以上、将軍家重代の太刀に関する二つの盗難事件を取りあげ、そこに関与した人々の動きや意識を探ってきた。その過程では、その社会的な存在意義の大きさが浮かび上がってきた。加えて、見方を変えれば、こうした盗難事件は、将軍家に伝来する重代の太刀の存在を図らずも世間に再認識させる契機ともなっていることに留意しておきたい。そして、その発見によって、将軍家の権威が確認されることとなろうし、また参賀に訪れた人々との新たな関係性が重ねられてもいく。重代の太刀はそうした共通認識と価値観に支えられた社会的関係性の中で、将軍家の象徴物のひとつとして継承され、記憶されていったのである。

さて、将軍家重代の太刀がもつ社会性について考えるとき、儀式や年中行事との関係にも触れておく必要があろう。ここでは、各一例ずつあげておきたい。

『文明十一年記』は、同年（一四七九）正月十七日に、将軍義尚の居所であった伊勢守貞宗の宿所でおこなわれた的始の儀の様子等を記した武家故実書である。(47) 当日は、義政と富子が訪れ、簾中から見物したという。その次第が記される中に、

(カ)一、御剣二銘　大館治部少輔被レ持之。

という記載がみえる。この儀式で、御剣役大館治部少輔(48)が持っていたのは、他ならぬ将軍家重代の太刀・二銘であったことが知られる。

同書の冒頭に「御的射手衆仕るは、文明十一年乱後始之也」と記されているように、この的始は、いわゆる応仁・文明の乱によって中絶した弓場始を復興したものであった。こうした意義を持つ催しの一部が、重代の太刀によって彩られていることに注意したい。義政・富子・義尚の臨席に加えて、管領畠山政長以下の御相伴衆、外様衆、御供衆、御方衆など、数多くの人々が伺候する催しであったというが、彼らがその存在を実際に目の当たりにし、その太刀が背負う歴史性を一瞬なりとも意識することによって、乱以前の将軍をとりまく体制の復興へのイメージがより強くなったであろうことは想像に難くない。二銘をはじめとする重代の太刀が儀式の場で実用された事例については、今後さらに調査の幅を広げる必要があるが、実用性を帯びつつ重代の太刀が伝えられていたことを、本件もやはりものがたっている。

さて、この二銘をはじめとする重代の太刀は、二月の彼岸に手入れされるものであったことを『年中恒例記』「二

月」の次の箇条は伝えている。[49]

(ヨ)一、当月彼岸に、三ケ度八日。中日。あく日　本阿来候て、西の御座敷にて、御重代並御太刀等ヲ拭ひ申也。同朋申次之。中日には重代二つ銘一ばかりのごひ申候。二ツ銘のごひ申候時は、御紋仕候御供衆又は御部屋衆壱人、同朋に被相副候。自余之御重代のごい申候時は、同朋計にてのごわせられ候なり。如此三ケ度参勤仕候て、結願の日、御太刀白被下之。同朋取次之。

本書は、本文中に記された「天文十三年」（一五四四）以降の成立で、伊勢氏の手になる武家故実書といわれる。[50]傍線部からは、本阿をはじめとする同朋衆が主にこれを管理していたこと、「御重代」と呼ばれる太刀が複数存在しており、二銘はその中でも特別な存在であったことなどが知られる。こうした年中行事がどの時点まで溯れるかは不明ながら、[51]やがてかかる武家の年中行事に組み込まれるに至る程に、重代の太刀が将軍家に不可欠な存在として認識されていたことを今は読みとっておきたい。

◇　◇　◇

以上、本節では、将軍家の重代の太刀をとりまく人々の動向や認識について検討してきた。その存在は、御小袖に対しては従属的な位置にあったことも確かではあるが、社会の諸局面において将軍家の歴史性を象徴する存在として人々に広く、そして深く認識されており、御小袖同様、それが政治的な意義をも有していたことが明らかとなった。諸家の重代の太刀を取りあげた本編第二章の成果を想起しつつ、改めてこうした武具が象徴的に担う歴史性を重視する精神構造が広がりをみせ、実際にそれが社会体制の中で機能していることに注目しておきたい。[52]こうした観点との関わりの中から、次節以降に刀剣伝書の社会的位相、そして軍記物語との関係性について考えを進めることになる。

四　刀剣伝書の社会的位相

ここまでの検討によって、足利将軍家の重代の太刀が社会的に広く認知されており、武家社会と交わる人々にとって無視できない重みを持つ存在であったことが明らかとなってきた。とはいえ、「御重代」と称される太刀は複数存在しており、その中での上下が意識される場合があったことも事実であった。そこで、あらかじめ本節での考察の焦点を、その頂点に位置する二銘と篠作に絞って、以下の論述を進めていきたい。

両者の名が『梅松論』・『明徳記』に見えることは本章冒頭に述べたが、それが周知のものとなっていく過程には、この両作品の流布が少なからず作用していたことをまずは想定して然るべきであろう。『梅松論』に関して言えば、『看聞日記』応永二十八年（一四二一）正月十二日の紙背文書として残された「諸物語目録」に「一、梅松論一帖」とあり、古態本系統に属する天理本の奥書は嘉吉二年（一四四二）正月十三日付（上巻。下巻略）、彰考館本は寛正七年（一四六六）八月下旬の奥書を持ち、京大本のそれには文明二年（一四七〇）六月吉日とある。『明徳記』についてみれば、陽明文庫本の奥書は応永三年（一三九六）五月（上巻）、同七月（中巻）、文安五年（一四四八）四月中旬（下巻）とあり、『看聞日記』永享六年（一四三四）二月九日条、『親長卿記』文明十一年（一四七九）八月八日条、『蔗軒日録』文明十八年（一四八六）三月十二日条などに見える享受記録が知られている[53]。十五世紀にはこれらの作品を通しても、将軍家重代の太刀への理解は社会へ浸透し、その歴史性はくり返し意識されていったものと推察される。

また、先に取りあげた永享四年の盗難事件に際して、満済は盗まれた「御剣」は「サ、作」であろうとの連想を即座にはたらかせていた。彼の立場の特殊性には注意を要するが、事件に対する人々の鋭敏な対応ぶりを考慮しても、その存在の認知度が既に相当に高かったことは間違いなかろう。そして、十五世紀の終盤にさしかかったころには、次のような話題が交わされてもいる。

……文首座話云、大内左京大夫息次郎、当年十二歳、以二先規一白二名乗一見レ書二義興之二字一。袖御判有レ之。楮右見レ書二年号一。二階山城云、我代々司二此役一。如レ此之子細不二見及一云々。曾我白二名乗一時如レ此見レ書。尊氏将軍九州進発之時、見レ乗二御舟一時、篠作之御太刀自二御舟一被二取落一沈二海底一。曾我入レ海取二出之一。依二其忠功一如レ此名乗、前後御判・年号被レ遊也。加之見レ書二一人当千之四字一也。今以二此旧例一御判・年号事白二出之一也云々。……

（『蔭凉軒日録』長享二年〈一四八八〉三月十六日条）

周防大内氏の雑掌で上洛中の興文首座と二階堂山城守との間で交わされた会話である。ここでは、尊氏所持の篠作に関する話が、文書の書式から連想されていること、そして地理的に都とは離れた大内氏の関係者との間で、そうした先例あるいは〈過去〉に対する価値観が共有されているという事実に注目したい。長享年間には、こうした範囲にまでその存在は認識され、知識として定着していたのである。

こうした状況を踏まえつつ考えてみたいのが、中世刀剣伝書には、二銘・篠作に関する記事がほとんど見いだせないという事実である。現在までに見いだし得た唯一の事例は、『長享銘尽』が後鳥羽院番鍛冶の九月鍛冶助宗について、「助宗備前菊丸ヲ作。二銘国友・助宗是也」として二銘の茎図を載せ、「二銘如在口伝ニ」と注記しているものである。ただし、他書に収載された番鍛冶の記事がほぼ同一の様式をとるのと比較してみると、同書のそれのみが形態を異にしており[54]、したがってかかる記事の存在は同書所収説自体の特殊性と関わるものかもしれない。詳しくは別に考える必要があるが、こうしたやや突出した事例を除けば、二銘・篠作に関する説は伝書には皆無とは言い切れないものの、極めて数少ないということになる。

伝書は基本的に時代別・在国別に鍛冶を分類し、その作刀の特徴や茎図、時にはその鍛冶の作になる名刀の由来説などを記している。伝本によって掲載される鍛冶の数や説の内容的多寡は認められるものの、その伝書が編纂された

〈現在〉に至るまでの鍛冶と刀剣の歴史がたどれるような形となっている。そして、そこには諸家の重代の太刀に関する記載も数多く収められている。[55] 伝書のこうした基本的な性格を踏まえてみると、当時普く知られた存在であり、重代の太刀の代表ともいうべき足利将軍家のそれについてはほとんど何も語らず、その由来説に至っては一切記していないことが、[56] 中世伝書の特徴として逆に浮上してくるのである。天皇家の宝剣や神代の霊剣に関する記事に加え、前代の源平両氏に関する刀剣の記事はそこに数多く掲載されていることも、対照的にこうした偏りを際だたせている。[57]

伝書の説が決して固定化されてはおらず、新たな説や異説・口伝と交渉を続けていたことは本編第一・二章等でもしばしば述べたところである。現存最古の奥書を持つ観智院本『銘尽』以来、諸伝書に散見する異本注記や異説を並列する姿勢や、口伝に内容を委ねる表現の存在は、そのことを如実にものがたっている。また、新たな伝書が編まれるに際して、同時代の名工が書き加えられていったことは、直江本『銘尽』や佐々木本『銘尽』の奥書等に明らかである。[58] こうした動きは、伝書が、刀剣関係の説を幅広く取りこもうとする側面を有していたことを示唆する現象と言えよう。この点を勘案してみても、そこに将軍家重代の太刀に関する説のみが記載されないことを偶然の結果とみるのは、却って無理があるように思われるのである。

まずは、中世伝書がこうした内容で十分に成り立ちうるものであったことを受け止めておきたい。二銘・篠作のことを記さぬ姿勢が、基本的に中世伝書に共通している理由はいまだ判然としないが、権威に憚って意図的に記載が回避されたのではないかといった、いくつかの仮説を立ててみることは可能であろう。今後その点への分析を深める必要があるが、いかなる理由があるにせよ、足利将軍家重代の太刀に関する説をあげずとも一書として満たされる刀剣伝書という存在は、足利氏を核とした社会体制を大前提とする構造を必然的に内在していると考えられる。そしてこの点は、同朋衆能阿弥や、政所頭人を世襲していた伊勢氏の人々といった、将軍権力を身近で補佐する人々が伝書の生成・伝来に深く関与していることとも無関係ではないだろう。[59] 足利将軍を核とした体制を前提とし、それを実用的な知識の面から支えるものとして編纂され、受容されていくところに、中世伝書の社会的位相のひとつを見定めてよいのではなかろうか。そうした意味でも、伝書は享受者の〈現在〉の状況に敏感に応じつつ継承されていったものと考えられるのである。

五　足利将軍家の「抜丸」

ところで、先に「抜丸」と呼ばれる太刀が御小袖の間に蔵されていたことを取りあげた（『満済』『看聞日記』）。篠作と並んで「御重代」とみなされていたこの太刀の素姓を探りつつ、将軍家が蔵する重代の太刀をめぐる社会意識の一端を考えてみたい。

この太刀は、ことに刀剣界では著名であり、諸氏の著述の中でしばしば取りあげられてきている。[60] その過程では、『平家物語』・『平治物語』等に現れる、平頼盛所持の平家重代の太刀抜丸との関係の如何も当然注目されているが、現在のところ、同一であるとは断定しきれないというのが一般的な理解のようである。しかし、あらかじめ言えば、この「抜丸」が頼盛ゆかりの抜丸と同一のものとして扱われていた可能性は極めて高いように思われる。以下、その点を検証してみよう。

永享四年の盗難事件で御小袖の間から盗み出された「抜丸」の素姓を示す史料として、ここでは『東寺王代記』に見いだせる次の記事に注目してみたい。

同四年五月四日、御小袖間戸開之、自久我殿故鹿薗院之時所被進之抽丸幷サヽ作御太刀都合二振紛失。同七日朝見付之間、即諸土蔵共御領明之処、九日朝自土蔵二ケ所出現。希代事也。
（『東寺王代記』永享四年条[61]）

御小袖の間の戸を開けての御剣盗難が五月七日の朝発覚、それをうけて諸所の土蔵が捜索され、九日に土蔵から盗品が発見されるという経緯が記されている。こうした経緯の大筋が、前掲『満済』・『看聞日記』と通じており（第三節（二）参照）、これが当該事件を踏まえた記事であることは明らかであろう。

この記事を検討するに先立ち、『満済』と『看聞日記』の差として、前者は盗まれた御剣を抜丸一振りとし、後者は抜丸を含む二振りが盗まれたとする点に改めて目を配っておこう。こうした違いは基本的には、騒動の当日に自らの見聞に従って記した満済と、その翌日に伝聞に基づいてこの事件を記した貞成親王との違いと解することができよう。盗難の実態としては満済の言葉が優先されようが、一方で事件翌日には貞成親王に届いたごとき風聞が流れていたことが確かめられる点で、『看聞日記』の記事も極めて意義深い。

さて、これらを対照してみると、『東寺王代記』の事件認識は『看聞日記』の記事に通じていることが明らかとなる。本書は、応安七年（一三七四）から康暦二年（一三八〇）の間にひとたび編まれたのち、さらに書き継がれたものと言われ[62]、永享八年（一四三六）までの記事を収めている。当該部は書き継ぎ部分に当たるわけだが、『看聞日記』には見えない内容を含むことからみても[63]、こうした類似を、同記に依拠したゆえとみることはできない。編者のもとに届いた風聞が、『看聞日記』に記されたそれと類似したものであったと理解するのが自然であろう[64]。

そこで注目されるのが引用傍線部である。『梅松論』や『蔭凉軒日録』長享二年（一四八八）三月十六日条にみえたごとく、篠作が尊氏の時から既に足利氏のもとに伝来しており、それが世間周知の事柄でもあったことを考慮すれば、「自久我殿故鹿薗院之時所被進之」という由緒は「抽丸」のみにかかる由緒とみてよかろう。すなわち、この「抽丸」は足利義満のもとに「久我殿」から進上されたものなのであった。義満が応安元年（一三六八）に将軍に就任してから応永十五年（一四〇八）に没するまでの期間の久我家の家督は、具通（応永四年〈一三九七〉三月十六日没。五十六歳）とその子通宣である。

村上源氏中院流諸家のうち、この具通親子に至る久我家の流れには、頼盛との浅からぬ関係があることが知られている。すなわち、池大納言家領が、頼盛の子光盛の娘が久我通忠に嫁した関係から久我家領に流れ込んでいるのである（〔関係略系図〕参照）。その経緯自体が、同家における池大納言家領の存在意義の大きさを示している。岡野友彦氏の論[65]によって整理しておけば、宝治二年（一二四八）正月の通光没後、その全遺産を受け継いだ後室三条（法名西蓮）と嫡子通忠との間で相論がおこり、同年末に下された院宣によって、通忠は唯一久我荘のみを伝領することとなる。やがて他は西蓮を介して西園寺家へと流出していった。通忠はその二年後に、十一歳の嫡子通基と十二歳の具房を残して没してしまう。このときの久我家が陥ったかつてない経済的・社会的危機を救ったのが、通忠室となった光盛女によって獲得された、頼盛・光盛ゆかりの七つの荘園であった。やがて正応二年（一二八九）にはそのうちの四荘が通基へと譲られる。その前年、通基は内大臣・奨学院別当となっているが、岡野論はこうした展開を、池大納言家領を経済的基盤とした久我家の「再興」と評している。

〔関係略系図〕

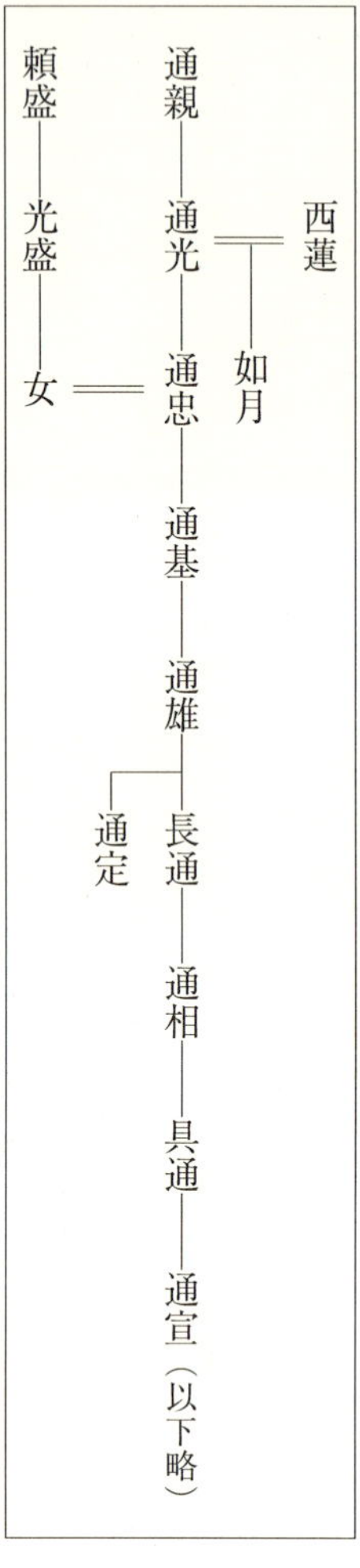

さて、こうして久我家領となった池大納言家領は、その後もさまざまな動きを見せることとなるが、観応元年（一三五〇）八月十三日付「久我長通譲状[66]」に「一、外家相伝池大納言領」として列挙される六荘が、長通の子通相の代

までは伝えられていたことを確認し得る。とすれば、傍線部のごとくこれらを頼盛以来の荘園とし、自家がそれを受け継ぐ家であるとする認識もまた、この長通・通相親子の時までは確実に受け継がれていたと考えられる。まずはこの点を確認しておきたい。

この長通は、父通雄から弟通定へと伝えられた池大納言家領の一部とその関係文書を訴訟を経て取り戻すなど、家領回復運動の最大の推進者と評価されており[67]、岡野論は久我家が「中院流正統」の地位を主張し、それを確立するのは長通の時であることを指摘している。そして、久我家においては、長通の前掲譲状末尾に記された子孫への戒めが契機となって、嫡子単独相続が確立していくとされる。こうした状況を俯瞰してみると、長通の時に、特に久我家の地位に関する意識が高まりを見せており、その家督継承者の所有財産のひとつとして「外家相伝池大納言領」が重みをもって扱われていたことが見えてこよう。

長通譲状の後、「池大納言領」といった呼称は相伝文書の上には現れてこない。問題の『東寺王代記』にいう「久我殿」候補である、具通から通宣への家督と家領相続を安堵する御内書には「御家門幷家領等事、……」とあるだけで、池大納言領が明示されることはない[68]。しかし、文字としては現れずとも、頼盛ゆかりの荘園が具通・通宣親子のときまで伝領されていることは、「久我家文書」一五九・一六七－（八）（九）などによって確実である。また、現在に伝わる「久我家文書」の中世前期分の大半は池大納言家領に関する文書だが[69]、この親子にも当然、これらの文書群が相伝されていたわけである。とすれば、池大納言家領の由緒への認識をこの親子が持っていなかったとは到底考えがたいのである。池大納言家領という認識は、自家の日常生活に直結した経済基盤と関わり、また〈現在〉に至る自家の歴史的推移とも関わりつつ、存在し続けていたとみるのが自然であろう。そして、こうした久我家から「抜丸」が進上されているのである。

具通が生きた十四世紀後半という時期には、『異制庭訓往来』が当時の世に名高き太刀を列挙する中に、「……源氏之《ノ》鬚切《ヒゲキリ》・平家《ノ》小烏《ガラス》・抜丸《スケマル》……」と記す程に、平家重代の太刀抜丸の存在が知られるようになっていた。そこには当然、『平家物語』・『平治物語』の流布も少なからず影響していよう。こうした諸状況を見渡してみると、「久我殿」から将軍義満のもとへ進上され、やがて御小袖の間に蔵されるようになったこの「抜丸」が、物語に語られる頼盛相伝の太刀抜丸として扱われていた可能性を、より積極的に扱ってもよいのではないかと思われるのである(70)。

　ここで改めて、本編第二章で取りあげた、永享年間の今川家の家督争いの経緯を想起したい。その最終段階では、同家重代の太刀「ヤク王」が一旦将軍のもとに進上され、新たな家督決定の証として下賜されるという手順が踏まれていた。家督相続に際して、将軍家をも巻き込みつつその行方が殊更に取り沙汰されたのは、重代の太刀の相伝という営為が、単なる〈物〉の移管ではなく、その太刀に託されたその家の〈歴史〉を象徴的に受け継ぐこととして認識されていたことを示唆している。将軍の周辺に、数多くの諸家の重代の太刀が集まってきていたことも、そうした認識と無関係ではあるまい。たとえば、「大乗院被執進故柏木持正入道重代太刀幷自方々書状等五通備上覧了」（『満済』永享元年〈一四二九〉十月二十一日条）という一件は、詳しい事情は不明ながら、「故柏木入道」という表現から推せば、やはり家督問題との関係が推測される。また、蔭凉軒に蔵されていた赤松家重代の「桶丸太刀」が赤松政則のもとに返還されるといった動き（『日録』明応二年〈一四九三〉閏四月二日条、同六月二十五日条）や、

　一、御方御所様へ淡路守《細川》先度進上之太刀為重代之由被聞食之間、被返下之由以夏阿弥陀仏被仰出之。親元申次之。
　即自貴殿被遣之。御使野依若狭守。聽(マヽ)御礼御申云々。（『親元日記』文明十三年〈一四八一〉三月二十日条）

のように、将軍への重代の太刀の進上を特別視する姿勢が顕在化した動きも見いだしうるのである(71)。

「久我殿」から義満に進上された「抜丸」は久我家重代の太刀であったのか。『東寺王代記』の記述からは定かではない。しかし、単に久我家からの進物の太刀だからという理由で、即御小袖の間に収められたとは考え難い。先の今川家の「ヤク王」は籾井氏の管理下に(72)（『満済』永享六年〈一四三四〉四月二十日条）、赤松氏の桶丸は蔭凉軒に、細川氏

重代の太刀は同朋衆や伊勢氏の管理下におかれているにとどまり、御小袖の間に整然と位置を占めていた「抜丸」との扱いの差は歴然たるものがある。(73)やはりこの「抜丸」の特殊性は動かしがたく、久我家にとってこれが同家の重代の太刀に匹敵する特別な存在であったと考えるほうが自然ではなかろうか。(74)

その点と関わって注目したいのが、刀剣伝書のひとつ、聖阿本『銘尽』に記された次のような記事である。(75)

一、伯耆国大原一流

安綱　嵯峨の天皇ノ御まもり刀をつくるかぢ是也。…（中略）…又安綱が子真守、このたちへいけいけの大なごんすいめんのとき、池のなかより大じやいで〻、よりもりをのまんとす。こゝに件のたちをのづからぬけて、大じやをきる。大じやきられていけのなかへいりぬ。すなはちいけのみづあかくなるとき、大なごんおどろきて見玉ふに、たちぬけて、ちつきたり。その時よりぬけ丸となづけたり。そのゝちへいぢのみだれのとき、此大なごん八町平次におつかけられ、くまでにてかぶとのしころをかけられて、すでにひきおとさんとせしとき、件のたちをもつて、くろがねのくまでをきりおとし候ぬ。よつてつゝがなし。そのゝち久我殿につたはると云也。

伯耆国鍛冶安綱説の中に、その子真守の作に関する話題（「抜丸」命名の由来話、平治の乱での熊手切りの話題）が組み込まれている。当該説は他の伝書や『平家物語』『平治物語』等に収められた抜丸関連説と比べるといくつか特徴的要素を含んでいるのだが、(76)ここで注目したいのは、その末尾に加えられた、その後は「久我殿」へ伝わったという伝来を語る一文（傍線部）の存在である。

頼盛の抜丸の行く末を他ならぬ久我家との関係で把握する説が生まれるのは、両者の間に所領（池大納言家領）の相伝という歴史的経緯が実在したことを踏まえていればこそと考えられる。また、刀剣伝書が諸家の重代の太刀に関する記事を掲載しており、中にはその所蔵を実際に確認した上で記された説もあることは既に述べた〔本編第一・二章〕。このように、実社会のなりたちと密接に関連した知識・情報の源としてやりとりされている伝書の中に、相応の家格を保って存続している特定の家門に関する全く無根拠な説が加えられるとも考え難い。そうした説が流通する背景には、「久我殿」とも関わる何らかの動きが存在した可能性があろう。こうした説は、今のところ聖阿本所収のもの以外に検出できておらず、それが伝播した範囲については未詳とせざるを得ないが、当該説が、抜丸の伝来過程をめぐる同時代的理解を探る上で、極めて注目すべき説であることは疑いあるまい。そして、以上に見渡してきた状況は、少なくとも、久我家から進上された「抜丸」が頼盛相伝の平家重代の太刀抜丸と同一視されていたがゆえに、将軍家でも御小袖の間に安置するという特別な扱いをとったという想定と、対立するものではない。

とすれば、かつての平家重代の太刀を源氏たる足利将軍家が管理するという構図がそこに成り立っていたことになる。さらに、そうした由緒を持つ太刀が、将軍家の御小袖の間から盗まれてしまうことは、いかなる事態として社会に受け止められたのであろうかという問題も、そこから即座に派生してくる。とはいえ、今はここから推測を重ねることは慎みたい。最後に、ここまでの本章での検討を総括的に踏まえて、御小袖の間という空間は、将軍家にとって特別な意味をもつ重代の武具を蔵することによって、それらに付随する〈歴史〉を保管・管理する場であり、それゆえに特殊な空間であったという事柄に目を向けておきたい。そこには足利将軍家歴代ゆかりの品々はもちろん、ある時点で他家から将軍家に進上され、代々受け継がれてきた重宝も安置されていた(77)。本節では、その中のひとつ「抜丸」の認識や社会的意義に、『平家物語』等の流布に伴う抜丸説の浸透が少なからず影響を及ぼしていた可能性を、従来より一歩踏み込んで見すえておきたい。

六　おわりに——軍記物語をとりまく環境へ——

本章では、足利将軍家の「御重代」の品々をめぐる諸動向を整理しつつ、そこから読みとれる重代の太刀に関する認識の諸相を照らし出してきた。論中で言及し得たのは、主に十五世紀の状況であり、そのありようがいかに十六世紀へと受け継がれ、変質していくかという点は今後の課題となる。また、十五世紀以前の問題に関しても、さらに事例を収集した上でのとらえ返しが必要なことも確かだろう。とはいえ、本章での考察と、諸家の重代の太刀に関する本編第二章での検討とを見返すだけでも、家督の証であり、その家の〈歴史〉の象徴物として重代の太刀の存在意義をとらえる姿勢が、身分・階層・地域といった枠を越えて、実に幅広く中世社会に定着していたことを看取できたのではなかろうか。重代の太刀は、ときの社会や体制に対する人々の共通認識の一角を形づくっており、それゆえに一面で極めて政治的な力をも内在した存在として、あくまでも実生活と連動しながら生き続けていたのであった。

『平家物語』をはじめとする軍記物語の展開と再生の動きは、足利氏の将軍を核とした室町幕府体制下に生きる人々の社会意識のありようとの関係性をはかりつつとらえ直していく必要がある。そのための具体的な分析はできるだけ多角的に重ねていくべきであるが、本編では刀剣伝書の存在を視野に収めることに眼目をおき、本章では特に将軍家の「御重代」に着目しながら、そうしたより根元的な問いかけを実現するための前提を確認してきたことになる。

その成果を踏まえて、改めて軍記物語の表現に目を転じてみるならば、たとえば、御小袖に関して、『太平記』では高師直軍に自邸を包囲された尊氏が、御小袖を身につけて決戦を口にする場面が次のように記されている。

……将軍弥腹ヲ居兼テ、「累代ノ家人ニ被レ囲テ下手人被レ乞出ス例ヤアル。ヨシ〱天下ノ嘲ニ身ヲ替テ討死セン」トテ、御小袖ト云鎧取テ被レ召ケレバ、堂上堂下ニ集リタル兵、甲ノ緒ヲシメ色メキ渡テ、「アハヤ天下ノ安否ヨ」ト肝ヲ冷シケル処ニ、……

（巻第二十七「御所囲事」[78]）

傍線部は西源院本をはじめとする古態本にはみえず、後世の加筆になる部分とみられる[79]。こうした加筆には、古態本の段階から当該部の直前に存在した、「義家朝臣ヨリ以来、汝ガ列祖、当家累代之家臣トシテ、未曾テ一日モ主従之礼儀ヲタガヘズ……」（西源院本[80]）という、師直へ向けた言葉に現れた尊氏の意識との対応が図られていると考えられる。

また、『保元物語』には、態度を決しかねている為義を新院方へ召し出すべく派遣された使者教長に対して、為義が次のような夢を見たと語る場面が現れる。

（為義）「……惣ジテ、今度ノ大将ヲ辞退申候事ハ、為義、先祖ヨリ相伝シテ、塵モスエズ、夜ヒル守、ヰト憑候ツル着長、アタマ候。月数・日数・元太ガウブギヌ・薄金・膝丸・八竜・ヲモダカ・タテナシト申八両ノ鎧、風ニ吹レテ、四方ヘチルト夢想ノツゲ候間、旁憚多候」ト申ケレバ、……（半井本　上巻「新院、為義ヲ召サル事」）

同様の場面は、鎌倉本・金刀比羅本・京図本・流布本等にも受け継がれていく。本章までに検討してきたような重代の武具に関する認識と価値観を共有している人であれば、この夢は誰もが即座にその象徴的意味を理解し得る、それゆえに極めて重い予兆として描き込まれ、受け止められ続けていたであろうことが判然としよう。そしてそれは、にもかかわらず教長の返事を聞いて院方へ参じてしまった為義の姿はもちろん、それを喜ぶ新院方の動向をも根本的に色づけ続けたに違いない。

また、いわゆる源氏八鎧に関する右傍線部のごとき理解の位相も問題となる。すなわち、第二節でも触れた『異制庭訓往来』では「……凡源家相《ソ》伝鎧《ノヨロイ》、七龍・八龍・月数《ノカズ》・日数《ノ》・丸太産衣《ダカウブギヌ》・膝《ヒザ》丸・薄金《ウスガネ》・小袖等」（六月復状）と、『保元物語』とは異なる説が提示されており、御小袖がそのうちのひとつとして扱われているのである。(81) それが御小袖という、ときの将軍家の歴史性と密接に関わる存在であることを考慮しても、かかる異説の存在を、物語享受者側の認識や事情との関わりという観点からとらえ直してみる必要があるのではないか。『保元物語』諸本間で同説の理解に異同があることまでは従来から指摘されていたが(82)、本章の検討を踏まえ、さらに物語が享受されていた時代の環境へと踏み込んで検討を加える余地が大いに残されていることを指摘しておきたい(83)。

さらに、こうした軍記物語の表現に関する問題のみならず、刀剣伝書の存在意義やそこに個々の説が掲載される意味もまた、同様の観点から問うてみる必要がある。刀剣伝書は、まさしく先述のごとき時代環境の中で生み出され、相伝され、やがて中世人の知識や文化状況を支える書物群となっていったのである。この点は、次章以降の分析課題として取りあげることとしたい。

そして最後に、こうした知的・文化的環境は、刀剣伝書所収説、それとつながりつつ独自性をも持つ書記化以前の口伝や語り、現物としての重代の武具という存在といった全てを含み込んだ地平に見定められるべきものであり、それが軍記物語が受け継がれ、再生を遂げていく環境と不可分な状況にあることに改めて目を配っておこう。室町幕府の政所代を世襲した蜷川家に次のような文書が伝えられている。(84)

御物御用之銘物事

一、京物

三条小鍛冶 宗近　綾小路 定利　大宮 国盛

来太郎 国行　来 国次

一、粟田口

粟田口始 国家　藤林 国友　藤馬允 則国

久国　国安　国清

有国　国綱　国吉

国光　藤四郎 吉光

一、鎌倉

藤三郎 行光　五郎入道 正宗　彦四郎 貞宗

一、大和

□□　清新大夫（安則）

（以下、欠）

後半が欠落しているため、全体像は不明だが、将軍家所蔵の「御物」とされる太刀の銘を国別にまとめた、一種の財産目録とみるべきものである。政所代という蜷川家の家職を考えれば、これが将軍家を核とした実社会での利用が意図されていることはいうまでもあるまい[85]。たとえば、こうした目録類に基づきながら、諸家への下賜品などが選定される過程を想定し得ることともなろう。そして、国別に鍛冶の銘を集め記すという形式からすれば、これは明らかに一種の「銘尽」となっている。かかる文書の存在は、一面で刀剣伝書の存在意義の一端を示唆するものとも言えるのである。

第二部第三編第三章で論じたとおり、こうした知識を運用していた蜷川家が、『平家物語』その他の軍記物語の享受に関わっていたことは確実であり、そこでは軍記物語から抽出された知識が、幅広い文芸世界の様相と渾然一体となりながら、同家の人々に活用されていた状況を見通すことができた。当該文書は、将軍家周辺に存在する刀剣関係の知識もまた、そうした環境の中で流通していたことをものがたっている。こうした関係性の先に、軍記物語が展開、再生していく環境のひとつが立ち現れてくることを見すえておきたい。

今の段階で、これ以上の多言を重ねることは慎みたい。こうした展望のもとに、より具体的な検討を続けていくことがさらなる課題となる。

注

（1）引用は、「翻刻・京大本　梅松論」（『国語国文』33−9　一九六四・九）に拠る。

（2）引用は、和田英道氏「宮内庁書陵部蔵『明徳記』翻刻」（『跡見学園女子大学紀要』12　一九七九・三）に拠る。私に濁点等を付した。

（3）『定本日本刀剣全史』第四巻（一九七二・十一　歴史図書社）

（4）それらをまとめた成果として、福永酔剣氏『日本刀大百科事典』全五巻（一九九三・十一　雄山閣出版）をあげておく。

（5）鈴木敬三氏『新訂増補故実叢書　武装図説』（一九五四・七　明治図書出版・吉川弘文館）、『国史大辞典』「御小袖」の項。なお、『中原高忠軍陣聞書』（『群書類従』二十三）には、

一、御きせながと申事、御所様の御具足ならでは申まじき也。公方様の御小袖、これ御きせながの本也。此御きせなが、毛は糸也。此色卯花おどしと申也。卯花おどしはすつ色の事也。かつ色とは白糸のこと也。色糸にていろへたるなり。

とあり、『明徳記』前節引用(Ⅱ)にいう「御着長」は御小袖を指すとみてよかろう。それは(Ⅲ)の内容とも対応する。

（6）川合康氏「武家の天皇観」（永原慶二氏他編『講座・前近代の天皇4　統治的諸機能と天皇観』収　一九九五・六　青木書店　→同著『鎌倉幕府成立史の研究』〈二〇〇四・十　校倉書房〉再録）

（7）川上貢氏『日本中世住宅の研究』（一九六七・十　墨水書房　→新訂版二〇〇二・五　中央公論美術出版）がもっともまとまった成果である。以下、川上論とするのは本書を指す。野地修左氏『日本中世住宅史研究——とくに東求堂を中心として——』（一九五五・三　日本学術振興会）も、御小袖の間についてわずかに言及している。

（8）石川松太郎氏『日本教科書大系　往来編古往来（四）』（一九七〇・十　講談社）解説参照。

（9）引用は『続群書類従』補遺一に拠る。

（10）『門葉記』所引永享十二年指図は、『大正新修大蔵経』図像第十二巻（一九三四・七　大蔵出版）所収。

（11）引用は『続群書類従』補遺二に拠る。

（12）引用は史料纂集本に拠る。

（13）引用は『改定史籍集覧』二十四に拠る。

（14）引用は史料纂集本に拠る。

（15）なお義政の室町殿における御小袖の間については、『蔭凉軒日録』寛正二年（一四五一）正月十一日条にも「年始御相伴

諸老参賀。経二御小袖之間縁一、赴二于御会所之南面一而御対面也。」という記事が見える。

（16）引用は続群書類従完成会本に拠る。なお、義尚将軍期の御小袖の間に関する記事として、『後法興院記』文明十七年（一四八五）三月十二日条（立柱御礼）、同二十九日条（御移徙御礼）が挙げられる。注（7）野地論は、義政の東山山荘の造営過程を記す中で、「参考のためにあげておく」として記している。以下に述べるように、御小袖は家督の象徴と考えられ、むしろ義尚との関係を考慮すべきであろう。

（17）『江陽屋形年譜』から関連部分を引用しておく。引用は国立国会図書館蔵本に拠り、私に句読点・濁点等を施した。

十九日　酉ノ剋、堀伊勢守秀国屋形へカヘリ来テ、三好逆心ニ依テ公方他界ノヨシヲ言上ス。其旨ハ、…（中略）…将軍御自身、鑓ヲ取テ御中門口ヲ防グベキノヨシヲ下知シ玉フ。イマダ御鎧ヲキ玉ハズ。河端輝綱奥ニ入テ、御代々ノ御鎧小袖ト申ヲ取出シ、将軍ニキセ奉ントス。将軍仰ケルハ、「此ノ鎧ハ朝敵退治ニキル鎧ナリ」トテ、別ノ鎧ヲキ玉ハントシ玉フニ、既中門口破ントスルヲ見玉ヒテ、天命是マデトテ、又小袖ノ鎧ヲ取テ着シ玉フ。十文字ノ御ヤリヲ持テ、御自身御対面所ノ庭ニ立玉ヒ、味方ノ勢ヲ下知シ玉フ。松永ガ三百騎ノ強弓共、一面ニ並テ射ル。是ニテ中門ヲ防グ御勢半射タヲサル。将軍コラヘズ、自身ヤリヲ持テ中門ヘ走リ向テ働キ玉フ事四度ナリ。松永強弓ドモ手痛クイル矢、将軍ノ御鎧ニ立ツ事九筋ナリ。一ツモウラカヽズトナリ。遂ニ中モ崩カヽルニヨツテ、将軍諸将ヲツレテ対面所ノ内ニ入テ仰ケルハ、「金銀其外重器共ヲ取出テ、中門ノ内ヘステヨ」トテ、御代々ノ重器ヲ取出テ捨玉フニ、三好ガ若者共是ヲトラントウボウ所ニ、将軍三十五人ノ面々ヲ引ツレ、将軍一番ニ庭上ニ走リ、御サイゴノ合戦アリ。中門之内ニ入タル三好ガ勢ニカケ立ラレテ、大手ヘニゲ出ルニ、討ルヽ者九十二人ニアマル。将軍ハ取テカヘシ、奥ヘ入テ御自害ナリ、御介錯ハ河端。御面ヲサシ破ツテ火中ニイテ、河端モ共ニ自害ス。残テタヽカウ面々、奥ヨリ焼立ルヲ見テ、皆御対面所ノ内ニ入テ自害ス。右ノ仕合ニ依テ、将軍ノ御面ヲバ三好ニ取ズトナリ。

（永禄八年五月）

右の記事には、「御代々ノ御鎧小袖」は将軍が朝敵退治のときに着るものだとする理解が見えること（傍線部①）に注目し、かつ将軍義輝の二条御所でも、「対面所」の近くに「御代々ノ重器」を所蔵した空間（「御小袖の間」に相当しよう）が設けられていたこと（波線部）を読みとっておきたい。

（18）御小袖の間の鳴動という現象は、広く鳴動論という観点からとらえる必要もあるだろう。最近の論として、黒田智氏「鳴動論ノート」（『日本歴史』646　二〇〇二・五）、西山克氏「中世王権と鳴動」（今谷明氏編『神祇と王権』収　二〇〇二・六　思文閣出版）等があるが、御小袖の間の鳴動についてはまだ注目されていないようである。

『永禄六年諸役人附』（『続群書類従』二十九）に「光源院殿御代当参衆幷足軽以下衆覚　永禄六年五月日」の「御小袖御番衆」として「大和治部少輔孝宗　伊勢次郎左衛門尉貞満」以下十人の名がみえる。伊藤正義氏「大和宗恕小伝」（浜田啓介氏編集代表『論集日本文学・日本語3中世』収　一九七八・六　角川書店）は、前掲『言継卿記』の記事などによって、大和家の大元軍配について考察を加えている。

（19）引用は、設楽薫氏「室町幕府評定衆摂津之親の日記『長禄四年記』の研究」（『東京大学史料編纂所研究紀要』3　一九九三・三）に拠る。『蔭凉軒日録』同日条にも関係記事がみえる。

（20）『蔭凉軒日録』七月十八日・二十二日条によれば、七月二十二日から七日間の「御神事」が始められている。

（21）引用は『群書類従』二十九に拠る。

（22）引用は続群書類従完成会本に拠る。

（23）引用は続史料大成本に拠る。

（24）将軍義尚のねらいもそうした連想の中に自分の権威を認識させることにあったと考えられる。設楽薫氏「足利義尚政権考──近江在陣中における「評定衆」の成立を通して──」（『史学雑誌』98－2　一九八九・二）は、義尚が「奉公衆を自らの麾下に結集し、自身の基盤として確実に掌握すること自体」を近江出陣の目的のひとつとして指摘している。また、鳥居和之氏「応仁・文明の乱後の室町幕府」（『史学雑誌』96－2　一九八七・二）は、義政から義尚への権限委譲との関係から、近江出陣の意義を指摘している。

（25）引用は史料纂集本に拠る。

（26）その様子は『日録』・『雑事記』・『後法興院記』・『北野社家日記』・『親長卿記』・『言国卿記』が記しとどめている。

（27）引用は続群書類従完成会本に拠る。

(28) 引用は続史料大成本(『大乗院寺社雑事記』九)に拠る。
(29) 引用は『大日本史料』八―三十五・延徳二年正月十三日条に拠る。
(30) 小川御所の変遷については、注(7)川上論参照。
(31) この点を踏まえると、引用(C)で、「御重代ノ物共」は義視ではなく義材へ進上されたということが、「進左馬頭殿」と明記されていたことの意義も鮮明化しよう。なお、上洛した義視・義材親子が御所とした通玄寺については、大石雅章氏「比丘尼御所と室町幕府――尼五山通玄寺を中心にして――」(『日本史研究』335　一九九〇・七)が室町幕府との関係を軸として論じている。
(32) 引用は続史料大成本(『大乗院寺社雑事記』十二)に拠る。なお、こうした関係がやがて明応の政変へ至ることとなる。山田康弘氏「明応の政変直後の幕府内体制」(同著『戦国期室町幕府と将軍』収　二〇〇〇・七　初出一九九三を補訂)参照。
(33) 義家以来の鎧とする由緒説を明確に記すのは『親長卿記』のみである。後述するように、御小袖をいわゆる源氏八鎧の一とする『異制庭訓往来』は、同様の見地に立つか。その由緒が文献上にはほとんど現れないことや、『親長卿記』が記す十五世紀後半という時期に、義家以来という由緒がいかなる意味を有していたのかという点について、改めて問い直してみる必要があるように思われる。
(34) 同引用部にいう「室町殿」は義満の室町殿のことか、義持自身を指すか(当時は三条坊門殿に居住)わかりにくいが、三条坊門殿を「室町殿」と呼んでいる例が見当らず、また御小袖がそこに実際に安置されていればこその騒動と考えるならば、後者とみるのがより妥当であろうか。
(35) 一色義貫の動向については、高橋修氏「足利義持・義教期における一色氏の一考察――一色義貫・持信兄弟を中心として――」(『史学研究集録』8　一九八三・三)が論じている。
(36) この時、同家に御小袖が預けられていた事情は未詳だが、これに先だって関東の結城氏征伐のための軍勢発向が取り沙汰されていることとの関係が推測される。

(37)『後鑑』所引。引用は新訂増補国史大系本に拠る。

(38) 引用は『続群書類従』二十三下に拠る。

(39)『言国卿記』は「先御小袖御唐櫃被持之」、『日録』は「又小箱一擔レ之。警固衆数多有レ之」と記す。『言国卿記』の引用は史料纂集本に拠る。

(40) これに先立つ二月一日、義材は年始の参内に際して「御太刀名物黒太刀」を進上している。そこには一連の太刀贈答の流れが見いだせる。

(41) 本編第一章第三節所引『新札往来』等参照。

(42) 最近では、酒井紀美氏「将軍の夢」（『日本歴史』609　一九九九・二）がこの一件を取りあげ、中世後期における王が見る夢の公的意味とその政治性について論じている。

(43) この一件に関する記事は、『大日本史料』八―十二・文明十二年十二月十一日条に整理されている。

(44)『宣胤卿記』は小川殿を「准后御所也。元細川右京大夫勝元遊覧所也。乱中有御所望、時々令渡給。花御所炎上以後、為不断之御所」と記し、義尚の居所を「北小路室町也。元伊勢守貞宗乱中之宿所也、花御所炎上以来、御座于此所。狭少左道之在所也」と記す（文明十二年正月十日条）。

(45) 注（43）掲載書に掲出されている『大乗院寺社雑事記』文明十三年四月三日裏文書では、二銘等の品々が「人もきと不見物共」とされている。また、それを盗んだ者を「近比不思議にてしのびにハ名人にて候。賀茂の物にて廿あまりの物候。けたはしりと申候物にて候」している点は、盗賊の異名を記している点からも興味深い。さらに、これ続く「金装束うり候とてあらはれ候」という一文は、その捕縛に至る経緯を伝えるとともに、盗品が流通していくルートが存在していることを語るものでもある。

なお、この時東寺でも祈禱がおこなわれていたことも、同書に示されている。

(46) 引用は続史料大成本に拠る。内閣文庫蔵『蜷川家古記録之内抜書』には、『親元日記』当該日条や続いて述べる三月十二日条を含む部分が抜き書きされている。

(47) 引用は『群書類従』二十三に拠る。

(48) 『群書解題』は「大館治部少輔」を尚氏とするが、同記の和歌御会を記した部分に、「大館治部少輔重信」とある。

(49) 引用は『続群書類従』二十三下に拠る。

(50) 『群書解題』

(51) 『年中定例記』・『慈照院殿年中行事』にこうした記載はみえない。

(52) より広い意味では武具に限らぬ〈物〉の問題となろうし、また時代的な幅も広げてとらえ返す必要もあろう。

(53) これらの事例は、以後の享受記録と併せて市古貞次氏『中世文学年表』（一九九八・十二　東京大学出版会）に取りあげられている。

(54) 十二箇月を二箇月毎にまとめて記す点などは本書の特徴である。

(55) 本編第二章等参照。

(56) 由来説のうち、抜丸説に関しては本編第五・六章参照。

(57) もちろん今後、新たな発見もあり得ようが、この点は中世伝書の特徴とみなしてよいものと思われる。現在のところ唯一の例外ともいえる『長享銘尽』の先の記事については、同書の特異性を検討した上で、位置づける必要があろう。今後の検討課題としたい。

(58) 直江本の奥書については、本編第一章参照。佐々木本の本奥書は次のようにある。

于時文明十六暦霜月十三日山門東塔北谷八部
尾於乗養坊客殿書之此本事ハ御屋形
様従蔵出道誉之御本也其後箕浦
備中入道崇栄数々他本令校合珍銘等
入之者也。彼後亦秀雄連々他本令校合只
于今延暦寺所々秘本借之猶以従京都公

方方衆本等召寄見合珍子細加書之畢可
秘之

また、こうした点は、ある国の鍛冶の名前や掲出人数を諸伝書間で比較する作業を通しても明らかとなる。

(59)『能阿弥銘尽』系統の伝本や、伊勢貞親本などの存在が知られている。本編第一・四・六章等参照。

(60)注(3)掲載書など。注(4)『日本刀大百科事典』「抜丸」の項は、頼盛の抜丸が足利将軍家の所蔵となっていたと記すが、その根拠は示されていない。以下に取りあげる永享四年の盗難事件にみえる御剣との号の一致に基づく判断かと思われる。ただし、諸伝書中に複数の抜丸が現れることからしても(本編第五章参照)、号の一致をもってただちに同一物とすることはできないことはあらかじめ確認しておきたい。

(61)引用は『続群書類従』二十九下に拠る。

(62)『群書解題』および『図書寮典籍解題　歴史篇』(一九五〇・二　養徳社)「仁和寺年代記」の項。

(63)盗まれた御剣のひとつを篠作とする点、発見を七日「朝」と明示する点などに相違が見える。

(64)ちなみに、五月四日というのは、『満済』によれば、盗み出された抜丸が発見された土蔵に預け置かれた日付けである。この事件は当初、第一発見者の御所侍新兵衛の経過報告に基づいて七日に盗み出されたものと推測されたが、発見された土蔵からの報告で、実は四日には既に預けられていたことが判明する。そこで、新兵衛の言葉の不審さが問題となり、彼に嫌疑がかけられることとなる。『看聞日記』五月十五日条頭書も「……御所侍嫌疑之間、被糺問歟云々」と記している。その最終的な結末は定かではないが、御所侍の盗難事件への関与の可能性は極めて高いようである。『東寺王代記』が四日の日付けを記すのは、こうした動向をも反映した風聞を記したためであろうか。

(65)岡野友彦氏a「久我家領荘園の伝領とその相続安堵」(『史学雑誌』97－4　一九八八・四　→同著『中世久我家と久我家領荘園』〈二〇〇二・十　続群書類従完成会〉再録)、同b「中世前期の「久我家文書」と久我家の歴史」(『國學院大学図書館紀要』1　一九八九・三　→同前書)。この他、岡野氏c「久我家領荘園について」(『國學院大学図書館紀要』9　一九九七・三)、小川信氏「中世貴族久我家とその家領」(同前)も、久我家領の伝来について論じている。個別荘園の研究については、岡野論a注（1）に整理されている。

（66）「久我家文書」八〇。以下、同文書の引用は『久我家文書　第一巻』（一九八二・十一　國學院大学）に拠る。

（67）小川信氏a「鎌倉時代および建武政権下の尾張国海東三ヶ庄について」（永島福太郎先生退職記念会編『日本歴史の構造と展開』収　一九八三・一　山川出版社）、同b「久我家領山城国東久世庄について」（國學院大学文学部史学科編『坂本太郎博士頌寿記念日本史論集』下巻収　一九八三・十二　吉川弘文館）、注（65）岡野論参照。

（68）「久我家文書」一四六―（一）、一六七―（六）「道義足利義満御内書案」。この御内書は、応永四年（一三九七）三月十六日、具通の死去当日に出されたものである。

（69）岡野論bは長通に至るその伝来過程を検討し、「文書の伝来に関する限り、久我家は村上源氏中院流の直系というよりも、桓武平氏池家の継承者という性格の方を濃厚に持っていた」と指摘している。

（70）その太刀が頼盛相伝の抜丸として本物であるかは二次的な問題である。ここでは、そうした扱いがなされ得る状況をどの程度の蓋然性をもって見通せるかを検討している。

（71）当該記事は、注（46）『蜷川家古記録之内抜書』にもみえる。なお、状況は異なるが、重代の太刀の贈答を特別視する姿勢は、『大内問答』（『群書類従』二十二）の、

一、従二客人一さゝれ候御腰物被レ進候ハゞ、亭主よりも頓而指れ候御腰物可レ被レ進かの事。

さゝれ候御腰物被レ参候ハゞ、此方よりさゝれ候御腰物被レ遣候事は定法にて候。乍レ去其家の重代又は事により麁相なる刀などにて候へば、別の刀を可レ被レ遣候か。（以下略）

といった認識とも通じるところがある。

（72）公方御倉、および籾井氏については、桑山浩然氏「室町幕府経済機構の一考察――納銭方・公方御倉の機能と成立――」（『史学雑誌』73―9　一九六四・九）、佐藤豊三氏「将軍家「御成」について（四）――足利将軍の寺家への御成と献物――」（『金鯱叢書――史学美術史学論文集――』第四輯収　一九七七・三　財団法人徳川黎明会）等参照。

（73）義満の時代に進上されてから永享四年の事件までの間に、少なくとも二十数年の時間が経過しているから、その扱いの違

いをそのまま対照することはできないが、そうした時間を経てなお久我家が進上したという由緒が語り継がれていること自体、この「抜丸」の特殊性やそこから生まれた両家の関係の重要性をものがたっているように思われる。

(74) ところで、この進上という営為自体の意味も問題となろう。以上のような状況を踏まえて敢えて推測すれば、久我家から義満への「抜丸」進上の契機として最も注目できるのは、永徳三年（一三八三）正月の、具通から義満への源氏長者（十四日）、淳和・奨学院別当（十六日）の移行に代表される、両家の家格変動ではなかろうか。義満の政策との関連や、歴代将軍の歴史意識の相違といった問題と、重代の太刀が担う象徴的意義との関連性については、より大局的な見地からの検討を期したい。

(75) 刀剣博物館蔵。一冊。「右一冊聖阿以本書写之。同口伝等有之」／聖阿在判」という本奥書がある。同書末に付された「大宝三」以来の元号・年数一覧は「享禄五」で終わっており、それに従えば天文年間（一五三二～五五）の書写を想定できよう。現存本はその転写本である。

(76) 聖阿本当該説特色としては、①「抜丸」命名が頼盛の時とされていること、②大蛇の血に関する記述があること、③熊手が「くろがね」製とされていることがあげられる。なお、『平治物語』では熊手切りの話題に続けて、抜丸名称由来話が語られる。それとの関係も問題となるが、池の大蛇を斬ったとする点で、古態本・流布本段階の諸本とは離れ、「八町平次」の名が示されている点で、古態本段階の諸本とは異なる。最も設定が近似するのは金刀比羅本段階の本文である。また、諸伝書では、聖阿本のように、名称由来話と熊手切りの話題が併記されることは稀で、これも聖阿本を特徴づける点である。『平治物語』との類似性を勘案すれば、その影響が及んでいる可能性はあろう。

(77) 刀剣伝書に諸家の重代の太刀の説が収載されていることは既に述べたが〔本編第一・二章〕、そのありようは、比喩的にいえば重代の太刀が集積されている将軍家のありように類似している。伝書の構造を考える上で注目しておきたい。

(78) 引用は岩波日本古典文学大系に拠る。

(79) 御小袖を記す傍線部を持つ諸本としては、他に天正本・義輝本・梵舜本などがあげられ、持たない諸本としては、西源院本・神宮徴古館本・神田本・玄玖本・中京大学本などがあげられる。

（80）引用は鷲尾順敬氏校訂『西源院本太平記』（一九三六・六　刀江書院）に拠る。

（81）引用は注（8）掲載書に拠る。「丸太産衣」は、群書類従本などでは「源太産衣」とある。なお、『運歩色葉集』（天文十七年〈一五四八〉成立）は、「丸太産衣《カンタカウフキヌ》源氏重代也号御小袖也」という説を載せている。中世末に至り、これらが同一視されていく過程が存在したことが確認される。それは、頼朝に至る系譜と、足利氏の系譜との差異性が問われなくなっていく過程とみることもできようか。同書の引用は、京都大学国語国文資料叢書一『天正十七年本　運歩色葉集』（一九七七・十二　臨川書店）に拠る。静嘉堂文庫本等も同様の記事を持つ。

（82）岩波日本古典文学大系補注（保元物語）五三。

（83）こうした認識の違いについては、「源家」と「足利家」との認識差や、足利氏を核とする社会体制との関係なども考慮する必要があろう。

（84）「蜷川家文書」七九三「足利将軍家所用銘物注文」。引用は『大日本古文書家わけ第二十一蜷川家文書之三』（一九八七・三　東京大学出版会）に拠る。

（85）当該文書は年代不明であるが、『大日本古文書』では永禄五年（一五六二）の部分に収録されている。蜷川氏や伊勢氏の家職に照らせば、こうした将軍家の財産管理上の作業はこれ以前から続いていたとみられる〔第二部第三編第三章〕。

第四章　伊勢貞親本『銘尽』の構成と伝来

一　はじめに

今日に伝わる刀剣関係の書籍は膨大な数にのぼるが、本章はそのうちの中世成立の諸本を視野に収めつつ、特に伊勢貞親本『銘尽』（以下、貞親本と略称）(1)の構成と伝来過程を解明することによって、刀剣伝書の社会的位相の一端を照らし出そうとするものである。これまでの文学研究においても、刀剣伝書所収説の一部が個別的に利用されることはあったが(2)、伝書群自体を俯瞰する作業はいまだ不十分な段階にあると言えよう(3)。中世における伝書の展開相は、時の人々が築いていた社会・文化・精神史等を形づくる実態を照らし出す意味で極めて興味深い。また、前章までの検討に加えて、次章以下においてより本格的に、『平家物語』をはじめとする軍記物語の展開と再生の過程で、刀剣伝書に収められたごとき諸説との交渉や知識の均衡関係が成り立っていたことに注目し、その一部について論じていくが、そうした文学史・言説史的観点からも、これらが無視できない書物群であることは間違いない(4)。そこで、本章では、伝書そのものと中世社会を生きた人々がいかに関わっていたのかという問題を、貞親本奥書の検討を通じて考えてみたい。所収説の内容分析と並行しておこなうべきこうした検討を通じて、伝書の社会的な存在意義や流布環境が明確化することによって、本編他章での指摘の意義が補われ、随時新たな問題が提起されるであろう。そして何よりも、本格的な分析の進んでいない伝書群に含まれる諸言説が生みだされ、享受されていった基盤が照らし出されていくこととなろう。今後は、部分的に、あるいは文学作品との関係からのみならず、正面から中世刀剣伝書の世界そのものと向き合う必要がある。本章をそのための一歩としたい。

二　貞親本の構成と〈現在〉

伝来の検討に先立ち、貞親本の内容構成を概観しておきたい。その分類項目は次のとおりである（カッコで括ったものは私につけたもの）。

（序）・文武天皇大宝年中鍛冶七百年計・和銅年中六百余年・大銅年中五百余年・一条院御宇四百年・白川院御宇三百余・後白川院御宇二百三十年・後鳥羽院御宇・鍛冶結番・御太刀磨・粟田口鍛冶系図・大和国古今・古今所々時代不同・来系図・近比《永徳比》鎌倉鍛冶・備前国古今不同少々・備中国古今少々時代不同・異説在所不分明物少々・奥書①・（茎絵図、銘字体集）・奥書②・奥書③

ここには時代別分類と地域別分類が混在している。時代別分類で明確に意識されているのは、後鳥羽院の時代（「後鳥羽院御宇」「鍛冶結番」「御太刀磨」の部分）までである。その他の鍛冶については、地域別分類が適用されている。とはいえ、「大和国古今」「近比鎌倉鍛冶」「備中国古今少々時代不同」のように、時代差への関心は保持されている。また、地域としては、粟田口（京）、大和国、鎌倉、備前国、備中国の名が項目化されているにとどまる。たとえば『鍛冶名字考』[5]が、

名乗字・伯耆国住鍛冶等・筑紫住鍛冶等・備前国住鍛冶等・備中国住鍛冶・備後国住鍛冶・讃岐国住鍛冶等・播磨国住鍛冶・和泉国住鍛冶・河内国住鍛冶等・丹波国住鍛冶等・山城国住鍛冶等・京都住鍛冶等・大和国住鍛冶等・美濃国住鍛冶・越中住・信濃国鍛冶・三河国鍛冶・遠江国鍛冶・駿河国・相模国・奥州住・伊勢大神宮御作勝御夢想蒙鍛冶等・不知住国鍛冶等・（御作史）・（後鳥羽院鍛冶結番次第）・（備前・大和・粟田口・陸奥国鍛冶

系図)・鍛冶実名一ヲ以テアマタ流之事

のように、より全国的な観点から国別分類を試みているのと対照すれば、貞親本が当時存在する諸説を網羅することを最優先に意図して編纂された書ではないことが理解されよう。

ところで、時代別の分類項目に現れた年数表記によって、貞親本が内在する〈現在〉をある程度見極めることができる。「大宝年中」(七〇一~七〇四)から「七百年計」(→十五世紀初頭)、「和銅年中」(七〇八~七一五)から「六百余年」(→十四世紀前半)、「大銅(大同)年中」(八〇六~八一〇)から「五百余年」(→十四世紀前半)、「一条院御宇」(寛弘八年〈一〇一一〉没)から「四百年」(→十五世紀前半)、「白川院御宇」(大治四年〈一一二九〉没)から「三百余」年(→十五世紀前半)、「後白川院御宇」(建久三年〈一一九二〉没)から「二百三十年」(→十五世紀前半)がそれぞれに指し示す年代は、一部に十四世紀前半のものもあるが、基本的には十五世紀前半を示しているとみられる。[6] 観智院本『銘尽』(以下、観智院本)[7]が応永三十年(一四二三)以前に存在した複数の伝書を取りあわせて一括書写したもので、かつ異本注記を有すること、また享徳元年(一四五二)の奥書を持つ『鍛冶名字考』が異本の説を数多く列挙していることからみて、十五世紀初頭には既に複数の伝書が流布していたものと推察される。こうした伝書の展開史に照らしても、貞親本が内在する十五世紀前半という〈現在〉を、意図的に仮構されたものと見なさねばならない積極的な理由は見あたらず、それは現存本の源となる内容構成を持つ一書の成立(伝授)時と対応すると考えてよいものと思われる。ちなみに、同本中の一部の刀工には、「建長比」・「弘安比」・「正応比」・「正安比」・「応長比」・「正和比」・「元亨比」・「元徳比」・「延文比」・「貞治比」・「応安比」・「永徳比」といった時代注記が付されている(時代順に掲出)。永徳年間(一三八一~八四)を最後とするその範囲も、右のごとき推定に矛盾しないことを、ここで併せ述べておこう。なお、こうした判断の妥当性は、次節以降で行う同本の奥書の検討によって再確認されることとなる。

さて、貞親本には次のような序文が掲げられている。

夫神代之剣号天村雲剣而、人皇十代之御門崇神天皇御時被召之、雨目《不審》一神末子、於大和国宇多郡被尊（写カ）之。以来代々御門之宝剣是也。其後八十一代安徳天皇御宇、元暦二年平家西国没落之時、為長門国団浦終沈海底訖。其正本之剣、留宅（衍字）浅残熱田社于今不絶在之云々。後改号草莫剣。次大蛇切之剣、又十柄之剣是也。文武天皇大宝年中鍛冶七百年計。

天村雲剣が崇神天皇の時より代々の御門の宝剣として伝えられ、崇神天皇の時代に模造された宝剣が安徳天皇の元暦二年に至って、平家一門とともに長門国壇浦の海底へと没したこと、それに対して「正本之剣」は熱田社に残されていて今に至るまで存在し続けていること、その宝剣は改名されたことが語られている。一見して、中世に広範な展開を遂げた、失われた宝剣をめぐる言説群との関連が想定されるところである。

この序文を特徴づける波線部は、『神皇正統記』に記された次のごとき記事と無関係ではあるまい(8)。

第十代、崇神天皇ハ…（中略）…ヤウヤク神威ヲオソレ給テ、即位六年己丑年〈神武元年辛酉ヨリ此己丑マデハ六百二十九年〉神代ノ鏡造ノ石凝姥ノ神ノハツコ（裔）ヲメシテ鏡ヲウツシ鋳セシメ、天目一箇ノ神ノハツコ（裔）ヲシテ剣ヲツクラシム。大和宇陀ノ郡ニシテ、此両種ヲウツシアラタメラレテ、護身ノ璽トシテ同殿ニ安置ス。……

崇神天皇即位六年に、「石凝姥ノ神」と「天目一箇ノ神」の末裔がそれぞれ「神代ノ鏡」と「剣」とを「ウツシアラタメ」たとするこの説の淵源は、『古語拾遺』にほぼ同様の形で見いだせる(9)。ただし、「大和宇陀ノ郡ニシテ」（破線部）の部分は『古語拾遺』には見えない。また、『古語拾遺』の当該説は、たとえば十四世紀に入ると慈遍がその著作に引用しているが、そこにも破線部の設定は見られない。そうした意味でも、当該序文が『神皇正統記』所収説と同趣の理解に基づいていることをまずは指摘できるだろう(10)。

ただし、そこには刀剣伝書の序文としての色が打ち出されている。すなわち、本書では鏡の改鋳には全く言及されていないのである。また、たとえば同事件を『職原抄』「神祇官」が「第十代崇神天皇漸畏二神威一、鋳二改鏡剣一、奉レ安二神代之霊器於別所二。」とのみ記し、「剣巻」は天村雲剣が「第十代ノ崇神天皇御時」に「作リ直サレ」たと記すに留まることをも視野におさめてみると、(11)「雨目一神末子、於大和国宇多郡被尊（写カ）之。」と、改作者とその場を明記する序文の質が一層明らかとなろう。

こうした関連説と対照すれば、当該序文で「不審」と傍記されている「雨目一神」は、『古語拾遺』以下に本来の宝剣を造った鍛冶神として現れる「天目一箇神」を指すとみられる。(12)そこで見逃せないのは、その「末子」（＝末裔）に関する説が、佐々木本『銘尽』(13)（以下、佐々木本）が掲げる「天国」に関する記事の中に現れていることである。

大宝年中文武天皇御宇鍛冶也。平家重代小烏云太刀作者也。…（中略）…古本云、天国者帝釈御作村雲剣ヲ人皇代ニ大和国宇多郡而天国烏（写カ）之為宝剣由也。日本紀載之。鍛冶銘雖無之、天国宇多郡住人也。其旨銘尽数本在之。無不審。此事ヲ帝釈御作村雲剣同事ト載之歟。古人住（注カ）之。尤信用之。後ニ奥州下云々。（廿一「昔鍛冶事次第不同」）

文明十六年（一四八四）の本奥書をもつ記事の中に、「古本云」として、天国が「帝釈御作村雲剣」を「大和国宇多郡」で写して「宝剣」としたという説が紹介されている（傍線部）。こうした説を視野に収めると、観智院本が「神代鍛冶」のひとり「天国」に付す「帝釈之剣、村雲御剣作」との記載も、同様の宝剣模作の一件を語る説を背景に有しているとみてよいだろう。これらを踏まえると、当該序文の記載は、天国の存在を介して、天皇家伝来の宝剣と鍛冶との関係を、神代の物語への理解をも基盤としながら語る、ひとつの鍛冶起源説として成り立っていることが了解されるであろう。この序文には、神代以来の時代の変遷の中に、往古よりの鍛冶・名刀の〈歴史〉を叙述、体系化しようとする編纂姿勢が垣間見えているのである。

ところで、この序文は、観智院本および天文十四年（一五四五）の奥書をもつ本阿本『銘尽』(14)（以下本阿本）第一部にも存在する。貞親本は長享二年（一四八八）以前の内容をほぼ今日に伝えていると考えられ（後述）、これら三本を並べてみるとき、さまざまな書き出しの形式を持つ銘尽諸本間において、この序文を持つ一群が、時代的な幅をもって一群をなしていたことがわかる。(15)また、これら三本に収められた序文の異同としては、貞親本・本阿本第一部が持つ傍線部の記載が観智院本には存在しない点に注意したい。その異同が生じた背後にはやはり、宝剣をめぐる諸言説が交錯する状況が透かし見える。その点と関わって、先にあげた佐々木本が当該説を「日本紀載之」（二重傍線部）としており、序文を含めた伝書収載説がいわゆる〈中世日本紀〉の言説世界とも交錯し、その一部を形づくっていたことが確実視されることに、特に目を配っておきたい。

以上のように、貞親本はおおよそ十五世紀前半という〈現在〉にたって、神代の天村雲剣以来の鍛冶とその作刀の歴史的推移を提示している。ちなみに、右に掲げた序文末尾の二重傍線部は貞親本の最初の分類項目であり、この記載に続けて、「文武天皇大宝年中鍛冶」で〈現在〉に至るまで「七百年計」経った鍛冶として、「可為剣祖師之由被下宣旨」たという大和国「友光」ら四人の刀工の作刀に関する説を示していく。(16)以下、先に示したごとき分類のもとに記事が続いていくのだが、その中には、『平家物語』などに現れる平家重代の太刀小烏・抜丸をはじめとする諸家の重代の太刀に関する説なども含まれており、軍記物語他の物語類との関係が注目されるところでもある。本章では以下に、本書の奥書を検討することによって、その伝来過程を可能な限り跡づけていこうと思うのだが、その過程とはすなわち、個々の所収説の流布・展開経路でもあることにあらかじめ留意しておきたい。その点は、中世社会において刀剣伝書が果たしていた機能や存在意義とも関わってこよう。また、貞親本を含めて、今日に伝わる刀剣伝書の多くは後世の転写本であり、まずはその史料的価値を吟味する作業が全ての伝書に関して不可欠でもある。こうした見通しと意義づけのもと、以下、中世の伝書群に迫る糸口を私なりにさぐっていくこととしたい。

三　〈貞親本〉の書写・相伝

先の構成にも示した、貞親本にみえる三つの奥書は次のとおりである。後述するように奥書①と対応すると考えられる、本阿本『銘尽』第一部の奥書と併せてあらかじめ掲出しておこう。

〔奥書①〕（28オ）

宇津宮参河入道本也
簗刑部左衛門入道円阿口伝本也
先孝（考カ）五林玖公自筆大集法成之
主重阿判

＊参考　本阿本第一部奥書（27オ）

右之證《せう》本は簗《やなの》刑部左衛門入道円阿之
直説《ぢきせつ》也宇津宮参河入道順《じゅん》阿
幸阿（玉林）　重阿　此利永
ゆめ〳〵ぐわいけんあるべからずひすべし〳〵

〔奥書②〕（34オ）

此一冊故伊勢守貞親朝臣以重阿相
伝秘本写之所持之処依大内左京大夫
殿御所望書写之訖

長享弐年戊申八月日　伊勢備中守瑞笑軒卜云常喜

〔奥書③〕（34ウ）

銘尽之本去々年明応八年己未十二月十九
天王寺陣破而河内国高屋城同廿日
敗北之砌紛失之間於周防国難去
借用而写之
文亀元辛酉五月廿一日　前上総介春秋満六十政近在判

論述の都合上、②③①の順で取りあげていきたい。

奥書②は、重阿が相伝した「秘本」を「故伊勢守貞親朝臣」が書写し、その貞親所持本（以下、これを〈貞親本〉として、現存本の呼称と区別する）を「大内左京大夫殿」の所望によって、長享二年（一四八八）八月に「常喜」が書写して与えたことを記している。[17]「故伊勢守貞親朝臣」は幕府政所執事伊勢貞国の嫡男貞親（応永二十四年〈一四一七〉～文明五年〈一四七三〉[18]）。享徳三年（一四五四）五月二十八日、父貞国の没に伴って家督を継ぎ、寛正元年（一四六〇）六月に政所執事となる。足利義政を養育した関係で、その信をうけて幕府内での権勢をふるった。文正元年（一四六六）、義政の後継者問題から義視の殺害を企てて失敗（いわゆる文正の政変）、一度は京都から没落するものの、やがて呼び戻されて義政から重用され続け、応仁・文明の乱に至る義政・義視兄弟の不和を深刻化させたことは著名である（『後法興院記』等）。貞親は文明五年（一四七三）正月二十一日に五十七歳で没するが、長享二年（一四八八）八月段階で「故伊勢貞親朝臣」と記される点は、その経歴に照らして不審はない（「重阿相伝秘本」の書写は必然的に文明五年以前となる）。ちなみに、文正の政変の後に家督を継いだ嫡子貞宗は、文明三年（一四七一）政所執事、長享元年（一四八七）山城国守護職となる。長享二年当時、彼もまた父と同じく将軍（義尚）の近くにあって幕府内で重きをなしていた。なお、翌三年正月には、貞宗を施主とした貞親の十七年忌が行われていることは、故貞親の残像を測る上で見逃せまい。

これを所望した「大内左京大夫殿」は、周防・長門・豊前・筑前国守護となった大内政弘（文安三年〈一四四六〉～明応四年〈一四九五〉）である。寛正六年（一四六五）父教弘の死以降、明応三年（一四九四）に義興に譲るまで家督の座にあり、左京大夫を称していた。応仁の乱に際して西軍として上洛、文明九年（一四七七）十一月に帰国する。長享二年当時は四十三歳で、周防に在国していた。

この政弘に、〈貞親本〉を書写して与えた「常喜」は、伊勢貞国の次男で、貞親の弟貞藤（永享四年〈一四三二〉～延徳三年〈一四九一〉）の法名である。長享二年当時五十七歳。彼が備中守に任じられたのは、長禄四年（一四六〇）十一月十八日のこと（『長禄四年記』）[19]。兄貞親やその嫡子貞宗と共に将軍義政の御供衆を勤めた（『斎藤親基日記』寛正六年〈一四六五〉八月十五日条、翌文正元年三月十七日条など）。その出家は、文明十三（一四八一）年二月から七月初めの間と推定され[20]、『親元日記』にはこの時期以降、「常喜尊老」（七月十四日条）、「常喜公上人」（同十六日条）、「喜公上人」（「備中入道殿」と傍記。同二十一日条）などと呼ばれて現れる。また、たとえば、「伺事条々事書注文」（「蜷川家文書」一八五）に見える「一、瑞笑より御供衆之事長禄」という記載[21]や、『蔭凉軒日録』（以下、『日録』と略称）長享二年正月二十四日条などによれば、「瑞笑軒」の号が奥書①の年時に先立って用いられていたことも確かである。なお、貞藤出家後の事績のうち、文事に関わるものとして、文明十九年（一四八七）七月二十七日付「諏訪社法楽五十首和歌懐紙」（「蜷川家文書」附録八一）に、「伊勢守殿貞宗」・「伊勢備中守殿貞陸」らと並ぶ「常喜」の和歌が存在することを紹介しておこう[22]。このころの常喜（貞藤）が、兄貞親の跡を継いだ貞宗と交誼を保っていたことは、翌年になされる奥書②に見えるごと

き相伝をなし得る条件のひとつとしても、目を配っておきたいところである。(23)

故実家としての常喜（貞藤）の性格は二木謙一氏によって指摘されるところだが、その著作として知られる『御供故実』・『御成次第故実』・『九十六条聞書』に加えて、ここでは『宗五大双紙』(24)（伊勢貞頼著）「公方様諸家へ御成の事」の中に、

公方様へ八まで参候つる時、かやうにすはりたるよし、同名備中入道常喜注置れ候間、此分候。但近年八まで参事ハなく候。七にさだまり候。参りやう御膳のすはりやう、前の絵図のごとくにさだまりたる由、故勢州のたまひ候つる。

とあることをつけ加え、その武家故実書執筆活動の広がりを垣間見ておく。

以上のように、奥書に現れる人物の呼称にはそれぞれの履歴と齟齬するところはない。この点は当該奥書が信頼するに値することを示すものだが、そうした判断の妥当性は、当時の大内氏や常喜他伊勢氏の動向を俯瞰することによって再確認されることとなる。

当時の伊勢氏は幕府政所執事を世襲しており、同氏と大内氏との関係は、一面で幕府・足利将軍と大内氏との関係とも言える。長享二年の状況に限ってみても、大内政弘の息が将軍義尚から「義」字を賜って義興と名乗ったり（『日録』同年正月三十日条）、義尚の所望があれば大内氏所蔵の大蔵経を進上する旨が伝えられたりしている（『日録』二月二十四日条等）。こうした動きの中で、幕府側の対応をしている中心が貞宗をはじめとする伊勢氏の人々である。五月十三日、亀泉集証は大蔵経を所望するように進言するが、その際に「愚与二大内一細々不二白通一。自二汲古方（伊勢貞宗）一白下者可レ然乎之由白レ之。可レ命二汲古一之命有レ之」と記している。この一事をもってしても、当時の伊勢氏と大内氏の間に、職務を基盤とした特別なつながりが存在したことが窺い知られる。

そうした関係性は、奥書の記主常喜個人についても確認できる。彼が実際に周防大内氏のもとへ下向した経験をも

つことは、大内政弘の私家集『拾塵和歌集』に「平貞藤ともなひて、法泉寺の紅葉見にまかりてよみ侍ける」との詞書きを有する一首が収められていることによって知られている。[25] また、翌長享三年には「伊勢瑞笑院」が「大内方」へ贈るための「画扇十本」の賛を亀泉集証に所望している（『日録』二月十七日条）。このころ、伊勢氏と大内氏との間でなされていた人と物の交流の一断面をそこに見ることができる。

こうした動きは、大内政弘によって推進された都の文化摂取活動との関係でとらえる必要がある。政弘が一条兼良・雪舟・宗祇らを後援し、『新撰菟玖波集』の成立もそうした関係の中で見定められており、また自身の家集『拾塵和歌集』（延徳三年〈一四九一〉）があることも周知のことである。加えて、米原正義氏によって作成された「大内政弘古典・歌書等蒐集年譜」（文明初年～没年）によれば、伊勢物語・定家自筆本古今集・花鳥口伝抄・伊勢物語愚見抄・花鳥余情・為世筆古今集・僻案抄・三条実継筆古今集細字註・青表紙本源氏物語・雑談記（井蛙抄雑談の一部）・御注孝経・長秋詠草・樵談治要・蹴鞠条々・伊勢物語山口抄・連歌十問最秘抄・雨夜談抄・河内本源氏物語・新古今集・新続古今集・拾遺集・続拾遺集・金葉集・北野縁起・新勅撰集・延慶両卿訴陳状・書聚分韻略・権跡本和漢朗詠集（以上、伝来年代順）などが都と大内氏の間でやりとりされている。[26]

そこで行き来したのは、いわゆる文学作品に限られてはおらず、武家故実書にも及んでいた。たとえば、『実隆公記』長享二年三月十八日条によれば、「元服記録次第、櫛巾、笄刀等」が周防に下されてもいる（時期的にみて、先に述べた義興の元服と関わって所望したものであろうか）。そうした事例の中で、当該貞親本の伝来との関係から注目したいのが、『御成次第故実』の次のような奥書である。[27]

此一帖九十六ケ条者、大内左京大夫政弘伊勢備中貞藤号瑞笑軒法名常喜、被レ申条々注所望候間、公家方之義ハ藤中納言入道、御女房之義ハ高倉殿御局江被相尋、如此被調候也。然ニ彼子息兵庫助貞職以密義書写、又基広写置者也。

永正十一（一五一四）
貞明判

傍線部から、本書はかつて伊勢貞藤（常喜）が大内政弘の所望をうけて諸方に尋ね問いながらまとめ上げたものであることが知られる(28)。ここにみられる政弘と貞藤（常喜）との関係性は、そのまま貞親本『銘尽』の奥書②の内容と対応している。『御成次第故実』の編纂時期は不明ながら、こうした武家故実書の伝播と連動した一連の流れの中で、〈貞親本〉の大内氏への伝来をとらえることができるように思われる。

　ところで、長享二年正月、政弘の子義興（亀童丸）が、元服に際して義尚の偏諱を賜ったことは既に紹介したが、それを伝える文書の書式と関わって、都にあった大内雑掌興文首座と二階堂山城守との間で名刀に関する話題が交わされている。

……文首座話云、大内左京大夫息次郎、当年十二歳、以㆓先規㆒白㆓名乗㆒見㆑書㆓義興之二字㆒。袖御判有㆑之。楮右見㆑書㆓年号㆒。二階山城云、我代々司㆓此役㆒。如㆑此之子細不㆓見及㆒云々。曾我白㆓名乗㆒時如㆑此見㆑書。尊氏将軍九州進発之時、見㆑乗㆓御舟㆒時、篠作之御太刀自㆓御舟㆒被㆓取落㆒沈㆓海底㆒。曾我入㆑海取㆓出之㆒。依㆓其忠功㆒如㆑此名乗、前後御判・年号被㆑遊也。加之見㆑書㆓一人当千之四字㆒也。今以㆓此旧例㆒御判・年号事白㆓出之㆒也云々。……

（『日録』長享二年三月十六日条）

大内氏のもとに伝えられた文書のいささか特異に思われる書式（傍線部）から、足利家の重代の刀剣「篠作」に関する説が連想され、それを通してその書式が意義づけられ、保証されていく（波線部）。ここには名刀由来に対する関心と知識、さらにはそれを先例として信頼する精神性が共有されている。このころ、大内氏が名刀由来への関心を有していたことは、「先年於㆓大内之第㆒」いて耳にしたこととして、吉見家重代の太刀「鵜噬《ウグイ》」の話題がのぼっていることからも確実である（『日録』長享三年〈一四八九〉正月三十日条）。

　また、先の元服を祝うべく三条西実隆から高包銘の剣一腰が大内方へ贈られているが（『実隆公記』長享二年七月二十日条）、翌三年には「件返事」として「太刀代二百疋」が進上されていること（同記正月二十五日条）も興味深い。すなわち、この過程では先の銘刀の価値にみあう値段（「二百疋」）が判断されていることになる。この点は、「自㆓大内方㆒長刀一枝進㆓上之㆒。世無類者也。大乱中千阿陶江仁五千疋沽㆓却之㆒。名物也。」（『日録』延徳二年〈一四九〇〉十月二十一日条）という記事と併せ考えることができよう。当時の大内氏周辺に刀剣の価値を判断する眼が十分に養われていたことを確認できるのである。

長享二年八月に行われた常喜から大内政弘への〈貞親本〉の相伝の背景には、こうした大内氏の日常的な社会生活と密着した文化的欲求が認められて然るべきであろう。また、刀剣を介して成り立つこうした社会的関係性を踏まえることによって、伝書が大内氏に必要とされた理由も見えてくる。さらに、長享二年八月という時点からの憶測をつけ加えれば、同月三日に政弘が左京大夫に還任されていること（「口宣綸旨御教書案」〈『大日本史料』八―二十三所収〉、『実隆公記』同年九月二日条）が注目される。あるいは、この伝書の相伝は、政弘のこの任官と関わってなにがしかの意義を有していた可能性があるのではなかろうか。

当時の伊勢氏の家督は、伊勢流故実の大成者といわれる貞宗であった。右のような大内氏側の事情に対して、常喜を含む伊勢氏の側から見れば、こうした相伝をその故実家としての権威確立への階梯のひとつととらえることができよう。また、より現実的な話としては、伝書の書写・贈呈の見返りとしてなにがしかの収入があったことも想定される。刀剣伝書が当時の幅広い社会性の中に置かれて流通していたことを、奥書②から読みとっておきたい。

四　〈大内本〉の書写

こうして大内氏のもとに伝来した〈貞親本〉の写本が、さらに転写されたことを語るのが奥書③（前掲）である。

前上総介政近が明応八年（一四九九）十二月十九日の天王寺の陣を破られ、翌二十日に河内国高屋城で敗北を喫した時に、所持していた「銘尽之本」を紛失してしまったので、文亀元年（一五〇一）五月二十一日、周防国で本書を借用して書写したとある。前節の検討を踏まえれば、周防国で借用された「銘尽」こそが、常喜から大内政弘へと伝えられた先の伝書であったと考えられる。この時、政弘は既に没しており、大内氏の家督はその子義興へと移っているため、仮にこれを〈大内本〉と呼んでおこう。

さて、奥書③の内容を当時の世情と照らし合わせてみよう。明応二年（一四九三）二月、畠山基家追討のために将軍義材（のち義尹・義稙と改名。以下、義材）が河内に出陣するが、その間隙を縫って、四月、京都に残留していた細川政元らによって新将軍（義遐。のち義高・義澄と改名。以下、義澄）が擁立される。このいわゆる明応の政変によって、将軍義材は越中へと逃れ、世に二人の将軍が現出することとなる(29)。また、前代から続く畠山氏の間の対立は、政元に与する家督基家と、政変によって敗死した政長の子尚順の抗争として継続していく。その経緯を詳述することは避けるが、明応年間におけるこの抗争は河内国支配権をめぐる争いであり、その拠点のひとつが奥書に見える「高屋城」であり、その争奪が重要な鍵となったことをここでは述べておこう(30)。

基家は明応八年二月の合戦で切腹、家督はその子義英へと移る。細川政元の支援をうける義英に対して、尚順は前将軍義材と結んで入洛をめざす。明応八年の後半はその攻防に明け暮れていった。九月五日、尚順は天王寺に入るが（『大乗院寺社雑事記』。以下『雑事記』）、十二月の合戦で敗北、そこから没落することとなる。

(a)畠山尾張守（尚順）入二天王寺一之間、細川右京大夫（政元）為二畠山次郎（義英）贔屓一、相二下被官一之間、尾張守落二行紀伊国一遁世云々。（『拾芥記』明応八年十二月十六日条(31)）

(b)播州天王寺ヨリ畠山尾張守没落。軍勢行方不知云々。（『永禄年代記』同年十二月二十日条(32)）

(c)十一月十六日、義材自越前江州坂本江御著陣。同廿一日京勢坂本江取向。廿二日義材御没落。同十二月廿日摂州

天王寺ヨリ畠山尾張守没落。軍勢行方不知云々。其後義材周防大内館江御成アリ。

（『暦仁以来年代記』後土御門院明応八年条）[33]

畠山尚順の天王寺からの没落を伝えるこれらの記事によって、奥書③の内容がこうした実態を踏まえていることを確認できよう。なお、(a)の記載は十六日以降の動向をまとめて記したものと考えられ、尚順軍の天王寺からの没落の日としては、(b)・(c)が示す二十日が目安となる。

奥書③を記した政近は、畠山持重の次男で、政光の弟[34]。応仁・文明の乱後、将軍義政の申次衆・御供衆となる。明応の政変の際には、直臣として義材に最後まで仕え、その後もその関係は続いていく。引用(c)波線部にもあったように、義材は、明応八年末、周防の大内氏に身を寄せるべく出発し、翌年下着[35]。以後九年間の滞在を経て、永正五年（一五〇九）六月に至って上洛を遂げるが、政近もそれに伴って帰京することとなる。政近が周防国で書写したという奥書③の内容は、彼のこうした履歴に矛盾しない。

以上の状況に照らせば、奥書③は、実際の〈大内本〉の伝来を示すものとして不審なきものとみられる。また、その内容は、政近の履歴を補う記事としても注目に値しよう。天王寺の戦いに続く高屋城からの没落、文亀元年五月以前の周防下着という事柄に加えて、「前上総介」「春秋満六十歳」（生年は嘉吉元年〈一四四一〉となる）という記載は、今後の検討の材料ともなろう[36]。

ところで、この奥書③の「河内国高屋城同廿日敗北之砌紛失」という記述によれば、刀剣伝書は戦陣に持参されるものでもあったことが明らかとなる。この点は、伝書の価値や実用性とも関わって看過し得ない。たとえば、

一、自松殿書状到来、十一日状也、自天王寺也、去八日自屋形腰刀一給之云々、……

（『雑事記』明応八年十月十四日条）

という記事によれば、政近が与する尚順方の天王寺の陣において、「屋形」（尚順）[37]が腰刀を与えていることが知られ

る。記録されてはいなくとも、大小さまざまな戦闘がくり返された当時の陣中でのこうした営為は、この一例にはとどまるまい。とすれば、合戦における勲功の賞その他の事情によって太刀を下賜する際、必要に応じて参看するべく伝書が持参されたという経緯をここから想定してよいのではあるまいか。また、本書が名刀に関する豊富な話を内在していることから推測すれば、陣中で交わす話題の源として利用された可能性も存在しよう。伝書がこうして実用され、そこに収録された話もまた社会へと流布していった過程が、この事例を通じて見定められて然るべきであろう。

以上、奥書③についてその史料性を確認した上で、そこに現れた伝書の社会的意義の一端についても考えてみた。奥書②の内容と併せ見るに、都の伊勢氏のもとから周防の大内氏のもとへ伝えられ、後に都から没落してきた畠山政近によってそれがさらに書写されたことがわかる。そして何事もなければ、この伝書は、義材・政近らの上洛とともに再び都へと戻っていったと考えるのが自然であろう。都と周防の地を往還する、人と書籍の動きのひとつとして実に興味深い流れを本書の奥書は示している。また、政近が高屋城で紛失したという「銘尽」がいかなる内容を持つものであったかは定かではないが、奥書③で特別な言及がないことからすれば、現存貞親本と同系統の一書であったろうか。ともあれ、奥書②③から、十五世紀後半の都では数多くの伝書が流布しており、そこに記された知識・話題も社会へと広がっていたことを看取し得るのである(38)。

五　〈重阿本〉について

さて、最後に奥書①の検討に移るが、それに先立って、本阿本『銘尽』（以下、本阿本と略称）の存在を視野に収めておこう。両書の分類項目に従って、掲出される鍛冶の数とともに構成を示したのが次表である。

本阿本は最終丁（53ウ）に「于時天文十四年巳卯月五日」という記載があり、その下に、別筆で二種の「本阿（花

◎貞親本と本阿本第一部の構成

貞親本 分類項目	鍛冶数	本阿本第一部 分類項目	鍛冶数
（序）		（序）	
×		京鍛冶来ノ一類	13
文武天皇大宝年中鍛冶七百年計	4	大宝年中鍛冶　七百年計	4
和銅年中六百余年	2	和銅年中　六百余年	2
大銅年中五百余年	3	大銅年中　五百年計	3
一条院御宇四百年	10	一条院御宇　四百年計	13
白川院御宇三百余	6	（白河院御宇）	6
後白川院御宇二百三十年	5	後白河院御宇　二百三十年計	5
後鳥羽院御宇	7	後鳥羽院御宇　二百余年	7
鍛冶結番	12	鍛冶結番	12
御太刀磨	2	御太刀磨	2
粟田口鍛冶系図	11	粟田口鍛冶系図	11
大和国古今	21	大和国古今	18
古今所々時代不同	26	古今所々時代不同	21
×		一、来一流	7
（永徳比）来系図	9	来系図	11
近比鎌倉鍛冶	11	近比鎌倉鍛冶	12
備前国古今不同少々	122	可然備前国古今時代不同少々	119
備中国古今少々時代不同	45	備中国古今少々時代不同	43
異説在所不分明物少々	32	異説（所脱カ）在不分明物少々	48
奥書①		奥書	
茎絵図・銘字体集		〈以下第二部。略〉	
奥書②			
奥書③			

押）」という署名が並記されている（二つの署名・花押も別物）。その書式からみて、二人の本阿は、天文十四年（一五四五）の書写以降に本書の伝来に関与した人物とみられる。[39] 本書は、三種類の伝書がのちに一括書写されたもので、本来的な内容は、1丁表～27丁表（仮に第一部と称す。以下同じ）、27丁裏～48丁裏（第二部）、48丁裏～53丁裏（第三部）にわけることができる。こうした理解の妥当性は、第一部・第二部の末尾に異なる伝来・相伝の過程を示す奥書が記されていることに加えて、三部の間で取りあげられている鍛冶に重複が見え、掲出の形式も各部で異なっていることからも確かめられる。

さて、そのうちの第一部は貞親本と極めて近似した、同系統の伝書である。両書が同内容の序文を共有していることは既に述べたが、構成表を見れば、その分類法・構成もほぼ同一であることは明らかであろう。ただし、「京鍛冶来ノ一類」・「一、来一流」という項目の有無に目立った差異が存在し、選ばれた鍛冶の数やその所在国に関する理解にも差が見えることも事実である。こうした両書の懸隔を詳細に検討する必要もあるが、今は両書が他の伝書とは区別し得る、近しい一群をなしていることを指摘するにとどめておく(40)。

前掲した本阿本第一部の奥書には、「右之證本」（＝本阿本第一部）は本来「簗刑部左衛門入道円阿」の「直説」であり、それが「宇津宮参河入道順阿」に伝えられ、以後「幸阿」→「重阿」→「利永」と相伝されたことが示されている(41)。同系統たる貞親本の奥書①を読み解く際、この奥書は大いに参考となる。

まず、二つの奥書を併せみるとき、両書の内容・構成が近似する所以が理解できる。すなわち、いずれも簗刑部左衛門入道円阿の説をまとめた〈宇津宮参河入道本〉を源としているのである。また、貞親本奥書①の「先孝《孝カ》五林玖公自筆大集法成之」の部分は意味が取りにくいが(42)、「重阿」なる人物のもとに伝えられている点は本阿本第一部と共通している。したがって、両書は重阿所持本（〈重阿本〉と仮称する）から派生した伝本とみなすことができるわけで、以下本節では、少し視野を広げて、この〈重阿本〉の伝来という観点から論述を進めていきたい。

本阿本第一部の奥書にみえる人物の考証は、間宮光治氏、上森岱乗氏によって既に試みられており(43)、ここで大きな新見を加えることはできないが、本章の主旨との関係上、貞親本奥書①とも関わる簗刑部入道円阿と宇津宮参河入道、そして幸阿に関する説を概観した上で、重阿へと目を移していこう。

簗刑部入道は、『多功系図』(44)に基づき、宇都宮頼綱の四男宗朝の末裔で、「河内守五郎《ママ》」「領二簗郷一。仍号レ簗ト」と注されている朝光、もしくは同じく「簗河内守五郎《ママ》」とされる吉朝とする説が提唱されている(45)。また、宇津宮参河入道については、同じく宇都宮氏の末裔で、美濃国南宮大社の社家となった宇都宮氏に連なる「根重」説・「正藤」説などが示されている(46)。しかし、このふたりについては同時代史料・記録類にその名が見えないこともあり、確定には至っていない。その実像に迫るには史料的な限界があることを否めないように思われる。ただし、彼らについては、実在の如何を問わぬ、その象徴性をこそ看過すべきではなく、この点は後に改めて取りあげることとする。

本阿本第一部の奥書でこれら二人に続く幸阿は、近世にまでつながる蒔絵師幸阿弥家の第一世幸阿弥道長とする説が提出されている(47)。その注記にある「玉林」は、足利義満に仕えた遁世者で、連歌をよくした琳阿のことで、この注記のあり方から、幸阿はその流れを汲む連歌の宗匠と考えられている(48)。ただし、阿弥号をもつ人物の特定が困難であることはここで改めて述べるまでもなく、また蒔絵師幸阿の連歌に関する履歴や、実際の活動には不明な点が多い。これらの人物比定についても今後のさらなる検討を要しよう。ただし、連歌を介した人々の交流が、刀剣伝書の伝来に関してもひとつの鍵を握っていたことは疑いなく(49)、そうした面から注目に値する注記ではある。

さて、その幸阿から伝書を相伝した重阿は、中世末の刀剣目利書『新刊秘伝抄』所載の相伝系図に、「土岐被官。本阿与禅阿ニ久タンレン也」と注記されていることから、美濃国守護土岐氏との縁が想定されている。その点を踏まえて、前掲上森論は、本阿本第一部奥書にみえる「此利永」との記載を重阿に付された注記と考え、重阿と利永を同一人物としている。しかし、その点はいささか疑問とせざるを得ない。

この利永は、美濃国守護土岐氏の被官で、守護代であった斎藤利永（生年未詳～長禄四年〈一四六〇〉）と考えられる。利永の名は、「宝徳二年関鍛冶系図」（以下、「宝徳系図」）の奥書にその名が見え、彼の孫とされる吸江（俗名利匡）が、現存最古の刀剣押形集『往昔抄』を編纂、その基盤には「利英口伝」（利英は利永と音通）があったとされる（同書奥書）。彼は父宗円の生存中から、富島氏・長江氏との同国守護代をめぐる抗争の渦中にあり、やがて斎藤氏が同国の実権を掌握していく過程を導いていった(50)。こうした状況を勘案しても、奥書の「利永」を斎藤利永とみるのは妥当な判断と思われる。しかし、上森論も論中で断っているとおり、斎藤利永が重阿を名乗った形跡は存在しない。利永は在京中から禅宗に帰依し、法名を宗輔といった。その跡を継いだ利藤の法名は宗珊。父宗円以来、「宗」を法名の通字としていることを考えても、今のところ奥書に現れた重阿と利永は別人とみておくのが穏当なのではなかろうか。その場合、本阿本奥書は〈重阿本〉の利永への相伝を示すものとみておくのが自然であろう。

なお、後に季弘大叔は、利永について「迄乎韜略剣術之奥、歌詞翰墨之工、神解意頒（領）、深詣精通」と記し（『蔗庵遺藁』所収「越州太守大功宗輔居士像」[51]）、春浦宗熙はその武名に関わって「磨礱斬釘截鐵底宝剣」と記している（『大宗禅師語録』巻下[52]）。この相伝を利永の事績の一部として視野に収めることによって、その武に秀でた側面を彩る傍点部のごとき表現に、彼が実際に伝書などを通じて得ていた刀剣への知識を持つ姿が投影されているとみることも可能となるのではないか。

ところで、利永の履歴として、守護代となる前に在京経験があり（永享四年〈一四三二〉『草根集』初出）、その間に正徹らとの交誼があり、また帰国後も正徹・正広らとの関係は継続、享徳三年（一四五四）十月には一時的に上洛して持病に嘆く正徹を慰問したことなどが指摘されている（『草根集』・『松下集』・宮内庁書陵部蔵『法華経序品和歌』等[53]）。〈重阿本〉相伝の場や、経緯は未詳ながら、そうした文化圏との関係で理解すべき動きであったことが推測される。利永と正徹の関係は永享頃からとみられているが、そのころの正徹は畠山・山名他の守護大名の月次歌会に出詠し、蜷川親当（智蘊）や宗砌らと交わるなど、武家との関係を活動の基盤としていた。そして利永もまた、和歌や連歌を介して、将軍家をとりまく武家の文化環境の中で生きていたのである。

現在のところ、この重阿の素姓は未詳とせざるをえない。ただし、上記のごとき利永の履歴や彼をとりまく環境との兼ね合いを考慮するならば、まずは将軍義教に仕える地下の遁世者「重阿」のごとき存在に注目することができようか。その名の初見は、『満済准后日記』永享二年（一四三〇）正月十九日条で、室町殿の新造御会所での連歌会に集った二十一人の末尾に、「重阿、玄阿、祖阿」と記されている。これ以後、同記中では永享五年三月九日条に至るまで、将軍が関与する連歌会に名をたびたび連ねている。「遁党三人」（同年三月二十日条）とも記される彼らは、将軍の同朋衆的存在と考えられている。(54) この重阿と利永の交渉の有無は未詳だが、在京中の利永が将軍義教の命をうけて叡山攻撃に加わっていること（正徹「永享九年詠草」(55)）や、政所代として幕府を支えた蜷川氏との関係が確認できること（『草根集』二一二九四。永享六年八月十六日）などを考慮すれば、その活動の一部が足利将軍をとりまく文化環境の中にあったことは確かである。

以上をもってこの二人の重阿を同一人物とすることはできない。(56) しかし、たとえば『満済准后日記』に現れるこの重阿のごとき、足利将軍をとりまく文化環境にいる人物を、奥書にみえる重阿の姿に重ねてみることは、存外に有効なのではないかと思われる。それは、上述したような、利永と同朋衆重阿との和歌・連歌を介した共通環境の存在に加えて、この伝書が重阿から、幕府政所執事を世襲して幕府の中枢にあった伊勢氏のもとへと伝えられたことが確認されること（奥書②）とも関わる。伊勢氏と同朋衆は公方御倉の御物管理に関して職務上連携しており、その中ではもちろん刀剣も扱われていた。(57) 奥書にみえる重阿の活動環境とその姿について、以上を試論として提示し、今後のさらなる検討を期したい。

さて、以上を踏まえて、この奥書の意義や、相伝の環境とも関わる言説として、『土岐家聞書』の次の記載に目を向けてみよう。(58)

一、鍛冶の中に可レ然物と云位あり。其おこる所の子細は、鹿苑院殿の御時、宇津宮入道天下の目利たりしに、或時殿中にて仰出されし旨、諸侍に下さる、御太刀をば定而聊爾におもふべからざる歟。然るによからぬものを下されんは然るべからず。可レ然物を注し申べき由仰出さる、時、則御前にて注したるもの也。然る間数も多からず。又上作名などは不二加書一之。又畠山徳本は人の献じたる物を代物の程を尋させて、必それよりもまされる返報せられしとかや。（以下略）

ここには、足利義満の命をうけた「天下の目利」「宇津宮入道」が、その御前で将軍から下賜するに値する太刀を作った鍛冶たちの名、すなわち銘を「可ㇾ然物」としてまとめ記したことが語られている。本書は応仁の乱前後の土岐氏と足利将軍との関係を記しとどめたものと言われ[59]、右の記事は、十五世紀の武家社会の言説世界の一斑を伝えていると考えられる。傍線部に続く畠山徳本（持国。応永五年〈一三九八〉～康正元年〈一四五五〉）の記事は、献上された太刀の「代物の程を尋させ」、それより「まされる返報」をしたという、専門の目利者の存在や、太刀の勝劣に関する関心の高まりを示唆している点でも興味深いが、当該箇条の中ではそうした徳本の姿が、宇津宮入道が定めた「可ㇾ然物」の判断を踏まえたものとして語られていることを看過できない。つまり、宇津宮入道の名は、その実在の真偽や実像の如何に関わらず、十五世紀中にはこうした義満時代の「天下の目利」というイメージを伴いつつ、社会に広がりをみせていたのである[60]。したがって、貞親本奥書①や本阿本第一部の奥書によって示される、宇津宮参河入道から相伝されたという由緒は、奥書②③の時点では、その伝書を権威づけるものとして機能していたであろうことを十分に察し得るのである。

こうした貞親本の相伝過程や、奥書に付随する人物イメージ、またそれと不可分の関係にある奥書①の権威性などを見渡してみると、現存する貞親本や本阿本第一部のもととなる、重阿に伝えられた伝書（＝〈重阿本〉）の内容が、足利将軍周辺の文化環境や儀礼社会の一部を形づくっていたことが透かし見えてこよう。奥書①には不明な点が多いが、同系統本に付された奥書を参看することによって、わずかながらその内容に踏み込み、伝来の環境を推察することができたかと思う。

六　おわりに

以上、貞親本の奥書に注目して、その史料性を検討した上で、そこに示された伝来過程や伝書の社会的意義について考察してきた。本書の内容が、時の文化のひとつの核であった足利将軍をとりまく文化環境とつながっており、またそうしたイメージを伴う形で諸地域へと展開していった様相を確認し得たものと思う。伝書の伝来には、授受するもの双方の事情が関与していて然るべきだが、それは決して偶発的、個別的な一書の動きではなく、都の文化を儀礼、そして価値観の展開という、その時代のより広い潮流の中においてとらえるべきものと言えよう。〈重阿本〉のひとつが美濃の斎藤氏（利永）のもとに伝えられ、別のひとつが伊勢氏（貞親・貞藤〈常喜〉兄弟）を介在してやがて周防の大内氏（政弘）へと流通していった。それが都落ちした畠山政近によって書写され、後に都へもたらされた可能性がある。本章で取りあげたのはごくわずかな事例でしかないが、当時、多くの伝書が人々の動きに伴って、都と諸地域との間を行き来しており、それに伴って伝書所収説もまた社会に認知されていったのであろう。十五世紀はそうした動きが特に活性化した時期であったことを、多くの伝書の奥書がものがたっている。この点は、他の伝書の伝来や素姓を含めて、さらなる検討を進めなければなるまい。

また、伝書は刀剣との関係においてひとつの歴史像を構築し、提示している。そうした意味で、これを享受する人々の、〈過去〉に関する知識のありようや歴史認識のあり方とも無関係ではあり得ない。そして、その中に収められた諸説は、軍記物語その他の物語の叙述とさまざまな関係を成り立たせてもいるのである。『平家物語』が中世人の歴史認識に及ぼした規制力の大きさは無視できないものがあるが[61]、その力を等身大に把握する道は、物語の表現を同時代的な言説の潮流の中におくことによってはじめて開けてくるのではないか。そうした試みのひとつとして、伝書と『平家物語』との親和性を測り、乖離点を解明する作業が求められるのである[62]。本章で検討してきたような物理的な動きを踏まえつつ、次章以下では個々の言説レベルでの内容分析をおこなうこととしたい。

注

（1）同書の略書誌を記しておく。和鋼博物館蔵（日立金属安来工場からの依託本）。外題・内題なし。所蔵書名「銘尽（宇都宮銘尽）」（整理番号2）。深緑色無地表紙。寸法は縦二十七・〇糎×横二十一・二糎。袋綴一冊。料紙は楮紙。墨付き三十四丁、遊紙前後各一丁。人名・地名に朱引きが施され、名刀の名は朱線で囲まれている。蔵書印は表遊紙に「和鋼博物館」（朱方形印）、「珍籍百種之二」（朱長方形印）、「沼田文庫」（朱長方形印）、一オに「剣掃文庫」（朱方形印）、「沼田文庫」（朱長方形印）。奥書は論中に記す通り。現存本は近世写本。論中に示す通り、伝来の過程で伊勢貞親の手を経ており、その点で同系統の他本（本阿本第一部等）と区別できるためにかかる呼称を用いる。

（2）村戸弥生氏「『小鍛冶』の背景――鍛冶による伝承の視点から――」（「国語国文」61―3　一九九二・三　→同著『遊戯から芸道へ――日本中世における芸能の変容――』〈二〇〇二・二　玉川大学出版会〉加筆改題収録）、小峯和明氏「中世の注釈を読む――読みの迷路」（三谷邦明氏・小峯和明氏編『中世の知と学』収　一九九七・十二　森話社）、池田敬子氏「「しゅてん童子」の説話」（説話と説話文学の会編『説話論集　第八集』収　一九九八・八　清文堂出版　→同著『軍記と室町物語』〈二〇〇一・十一　清文堂出版〉再録）、二本松泰子氏「『保元物語』鵜丸譚の叙述基盤――鵜飼伝承圏と関わって――」（「立命館文学」552　一九九八・一）などが文学研究からのアプローチである。歴史学では、商業史・技術史・職人史の観点から、豊田武氏『増訂中世日本商業史の研究』第一編一「商品流通の展開」（二）「金属工業」（一九五二　岩波書店）、仲村研氏「中世の大工・刀工・鋳物師と技術」（三浦圭一氏編『技術の社会史第一巻』収　一九八二・九　有斐閣　→同著『中世地域史の研究』〈一九八八・五　高科書店〉再録）、網野善彦氏「中世の鉄器生産と流通」（永原慶二氏・山口啓二氏編『講座・日本技術の社会史　第五巻』収　一九八三・九　日本評論社　→同著『中世民衆の生業と技術』〈二〇〇一・二　東京大学出版会〉再録）などが、伝書の内容を援用している。

（3）伝書群のうち、「銘尽」に関しては、鈴木雄一氏「重代の太刀――「銘尽」の説話世界を中心に――」（「文学史研究」35　一九九四・十二）が貴重な成果を提示している。

（4）この点については、拙稿「抜丸話にみる『平家物語』変容の一様相――軍記物語と刀剣伝書の世界――」（「国語と国文学」

77―8　二〇〇〇・八）〔第三部第一編第五章〕、『源平盛衰記』所載抜丸話について――軍記物語と中世刀剣伝書の間――」（「面」5　二〇〇二・七）〔同第六章〕で指摘した。なお、軍記物語の刀剣関係話を扱った論としては、須藤敬氏「『保元物語』信西の太刀「小狐」をめぐって」（「軍記と語り物」23　一九八七・三）、白崎祥一氏「軍記物語における刀剣伝承の展開――源氏系話を中心に――」（『中世説話とその周辺』収　一九八七・十二　明治書院）、同「『平家物語』「剣巻」の源氏系伝承考――屋代本・百二十句本の比較を通して――」（「早稲田――研究と実践――」9　一九八八・三）、多田圭子氏「中世軍記物語における刀剣説話について」（「国文目白」28　一九八八・十一）などがあげられる。

（5）享徳元年（一四五二）十月二日付の奥書がある。『天理図書館善本叢書和書之部第七十二巻の一古道集一』（一九八六・三　八木書店）所収。

（6）この振幅は、七百年前から百年単位で整然と記そうとした結果とも見える。

（7）国立国会図書館蔵。応永三十年十二月二十一日の奥書は、現存伝書中最古のもの。

（8）引用は岩波日本古典文学大系本に拠る。

（9）『古語拾遺』には次のようにある。安田尚道・秋本吉徳氏校註『古語拾遺』（新撰日本古典文庫4　一九七六・七　現代思潮社）の訓読本文に拠る。

　磯城瑞垣朝に至りて、漸に神威を畏まりて、同殿に安からず。故に更に斎部氏をして、石凝姥神の裔・天目一箇神の裔二の氏を率て、更に鏡を鋳、剣を造らしめて、以て護の御璽とす。是れ今、踐祚の日、献る所の神璽の鏡・剣なり。

「磯城《しきしまの》瑞垣《みづかきの》朝《みかど》」は崇神天皇の宮号。その御宇に「石凝姥《いしこりどめの》神の裔《はつこ》」が鏡を、「天《あめ》目《ま》一箇《ひとつの》神の裔《はつこ》」が「剣」をそれぞれ新造し、それが「今」の「神璽《かみのしるし》の鏡・剣」であることを語る記事である。神代に「石凝姥神」が「日像《ひのかた》の鏡」を鋳、「天目一箇神」が「雑《くさぐさ》の刀《たち》及び鉄鐸《さなぎ》」を造ったという記載を承け、その末裔の営為が取りあげられた部分である。両書の記述の親近性は明らかであろう。

（10）ただし、そのありようは直接的な引用関係に限定できるものではなく、たとえば慈遍が『旧事本紀玄義』（元弘二年〈一三三二〉成立）巻第四に「倭姫命世紀曰」として当該記事を引用するような、『古語拾遺』所収説の中世における多様な受容と再生の諸相の一面として理解する必要もあろう。なお、慈遍著作としては、他に『旧事玄義抜萃』、『豊葦原神風和記』（興国元年〈一三四〇〉成立）等に引かれている（いずれも神道大系『天台神道（上）』〈一九九〇・九　神道大系編纂会〉所収。成立年代は同書解説に従った）。

（11）『職原抄』は、神道大系『北畠親房（下）』（一九九二・十二　神道大系編纂会）、「剣巻」は彰考館蔵長禄本（国文学研究資料館蔵紙焼写真）に拠った。

（12）本文は注（9）参照。天目一箇神が鍛冶の信仰を集めたことについては、柳田国男「一目小僧」、「目一つ五郎考」（『定本柳田国男集　第五巻』収　一九六八・十　筑摩書房　初出一九一七・八、一九二七・十一）等参照。宝剣改作にその末裔が関わる意味はこの点にある。鏡の改鋳も同様の構図下に記される。

（13）刀剣博物館蔵。所蔵書名は「佐々木氏延暦寺本銘尽」。奥書によれば、文明十六年（一四八四）霜月十三日書写本をもととする。天国に関して、「用鍛冶事日本始ト云也。至文明七百六十九年。」と注記して以下の説を掲出するが、この注記は文明の書写段階に付されたものとみられる。なお、引用中の「烏」は「写」の旧字体の誤写であろう。「小烏」に引かれたか。

（14）刀剣博物館蔵。所蔵書名「簗氏正長銘尽」。本来、三種の伝書が一括書写されたとりあわせ本。その第一部の冒頭部分に、「古今鍛冶銘」と題して載る。なお、これら三本所収の序文を対照することで、誤脱などを補訂することが可能となる。

（15）これらの他、十六世紀の伝書としては、『元亀元年刀剣目利書』（刀剣博物館蔵）、『新刊秘伝抄』（同前）などに受け継がれている。間宮光治氏「尾張竹屋家の人々――新刊秘伝抄について――」（『刀剣美術』331　一九八四・八）に後者に関する言及がある。

（16）観智院本は、この序文に続けて「神代鍛冶」という項目を立て、藤戸・天藤・国重らをあげる。こうした形態の存在を考えれば、この序文のみがある程度独立して流布していた可能性もあろう。

（17）本書を貞親本と呼ぶことにしたのは、奥書①にみえる重阿までの相伝が本阿本第一部と共通しており、重阿以降の伝来において両書に違いが現れるためである。

（18）貞親に関しては多くの論があるが、武家故実の観点からは二木謙一氏「伊勢流故実の形成と展開」（『中世武家儀礼の研究』

収　一九八五・五　吉川弘文館　初出一九六七）、政治的動向に関しては百瀬今朝雄氏「応仁・文明の乱」（『岩波講座日本歴史七　中世三』収　一九七六・四）をあげておく。

（19）同書については、設楽薫氏「室町幕府評定衆摂津之親の日記『長禄四年記』の研究」（『東京大学史料編纂所研究紀要』3　一九九三・三）の翻刻を参照した。

（20）家永遵嗣氏「伊勢宗瑞（北条早雲）の出自について」（『成城大学短期大学部紀要』29　一九九八・三）注25の指摘による。

（21）大日本古文書に拠る。同書では、文明十七年かとされている。

（22）兄貞親と同様、彼の歌歴についても注意を要しよう。なお、貞藤は応仁・文明の乱では西軍に属し、乱後も義視・義材親子に従って美濃に下っていた。注（18）百瀬論は西幕府の政所執事とする。文明十三年の出家後は西京西蓮寺に住している（『親元日記』同年七月十四日・十六日条）。

（23）『長興宿禰記』には、文明十八年〜十九年（＝長享元年）にかけて、出家後の貞藤が小槻長興と共に貞宗邸をしばしば訪れていることが書きとめられている。

（24）引用は『群書類従』二十二に拠る。

（25）998 宮こ人の名のりやなれもしたふらん帰る山ちをうつむ紅葉、（『私家集大成6　中世Ⅳ』収）。延徳三、四年（一四九一、二）頃成立という。

（26）米原氏「周防大内氏の文芸」（『戦国武士と文芸の研究』第五章　一九七六・十　桜楓社）。氏はそこに歌道修養という目的を認め、政弘の「公家に対する文化上の劣等感克服の過程」を看取している。

（27）宮内庁書陵部蔵本（函架番号209／434）に拠る。

（28）注（18）二木論は、これを伊勢氏に元来故実が存在しなかったことをものがたる事例として指摘している。

（29）森田恭二氏『河内守護畠山氏の研究』（一九九三・四　近代文芸社）が室町期の河内畠山氏の抗争を通史的に検討している。明応の政変に関する論は多いが、ここでは青山英夫氏「明応の政変に関する覚書」（『上智史学』28　一九八三・十一）、設楽薫氏「足利義材の没落と将軍直臣団」（『日本史研究』301　一九八七・九）、山田康弘氏「明応の政変直後の幕府内体制」

（『戦国期室町幕府と将軍』収　二〇〇〇・七　吉川弘文館　初出一九九三）をあげておく。

（30）高屋城については、笠井敏光氏「高屋城と古市」（『ヒストリア』113　一九八六・十二）、中田佳子氏「戦国の城・河内高屋城」（井上薫氏編『大阪の歴史と文化』収　一九九四・三　和泉書院）等参照。ともに高屋城関係年表を付している。

（31）引用は『改定史籍集覧』二十四に拠る。なお、本書の記述は、数日分の出来事を一日分の箇条の中にまとめて記されている場合がある。当該部もそうした一例とみられる。

（32）『後鑑』所収。引用は新訂増補国史大系本に拠る。

（33）引用は『続群書類従』二十九下に拠る。

（34）政近については、注（29）設楽論、山田論参照。その兄政光は義政の申次衆・御供衆を務めていたが、応仁・文明の乱では義視（義材の父）方に与している。両論では、この兄弟が義材に近い立場であったことが注目されている。

（35）「廿二日、義材御没落。其後周防大内館江御成アリ。」（『永禄年代記』明応八年十二月）等参照。『多々良盛衰記』は翌年三月十六日下着とする。滞在中のことを含めて、『足利季世記』は「義材公方ハ周防ノ大内左京大夫義興ヲ頼ミ中国へ御下向アリ。爰ニテ小弐・尼子・大友前守ヲ頼ミ給ヒテ、シバラク御坐ヲスヘ、諸国へ御教書ヲナサル。」と記している（『改定史籍集覧』）。

（36）注（29）設楽論は、『長禄二年以来申次記』（群書類従本）の政近に「任上総介」とあるのは、「他の写本その他の史料」によれば「上野介」の誤りとする。それに従えば、本奥書の注記も誤写となろうが、あるいは再検討の余地もあるのかもしれない。

（37）『雑事記』翌年二月四日条に「屋形尾張守」とある。増補続史料大成本に拠る。

（38）それは現存する十五世紀の伝書の奥書の様相とも対応する。

（39）この点に鑑み、本書を本阿本と呼ぶこととする。

（40）両書の個々の説に現れる差異の具体的な一例として、「古今所々時代不同」の鍛冶とされる「国盛」説を示しておく。

貞親本	本阿本第一部
大宮臣。柄身長ヒロシ。銘ノ打様ハ、指面《サシ》ニ国盛ト打。ウラニ大宮臣ト打ッ。刀ノ色ハダ国安ガ風情也。	大宮日。つかの身ながふひろし。めいのうちやうハ、さしおもてニ国盛とうつ。うらに大宮臣とうつ。刀のはだいろ国安がふぜひなり。

両書には漢字片仮名、漢字平仮名という用字の違いがあり、また共に異本注記を含んでいる。同系統本の広がりが窺えよう。なお、本来は口伝によって伝書は発生するため、両書の祖本が別であっても不思議はない。とはいえ、両書の内容面での近さは、重阿のころには、かかる説がある程度固定した形で存在していたことを示唆している。

なお、貞親本には「善口又重口モアリ」、「峯少シ丸シ。銘ナシ。善阿神息／重阿判／改(?)阿判」のような形で、その内容が重阿の口伝に根ざしていることが明示された記載が見える。加えて、善阿らの説も取り込まれていることが知られる。こうした記載は貞親段階で付されたものであろうか。さらに、同本には「勢州本ニハ無之云々」「勢州本ニハ無之」という記載が二箇所みえる。これは奥書③の段階で加筆されたものであろう。現存本は、わずかながら、こうした加筆を経た姿となっていることがわかる。

（41）本阿本第一部奥書の罫線は朱筆で、施された時点は不明である。

（42）書写の過程での誤写が生じているようである。「先孝」は「先考」か。本阿本の奥書と対照すれば、「五林」は「玉林」のことかとも思われるが、いずれにせよ詳細は未詳とせざるを得ない。

（43）間宮光治氏「武家目利者・宇津宮参河入道」（『刀剣美術』479　一九九六・十二）、上森岱乗氏a「宇津宮参河入道考　附名越遠江入道考」（『刀剣美術』350　一九八六・三）、同b「簗氏本銘尽にみる古伝書の継承者列伝」（『創立四十周年記念募集論文集』収　一九八八・十二　財団法人日本美術刀剣保存協会）等。

（44）『下野国誌』所引。徳田浩淳氏校訂『校訂増補下野国誌』（一九八九・一　下野新聞社）を参照した。『上三川町史資料編　原始・古代・中世』所収『石崎本多功系図』に「簗五郎朝光」の名が見えることは、上森論bに指摘がある。

(45) 注（43）間宮論、上森論。簗郷は河内郡に所在するため、「河内守」は不審。
(46) 『宇都宮家系図』（岐阜県垂井町南宮大社蔵）に基づく説である。上森論aが諸説を整理している。『関鍛冶の起源をさぐる』（一九九五・三　関市）五〇頁に当該部の写真版が載る。
(47) 注（43）上森論b。
(48) 連歌師で曲舞作者である琳阿は、『ひとりごと』『申楽談義』『五音』などに現れることで知られている。竹本幹夫氏「琳阿考――南北朝期曲舞作者の横顔――」（「芸能史研究」53　一九七六・四　→同著『観阿弥・世阿弥時代の能楽』〈一九九九・二　明治書院〉再録）、梅谷繁樹氏「琳阿について――時衆の客寮との関係――」（「芸能史研究」60　一九七八・一→同著『中世遊行聖と文学』〈一九八八・六　桜楓社〉再録）等の考証がある。
(49) 本阿本第二部の奥書に、「見阿」の注記として、「連歌の上手也」と記されている。また、義政の同朋衆として著名な能阿弥に発する刀剣伝書（『能阿弥銘尽』）が複数現存している。能阿弥が連歌をよくしたことは周知のことであるが、そのうちの一書埋只本（和鋼博物館蔵）の末尾には、「右此《コノ》銘《メイ》尽《ツクシハ》天下連歌《ノ》宗匠能阿弥太方（以下墨滅）」という書き込みがある。
(50) 斎藤氏と鍛冶との関係については、尾関章氏a「宝徳系図と美濃斎藤氏」（前掲『関鍛冶の起源をさぐる』収）、同b「六角遠征以後の前斎藤氏について――「宝徳系図と美濃斎藤氏」補遺――」（「岐阜史学」89　一九九五・十二）等で検討されている。宝徳系図諸本は右書に翻刻があり、aには後掲『往昔抄』奥書が写真版で掲載されている。また、斎藤氏歴代の研究としては、横山住雄氏『美濃の土岐・斎藤氏　利永・妙椿と一族』（一九九二・一　教育出版文化協会）がある。
(51) 引用は玉村竹二氏編『五山文学新集』第六巻（一九七二・三　東京大学出版会）に拠る。
(52) 引用は大本山大徳寺編『大徳寺禅語録集成』第二巻（一九八九・三　法蔵館）に拠る。
(53) 利永の文学関係の事績については、井上宗雄氏『中世歌壇史の研究室町前期』（初版一九六一・十二　風間書房）、米原正義氏「美濃土岐・斎藤氏の文芸」（前掲『戦国武士と文芸の研究』収）、田中新一氏「正徹と藤原利永――正徹研究ノート――」（「愛知教育大学国語国文学報」24　一九七二・三）、稲田利徳氏「永享九年詠草」（『正徹の研究　中世歌人研究』第三篇第一章第二節　一九七八・三　笠間書院）参照。

（54）村井康彦氏『武家文化と同朋衆』（一九九一・一　三一書房）は、この三人を同朋衆とする。近時、家塚智子氏は職掌としての同朋衆の成立時期を探る論の中で、「同朋衆」という語句の初出を『斎藤親基日記』文正元年（一四六六）三月二十六日条としている。ただし、語の使用例の有無とは別に、永享頃にその職掌は成立したとする見解が示されており、本章でも便宜的にこれを同朋衆として扱うこととした。家塚氏「同朋衆の存在形態と変遷」（「芸能史研究」136　一九九七・一）参照。

（55）注（53）稲田論参照。

（56）『満済准后日記』での記され方を見るに、この重阿は永享五年ごろ職を退くか、没したのではないかと思われる。なお、奥書の重阿がこうした将軍周辺の存在であるとすれば、前述した土岐氏被官説との関係が問題として残る。

（57）文正元年（一四六六）六月三日、普広院殿（義教）二十五年忌の仏事銭をつくるために、「公方様」のもとから千阿を介して「御絵軸幷御打刀一腰」が売り出され、伊勢守貞親らがそれを買い取っている（『日録』同日条）。刀剣に値をつけて売買する目と、刀剣伝書の実用性とは無関係ではなかろう（貞親本には見えないが、値を記した伝書も存在する）。家塚智子氏「同朋衆の職掌と血縁」（「芸能史研究」141　一九九八・四）、同「同朋衆の文化史上における評価をめぐって」（「芸能史研究」155　二〇〇一・十）は、『宗五大双紙』や『大館記』の記載を通じて、「唐物奉行」の解釈を吟味し直す中で、伊勢氏と同朋衆の職務上の上下関係について言及している。

また、伊勢氏被官蜷川氏のもとに、「足利将軍家所用銘物注文」（「蜷川家文書」七九三。前章で引用）が伝えられていることも、将軍家の刀剣の管理と関わる伊勢氏の活動という点で注目しておきたい。

（58）引用は『群書類従』二十三に拠る。

（59）『群書解題』

（60）『土岐家聞書』に見える「可然物」に関する記述は、『竹屋惣左衛門理庵伝書』（奥書は天正七年〈一五七九〉六月吉日付。和鋼博物館蔵）の他、十六世紀後半の竹屋系伝書に受け継がれている。その他、宇津宮参河入道に関する記述は、注（43）の諸論で取りあげられている。

（61）第一部第二編各章、第三部第二編各章等で、そうした問題を述べた。

（62）たとえば、本章で確認してきたように、大内氏に伝書が伝えられていたことは確実だが、同氏が一方で『平家物語』を積極的に享受していたことは、『多々良問答』（問者大内義隆、答者三条西実隆）の中に窺うことができる。ただし、そこでは、物語中の官職その他の有職にまつわる語彙への関心が前面に打ち出されており、歴史認識の具体相へと迫ることは困難である。『多々良問答』に関しては、上杉和彦氏「『多々良問答』と『平家物語』」（延慶本の会口頭発表　二〇〇一・十・二十七於青山学院大学）に接した。

第五章　抜丸話の変容と時代環境

一　はじめに

寿永二年七月の平家都落ちに際して、頼盛が一門を離れて都に残留したことは著名な事態だが、延慶本『平家物語』は頼盛の残留記事の後に、「抑頼盛ノトヾマリ給フ志ヲ尋レバ」として、頼盛所持の太刀「抜丸」の伝来をめぐる話を付載している（第三末　廿六「頼盛道ヨリ返給事」）。そこでは、頼盛が父忠盛からこの太刀を相伝したことを清盛が「心得ズ」思ったこと、その後宗盛がこれを再三所望したが、頼盛はそれを拒絶し続けたため、「内々叔父甥ノ中、心ヨカラズトゾ聞ヘシ」という状況が生じたことが語られている。頼盛残留の理由として、清盛・宗盛という平家主流の人々との精神的な疎遠さが問題視されているわけで、抜丸は一門に存在する不和を象徴するものとしての役割を担わされていると考えられる。それは裏返せば、都落ちに際して浮上した一門内対立の様相への延慶本の関心の高さを示してもいるのである。[1]

ところで、この抜丸話は、『平家物語』諸本の中では長門本や『源平盛衰記』（以下『盛衰記』と略称）にも記されているもので、頼盛の残留理由に関して、これを持たない諸本（いわゆる語り本など）との明確な相違が認められてきた。[2]そうした従来の指摘は基本的に首肯すべきものと考えるが、ただし、抜丸話を有する諸本間でその扱いが異なっていることにはなお注意すべきであろう。先にこの抜丸話が都落ちに際する一門内対立の浮上を象徴するものとして機能していることを述べたが、それゆえに本話の扱い方の如何は、各本が語る〈平家都落ち〉像とも不可分の関係にあると考えられる。そうした意味からも、従来看過されてきたこの異相に検討を加える必要性が見いだせよう。本章では、まずは延慶本と『盛衰記』の間に存在する抜丸話の質的相違を検証した上で、そうした変質の過程に関与しつつ併存したであろう中世刀剣伝書をとりまく時代状況や文化環境へと説き及ぶことで、『平家物語』の展開過程に生じたひとつの様相を照らし出していくこととしたい(3)。

二　『盛衰記』本文の性格

右に述べたとおり、まずは『盛衰記』と延慶本との間から浮かび上がる抜丸話変質の様相を指摘していきたいのだが、本節ではそれに先立ち、『盛衰記』の当該話を含む一連の都落ち叙述が延慶本のごとき展開を有する先行本文を継承し、それを再編成したものであるという、以下の検討において前提となる理解の妥当性を確認しておきたい。まずは都落ち関係記事の構成表（次頁）を掲げた上で、その叙述を検討していこう。

……御車ヲ七条造道マデ遣ラセ給タレ共、法皇ノ御幸ハナカリケリ。イカヾ有ベキト思召煩ハセ給ケルニ、御伴ニ候ケル進藤左衛門尉高範ト云侍御車ノ前ニ進出テ、「供奉シ給ベキ平家ノ一門、池殿ノ公達、小松殿君達、皆留給ヘリ。法皇ノ御幸モナラズ。サレバイヅクヘトテ御出ハ候ヤラン。急還御有ベキニコソ」ト申。…（中略）…造道ヲ上ニ東寺マデ、其ヨリ大宮ヲ上ニト飛ニ飛デゾ還御ナル。越中次郎兵衛盛嗣ガ、「殿下モ落サセ給フニコソ。口惜御事哉。止メ奉ラン」トテ、片手矢ハゲテ追懸奉ル。…（巻第三十一「平家都落」）

右は、都落ちの集団から近衛殿基通が離脱し、都へ引き返す場面からの引用である。延慶本でも同様の話は語られるが、両者の間には大きな相違が存在する。すなわち、延慶本の構成によれば（構成表参照）、①主上都落ち以下、⑤維盛や⑥頼盛の動向、さらには⑪落ち行く一門の名寄せをも語った後に、本記事⑫が位置しているのに対し、『盛衰

◎平家都落ち関連記事略構成表

延慶本	『源平盛衰記』
①主上都落ち	①
②六波羅焼亡	②
③六波羅邸	⑫
④家貞都落ち	⑤　＊馴れ初め話を含む
⑤維盛都落ち	⑨
⑥頼盛都残留	⑰
⑦抜丸事	⑩
⑧八幡大菩薩示現	a経正都落ち
⑨宗盛落涙	b青山　＊流泉話を含む
⑩小松一門合流	A景家都落ち
⑪平家名寄せ	⑪
⑫近衛殿帰洛	⑥
⑬貞能帰洛	⑬　＊重盛如法経話を含む
⑭頼盛門前落首	B平家人々の和歌
⑮貞能に院中騒動	c忠度都落ち
⑯主なき都	d行盛和歌
⑰東国武士の沙汰	
⑱平家石清水に祈願	

＊a～dは、延慶本では⑱以降に現れる。A・Bは延慶本にはない。当該部分は延慶本では第三末廿三～卅一、『盛衰記』では巻第三十一と三十二の冒頭部に相当する。

記』では、①主上都落ち・②六波羅炎上に続けて、これが記されているのである。その場合、「池殿ノ公達、小松殿君達」が「皆留」ったとの言葉を含む傍線部の表現が問題となる。それは本来、展開上頼盛の残留や維盛の逡巡を承けてこその表現なのであり、『盛衰記』はまだ語られていない事柄を先取りして記しているのである。この傍線部が延慶本⑫では「平家ノ人々モ多ク落留ラセ給候ヌ」（第三末　廿七「近衛殿道ヨリ還御ナル事」）とあるのに比べても、『盛衰記』が池殿・小松殿の名を殊更に表面化させた記し方をしていることは明らかで、彼らの行動に関する既得の理解がこうした表現を成り立たせていると考えられよう。

また、近衛殿の離脱を受けて盛嗣が発する言葉に、「殿下モ落サセ給フニコソ」（波線部）とあるのも、微細な表現ながら見逃せまい。この言葉は、延慶本にも「殿下モスデニ落サセ給ニコソ」とあるのだが、そちらでは頼盛・維盛話を語った後に記されており、先の引用傍点部に相当する表現と併せて、そこにはより自然な文脈が成り立っている。それに対して『盛衰記』では、確かに傍線部で残留した人々がいたことに触れてはいるが、それは既に述べたとおり内容的に先取りされた表現であり、この後に具体的な頼盛残留や維盛遅参のさまが綴られていくこともあって、傍線部同様、少なからず座りの悪さを感じさせる。

他にも、『盛衰記』⑩に「池大納言ノ一類ハ、今ヤ〳〵ト待レケレ共、落留テ見エ給ハズ」（巻第三十一「畠山兄弟賜暇」）とあるのも同質の表現と考えられる。延慶本にも同表現が見えるが、そちらは⑥頼盛都残留の具体的記述を受けてのものであり、展開上妥当な位置にある。さらに、宗盛が小松一門の不参を不安視する状況を語る⑨の中に、「越中次郎兵衛盛嗣大臣殿御前ニ進出テ申ケルハ、『池殿ハ御留ニコソ。侍一人モ見エ候ハズ。口惜侍者哉。上コソ恐レ有トモ安カラズ存候ニ、侍共ニ一矢射懸テ帰参ン』ト申。」（巻第三十一「維盛惜妻子遺」）とあるのも同様である。やはり『盛衰記』における⑥頼盛都残留の位置からみて、傍線部が内容的に先走った表現であることは明らかなのである。（4）

以上のような叙述の微妙な凹凸は、先行本文に存在した表現を継承し、そうした揺れを問題視しない『盛衰記』なりの指向性のもと、本文を再構成していく際に記事を移動させた結果生じたものとみるのが妥当であろう。そしてその先行本文とは、現存本の中ではやはり延慶本のごとき叙述展開を有するものと推断できるのである。

三　抜丸話の変質

本節では『盛衰記』所収の抜丸話を概観し、延慶本との差異について検討していく。

まず指摘しておかねばならないのは、延慶本では平家都落ちに際して、頼盛の都残留の理由を語るべく記されていた抜丸話が、『盛衰記』の都落ち叙述の中には現れないことである。前節での検討に従えば、再構成の際に移されたものと判断され（その位置については後述）、注目すべき特徴といえる。また、『盛衰記』で語られる頼盛残留の事情が、延慶本に比して分量的に少ないことも一目瞭然である。そこでは、頼朝の「平家追討ノ院宣ヲ下給ル上ハ私ヲ存ズベカラズ。御一門ノ人々可恨申ニテ候。但御アタリノ事ハ驚思召ベカラズ。故池尼御前ニ難遁命ヲ被助進テ今ニ甲斐ナキ世ニ立廻レリ。其御恩争カ奉忘ベキナレバ、イカニモ報ヒ申サントコソ存ツレ共、後レ進ヌレバ、力及バズ。今ハ故尼御前ノ御座ト深思進スレバ、頼朝角テ世ニ立廻リ候ハヾ、朝恩ニモ申替テ御宮仕申ベシ。ユメ〳〵嬌飾ノ所存ニアラズ」という言葉を頼ったという残留の理由が記され、平治の乱に発する、頼盛の侍宗清への旧恩を重んじる頼朝の言葉が続けられる。そして「平治ニ頼朝助リテ、寿永ニ頼盛遁給フ。周易ニ積善之家有余慶、不善之家有余殃ト云本文アリ。誠哉此言人ニ情ヲ与ルハ、我幸ニゾカヘリケル」という独自の評言をもって話が結ばれている（巻第三十一「頼盛落留」）。右のごとき内容をみても、頼朝との縁に基づく残留決意という色が極めて濃厚であり、抜丸話がそこに存在しないこととも連動して、延慶本のような、一門内対立を前面に打ち出したものとは一線を画した叙述に生まれかわっていることが知られるのである。

さて、『盛衰記』において、問題の抜丸に関する記述は、まず巻第一に現れる。

(a)清盛嫡男ナレバ、其跡ヲ継。諸国庄園ヲ譲ルノミニ非ズ、家中ノ重宝同相伝シテ、他家ニ移事ナシ。中ニモ唐皮ト云鎧、小烏ト云太刀、清盛ニ被授。又抜丸モ、此家ニ止ルベカリケルヲ、頼盛当腹ノ嫡子ニテ、伝之。ソノ事ニ依テ、兄弟中悪カリケルトゾ聞エシ。（巻第一「忠雅播磨米」）

『盛衰記』は清盛が忠盛の跡を継いだことを語る中で、「家中ノ重宝」の相伝を語り添える。その中で唐皮・小烏の清盛への伝授と並んで、抜丸が「当腹ノ嫡子」ゆえに頼盛に伝えられ、それによって兄弟不和が生じていたことを明かすのである（傍線部）。兄弟の対立を記す点で延慶本の抜丸話との重なりをみせてはいる。しかし、延慶本とは異なり、ここで唐皮以下の武具の相伝話を敢えて記す[5]のは、二重傍線部の導入表現から判断しても、そうした対立を語るためではなく、むしろ種々の武具への関心に引かれたものと考えられるのである。

『盛衰記』ではこののち、維盛出家に関連して抜丸がもう一度話題にのぼる。

(b)（維盛）「……抑唐皮ト云鎧、小烏ト云太刀ハ当家代々ノ重宝トシテ我マデ嫡々ニ相伝レリ。肥後守貞能ガ許ニ預置ナリ。其ヲバ取テ三位中将ニ奉レ。モシ不思議ニ世モ立ナヲラバ、後ニハ必六代ニ譲給ヘト可申」トテ、雨々トゾ泣給フ。

彼唐皮ト云ハ非凡夫之製、仏ノ作給ヘル鎧也。…（中略）…又小烏ト云太刀ハ彼唐皮出来テ後七日ト申未刻ニ、…（中略）…又平家ニ抜丸ト云剣アリ。池大納言頼盛卿ニアリ。中古伊勢国鈴鹿山ノ辺ニ、…（中略）…懸ル目出キ剣ナレバ嫡々ニ伝ルベカリケルヲ、頼盛当腹ニテ相伝アリケレバ、清盛頼盛兄弟ナレ共シハシキ中悪御座ケリト聞エキ」ナンド、細ニ物語シ給テ、「唐皮小烏ハ重代ノ重宝家門ノ守也。世立直ラバ、必六代ニ伝ヘ給ヘ」トヨク／＼仰合ケリ。（巻第四十「維盛出家」「唐皮抜丸」）

いずれもその内容は中略したが、そこには唐皮・小烏・抜丸の伝来や名称の由来が詳細に語られている。維盛が舎人武里に言いおいた言葉の中に現れる唐皮・小烏に加えて、抜丸の話が連想され、並記されている。したがって、抜丸がここで付随的な扱いをされていることは明らかであろう。また、傍線を付したそれぞれの話題への導入表現を見ても、『盛衰記』の興味は各武具の由緒そのものに向いているのであって、抜丸への連想もそうした脈絡の上にはたらいたものと考えられる。よって、当該抜丸話も波線部のように兄弟不和を言うものの、それは決して叙述の基幹たる側面とは見なし難いのである。[6] また、抜丸話のこうした扱い方が、先にみた巻第一のそれ（引用(a)）と同質であることも、多言を要すまい。

以上のように、『盛衰記』の抜丸話では一門内対立を語ろうとする側面が後退しており、その点で延慶本とは明確な性質の違いが認められるのである。類似した表現を有してはいるものの、それらは決して同列に扱い得るものではない。そして、延慶本と『盛衰記』のこうした懸隔が、本節冒頭で述べたごとき頼盛の残留理由の相違と表裏の関係にあることも明瞭である。(7) 従来のように、当該話を持つ延慶本以下の諸本とそれ以外の諸本（特に語り本）との間でのみならず、これを収載する伝本間にみる展開過程でも、頼朝を頼っての残留という色が求められていくのである。特にここでは、それと連動する形で、抜丸話によって一門内対立を語るということに比重がおかれなくなっていくという、『平家物語』から『盛衰記』への変容過程における特徴的な現象に注目しておきたい。(8)

四　『平治物語』の抜丸話

さて、以下には、『平家物語』の外に目を転じ、周辺に散在する抜丸をめぐる言説の展開相の枠組みをつかむことによって、前節で述べたような変質が生じた背景を探っていくこととしたい。

『平治物語』では大内裏攻撃に向かう六波羅軍の大将軍として、重盛・頼盛・経盛が登場する。(9) ただし、経盛についてはその具体的な活躍がほとんど記されておらず、六波羅軍の側では重盛・頼盛の姿が大内裏攻防戦の叙述を彩っているとみてよい。(10)

周知のとおり、この大内裏合戦では、六波羅軍はしばしの戦闘ののち、六波羅へとあえて退却する策をとるわけだが、物語には頼盛が退却の途上、鎌田兵衛正清の下部に熊手をかけられたものの、所持していた抜丸によってその難を逃れたという話が載せられている。そして六波羅到着が記されていくのだが、まず古態本段階の叙述を追うこととしよう。

平家（の）兵、返合〳〵、所々にて討死しけるあいだに、左衛門佐も三河守も、六波羅へこそつきにけれ。「与三左衛門・進藤左衛門、二人の侍なかりせば、重盛いかでか身を全せん。抜丸なかりせば、頼盛、命延がたし。二人の郎等・一振の太刀、いづれも重代の物は、やうありけるぞ」と、見る人、感じ申ける。

（陽明文庫本　上巻「待賢門の軍の事」）

重盛が退却の際、郎等二人の活躍によって鎌田兵衛の手から逃れ得たことを承け、重盛と頼盛とが並列されている。たとえば、右引用部分に先立つ「三河守も、すでにうたれぬべく見えけるに……」、「藤内太郎討死の後、三河守の勢い、たゞ引にこそひきたりけれ」という退却時の表現にみるごとく、古態本ではこの間、一貫して頼盛と重盛の動向が重ね合わせられているのである。こうした古態本段階の叙述姿勢の延長線上に、抜丸はここで重盛の郎等と対をなす形で、「重代の物」という評を得ていることに留意しておきたい。

これに続いて、抜丸話が記されていく。

この抜丸と申は、故刑部卿忠盛の太刀なり。六波羅池殿（に）、忠盛、昼寝してありけるほどに、枕に立たる太刀、二度ぬけけると夢のやうにき、て、目を見ひらき見玉へば、池より、長さ三丈ばかりありける大蛇、うかみいで、忠盛をおかさんとす。此太刀のぬけけるをみて、蛇は池に入、太刀はもとのごとく鞘にいり、蛇、又いづれば、太刀、又ぬけけり。蛇、そののち池にいりて、又も見えず。忠盛、霊ある剣也とて、名を抜丸とぞ付られける。清盛、嫡子なれば、さだめてゆづりえんと思けるに、頼盛、当腹の愛子たるによッて、此太刀をゆづり得たり。これによつて、兄弟の中、不快とぞきこえし。

（同前）

引用末尾の傍線部に、この太刀の相伝をめぐる兄弟不和の存在が語られている。先に古態本には重盛・頼盛を並列する姿勢が窺えることを指摘した。それを踏まえ、待賢門合戦に臨む重盛の姿が「櫨の匂ひの鎧」を着するものとして四度も繰り返されることや(11)、関連して記される「櫨の匂ひの鎧きて、鴾毛なる馬にのりたるは、平氏嫡々、こんにちの大将左衛門佐重盛ぞ」という悪源太の言葉、さらにはそうした重盛の姿態を「まことに平氏の正統、武勇の達者、あはれ大将軍かなとぞ見えし」と評する理解などを見渡すとき、右引用傍線部の叙述との関連が浮かんでこよう。当該部分が、抜丸を「重代の物」として扱う文脈で導入されていたことも改めて想起されて然るべきである。物語の展開を表だって牽引するほどではないものの、抜丸話末尾の傍線部に至る文脈は、嫡庶をめぐる平家一門内部の微妙な関係を内包するものとして、古態本の叙述に座を占めていると考えられるのである。

さて、抜丸への関心は金刀比羅本（以下、金刀本と略称）段階に至ると古態本とは異なる色彩を帯びてくる。それは古態本とは異なる大内裏攻防戦の叙述構成からも明瞭で、金刀本には重盛・頼盛を一対として語ろうとする志向は希薄であり、悪源太の活躍、源平合戦の構造といった側面が前に現れている[12]。そこでも頼盛の退却時の危機や、抜丸によってそれを逃れたことは語られるものの、続く抜丸話は、「此太刀を抜丸と申ゆへは、故刑部卿忠盛、池殿にて昼寝させられたりけるに、池より大蛇あがりて、忠盛をのまんとす……」と導入され、「忠盛是を見給て、さてこそ抜丸とはなづけられけれ」と結ばれている（金刀本中巻「待賢門の軍の事付けたり信頼落つる事」）。そこには古態本のごとき兄弟不和を語る言葉は存在せず、何よりもその導入（傍線部）からみて、抜丸の名称由来へと関心が移行しているさまが看取される。すなわち、抜丸話から兄弟不和、一門内対立の存在を示唆する側面が失われているのである。

こうした傾向は、流布本段階に至っても基本的に同様である。

此太刀を抜丸といふゆへは、故刑部卿忠盛、池殿にひるねしておはしけるに、池より大蛇あがりて、忠盛をのまんとす。…（中略）…忠盛是をみ給てこそ、抜丸とはつけられけれ。当腹の愛子によッて、頼盛是を相伝し給ふ故に、清盛と不快なりけるとぞきこえし。伯耆国大原の真守が作と云々。（巻中）

確かにそこには傍線部のように兄弟不和を語る一文が存在するのだが、導入部は金刀本同様名称への興味に支えられたものである（波線部）。加えて、末尾の二重傍線部でこの刀剣の作者名（銘）が記されていることをみても、その関心の在処が窺えよう[13]。流布本ではこの直前に、「名誉の抜丸なれば、よくきれけるはことはり也」などとあることにも関連するが、流布本や先の金刀本段階では、抜丸への関心はこの著名な武具そのものへと傾斜しているのである。それは即ち、『平治物語』の受容と再生過程でも、抜丸伝来に象徴される一門内対立への関心やそれを語る志向が希薄化していった状況を窺い見るに充分な現象と言えるだろう。

以上、『平治物語』に見える抜丸話を通して、その関心の所在の変遷を探ってきたが、ここに至って、そうした方向性と、前節でみた『平家物語』の展開過程におけるそれとの均質性に思い及ぶこととなろう。そして興味深いことに、これと関連するとおぼしき状況が、中世刀剣伝書の世界からも垣間見えるのである。続いてそちらに視線を転ずることとする。

五　中世刀剣伝書の世界から

たとえば、既に多くの関心を集めるところとなった「剣巻」に投影される文化的環境の広がりを想起してみても、刀剣への関心に支えられた説話が、中世という時代に展開した言説世界の重要な一面を占めていることに疑いはなかろう(14)。いわゆる軍記物語には刀剣その他の「相伝の武具」にまつわる話が頻出するが、その関心のあり方が物語をとりまく社会・文化環境と不可分のものであったことは、本編各章においてもここまでに論じてきたところである。

平安期に刻まれ始め、鎌倉時代中期以降には実に多様な分布をみせるようになる「銘」と、個々の刀剣にまつわる話題を収載した「銘尽」と呼ばれる伝書群が存在する。鈴木雄一氏はそれらのうち、「書写や成立が少なくとも室町期にまで溯りうると考えられる」十二本の伝本を整理・紹介し、「恐らく鎌倉末期から南北朝頃に現れた銘尽は、諸本の奥書によれば文明・長享頃に特に流布を見たようである」と述べている(15)。併せて氏は、奥書の検討から、これらが寺院、中央・地方の中・上流武士、阿弥号を持つ同朋衆のような存在といった幅広い階層に享受されていたことも指摘している。その流布環境と時代は極めて注目すべき広がりを有しており、私も前章までにいくつかの角度からそうした社会状況と、伝書の流布の様相、また軍記物語との関係などについて検討を加えてきた。その状況を俯瞰することは引き続きおこなうべき課題であるが、ここでは書写・成立年代の早いいくつかの伝書に見える抜丸関連の記述に注目してみたい。

享徳元年（一四五二）十月二日の奥書を持つ『鍛冶名字考』（以下『名字考』と略称）の「備前国住鍛冶等」の内に、次のような記載が見える。[16]

助包　助平ノ次男也。（A）同御宇ニヌケ丸作之。此太刀大蛇トカラカイ合テ、御門ノ御命ヲタスケ申ス。（B）或云、御門池殿ニ御寝アリケル時、池ヨリ大蛇アガリテ御門ニカ、リケル時、御マクラニ御立アリケル助包サヤツカヨリヌケテ彼ノ大蛇ヲ切テ、御門ノ御命ヲ助ケ申ト云々。（C）或云、甲斐《カイ》国黒《クロ》太郎宇治河ワタリテ上ル處ニ、ウシロヨリカタキカ、リケルヲ、ハキタルタチヲ外手《ソテ》サマニヌキキリタリケレバ、ヨロイキタル武者《ムシャ》タマラズ切スエケル間、此太刀ヲ切居《キリスエ》丸ト云也。

私に（A）〜（C）に分けて引用したが、ここには、備前国の鍛冶助平の次男助包が作った太刀に関する三つの話が見えている。助平は、この直前に「一条院御宇永延年中ノ作者也　保昌フトコロ太刀此作也」とされており、「同御宇」として導入される(A)は一条天皇の時代（九八七〜九八九年）の話として設定されていることがわかる。

さて、まず注目したいのは（B）である。一見して延慶本『平家物語』や『平治物語』に見える頼盛相伝の抜丸に関する話との近似性が認められる。それらとの決定的な相違は、助けられたのが「御門」（『名字考』）か、「正盛」（延慶本）もしくは「忠盛」（『平治物語』・『盛衰記』[17]）という平家嫡流の人物かという点である。これについては、本文中に「池殿」という表現がみえ、これが『平治物語』等[18]と共通していることがひとつの鍵となろうか。普通名詞としての「池殿」の用例は稀少なものと想定され、とすれば、『名字考』は「池殿」を六波羅池殿を指す固有名詞とはとらず、[19]助けられた主を「御門」に変更して『平治物語』のごとき他文献から摂取したがゆえに、ここに特殊な用例として現れたと判断するのが最も妥当ではなかろうか。（B）が、（A）の「御門」を助けた「ヌケ丸」話の詳細を補足的に説明する内容となっていることも、そうした改変を含んだ話題摂取をなす必要性とその志向とを窺わせる。なお、（B）ではこの太刀が大蛇を切ったこととなっているが、この点は金刀本『平治物語』と共通する要素である。微細な表現差ながら、古態本や流布本との相違を勘案すれば、金刀本段階の『平治物語』に記された内容を踏まえている可能性がまずは想定されて然るべき部分であろう。(20)

刀剣伝書所収説と『平治物語』の関係という観点からすれば、前節に挙げた流布本の独自表現（二重傍線部）を振り返っておかねばなるまい。頼盛相伝の抜丸を「伯耆国大原の真守が作と云々」とするのは、たとえば三好下野守本『能阿弥銘尽』(21)（以下、三好本）に載る「伯耆国」の鍛冶「真守」に関する記述「安綱子。めいはうきのくにおはらさねもりとうつ。さかの天皇《てんわう》第四ノみやの御剣《ぎよけん》をつくり、抜《ぬけ》丸・木枯《こがらし》同《おなじ》さく也。……」などとの重なりが認められる。流布本が物語周縁に存するこうした知識を摂取しつつその叙述を編んでいったさまが窺えよう。(22)

そして、ここで何より注目したいのは、抜丸について複数の説が併存しているという事実である。『名字考』には前掲助包の記述の他にも、「伯耆国住鍛冶等」の内、「武保」について「孝謙天皇御宇天平宝字年中ノ作者也。同御宇ニ抜丸作之。……」と記されており、また、助包と同じ「備前国住鍛冶」の「義憲《ノリ》」についても、「此作太刀城大蓮房ニサイノ時、右大将監頼朝ヨリ給リ□□□陸奥□□伝之。此作太刀刀十八振我朝ニアルベキ也。此外ヌケ丸太刀刀一振アリ。日本一宝也。」との説を記す。(23) これら『名字考』所収の諸説や前掲三好本の抜丸説はいずれも異説というべきものである。さらに、『名字考』では抜丸作者とされる助包だが、三好本ではその名を載せてはいるものの、抜丸とは結びつけられていない。三好本ではあくまでも先述した「真守」が抜丸作者なのである。以上を総括的にとらえれば、ある時期から、抜丸という同じ名を持つ刀剣に関する異説が林立するという状況が現出していたことが知られるのである。(24)

以上には抜丸をめぐって、「銘尽」伝書群からごく一部の説を取りあげたに過ぎないが、そこに収載された諸説を抱える刀剣伝書の世界が、軍記物語と相互交渉を経ながら受け継がれていったさまを窺い知ることができよう。もちろん、両者の関係は直接的な書物を通した交渉にはとどまらないものであろう。ここでは、それらがある時期以降地続きの環境にあって、中世人の刀剣に関する知識・理解の土壌を形作ると共に、軍記物語の享受・解釈・変容に作用していたであろうことにこそ留意したいのである。ここでは当然、前章までに指摘した社会状況や中世人の営為の諸相が想起され、勘案されて然るべきであろう。抜丸もまた、そうした環境の中で語り継がれていったものと推察される。したがって、改めてここで重要視したいのは、中世、抜丸という太刀が必ずしも忠盛や正盛、さらには頼盛と結びついたものとして限定的に理解されてはいなかったという事実である。先述したとおり、『平家物語』において抜丸話は頼盛の一門内での特殊な立場を語る色を薄くする方向へと変質していくわけだが、その背後でこうした知的土壌が浸透していくことの意味は小さくあるまい[25]。これが『平治物語』にみた扱いの転換の状況をも抱え込んで、広く連動していることも言うまでもない。

六　おわりに――十四世紀へのアプローチ――

ところで、『名字考』には享徳元年（一四五二）十月二日の奥書が見え、三好本は文明十五年（一四八三）三月の奥書をもつ。「銘尽」諸伝本の奥書等の検討によって、「文明・長享頃に特に流布を見たよう」だとする鈴木雄一氏の指摘や、本編第四章などでの検討を踏まえれば、こうした状況が十五世紀中葉には現出していたことは間違いない。そうした中で、先に『名字考』にみた助包を抜丸の作者とする説（A）の源は、時代的にさらに溯るようである。応永卅年（一四二三）十二月二十一日書写の奥書を持つ観智院本『銘尽』に、次のような説が見える。

(イ)助包　大たわに灸たり。備前住人。左近将監と云。寛和二年抜丸お（を）作。主お（を）きらふ。（12オ）

寛和二年（九八六）は一条天皇の即位年。『名字考』（A）との関連は明瞭であろう。

その一方で、さらに同書を繙くと、抜丸作者として真守の名もあげられているのである。

(ロ)真守　ほうきのくに住人。めいうつやう伯耆国大原真守と打。平家重代のぬけまるを作。（34ウ）

(ハ)真守　安綱子。平家のぬけ丸作。（40オ）

(ニ)真守　平家抜丸作。（41オ）

同書は、内容の重複や体裁・文体・用語の相違から、先行する「数種の刀剣書其他断片的な記載」を集書したものと目され、その主要部分は大きく四部類に分けて考えられてきた(26)。その部類分けで示せば、右に引いた(イ)は第二部、(ロ)は第三部、(ハ)は第四部にそれぞれ見える説である。(イ)を含む第二部は、引用部直前にみえる鍛冶「天国」の項に「正安之比まで五百九十余歳歟」とあり、「宝次」の項にも「正安比五百余歳歟」とあること（正安年間は一二九九〜一三〇二年）などから鎌倉末期頃編纂ともされるが、既に指摘があるように、それらを直ちに一書全体の成立時ととらえることはできず、その扱いには慎重さが求められる(27)。鍛冶たちの注記として、正和五年（一三一六）までの経過年数をたびたび記載している（四十一人中十五人）ことから、鎌倉末期の古い伝承を伝えているとされる第一部や、必ずしも第一・二部と同時期のものとは言い切れない他の部分とも併せて、ここに収められた諸説が存在した時期の上限はいまだ不明とせざるを得ない。したがって現在のところ、その奥書に記された応永三十年（一四二三）という時点が基準となるわけだが、その時点で異説（おそらくはそれを記載した先行文献）を集めるという営為が可能であったことを考えれば、かかる諸説林立の状況が現れた時期として十四世紀を想定しておく必要もあるのではなかろうか。

その検討は今後の課題となるが、これらの抜丸説もやはり、頼盛と清盛・宗盛との不安定な関係には一切触れないところに成り立っていることに注意したい。たとえば、『古今著聞集』（建長六年〈一二五四〉成立）に「其剣は、雷鳴の時はみづからぬくといへり」と記される剣が登場する（巻第二十「延喜野行幸に御犬御剣の石突を銜へ来る事」）のを思えば、「抜丸」という、見方によってはごく一般的ともいえる名を持つ刀剣の話が、平家重代あるいは頼盛の一門内での微妙な立場を語ることとは無関係な形で、早くから存在していたとしても決して不思議ではないのである。実際、観智院本『銘尽』には、(ホ)「武保　天平宝字年中。俊仁ノ抜丸作この名也」（40ウ・第四部の内）という、明らかに先に示した「平家のぬけ丸」とは別物であることを意識したとおぼしき異説も併収されているのである。(28)

抜丸という名の刀剣に関する作者説や付随話は、恐らくは十四世紀の段階から必ずしも一つに限定されることなく、異説が併存する形で流布していたのではなかろうか。十五世紀に入ると、それはより多様な様相を呈するようになっていく。そして、こうした状況と並行して、それらの言説世界と相互交渉をしながら長きにわたって変容・展開していった『平家物語』・『平治物語』等の軍記物語群が存在したわけである。本文交渉を含めた物語の変容は、十四世紀段階から多様な形で進展していたことが具体的に明らかになりつつあるが(29)、特にこの十四・五世紀という時代が、軍記物語の展開史上最も多様性を見せる、すなわち極めて叙述が流動的なときであったことも想起されてよかろう。本章で最初に問題とした『平家物語』諸本間に見える抜丸話の変質や喪失は、こうした物語をとりまく知的環境との均衡の中で進展していったものと考えられるのである。

『平家物語』（さらには諸軍記物語）の変容と再生の過程は、その周縁に存在する時代思潮や文化的環境との往還関係の中にあったものと推察される。本章では、その一面として刀剣に関する言説世界とのあわいを、抜丸話を通してごく一端ながら探ってみたわけだが、『平家物語』の動態性を諸本の本文交渉関係に限ることなく、その様相を同時代の諸事象の流動相の中に据えてみる試みも求められよう。そうした積み重ねの先に、時の文化をはぐくんだ中世人にとっての『平家物語』の存在価値を等身大に見通す道も開けてくるのではなかろうか。

注

（1）大羽吉介氏「抜丸説話と平頼盛平氏一門離反をめぐって」（「駒沢国文」22　一九八五・二）、拙稿「〈平家都落ち〉考――延慶本の維盛と頼盛をめぐって――」（「日本文学」48－9　一九九九・九）〔第一部第一編第三章〕。

（2）注（1）大羽氏の論。語り本は残留の理由として、平治の乱での旧恩を頼りに頼朝を頼ったとする。

（3）同時にこれが、〈平家都落ち〉像変貌の様相を見通そうとする試みの一環にあることも述べておく。

（4）延慶本では構成表⑥の末尾に「池殿ハ御留候ニコソ……」（第三末　廿六「頼盛道ヨリ返給事」）とある。

（5）延慶本は「清盛嫡男タリシカバ其跡ヲ継グ。保元々年、左大臣代ヲ乱給シ時、……」（第一本　四「清盛繁昌事」）とする。注（1）拙稿で述べたが、長門本も『盛衰記』同様の扱いをしている。延慶本と長門本の間にも、抜丸の扱いについて、『盛衰記』同様の変質の方向性が見いだせる点、物語変容の普遍性を窺わせる現象として注目される。

（6）中略した『盛衰記』に特徴的な抜丸話については、刀剣伝書所収説との関係から本章第五節及び次章で改めて取りあげる。

（7）頼盛の人物形象と関わるその具体相については、諸本展開に伴う平家都落ち叙述の焦点の移行という問題との関連から、拙稿「頼盛形象を規定するもの――〈平家都落ち〉像変貌の方向を探りつつ――」（「国文学研究」131　二〇〇〇・六）〔第一部第二編第一章〕で論じた。

（8）抜丸話を持たない語り本のごとき形態も、広い意味では同様の方向性のもとに生じたものと考えられる。そこに、諸本差を越えた普遍性が存在することに注意しておきたい。

（9）古態本には経盛と教盛が混同されているが、後出本では教盛に統一されていく。詳しくは新日本古典文学大系『保元物語　平治物語　承久記』（一九九二・七　岩波書店）所収の『平治物語』脚注参照。

（10）古態本（陽明文庫本）では、経盛の単独の行動としては「常陸守経盛は、光保・光基がかためたる陽明門へぞむかひける」（上「待賢門の軍の事」）とあるのみである。金刀本・流布本ではその記述すらなくなる。重盛・頼盛の二人が、悪源太と義朝の相手として描かれていることと関連しよう。

（11）たとえば金刀本では、これが「平家の方に聞る唐皮といふ鎧」と明記されるようになる。

（12）こうした傾向は、先述した「三河守も……」「三河守の勢も……」といった退却時の並列表現が見えなくなることや、古態本では頼盛の抜丸と対とされていた重盛の二人の郎等が、「二人のさぶらひなくは重盛も助かりがたし。鎌田兵衛なくは悪源太もあやうくぞみえられける」と、悪源太に従う鎌田兵衛と並記されていることなどからも知られよう。

（13）傍線部は古態本本文との混態によるものと考えられる。二重傍線部には刀剣伝書にみるごとき知識・情報との接触が想定される（後述）。

（14）もちろん、刀剣のみならず、他の武具や武そのもの、あるいは象徴的な意味を背負った〈物〉への関心という広い観点から把握すべき問題であろう。

（15）鈴木雄一氏「重代の太刀――「銘尽」の説話世界を中心に――」（「文学史研究」35　一九九四・十二）。以下、氏の説の引用は全てこれに拠る。

（16）引用は、『古道集　一』（天理図書館善本叢書和書之部第七十二巻の一　一九八六・三　八木書店）に拠る。

（17）他には『榻鴫暁筆』にも見える（第十六の三「平忠盛抜丸」）。ただしそれは『平治物語』に拠るとの指摘がある。

（18）延慶本は事件の舞台を明記していない。『盛衰記』も池殿と記すが、「六波羅ノ池殿ノ山庄」としたり、「木枯」からの改名を語る点など、『名字考』との隔たりがより大きい。

（19）理解できなかった可能性も存在しよう。普通名詞としての「池殿」の用例については現在のところ、『応仁記』（書陵部本）にみえる「法勝寺」の「南面ノ池殿」の他に見出し得ていない。ご教示をお願いしたい。『応仁記』の引用は、和田英道氏編『応仁記　応仁別記』（一九七八・六　古典文庫）に拠る。

（20）参考までに、金刀本と流布本の表現を引いておく。「此太刀を枕の上に立られけるが、するりとぬけいでゝ、蛇にかゝりければ、太刀におそれて蛇は池にしづむ。又あがりて飲とすれば、又太刀ぬけて大蛇の首を斬、かへってさやにおさまりぬ」（金刀本）、「此太刀まくらのうへに立たりけるが、みづからするりとぬけて、蛇にかゝりければ、蛇おそれて池にしづむ。太刀もさやにかへりしかば、蛇又出てのまんとす。太刀又ぬけて大蛇を追て、池の汀に立てンげり」（流布本）。『榻鴫暁筆』にも大蛇斬りの要素はない。なお、『平治物語』と当該説との関係を、必ずしも直接的な依拠関係に限定するつもりはない。

（21）内閣文庫蔵。外題「鍛冶銘盡」。「文明拾伍（一四八三）年癸卯三月田使行豊」の奥書を有する。

（22）抜丸と木枯については、『盛衰記』（巻第四十「唐皮抜丸」）が載せる、『平家物語』諸本にはみえない独自の抜丸話の中で、「木枯ノ名ヲ改テ、抜丸トゾ呼レ」たと記されている。この話もまた、刀剣伝書の世界と隣接する状況の中から生成した異説のひとつが、『盛衰記』の中に定着しているものと考えられる。同話の性格については、次章で検討を加える。

（23）□は虫食いで判読不能。村戸弥生氏「「小鍛冶」の背景――鍛冶による伝承の視点から――」（「国語国文」61－3　一九九二・三　→同著『遊戯から芸道へ』〈二〇〇二・二　玉川大学出版会〉加筆改題収録）は注（36）で、この「ヌケ丸」を「平家伝来の「抜丸」のことか」とするが、如何であろうか。『名字考』自体の性格としても、この名称を持つ太刀が併存している状況が注目されよう。

（24）この点、同じ平家重代の太刀である「小烏」とは極めて対照的である。第三部第二編第三章参照。そこには『平家物語』に占める小松家と池家の存在感の相違も作用しているようにも思われる。

（25）こうした変質を促し、それを導いた物語内部からの要請が如何なるものであったかという問題については、注（7）拙稿の他、本編他章参照。

（26）『観智院本銘尽』複製解説（三矢宮松氏執筆　一九三九・八　便利堂）、注（16）解題（熊倉功夫氏執筆）。本文引用は同複製に拠り、私に濁点・句読点等を付した。

（27）注（16）解題。

（28）時代は下るが、先の『名字考』という一書の中にも複数の「抜丸」説が収載されていたことも併せて考慮しておきたい。なお、こうした状況の中で、抜丸を平家重代の太刀とする説は、抜丸説の一つとして後の伝書に受け継がれていく。その様相については、さらに調査対象を広げた上で、注（22）に記した問題なども併せて、第三部第二編第三章で改めて論じることとしたい。ただし、現在までに調査し得た限りでは、頼盛と清盛らとの不和までを語る抜丸説を伝書の中に見いだせていないことを、本章の論旨との関係上報告しておく。

（29）金刀本段階の『平治物語』の成立期は現在判然とはしていないが、日下力氏は「『平治物語』諸テクストの作者像」（栃木孝惟氏編軍記文学研究叢書4『平治物語の成立』収　一九九八・十二　汲古書院）で、『平治物語絵巻』詞書の中への金刀本的要素の混入等の現象を指摘した先稿などをもとに、金刀本的形態への胎動を十三世紀後期に窺い、十四世紀中期以降に及んで古態本よりも権威をもって流布したのではないかと述べている。抜丸話の部分については不明であり、氏の推測を今後吟味する必要はあるが、『太平記』巻第二十四「楠正成為死霊乞剣事」、巻第三十二「鬼丸鬼切事」（神田本）等に見える刀剣への関心のあり方も併せて、この時代が抱える問題は『平家物語』に限られたものでないだろう。拙稿「『平家物語』巻第一「御輿振」の変容とその背景——屋代本より語り本の展開過程に及ぶ——」（「国文学研究」122　一九九七・六）（第二部第三編第一章）もこうした問題意識のもとにあるものである。第二部第三編第三章では『平治物語』古態本の流布に関わる一問題を取りあげた。

第六章　『源平盛衰記』所載抜丸話について

一　はじめに

『異制庭訓往来』六月返状に次のような記述がみえる。[1]

……太刀百振《リ》、刀百腰《シ》、薙太刀《ナギナタ》・小反刃《コソリバ》・手鉾《ホコ》等百枝《エダ》、進候也。龍泉《リウセン》・太阿《ダア》・干将莫耶《カンシヤウバクヤ》之《ガ》剣、本朝《ニ》 草薙《ハクサナギ》村雲《ラモ》・源氏之《ノ》鬚切《ヒゲキリ》・平家《ノ》小烏《ガラス》・抜丸《ヌケマル》・與《(余五)》吾将軍《ノ》母子丸《ハハコ》等、比レ之《レバ》 更《レニ》可二《キ》取差一《トリマガヘツ》 也。……

延文三年（一三五八）～応安五年（一三七二）の間の成立とされる同書は、ひと月あたり往返二通の書状を十二箇月分、計二十四通収録している。六月状のやりとりは、「弓箭之家」に生まれ、このたび「被《カブリ》二梟徒《ケウト》追伐之宣旨《ヲ》一」「朝敵御対治《(ママ)》之大将」に任じられた「相模守殿」の求めに応じて、「二位殿」が「物具・馬・鞍等」を用意するという内容である。引用した部分は、鎧百領と甲、弓五百張と矢五百腰、馬百疋と馬具に並んで、「二位殿」が用意した刀剣に関する記載である。「龍泉」以下の中国の名剣と共に本朝の名刀が提示され[2]、このたび用意した刀剣がこれらに匹敵するものであることを述べている。「村雲」から「草薙」へと改名される剣は、日本武尊が東征の際に帯したとされるものであり、以下の本朝の例に、かつて朝敵追討の役を担った人々にゆかりの名刀が並ぶのは、このときの「相模守殿」の立場や任務を明確に意識した選択とみるべきだろう。そこには、本書編者なりの〈将軍〉観が垣間見えている。

さて、ここで注目したいのは、小烏・抜丸を平家重代の太刀として一組にしてとらえる認識が表れていることである。そこには、いわゆる読み本系の『平家物語』の影を看取できるのではないか。語り本系諸本には抜丸が現れず、古態本段階の『平治物語』には小烏の記事が存在しないこと、また、これらの物語以外で二つの太刀を平家重代の太刀として併せ記した鎌倉期の文献が見あたらないことを想起したい。かかる状況を考慮すれば、『異制庭訓往来』のこの一節は、十四世紀中頃における小烏・抜丸説展開の一様相であると共に、読み本系『平家物語』の流布状況の一端をも示唆していることとなろう。この時期、おそらくはその基盤を物語の記述によって支えられながら、こうした認識が往来物に取りあげられるまでに社会に浸透しており、また、ゆかりの名刀への認識をもととして平家（そして源氏）のイメージが形作られるという関係性が生まれていたことを、ここから察し得るのである(3)。

ところで、抜丸話を通して『平家物語』『平治物語』変容の様相を分析した前章において、抜丸に関する異説が林立する十五世紀前半以来の状況に注目し、それがさらに溯って存在していた可能性があることにも言及した。その際、中世刀剣伝書の記述にも目を配り、伝書に収録された諸説をやりとりする知的・文化的環境が軍記物語享受の場と隣接し、相互に影響を及ぼしあっており、その具体相を解明していく必要性があることを指摘したのであった。そうした問題提起をうけ、本章では上記の事例を補足した上で改めて抜丸説を取りあげ、先にはほとんど言及し得なかった『源平盛衰記』所載の抜丸話について分析を加えてみたい。

二　『盛衰記』における抜丸話の位置

『平家物語』諸本のうちでは延慶本・長門本、また『源平盛衰記』（以下、『盛衰記』）や『平治物語』諸本は抜丸の名称由来話を載せている。中でも『盛衰記』巻第四十「唐皮抜丸」にみえる話は特徴的である。まずはその内容の概略をたどっておこう。後の分析との関係から、①～⑩の番号を付し、原文の表現を交えつつ整理しておく。

①平家に抜丸という太刀があり、今は池大納言頼盛のもとにある。
②「中古」、伊勢国鈴鹿山辺りに住む貧しい男がその貧を歎き、伊勢大神宮に参詣して「年比日来ヲコタルコトナ」く祈ると、狩猟をして妻子を養うようにとの託宣を得る。
③男は鈴鹿山で狩猟生活を始めるが獲物が安定せず、「是ヲ以テ一期活命ノ便ト成ベシ共」思えず、「身ヲ助ルハカリゴト成ベシ共覚ズ」と「愚ニモ冥慮ヲ奉恨思」る。
④そのころ、男は「三子塚ト云所」で「奇大刀」を見つけ、その後は獲物を逃すことがなくなる。男は「是天照大神ノ冥恩也」と思って、昼夜身を離さずこれを持つ。
⑤ある夜、男が鹿を待つため大木にこの太刀を寄せ立てておくと、翌日その大木は悉く枯れていた。男は「是定テ神剣ナラン」と思って、「木枯」と名付ける。
⑥そのころ、「刑部卿忠盛」は「伊勢守」であったが、この一件をほの聞き、男を召して太刀を見、「異国ハソモ不知、我朝ニハ難有剣也」と「ヨニ欲思」って、「栗真庄ノ年貢三千石ニ替テ」これを譲り受ける。
⑦それによって男は豊かとなり、これを「弥大神宮ノ御利生共思知」る。
⑧都に帰り上った忠盛が、六波羅池殿で昼寝の最中、池から現れた大蛇に呑まれそうになるが、枕元に立てた「木枯」がひとりでに鞘から抜けて「ガバト」倒れる。その音で目覚めた忠盛が見ると、太刀に恐れて大蛇は水底へ沈んでいった。それ以来、「木枯」を「抜丸」と改名する。
⑨平治の乱で頼盛はこの太刀によって、敵の熊手から逃れることができた。
⑩こうした「目出キ剣」なので、嫡々に伝わるべきだったが、頼盛が相伝することとなったので、清盛・頼盛兄弟は仲が悪かったということだ。

以上が『盛衰記』が語る抜丸の名称由来話の展開である。その内容は大きく、（A）伊勢大神宮の利生譚としての性格を有する部分（②〜⑦）と、（Ｂ）忠盛の所有となった後の話（⑧〜⑩）とに分けられる。延慶本等は（Ｂ）にあたる話を異同を含みながら有しており、この大蛇の一件ゆえに抜丸と名付けられたとする。それに対する『盛衰記』の最大の特徴は、全体を「木枯」から「抜丸」への改名話とし、他伝本と共通する（Ｂ）の部分をその文脈に絡めとって位置づけている点である。

もう少し広い文脈の中での当該話の位置づけ方にも注目しておこう。屋島を脱れた維盛が高野山に詣で、滝口入道のもとで出家を遂げたのち、舎人武里に対して、平家重代の武具唐皮・小烏のことを言いおいた様子を、「……モシ不思議ニテ世モ立ナヲラバ、後ニハ必六代ニ譲給ヘト可申』トテ雨々トゾ泣給フ」と記して結ぶ。そして「彼唐皮ト申ハ……」と唐皮・小烏の由来話を引いたのちに、同じく平家重代の太刀である抜丸話が続けられる。物語の展開上、唐皮・小烏話は維盛が託した武具の解説の役割を担っており、そうした意味では、抜丸話はあくまでも平家重代の武具への関心から派生した、付加的な位置にあるものと言えよう。加えて、抜丸話はその末尾が、

……嫡々ニ伝ルベカリケルヲ、頼盛当腹ニテ相伝アリケレバ、清盛・頼盛兄弟ナレ共、シバシハ中悪御座ケリト聞エキ」ナンド細ニ物語シ給テ、「唐皮・小烏ハ重代ノ重宝、家門ノ守也。世立直ラバ必六代ニ伝ヘ給ヘ」トヨク〳〵仰含ケリ。

とあって、これらに先立つ維盛の言葉（波線部）と重複している。また、この結びの存在によって、「彼唐皮ト申ハ」以降に続く唐皮・小烏・抜丸の由来は維盛によって語られていたことが、突如明かされることとなっている点にも注意したい。こうした叙述展開の様相や、他本のあり方を勘案すれば、『盛衰記』の当該部分には増補を伴う記事操作がなされているとみるのが自然であろう(4)。

三　中世刀剣伝書に現れる抜丸話

さて、物語の受容・改編の過程で作中に位置づけられるに至ったと目される（A）については、その類型的な構成への指摘はなされてはいるものの[5]、その素姓等に関する検討はなされていないようである。そこで注目したいのが、「銘尽」とよばれる刀剣伝書群のうち、中世成立のいくつかの伝書に収められた、次のような抜丸説である。

真守　伯耆国住人。銘ノ打様、伯耆国大原真守ト打。平家重代之抜丸造之。コノ抜丸ト申ハ、中比伊勢国ニ貧キ男アリ。貧ナル事ヲ大神宮ニ祈申ケルニ、有時猟シテ妻子ヲ可養ト云事ヲ示シ玉イケレバ、猟ヲタシナミ世ヲ渡リケルガ、又或時三子塚ト云所ニテ太刀ヲ求得テヨリ後ハ、更ニケダ物ヲノガス事ナシ。是ヲ太神宮ノ冥恩ナリト思テ、不放身。或夜此太刀ヲ大木ニ寄カケ其木ノ下ニ宿ス。朝ニ木ヲ見ニ悉ク枯ヌ。是則神剣ノ故ト思テ、即木枯ト名付訖。其比、忠盛郷（ママ）、伊勢守ニテヲハシケルガ、此事ヲ伝聞テ、件ノ太刀ヲ召出シ、種々ノ珍宝ヲ与テ取リ玉ヌ。去程ニ彼ノ主ガ家豊リ。是太神宮ノ御利生也。其後、忠盛郷（ママ）都ニ帰テ池殿ニ昼寝シテ此木枯ヲ枕ニ被立タリ。池ヨリ大蛇出テ、忠盛郷（ママ）ヲ呑ントス。其時此太刀独リ抜タリケレバ、大蛇光ニ恐テ、池ヘ入ニケリ。サテコソ独抜タルトキ、抜丸トハ名付ケル。一説如此。

（伊勢貞親本『銘尽』[6]）

「木枯」から「抜丸」への改名（二重傍線部）を語るこの説と、『盛衰記』所収話との類似は一読して明瞭であろう。細かな表現に注目すれば、由来話の書き出しを「中比」とする点（傍線部a。『盛衰記』構成②「中古」）、男が太刀を発見した場所を「三子塚ト云所」[7]とする点（傍線部b。『盛衰記』④）、忠盛を「伊勢守」とする点（傍線部c。『盛衰記』⑥[8]）、伊勢大神宮の利生譚としての枠組みを有している点（波線部）などは、両者の近さをものがたる要素として特に見逃せまい。

ただし、全体に伝書の説は『盛衰記』に比べて簡潔であり、両者には相違点も見える。たとえば、『盛衰記』で「年比日来」とあった最初の託宣を受けるまでの期間が、伝書では問題とされていない点、託宣後に男が冥慮への恨み言を述べる場面が伝書にはない点は、両者の間に利生譚としての色合いの差を生んでいる。『盛衰記』は神への信仰をめぐる心の揺れを表現化しており、それによって大神宮の神慮の深遠さが一層際立つような話の流れとなっている。一方の伝書ではそうした心の動きは描かれず、太刀の発見とその霊験とをつなげる形となっている。かく刀剣への関心が先行しているのは、刀剣書としての性格上当然のありようであろう(9)。

しかし、利生譚としてこれを読みすすめる場合、伝書の説にはわずかながら違和感を感じないわけでもない。その叙述のごとく「貧ナル事ヲ」(＝貧困からの救出を)大神宮に祈願するのであれば、託宣をうけた後に「猟ヲタシナミ、世ヲ渡リケル」時点で、その願いはひとまず満たされていることになろう。この点、託宣にうけて猟師となった男の疑念を続けて記し、恨み言(「身ヲ助ルハカリゴト成ベシ共覚ズ」)を述べさせもする『盛衰記』②から③への展開との落差は大きい。利生譚の脈絡においてひとたび「世ヲ渡リケル」と記された後に、さらなる展開(＝神慮に基づく太刀発見)が導かれるには、男に何らかの状況の変化があることが必要条件となろう。しかし、伝書はそれを一切記さないのである。そしてまた、表面的にはあくまでも利生譚の色を漂わせながら、太刀の霊威を語っていく。

伝書の説には利生譚としての色が少なからず含まれている(波線部)。しかし、厳密にみれば利生譚としての展開に細部まで配慮した丁寧な表現の選択はなされておらず、刀剣の霊威を語る面が色濃くなっていることが知られよう。以上から判断するに、右のごとき伝書の説は、先行して存在した利生譚を、自らの関心に従って表現し直したものとみるのが最も妥当なものと考えられる。その場合、波線部の表現は依拠資料から引き継いだものということになる。

四　『盛衰記』所載話の時代性

さて、ここまでの検討を踏まえて問題となるのが両書の記事の関係の如何である。伝書の説の基盤に利生譚の存在が窺い知られるにせよ、それが即、『盛衰記』収載話と全く同一であるとは限らない。それに関連して、『盛衰記』が⑧において、この太刀が「ガバト」倒れた音を聞いて忠盛が目覚め、続く場面を目撃したとし、「大刀ノガバト倒ハ、主ヲ驚サンガタメ、鞘ヨリ抜ルハ主ヲ守テ大蛇ヲ切ンガタメ也ケリ」と記すことに注目しておきたい。延慶本『平家物語』などの類話には、太刀が倒れる音をめぐるこうしたやりとりやその意味を解説する一文は記されておらず(10)、やはり『盛衰記』の抜丸話が独自の叙述のふくらみを含み持っている可能性は否めないのである(11)。

したがって、両者の間に直接的な依拠関係を見いだすことは不可能であろう。ただし、ここでは両者に共通の知的基盤があることにこそ注目してみたいのである。そして、かかる認識は十五世紀中葉にはかなりの広範囲に流布していたらしいことも、併せて指摘しておきたい。すなわち、先に引用した貞親本は「長享弐年戊申八月日」(一四八八)付の本奥書を持ち(12)、同様の説を収録する佐々木本『銘尽』(13)はもとは「文明十六暦霜月十三日」(一四八四)書写とされる。また、貞親本と同じく長享二年の本奥書を有する直江本『銘尽』(14)にもこの説が引かれている。さらに、三好下野守本『能阿弥銘尽』(15)(以下三好本)は、伯耆国「真守」に関する説の中に、「抜《ぬけ》丸・木枯同《こがらしおなじ》さく也」との一文を有する。これが先の貞親本同様、「真守」に関する説であることを考慮しても、この簡潔な説明の基盤には、やはり既にみたような「木枯」から「抜丸」への改名を語る由来話の存在を看取して然るべきだろう。

三好本は文明十五年(一四八三)三月付の次のような奥書を持っている。

右此正銘尽事、従能阿難波十郎兵衛尉行豊依有子細書与相伝畢。雖為秘書、依御所望、令写進覧畢。不可有外見者也。

文明拾伍年癸卯三月　　　田使行豊

ここには、「能阿」から「難波十郎兵衛尉行豊」への相伝が示されている。難波行豊は因幡守を称する播磨の国人衆。播磨・備前・美作三国の守護にして、将軍義政の信を受け、自身作刀（武家打ち）でも知られる赤松政則のもとにあった人物である。(16)能阿は義政時代の同朋衆で、いわゆる三阿弥（能・芸・相）の初代能阿弥（真能）とみられる。連歌・和歌・絵画・香・座敷飾りなどに通じ、時の文化の担い手として著名である。(17)能阿弥は文明三年（一四七一）八月に没しており（『大乗院寺社雑事記』同年閏八月五日条）、行豊が伝授を受けたのは長禄・応仁年間（一四五七〜一四六九）頃の上洛中のことであったと考えられている。(18)当該説が能阿弥（一三九七〜一四七一）以来のものとすれば、同説の発生時期は、前掲諸伝書の奥書年代よりも今少し溯ることとなろう。

また、貞親本は、その奥書に伊勢貞親（一四一七〜七三）が「重阿相伝之秘本」を写したものである由が記されている。(19)この点も、同説の発生が十五世紀中葉以前に溯る蓋然性を高くしよう。加えて、貞親が幕府政所執事を歴任した伊勢氏の家督を継いだ人物で、彼自身も寛正元年（一四六〇）に同職に任じられていることを看過できない。政所はその機能の一部に、幕府・将軍家の経済（物のやりとりを含む）を管理する側面を有していたのであった。(20)伝書に関わるこうした人間関係を見わたすとき、当該説が、室町文化・知識の核であった将軍家の周辺に存在していたことが垣間見えてくるのである。

以上のような状況に鑑みれば、『盛衰記』の抜丸話は『平家物語』を初めとする軍記物語の中ではいささか特異な存在にも見えるが、少し視野を広げてみれば、そうした評価は相応しくないことが明らかとなろう。ここでは『盛衰記』が同話を作中に取り込んだ時期を特定することはできないが、この抜丸話が、十五世紀中葉には社会的認知度をある程度獲得していた説を基盤として成り立っていることは相違あるまい。(21)そのことを確認した上で、刀剣伝書に収められるような話題をやりとりする環境が、軍記物語に変容を促す場と近接し、交錯しているという事実を改めて確認しておきたいと思うのである。(22)

五　おわりに

さて、本章の最後に、ここまでの検討を踏まえて、『盛衰記』では忠盛が「栗真庄ノ年貢三千石」にかえてこの太刀を入手したとされる点（伝書は「種々ノ珍宝ヲ与テ」とする）についていささか推測を述べておきたい。栗真《くるま》庄の庄域は、現在の鈴鹿市白子町から津市栗真中山町までの広範囲に及ぶ。(23)平安〜鎌倉期は近衛家領であったが、のちに禁裏御料所となる（その初見は『看聞日記』応永三十二年〈一四二五〉十月十日条）。当庄の年貢は、嘉吉元年（一四四一）の「近年所務分千三百貫云々」（『建内記』七月十四日条）を最高として、以後は下降線をたどるという。

当庄は禁裏御料所ではあったが、幕府もその存在と無関係ではなかった。文安元年（一四四四）にはその代官職の任命に関して幕府が介入したことが知られており（『建内記』(24)五月十九日条）、また文明十三年（一四七一）二月、当時代官であった幕府奉行人布施英基が同庄に又代官を下すと、在地勢力の関民部大夫胤盛が競望して争いとなり、「可止関違乱之由一通、又地下人可応英基之由一通」の綸旨が発給されるという事態が生じてもいる（『長興宿禰記』(25)二月二十日条）。先に伝書の説を通して注目した十五世紀は、こうした在地勢力の動向とも関わる抗争が続いた時期であり、そうした意味で、都の朝廷・幕府においても必然的に当庄への注目は持続していた。(26)

加えて、文明五年（一四七三）には、同庄内の延応寺が「武家若公」（足利義政息、後の義尚）の元服に先立ち、祈願所となされてもいる（『親長卿記』(27)）。この後の同年十二月十九日、義尚は元服と同時に征夷大将軍に就任しており、これが将軍義政の政治的意志のもとに導かれた一連の動きの中にあることは疑いない。その一齣として、栗真庄の存在が話題にのぼっていることは、都における同庄への注目度を測る際に見逃せまい。

また、『太平記』巻第五に見える、奈良を逃れて十津川に入った大塔宮を他所へ引き出すために、熊野別当定遍が出したという辻札の内容にも注目しておこう。

……道路之辻ニ札ヲ立ケルハ、「大塔宮ヲ奉レ討タラン物ニハ、非職《ショク》凡下ヲ不云、伊勢国栗真庄《クルマノ》ヲ恩賞ニ可レ被二宛《アテ》行一之由、関東之御教書在レ之。其上ニ定遍先三日ガ中ニ六万貫ヲ可レ与《フ》。御内《ミウ》之私候人、御手ノ人ヲ打タラム物ニハ五百貫、降人ニ出シタラム輩ニハ三百貫ハ、何モ其日ノ中ニ可レ与沙汰」ト、奥ニ起請之詞ヲ載テ、厳密之法ヲゾ出シタリ。　（西源院本）

その歴史的な真偽はともかく、こうした記述は、栗真庄が恩賞として扱われ得る存在として既に認知されていたことを十分に窺わせるものであろう(28)。そこにあらわれた同庄への視線は、『盛衰記』の抜丸話と通底してもいる。

こうした状況に照らせば、「栗真庄ノ年貢三千石」と『盛衰記』に記された背後に、伊勢平氏として記憶される忠盛イメージと、先述したごとき同時代的な状況とも相まって伊勢国の荘園として想起された栗真庄との、知識の連想と表現を生みだす創造力の中での接点が見えてきはしまいか。忠盛から貧しい男に与えられる大財産としての豊かなイメージも、中世末に至るまで皇室経済の一部を支え続けた当庄(29)の印象に適っている。あくまでも可能性の指摘にとどまるが、ここに記載されたひとつの荘園名にも、『盛衰記』の抜丸話になげかけられた、作品変容の時代の影が窺い見えるのではないだろうか。『平家物語』の叙述は、こうした後の時代色をまといながら、『盛衰記』の一場面となって新たに再生を遂げていったものと思われるのである。

注

（1）引用は石川松太郎氏『日本教科書大系　往来編　古往来（四）』（一九七〇・十　講談社）に拠る。本書の成立期については、同書解説及び『日本古典文学大辞典』の判断に従った。

（2）『尺素往来』の「……皆獲《エテ》二干《カン》将莫耶《ハクヤ》・吹毛《スイモウ》・太阿之佳声《カセイヲ》一……」に見える中国の名剣への理解に通じるものがある。

（3）なお、関連部分の知識が全て軍記物語によってできあがっているわけではない。むしろこうした理解のより直接的な基盤として、刀剣伝書のごときまとまった知識の存在を想定し得るかもしれない。とはいえ、小烏・抜丸に関しては、その源泉は軍記物語の記述に行きつくであろう。なお、本書所収説の性格の一部については、本編第三章で述べた。

（4）当該部を黒川本（早稲田大学図書館蔵無刊記整版本への書き込みによる）は一字下げ扱いとしていたらしい。岡田三津子氏「『源平盛衰記』一字下げ記事の検討」（「神女大国文」12　二〇〇一・三　→同著『源平盛衰記の基礎的研究』〈二〇〇五・二　和泉書院〉再録）によれば、伝本間での扱いの違いは書写上の問題で、そうした部分は本来一字下げであった可能性が高いという。当該部分はその見通しに適うといえよう。

（5）立石和弘氏「太刀を抜く時――剣の文化史・断章――」（河添房江氏他編『叢書想像する平安文学第4巻　交渉することば』収　一九九九・五）等。

（6）和鋼博物館蔵。一冊。同館の目録では、「銘尽（宇都宮銘尽）」とされている。本来の作品題が不明な伝書も多いため、伝承者を冠した名称で呼ぶこととする。この点は、先に「銘尽」と呼ばれる刀剣伝書のうち十二本を整理・紹介した鈴木雄一氏「重代の太刀――「銘尽」の説話世界を中心に――」（「文学史研究」35　一九九四・十二）の提言に従う。貞親本については、第三部第一編第四章参照。

（7）三子塚は、かつて頼朝息貞暁も領した三箇山庄（『吾妻鏡』）に関わる地であろう。近世の地誌から、その所在に関わる部分を参考として掲げておく。『三国地志』（宝暦十三年成立）巻之二十三は「鈴鹿神祠」に関する記述の中で、「社家伝に云、鈴鹿は片山神社とて、三子の嶺にあり。三子とは鈴鹿嶽・武名嶽・高幡嶽是也。瀬織津姫・伊吹戸主・速佐須良姫此三神を祭ると云。…（中略）…三神出現ゆへ、三子の名あり」と記す（大日本地誌大系32『三国地誌』第一巻〈一九七〇・九　雄山閣〉）。また、『伊勢参宮名所図会』（寛政九年成立）巻之二には「三神山《みつこやま》〈鈴鹿山に並《なら》べり。俗三子山と云。〉是を古名《こめい》片山と云て、三神垂跡《すいしやく》の地也。〈伊勢の船人此山の雲《くも》のたゝずまひを見て日和《ひより》をうかゞふ〉」とある（版本地誌大系16『伊勢参

宮名所図絵』〈一九九八・五　臨川書店〉）。

（8）忠盛が伊勢守となった経歴は確認できない。

（9）なお、「年比日来」という時間経過については、それを記す伝書も存在する（第三部第二編第三章参照）。ここでは、伝書の説がそれを問題にせずとも成り立ち得るという点に留意しておきたい。
関連して述べれば、『盛衰記』では男の居住地・狩猟場を「鈴鹿山」とする点も、鈴鹿山と伊勢大神宮との地理関係に着目すれば、男の切実な願いの強さを表現する要素としてまずは機能しているといえよう。必然的に利生譚としての色とも関わる。伝書ではこれが示されておらず、いずれか一方の増補・削除という問題とは別に、『盛衰記』に比して男の信仰心を描き出す色が薄いとは言えるだろう。

（10）延慶本は、余所から大蛇の一件を見ていた「人」が、寝ていた「正盛」を起こしたとし、古態本（陽明文庫本）『平治物語』は、忠盛がこの太刀が「二度ぬけけると夢のやうにきゝて」目を開き、一件を目撃したとする。金刀比羅本・流布本『平治物語』は忠盛が一件を見たとはするが、いつ目覚めたのかは問題としていない。

（11）『盛衰記』には構成⑥に記した「異国ハソモ不知、我朝ニハ難有剣也」という言葉の他、「我聞、漢朝ノ高祖ハ三尺ノ剣ヲ以テ座ナガラ諸国ノ王ヲ従タリ。日本ノ愚猟一振ノ剣ヲ求テ帯ナガラ山中ノ獣ヲ得タリ」（構成④）という本朝・異朝を対比する表現がみえる。「是ハコレ本朝ノ固也」、「本朝ノ守ニハ何物カ是ニ増ルベキ」、「本朝守護ノ兵具也」といった表現と共に語られる唐皮・小烏話からの脈絡を読みとるならば、これらも『盛衰記』ゆえの表現である可能性があろう。この点は長門本にも共通する。

（12）以下に取りあげる諸書の奥書については、その意義を個々に検討していく必要がある。貞親本の奥書については、その伝来の意義を含めて本編第四章で検討した。なお、鈴木雄一氏は注（6）の論考でこれらの奥書を掲出している。

（13）刀剣博物館蔵。一冊。同館の目録では、『佐々木氏延暦寺本銘尽』とされている。間宮光治氏「『文明十六年、佐々木氏延暦寺本銘尽』解題」（『刀剣美術』317　一九八三・六）参照。

（14）刀剣博物館蔵。一冊。同館の目録では、『古剣銘長享二年本』とされている。当該説にみえる異同については、第三部第二編第三章で改めて取りあげる。

(15) 内閣文庫蔵。一冊。同文庫の目録では「(鍛冶銘尽)」(整理番号一／一五四／一九一)とされている。

(16) 刀剣研究の分野において政則と行豊の関係を論じたものに、小山金波氏『赤松政則』(一九七七・十　財団法人日本美術刀剣保存協会姫路支部)がある。同書には、(表)「兵部少輔源朝臣政則作」、(裏)「為難波十郎兵衛尉行豊作之／文明十四年五月十五日」の銘を持つ、政則作の太刀が図版入りで紹介、分析されている。政則の経歴については、同書の他、高坂好氏『赤松円心・満祐』(一九七〇・三　吉川弘文館)、同『中世播磨と赤松氏』(一九九一・十一　臨川書店)等参照。

(17) 能阿弥関係の先行研究は多数存在するが、ここでは山下裕二氏「能阿弥伝の再検証(一)～(八)」(「芸術学研究」1～8　一九九一・三～一九九八・三　→同著『室町絵画の残像』〈二〇〇〇・三　中央公論美術出版〉再録)、島尾新氏『水墨画――能阿弥から狩野派へ』(日本の美術338　一九九四・七　至文堂)をあげておく。

(18) 注(16)小山論が「難波文書」などを用いて検討を加えている。

(19) 当該奥書を示しておく。

此一冊、故伊勢守貞親朝臣以重阿相伝秘本写之所持之處、依大内左京大夫殿御所望書写之訖。

長享弐年申八月日　伊勢備中守 瑞笑軒卜云 常喜

同本の奥書の意義については、本編第四章参照。

(20) 桑山浩然氏「中期における室町幕府の構成と機能」(寶月圭吾先生還暦記念会編『日本社会経済史研究(中世編)』収　一九六七・十　吉川弘文館)、森佳子氏「室町幕府政所の構成と機能――文明期を中心として――」(「年報中世史研究」13　一九八八・五)、田端泰子氏「中世の家と教育――伊勢氏、蜷川氏の家、家職と教育――」(『日本中世の社会と女性』収　一九九八・十二　吉川弘文館　初出一九九六)等。

(21) 念のため言えば、これを『盛衰記』の成立期の問題と直結するつもりはない。

(22) ところで、近世になるとこの改名説は『盛衰記』を通して流布したらしく、地元伊勢でも関心を呼んでいる。天保四年

（一八三二）、伊勢の史家安岡親毅の『勢陽五鈴遺響』は「鈴鹿」の項に「源平盛衰記巻四十一唐皮小烏抜丸ノ太刀事条」として『盛衰記』の当該話を引いている（三重県郷土資料叢書75『勢陽五鈴遺響（2）』〈一九七六・四　三重県郷土資料刊行会〉）。その引用に続けて「此事蹟鍛冶譜ニモ載タリ。平家物語モ同ジ」と記している点は注目される。彼が目にした「鍛冶譜」の実体は不明だが、伝書（近世版本か）と『盛衰記』との近さを指摘した発言として再評価に値しよう。塙保己一が編纂を担当した『武家名目抄』が、「按、抜丸をもと木枯といひしこと、唯盛衰記に見えたるのみにて、木枯の名他書に所見なし」云々と記している点を勘案しても興味深い。そしてまた、安岡親毅が見た、当該話を持つ「平家物語」とはいかなる伝本であろうか。ともあれ、この発言の存在によって、本章の指摘は、結果としてその実態を中世に溯って検証する意義を背負うことともなった。なお、ここで述べたような関係性は軍記物語に限らず、多くの文学作品との間に測っていくべきものであろう。

（23）栗真庄の歴史的変遷については、奥野高廣氏『皇室御経済史の研究』（一九四二・三　畝傍書房）、稲本紀昭氏「栗真庄について」（『三重大学教育学部研究紀要』〈人文科学〉33　一九八二・一二）、網野善彦氏他編『講座日本荘園史6　北陸地方の荘園近畿地方の荘園Ⅰ』（一九九三・一　吉川弘文館）「伊勢国・栗真荘」の項（稲本氏執筆）等に詳しい。

（24）引用は大日本古記録に拠る。

（25）引用は史料纂集に拠る。

（26）この後の布施英基の一件の経緯は、注（23）奥野氏著書に整理されている。『お湯殿の上の日記』文明十七年（一四八五）六月六日条などに関連記事がある。

（27）引用は増補史料大成に拠る。

（28）引用は『西源院本太平記』（一九三六・六　刀江書院）に拠る。なお、天正本系統は傍線部で栗真庄の名を出さない。

（29）この点は、注（23）奥野氏著書に詳しい。なお、同地は歌枕として早くから記憶されるところでもあった（『能因歌枕』・『歌枕名寄』）。鴨長明にも「栗真といふ所にて」と題した歌がある（『伊勢記抜書』二七）。

第二編　武家家伝との関係

第一章　佐々木三郎長綱の「庭中言上」

一　はじめに

治承四年、頼朝挙兵の報を受けた兼実が『玉葉』に、「彼義朝子大略企二謀叛一歟。宛如二将門一云々」（九月三日条）と記したのは著名である。同書に拠れば、この後、「頼朝之逆乱」（同十一日条）に加えて、「熊野別当堪増謀叛」（同日条）、「筑紫又有二叛逆之者一」（同十九日条）のほか、諸国の反体制的な動きが継続的に朝廷での話題となっていることが知られる。兼実はそうした状況下で、「以レ武治二天下一之世、豈以可レ然哉。誠乱代之至也」（十月二日条）、「坂東逆賊党類、余勢及二数万一、追討使尫弱無レ極云々。誠我朝滅尽之期也」（十月二十九日条）等の言葉をも記している。それらは必ずしも東国の動きのみが引き出した感慨ではないが、頼朝勢力の拡大[1]と共に、「已来二及美乃国一」（十一月十二日条）「東乱及二近江国一」（同十九日条）のごとく、とりわけその勢力の都への接近・波及に対して敏感に反応していることに注意したい。そして頼朝勢力の都入りを現実的にとらえ、福原の平家勢力の無力さを実感するに至った兼実が発した言葉は、「大略運報尽了期歟」（十一月二十三日条）というものであった。当時の兼実が頼朝挙兵を受けとめる際、自らが生きる都が侵されることへの現実的な危機感を抱いていたことが窺い知られるのである[2]。そしてそれは兼実のみならず、都に生き、こうした情報に接していた人々にある程度共有された感覚であったに違いない。

それに対して、頼朝側の意識はいかなるものであっただろうか。『吾妻鏡』に拠れば、山木判官の討伐に先立ち、頼朝は特に期待する者たちと一々に対面し、「慇懃御詞」をかけた。それは「至二家門草創之期一、令レ求二諸人之一揆一給御計」であったという（八月六日条）。同書にはこの後、「義兵之始」には必ず参上せよという頼朝の佐々木定綱への言葉（同十三日条）や、山木夜討ちの記載に見える「為二事之草創一」・「源家征二平氏一最前一箭也」（同十七日条）や、「是関東事施行之始也」（同十九日条）といった表現、さらには「日比雖レ属二平家一、伝二聞源家御繁栄一」て京都から参上した里見義成（十二月二十二日条）や、「武衛権威已輝二東国一之間、成二帰往之思一」した義仲（同二十四日条）の姿などが記されている。これらが事件を回顧した歴史叙述であることには一定の留意が必要だろうが、少なくとも頼朝を支えた人々の意識に、兼実のごとき都人と同質の危機感が存在したとは考え難い。

頼朝挙兵に始まる東国の騒動は、諸国の騒動とも連動する形で、同時代を生きた人々の終末感を煽ったであろうことは想像に難くない。しかし、当然のことながら生活空間や立場が違えば、同じ事件の認識に大きな落差が存在する。そういった意味で、ある時代が共通して抱えた終末イメージを総括的にとらえることは難しい。それは多様な形を取り得るわけだが、より本質的には、各人の現実感と結びついたものこそが殊に強い危機感を伴うものとして認識されるのではなかろうか。本章では、頼朝挙兵を支えた佐々木三郎盛綱の末裔で、歴史の表舞台とは無縁であった佐々木三郎長綱という一個人が抱えた危機感と、その克服への営みに注目することにより、中世武家社会の一齣に及んだ『平家物語』の作用を照らし出していこうと思う。

二　「野田文書」と佐々木盛綱流

『尊卑分脈』や『佐々木系図』（『続群書類従』五下）等には登場しない佐々木三郎長綱の名が、「野田文書」(3)の中に現れている。そこに収載された二つの佐々木系図（以下、便宜的に系図a・bとする）のうちの系図aから、盛綱より長綱に至る系譜（この部分は系図bと共通）を抜粋し、同文書群の構成を併せて示しておこう。

◎「佐々木系図」a抜粋

佐々木兵衛入道西念 盛綱 ― 加地太郎入道西仁 信実 ― 磯部太郎右衛門尉 秀忠 ― 左衛門太郎 景秀 ― 左衛門尉 秀綱 僧在

三郎 高信 雖僧形秀綱無子孫之間自裏首還俗号三郎 ― 三郎左衛門 長綱 同雖為僧形無子孫之間還俗

A□（破損）奉公初日記（4）
B佐々木系図二種（末尾に「康永三年（一三四四）二月十九日　書之」）
C観応二年（一三五一）二月十三日　足利尊氏袖判下文
D観応二年（一三五一）十一月七日　幕府執事仁木頼章執行状
E観応二年（一三五一）十一月七日　幕府執事仁木頼章執行状
F文和二年（一三五三）五月十六日　足利尊氏袖判下文
G延文四年（一三五九）八月十五日　足利義詮御判御教書
H応永十年（一四〇三）八月一日　僧明川譲状
I応永十年（一四〇三）八月一日　細川頼氏譲状
J応永二十一年（一四一四）十一月日　佐々木長綱庭中言上状
K元亀二年（一五七一）三月十六日　田地売券

このうち、文書CDEGは『大日本史料』第六編に収載され、歴史学では早くから注目されている。(5) また、Aについては西岡虎之助氏による翻刻が存在する。(6) 氏は佐々木秀義親子が近江国佐々木荘を離れ、相模国に留住して頼朝といかなる関係を結んでいったかを示す文献としてこれを紹介し、注の中で、続くB佐々木系図末尾の記載「康永三年（一三四四）二月十九日　書之」をもとに、「日記もそのころ、系図を説明するために、家伝および古文献を資料として綴られたものであろう」と述べている。その上で、佐々木家伝としての価値に言及しているのだが、(7) 特に『吾妻鏡』との関係に注意を促し、Aがその材料となった可能性をも考慮していることは、本章で後述することとの関係からあらかじめ確認しておきたい。

さて、まずはA□奉公初日記（以下、「奉公初日記」または「日記」と略称）に注目したい。その内容は宇多院の皇子敦実親王以下の系譜から起筆し、佐々木経方・秀義が源為義・義朝に仕えたこと、平治の乱で頼朝が伊豆国に流罪された後も秀義は心を変ぜず、子息太郎定綱・三郎盛綱をその近くに派遣したこと、そして秀義親子に支え導かれて頼朝が挙兵を決意するまでの経緯等を記している（次章に全文を掲出する）。その眼目は、佐々木一族と清和源氏、とりわけ挙兵に至るまでの頼朝との主従関係の密度を語るところにあるものと解され、彼らが頼朝に対して献身的な奉公をする様子に多くの筆が費やされている。(8)

さて、本日記の内容面での大きな特徴として、秀義の子息の中でもとりわけ三郎盛綱の奉公ぶりを特記するという点があげられる。その例話の一部を掲げておこう。

又或日ひそかに野出てあそぶ。日暮ニ返、盛綱陸より走が、寒風吹いたりて、足のひゞちを出す。しかれども踏氷ヲて不痛。佐殿此をみて、馬をとゞめり（ママ）、尻のせんとす。盛綱不乗。いのちをなす事たび〳〵にて、のりてかへる。又或夜読経深更ニ及、盛綱を召。即軒のほとりにあり。もとよりあるゆへをとふ。こん夜始あるにあらざる事を申。佐殿御足を盛綱がふところのうちに入て、宿衣のしたにのせてあかす。

こうした盛綱個人の献身的な姿、そして頼朝との精神的な繋がりを語る話題は他にも列挙されている。そこには兄定綱の話題も存在するものの、比重は明らかに盛綱に傾いているのである。そうした意味で、盛綱流を重視した家伝であると見なすことができる。

　こうした点は、続くB佐々木系図二種の性格とも連動している。系図a・bは、宇多院以来の系譜を記し、秀義の子息以下を詳細に記すことに意が注がれているという点は共通するものの、記載人名には繁閑が存し、関心や依拠史料の相違を窺わせる。と同時に注目すべきは、秀義の子息のうちでも、系図記載者の数に大きな偏りが存在するという事実である。すなわち、系図aでは、太郎定綱流・五世代十六人、次郎経高流・二世代二人、四郎高綱流・一世代一人、五郎義清流・三世代三人であるのに対して、三郎盛綱流は七世代四十五人である。系図bでも、定綱流四世代二十八人、経高流二世代三人、高綱流一世代一人、義清流二世代六人を掲げ、系図aにはあげられていなかった弟厳秀と能恵房の名を単独で掲げているのに対して、盛綱流は九世代三十五人である。この点から判断すれば、系図a・bもまた三郎盛綱流との密接な関係が想定されるのである。A「日記」とB系図二種が盛綱流の末裔の手で作成された可能性は極めて高いといえよう。

　さて、続くC～Gは荘園関連の文書である。Cは足利尊氏が越後国白河庄上下条及び遠江国相良庄を勲功の賞として与えるべく細川頼和に宛てた下文で、D・Eはその下文に関わる施行状。また、Gはその相良庄地頭職をめぐる頼和と二階堂道超、今川直氏三者間の相論に関する文書だが、そこで将軍義詮は「……任観応御下文、被預置頼和之条、不背理致歟……」と頼和に有利な裁定を下し、その実施を今川範国に命じている[9]。細川頼和関連文書であるこれらが、盛綱流の文書A・Bと一具となった経緯は、続くH・Iの譲状から察することができる。Hは頼和の息頼氏の子、僧明川が、本領遠江国相良庄を佐々木長綱に譲ることを記した文書。相伝系図を載せる、同日付けのIを次に掲げておこう。

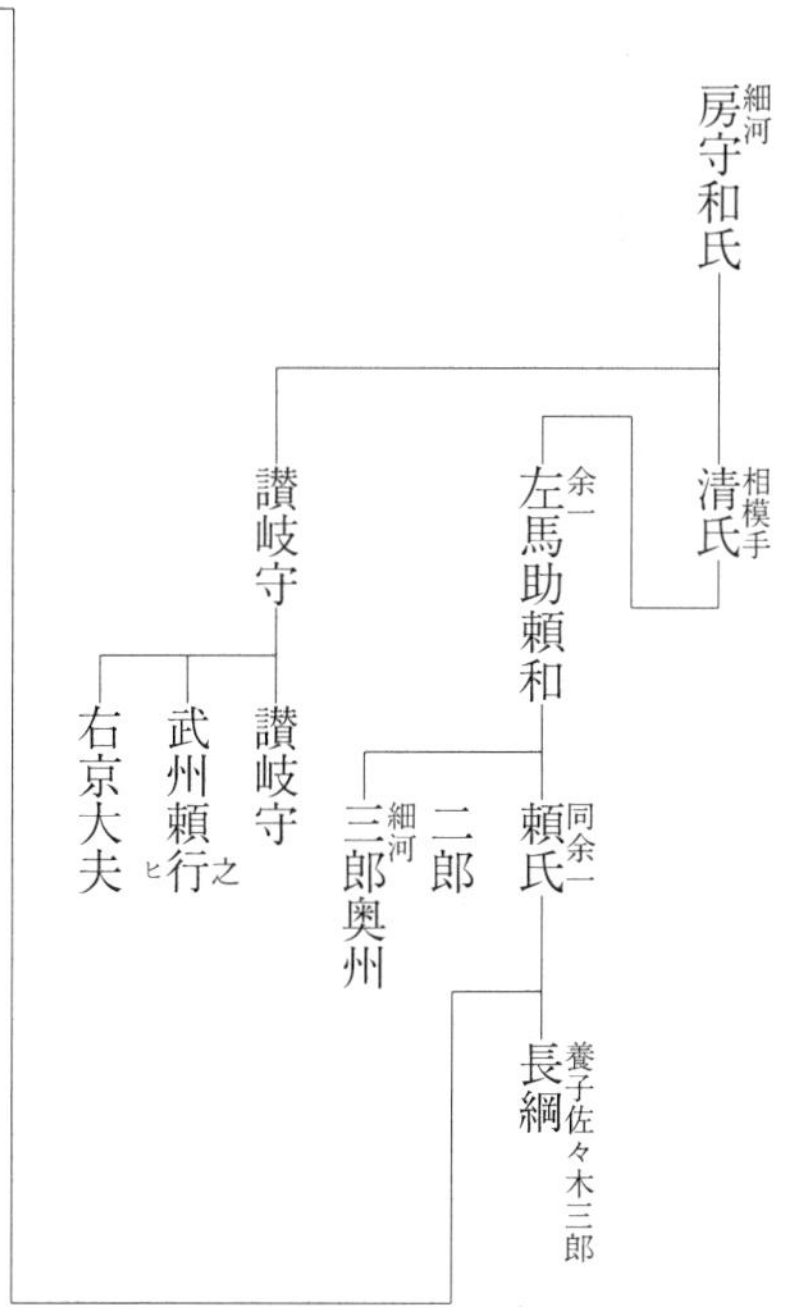

佐々木三郎盛綱子孫同三郎長綱仁細河余一頼氏
粮人仁なり遁世仕上ハ、依有由緒、三郎長綱仁頼氏相続
之本住書雖多有、其内遠江州相良庄・同越後国白河
庄上下条本文書、　尊氏御下文御判、同中御所
御事がきの御判、同執行等、みな〳〵譲渡所佐々木三郎
長綱実也。本主譲渡上者、雖為子孫一門、其外者不可有
違乱者也。仍為後日状如件。

應永十年八月一日　　　頼氏（花押）

右には、細川頼氏が遁世に伴い、由緒ある佐々木長綱に相伝の地遠江国相良庄と越後国白河庄上下条を譲り渡す旨が記されている。この時、頼和流に伝えられた権利を相伝した長綱が手にした文書の中に見える「尊氏御下文御判」は先のC尊氏袖判下文を、「中御所御事がきの御判」はG義詮御判御教書を指すものと考えられる(10)。H明川譲状にも「高氏御判同中御所御事がき　幷執行等」との記述があり、その点をも勘案すれば、この日長綱は頼氏・明川親子からこれらの譲状と共に、先の頼和関連文書を受けたものと考えられる。ここに盛綱流と頼和流の文書が一つとなる場が認められよう(11)。

これらの文書が長綱のもとに集積された経緯はおおよそ以上のように考えられる。したがって、これらの文書には、個別的価値はもちろん、盛綱流の末裔長綱という人物が抱えていた諸事情を探る上で、一具の文書群としての大きな価値が存することが分かるのである。

三　「奉公初日記」と『平家物語』

さて、長綱が抱えた危機感の検討に入る前に、盛綱流の佐々木家伝とみなされるA「奉公初日記」の性格について、もう一点指摘しておかねばならないことがある。これを紹介した西岡氏が『吾妻鏡』の依拠史料との関連に注目したことは先述した。この点について、その後、益田宗氏が本「日記」の、次に掲げる部分を取りあげ、それが延慶本『平家物語』に依拠していることを指摘、この日記を「とても『吾妻鏡』以前には溯れそうもない」と結論づけたのである(12)。まずは「日記」の当該部分を引用しておく。

(イ)治承四年八月九日、大庭三郎、京より下たる即にてありけるが、秀義よびて申けるハ、「京にて上熊(総)の守がもとにまかりたりしに、ながたの入道が文とてみせしをみしかば、『兵衛佐殿を北条四郎・掃部允引立まいらせて、謀叛をこさんとし候也。忩召上て、おきの国へながされ候べし』とかた（き脱カ）りしをみせし。『さる事やある』と、ひしかば、『かもんのぜうハ、はや死候にき。北条四郎ハよもや候（らん』と）[13]申かは、『いかさまにも、入道殿福原よりいらせ給たんとき、見参に入候べし。六条宮御事出来てのちハ、諸国の源氏あらすまじと御沙汰ある也。佐殿御事もたゞにハあらじ。その心ゑ』」とぞ申ける。かくしらするハ、しほやの庄司と一あれハ、子共をもよびよせよなんどおもひて申けるなり。秀義心のうちに、あさましと思て、いそぎかへりきたりて申ける。

益田氏はこの部分を延慶本第二末九「佐々木者共佐殿ノ許ヘ参事」の本文と対照し、その類似性に加え、「親王任国の介と守とは動き易いものだが」と断りながらも、上総守という「誤記」を両者が共有している点をも論拠として、[14]先の結論を導いたのである。以下本文の引用はされていないが、氏が延慶本との関係性を疑う部分は、この後、秀義が定綱を頼朝のもとに遣わし、藤九郎盛長を共として当方へお越しになれば、子供をつけて奥州までお送りしようと述べる部分まで続く。そこで定綱は頼朝に、手紙ではなく口頭で秀義の考えを伝える理由を、「御文ハおちちる事も候へハ不進候……」（「日記」）と語る。こうした特殊な事情を表す特徴的な一言が、延慶本「御文ハ落散ル事モゾ候トテ、態ト定綱ヲ参ラセ候……」と重なることに照らしてみても、[15]この指摘は大いに注目すべきものと考える。

この発言は『平家物語』研究史において、ほとんど顧みられていないようであるが、私なりに論点をとらえ直してみると、まず両者の関係性を探る際、右の場面に続いて頼朝が定綱に返した言葉に、次のような一節が存在することは、何より注目すべき事柄であろう。

（頼朝）「……一門人々ほろびにしに、けふまでありつるこそふしぎにてハあれ。いかになるとても、おどろくべきニあらず。又ひそかにせんを給ハる也。[16]東国の源氏をもよをして、平家を追罰すべきよしのせられたれ共、人の心難知ければ、未披露也。但今ハなにともあれ、のがるまじき身にてあれバ、謀反を、こすべき……」

また、日記の末尾近い部分で頼朝の挙兵決意を語る地の文には、……やがて参者ハ、太良定綱・三良盛綱・四良高綱三人打具て参たり、是をまかりていく□(17)れバ、やがて院宣廻文を東国ふれられて、やがて謀叛発させ給。

という文面も存する。これらの傍線部にみえる「せん（宣）」・「院宣」が後白河院の院宣を指すことは明らかであろう。本「日記」の理解では、頼朝挙兵は院宣に支えられたものとなっているのである。改めて述べるまでもなく、この挙兵に院宣を持ち出すのは『平家物語』の語るところで、『吾妻鏡』などに記された経緯とは離れる。こうした叙述を持つ点は、日記と『平家物語』との交渉を示唆する事実として看過できまい。本文の近似度と併せて、両者の直接的な交渉を決定づけるものとまでは言い得ないかもしれないが、この盛綱流家伝が一部に延慶本のごとき『平家物語』の本文を受容しつつ成り立っている可能性は否定できまい。少なくとも、「日記」が『平家物語』の語る〈歴史〉像に強く規制されたものであることは間違いない(18)。

さて、以上のように両者の関係を把握するとき、この家伝の価値をめぐって興味深い問題がいくつか浮上する。B佐々木系図末尾の「康永三年（一三四四）二月十九日」という記載との関係から、この家伝の成立は一応それ以前と考えられる。したがって、この家伝自体が『平家物語』を受容した文献の中では、早い段階に属するものとしての価値を持つこととなる。またそれは延慶本のごとき、頼朝挙兵譚を持つ読み本系伝本であったと考えられるわけで、佐々木氏盛綱流という一武家が、家伝作成に際してそれと交渉を持った可能性があるという点とも併せて、物語の流布状況や存在価値を探る上で貴重な示唆を与えてもくれる。さらに、十三世紀末～十四世紀初頭、自家の正統性を語るべく『平家物語』が用いられた例として、千葉一族が関与し東国で成立した『源平闘諍録』が想起される(19)。そうした武家社会における『平家物語』受容の動きとの時代的連鎖を視野に収めることも可能となってくるのである。

このように、諸事象との関わりから、A「奉公初日記」は少なからぬ検討課題を内在していると考えられるのだが、さしあたって本節で踏まえるべきは、盛綱流家伝である本日記は、『平家物語』の語る〈歴史〉をも受容することによって製作されたこと、そして長綱はそうした相伝文書を手元に有していたということである。以上を踏まえて、いよいよ長綱の庭中言上状の分析へと移ることとしたい。

四　佐々木長綱の庭中言上

まずはJ佐々木長綱庭中言上状の全文を掲げ、その内容を粗々摑んでおく。

[a]佐々木三郎盛綱子孫同三郎長綱謹庭中言上

①右先祖三郎盛綱平家追罸之時、馳渡備前藤戸海畢。凡天竺・震旦者不知、其先蹤於吾朝弓執者、未聞其例之由、天下一同褒美云々。因茲、忝　右大将家御感之餘被下数十箇所之恩賞之地。在々所々数多在之。雖然、依得替仕、或諸権門、或庶子等當知行之間、雖望在訴訟事、斟酌仕畢。悲哉、[b]彼先忠之子孫、数十箇所之恩賞内、雖一所不知行仕及累年、至今窄籠仕、已及餓死之条不便之次第也。所詮被下涯分新恩之地、継活命致相續奉公者、近者見而[c]羨先忠之不空、遠者聞而仰恩澤無遍幸（ママ）、當御代殊以御慈悲治天下、以御憐愍助国土。此時長綱資身命不蒙御扶持者、何時可継身命哉。②抑三郎盛綱藤戸高名・一流之文書如先度言上仕、領（ママ）置或仁之處、焼失云々。仍不備進之、不運之至、何事如之哉。然間長綱已依難継身命、

八幡御参籠之刻及度々等持院其外数度庭中言上。長綱進退之志趣載一紙、進上之。露命旦暮難待（ママ）之子細言上訖。猶不達　上聞歟、将又言上之趣不分明歟。事延引之間、深周章仕者也。随仰立寄赤松出羽守方、奉待御扶持之御沙汰之落居之處、于今不預御成敗之間、更迷進退是非畢。併奉憑　上様御慈悲之御憐愍之上者、被思食向御祈禱、預継身命之御計者、弥　御寿命長遠・御運長久・国土安穏之御計、更不可過之者哉。偏奉仰御慈悲之御扶持者也。於今者更無過分望。早雖立錐地下給新恩、可抽奉公之忠節者也。重粗庭中言上如件。

応永二十一年十一月　日

先祖佐々木三郎盛綱は平家追討の時、備前国藤戸の海を馳せ渡した。天竺・震旦は知らず、我朝の武士としては先例のないことと皆に褒め称えられた。そのため、頼朝は数十箇所の恩賞の地を下され、かつては諸所にその地があった。しかしながら、得替（後任との交替もしくは没収の意）によって諸権門や庶子等が知行することとなったので、訴えたいことはあったけれども差し控えてきた。悲しいかな、彼の忠ある者の子孫として数十箇所の恩賞の地のうち、一所たりとも知行することなく累年を経、今窂籠して既に餓死するに及ぼうとしている次第である。詮ずる所、相応の新恩の地を下され、私が生命を繋いで奉公を続けるならば、近き者は先忠の空しからざることを目の当たりにし、遠き者は恩沢に偏りがないことを耳にするであろう。当将軍（四代義持。当時二十九歳）の代は特に慈悲をもって世を治め、憐愍をもって国土を助けると聞く。この御代に私長綱は御扶持を蒙らなければ、一体いつ身命を継ぐことができようか。そもそも先祖三郎盛綱の藤戸の高名及び盛綱流相伝の文書は先の如く言上し、ある人のもとに預け置いたのだが、焼失してしまった。よってこれらを十分に整えずに進上するのは不運の至りである。そうではあるが、私長綱は身命を継ぎ難いので、八幡御参籠の時や等持院その他の折にたびたび庭中言上した。長綱の進退に関する趣を一紙に載せて進上し、露のごとき我が命の忍びがたい子細を言上したのである。それは今なお上聞に達していないのであろうか、あるいは言上の趣が不分明だったのであろうか。事態が延びているので、深く戸惑っている。仰せに従い、赤松出羽守のもとに留まり、御扶持の沙汰が下るのを待っているが、今まで御成敗がないので、進退是非に迷っている。しかしながら将軍の御慈悲を恃んでいる上は、御祈禱の向きをお考えになり、私の身命を継ぐ計らいに預かったならば、いよいよ御寿命長遠、御運長久、国土安穏の計らいとしてこの上ないものとなるだろう。ひたすらに御慈悲の御扶持を願うものである。今に至っては過分の望みはない。早く僅かな土地であっても新恩を下されたならば、いよいよ奉公の忠節を尽くそうと思う。以上の件、重ねて粗々庭中言上する。

この訴えに関する細かな事情は不明だが、その文言から、既に何度かの「庭中言上」を経ていること、そしてこれが、一応の「仰」が下されての待機中、言上の趣の是非について沙汰が遅れているため、重ねて提出された文書であることを察することができる(20)。

この時、盛綱流の末裔である長綱が抱いていた危機感は、「至今窂籠仕、已及餓死之条不便之次第也」・「於今者更無過分望。早雖立錐地下給新恩」といった文言に現れるように、自身の日々の生活苦と直結した、それゆえに切迫したものであった。ここにいう「庭中」とは、『沙汰未練書』に「庭中者、諸事本奉行人不㆓取申㆒事也」と記され(21)、また『御成敗式目』注釈の世界でも、第二十九条「……空経二十ケ日者於庭中可申之」に注して、「……庭中トハ直ニ御所へ参リ、御庭ニシコウイタシテ、将軍ノ御出ヲウカヽイ、直ニ目安ヲサヽケテ、直ニ事ヲ申上ル也、是ヲ庭中ヘ申ト云ヘリ……」（池邊本）、「言ハ、奉行人ユルクヲコタル事アテ、沙汰廿日計無事ナラハ、直ニ庭中ニ参テ可申也、聊別人シテ申次事不可在之、叶マシキノ心也」（岩崎本）のごとくある(22)。鎌倉幕府のそれに比して室町幕府の庭中は未解明な部分も多いようだが、これら式目注に記された言説から、将軍に「直ニ」言上するという、事の本質を読み取ることができよう(23)。こうした行為について、将軍義満が「訴訟不達者許来于庭中而自訴。吾国所謂庭中者是也」と述べたところ、「人咸喜之」んだという話題を『空華日用工夫略集』巻三（永徳二年〈一三八二〉十一月六日条）は記す。しかし、たとえば長綱の事例と時期的に近い『満済准后日記』応永二十二年（一四一五）十二月二日条「若宮神主庭中。仍被召籠云々」という記載や、『清原業忠貞永式目聞書』の「……庭中ト申ハ一段理運ノ事ナラテハ不申ソ、故ニ庭中ニ若非公事ヲ申輩ノ罪科ニハ追㆓却其身㆒スルソ、国ヲ掃ソ、理運ノ公事ナラハ、イカニ卒度ノ事ナリトモ申セ也……」との文言を見るに、庭中という行為は無条件に歓迎されたわけではなく、厳しく退けられた例も同時に現れることが知られる。こうした社会的な実状に鑑みても、庭中言上という行為を支える長綱の覚悟と、彼をそれへと向かわせた危機感の甚大さが改めて窺い知られるのである。

五　長綱の自己認識と危機克服の営み

さて、この庭中言上状の文言に現れた長綱の自己認識のあり方に注目してみたい。文書を「先祖三郎盛綱」の藤戸渡海譚から書き出し（傍線部①）、「彼先忠之子孫」「羨先忠之不空」といった文言（波線部ｂｃ）をくり返すその意識は、かつて頼朝への忠を尽くし、恩賞を受けた盛綱からの系譜に立脚したものと言えよう。何より、「佐々木三郎盛綱子孫同三郎長綱謹庭中言上」（波線部ａ）という自己規定のありようには、自らを盛綱と重ね合わせる姿勢が如実に顕在化している。第二節に挙げた譲状Ｈ・Ｉが出された応永十年八月一日から数えると、この時は長綱が細川頼氏の跡を継いで既に十二年目。改めてＩ頼氏譲状を顧みれば、そこには「佐々木三郎盛綱子孫同三郎長綱」・「みな〳〵譲渡所佐々木三郎長綱実也」といった文言が頼氏によって記されていたことが知られる。長綱の自己認識の基盤が、この間変わることなく盛綱流の名誉だったことを受け止めておかねばなるまい(24)。

文書冒頭傍線部①の他、改めて「三郎盛綱藤戸高名」（傍線部②）とも記されている盛綱の藤戸渡海譚については、『吾妻鏡』元暦元年十二月二十六日条に記載がある。

　佐々木三郎盛綱自馬渡二備前国児嶋一追二伐左馬頭行盛朝臣一事、今日以二御書一、蒙二御感之仰一。其詞曰、

　自レ昔雖レ有下渡二河水一之類上、未レ聞下以レ馬凌二海浪一之例上。盛綱振舞、希代勝事也云々。

そしてこれは、言うまでもなく『平家物語』諸本にも共通して見える著名な高名譚である。

・昔ヨリ馬ニテ海ヲ渡事タメシ無リケルニ、佐々木三郎初テ渡シケリ。時ニ取テハ優敷高名ニテゾ有ケル。

（延慶本第五末　卅一「参河守平家ノ討手ニ向事付備前小嶋合戦事」）

・昔より今にいたるまで、馬にて河をわたすつは物はありといへども、馬にて海をわたす事、天竺・震旦はしらず、

我朝には希代のためしなりとて、備前の児嶋を佐々木に給はりける。鎌倉殿の御教書にものせられけり。

（覚一本　巻第十「藤戸」）

右には古態を多くとどめていると考えられている延慶本と、応安四年（一三七一）の奥書を持つ覚一本の当該話末尾の評言を引用した。この間の相違としては、延慶本では地の文であった盛綱への評価が、覚一本では波線部・二重傍線部のように頼朝御教書の言として語られることとなっている点が注目される。先の『吾妻鏡』でも波線部は「御書」の「御感之仰」とされていたが、これを頼朝の言葉とする認識は、『平家物語』後出本の叙述と交錯する形で確実に後代へと受け継がれ、流布していったことが分かるのである。[25] 特に、室町殿と『平家物語』の関係で言えば、「大覚寺文書」の覚一本相伝次第に、「……清書之本ヲバ室町殿進上之」と記されていることも想起される。兵藤裕己氏はこの室町殿が三代将軍義満であり、この覚一本が八代将軍義政の頃までは将軍家に保管されていたことを指摘している。[26] そして興味深いことに、長綱の庭中言上状傍線部①の文言は、三国意識に立脚する点で、『吾妻鏡』や延慶本よりも覚一本波線部の評言にこそ最も近接しているのである。残念ながら、この長綱の嘆願を沙汰する際、室町殿の周辺に存在したであろう『平家物語』が用いられたかどうかは定かではない。しかし、以上のような状況を踏まえ、かつこの時期が「平家語り」の隆盛期であったことをも勘案するとき、特に『平家物語』の流布に伴って武家社会により広く流布していったであろう盛綱の高名に関する普遍的な理解（それが頼朝の言であったという点が重要となろう）を引き込む形で、長綱が庭中言上を試みたということは確実であろう。先祖盛綱の高名、そしてその盛綱からの系譜こそが、今の長綱の正当性を支える「理運」である。長綱はこの時、自身の危機を克服する最も有効な手段として、盛綱流を打ち出すこの主張を選択したに違いない。

ところで、長綱が盛綱流を主張する事情としては、彼に跡を譲った頼氏の立場をも考慮しておく必要があるように思われる。頼氏の父頼和の兄清氏は、もと二代将軍義詮のもとで執事として手腕を振るった人物だが、康安元年（一三六一）九月には義詮から追討される身となり離京、自らの分国若狭へ向かうが、その後南朝へと身を投じ、さらに翌二年正月には四国へと下る。そして同七月二十四日、清氏は最終的に建武以来の細川一族縁の地讃岐において最期を迎える。弟頼和はこの間兄と行動を共にしたらしく、讃州白峯での最終合戦にも参ずるが、その後は歴史の表舞台から姿を消す(27)。この過程で、清氏は所領を没収されてもいる(28)。清氏・頼和兄弟を追討したのは、彼らの従兄弟で、後に義満将軍就任と同時に幕府管領となる頼之。この後に頼之は弟頼元を養子とするが、頼氏が長綱への譲状をしためた応永十年時点の管領はこの頼元。以後この一流は代々幕府管領の職に就任する（京兆家）。それに対して、頼氏は右のごとく政治的に没落した兄弟の次世代の人物であった。彼もまた長綱同様、『尊卑分脈』等の系図にはみえず、細川氏内の明暗が分かれた時期、恐らくは日陰を生きた人物であったと推察されるのである(29)。

盛綱流としての長綱の不遇は庭中言上状の中に表されていたが、彼は一方でこうした頼氏の立場をも継承したわけで、いわば家門意識に関して二重の危機感を背負わざるをえない立場にあったと思しい。彼が盛綱流を主張する事情として、こうした側面にも目を配っておく必要があるだろう。以上のような危機感を総括的にとらえ返すとき、改めて長綱の行為の切実さとそれを克服せんとする営みの背景が立ち現れてくるのである。

六　おわりに

ところで、長綱の庭中言上状に「三郎盛綱藤戸高名」と並んで、「一流之文書如先度言上仕」とあり、これに先だって長綱は言上の趣旨を補強するための文書を進上していると考えられる点は見逃せない。すなわち、「相続奉公者」・「下給新恩、可抽奉公之忠節者也」と、将軍義持への「奉公」を打ち出すこの言上の主張と、A「奉公初日記」の存在（利用）価値との関係性が問題となるのである。また、先にB佐々木系図二種の盛綱流への偏りを指摘したが、この系図に記された高信と長綱の名は、通常の書式とは異なり、右に流れて派生する形で書き込まれており、系図奥書の年代から判断しても明らかに後代の加筆と判断されることを指摘しておかねばならない(30)（前掲系図抜粋参照）。この加筆は長綱の代になされた可能性が高く、したがってこの系図二種もまた、この庭中言上に先だって提出された「一流之文書」との関係が疑われるのである。これらの点については、「奉公初日記」の家伝としての性格の検討と併せて、改めて論じる必要があるが、ここではこれらが一具の文書として言上に際して提出された可能性が窺い見えることを指摘しておきたい。

自らが持ち伝えた家伝や現在の自己認識に、『平家物語』の世界が投影されていること、そうした文書や認識に基づいて庭中言上へと及んでいることに、長綱はどれだけ自覚的であったであろうか。仮にその度合いが薄くとも、だからこそ逆に、『平家物語』がこの当時の武家社会を生きる人々の歴史意識に、ごく自然に、そして根深く浸透していたことが窺われるのである。本章では、室町の武家社会の片隅を生きた一人物が抱いた家流の危機という、社会的に見れば些少な局面ではあるが、当事者にとってはこの上なく現実感・生活感を伴った終末的状況とそれを克服しようとする営みについて検討してきた。その過程では、当時の武家社会に流布する歴史認識に対する『平家物語』の規制力の大きさもまた明らかとなった。長綱の営みは、自らの家伝の表現と自己認識、そして当時の社会に浸透した歴史認識といった複数の側面に伏流していた『平家物語』の存在感によって、直面した終末意識を克服しようとした営為としてとらえることができるのではないだろうか。

注

（1）同年九月二十二日、十月二十九日、十一月一日、十七日・二十一日条等。

（2）同十二月五日条に記された「或者」がみた、白旗を付けた笠が洛中を北上するという夢を、兼実は「為二平家一頗不吉歟。

窺わせる。

其故、白旗入洛之条、非レ無二其恐一歟」と解く。傍線部のごとき解釈もまた、源氏の〈都入り〉を危惧する彼の状況認識を

(3) 東京大学史料編纂所蔵謄写本に拠る。請求記号3071・66／54。引用に際し、私に濁点・句読点などを補った。

(4) 冒頭部二・三文字分、破損により判読不能。

(5) 笠松宏至氏「中世闕所地給与に関する一考察」（石母田正氏・佐藤進一氏編『中世の法と国家』収　一九六〇・三　東京大学出版会　→同著『日本中世史論集』〈一九九〇・十二　岩波書店〉再録）、小川信氏『足利一門守護発展史の研究』（一九八〇・五　吉川弘文館）第一編第二章第一節（初出一九六八・七）・第二節（初出一九六九・八）、『相良町史』通史編上巻（一九九三・八）、国立歴史民俗博物館編『日本荘園資料』（一九九八・七　吉川弘文館）等。

(6) 「佐々木荘と宇多源氏との関係」（同著『荘園史の研究　下巻一』収　一九五六・五　岩波書店）。なお、文書Kは時代的に大幅に下るものであるため、以下の考察から除外する。

(7) この点は、野口実氏「流人の周辺——源頼朝挙兵再考——」（安田元久先生退任記念論集刊行委員会編『中世日本の諸相上巻』収　一九八九・四　吉川弘文館　→同著『中世東国武士団の研究』〈一九九四・十二　高科書店〉再録）に継承されている。

(8) 現存のものは転写を経て、その過程で生じたとみられる錯簡、欠落及び表記の乱れがあり、文意の通りにくいところも多い。ただし幸い冒頭と末尾は残存している。なお、注（6）西岡翻刻には一部に誤脱等が見られる。これらについては、本日記の家伝としての性格と併せて、次章において改めて提示・検討する。

(9) Gの中に「……去観応二年二月十三日預御下文、同年十一月七日被成施行了。……」という一文が存する。したがって傍点部「観応御下文」は先のC尊氏下文を指すことは明らかである。また、右波線部によれば、この時同年十一月七日付のD・Eも証拠として提出されたものと思しい。なお、この相論の詳細は、注（5）笠松論・小川論参照。

(10) 応永十年当時の将軍は四代義持である。この時、先代義満は在世中。ここでは「中御所」を先の三代将軍の「中」の意と解した。注（9）に記したごとき事情から察すれば、特にCとGは、相良庄の権利を保障する一具の文書として後代に相伝

されたものと考えられ、この点から考えても、「中御所」は義詮を指すものとみてよいと判断した。なお、義詮を指す「中御所」の用例は、応永五年（一三九八）四月日付「土屋宗能目安案」（水野恭一郎氏「河内国伊香賀郷地頭土屋家の文書」〈同著『武家社会の歴史像』収　一九八三・二　国書刊行会　初出一九七六・九〉）にみえる。また、松原信之氏「史料紹介壬生本朝倉系図について」（「日本海域史研究」6　一九八四・十二）に翻刻・紹介される同系図には、「中将軍宝篋院殿御内書ニ云」・「中将軍御内書ニテ」という表現がみえる。同系図は永禄十二年（一五六九）の成立とみられている。こうした義詮に対する認識が中世を通じて継承されていたことが知られる。

（11）なお、Fは安房国小共田保・同国安東内鴻栖村を上総国前弘郷に替えて宛て行うことを沙汰したもの。宛先は虫損により冒頭の「佐」しか読めない。恐らく、元来佐々木氏に下された文書であろう。

（12）「佐々木氏の奉公初日記と吾妻鏡」（「古事類苑月報」10　一九六八・一）。本論の存在については、野口実氏のご教示を得た。

（13）錯簡を生んだ紙の断裁面が文字にかかっており、判読が困難である。

（14）『盛衰記』・長門本ではこの部分、「上総介」とある。

（15）波線部は長門本になく、現存本の中で延慶本が最も近似することを示す部分でもある。

（16）西岡翻刻ではこの部分を「ひそかに下文を」とする。いずれにせよ、以下の論旨に変更はない。

（17）数文字分、紙の裁断面にかかり、判読不能。

（18）『平家物語』本文に依拠しているとしても、それは「部分」にとどまる。この家伝の全体像とは別問題であり、そこに記された全ての記載が佐々木家（盛綱流）家伝としての価値を失うわけではない。その点で、益田氏の結論の扱いには注意が必要であろう。

（19）福田豊彦氏「『源平闘諍録』その千葉氏関係の説話を中心として」（「東京工業大学人文論叢」一九七五・十二）、野口実氏「千葉氏の嫡宗権と妙見信仰――『源平闘諍録』成立の前提――」（「千葉県史研究」6　一九九八・十）等。

（20）この年、将軍義持は、四月十四日から父義満七周忌の法華八講を等持寺で修している。先の言上は、こうした機会に試みられたものであろうか。また義持は、十一月には等持寺で逆修を営んでいる（『満済准后日記』同年十二月二十日条）。言上状の表現は、あるいはそうした義持の心理作用への効果を目論みつつ織りなされたものであろうか。

（21）引用は佐藤進一氏・池内義資氏編『中世法制史料集　第二巻室町幕府法』（一九五七・六　岩波書店）に拠る。

（22）引用は池内義資氏編『中世法制史料集　別巻御成敗式目註釋書集要』（一九七八・十　岩波書店）に拠る。池邊本は天文二十三（一五五四）年八月中旬の奥書を持つ。岩崎本も同じ頃のものとされる（同書解題）。

（23）武家庭中に関する近年の研究としては、藤原良章氏「鎌倉幕府の庭中」（『中世的思惟とその社会』収　一九九七・五　吉川弘文館　初出一九八三・十二）、「訴状与訴状者背武家之法候――庭中ノート――」（同前書収　初出一九八八）、家永遵嗣氏「足利義詮における将軍親裁の基盤――「賦」の担い手を中心に――」（石井進氏編『中世の法と政治』収　一九九二・七　吉川弘文館）、岩元修一氏「初期室町幕府における庭中と恩賞充行について」（『日本歴史』556　一九九四・九）等がある。家永氏は、鎌倉期からの変化を踏まえ、「直ニ」申す行為とはいえ、将軍との間に「奏者」が介在したことを指摘する。

（24）なお、前掲のB佐々木系図では、高信・長綱に「号三郎」と注記している。この点からも、「三郎」という仮名に、盛綱長綱の事例でも、「猶不達　上聞歟」という文言から、そのことが確認される。のイメージが重ねられていることが窺われる。

（25）屋代本や八坂系本も同様。『盛衰記』は「或説」として頼朝自筆の下文を挙げる。ちなみに盛綱の藤戸譚は、『太平記』や『神明鏡』の中でも先例としてしばしば回顧される。

（26）「覚一本平家物語の伝来をめぐって――室町王権と芸能――」（上参郷祐康氏編『平家琵琶――語りと音楽――』収　一九九三・二　ひつじ書房　→同著『平家物語の歴史と芸能』〈二〇〇〇・一　吉川弘文館〉改題収録）

（27）小川氏注（5）掲載書、及び『細川頼之』（人物叢書）等。この間の状況は『太平記』にも記される。同書巻第三十八には、頼和が讃岐から淡路・和泉へと落ち延びたことが記されている。

（28）小川氏は注（5）掲載書で「帰源院文書」により、「清氏の所領がすべて没収されたことを推測させる」と述べている（一二五頁）。

（29）頼氏の子明川が僧であったこと（H譲状署名）は、高信・長綱親子が還俗して一流を継いでいたこと（前掲B系図注記参照）とも重なり、中世の寺入りが持つ意味と併せて、その生活事情を窺わせる。

（30）盛綱流への偏向は、こうした事情によって「増幅」されている。

第二章　佐々木家伝「□奉公初日記」の性格

一　はじめに

前章においては、応永二十一年（一四一四）に足利将軍のもとへ提出された佐々木三郎長綱の庭中言上状を取りあげ、同状を含む一連の文書群（「野田文書」）の分析を踏まえつつ、中世武家社会に流布する歴史認識に及ぼす『平家物語』の影響・規制力の解明を試みた。その際、同文書所収の「□奉公初日記」（以下「日記」と略称）にも言及し、その叙述が『平家物語』の語る歴史像を踏まえている可能性があり、物語受容の様相を探る上でも注目されることを指摘した。[1]この「日記」は、主に伊豆流罪中の頼朝と佐々木秀義及びその子息（特に定綱と盛綱）との特別な関係を語るもので、『吾妻鏡』等には見えない記事を含むことから、佐々木家伝の一つとしてこれまでにもしばしば注目されてきた文書である。[2]そうした先行研究を検証しつつ、前章では、これが一連の文書とともに長綱のもとに伝来したもので、盛綱の末裔たる長綱の自己認識の一角を形づくる役を担っていたであろうことをも述べたのであった。

そこで本章では、「日記」の具体的な叙述をいくつか取りあげながら、前章ではなし得なかった、その家伝としての性格の分析を試みてみたい。その叙述は内容の独自性ゆえに性格規定が難しいものではあるが、家伝の継承と創作という営みや、それを支える自己認識のあり方を窺うための糸口を、幸いいくつか見いだすことができる。そこから、中世武家社会に広く存在した家伝の世界の一断面を照らし出すことを目指したい。

なお、「日記」の成立年代は未詳とせざるを得ないが、同文書群の中でこれに続いている二種の「佐々木系図」の末尾に「康永三年二月十九日　書之」（康永三年＝一三四四年）との記載があり、一応下限をここに見定めることができる。また、「日記」の跋文にあたる部分の中に、「此おくみな〳〵ひじなり。将軍の御ため、我ためひじなるあいだ、嫡家傳テ末是をみせず」とあり、ここに記された「将軍」が足利将軍を指すとすれば、上限もある程度は定めることができる(3)。十四世紀という時代が社会体制に大変動の生じた時期であることは改めて言うまでもないが、『平家物語』をはじめとする軍記物語の展開史においても大きな動きが起こった時期と目される。そうした意味で、軍記物語を取りまく文化的・精神史的環境のひとつとして、家伝の世界を視野に収めることもまた、本章のねらいである。

二　「日記」本文とその内容・構成

現存する「日記」は、伝来過程での断裁と補修を経て、各断簡（四紙残存）を継ぎ合わせた際に錯簡を生じた形となっている。とはいえ、断裁面がちょうど合致する部分もあり、全体の内容としてはさほど大きな欠落はないようである(4)。ただし、第一紙の記述の中途には内容的な断絶が認められ、あるいは断裁に先立つ転写の際にも錯簡等が生じていたかとも推察される。

考察に先立ち、「日記」本文の全体像を示し(5)、続いて、錯簡を訂した形でその内容・構成の概略を示しておこう(6)（以下、論中本文引用の際には、当該箇所を構成要素A～Jで大まかに示す）。

［第一紙］

□□□奉公初日記

□（宇）多院御後

第八王子敦実親王、母高藤如（女）。親王第

□子雅信、左大臣従一位、母時平女。其子扶　（1オ）
義左大弁参議、母元方卿女。其子成頼兵
□（庫）助、保江《近》国佐々木尼《庄歟》、以之式部丞章経
号源追捕使。後任式部丞。其子経方、号佐
々木源追大夫。其子有三人。太郎・二郎於佐々
木庄為夜打被□。三郎秀義生年十三、
遁参奥国判□対馬守預之。於是弓
箭之工習之。勝人抽妙。判官殿依之為専使
遣奥州秀衡之許、召羽与馬。帰参之時、宿
相模大磯。自是参鎌倉、（申カ）中事由。下野殿□　（1ウ）
賜上洛之暇。仍次送文羽金馬。其後下野殿
平治年中、為平家被打畢。其時秀義、依
重病、在相模渋谷。天下皆平家ニきして、源
氏門容（客）も多首をたれて平家ニ付ヌ。兵衛佐
どの丶生年十四歳、永暦元年庚《甲》辰歳春三月、
伊豆国ながされて、北条四郎時政がもとに御座。秀□（義）
渋谷にありて、こ郷ゑ返事を不得して、渋谷ノ庄
司・大庭三郎等、平家ゑ可参由を度々教訓す。
しかりといゑども、秀義更ニ心を不変。仁安元年　（2オ）

丙戌十月ニ、太郎定綱・三郎成《(盛)》綱生年十六
さいにおよびて云、「我等が一門、久章王ニ召仕テ私
しうをもたざりき。父経方が時より、事ゑんありて、始
奥レ陸判官殿ニ参き。其後秀義山野《下》殿召仕
て、しばらく此国ニありき。おくれたてまつりて
後ハ、こ郷ゑ返によしなし。うかれて此国浪
人となれり。大庭三郎・畠山庄司・北《小》山田別当
□大なる物共にて、みな平家ゑまいれり。不参
又□ちばのすけ・三浦介・上熊《(総)》介等ハ風ニしたがう（」2ウ）
木草のごとくにて、あながち奉公いたさずとも
きかず。秀義平家参たらんにハ、などか蒙御恩をも、
近江国ゑも返ざらん。されバ庄司もたび〳〵可参
之由を申せども、いくばくのさかへをせんとてか、二
かどゑ馬をバたつべき。今ハ兵衛佐殿伊豆ニ御
座。速参て可仕といゑども、秀義参なバ、庄司
のため不便也。早己等参て、此由を申て、夜昼
候へ」とて、二人をまいらす。「次郎経方ハ庄司が子にした
るによりて不参。四郎ハいまだいとけなし、依此ニ二人
すでに思ひさだめて、《(脱文アルカ)》めしつかはさんと思つ（」3オ）

るに候。返々神妙に参たり」とおほせられけれバ、
定綱申「仰のむね、返々すゞしく目出たく候。
秀義是にていふかいなくならせ給候はん事
を思てこそ、みちの国ゑも入給候へとは申候へ。かやう
に思食立候はん上ハ子細不及候。誠に思食切
て候。御果報のほどをも御覧候へ。それにかな
はずハ、人手に不懸して、皆一所にて自害をさせ
せ(衍)給かし。但三浦介ハ定まいり候ハんずらん。ちば
のすけをよく〳〵かたらはせ給へと存候。上熊(総)の介、
人讒言によて、度々めし候へども、参候はず。子権介
も、京に召籠られて候けるが、此程へ逃下たるよし
（」3ウ）
うけ給り候。心うかれて候へバ、よく〳〵かたらはせ給て、
めし候ハゞ、うたがいなくまいり候はんずらん」と申。
佐殿被仰「此程ハみなさるはからにてある也」。定
綱申「㤀返て、物具取て参候はん」と申。「努々
人にもらすな。。《じ良八》庄司が子ごとくにするなれバ、よもま
いらじ。四郎又いまだ見参に不入。たゞ三郎ば
かりをぐしてまいれ」□《と》《ヒ》て、同十二日いとま給て、十三日
渋矢ニ返て、此由を申。秀義申候ける、「此きみか

しこき人に御座すとハきゝたてまつれども、何事　（」4オ）
付ても御心を奉見事もなし。今の仰こそかた
じけなくあれ。これほどにおぼしめしつらんと《こ》そ、
うれしけれ。」此後ハ又源日記に有なり。
　やがて参者ハ、太郎定綱・三郎盛綱・四郎高綱三人
　　打具て参たり、是をまかりていく

□申　［第二紙］
かは『いかさまにも、入道殿福原よりいらせ給たん
とき、見参に入候べし。(三)六条宮御事出来て
のちハ諸国の源氏あらすまじと御沙汰ある也。
佐殿御事もたゞにハあらじ。その心ゑ』とぞ申
ける。かくしらするハ、しほやの庄司と一あれハ、子共
をもよびよせよなんどおもひて申けるなり。秀義　（」4ウ）
心のうちにあさましと思て、いそぎかへりきたりて
申ける。定綱伊豆ゑまいりて申へきやう、「御文ハおち
ちる事も候へバ不進候。かゝるあさましき事をこそ
承て候つれ。それにわたらせ給てハ、かなハせ給候
まじ。藤九郎バかりを御とるまうて、いそぎこれまでわ
たらせ給べく候。これより子どもを付まいらせて、みち

のくにゑ、入まいらせんと申」とてまいらす。定綱（」5オ）
十日伊豆にまいりて、このよしを申。佐殿仰あり
けるハ、「此事いそぎきかせたるこそ返々神妙なれ。
我も早々しりたる也。但奥州へ入らん事ハ、いかゞ
あるべかるらん。此比平家に心よせぬ物なけれ。
請取らんとも、よもおもはじ。かしこにて何様に
なされなバ、心うき事也。又さる事もしなくとても、
御館が家子となり、なにの面目かあるべき。一門人々
ほろびにしに、けふまでありつるこそふしぎにて
ハあれ。いかになるとても、おどろくべきニあらず。
又ひそかにせんを給ハる也。東国の源氏をもよを
して、平家を追罰すべきよしのせられたれ共、
人の心難知けれバ、未披露也。但今ハなにともあれ、の
がるまじき身にてあれバ、謀反をゝこすべき。

□　（」5ウ）［第三紙］

を参、治承二年いたるまで春秋十五年、
夜ひる無怠コト。二人共に召仕ハ、其間御馬屋ノいか
い鬼武丸逃去して失ぬ。盛綱代テ是囲人となりて
三年をへたり。又ある年、苑ノ草深きさして掃

に人なし。盛綱これをすき、これを苅て掃除
する間、芳草ノ可惜をしらずして、皆苅掃。
佐殿いかりて、「誰人のしたるぞ」と尋ぬ。盛綱申す、
「我公の草ヲ愛給候事を不知、移殖ニいたみあるべから
ず」とて、鋤ヲ取て立とす。更ニ恨色なし。将軍の
いかれる事をへんじて、滅渡板行にてこそ候たる　（」6オ）
□盛綱飢寒を忘て無愁色。佐殿
前に一両人あり。語ての給はく、「愁の勝たる
寒藤衣となり。皆しかなり」と申。盛綱を助る心也。
盛綱申、「奉公のみち、飢寒更におもふ心にあらず。
ひそかにうれうる心ハ、君の配所に無期事を」。此時
人なし。佐殿仰云、「我もし恥をきよめんとおもふことあらん、
汝等心如何」。みな申、「君のため、ちり灰となるとも、
身命をおしむ心なからん。もししらば奉公の前
途なきがごとし」。佐殿各が心中をしろしめす。　（」6ウ）
又或年、国損亡して、御相節なし。定綱武蔵
あだちの左衛門尉遠元がもとにまかりて、事之由申。
干飯を馬の腰ニ付て帰参。送夫駄十疋を
たてまつる。此年盛綱かへりみず、勤仕の心弥切

なり。男となり女となり仕る所を無注不尽。
又或日ひそかに野出てあそぶ。日暮ニ返、
盛綱陸より走が、寒風吹いたりて、足のひゞち
を出す。しかれども踏氷ヲて不痛。佐殿此をみて、
馬をとゞめり、尻のせんとす。盛綱不乗。いのちを
なす事たび〳〵にて、のりてかへる。（」7オ）
又或夜読経深更ニ及、盛綱を召。即軒のほとりに
あり。もとよりあるゆへをとふ。こん夜始あるにあらざる
事を申。佐殿御足を盛綱がふところのうちに入
て、宿衣のしたに《あ》《ヒ》のせてあかす。太郎定綱《箭》、
はぐ事秀義がごとし。御前にして矢をはがせらる。
佐殿御目して、みまはすに人なし。わらひての給はく、
「汝がはぐ矢、何の目(日)か我いる事をうべき」。定綱申、
「此御てうつをもつて、平家をいほろぼし給はゞ、ほどなく
日本国のぬしとならせ給て、御京上にて、幸行つと
めさせ給へバ、その時の御てうつをはやはぎ候ばや」。（」7ウ）
佐殿被仰、「己がはぐやをもつて、もし天下をいと
りたる物ならバ、我家にハ汝が一門のはぐやをもつ
てもちいべし。其外もちいべからず」。かくのごとく、をり〳〵

この御けしきありと云どん、更人不知。治承四年八
月九日、大庭三郎、京より下たる即（節）にてありけるが、
秀義よびて申けるハ、「京にて上熊（総）の守がもとに
まかりたりしに、ながたの入道が文とてみせし
をみしかば、『兵衛佐殿を北条四郎・掃部允
引立まいらせて、謀叛をこさんとし候也。忩召
上て、おきの国へながされ候べし』とかた（き脱カ）りしを
みせし。『さる事やある』と、ひしかば、『かもんのぜう　（」8オ）
ハ、はや死候にき。北条四郎ハよもや

□　［第四紙］

れバ、やがて院宣廻文を東国ふれられて、や
がて謀反発させ給。四郎たかつなまいりたる事、
殊御悦あり。いまだけざんに入ざりし物が、
かくきゝてはじめてあにがつれて参たり。
今度殊御悦ありけり。委ハ別ニあり。此おく
みな〳〵ひじなり。将軍の御ため、我ため
ひじなるあいだ、嫡家伝テ未是をみせず。
もし見たき時ハ、これをバこひゝだして、嫡許
にてみる前にてみる也。かたる事なきなり。　（」8ウ）

〔第一紙・前半〕

A宇多院から経方・秀義に至る佐々木氏の系譜。

B秀義と源為義・義朝の主従関係。

C平治の乱で伊豆に流された頼朝のもとに、秀義が定綱・盛綱兄弟を派遣する。

〔第三紙〕

D派遣された盛綱と定綱の頼朝への奉公話（計七話）。

E大庭景親が秀義に、頼朝が謀叛を企てているという話題が京で取り沙汰されたことを知らせる。

〔第二紙〕

Eの会話の続き。

Fそれを受けて秀義は定綱を頼朝のもとに派遣、奥州入りを進言する。

G頼朝はそれを拒否、院宣のことを明かし、謀叛を決意する。

〔第一紙・後半〕

Gの言葉の続き。

H定綱喜び、頼朝と策を相談した後、秀義のもとに立ち戻って事態を報告する。

I秀義は頼朝を賞賛する。

J跋文[7]。

〔第四紙〕

Jの続き。（末尾）

一読すればその眼目は、秀義と清和源氏嫡流（為義・義朝）との関係を踏まえ、伊豆流罪ののち挙兵決意に至るまでの頼朝と佐々木父子との密接な連帯を語るところにあるものと解される。そこでは「盛綱申『奉公のみち、飢寒更におもふ心にあらず』」や、「みな申『君のため、ちり灰となるとも、身命をおしむ心なからん。もししらば奉公の前途なきがごとし』」のように、佐々木父子の頼朝への「奉公」ぶりが打ち出されているのだが、中でも三郎盛綱に関する話題が特筆されている。それは、流罪中の頼朝を支える佐々木兄弟の具体的な姿が記される部分（D）で、兄定綱の話題が二つであるのに対して、盛綱については五つの話題を収めていることに顕著である。こうした盛綱への偏りが見えることは前章でも少しく指摘しておいたが、それに関連して、ここでは「仁安元年丙戌十月ニ、太郎定綱・三郎成（盛）綱生年十六さいにおよびて」（C）と盛綱の年齢のみが殊更に明記されているという点を付け加えておきたい。「日記」の素姓を探る際、盛綱流との関連はやはり留意すべき事柄と判断されるのである。

三　佐々木氏の自己認識――「日記」生成の前提――

ところで、『吾妻鏡』には頼朝挙兵を支えた佐々木秀義とその子息たち、またその末裔たちに関する記事が掲載されている。そうした中には、彼らが頼朝挙兵との関わりをいかに受け止め、語り継いでいったかを窺わせる記述も散見する。一方、「日記」には「此後ハ又源日記に有なり」（I）、「委ハ別ニあり。此おくみな〳〵ひじなり」（J）のような言説も存在しており、その叙述が家伝を含む既存の文献を踏まえていることは明らかである。こうした点を考慮しても、「日記」の家伝としての性格を探る上では、「日記」が生み出される前提を形づくる佐々木氏の精神性、とりわけ同家に関する認識の様相を把握しておく必要があるだろう。「日記」の具体的な考察に先立ち、まずはこの点を『吾妻鏡』の中から探っておくこととしたい。(8)

秀義の子息のうち、挙兵時から頼朝を支援した太郎定綱・次郎経高・三郎盛綱・四郎高綱の四人と、遅れて頼朝に与した五郎義清の兄弟は、幕府体制の中でもそれぞれの地位を保っていく。その過程では、建久二年（一一九一）五月、定綱が叡山との騒動の結果子息たちと共に流罪に処せられるという事件が起こったりもするが、(9) 同四年四月二十九日、定綱召還の報告を経高・盛綱から受けた頼朝は「太歓喜」したという。同日条は続けて「治承四年以来、専顕㆓勲功㆒之間、為㆓殊寵愛㆒」と勲功ゆえの頼朝の「寵愛」を特記してもおり、この一事をみても、彼らの立場が、挙兵以来の頼朝との特別な関係によって継続的に保証されていたことが窺い知られる。

彼らは頼朝の没後も幕府内での役割を担い続ける。しかし、その立場は一面で微妙に変化し始めていたらしい。たとえば、建久十年（一一九九）三月二十二日条所載の盛綱款状に記された一節に注目したい。

(I)佐々木三郎兵衛尉盛綱法師捧㆓款状㆒。微質沈淪、已異㆓于幕下御代㆒。只非㆑存㆓恩沢厚薄㆒。還被㆑召㆓知行所領等㆒畢。
雖㆑恥㆓天運㆒、猶迷㆓地慮㆒之由云々。

知行していた所領等を失った盛綱の嘆願に現れる「已異㆓于幕下御代㆒」という言葉には、つい先頃までの頼朝時代との状況の変化を感じ取っている盛綱の心理が看取される。と同時に、本章の趣旨との関係では、なおも頼朝との関係性の中で自己を位置づけ続けようとする盛綱の意識が透かし見える点に留意しておきたい。

同じく頼家将軍の時代、経高もまたひとつの危機に陥っている。都の警備に当たっていた経高の種々の狼藉が後鳥羽上皇の逆鱗に触れたことが関東に伝えられ、彼は淡路・阿波・土佐国の守護職以下の所帯を召し放されたのである（正治二年〈一二〇〇〉七月二十七日条・八月二日条）。翌建仁元年（一二〇一）五月六日、恐らくはこの間に入道して京にあった経高（経蓮）は、子息高重を鎌倉に遣わして一通の款状の提出に及ぶ。それは「是於㆑身雖㆑無㆑所㆑犯、依㆓傍人之讒㆒、蒙㆓御気色㆒之条、含㆓愁訴㆒」んだものであり、「其旨趣、初謝㆓無㆑科之旨㆒、後載㆓数度勲功㆒」せていた。その「数度勲功」は次のように続けられている。

(Ⅱ)……謂二勲功一者、関東草創最初、令レ誅二大夫尉兼隆一給之時、経蓮兄弟四人、列二討手人数一以降、至下世属二静謐一之今上、度々忘レ身棄レ命破二敵陣一云々。

彼もまたいわゆる山木合戦以来の勲功を自身の拠り所として生き続けており、それを頼みとしてこの時の窮状を乗り越えようと試みていることが知られるのである。

この時経高は罪を免ぜられ、同年十一月に京から鎌倉へ下る。その翌月帰洛の挨拶のために将軍頼家と対面した経高は「条々述懐」に及び、「或申二往事難レ忘、或述二奉公之異レ他、独拭レ涙退出」したという。和田義盛以下「親視二聴往事一之老人等」はこれに涙し、また北条泰時は「経蓮所レ被二収公一之地、莫レ非二勲功賞一。被レ宥二罪科一上者、悉可レ被二返付一之歟。彼者為二譜代之勇士一。貽二其恨一者、於二公私一定可レ挿二阿党之思一。盍レ被二慎思食一哉」と進言したという（十二月三日条）。ここでのやりとりが先の款状に記された頼朝挙兵時の「勲功」を踏まえたものであることは言うまでもない。「往事」の直接体験者が生存している時点では、「往事」の「奉公」や「勲功」が経高当人のみならず、周囲の人々とも共有された事実として流布していたことをものがたる一場面として注目に値しよう(10)。

さて、挙兵を支えた兄弟が持っていたこうした意識は、その末裔たちにどのように継承されていったのであろうか。視点を佐々木氏の末裔たちの言動に移してみよう。

(Ⅲ)今日昼番之間、於二広御所一、佐々木壱岐前司泰綱与二渋谷太郎左衛門尉武重一及二口論一。是泰綱以二武重一有乙称下為二大名一之由上事甲。武重咎レ之云、已亘二嘲哢一之詞也。於二当時一全非二大名一。先祖重国号二渋谷庄司一者、誠相模国大名内也。然間、貴辺先祖佐々木判官定綱、于レ時号二太郎一。牢籠之当初者、到二重国之門一、寄二得其扶持一、子孫今為二大名一歟云々。泰綱云、東国大少名幷渋谷庄司重国等、皆官二平氏一、莫レ不レ蒙二彼恩顧一。当家独不レ諛二其権勢一。棄二譜代相伝佐々木庄一、偏運二志於源家一。遷二住相模国一、尋二知音之好一、得二重国以下之助成一、継二身命一。奉レ逢二于右大将軍草創御代一、抽二度々之勲功一。兄弟五人之間、令レ補二十七ヶ国守護職一。剰面々所レ令レ任二受領検非違使一也。昔牢籠更非二恥辱一。還可レ謂二面目一之。始重国以二秀義一為レ聟之間、令レ生二隠岐守義清一訖。被レ用レ聟之上者、非二馬牛之類一。為二人倫一之条勿論歟。此上今過言頗荒涼事歟云々。列座衆悉傾レ耳。敢不レ能二助言一云々。

右に掲げたのは、定綱の孫にあたる泰綱と渋谷重国の孫武重との口論である（弘長元年〈一二六一〉五月十三日条）。泰綱の言を「大名」にあらざる自分の今の立場への「亘二嘲哢一之詞」と受け止めた武重は、先祖重国がかつて相模国の大名であったことを持ち出し、牢籠の身であった泰綱の先祖定綱が重国の扶持を得られたがゆえに、今その子孫泰綱が大名となっているのだと言葉を返す。それに対して泰綱は、①東国の大小名が皆平氏に属する中、当家だけが源家に志を尽くしたこと、②佐々木荘から相模国に移住して重国の助けを得て身命を継ぎ、やがて頼朝の天下草創に勲功を尽くして賞を得たこと、③昔牢籠の身であったことはむしろ面目であること、④秀義は重国の婿となって義清を生ませており、婿として対等の人間扱いはされていること等を畳みかけるように述べ、反論している。共に当時の両家の嫡流たる人物で、その口振りは、両家に代々語り継がれていた話題が存在したことを窺わせる。

加えて、ここで注目したいのは、傍線部で泰綱が佐々木兄弟五人を等し並に扱っている点である。結果として彼らは頼朝側にあって賞を得たわけだが、周知のとおり、五郎義清は渋谷重国との縁から、当初平氏方に属して早河合戦に参戦しており、そのために四人ともなっている（治承四年〈一一八〇〉十二月二十六日条）。したがってこの点は、先に引用した経高（経蓮）の款状（引用Ⅱ）に見えた「関東草創最初」の「兄弟四人」の活躍という認識や、後に引用する盛綱の孫実秀の款状（引用Ⅳ）に見える「兄弟四人相共自二右大将家義兵最初一、為二御方軍士一」という理解と比べると、歴史的な厳密さに欠けるのである。また波線部にある、「棄二譜代相伝佐々木庄一、偏運二志於源家。遷二住相模国一……」という主張も、「得二替相伝地佐々木庄一之間、相二率子息等一、恃二秀衡一（秀義姨母夫也。）赴二奥州一。至二相模国一之刻、渋谷庄司重国感二秀義勇敢一之余、令二之留置一」（治承四年八月九日条）という、恐らくは実態に近いであろう事情とは差異を見せており、佐々木氏賞揚への傾きを見せている。もちろん、口論の場で、相手を屈服させるために使われた話題であるから、そうした事柄はあえて無視されたとは考えられる。とはいえ、その一方でかつての頼朝と佐々木兄弟との関係性が、それが取り沙汰される場の状況に応じて緩やかに扱われ始めていることを見逃せまい。先の経高の款状から六十年、実際の挙兵からは八十年。頼朝挙兵を支えた先祖の話題は、依然一族の自己認識を支える基盤として継承されてはいるものの、ある程度実態離れし得る段階へと転換しつつあるといえよう。家伝というものが、こうした継承と創造という営為の中にくり返し立ち現れてくるものであったことを、この一件から知ることができるのである。

さて、先に盛綱款状を取り上げたが、盛綱の子信実の次男実秀もまた宝治二年（一二四八）六月二十一日、款状を提出している。

(Ⅳ)佐々木次郎兵衛尉実秀法師法名寂然。捧二款状一、申下可レ浴二恩沢一之由上。是祖父三郎兵衛尉盛綱入道、兄弟四人相共自二右大将家義兵最初一、為二御方軍士一、専一依レ励二数度勲功一、雖レ有二連々恩賞一、亡父太郎信実之時、或就二相論一、或自然被レ召二放之一、於レ今者其計略訖云々。数枚続レ之。載二累家子細一云々。

実秀は承久の乱に際して鎌倉方北陸道の軍勢として父と共に上洛、乱後は処分された冷泉宮を備前国児島で守護する役を任されている（承久三年〈一二二一〉六月八日条、貞応二年〈一二二三〉十月二十一日条）。彼はこの款状で、「右大将家義兵最初」からの「数度勲功」による恩賞地を、父信実の時、相論その他の理由によって召し放されたがゆえの窮状を訴え、「可レ浴二恩沢一之由」を上申している。そして「数枚」に及ぶこの款状には「累家子細」が載せられていたという（二重傍線部）。先の盛綱款状の主張との具体的な関係を検証する手段はないが、少なくとも盛綱以来継承されてきた家伝とそれに基づく自己認識を基にして、これが作成されたことに相違はあるまい。傍線部の言葉は恩賞地の由来を語るのみならず、頼朝を支えた佐々木兄弟の末裔としての実秀の精神的立脚点の表明でもあっただろう。(11)

以上、『吾妻鏡』の中に、頼朝挙兵をめぐる佐々木氏の自己認識のあり方とその継承・展開の様相を探ってきた。限られた記事を通してではあるが、十三世紀の佐々木氏には、広く一門に共有されたひとつの意識基盤があったことはおおよそ確認し得たものと思う。(12) また、前節で「日記」と盛綱流との特別な関係に注意を促したが、盛綱流に限ってみても、確実に頼朝挙兵時と関わる家伝が継承され、その実態的な効力が求められた場を認めることができた。「日記」の性格を分析するに先立ち、その生成の前提として、こうした状況をまずは踏まえておきたい。

四　「日記」の分析——家伝としての性格——

「日記」が先行する既存の文献を踏まえていることは先述したが、その点と関わって叙述内容面から補足するならば、平治の乱ののちの状況について、「天下皆平家ニきして、源氏門容（客）も多首をたれて平家ニ付ヌ…（中略）…渋谷ノ庄司・大庭三郎等、平家ゑ可参由を度々教訓す。しかりといゑども、秀義更ニ心を不変」（B）と記すくだりや、定綱・盛綱兄弟を頼朝のもとに派遣する際の秀義の言葉、「秀義平家参たらんにハ、などか蒙御恩をも、近江国ゑも返ざらん。されバ庄司もたび〳〵可参之由を申せども、いくばくのさかへをせんとてか、二かどゑ馬をバたつべき」（C）という表現が、前節引用(Ⅲ)『吾妻鏡』にみえる泰綱発言の波線部「当家独不レ諛ニ其権勢一。…（中略）…偏運ニ志於源家一」や、「……而武衛坐レ事之後、不レ奉レ忘ニ旧交一兮。不レ諛ニ平家権勢一之故……」（同書治承四年八月九日条）と通じる状況認識を基底に受け継いでいると考えられる点を指摘できよう。「日記」はこうした鎌倉期以来の佐々木家伝の流れの一齣として生み出されたものなのである。

ただし、そこに記された話題が全て佐々木氏の過去の実態を伝えているわけではなかった。「日記」と『吾妻鏡』の記述との間には内容面での相違が見られ、これまでにもその先後・影響関係や史的実態の如何をめぐって、いくつかの発言がなされている。本章はそうした問題の解決を意図するものではないが、以下には、前章で「日記」の叙述に『平家物語』が語る歴史認識が投影されている可能性を指摘したことを踏まえて、その叙述が生み出された事情の一端を探り、家伝としての性格、叙述内容の質を吟味してみようと思う。

さて、「日記」の骨格をなすのは、秀義が頼朝のもとに子息二人を派遣してから、挙兵決意に至るまでの、秘話ともいうべき内容である。そこに家伝としての権威も由来するわけである。特に兄弟の奉公ぶりを語る部分（D）については独自性が高いのであるが、その末尾にある次の話題は、右の課題と向きあう際のひとつの糸口になるように思われる。

> 太郎定綱、箭はぐ事秀義がごとし。御前にして矢をはがせらる。佐殿御目して、みまはすに人なし。わらひての給はく、「汝がはぐ矢、何の目（日）か我いる事をうべき」。定綱申、「此御てうつをもつて、平家をいほろぼし給はゞ、ほどなく日本国のぬしとならせ給て、御京上にて、幸行つとめさせ給へバ、その時の御てうつをはやはぎ候ばや」。佐殿被仰、「己がはぐやをもつて、もし天下をいとりたる物ならバ、我家にハ汝が一門のはぐやをもつてもちいべし。其外もちいべからず」。かくのごとく、をり〳〵この御けしきありと云どん、更人不知。

右引用冒頭の波線部は、秀義が為義・義朝に仕える様を記す部分（B）に、「三郎秀義生年十三、遁参奥国判□対馬守預之。於是弓箭之工習之。勝人抽妙。判官殿依之為専使遣奥州秀衡之許、召羽与馬。…（中略）…下野殿□賜上洛之暇。仍次送文羽金（マヽ）馬。」とあるのを受けており、佐々木氏と矢はぎ技術との関係を打ち出す「日記」の一貫した姿勢の中にある表現である。この矢で平家を射滅ぼして「日本国のぬし」となった後、上洛するときのための矢を早くはぎたいものだという定綱に対して、頼朝はもしそうなったら「汝が一門」のはぐ矢の他は当家では用いないと約したという。

ところで、こうした佐々木氏と矢に関わる特別な関係が、鎌倉期の実態として存在していた徴証は、後述の盛綱の事例を除くと、他に見いだすことが困難である。[13] 弓始めや笠懸・流鏑馬・犬追物等の射手として佐々木一門の名がたびたび見いだせるのは確かだが、[14] いずれもその特権性を看取し得るものではなく、また矢はぎの技と直結するものでもない。したがって、当該話は引用末尾二重傍線部の言辞にも導かれて、埋もれてしまった挙兵前夜の事実を伝えているようにも見える。しかし、『吾妻鏡』に次のような記事があることに気づくとき、いささか事情は異なってこよう。

佐々木三郎盛綱挨野箭一腰進上。御上洛料也。即覧レ之。無文染羽、以二鵜目樺一挨レ之。藤口巻也。以二青鷺羽一為二表箭一。是曩祖将軍天治（喜）年中令征二伐奥州梟賊一之後、帰洛之日、用二此式矢一云々。

（建久元年〈一一九〇〉九月十八日条）

これによれば、平家追討後、頼朝の建久元年の上洛に先立ち、佐々木一門たる盛綱が「御上洛料」として頼朝に「挨野箭一腰」を進上している。つまり、「日記」における定綱の発言は、この時の上洛とそれに際する矢進上という事実と照応しているのである。

前章で「日記」に『平家物語』の歴史認識が投影されている可能性を述べたが、そうした後代的な感覚が介入していることは、この話題に関しても無視できまい。定綱と頼朝との間でなされたという、この予言的な会話の真偽を検証する決定的な術はないが、右のごとき照応は、逆に「日記」掲載の話題が、結果を踏まえた上で創作された〈事実〉であることを露呈しているように推察されるのである(15)。改めて冷静に読み返してみれば、「日記」の叙述では、平家を倒すことと「日本国のぬし」となること、また「天下をいと」ることとが直結してとらえられている。そうした発想自体、挙兵前夜のものとは考えがたいものであろう(16)。

ところで、後代的創作という観点に関わって、「日記」の性格の一面を形づくる『平家物語』との関係について、さらにひとつの可能性を提示しておこう。次の話題に注目したい。

又ある年、苑ノ草深きさして掃に人なし。盛綱これをすき、これを苅て掃除する間、芳草ノ可惜をしらずして、皆苅掃。佐殿いかりて、「誰人のしたるぞ」と尋ぬ。盛綱申す、「我公の草ヲ愛給候事を不知、移殖ニいたみあるべからず」とて、鋤ヲ取て立とす。更ニ恨色なし。将軍のいかれる事をへんじて、滅渡板（マヽ）行にてこそ候たる。

盛綱の奉公話（D）のひとつである。大切にしていた「芳草」をも刈り払われた頼朝は、ひとたびは怒りをあらわにして誰の仕業かと尋ねる。しかし、引用末尾の部分に不審が残るものの、「いかれる事をへんじて」とあることから察するに、最終的には盛綱の姿を見て、それを許したという話とみることができよう。盛綱に対する頼朝の寛大さをも語るこの話は、一読して『平家物語』巻第六「紅葉」を連想させる。野分翌日の朝ぎよめの際に、高倉天皇が、愛していた紅葉を取り払ってしまった下役人に対して、逆にほめ言葉を与えたという、天皇のやさしさ、聖主ぶりを語る話題である。両者の直接的な交渉関係を強弁するつもりはないが、「日記」が『平家物語』の語る歴史認識を踏まえているとおぼしいことを勘案すれば、頼朝の度量を浮上させるという構造を含めて、当該話を支える発想の根底に『平家物語』の紅葉話のごときものが存在した可能性を考慮し得るのではないか。なお、ここで頼朝を既に「将軍」と記していることは、先に述べた家伝の後代的創作という観点からも見逃せないことを付言しておく。先に指摘した頼朝が平家を討って「日本国のぬし」となるという認識のありようは、『平家物語』で文覚が頼朝に挙兵を勧める際の言葉「……ワ殿ゾ日本国ノ主ト可成給人ニテオワシケル。今ハ何事カハ有ベキゾヤ。謀叛発シテ日本国ノ大将軍ニ成給へ……」（延慶本第二末　七「文学兵衛佐ニ相奉ル事」）を想起させるものである。これらを併せ見るに、ここにも『平家物語』が影を落としているようにも見受けられるのである。

本節で扱ったこれらの話が後代的に生み出されたものとすれば、[17] 独自の記載内容を持つ「日記」の、史料としての扱いには一層の慎重さが求められることとなろう。しかしその一方で、中世武家社会に広く展開した家伝というものの本質に迫るには、実に貴重な素材であることが知られよう。継承と創作という営みの中でくり返し生成し続けた家伝としての性格を、「日記」の記述もその基調として多分に含み持つことを受け止めておかねばなるまい。

五　おわりに

以上、「日記」をめぐって、佐々木氏の家伝としての性格を検討してきた。「日記」が生み出されたと目される十四世紀前半期は、社会体制の転換に伴い、さまざまな形で既存の歴史認識にも変換が求められた時代であったとおぼしい。その大きなうねりの中を生きた人々は、体制との関わりの中で自己の再認識を迫られたはずである。「日記」が生み出された直接的な動機は未だ判然としないが、まずはそうした過去との連続性を再認識する営みの中に位置づけることが可能であろう(18)。

そして、そうした環境は一面で『平家物語』などの軍記物語に変貌を要請した力とも隣接している。前章と併せてここまで述べてきたように、後代的に家伝が創作され、実際に効力を発揮する場は、軍記物語受容の場と交錯し、当代の人々の発想や認識への規制力を及ぼしているのである(19)。一方向に限らぬ指向を持つその具体相を解明することは今後の継続的な課題となるが、もちろんそれはここで取りあげた佐々木氏のみの問題ではない。歴史叙述が享受の過程で改編され、変貌し、再生を遂げていく環境を構成するひとつの要素として、多様な家伝の世界を視野に収めつつ、軍記物語と中世社会の諸環境、そして中世人の心性との密着度を測る試みを続けていきたい。

注

(1) 引用は東京大学史料編纂所謄写本に拠る。「□奉公初日記」の冒頭は欠損により判読不能。早く西岡虎之助氏による翻刻があるが（注（2）参照）、一部に誤脱等が見られるため、その全文を本章第二節に改めて掲出しておく。

(2) 西岡氏「佐々木荘と宇多源氏との関係」（『荘園史の研究　下巻一』所収　一九五六・五　岩波書店　初出一九三一・三）、

益田宗氏「佐々木氏の奉公初日記と吾妻鏡」（『古事類苑月報』10　一九六八・一）、野口実氏「流人の周辺――源頼朝挙兵再考――」（安田元久先生退任記念論集刊行委員会編『中世日本の諸相　上巻』収　一九八九・四　吉川弘文館　→同著『中世東国武士団の研究』〈一九九四・十二　高科書店〉再録）等。

（3）本文中で頼朝のことを一例を除き「佐殿」と記している。「日記」では清和源氏たる頼朝との関係が語られることに注意したい。なお尊氏は暦応元年（一三三八）八月に征夷大将軍に任じられている。

（4）断裁面の重なり具合からみて、一度に断たれたものらしい。第一紙左辺と第四紙右辺、第三紙左辺と第二紙右辺は墨付きから連続するものと分かる。なお、錯簡については注（2）益田論に指摘とごく簡潔な復元がなされている。

（5）引用に際しては、次の方針をとった。

一、漢字・仮名は原則として通行の字体に改めた。

二、本文の改行は底本どおりとした。

三、料紙の裁断、虫損などによって判読不能な部分・文字は、□で示した。ミセケチは左傍にヒと記した。

四、底本の誤写と思われる部分には、右傍に（　）を付して私見を示した。その他、（　）に入れたものは私見である。

五、読解の便を考慮し、句読点、濁点、「　」等を付した。

六、紙の断裁面は……で示した。また、謄写本の改丁を（」1オ）のごとく示した。

判読にあたって、八嶌正治氏に多くのご教示を賜った。ここに御礼申し上げます。

（6）第一紙前半と第三紙の間及び第二紙と第一紙後半との間には、脱落が認められる。ただし、その前後のつながり具合をたどってみると、それは内容的にさほど大きくはないものと推察される。

（7）本文にはⅠの後に「此後ハ又源日記に有なり」とあり、そこに明らかな内容の切れ目が存在する。その後は改行して行頭を下げ、かつ左肩下がりで本文が記されている。その部分をここでは跋文と称した。

（8）他にも系図類の中で伝えられた記述もあるが、ここではひとまず佐々木氏の人々の具体的な言動から窺える意識を整理し、その基盤を示しておく。

（9）子息定重は梟首される。本事件の詳細は、黒田俊雄氏「延暦寺衆徒と佐々木氏――鎌倉時代政治史の断章――」（『黒田俊雄著作集』第一巻　一九九四・十　法蔵館　初出一九六九）、上横手雅敬氏「近江守護佐々木氏」（『新修大津市史』二収　一九七九・十　大津市役所　→同著『鎌倉時代政治史研究』〈一九九一・六　吉川弘文館〉再録）等参照。

（10）なお、経高の沙汰について、鎌倉では当初「勲功異㆑他」ことへの配慮がなされていた（正治二年八月二日条）。

（11）実秀の父信実もかつて「申㆓募度々勲功㆒、可㆑返㆓給本領㆒由事」を言上したが、本領返付は叶わずに終わっている（寛喜二年〈一二三〇〉正月二十九日条）。この時の「勲功」は承久の乱でのそれを指すかと思われる。実秀款状は、その結果を踏まえてなされたものである。なお、款状とは自身の過去の功績などを列挙して官位・恩賞を望む上申書。盛綱・信実・実秀のこうした行為は、時を隔てた盛綱流の末裔長綱の庭中言上と質を等しくする面を持つ。一門の自己認識が支える行為の系譜として興味深い。

（12）佐々木氏の問題としては、承久の乱とその勲功に関わる自己認識及びそこに立脚する家伝の様相もひとつの重要な意識基盤を形づくっている。その様相については、改めて考えることにしたい。

（13）この当時、諸家にさまざまな故実が存在していたこと、頼朝が秀郷流故実に強い関心を見せていたことは著名である。

（14）『吾妻鏡』中の信綱（定綱の子）・氏綱（盛綱孫。信実の子）・章綱（氏綱の兄義綱の子）の経歴参照。

（15）この点は、佐伯真一氏が指摘する「頼朝を助けた話」の展開という観点からも把握できよう。家伝が持つ多面性に留意しておきたい。佐伯氏「源頼朝と軍記・説話・物語」（説話と説話文学の会編『説話論集　第二集』収　一九九二・四　清文堂出版　→同著『平家物語遡源』〈一九九六・九　若草書房〉再録）参照。

また、定綱・盛綱の奉公話（D）前後の日付表記に注目すれば、定綱・盛綱兄弟が派遣された時を「仁安元年丙戌十月」とし（C）、間に「治承二年いたるまで春秋十五年」（D冒頭）という表現を挟んで、次に日時が明示されるのは大庭と秀義の会話がなされる場面（E）の「治承四年八月九日」である。その間に記される個々の奉公話は、「又ある年」「又或年」「此年」「又或日」「又或夜」のような曖昧な設定のもとに記されている。こうした点には各話に共通した素姓が窺えるようにも思われる。

(16) なお、『吾妻鏡』と「日記」との間には、盛綱か定綱かという相違が存在する。それが生じた由来は判然としないが、『吾妻鏡』は頼家の着甲始の様を記す中で、「佐々木三郎盛綱献二御征矢一」と矢を献上する盛綱の話を載せている（文治四年七月十日条）。同書には定綱と矢との直接的な関わりは見えず、実態としては盛綱の方に矢との関わりの濃さを認め得る。「日記」は矢はぎを秀義から受け継ぐ嫡流の技とする認識を持つものと考えられ、そうした「日記」としての必然性が作用したものとひとまずは考えられる。ちなみに、定綱のこうした押し出しは、盛綱流が関与した家伝として不相応なものではない。「日記」では定綱の活躍や高綱のことなど、佐々木一門としての関係に配慮がなされており、この一門は南北朝期に至ってもなお佐々木一族としての意識を有していたとも考えられている（森茂暁氏『佐々木道誉』〈一九九四・九　吉川弘文館〉）。また、第三節引用(Ⅱ)(Ⅲ)(Ⅳ)で兄弟としての活躍が主張されていることにも注意。

(17) これら個別の話題の誕生が「日記」制作時かそれ以前かは今後の検討を要する。

(18) 石井進氏によれば鎌倉時代末、一四一〇～二〇年代頃という「小代宗妙置文」製作の営みなども広い意味で関わってこよう。石井氏『鎌倉武士の実像』（一九八七・六　平凡社）等参照。

(19) 美濃部重克氏「戦場の働きの価値化——合戦の日記、聞書き、家伝、そして文学——」（「国語と国文学」70－12　一九九三・十二）は、『源平盛衰記』の合戦場面から、「本文の意味の階層性」を照らし出している。
なお、「日記」にみえる秀義の平治の乱不参加説も、本章で述べきたったような性格をも内在する説の一部であることを考慮すれば、扱いに慎重さを要しよう。と同時に、『平治物語』との隔差がいかなる意味を発揮したかについてが問題となろう。

［追記一］

もとになった原論文を本章に位置づけるにあたり、「日記」の全文を示すこととした。

〔追記二〕

佐々木紀一氏「『平家物語』・『東鑑』「山木夜討」の成立について」（上横手雅敬氏編『中世公武権力の構造と展開』収　二〇〇一・八　吉川弘文館）は、「山木夜討までの件に『東鑑』と『平家』が共通の典拠を有し、『□奉公初日記』の先行文献がそれに該当すると推測」している。氏は、その「可能性を完全に否定できないが」としながらも、「日記」が『平家物語』からの影響を受けていないとする見解を提示している。ただし、前章と本章で検討したとおり、その記述は他の文献を踏まえており、おそらく足利氏の将軍体制下で編纂されている。こうした時代性に加えて、頼朝を「日本国のぬし」として「将軍」と呼んでいることなどを勘案すれば、そこに『平家物語』の影が及んでいる可能性は高いものとみられる。氏の指摘のとおり、いわゆる「福原院宣」のみを根拠として両者の関係を断定できないことは確かだが、こうした諸条件を見渡してみると、「福原院宣」関係の叙述が含まれていることの意味も違ってこよう。なお、三書の関係を単純な依拠関係でとらえきれない点は、私も同感である。「日記」と『平家物語』の間が直接的な依拠関係のみで成り立っていることを想定するつもりはない。

第三章　〈平家末裔〉の自己認識と平家ゆかりの太刀

一　はじめに

中世後期以降、〈平家末裔〉を称する人々が多く現れてくる。その系譜的信憑性は疑わしいものも多いようだが、彼らがそれを自称していたこと自体に注目してみる価値は少なくないように思われる。そこに形づくられている家意識や自己規定のありようと、『平家物語』とは無関係であり得たのであろうか。それは中世社会における『平家物語』の展開と再生の様相をとらえようとする観点から見れば、無視できない検討課題のひとつである。ただし、その全貌を一概に扱うことは不可能であり、本章ではその中のいくつかの側面について検討を加えるにとどまらざるを得ない。とはいえ、それを通して、少なくとも『平家物語』と中世人の心性とが交錯する様相に迫るためのいくつかの糸口を見いだせるようには思うのである。

以下の分析の過程では、そこに平家ゆかりの太刀が少なからず機能を果たしていることに注目してみたい。既に確認したように、重代の太刀を含めた相伝の武具は、それを伝える人々の家意識の一部を構成する要素となっていた。(1)そうした点に鑑み、平家ゆかりの太刀とその由緒に関わる『平家物語』、そして〈平家末裔〉を称する人々の意識とが、しばしば交錯し、融合していた様相を照らし出すことを目指したい。

ところで、先に私は、『平家物語』・『源平盛衰記』・『平治物語』等に収められた抜丸話の展開をたどりつつ、軍記物語と中世刀剣伝書とに、共通する話題をやりとりする知的基盤が存在することをいくつかの観点から指摘した。(2)そこでは頼盛へと伝えられた平家重代の太刀抜丸を集中的に取りあげたのだが、伝書には抜丸以外にも平家ゆかりの太刀に関する諸説を数多く見いだすことができる。中世社会における流布状況から考えても、伝書の存在もまた、これから取り組もうとする検討に際しては無視できない、一群としての存在感を有している。そこで本章では、まずは中世社会に展開した平家ゆかりの太刀に関する諸説を、刀剣伝書を通じて概観していくことから検討を始めたい。伝書は、それらを含み持つことによって、『平家物語』の内容とある種の均衡関係を保ちつつ展開していくこととなるが、結果平安時代末の内乱期に関する理解のありようにおいて、『平家物語』の内容を相対化していくこととももなっている。そうした具体相を整理、把握しつつ、冒頭に述べたごとき課題へと迫っていきたい。

二　小烏名称由来話と刀剣伝書

まずは、抜丸と並ぶ平家重代の太刀、小烏に関する説に目を配っておこう。小烏の名称由来話は、『源平盛衰記』（以下、『盛衰記』と略称）と長門本『平家物語』に見える。

又小烏ト云太刀ハ彼唐皮出来テ後七日ト申未ノ刻ニ、主上南殿ニ御座テ東天ヲ御拝有ケル折節ニ、八尺霊鳥飛来テ、大床ニ侍リ。主上以御笏被招召ケリ。烏依勅命躍上、御座ノ縁ニ觜ヲ懸テ奏申サク、「我ハ是太神宮ヨリ剣ノ使者ニ参レリ。」トテ、羽刷シテ罷立ケルガ、其懐ヨリ一ノ太刀ヲ御前ニ落シ留ケリ。主上御自此剣ヲ被召テ、八尺ノ大霊鳥ノ中ヨリ出タル物ナレバトテ、小烏トゾ名付サセ給ケル。唐皮ト共ニ宝物ニ執シ思召。サレバ太刀モ冑モ同仏神ノ御製作也。本朝守護ノ兵具也。仍代々ハ内裏ニ伝リケルヲ、貞盛ガ世ニ下預テ、コノ家ニ伝テ希代ノ重宝ナリ。（『盛衰記』巻第四十「唐皮抜丸」）

『盛衰記』ではこの前に平家重代の鎧・唐皮の由緒が、この後には抜丸話が語られている。長門本は巻第一で、清盛が忠盛の跡を継ぎ、「家の宝物」を相続したことを記した後に、これらの武具の話題を記す[3]。この位置の相違は、長門本の編集姿勢との関係からも注意すべき事柄だが、「本朝のかため」・「本朝のまもり」・「本朝の宝物」（長門本）といった表現を伴うことに加えて[4]、内容・展開からみても、これらの話が同じ素材の上に成り立っていることは明らかである。なお、小烏話と関わる両者の異同としては、右引用傍線部にあたる記述が、長門本では「されば本朝の宝物には、甲冑・砂金銀・兵杖・水破・兵破・太刀、我国にありと云事これなり。たのもしかりし事なり」となっており、文脈が唐皮・小烏から派生して、「本朝の宝物」へと広がっていることを指摘しておこう[5]。こうした要素を考慮し、以下の論述では『盛衰記』の話をもって両書の話を代表させておく。

このように、名称由来に関しては大きな差異を持たない『盛衰記』・長門本の当該話は、同じ読み本系でもこれを持たない延慶本の存在を考慮すれば、物語の展開過程で作中に取り入れられた話題であるとみられる。その点は、これに関連する話題が、抜丸説と同様、刀剣伝書の中でも扱われていることからも注目されるのである。

天国　大和国宇多郡者也。平家重代小烏ト云太刀造之。銘ニハ大宝三年天国ト打ツ。二尺六寸五分。姿ハ長太刀之柄ヲ切タルガ如シ。柄身短シ。此太刀ヲ小烏ト名付ラレケル事ハ、桓武天皇南殿ニ御座アリテ、虚空ヲ御覧ジケルニ、雲中ヨリ烏飛出ヅ。御笏ヲ以被招ケリ。烏随テ勅命ニ下リ御座ノヘリニ蹐奏シ申サク、「我ハ是太神宮ヨリ剣ノ御使ニ参レリ」トテ、羽ヅクロイシテ、罷立ケルガ、其懐ヨリ一ノ太刀落留メリ。烏ノ懐ヨリ出タル者ナレバ、即小烏ト被召ケル也。一説如此。（伊勢貞親本『銘尽』）

大宝年中の大和国鍛冶である天国に関してあげられたこの説のうち、傍線部が先の『盛衰記』所載話と極めて近い関係にあることは一目瞭然であろう。『盛衰記』が「彼唐皮出来テ後七日ト申未ノ刻ニ……」という形で唐皮話との脈絡を付けている点や、桓武天皇の前に現れた烏を「八尺霊烏」とする点には差異が認められるものの、表現の一致度は極めて高い。

かかる小烏説は、十五世紀の奥書を持つ複数の伝書に現れる(6)。したがって、先に検討した抜丸説と同様、当該小烏説も十五世紀中葉には、伝書の流布と並行して社会に浸透していたことを確認し得るのである。この両者を平家重代の太刀とする認識がその時期を溯って存在することは、延慶本『平家物語』や『平治物語』の古態本、『異制庭訓往来』のほか、観智院本『銘尽』（以下、観智院本）の「平家ぢう代こがらすといふ太刀のつくりなり」（大宝年中・天国）、「……平家重代のぬけまるを作」（同・真守）、「……平家のぬけ丸作」（伯耆・真守）、また『鍛冶名字考』（以下、『名字考』）の「……此太刀小烏ト名付テ平家ニ由緒ハ……」（伯耆国・天国。詳しくは後述）、「平家ニ小烏ト云太刀作者也……」（奥州・諷誦。次節参照）といった説の分布状況からも明らかであり、名称由来話という形が社会的な認知度を幅広く獲得していくのが、この十五世紀中葉という時期にあたるようである。こうした状況に照らせば、『盛衰記』・長門本の小烏話に関しても、特定の伝書との間に直接的な引用関係を考えるよりも、抜丸話同様の文化的基盤のもとで作中へ流入、定着していく過程を想定するのがより妥当な判断かと思われる。

三　小烏と抜丸――異説の検討から――

続いて、小烏話と抜丸話の性格の違い、そしてそれぞれの異説の分布状況を検討することによって、軍記物語と刀剣伝書との均衡関係の具体相に迫ってみたい。

伝書が記載する抜丸説には多くの異説があり、中でも作者説は複数存在すること、また平家一門とは無関係な抜丸説が生じていた可能性があることについては別に述べた（第三部第一編第五・六章）。まずは十五世紀における抜丸作者説の分布を概観し、いくつか論点を補足しておこう。

表から読みとれるように、十五世紀前半にまとめられた観智院本や『名字考』には、それ以降の伝書に比べてより多くの異説が収められていることがわかる。特に『名字考』はその傾向が顕著であり、同書の性格として注目に値しよう(8)。また、そうした諸説は、以後次第に整理され、伯耆国鍛冶の真守作者説へと絞り込まれている。確かに、伯耆国武保説は一部に継承され、伯耆国有正説が存在していたことが確かめられもする。しかし、抜丸作者説が真守を基軸として伝えられていくことは明らかで、観智院本などで抜丸作者のひとりとされていた備前国助包を「抜打丸」の作者とする説が現れてくる（佐々木本。表中に△で示した）のは、そうした状況と表裏の関係にあろう。流布本『平治物語』が抜丸に関して、「伯耆国大原の真守が作と云々」と記すのは、こうした十五世紀後半における抜丸説の存立状況と対応していることになる。

抜丸作者説に比して、小烏作者説は「天国」を核として諸伝本間でほとんど揺れが見えない。唯一の例外が『名字考』に見える諷誦説である（前節末に引用）。この説は、『名字考』同様異説収録への志向が強い佐々木本には受け継がれているものの、この段階に至ると、「……　又小烏作之云異説アリ」と、明確に「異説」として末尾に付加されるにとどまっている。諷誦説は決して優勢ではなく、かすかな命脈を保ったにすぎない(9)。

〔抜丸作者説一覧(7)〕

	伯耆国真守	伯耆国武保	伯耆国有正	備前国助包	備前国義憲	備中国貞次
観智院本	○	○	×	○	×	×
名字考	×	○	×	○	○	○
本阿本	○	○	×	×	×	×
貞親本	○	×	×	×	×	×
元盛本	○	×	×	×	×	×
三好本	○	×	×	×	×	×
佐々木本	○	×	○	△	×	×
長享銘尽	○	○	×	×	×	×
直江本	○	×	×	×	×	×
鍛冶銘集	○	×	×	×	×	×

さて、作者説の分布状況とは別に、内容面でもこの二つの太刀に関する説には性格差が認められる。まず抜丸説について言えば、伝書に記される木枯改名抜丸説に関して、現在までに調査の及んだ範囲で最も大きな異同を持つのは、直江本『銘尽』に収められた説である。『盛衰記』や貞親本『銘尽』に収められた当該改名説については、別章（第三部第一編第六章）を参照していただくこととして、ここでは、その違いが現れている叙述（傍点部）の前後のみ引用しておこう。

(a)……大神宮ェ参テ、年来他事ナク祈リ申ケルニ、或夜ノ夢ニ、「ナンヂワリウ《ママ》ヲシテ妻子ヲヤシナウベシ」ト御ジゲンアリケレバ、ムサウニマカセテレウヲシテヲワタリケルニ、アル時、三ケツカト云所ヲトヲリケルニ、路頭ニ太刀アリ。是ヲ取テ秘蔵シ、彼太刀ヲモツヨリシテ、サラニムカウテキヲノガサズ。……

(b)（右をうけて）……トヨロコビ、イヨ〱キセイ申シ、身ヲハナサズモチケリ。

(c)其比、平家之忠盛伊勢参宮之時、此事伝聞テ、……

(d)其ヨリ木枯ノ名ヲカエテ、□《ヌ》ケ丸ト云。是則太刀ノ奇特ヲミセンガ為ニ、大神大蛇ニゲンジタマウナリ。

(a)・(b)では夢想という典型的な託宣の状況を明示することを含めて、伊勢大神宮へ祈誓する男の姿がより強調され、(d)では六波羅池殿での話までもが神慮との関係から説明されている。こうした傾向は、(c)で「伊勢参宮之時」に忠盛がこの太刀の評判を耳にするという設定とも呼応していよう。すなわち、貞親本にみた同類話に比べて、全体として伊勢の神慮を打ち出すことで太刀の霊威をより強調しようとする傾向が読みとれるのである。[10]当該説は、(d)に続けて、「彼サネモリ《真守》ワ、平城天王ノ御時代、大同年中之鍛冶也。延寿太郎已前ノカヂナリ。已後六百余年ニ及。」として結ばれる。大同年中（八〇六〜八一〇）以後六百余年経った時点、すなわち十五世紀前半ごろの説としてこれが意識されていることになる。こうした年代設定には慎重に対する必要があるが、先述したごとき類話の流布状況を踏まえてみれば、この時期に当該説が木枯改名抜丸話のバリエーションとして存在したとしても不自然ではあるまい。ただし、その揺れ幅は以上にみたような範囲にとどまっており、命名から改名へと至る本筋に変化はない。

それに対して、小烏説には次のような際だった異説が現れる。『名字考』が「伯耆国住鍛冶等」の筆頭に掲げる「天国」に関する記述を引用してみよう。

号伯耆国権大副ト。天武天皇ノ御宇、大宝年中作者。此作ノ太刀刀、三浦《ウラ》和田《ハタ》ノ一類持ス之ヲ。又平将軍貞盛《サダモリ》一振持之也。此太刀小烏ト名付テ(脱字か)平家ニ由緒《ユイショ》ハ、将門《マサカド》平親王ツイタウノ時、将門以テ兵法ノ術《ジツヲ》分身シテ八騎ニ変《ヘンズル》時、一人ノ甲《カブト》ノ手穴ニカラス居タルヲキル間、将門モキラレニケリ。ソレヨリシテ小ガラスト名付タリ。

ここには将門追討と関係づけられた小烏由来話がみえる。貞盛所持という点に、わずかながら『盛衰記』所載話との接点が見えなくもないが、ここまでに取りあげた小烏説とは明らかに一線を画しているのである。

こうした説は、佐々木本が「用鍛冶事日本始ト云也。至文明七百六十九年。」という付記と共に収載する「天国」説にも継承されている。

大宝年中文武天皇御宇鍛冶也。平家重代小烏云太刀作者也。号小烏由緒者、将門平新王追討之時、為副将軍陸奥守貞盛朝臣東国進発。作太刀帯之処、将門以平法之術、令分身八騎之時、一人之甲天辺ニ小烏居間、切之故也。亦此作足利武蔵守義氏持之。亦三浦和田三郎持之。古本云、天国者帝釈御作村雲剣ヲ人皇代ニ大和国宇多郡而天国烏之為宝剣由也。日本紀載之。鍛冶銘雖無之、天国宇多郡住人也。其旨銘尽数本在之。無不審。此事ヲ帝釈御作村雲剣同事ト載之歟。古人住之(注カ)。尤信用之。後ニ奥州下云々。　（廿一「昔鍛冶事次第不同」）

佐々木本は先行する諸伝書の説を意識的に集成する形で成り立っており(11)、右傍線部の小烏説の後には、天国に関連する説が並列的に掲げられている。その中の二重傍線部や波線部によって、この時期に流布していた「古本」・「銘尽数本」が、本書の編纂に際して参照されたことを推測できる。傍線部の内容からみて、『名字考』のごとき説が参看されたことは間違いなかろう(12)。

同書が書写された文明年間には、既に複数の伝書が流布しており、その中にこうした説も確固たる地位を得ていたという事実に注目したい。そして、佐々木本では桓武天皇が授かったという小烏説は採用されていないのである(13)。さらに、この説は、以後中世を通じて消滅することなく、たとえば弘治三年（一五五七）卯月二十九日の書写奥書を持つ芳蓮本『銘尽』や、天正十七年（一五八九）七月に竹屋理安から相伝された目利書『新刊秘伝抄』などに受け継がれ、近世へと至るのである(14)。

小烏の由緒に関する異説としては、「剣巻」に、為義が相伝した源氏重代の太刀「師子ノ子」を模して播磨国鍛冶に作らせた小烏が現れることは著名である。この小烏は義朝に譲られ、平治の乱で彼が討たれた時、長田庄司忠致の手によって平家に献上され、それより「平家ノ宝」となったという。その名の由来は、「目ヌキニ烏ヲ作テ入タリケレバ」と説明される(15)。こうした説も、いわゆる長禄本（長禄四年〈一四六〇〉六月書写）の存在から、まさしくここまでに注目してきた時期に展開していた諸説の中のひとつということになる。複数の異説が併存し得るこうした状況は、伝書の説が軍記物語や「剣巻」などと常に融和的な関係にあるのではなく、それを相対化するだけの力を持っていたことをものがたっている。軍記物語と刀剣伝書の均衡は、まずはこうしたところに見定められる必要がある。

四　平家ゆかりの太刀に関する諸説

関連してここで取りあげたいのが、伝書に現れる平家の人々ゆかりの太刀に関する説である。それは観智院本の段階から、「彼作太刀平家侍能登守教経帯。三尺」（友成）、「平家時越前三位通盛此作太刀生帯」（宗次）、「三位中将しげひらのしよぢ《所持》の太刀げしき《下食》をつくる」（友光）、「能登殿桜丸作」（友成）のごとく現れる(16)。また、『名字考』からも関係部分のみ抄出しておこう。

(a)此作太刀、平家新中納言知盛《トモモリ》帯之。　（伯耆国・藤戸）
(b)此作太刀、平家門脇ノ中納言教盛帯之。　（伯耆国・是国）
(c)其後大政大臣□□□次男安芸ノ守宗(基カ)盛、宇野ノ七郎ト保元ノカツセンニクミ、宗(基カ)盛子相馬(マヽ)守行盛ナワカケイケドル時、此太刀本(基)盛トリテ、信濃国ノ住人諏訪《スハ》ノ新左衛門貞経得之。　（筑紫・安則）
(d)一説、行平親神作ト銘ウチタル太刀、平家小松ノ内大臣重盛ノ御帯之シ、嫡子維盛コレヲ伝。源平ノ乱ノ時、維盛高野山ニ登、出家シテ後、熊野参詣シテ那智ノウラノ海ヘ入給時、此太刀海ヘ入タル由披露アリ。サワナクテ伊勢ノ国阿曾山ニヲチツキテ、阿曾山ニ住ト云々。死去ノ時、子息阿曾王左衛門親盛コレヲ伝給。此太刀阿曾山ニ神作兼平在之。　（備前国・秦兼平）
(e)此作太刀、能登ノ守教経達作者。長二尺二寸。　（備前国・友成）
(f)此作平氏能登ノ守教経帯之。高橋五郎左衛門近光ニコレヲトラル。　（備前国・介成）
(g)此作太刀、平家本三位中将重平(衡)ノ卿持之。一谷イクタノ森ノ合戦ノ時、カヂワラ平三コレヲ取テ、頼朝ニ進。　（備中国・宗次）
(h)重衡太刀也。　（河内国・秦包平）

こうした説のうち、抜丸・小烏説以外の諸作者説を、各伝書ごとにまとめたのが次頁の一覧表である(17)。この表によれば、特に教経、続いて重衡、重盛の太刀に関する作者説(18)が、太刀の名称とも関わりつつ広く定着していることが分かる。『名字考』や佐々木本を中心に、独特な説が存在することも確かだが、こうした説の存在は、かえって伝書には収められなかった異説が当時数多く存在したであろうことを推測させる。また、平家一門の中でも清盛流と教盛流の人物に事例が限られていることにも気づくが、清盛・宗盛・教盛・通盛関連説の用例の少なさを考慮すれば、その意味を誇大評価することは慎まねばなるまい。

〔平家関係刀剣作者説一覧〕

	清盛	重盛	基盛	知盛	重衡	教盛	通盛	教経
観智院本					友光◎		宗次	友成◇
名字考		秦兼平	安則	藤戸	宗次・秦包平	是国		友成・介成
本阿本					友光◎・宗次			友成
貞親本					友光◎			友成
元盛本		秦兼平△						友成
三好本		秦包平△						友成
佐々木本	真守▽	兼平○		則恒	友光◎・宗次			友成
長享銘尽					友光◎・宗次			友成☆
直江本				行国	友光◎・俊光			友成・盛国
鍛冶銘集					友光◎			友成

※表中の記号は、◎下食丸、◇桜丸、△籠手丸、○袖切、▽中丸、☆サ、丸の名称を記すもの。元盛本・三好本は友光◎をあげるが、これを重衡所持とは記さない。

こうした伝書の説は、軍記物語の世界とは一線を画している。それは、こうした特別な刀剣が物語には一切記されていないことに明らかだが、内容面に分け入ってみても、そうした関係は顕著に見いだせる。たとえば、先に引いた『名字考』(c)の「宗盛」は後に現れる「本盛」との関係から「基盛」の誤認・誤写かとみられるが、『保元物語』では親治を生け捕りにする場面で、行盛が現れることはない。この時、基盛は「安芸判官、十九ニゾ成給フ」(半井本。流布本「生年十七歳」。実際には十八歳)と記されるから、その子息行盛が活躍することはあり得ず、物語の内容と齟齬をきたしている。(d)が『平家物語』が語る維盛の那智での入水を否定する、維盛生存説に拠っていることは明らか(19)。また、(g)で重衡を生け捕った人物を梶原平三景時とする点は、諸本すべてに共通する要素ではない(20)。これらの説は伝書を通じて、あるいは伝書周辺の口伝として、物語が語らない、物語の内容を異化する過去の〈真実〉として受け継がれていたに相違ない。

ただし、その一方で、一覧表にみるがごとき教経・重衡への偏りについては、物語諸本の中で、彼らが平家を代表する武将として描き出されていることとの関連で理解するのが自然ではなかろうか。こうした〈著名人〉とのゆかりを語ることで、その鍛冶の権威や作刀の付加価値が上がることとなる。そうした関係性の基盤には、物語の流布に伴って培われた過去の人物に関する共通認識が存在すると目されるのである。

平家の人々とのゆかりを語るこうした諸説は、必然的に〈過去〉や〈歴史〉への理解のあり方とも関わっている。それは、別に検討した「重代の太刀」なる存在が、それを伝える家の歴史をそれぞれに象徴する存在であったのと通底している〔第三部第一編第二章〕。伝書においては、以上に見たような説を含む総体として、平家一門の存在が歴史的にとらえられているわけだが、その歴史認識の具体相に分け入ってみると、物語の内容は決して絶対的な権威を有してはおらず、ときに相対化される存在ともなっていた。とすれば、十五世紀中葉以降の時期には、物語の内容自体が異説とみなされた局面も十分に想定し得るのである。こうした形で、伝書と軍記物語は、相互にさまざまな意味で影響しあいつつも、一定の距離を保った均衡関係を維持し続けていたのであった。

五　〈平家末裔〉の自己認識と小烏説

本編第一・二章でも論じてきたとおり、軍記物語が中世社会に広がる歴史認識のありように多大な規制力をはたらかせていたことは動かし難い。ただし、影響の規模は異なるだろうが、伝書の内容もまた、以上にみたようにそれぞれの〈歴史〉像を伴っている。その流布の環境や時代的な幅の広さを考慮すれば、その力もまた無視することはできまい。ここまでの検討を踏まえて、軍記物語や刀剣伝書の流布の中で広がる小烏説が、どのような形で後世の人々の認識にはたらきかけていたのかという問題を、中世末の一事例から照らし出してみよう。

信濃小笠原家の長時（一五一四〜八三）・貞慶（一五四六〜九五）[21]に仕えた二木寿斎が、二木家の武功を記したものとされる『寿斎記』に次のような記述が現れる[22]。

一神田将監両郡の行衛を常々被申候は、「小笠原家甲州より信州の屋形に御居り候時は、標葉・下枝・小曽・櫛木、四天より其外御一門の者共に至、当国に有名を名乗に、山辺は新野石見孫也。是御一家也。…（中略）…仁科は平惟盛の末。阿部の貞任孫に息女有て、男子なし。伊勢の国三位の中将惟盛御子、是を申下し、聟にして仁科に居す。主は隠居して日岐の城に移る。伊勢の国より御共申参者は、八木・八町・関・野口。是四天王也。其外の御供の者多し。其後仁科殿へ飛驒国江間四郎より使者有。『仁科と江間「平の内大臣（重盛ノ注記混入カ）」は、平家大臣重盛公の流也。江間は惣領也。仁科は庶子也。其子細は江間には平家物領に伝る青山の琵琶有。依之惣領に候間、庶子の対面可仕候。殊に国並に候之間、境目迄被申越』。仁科殿御返事に、『尤其方に青山の琵琶有之。惣領に御成候も、亦庶子に御成候も、此方には無構候。此方には清盛より重盛に渡され候唐皮の鎧有之。青山の琵琶は公家の賞也。武家には平家物領に代々渡唐皮の鎧に、蝶のすり金物打たるは爰元に候へば、物領の証拠御尋に不及』と被申越候。仁科は右阿部貞任の流也。宗任は筑紫の松浦之流。ケ様の両郡の武士家高き侍に、我儘気随被成候」と、将監常々申せし也。

信濃小笠原家に仕える「有名」の者たちが列挙される中で、維盛の子息を迎えたとする由緒を伴って「仁科」が紹介されている（波線部）。その婿入りに伴って伊勢国から「四天王」が移ってきたというのであるから、その認識の基盤に伊勢における維盛生存説があることは明らかである。

引用部は「神田将監」が「常々」語っていた内容であるとされている（二重傍線部）。同書によれば、この「神田将監」は「強弓の精兵にて、長時公御内一騎当千の兵」といい、先代長棟（一四九二～一五四九）にも「能思召被遣者」であって、長時への家督相続の際には、「由緒を被仰渡」た人物であったという。「寝込に逢、討死仕」ったという彼の没年は、本書の構成上、天文十五～十七年（一五四六～四八）の間とみられる。二代の主に仕えた人物の生前の語りとして、右の話が記されていることをまずは確認しておこう。

その上で注目したいのは、傍線部のごとく、同じく重盛流の末裔を称する飛騨の江間氏と信濃の仁科氏の間で、当代の平家惣領をめぐるやりとりがあったとされていることである。とりわけ、その嫡庶意識が、「平家惣領に伝る青山の琵琶」（江間氏）と「清盛より重盛に渡され候唐皮の鎧」（仁科氏）という、重代相伝の（と称する）〈物〉によって主張されている点が興味深い。言うまでもなく青山は経正が都落ちに際して御室に返上した琵琶で、その存在は早く守覚法親王の『左記』に記されてはいるものの、以後の伝来は定かではなく、後世の理解の多くは『平家物語』巻第七に語られる話に形づくられていると考えてよいだろう。一方の唐皮もまた、『平治物語』・『平家物語』などがその由来を平家嫡流との関係から語っていることを考慮すれば[23]、両氏のこうした家門意識の根底に『平家物語』をはじめとする軍記物語の叙述が存在する可能性は極めて高い。ここでそれらの真贋を問うてもあまり意味はあるまい。むしろ、物語が語ることによって広く社会的に認知された平家の歴史を前提として、土地を隔てた二つの集団が、かかる由緒を伴う〈物〉を実際に所有しながら、自家の存在を主張し合うという関係が成り立ち得ていることが重要である。

同書の奥書には、慶長十六年（一六一一）十月に、小笠原貞慶の子息秀政（一五六九〜一六一五）の求めに応じて「拙者存知覚申候之通荒増書記差上申」した旨が記されている。執筆を求めた秀政は中世末を生きた人であることなどを勘案すると、本書の内容が、秀政周辺で実際に交わされたであろう話題や、彼の常識的な先祖理解とかけ離れた内容であったとは考えがたい。近世初期に回顧された記述ではあるが、生前の「神田将監」が「常々」語っていたというその内容は、十六世紀中葉戦国期の一実態を伝えているとみてよいのではなかろうか。

右の話題と関わって想起したいのが、飛騨の江間氏に伝えられ、平家重代の太刀と称された「小烏」の存在である。いわゆる「江間の小烏」の存在は、『集古十種』に取りあげられるなど、近世には広く知れわたっており、伊勢貞丈ら近世の伊勢氏によって喧伝される同氏伝来の「小烏」との関係から、さまざまな説を派生してもいった[24]。そうした近世期の動向はひとまずおき、戦国期からの認識の脈絡を探るべく、『飛騨国治乱記』の記述にここでは注目してみたい。

同書は、「抑飛驒国治乱之事、往古は何人か治しやらん」という一文に続けて、清盛の治世から書き出される[25]。そして平家一門の没落の後、「元来美人」であった経盛妾が、経盛との間の子と共に北条時政に連れられて鎌倉に下ったこと、その子はやがて元服して江間小四郎輝経と名乗ったこと、輝経は時政没後に義時との不和によって飛驒に流されたことが綴られていく。輝経伝説とも呼ばれるその内容の歴史的信憑性が低いことは明らかである[26]。ただし、飛驒における江間氏に関しては、通史的にその具体的な動向を把握することは困難だが、応安五年（一三七二）十二月十四日付「足利将軍家御教書案」（「山科家文書」）にみえる「江間但馬四郎[27]」以来、決して無視できない勢力の存在を中世末に至るまで確認し得る[28]。先の『寿斎記』にみえた江間氏関係の記述もその一環に属するものといえる。

さて、同書における輝経の紹介は、その十七代の孫で、武田信玄のもとで活躍した常陸助輝盛を権威づけるところへと収斂されていく。その過程で、輝盛のもとには、江間氏の祖小四郎輝経が持ち来った「小烏」が伝えられていたとされる。

(a)……小四郎を飛驒国へ流す。則高原殿村に留り居住す。小四郎持来りし平家の重宝小烏の太刀、青葉の笛、一文字の薙刀等也。……

(b)……輝盛勝に乗て、八き計の黒栗毛之馬に、金覆輪の鞍を置、龍頭の甲を着し、錦直垂小金実之鎧を着し、小烏丸の太刀、重代の打刀、一文字の薙刀、軽々と引さげ、八日町の橋上に立上り、信玄より拝領の金幣を振立て、大音声にて、……

(c)牛丸又太郎親正、生年十七歳、唯一人切て懸る。輝盛少もさわがず、「汝我が首を取らんとならば、是を印にせよ」とて、一文字の薙刀、小烏丸の太刀を投出し、……

(a)は、輝経による「平家の重宝小烏の太刀」の江間氏への伝来、(b)・(c)は天正八年（一五八〇）の闘いで討ち死にした輝盛に関する記述である。小烏が、青葉の笛・一文字の薙刀などと並んで江間氏を象徴する重代相伝の〈物〉として扱われている。(29)「江間の小烏」と呼び慣わされるこの太刀は、刀剣史上は極めて著名なものだが、伊勢氏の小烏に価値をおく見解とも関わって、今日ではその素姓は疑問視されている。(30)

しかし、ここではやはり『飛驒国治乱記』の記し方が問題である。そして特に、本書は江間氏の事績を語るべく編纂されたものではなく、呼びかけに応じなかった千光寺を輝盛の属した武田方が焼き払ったことに関して、「ケ様之大伽藍を滅亡させし武田山縣が行末、久しからじと思はぬ者もなかりけり」といった江馬氏に批判的な評を加える立場まで取られていることに注意したい。すなわち、輝盛の討ち死にを一面的に賛嘆するための書ではないにもかかわらず、先のごとく輝盛の系譜とそれを象徴する小烏に関する所説が丹念に書き込まれているのである。そうした背景に、これに類した認識が、後世の江間氏とも関わりながら継承されていた可能性が窺えるのではないだろうか。(31)同書は元和七年（一六二一）以降の成立とされるが、(32)少なくとも、小烏と江間氏との関係を本書が生み出したものとは考えがたいのである。

ここで想起したいのが、先の『寿斎記』にみえた、江間氏を維盛末裔とする認識である。既に述べたとおり、こうした理解が戦国期に存在していた蓋然性は高い。とすれば、小烏と江間氏との叙述上の結合がたとえ近世に入ってからおこなわれたものであるにせよ、それは戦国期以来の江間氏に関わる理解の脈絡上に生じた動きと考えられよう。〈平家末裔〉を称する武家の自己認識の展開の中に、小烏説が取り込まれていった過程をそこに指摘することができるのである。

加えて、両説の間には、「青山の琵琶」から「小烏」へという転換が認められることも興味深い。『寿斎記』の語るところによれば、江間氏はかつて「青山の琵琶」を「公家の賞也」と評され、「武家には」として持ち出された「唐皮」によって、その主張を退けられたのであった。「青山の琵琶」が消去されて「小烏」が打ち出されるようになる背後に、こうした江間氏の歴史的経験に基づく発想の連関を想定してみたくもなるが、この点は今のところ定かではない。ともあれ、こうした動きの根底には、中世以来の江間氏の自己認識を形づくる家伝の影響力が存在する可能性を看取できるであろう。

琵琶青山の由緒や唐皮・小烏と平家嫡流との関係を語る軍記物語の存在が、〈平家末裔〉を称する武家の新たな家意識を形づくり、それを変容・拡大させていく動きを一面で支えていることが、以上の検討から明らかになってきたものと思う。加えて、刀剣伝書の「小烏」の名称由来に関する異説が十五世紀初頭には派生しており、それが統一されることなく近世を迎えるに至ったものの、それが平家重代の太刀であるという点では普遍的だったことを改めて想起したい。ここに見たような家門意識の基盤への影響という点で、『平家物語』をはじめとする軍記物語の存在感の大きさは揺るぎないが、その一面で口伝を含めた刀剣伝書にまつわる形での小烏説の伝播もまた、少なからぬ社会的影響力を有していたであろうことを見逃さずにおきたいところである(33)。

六　おわりに

十四世紀半ば『異制庭訓往来』のころには、既に一組の存在のように扱われるようになっていた二つの平家重代の太刀小烏と抜丸は、本章で述べきたったような段階を経て、やがて同一説が説かれるようになった。『武家名目抄』第七に記されたそれは著名だが、これを近世ゆえのものとすることはできない。既に直江本『銘尽』が、天国に関して桓武天皇の小烏説を引いた後に、「……又木枯《カラシ》ヲコガラスト一説モアリ。平家ノ重代トモキリトテメイブツナリ」のごとく、両者を同一とする見解の存在を示唆しているのである。おそらくは読み方の類似から派生したであろうこうした説には、現物から離れ、実体を伴わない概念化された知識としても展開していった様相を看取し得る(34)。こうした段階に至ると、本来の説が語っていた嫡庶流の違いはもちろん、個々の名称由来話までもが無化されてしまう。唯一、平家重代の太刀という点だけが、かろうじて保たれ得る要素と言えようか。存外に早くこうした一体化が進んでいたことを知ることができるわけだが、これが決して優勢を保ち得なかったことは先の検討に示したとおりである。(35)

以上、別章でおこなった抜丸に関する分析を踏まえ、平家ゆかりの太刀、とりわけ小烏に関する説をめぐって、『平家物語』などの軍記物語や刀剣伝書にみえるその展開の諸相を照らし出すことに始まり、その過程での〈平家末裔〉を称する武家の自己認識・家伝との交錯を示唆する一事例へと考察の歩みを進めてきた。最後には戦国期江間氏の家門意識が、軍記物語に支えられる形で構築され、一定の社会性を獲得していたことを考えてみたわけだが、こうした角度からの分析は、当該期に浮上するさまざまな源平末裔たちの動向と関わってさらに深めていく必要があると考えている。(36)本章はその端緒を示したにすぎない。そして、ここから先の分析が、『平家物語』との関係にとどまってはいられないこともはや明らかであろう。今後のさらなる検討を期したい。

注

（1）第三部第一編第二章。

（2）第三部第一編第三・五・六章。

（3）長門本は抜丸の名称由来話を持たない。なお、唐皮・小烏話に関する『盛衰記』と長門本の関係については、松尾葦江氏「長門本平家物語の平氏栄花話群について」（『平家物語論究』収　一九八五・三　明治書院）の発言を一歩進め、島津忠夫氏「長門本平家物語の一考察」（説話と説話文学の会編『説話論集第二集』収　一九九二・四　清文堂出版　→同著『平家物語試論』〈一九九七・七　汲古書院〉再録）が長門本が『盛衰記』に依拠したものと判断している。

（4）『盛衰記』にも同様の本朝意識がみえる。第三部第一編第六章参照。

（5）この点、『盛衰記』傍線部の「太刀モ鎧モ仏神ノ御製作也」という表現の方が、「彼唐皮ト云ハ非凡夫之製、仏ノ作給ヘル鎧也」という書き出しからの一貫性が強い。

（6）「銘尽」の中では、引用した貞親本の他、本阿本・元盛本・三好本・佐々木本・長享銘尽・直江本・鍛冶銘集・埋忠本・元亀本などに見いだせる。そのうち、元盛本・三好本・佐々木本・長享銘尽・直江本は木枯改名抜丸話（説）を併せ収めている。三好本と元盛本については「抜《ぬけ》丸・木枯《こがらし》同《おなじ》さく也」（三好本）という一文のみであることは前節で述べた。個々の奥書については第三部第一編第四章参照。

（7）表中には示せなかったが、観智院本は「武保」の作を「俊仁ノ抜丸」として、平家の抜丸と区別している。また、『名字考』の「助包」に関する説には、金刀本段階の『平治物語』が収める抜丸話を改作したかと思われる。この点は、第三部第一編第五章で述べた。

（8）本書が、池殿で昼寝中の忠盛（正盛）を狙う大蛇を、太刀がひとりでに抜けて追い払ったという話を改作したと思しき説を収めていることを、第三部第一編第五章で指摘した。他の伝書と比べて、本書の個性が特に際だっている面がある。今後の検討を要する。

（9）諷誦説は、弘治三年（一五五七）の書写奥書をもつ芳蓮本などに見える。小鳥作者説の揺れの少なさは、天国が早くから伝説的な鍛冶として認識されていたことと無関係ではあるまい。天国の扱いについては、十四世紀以降、『新札往来』・『尺素往来』・『桂川地蔵記』といった往来物の知識の中でも、昔鍛冶の代表として位置づけられていることに顕著である（第三部第一編第一章）。

（10）今までに調査の及んだ範囲では、夢見の要素は佐々木本・『長享銘尽』にも現れるが、他は直江本の独自表現である。(a)に「ムカウテキヲノガサズ」とあるが、ここに言う「テキ」（敵）は本来、獲物を指す語であることが文脈上相応しく、この点からみても、これがそのまま貞親本の形態に先行する形とは思われない。

（11）本書のこうした性格については、書写の経緯を記す本奥書に明記されている。第三部第一編第四章参照。本書については、間宮光治氏「『文明十六年、佐々木氏延暦寺本銘尽』解題」（『刀剣美術』317　一九八三・六）が奥書及び目録を掲げて簡潔に紹介をしている。

（12）「古本云」以下の説は、観智院本に見える「帝尺之剣、村雲御剣作」という天国説や、「夫神代剣号天村雲之剣而人皇十代之御門崇神天皇御時被之両日一（ママ）神末子於大和国宇多郡被尊以来代々御門之宝剣是也。……」という宝剣の由来説と通底する。佐々木本の編纂に際しては、こうした説を持つ伝書も参看されたものと推察される。なお、小烏「諷誦」作者説に関して、『名字考』との間に脈絡が存在することは既に述べた。

（13）同書は、巻頭から始まる国別記載のうち、「五、大和国鍛冶」の筆頭に掲げられる「天国」の項では小烏作者説さえ記していない。「廿九、昔鍛冶霊剣作者事」の中では、「小烏　天国作」と記すが、「平将軍陸奥守貞盛太刀也」と注記するにとどまる。文明十六年の本奥書に続く、その後に他本から増補された可能性の高い部分（「一、他本内珍説之門注之」という項目を立てる）に、桓武天皇と関わる小烏説が取り込まれている。

（14）『新刊秘伝抄』第二冊「第廿七　霊剣之作者」の中に、

一、小烏。天国作之。陸奥守貞盛之太刀也。二尺六寸五分。大宝三年天国ト打。承平ノ比、将門追罰之時、為将軍貞盛進発将門八騎ニ分身ス。其中一人載二小烏一誅レ之。

と記されている。

（15）引用は彰考館蔵長禄本（国文学研究資料館蔵紙焼写真）に拠る。私に濁点を付した。

（16）観智院本はとりあわせ本という性格上、同一説が複数回現れる場合もあるが、後に掲げる〔平家関係刀剣作者説一覧〕ではその回数を問題としなかった。

（17）既にしばしば述べてきた、『名字考』や佐々木本には諸説を網羅的に把握しようとする志向が他本に増して強いということを、この表からも改めて確認できる。なお、『長享銘尽』は備前国正恒に「奥ノ正包ガ類。大政大臣入道殿太刀作」との注記を付す。これが清盛の太刀を指す可能性は高いと思われるが、念のため表からは外しておいた。

（18）「秦兼平」と「秦包平」は音が通じており、同一人物と判断できる。とすれば、『名字考』が重衡ゆかりとしてあげる「秦包平」は、本来重盛→重衡という誤写から始まった異説かと推測される。そうだとすれば、異説が記述することとの関係から生まれているわけで、知識と文字との力関係を示す事例として注目できよう。

（19）『源平盛衰記』や『太平記』に見える、中世における維盛生存説の流布状況との関係からも注目すべき説である。

（20）延慶本・長門本・四部本・『闘諍録』には通じるが、覚一本が景季の名をあげ、他の語り本は多く梶原の名をあげていない。『吾妻鏡』は景時らに捕らえられたとする。ここでは、事件の実態やこの説の原初形態の如何ではなく、この説が物語の記述といかなる関係にあるかを問題にしている。

（21）長棟・長時・貞慶・秀政の生没年は、『小笠原系図』（『続群書類従』五下）に拠る。

（22）引用は『続群書類従』二十一下に拠る。

（23）「唐皮」を「蝶のすり《（そカ）》金物打たる」といった形容と共に記すのは、『平治物語』『平家物語』関連諸伝本中では、金刀比羅本『平治物語』（「てうの丸のすそ金物しげくうたせたり」〈中巻「待賢門の軍の事付けたり信頼落つる事」〉）と『盛衰記』（「両蝶ヲスソ金物ニ打テ」）のみ。

（24）高瀬羽皐氏「小烏丸の太刀附飛騨高山の小烏丸」（「刀剣と歴史」44　一九一四・五）、原田道寛氏「平家の一門飛騨の江間小烏」（『大日本刀剣史』第一巻収　一九四〇・六　春秋社）といった戦前の発言のほか、伊勢氏の小烏を軸として、その存在への注目は福永酔剣氏『日本刀よもやま話』（一九八九・十　雄山閣）など今日まで続いている。

（25）引用は『続群書類従』二十一下に拠る。

（26）多賀秋五郎氏『飛騨史の研究』第五篇第一章（一九四一・十二　濃飛文化研究会）、『高山市史』上巻第二編第二章（一九五二・十一　高山市）、『岐阜県史通史編　中世』第四章第四節（中野効四郎氏執筆　一九六九・三　巌南堂書店）、岡村守彦氏『飛騨史考〈中世編〉』（一九七九・七　桂書房）等参照。

（27）『岐阜県史史料編　古代・中世四』（一九七三・三　巌南堂書店）に拠る。注（26）『岐阜県史通史編　中世』および岡村氏著書等に指摘がある。なお、「江間但馬四郎」は永徳元年（一三八一）七月二日付「足利将軍家御教書案」（「山科家文書」）にも見える。

（28）岐阜県教育会編『濃飛両国通史』上巻（一九二三・一　岐阜県教育会）、注（26）岡村氏著書等参照。その安定した勢力

の一面を語るものとして、長享三年（一四八九）五月、万里集九が江間氏の拠点高原の地を訪れたことも知られている（『梅花無尽蔵』同六日）。

（29）なお、(a)の「平家の重宝」という表現が「青葉の笛」をも修飾するか否かは確定し得ない。ただし、敦盛ゆかりの笛を青葉の笛とする説が中世以来のものであることは、明応七年（一四九八）八月日付「沙門弘源勧進状」（「福祥寺文書」『兵庫県史　史料編中世二』所収　一九八三・十一）の存在によって確認できる。一文字は著名な鍛冶の流派名。

（30）注（24）掲載諸論、注（26）多賀氏著書第五篇第六章、久山峻氏「飛騨国分寺伝来「小烏丸」の太刀」（「刀剣美術」68　一九七一・四）等。この太刀は大正十一年国宝に指定されるが、現在は重要文化財。

（31）本書では、輝盛の討死の後、「江間家滅亡せしかば、最早国中に心にかゝる武士もなし」と記されるが、江間氏はここで断絶したわけではない。注（26）岡村氏著書など参照。

（32）輝盛以後の小烏他の行方は以下のように語られる。

一文字の薙刀、牛丸後に金森家臣に成、永近卿へ差上、今に有よし風聞有。小烏丸の事は今国分寺にあり。何故国分寺に有や謂しらず。伝は千光寺記に、実光坊其後阿舎利書記置れしは不審也。青葉の笛行衛しれず。

『飛騨国治乱記』の成立期については、傍線部に見える「千光寺記」の成立時期との関係からの判断。古典遺産の会編『戦国軍記事典』「飛騨国治乱記」の項（阿部一彦氏執筆　一九九七・二　和泉書院）参照。

（33）この時期には、『平家物語』はさまざまな知識の源のひとつとして、特権化されることなく扱われる側面をも有していた。第二部第三編第三章参照。

（34）ここにみえる「平家ノ重代トモキリ」説は、「剣巻」で為義が小烏と一具として所持していたとされる源氏重代の太刀「師子ノ子」（改名「友切」）との関係からも問題となる。当該期の編み目のごとく交錯した理解（多分に混乱を含むであろう）の様相を象徴する一断面といえよう。

（35）記された言説の存在が、新たな解釈を派生させるという動きは、中世の注釈世界の状況と通じている。伝書をそうした観点から分析する必要性を再認識できる。小峯和明氏「中世の注釈を読む――読みの迷路」（三谷邦明氏・小峯氏編『中世の

知と学』収　一九九七・十二　森話社）等参照。

（36）『多聞院日記』天正十年（一五八二）三月二十三日条にみえる、熱田に収められた頼朝ゆかりの太刀をめぐる聖徳太子からの夢告と、その太刀の信長への進上に関するやりとりはその一例といえよう。堀新氏「「日本国王」から「中華皇帝」への野望」（歴史群像シリーズ『戦国セレクション激震織田信長』収　二〇〇一・十二　学研）、同「『平家物語』と織田信長」（「文学」隔月刊3－4　二〇〇二・七）は、聖徳太子の王権守護のイメージとの関係からこの記事に注目している。黒田智氏「信長夢合わせ譚と武威の系譜」（「史学雑誌」111－6　二〇〇二・六）も当該記事を詳細に分析している。

終　　章　――時代感覚と物語の再生――

一　はじめに

本書では、「事件像の創出と変容・再生」（第一部）、「諸伝本にみる展開の位相」（第二部）、「中世社会への展開と再生」（第三部）という三つの観点から、『平家物語』が中世社会に展開し、新たな形姿となってさまざまに再生を遂げていく様相を照らし出してきた。論述を結ぶに際して、各章それぞれの論点とそれら相互の連関を整理し直した上で、そこから派生する問題にいささか検討を加えておきたい。以下、限られた範囲ではあるが、関連する具体例を補足しながら記述を進めていく中で、この先にある課題もおのずから展望されることとなろう。

二　本書のまとめ

第一部では、まず『平家物語』が、歴史的実態とは別に、自らの求める事件像を創り出していく様相を、三つの事件に関する叙述を取りあげつつ検討した。改めて言うまでもなく、ひとつの事件像はさまざまな条件・要素の関係性の中で成り立っている。たとえば、関連資料の範囲やその資料自体の性質と、描こうとする事件やそれに関わる人物たち、そして舞台となる空間などをいかにとらえ、物語の中に大小さまざまな文脈をいかに織りなしていくかという表現志向とが交錯することとなる。また、当該事件に関する社会的な共通認識のありようも、それと無関係ではあり得ない。こうした均衡関係の中に、『平家物語』はいくつもの事件像を創り出していったのである。こうした問題を、第一編では、主に資料利用の姿勢（第一章）・空間認識のありよう（第二章）・人物関係のとらえ方（第三章）とそれぞれの部分における表現志向とのあわいから浮かび上がらせたのである。

ある事件像が物語の展開過程で変容を遂げていくとき、それまでに成り立っていた均衡関係もまた変質していくのは当然のなりゆきといえる。事件像変容、さらには物語変容の本質は、そこに生ずる変質の具体相にこそ見定められるはずである。第二編第一章では、作中における人物形象の方向との関係を軸として、複数の条件からなる関係性の中で事件像が変奏していく様相を掘り下げていったのである。

右のごとき問題を、史実と虚構という枠組みのもとに理解することはできない。すなわち、続く第二章の検討でも明らかとなったように、根底においては物語内部の論理によって創り出された事件像や人物像が、物語の流布に伴って、後世の人々にとって過去の事件に接する窓口として機能するようになり、その内容は確かな〈史実〉・〈実像〉として受け止められているのである。物語の叙述を史実と虚構という構図に基づいて理解することの限界は、こうした点からも明らかである。(1)『平家物語』は、その叙述対象とする時代状況に関する歴史認識や、より個別的な事件認識のありよう、さらには後世の出来事をとらえる際の発想・思考法にも、少なからず作用していったのである。『平家物語』の展開相についても、中世人の認識レベルに踏み込んだ議論が求められることは必至であろう。

また、表現史的観点からみれば、そうした認識に基づいて再生された事件像を語る叙述が、中世を通じて数多く生み出されていくことを見逃せない。第二章の論中では室町軍記を中心に取りあげたが、より幅広く事例の検討を進める中で、それぞれがもつ叙述の位相を吟味することも可能となってこよう。(2)

第一部での検討を通じて、この物語が中世社会へと展開し、さまざまに再生を遂げていくに伴って、それに接した人々の諸種の認識や営為のありようにはたらきかけていった過程の、特徴あるいくつかの局面を提示できたのではないかと考えている。また、こうした作用・影響力の表裏の関係にある側面として、『平家物語』がどのように扱われ、いかに読まれていたか、そしてその先に何が求められていたのかという点は、今後さらに自覚的に吟味していく必要があろう。さまざまな形で生まれ変わっていく『平家物語』の展開相をとらえることとは、異本や新たな物語、叙述、表現として現れたものばかりではなく、中世を生きた人々の営みや精神性をも含めて、この物語をとりまく諸状況の関係性を解き明かすことへと通じていく。こうした問題意識は、続く第二部・第三部の論旨との結節点ともなっている。

第二部では、現存諸伝本の叙述に即しながら、『平家物語』の展開相の幅を掘り下げ、その中におけるそれぞれの位相を見定めていった。まず第一編において、一九九〇年代半ばまではほとんど等閑視されていたいわゆる八坂系諸本のうち、第二類本と称される諸本群に光をあて、主たる分析対象とした城方本と覚一本等との間に存在する位相差を把握し、中世における諸本展開を平面的な分布のもとに見渡すことを目指した。従来通行してきた、系譜的に諸本の関係を把握する姿勢には、先行する形態を上位とする価値観が少なからず付随してきた。そして、覚一本の文芸的達成が論じられてきたこととも相まって、八坂系諸本を含むいわゆる後出伝本への注目度は低く、またそれらが消え去ることなく中世社会に受け継がれ、他諸本と並列しながら存在し続けてきたという事実も、ほとんど顧みられることはなかったのである。しかし、本論で指摘したとおり、城方本（そして第二類本）は覚一本等とは位相を異にする特徴的な叙述を成り立たせている。そうした本文を持つ『平家物語』が、一群を形づくる程の分布を見せながら、覚一本等と共に受け継がれてきたことに目を向けることで、諸本の存在を並列的にとらえる視座(3)のひとつを具体的に提示し得たものと思う。こうした視座に立つ分析は、必然的に諸本間における覚一本その他の位相や存在意義を際だたせ、またそれを見直すことにもつながっていく。本論ではその端緒を提示したに過ぎないが、今後さらにこうした方向から諸伝本の展開相の問い直しを進め、異本関係として現れる物語再生の動きとその幅を照らし出す必要があることを、ここで改めて指摘しておきたい。

ところで、先には踏み込んで言及することはしなかったが、第三編第二章の成果を踏まえるとき、以上のごとき第二類本が共有する叙述の様相を、十五世紀の状況下においてとらえ返す道が開けてくることは注目に値しよう。八坂系第一類本に関しては、永享九年（一四三七）の奥書をもつ東寺執行本の存在によって、その時代性を見定める糸口が存在していたが、ここで新たに第二類本にもその叙述が背負う時代性を分析する条件が加わったことになる。そして、十五世紀における、いわゆる「四部之合戦書」という概念の流通に象徴される動きの渦中に第二類本も存在し、さらなる展開を遂げていったことも確定的となった。その点は、八坂系諸本の社会的な存在意義を測る上でも決して無視できない事実である。今後は、こうした時代性になおいっそう留意しつつ、諸本展開の様相をさらに幅広く照らし出していかねばなるまい。

さて、第一編では城方本（そして八坂系第二類本）を支える歴史認識の様相を析出し、その点を基点として覚一本他との位相差を測ってみたわけだが、そうした検討を通じて、同じ『平家物語』でありながら、そこには質の異なる歴史像が提示されていることが明らかとなってきた。この点は、他の諸本を見渡した上で改めて定位し直す必要があろうが、そうした問題意識とも連動しているのが、『源平盛衰記』（以下、『盛衰記』と略称）には、先行する『平家物語』（延慶本のごときものと推測された）を解釈し直して、新たな物語として再構築する営みが見いだせることを検討した第二編である。こうした観点は、近年ようやく見直されつつあるもので、本論では特に、頼朝の位置づけ方を分析の軸に据えた。『盛衰記』は頼朝をめぐって、『平家物語』とは大きく異なる歴史把握の姿勢を強固に有しており、それに沿った丹念な編集作業がなされていることを指摘した。それは、従来ややもすれば拡散的な方向で理解されがちであった『盛衰記』の歴史叙述が一面で持つ確たる求心力を照らし出すことでもあった。

これらを総括的にとらえ直すとき、ある『平家物語』が新たな叙述となって再生していく際、歴史叙述としての側面がひとつの鍵を握っていたことが明らかとなってくる。平安時代末の動きをいかなる意味のもとに理解し、叙述するのかという関心が、長き『平家物語』の展開と再生の過程に少なからず関与し続けていたことを、各論中に示したごとき具体例を踏まえて受け止めておきたい。それは、第一部での検討を通して浮上した、『平家物語』の扱われ方、読まれ方の如何、そして物語に求められていたものは何だったのかという問いとも広い意味ではつながっているのではないだろうか。叙述のありようと社会的な実態とが如何に対応しているのか、その具体相をさらに掘り下げていく必要があろう。

ただし、『平家物語』に求められていたのは、こうした歴史叙述としての側面ばかりではない。そして、その扱われ方・読まれ方も多様であった。そうした実態を浮かび上がらせたのが第三編各章である。第一・二章では『平治物語』・『承久記』について、特定の場面や人物形象の背後に透かし見える『平家物語』の存在感を析出した。また、特に第三章で取りあげた「蜷川家文書」の中に残された「雑記」およびその紙背の「平家物語断簡」は、そうした多様な実態を示唆する貴重な文献であった。同章では、『保元物語』・『平治物語』といった軍記物語や、その他の物語・和歌・芸能などと『平家物語』が交錯する様相と環境について検討を加えたわけだが、それによって、十五世紀末には室町幕府の中枢に極めて近い場においてさえ、『平家物語』が完全に古典として扱われ、断片化された知識を確認する素材として利用されていること、またそこに『平家物語』ゆえの特権的な扱いは認められず、むしろ膨大な知識体系の一角を占める位置に置かれていることなどが明らかとなったのである。

以上のごとき第二部での考察を踏まえるとき、『平家物語』の読まれ方がどれ程に多面的であったのかを、中世社会の実態に即しながら個別的に見極めていく作業が求められてくる。また、その際には他作品とは異なる『平家物語』ゆえの問題がどの程度存在するのかという根本的な問いに立ち戻ってみることも不可欠となろう。これらは今後の大きな課題となるが、その一端は、続く第三部の検討にも通じている。

第三部では、『平家物語』が中世社会へと展開していき、人々のさまざまな営みの中で、そしてまた認識レベルで、新たな存在感を発揮するものとして再生していく様相を検討した。第一編は刀剣をめぐる中世社会の実態と、中世刀剣伝書の性格や個々の説の様相、そして『平家物語』をはじめとする軍記物語の表現等の関係をいくつかの具体例に即しながら掘り下げていった。また、第二編では武家家伝に見られる自己認識のありようと『平家物語』の表現の関係性を分析の焦点とした。ここで各章の内容をくり返すことは控えるが、『平家物語』の展開と再生の様相を探ろうとするとき、第二部までに検討したような、本文上に現れた様相のみならず、その時代を生きたひとりひとりの志向や認識のありよう、また社会環境や生活の実態をも含み込んだ形で取り組む必要があることは明らかなのである。

以上、改めて本書の論述展開と、各章の成果を関連づけることによって浮上する新たな視点等を整理しながら示してきた。本書は、中世における『平家物語』の動態的な展開相を、当該期社会の諸具体相との均衡関係の中に解き明かしていくことを意図するものであったが、ここまでにはそうした試みのごく一部を実現できたに過ぎない。また、先にもその一部を示したとおり、この先に取り組むべき検討課題も多い。たとえば、諸伝本の本文の素姓・性格に関しては、通説の再検討を含めて分析が進展しつつあるのに対して、物語の多様なる変奏や再生を支え導く社会的基盤や精神的土壌に関する検討は、未解明な部分を多く残しているのが現状である。とりわけそれは、室町・戦国期以降、近世・近代を経て現代にも視野を保っておくべき課題として存在している。特に第一部第二編および第三部各章で取りあげたごとき問題意識をいっそう多角的に深めていく必要があることを特筆しておきたい。

さて、本書の論旨をごく簡潔に整理してきたが、その過程で示したいくつかのさらなる課題をより具体的に把握しておくため、また以上のごとき論旨を補足する意味も込めて、次節以下では関連する具体例を追加しながら、問題点を掘り下げてみよう。

三　『平家物語』の特殊性について

『平家物語』は、人々が〈過去〉に接する窓口として機能していくこととなり、その内容は人々の認識・理解のレベルにおける〈史実〉や〈実像〉としてしばしば受け止められている。本論では、室町軍記や武家家伝の叙述等を通してこうした点に注目してみたのだが（第一部第二編第二章、第三部第二編各章等）、それがどのように人々の実生活と関わり、またどの程度の深さを有していたのかを今少し吟味するために、まずは『蔗軒日録』に記された事例をいくつか見渡してみよう。

(a)印首座話云、東福門前号法性寺、蓋藤貞信公、為其師法性房尊伊建大伽藍、号法性寺、取于其名云々、延喜之時分事也、尊伊為延喜祈禱師、兵《平》家有其事、所謂尊伊揮智剣云々、愚老不信之、恐是南禅寺北辺五大堂之古寺乎、重可質之、……

（『蔗軒日録』文明十七年〈一四八五〉二月九日条）(4)

当時、和州海会寺にあった日記の記主季弘大叔に、印首座銷翁が法性寺の由来を語っている。その説と関わる事柄として、貞信公藤原忠平が尊意に帰依したことや、尊意が醍醐天皇を加持したという話題は広く知られるところである。ただし、傍線部に言われる醍醐天皇の「祈禱師」であったとする説は、『平家物語』の中には見いだせない。確かに、「所謂尊伊揮智剣」に該当する、「尊意智剣を振しかば、菅丞納受し給ふとも伝へたれ」（覚一本巻第八「名虎」）に類した成句を諸本が有しているが、それ以外に尊意関係の記事は存在せず、『平家物語』が醍醐天皇との関係にまで言及することはないのである。今成元昭氏の用例分析によれば、この成句は①将門調伏談を踏まえる場合と、②道真霊鎮慰談を踏まえる場合の二種があるとされるが、(5)「尊伊揮智剣」が醍醐天皇との関係でとらえられていることをみると、その説は②に属するものとみられる。また、今成論はそのどちらも実際の出来事としては確認できないことを指摘しているが、とすれば、「兵（平）家有其事」という一節を含む右の傍線部は、『平家物語』の当該句に関して、醍醐天皇の「祈禱師」として尊意が道真の霊を鎮めたとする、一歩踏み込んだ解釈を含んだ理解の上に成り立っていると言えよう。こうした理解のありようを把握した上で、ここで印首座が、自説を補強するために、それが『平家物語』にあるということを特に付け加えた姿勢にこそ注目したい。ここでも、自らの知識・解釈をも踏まえつつ、それを保証する過去の〈史実〉を記した書として『平家物語』が受け止められているのである。[6]

この翌年には、季弘大叔と印首座銷翁との間で次のような話題がのぼっている。

(b)……因話云、細家一両日召丹波・接（摂）津之軍徒於京部（都）、平家春日神賜吾孫之語者、光明峯寺殿（九条道家）下之貴息二代（頼経・頼嗣）、将軍於関東之事也、后サガ御子宗尊親王、失心而入洛、其後伏見御子（弟）関東下向云々、……

（同文明十八年〈一四八六〉三月二十九日条）

傍線部にいう「春日神賜吾孫之語」が、『平家物語』巻第五にみえる、いわゆる「青侍の夢」の中の一句であることは疑いなかろう。ここでは、『平家物語』に記されている一句の解釈が示され、それを契機として摂家将軍から親王将軍へと続く鎌倉幕府の将軍の推移がとらえられているのである。この話題は、物語の中では一種の未来記として機能しているわけだが、それが実態としての将軍推移に関する知識と結びつけられることで、より時代幅の広い歴史への理解を形づくっていることが知られよう。[7]

次の事例は、書物としての『平家物語』がより強く意識されている点でも注目される。

(c)……城匊勾頭至、平日昧于日本之事、毎匊来間而仮名《カナ》記之、老后之益、有如（之カ）乎、今亦記之如左、時々命左右小生、誦聆之而楽云、平家ニ高倉ノコトヲカクトテ、天孫四十八世、人王八十代ト記、言ハ天照大神ヨリ高倉マデ、的（嫡）流之紹続ハ四十八世也、代々ヲ云時ハ、神武ヨリ四十代也、代ノ内ヘ神代ヲ入ル、時ハ八十五代也、除之則八十代也、……

（同文明十八年正月十三日条）

ここでは、「世」・「代」の区別に関する話題が記されている。傍線部に「平家ニ高倉ノコトヲカクトテ」とあることからみて、『平家物語』に書かれている内容が、こうした話題の基点となっていることが確認できる。(8)そして最終的にその記載の妥当性が揺らぐことはないのである。また、その内容は、琵琶法師城匊の語った「日本之事」の内容を「仮名」に記したものであるという。『平家物語』の内容の一部が、「日本之事」というより大局的な歴史語りの中に組み込まれている点で注目できよう。なお、城匊が『平家物語』に書かれていることを問題視し、それを自らの語りの正当性を保証する拠り所としている点も見逃せない。そこには、書物としての『平家物語』と琵琶法師の語りとの関係が示唆されているのである。ここでも『平家物語』の内容が人々の歴史意識の一部を形づくっていることが分かるのである。(9)

続いて、相国寺の瑞谿周鳳が耳にした次のような話に目を向けてみよう。

(d)林光院主竺華（梵蕚）来、因話法苑寺殿雪渓（斯波義将）、久佐鹿苑相公（足利義満）、一日聞人蒙罪而第宅被毀、而歎息入府、与相公対談之次、従容曰、在古則遭罪人、不必毀其宅乎、相公曰、何以知之、雪渓曰、平氏時、平判官安頼《ヤスヨリ》、自医黄島謫居帰来、有和歌曰、古里《フルサトリ》、簷板間《ノキノイタマニ》、苔《コケ》ムシテ、思シホドハ、漏ヌ月哉《カナ》、或月影、其旧宅尚存、可知也、相公由是不令毀其宅云々、歌乃狂言綺語之類、尚能有益於政道、又麁言及細語、皆帰第一義之謂也、

（『臥雲日件録抜尤』寛正四年〈一四六三〉三月五日条）(10)

斯波義将が、ある罪人の邸宅が取り壊されるということを耳にしてこれを嘆じ、義満との対談中、罪人の邸宅は古来必ずしも破却されてきたわけではないことを申し出る。その証拠を尋ねる義満に対して、義将は「平氏時、平判官安《ヤス》頼《ヨリ》」が「医黄島」から帰洛して詠んだ和歌を示し、その旧宅が今もなお現存しているではないかと述べている（傍線部）。義満はそれを受けて、今回の沙汰を取りやめたという。瑞谿周鳳の関心は和歌のごとき「狂言綺語之類」が政道に益あることへと向いているが、ここで注意したいのは、その話題の中で斯波義将は、『平家物語』に記される康

頼帰洛の際の和歌を、罪人の邸宅が壊されなかった先例として扱っていることである。現在の出来事を相対化する過去の〈史実〉として、やはり『平家物語』の一場面が想起され、かつ現実的な効果を発揮してもいるのである。さらにここでは、現実に存在するその旧宅というゆかりの〈物〉によって、物語の記述が保証されている。厳密に言えば、こうした会話が義満と義将の間でなされたことを確認することは難しいのだが(11)、そこに表現された関係性に、『平家物語』に対する理解の一様相を看取することは許されよう。

右にあげてきた記事それぞれにおける扱われ方や機能をより細分化してとらえることもできようが、今はこれらの記事を通しても、『平家物語』が過去の〈史実〉を伝える書として扱われ、その内容が人々の歴史意識とさまざまな形で交錯していた様子が確認できることを受け止めておきたい。そうした意味では、これらの記事は本書の論旨を補うものである。

こうした実態をさらに幅広く見渡していく必要があることは既に述べたとおりだが、その一方で、かかる関係性がどれだけ『平家物語』ならではという特殊性を示しているかを吟味しておかねばなるまい。たとえば、同じ『蔗軒日録』の中には次のような記事も併存している。

(e)宗住云、…(兄弟で左右の大臣に並ぶ先例・中略)…マサ門朝敵タシ時、平将軍貞盛《サダモリ》・田原藤太秀郷《ヒデサト》・ウヂノ民部卿忠文《タヾフム》、承平年中、マサ門ドハ米カミヨリゾキラレケル田原藤太ガ謀(ニテ)　キヨ原ノシゲフヂ二人(ママ)　サネ東伐、カヅラ原ノ親王ノ后代ハ、マサ門也、太平記ニ出之(書か)、…(中略)…此事宗住語之、……

(『蔗軒日録』文明十八年四月二十七日条)

ここでは、『太平記』に記されている内容をもとにして、将門の乱が受け止められている。また、他にも「……宝元○第三ノ巻也、ニカイタニ、住吉ノ神主、六条判官、為義《タメヨシ》ノ婿也、為吉(義)ノ子也、ソノ子ニサマノカミ義朝《トモ》、…(中略)…タメヨシハ院方、ヨシトモハ后白河方、宝(保)元ハヨシトモノ忠深也、毘(美)福門院ノ御里ヲバ、宝(保)元ニカ、ヌ、不知何人之子、……」(同十一月二十五日条）のように、『保元物語』の記事をきっかけとして、保元の乱が回顧されている。いずれも、同書に書かれていること、書かれていないことを殊更に明示している点に注目したい。前者を語った宗住は、『平家物語』をも語る「瞽者」として同記にしばしば登場する人物であり、後者は当日季弘大叔のもとを訪れた「城匊勾頭」から聞いた話とみられる。いずれも口頭で語られたものであるが、それゆえに逆に『太平記』や『保元物語』における記載の有無が明言されている点が注目される。つまり、彼らの語りの信頼度・信憑性を高めるのがこれらの書物の存在なのである。こうした関係性を、先に引用(c)で見た『平家物語』の場合と区別することが可能であろうか。

また、時代は下るが、永禄三年（一五六〇）のものとみられている「北条氏康書状」の文面にも注目してみよう。(12)岩付城主太田資正に宛てられた当該文書から、ここでは関係部分のみ引用しておく。

(f)……於御立身、御台様申上、御相伴衆召加候様可申調候、被対其方亡父ニ而も、唯今孝行何事可加之、御名字之孫之名誉有之間鋪候哉、第一源五郎（氏資）方座敷為氏康も簡要候、卒尒之様可有覚悟候へ共、上古ニも厥例候、保元合戦之時、義明（ママ）昇殿被申候、忠節之上可有御感之由、勅詔（ママ）之処、重而義明（ママ）於戦場可捨一命上、後日之御感不入由、勅答被申候付而、昇殿被宥候、ケ様之砌より外、御相伴御納得有間敷候条、於同意者、急度可申調候、殊更京都三好（義長）被準相伴、松永（久秀）御供被申候、是皆為可被治国家御刷候、然時者此義於関東中も不可有誂（ママ）判候、名利之事者其方望可有之候、無腹蔵可承候、……

この文書は、永禄三年の長尾景虎（上杉謙信）関東進出に呼応した太田資正に対して、それまでは資正と和睦関係にあった北条氏康が関係回復の意志を伝えたものである。(13)氏康が資正の離反を引き止めようとし、その条件として、資正を古河公方足利義氏の相伴衆に召し加えることを約束している部分を引用した。その中に、「上古」にもこうした例があるとして、「保元合戦之時」に「義明」（「義朝」の誤写もしくは誤認であろう）が戦闘にさきだって昇殿を望んだ話が引かれている。続く文面では、「ケ様之砌より外、御相伴御納得有間敷候」と、この機会の貴重なることが打ち出されるとともに、京都で三好義長や松永久秀が、「為可被治国家御刷」として取り立てられており、したがって「関東」でも「不可有誂《（批カ）》判」ること、つまりこの沙汰の確実なることが強く明言されている。資正を必死に説得する氏康の姿が読み取れるわけだが、そうした意志表明の一環として、それを補強するべく、傍線部の話が書き込まれていることをまずは受け止めたい。

その上で、傍線部が『保元物語』に基づく知識とみられることに目を向けなければならない。実は、義朝が実際に昇殿を許可されたのは合戦の勲功の賞としてであり、すなわちそれは乱後のことなのであった（『兵範記』保元元年七月十一日条）。それを『保元物語』は古態本の段階から、合戦に先立って、「義朝合戦ノ庭ニ罷向テ、命ヲ全セン事ヲ不ㇾ存レバ、死シテ後ハ何ニカセン」（半井本）と述べて、階を登る義朝の姿を描き出しているのである。物語のかかる特殊な設定と照応することを考慮すると、また時代的にみても、傍線部は『保元物語』に基づく理解とみるのが妥当であろう。当該文書では、こうした知識が、十六世紀半ばを生きる資正の判断を誘導するための〈史実〉として、現実世界で起きている類似した状況と並列的に持ち出されているのである。

こうした事例[14]を見渡すとき、そこに他の軍記物語と異なる『平家物語』の特殊性を見いだすことは難しくなってくる。したがって、その叙述を〈史実〉として受け止めるという認識のありようには、『平家物語』ゆえの特殊性としてではなく、軍記物語、さらには物語（もしくは書物）一般[15]に通底する事情としてとらえるべき側面があることを否定できまい。とすれば、こうした観点からの分析は、他には見えない特異な性格を探るのではなく、物語・言説と実社会との認識レベルでの関係のありようを、具体例を通して幅広く見渡していく方向で当面は継続すべきであろう。『平家物語』の特殊性なるものは、おそらくそうした試みが蓄積され、普遍的な事情や性質がある程度まで照らし出された後に、相対的な濃淡差や傾向の違いとして浮かび上がってくるものと予測されるのである。

四　時代感覚と物語再生の土壌――物語の読まれ方をめぐって――

前節で述べ来たったごとき事情と展望を見据えつつ、『平家物語』の展開とそれに伴う物語再生の動きに関わる問題を、今少し別の角度から具体化しておこう。本節でまず注目したいのが、『平家物語』と『太平記』それぞれの読まれ方の幅である。両作品の様相には少なからず差異を見いだすことができそうである。

『難太平記』が『太平記』に「書入」や「切出」がなされたことを記した部分に、

(イ)……①次でに入筆共を多所望してか丶せければ、人高名数しらず書り。さるから随分高名の人々も且勢ぞろへ計に書入たるもあり。一向略したるも有にや。今は御代重行て、此三四十年以来の事だにも無㆓跡形㆒事ども任㆓（我）雅意㆒て申めれば、哀々其代の老者共在世に此記の御用捨あれかしと存也。平家は多分後徳記のたしかなるにて書たるなれども、それだにもかくちがひめありとかや。まして此記は十が八九はつくり事にや。大かたはちがふべからず。②人々の高名などの偽りおほかるべし。……

とあるのは著名である。[16]傍線部①②によれば、了俊にはそのころの『太平記』が数々の「高名」を記した書と見えていたことが知られる。また、傍線部①に示されるような動きは、文脈上、かつてこの書の「ちがひめ」を正すための「書入」・「切出」がなされ、それが「中絶」した後、「近代重て書続」いだ「次で」のものとされている。したがって、二重傍線部にいう「平家」（＝『平家物語』）の「ちがひめ」に「高名」話という要素がどれだけ含まれているのかは即座に判断し難いが、その対比の仕方をみても、『太平記』と『平家物語』が近似した性格を持つ書として受け止められているとみて大過なかろう。了俊の目に映ったこうした類似性を確認した上で注意したいのは、『太平記』の方は確実に、こうした家の「高名」を記した書として読まれ続けた側面を有しているという事実である。

こうした点については、加美宏氏が一連の論考において、「わが先祖・一族一門の武勲・功名の記として受容していた形跡を残した記録」の例を網羅的に取りあげながら、詳細に分析している[17]。そこでは、右の『難太平記』の他、赤松氏・今川氏といった武家はもちろん、中御門宣胤のような公家の例も指摘されている。ここでは、宣胤の次の発言に改めて目を向けてみたい[18]。

(ロ)太平記四十冊今日一見畢、此内第四巻宣ー《明卿歟》一奉レ預二後醍醐ノ四宮ヲ一八才、事、当流ノ面目也、其段詞事所レ書二抜別紙ニ一也、又宝篋院義ー《詮》、御上洛之時、御借二住同卿ノ宿所ヲ一、彼卿御記分明也、太平記無此事、可謂無念、彼御記応仁乱紛失、彼私宅者至余居住、応仁乱焼失了、八代之旧宅也、令切妖者給御太刀之切目有シ、又今所持之屏風和歌幷御遊等絵、其年号不審之処、太平記第四十巻貞治六年三月廿九日中殿御会人数等分明也、此屏風其時節物歟、古物也、絵《先年於山門感得之、》ハ当時絵所光信朝臣先祖光行書之由、光信朝臣先年称之、詩哥者為秀卿手跡歟之由、為広卿演説之、為秀卿ハ貞治之御人数也、此中殿御会此度以後無之、抑中殿御会年々其例不快之由各雖申之、猶被行云々、…（中略）…是以来此講演無之、件度狼藉之衆徒及堂上之処、高祖父宣ー《方》以高燈台追下、名誉之由世語伝之、……

（『宣胤卿記』永正十四年〈一五一七〉十一月二十七日条）

『太平記』の内容から「当流ノ面目」たる部分を抜き出し、一方では先祖と足利義詮との確実な交渉を示す話題が『太平記』に記されていないことを「無念」と述べるその読み方が、先の指摘と関わる。その点を踏まえて今注目したいのは、ここに現れた時代感覚である。第四十巻に記される貞治六年（一三六七）の中殿御会からでも、既に百五十年が経過しており、巻第四の元弘二年（一三三二）の話題はそこからさらに三十五年も溯る。にもかかわらず、右の記述からは、宣胤が生きている現在の状況と連接したものとして『太平記』の叙述が受け止められ、また逆に『太平記』によって現在の状況に対する理解が導かれている様子を看取することができよう。そしてそうした感覚は、「彼卿御記」や「八代之旧宅」となった「同卿ノ宿所」、そこにあった「令切妖者給御太刀之切目」の記憶、「今所持之屏風和歌并御遊等絵」といった実在する〈物〉によって大きく支えられているのである。これ以上の例示は控えるが、『太平記』は、このように享受者たちの現在と直結した、近しい時代感覚の中で読まれる一面を確実に保ち続けていたのである。

それに対して、『平家物語』は室町期の実社会のありようや時代感覚と直に連接し得る内容を持つものとして扱われていたのであろうか。たとえば、本論第三部第二編第一章で取りあげた応永二十一年の佐々木三郎長綱の庭中言上という事件は、長綱が先祖盛綱の功績に立脚して現在の自らの地位を主張したものであった。しかし、『平家物語』と関わる同類の事例は決して多くはない。長綱のごとき認識のありようは、むしろ特殊だったのではなかろうか。それは、幕府草創期に功績をあげた東国武士たちが、その後の幕府内の政争を経て、早くから多くが滅亡へと向かったことを想起してみても、ある程度は推察し得るところである。こうした読まれ方・扱われ方の違いは、特に『平家物語』の展開過程に作用する一条件として見過ごし難い問題を提起するのではないか。

そこで、『平家物語』に対する室町期の時代感覚を測る一例として、平家末裔の存在に注目してみよう。『蔭凉軒日録』延徳四年（一四九二）二月八日条には、同朋衆越阿が自らが平教盛の末裔であることを、亀泉集証に明かしている。[19]

(ハ)……午後越阿来。勧レ盃。重二十盃一。茶話移レ剋。越阿云、我先祖平宰相裔也。名字曰二橋下一云々。……

越阿は同書の中に、他の同朋衆を統括するような立場にある者としてしばしば登場する人物である。[20]幕府の内側をやりくりする職掌を担う人物が、「茶話」のついでに自らの先祖が平教盛であることを語ってしまえるような感覚が存在することを受け止めたい。同書他日条などから伺える彼の立場や職務遂行の様子、そしてこうした発言には、かつて頼朝らの源氏によって没落させられた平氏一門の影や、自らの先祖と関わる過去や源氏に対する屈折した思いは感じ取れない。亀泉集証は、この発言に何らかの感慨を覚えたために、越阿のこうした言葉を記しとどめたのであろうが、室町幕府はこうした人々をも抱え込むことで成り立っているというのが現状であった。そして何より、平家の末裔が実在するということは、それだけで、「それよりしてこそ平家の子孫はながくたえにけれ」（覚一本）という物語を締めくくる一文の実体を失わせ、現実社会から物語の内容を切り離してしまうのである。とすれば、平家末裔を名乗る越阿に、はたして現実世界と物語の叙述をただちに結びつけるような感覚が存在したかどうか。大いに疑問とせざるを得ない。

周知のとおり、戦国期になると平家末裔を名乗る人々が少なからず現れるようになる。本書でもその一部について検討した〔第三部第二編第三章〕。それらもまた、右に述べたような、現実社会と物語の叙述との関係性と無縁ではなかろう。この点に関連して、十六世紀を文字どおり生き抜いて慶長九年（一六〇四）に百六歳で没した大和入道宗恕の手になる、『大和入道宗恕家乗』（文禄三年〈一五九四〉奥書。以下、『家乗』）にみえる自己認識を取りあげてみよう。

宗恕については能楽史において早くから注目されており、既に伊藤正義氏による伝記・事績研究が存在する。[21] その中で、『家乗』も紹介・検討されているが、ここでは伊藤論とは異なる角度からその叙述を吟味してみたい。

足利将軍家に「二銘」と呼ばれる重代の太刀が伝えられていたことは、本論でも先に検討したとおりである〔第三部第一編第三章〕。その太刀は本来、大和家重代の太刀であったとするのが『家乗』の主張である。そこでは、宗恕の先祖「日向宰相」が尊氏から「大和」の姓を賜り、その息女「さぬ」が尊氏の「御台」に召されたことをうけて、二銘が足利家へ進上されたことが記されていく。二銘に関する部分から引用しておこう。[22]

(二)……然間、大和家に二銘と云重代の太刀二振有之治世誠剣也。此治世をさぬをもつて等持院殿より御所望あり。秀政申様にハ、此太刀平家重代たる間、御当家の御太刀にハ如何の由再往申時、さらば猶子になしをかれて御所望有べき也。尊氏にも平をもしろしめさるべし。大和も源家とまかりなり、両家をふさね（ママ）候べきよし、御自筆の御内書をなされ、治世を進上申也。于今いたり、御当家御重代の第一に成申也。……

引用中にいう「秀政」の父が先の「日向入道」で、「秀政」と「さぬ」は兄妹または姉弟ということになる。ここには、「御当家重代の第二」の太刀がもとは「平家重代」の太刀であったことが明かされている。そしてその由来がこれに続けられていく。

(ホ)……抑此剣於所持輩者、其敵自滅可度此国大和嶋之至。此太刀、後白河院為宝剣、二振自後白河院二条院ニ伝也。其後伝清盛、此剣世久盛也。次伝重盛。次伝維盛。其後寿永年中ニ為天地鳴動、此太刀得飛行自在、入雲中、右辰巳方光飛去。伊勢太神宮ニ参云々。其後、頼朝□（之）代、維盛之末子、比叡山無動寺ニ千代松丸ト号有児。山門衆徒依為平家也。子孫北条四郎時政執出。時政見彼仁、依有子細、為養子号名乗行政。東坂本合戦之時、為行政大将、発向時分、捕高名処、自何方来共不知法師一人出来、此太刀二振二銘為平家重代間、此太刀持ハ則敵滅間、行政ニ伝之。行方不知。…（中略）…千代松丸大和先祖也。

「二振」の太刀は、後白河院・二条院から清盛・重盛・維盛と伝えられ、ひとたびその手元から離れた後、冥慮によって維盛の末子千代松丸へと伝えられたという（傍線部）。そして、この千代松丸こそ大和家の先祖だとするのである（二重傍線部）。

第三部第一編各章および第二編第三章での検討を想起すれば、これが重代の太刀の伝来に並行する形でその家の由緒を語るという、典型的な自己認識のありようを示していることが理解されよう。特に、二銘が本来「二振」であるとする説は際だって特異なものであることは明らかで（第三部第一編第三章）、おそらくはその一振りずつを足利家と大和家が伝えているという関係性が、近くにあって足利家を支える大和家の由緒と立場を象徴的に保証するよう、「二」という数にちなんでやや強引な形で、意図的に生み出された説であったとみるのが妥当なところであろう。そしてそこには、平家重代の太刀を足利将軍家が管理し、それを相伝してきた平家末裔たる大和家が「源氏」と改姓して現体制の歯車となるという関係性が踏まえられている点も見逃せない。それは先に見た、平家末裔たる同朋衆越阿の立場とも一部通底している。社会的な実態としても、また人々の認識の中でも、かかる先代の〈歴史〉を包括する形で、室町幕府は存在していたのではなかったか。(23)

宗恕がこうした自己認識をどの時点から有していたかは判然としないが、こうした自己認識が形づくられてくる過程では、『平家物語』の語る平家断絶は完全に相対化されてしまっていたであろう。(24)室町幕府体制の内部に、平家末裔を称する人々が登場すること自体、『平家物語』を現代とは切り離したところに受け止める時代感覚の一端を示唆していると考えられるのである。

平家末裔と関わるこうした感覚が、『平家物語』の読まれ方にも少なからず影響を及ぼしていたらしき影を、いわゆる八坂系第一類本のひとつ文禄本（文禄四年〈一五九五〉奥書）の中に見いだすことができる。同本巻第十二には、本文・尾題に続く一丁半を使って、柏原天皇―葛原親王―高見王……と続く桓武平氏の系図が示されている。その内容自体、別に分析する価値があるものではあるが、ここでは葛原親王のもう一人の子高棟流の記載に注目しておきたい。

そこには、次頁引用(へ)のような系譜が書き込まれており（罫線は朱線）、私に点線で囲んだAとB・C・Dとの間には、約二行分ほどの余白がおかれている。Aの部分は、範国―経方―知信―時信―時忠という、時忠に至る系譜に続くことが想定されるが、範国までで記載はひとたび止まっている。Cが時忠の二人の子息の記載と考えられ、Dは時忠の兄姉妹たちであることを考慮すれば、範国のあと、経方から時忠までの系譜が記されないことには何らかの事情があったものと推察されるが、定かではない。(25)とはいえ、この系統に大きな関心が持たれていたことは十分に看取することができよう。

（へ）

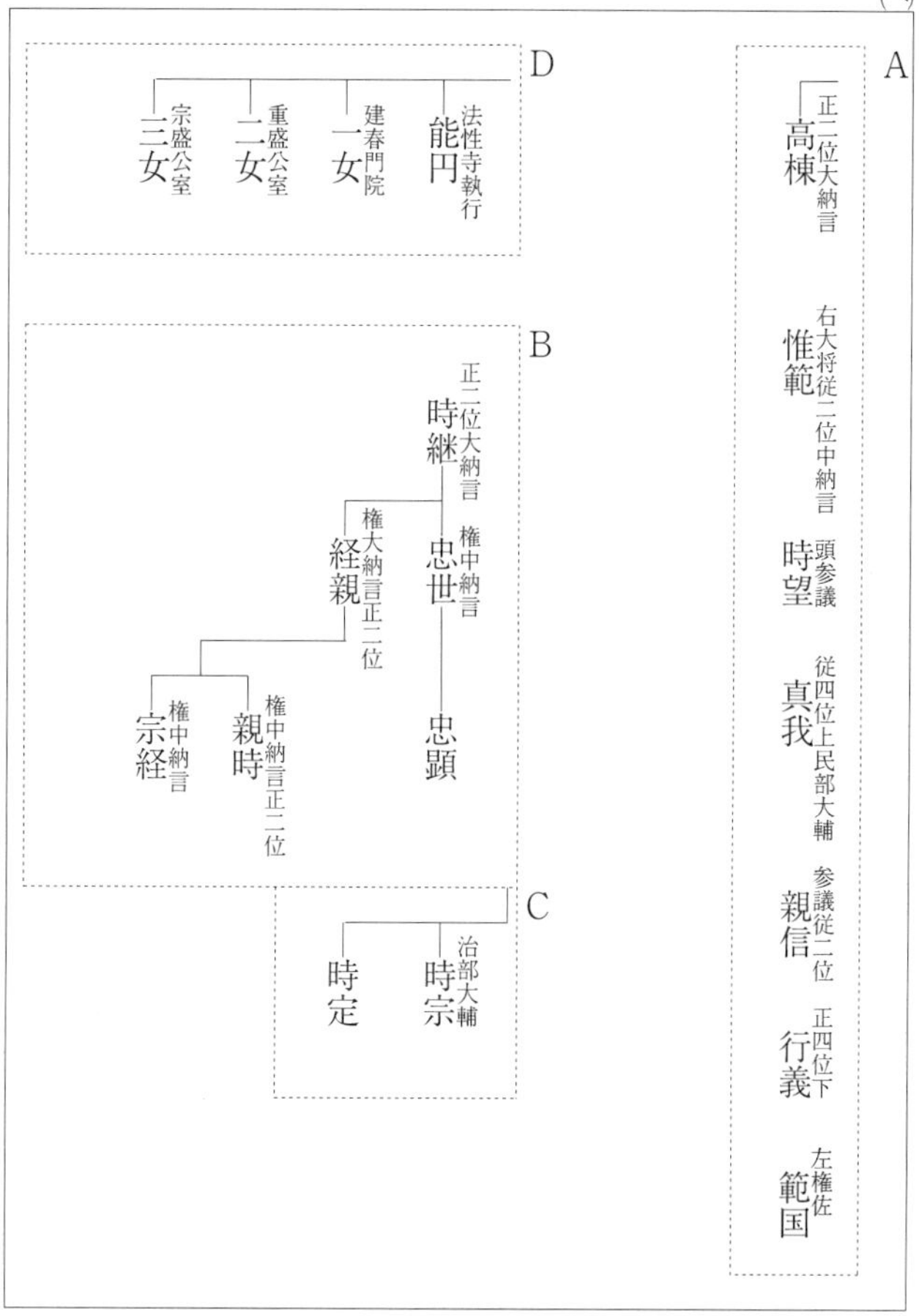

さて、本節でこれまでに述べてきた問題との関係から特に注目されるのはBの部分である。その筆頭に見える時継は、時忠の弟親宗の曾孫で、親宗−範国−有親−時継という系譜にある人物である。つまり、BはAから続く系譜にあって、しかも時忠よりも数世代後の人々ということになる。このうちの親時は暦応二年（一三三九）十一月十五日に五十六歳で、宗経は貞和五年（一三四九）二月十三日に五十六歳で薨じたという（『尊卑分脈』『公卿補任』）。親時の正

二位叙位は元徳二年（一三三〇）十月二十一日、宗経の任権中納言は暦応三年（一三四〇）四月十一日であるから（『公卿補任』）、この系図には十四世紀中期の事情までがおおよそ記されていることになる。

これらを含む当該桓武平氏系図の製作時期や事情の詳細は不明ながら、Bの記載が物語の内容理解を直接的に補助するためのものでないことは明らかである。それが『平家物語』の一写本の末尾に記された背後には、やはり後世の社会で相応の地位を占めつつ実在している平家の末裔への関心を窺い見て然るべきなのではなかろうか。また、その記載理由の如何にかかわらず、こうした記載は、断絶平家とは異なる現実社会のありようを浮かび上がらせることとなろう。平家末裔への視線は、たとえばこうした形でも『平家物語』に影を投げかけていたのである。

以上、『平家物語』に対する時代感覚の一端を測るべく、室町期における平家末裔の存在に注目してみた。その結果、『平家物語』の内容が相対化され、それが現実社会の実態に対応しているかについては別問題とされていたであろうことが垣間見えてきた。こうした『平家物語』が、『太平記』ほどに、享受者たちの現在と直結した、近しい時代感覚の中で読まれていたかどうか。

足利将軍家を核とした社会体制が確立していくに伴い、〈足利氏の時代〉として現在をとらえる眼が定着していく。それはたとえば、

(ト)……大将拝賀、建武后、宣篋（宝）従車五百両（輛）、鹿苑三百両（輛）、人皆嘆之。普广（広）一百五十両（輛）、今東山殿八十両（輛）、只今有三両（輛）。落地之甚如此。数年之后、奈何々々。嘆猶有余。宗住話之。……

（『蔗軒日録』文明十八年六月十八日条）

のような話題の中にも現れている。そこでは、現在に至る世の衰微を、歴代将軍の大将拝賀の際の扈従車の数の減少によって示しているのである。これ自体、足利氏の時代が生んだ下降史観の一変種とみられるが、ある程度の実感を伴って現在につながる時代変化の基点に、「等持院殿被レ開二天下御運一時」（『蔭凉軒日録』寛正五年〈一四六四〉六月十五日条）といった言葉でも表現される、尊氏の存在があることは明瞭なのである。いうまでもなく、『平家物語』はそ

れから約百五十年も前の事件を記している。

さらに多角的な検討が必要ではあるが、室町期の物語享受者たちに、『平家物語』に語られる鎌倉幕府草創期と結びついた現実的な実感がどれだけ存在したかは疑問とせざるを得まい[26]。そこには、次第に現実社会とは切り離された〈古典〉として扱われていく過程が見通されてくるのである。『平家物語』が多様な展開と再生を遂げていく土壌として、いかなる時代感覚が存在していたのかをさらに解き明かしていく必要がある。特に十五世紀以降、なぜかくも大幅な改編・改作がなし得たのかを考える糸口の一つがそこにあるのではないか。

五　『平家物語』から〈平家物語〉へ

さて、続いて天文二十二年（一五五三）の奥書を持つ『天文雑説』の次の話を引こう[27]。

(A)ある人のいはく、「〈A〉斎藤別当実盛ハよからぬさぶらいなり。源家の亡滅に成てハ平氏にくだり、平家衰微になりかゝれバ、又源氏にこゝろをよせて、金鉄のさふらひまてさそひしに、ミな同心なけれバ、そのときハ口かしこく、をの〳〵のこゝろを引ミん、などいひてやミぬ。〈B〉又内大臣宗盛公より錦のひたたれをたまハりたりとて、その身もほこり、諸人もいミじくいひつたへたれど、彼内府さへよからぬ人にて、一生ほまれハなく、そしりハ多し。君臣ともにしかるべからずとミゆ。〈C〉侍ハ一旦敵にくだるにも品あり。あるひハ一旦の死をのがれ、後日の勝利を得んために降参せる事、これさぶらいの恥にあらず。至極なり。かの実盛がごときハ、一生降参の祿をはミて、後代のそしりをしらず」と申けるに、又ある人こたへけるハ、「さねもりが事ハはやむかしなれバ、恥もとをし。明徳よりこのかた、応仁文明の比迄の武士ハ、敵にくだれるを本とす、と見えたり。彼ころのさまをよくたづねて、実盛が事をしばらくゆるしたべ」といへバ、「さもいはれたり」といひて、両方ともにわらいつ、退きけり。　（巻第十二「或人記実盛事」）

『平家物語』に馴染んだ眼でこれに接すると、作中での実盛評をことごとく反転させる「ある人」の価値観に、少なからず衝撃を受けることとなろう。便宜的にその内容を〈A〉～〈C〉にわけて示したが、〈A〉〈B〉が『平家物語』を表現レベルで踏まえていることは一目瞭然であろう。この酷評が〈C〉へと展開し、それに答えた「又ある人」の言葉に接するとき、これが実盛にこと寄せた一種の武士論であり、またその批判の真の矛先は「明徳よりこのかた、応仁文明の比迄の武士」に向いていることも、両者が最後に、「さもいはれたり」といって笑いあうことを勘案すれば明らかとなってくる。こうした当世批判の姿勢を含めて、この話はいくつかの意味で興味深い。たとえば、「さねもりが事ハはやむかしなれバ、恥もとをし」という言葉は、前節で検討した時代感覚に関わり、そこで示した見通しの妥当性を再認識させてくれる。また、このころには『平家物語』を踏まえつつもそれを反転させる読み方が現れており、それが新たな創作への志向を伴う形で動いていることを確認できる点も貴重であろう。ここにも物語再生への動きを見いだせるのである。

ところで、『平家物語』に記された内容を相対化し、新たに対象化するこうした営みは、おそらくこの物語が展開の初期段階からくり返し接していた動きでもあっただろうが、叙述の対象となった時代から時を隔て、その内容がまさしく「むかし」のものとなっていくにつれて、そうした動きもさまざまに展開し、多様化していったに違いない。本節では、こうした『平家物語』の内容を対象化する動きについて、物語の展開と再生の過程との関係から、いくつかの事例を通して考えてみたい。

『蔗軒日録』などに記しとどめられた琵琶法師の語りにおいて、『平家物語』が『保元物語』『平治物語』『太平記』はもちろん、さまざまな話題と渾然一体となりながら展開していることは、既に周知の事実であろう。先に本章で示したいくつかの部分にも、そうした側面が現れている。十五世紀には、『平家物語』が作中に記された内容には縛られない範囲で受け止められていたのである。[28]

そうした時代の一齣として、次のような話題が現れてくる。

(B)天英来、因話、廿三日、西山途中、見六角挽还木。《江》嶋明神、々木蓋源三位頼正(政)駿馬曰木下、後埋此地、遂以為神、故号木嶋明神、々塚在宝(法)金剛橋南田中、源三位因此馬為平家所滅、世伝三位所射《ヌエ》、化此馬恨冤云々、前日竺華話次曰、江島蓋伝説之誤也源三位木島去密厳院可一町、此院源三位墳院也、

（『臥雲日件録抜尤』長禄二年〈一四五八〉閏正月二十五日条）

ここには、木嶋明神の神木が頼政所持の名馬木下が化しているのだとする説が、その名称との関係から記されている。その説自体は、同十八日条で、「天英来…（中略）…又曰、木嶋明神、乃春日明神也、其地名木島耳、非埋木下馬之謂也、前日所聞違之、故今告此事云々」と否定されることとなるのだが、ここに頼政が射た「ヌエ」がこの木下に化したのだとする説が記されていることは見逃せまい。この木下ゆえに頼政は以仁王を奉じて挙兵し、わが身を滅ぼしたとするのが『平家物語』の記すところであり、この説はそれを踏まえつつ、そこに「ヌエ」の報復という因縁をかぶせているのである。そこには、物語の内容が新たな説となって再生した姿を認めることができる。

また、次のような話も現れてくる。

(C)……唔語及江文故事、昔平氏小松相公病癰、就大秦《ウツマサ》薬師禱安全、薬師夢告曰、此病非予力所及、三条河原、有一老僧、能治此病、行当尋之、小松殿奇而験之、果河辺有一小堂、薬師如来、為之主、而老僧在焉、就僧求医治、而病果愈矣、此仏先是、自江文、乗河水而流出矣、今相国寺妙荘厳域西辺、衣服寺薬師是也、俗謂蝦《エビ》薬師云々、……

（『臥雲日件録抜尤』文安四年〈一四四七〉九月二十三日条）

衣服寺薬師の霊験を語る際に、なぜ重盛が持ち出されるのか。その所以として、重盛には『平家物語』巻第三「医師問答」の段を通じて病・医療との関係が少なからず存在していることを想起することができるのではないか。寺の由

緒が定かではなく、記事中に見えるごとき事実があり得るのかを今のところ確認し得ていないが、当該期の問題としては、『平家物語』によって色づけされた重盛イメージと交錯していた可能性は低くないであろうし、寺の宣伝効果としても、物語では「なんぞ天心を察ずして、をろかに医療もいたはしうせむや。…（中略）…非業たらば、療治をくわへずともたすかる事をうべし」（覚一本）などと述べている重盛が、他ならぬこの薬師には頼ったのだとすることの意味は小さくないものと思われる。

こうした物語の内容を相対化・対象化する動きは、決して『平家物語』の展開・再生の過程と無関係ではなかった。再び『天文雑説』の中の一話を取りあげてみたい。

(D)むかし、平入道浄海、いまだ無官の時、采人にて、はなハだやつ〳〵しくおハせしを、なげかしき事に思ひて、仏神をたのミ、色々の法を修せられけり。ある時、清水へ千日詣の願をたて、一日もおこたらず、あゆミをはこばれけるほどに、程なく千日の期も近づきけり。或夜の夢に、清盛の両眼ぬけ、こくうへあがりてうせにけり。目さめて後、いま〳〵しく思はれけるが、「若観音の霊夢にや」とて、諸人の了簡をうかゞハんため、清水の西門に高札をたてられけり。そのかたハらに、密々人を置て、「此札の面の是非をいふ人あらバ、よく聞とれ」と也。さて、おほくの参詣此札をミて、「あないま〳〵し」。人の身の第一には、まなこなるに」とあやしミけり。百候百の人、おほくハあしざまにはんじて、よろしといふはなかりけり。ある時、一人此札を倩ながめて、「さても〳〵うらやましき夢かな。昔よりさま〳〵の夢物語をつたへきゝ侍れど、これほどの瑞夢ハいまはじめ也」とこと〳〵しくほめつゝとをりけり。かたハらなる人、立いでゝ、「いかに御事ハ、此夢を何と心えてかんじけるぞ。はんじてきかせ候へ」といへバ、此もの申侍るにハ、「さしてふかきいはれもなし。覿面の義を取るに、世俗のことハざに、よき事を目出たしといへり。しかれバ此夢をミたる人、一生めでたくしておハりたまふべきと見えたり。たとへ目ぬけ出たりとも、又かへり入たらバ、さまでもいミじかるまじ。両眼ぬけてうせたるハ、是一生目出度に仕して、おハり給ふべき夢なり」とかひ〳〵しくはんじけり。そのいはれにや、日にそひてよろしき事のミかさなりけり。さしも我まゝをふるまひて、横がミをさかれけれど、一生ハたのしくてうせ給ふ事、まことに夢の印なるべし。在世の悪逆も、仏ぼさつの方便とみえたれバ、愚人の善根にハまさるべし。（以下、高野の曼荼羅を自筆で書いたこと、清澄寺慈心房話が続く・略）

（巻第六「平清盛瑞夢事」）

清盛の繁昌のゆえんを清水観音の霊験との関係から語る話である。こうした話は、『平家物語』諸本が語る複数の清盛繁昌由来話とはまた異なる内容を持つことは明らかであろう。ただし、これと大筋を等しくする話を『源平盛衰記』は巻第一「同清水寺詣」として収めており、そのことはさまざまな意味で示唆的である。『盛衰記』当該話の本文を引用することは控えるが、①清水寺に千日詣を志し、欠かすことなく達していくこと、②両眼が抜けて失せる夢を見ること、③その意味を確かめるために、札に書いて人の意見を聞こうとすること、④少し時を隔てて現れた人が、めでたき夢であることを夢解きすること、などが両者に共通する要素である。しかし、『天文雑説』が波線部のように、この話題を清盛の一生にまで及ぶものとして位置づけるのに対して、『盛衰記』では「貧者」清盛がよき「果報ヲ俟ツ」一連の話題展開の中の一齣とされている。こうした差異を考慮すれば、ただちに両者の間に直接的な依拠関係を認めることはできないのだが、今はこうした『平家物語』の内容を相対化するような話をも取り込む形で、『平家物語』から『盛衰記』への作品展開が進展していったことを確認できることをこそ受け止めたい。この一事をみても、『平家物語』の展開と再生の動きと、『平家物語』に記された内容を拡大したり、異化したりしてとらえる動きとが交錯していたことが確かめられるのである。

本節で示し得たのはわずかな事例に過ぎないが、こうした動きを幅広く見渡し、個々に分析していく必要があろう。(29)その過程では、『平家物語』が、人々の認識においてふくらみを帯び、作中に記述された内容を含み、それを踏まえつつもさらに広い振幅と奥行きを持った、概念枠あるいは観念体としての〈平家物語〉へと動いていく途が浮かび上がってくるに違いない。本節でもその一端は示し得たのではあるまいか。

六　おわりに――〈平家物語〉の文学史と物語再生論に向けて――

本書の論述を閉じるにあたって、各章の論旨を整理し直した上で、それらを踏まえた先に見通される問題について、いささか分析を加えてきた。いかなる物語でも、その価値は生み出された時点で決定されるわけではない。ひとたび成立した後の受け止められ方にその多くが委ねられているのである。まして、『平家物語』をはじめとする軍記物語はその展開の途上で、幾度となく新たな姿として再生を遂げていった。新たな『平家物語』として、『平家物語』とは異なる新たな物語として、またその一部として、あるいは断片的な話・叙述・表現・語句として、新たな息吹が吹き込まれることもあった。それらはまた人々の内面に作用する知識となり、認識の規範ともなって社会へと展開していったのである。そうした点を幅広く受け止めなければ、その物語が背負う真の文学史的意義をとらえることもできないのではなかろうか。こうした観点からみれば、こと『平家物語』という一作品に限ってみても、現代にまで続く〈平家物語〉の文学史が構想されて然るべきであろう。もちろん、その際には、〈平家物語〉と関わる社会文化史を見通す必要がある。ただし、それらを踏まえつつ、あらためて物語の叙述や表現、そしてひとつひとつの言葉・言説の位相へと立ち戻り、文学史・表現史なるものの概念自体を再構築していく必要があるだろう。『平家物語』の展開過程における諸相を、中世社会の諸局面との関わりの中で検討してきた本書が、論述を通じて展望してきた物語再生論の射程を、結果としてここに少しでも具体化できたならば幸いである。そうした意味でも、本書はあくまでも通過点に過ぎない。各章および終章に示したごとき展望を再度練り直し、より安定した豊かな視座のもと、丹念に文献その他の諸資料と向き合う姿勢を保ちながら、私なりに分析の歩みを刻んでいくことを期してひとまずは擱筆する。

注

（1）最近では、小峯和明氏「物語論のなかの『平家物語』」（軍記文学研究叢書7山下宏明氏編『平家物語批評と文化史』収　一九九八・十一　汲古書院）が、近年の史実と虚構の二元論批判を踏まえて、「言説としての『平家物語』を問い直す試み」を提案している。ここに述べたような人々の認識レベルの問題も、突きつめれば表現や言葉の持つ多様な喚起力と関わってくる。

（2）軍記物語を通史的・総括的にとらえる観点からみても、こうした検討がひとつの性格を照らし出すのではないかと予測している。ただし、それによって軍記物語というジャンルを確定することは、第一義的な目的ではない。

（3）櫻井陽子氏『平家物語の形成と受容』（二〇〇一・二　汲古書院）もまたこうした視座を示している。同論の当面の問題は『平家物語』の本文形成に向けられ、本文交渉の網の目のごとき状態をとらえることに主眼が置かれている。

（4）引用は大日本古記録に拠る。

（5）今成元昭氏「「恵亮破脳・尊意振剣」の成句をめぐって（二）」（「立正大学人文科学研究所年報」21　一九八四・三）

（6）「愚老不信之」という季弘大叔の疑問は、それが『平家物語』にあるかではなく、別の説を知っていたことに由来している。ちなみに、彼はかつて東福寺に住していた。

（7）引用(b)のあとは、「一説ニ春日者伊勢大神御兄也、流心得一竪在之、上宮太子モ輔佐天下之本志也、……」と続く。摂家将軍から親王将軍への移行を、春日と伊勢の兄弟関係の順になぞらえて理解しようとしたものか。さらに、聖徳太子の立場が将軍の地位に比されてもいく。そこには、『平家物語』の内容が、大きな思考の流れの一部となっている様子が如実に現れている。

（8）ちなみに、延慶本・覚一本等には、高倉天皇に関してこうした記述はなされていない。ただし、安徳天皇を「それ我君は天孫四十九世の正統、仁王八十一代の御門なり」（巻第八「太宰府落」）などとは記している。

（9）文明十八年五月五日条にも「平家ニ名ノリヲカ、ヌ」という記載が見える。なお、引用(c)に続けて、歴代天皇に関する話題から、保元の乱へと話題が転じていく。『平家物語』と『保元物語』に記される内容が、歴代天皇の話題を介して結ばれるという、語りの一実態がそこには現れている。

（10）引用は大日本古記録に拠る。

（11）義満は応永十五年（一四〇八）五月六日没、義将は応永十七年（一四一〇）五月七日没。それ以前の会話ということになろう。

（12）「歴代古案第二」所収。年代比定は、新井浩文氏「梶原政景の政治的位置――足利義氏との関係を中心に――」（「駒沢史学」55　二〇〇〇・三）の判断に従った。引用は史料纂集『歴代古案』第二に拠る。三八三。

（13）注（12）新井論が、古河公方足利義氏に仕え、父太田資正とともに活躍した梶原政景の政治的位置を検討する中で、当該文書にも分析を加えている。

（14）これらの他にも、加美宏氏『太平記享受史論考』（一九八五・五　桜楓社）所収諸論など、こうした事例の報告は数多くなされている。

（15）その根底には、言説とその権威・正当性の均衡や、いわゆる文書主義なる価値観との関わりといった、より普遍的な問題が横たわっている。

（16）引用は『群書類従』二十一に拠る。引用部について、京都大学附属図書館谷村文庫本との異同を示しておく。＊「老者」－「者」、＊「かくちがひめありとかや。まして此記は十が八九はつくり事にや」－ナシ、＊「おほかるべし」－「おほし」。

（17）加美宏氏a「『太平記抜書』の類ノート（続）――太平記の享受と研究に触れて――」（「学苑」381　一九七一・九　↓同著『太平記享受史論考』改題収録）、同b「『太平記』研究史――中・近世篇㈠――」（「太平記研究」1　一九七一・十二↓同前著書改題収録）等。bでは、次に引用する『宣胤卿記』の例を取りあげている。

（18）引用は増補史料大成に拠る。

（19）引用は増補続史料大成に拠る。

（20）『蔭凉軒日録』延徳三年（一四九一）十一月五日条、明応二年（一四九三）七月八日条等参照。

(21) 伊藤正義氏「大和宗恕小伝」（浜田啓介氏編集代表『論集日本文学・日本語3中世』収　一九七八・六　角川書店）。『家乗』の基本的性格はそこで示されている。同論では主に、「壬生地蔵縁起」との関係や、大元軍敗に関わる家職との関係から、『家乗』が取りあげられている。

(22) 引用は東京大学史料編纂所蔵影写本（2075／852）に拠る。なお、原本所蔵者田中穣氏には本書の利用について格別のご高配を賜った。この場を借りて御礼申し上げます。

(23) 第三部第一編第三章では、室町殿の「御小袖の間」に収められていた抜丸が、平家重代の太刀である可能性の高さを指摘しておいたが、後世の発言とはいえ、こうした関係性が存在していることを考慮すると、なおその蓋然性が高まるように思われる。

(24) なお、『平家物語』における小烏の太刀の伝来、また北条時政が関わる六代助命などが、『家乗』当該部の下敷きになっている可能性はあろう。しかしそれは、表現手法の問題として見るべきであろう。

(25) 今のところ、Ａの末尾にみえる範国と、Ｂの時継の祖父範国という、ふたりの範国の扱いで混乱した可能性が高いと考えている。

(26) たとえば、鎌倉幕府草創期から叙述を始める『吾妻鏡』について、清原業忠と瑞谿周鳳とのあいだで、「予問、吾妻鏡、何人所撰耶、曰、鎌倉頼朝以来、毎日記録也、鏡者通鑑・唐鑑之義也」（『臥雲日件録抜尤』寛正四年〈一四六三〉五月四日条）という問答が交わされるような時代でもあった。室町期の『吾妻鏡』享受に関しては、前川祐一郎氏「室町時代における『吾妻鏡』――東京大学史料編纂所所蔵清元定本吾妻鏡を手がかりに――」（『明月記研究』5　二〇〇〇・十一）が、公家社会ではあまり関心が持たれておらず、清原家は例外的であったことなどを詳細に検討している。

(27) 引用は吉田幸一氏編『天文雑説付、ゑんぎ長者物語』（古典文庫628　一九九九・三）に拠る。私に濁点等を付す。

(28) こうした観点は、『平家勘文録』や『臥雲日件録抜尤』の記事をもとにした日下力氏「「平家」なるものの実態」（『平曲鑑賞会々報』15　一九九五・十一　→同著『平治物語の成立と展開』〈一九九七・六　汲古書院〉再録）や、テキスト周辺の説話摂取の諸本差や、特定章段の出入りに関する諸本異同を分析の端緒とした志立正知氏「テクスト言説の内部と外部――

『平家物語』における時間構造と周辺説話の摂取――」（鈴木則郎氏編『中世文芸の表現機構』収　一九九八・十　おうふう
→同著『『平家物語』語り本の方法と位相』〈二〇〇四・五　汲古書院〉改題加筆収録）、同「覚一本の位相」（石川透氏他編
『徳江元正退職記念　鎌倉室町文学論纂』収　二〇〇二・五　三弥井書店　→同前）等とも一部通じ合うものといえよう。

そうした方向からの議論の進展を望む。

（29）こうした動きの中に、『義経記』や室町物語、能・幸若などの芸能などが含まれてこよう。

初出一覧

本論各章と既発表論文（原題・掲載誌・刊行年月）との関係を示す。本書をまとめるにあたって、初出論文段階での事実誤認の訂正を含めて、分量の差はあるが全編に手を加えた。ただし、各論における根本的な論旨の変更はない。

序　章　新稿

第一部

第一編

第一章　「『平家物語』における〈白山事件〉——文書の活用と事件像の創出——」（「文学」隔月刊3－1　二〇〇二・一）

第二章　「『平家物語』と〈一の谷合戦〉——延慶本における合戦空間創出への志向を探りつつ——」（「古典遺産」50　二〇〇〇・八）

第三章　「〈平家都落ち〉考——延慶本の維盛と頼盛をめぐって——」（「日本文学」48－9　一九九九・九）

第二編

第一章　「頼盛形象を規定するもの——〈平家都落ち〉像変貌の方向を探りつつ——」（「国文学研究」131　二〇〇〇・六）

第二章　新稿

第二部

第一編

第一章　「八坂本『平家物語』の基調――法皇の位置をめぐって――」（『国文学研究』114　一九九四・十）

第二章　「『平家物語』覚一本と八坂本の間――頼朝の存在感と語り本の展開――」（『国文学研究』116　一九九五・六）

第三章　「『平家物語』の諸本展開と平家嫡流――八坂本の一性格をめぐって――」（梶原正昭氏編『軍記文学の系譜と展開』収　一九九八・三　汲古書院）

第四章　「八坂本『平家物語』の位相――「院宣」を指標として――」（『文学・語学』149　一九九五・十二）

第五章　「『平家物語』諸本展開の一側面――八坂本における俊寛の位置をめぐって――」（『国文学研究』120　一九九六・十）

第六章　「八坂本『平家物語』の特性――頼朝と義経の関係をめぐって――」（『中世文学』41　一九九六・六）

第二編

第一章　「『源平盛衰記』の文覚――頼朝像形象との関わりから――」（『国文学研究』125　一九九八・六）

第二章　「『源平盛衰記』における頼朝の位置――編集姿勢と挙兵譚からの脈絡をめぐって――」（『軍記と語り物』37　二〇〇一・三）

第三章　新稿

第三編

第一章　「『平家物語』巻第一「御輿振」の変容とその背景――屋代本より語り本の展開過程に及ぶ――」（『国文学研究』122　一九九七・六）

第二章　「『平家物語』と『承久記』の交渉関係――「四部之合戦書」の時代における作品改変の営み――」（『国文学研究』136　二〇〇二・三）

第三章　第一～三節「「蜷川家文書」にみる軍記物語享受の諸相とその環境」（「文学」隔月刊4－2　二〇〇三・三）。
第四～六節「「蜷川家文書」にみる軍記物語享受の諸相とその環境（承前）」（「文学」隔月刊5－1　二〇〇四・一）。新たに「平家物語断簡」の影印と翻刻を付した。

第三部

第一編

第一章　新稿
第二章　新稿
第三章　新稿
第四章「伊勢貞親本『銘尽』の構成と伝来」（「古典遺産」52　二〇〇二・九）。第五節は新稿。
第五章「抜丸話にみる『平家物語』変容の一様相――軍記物語と刀剣伝書の世界――」（「国語と国文学」77－8　二〇〇〇・八）
第六章「『源平盛衰記』所載抜丸話について――軍記物語と中世刀剣伝書の間――」（「面」5　二〇〇二・七）

第二編

第一章「中世武家社会と『平家物語』――応永二十一年、佐々木三郎長綱の「庭中言上」をめぐって――」（「日本文学」49－7　二〇〇〇・七）
第二章「佐々木家伝「奉公初日記」をめぐる一考察――自己認識と家伝、その継承と創作――」（「早稲田大学高等学院研究年誌」45　二〇〇一・三）。
第三章　新稿

終章　新稿

あとがき

ようやく「あとがき」を記す段に至った。今抱いている実感のひとつとして、これまでの私のほんのわずかな「平家物語研究」はいつでも歩くことと読むこととの往還の中にあった、とは言えるように思う。物語を読み、そこに描かれる事件が起きた場に出かけ、かつて実在した作中人物たちが生まれ、育ち、死んでいった土地に自分の足で立ち、それらの地をつなぐ道をこの目で見渡す。そして再び自分の生活の中にたち戻って物語を読む。その旅は、いわば自分の〈日常〉を離れて、その外にある無数の〈日常〉を感じるためにある。私にとってそれは、いわゆる名所・史蹟を見ることや、歴史上の人物・出来事に関する伝承を訪ねることとは趣を異にするもので、突きつめれば、自分の足でかの地を歩くことそのものが目的だと言うこともできる。

私は本書の中で、『平家物語』を、それと接した無数の人々がかつて生きていたそれぞれの〈日常〉の中に据えて読み解いていくための補助線を引く試みを続けてきた。それは中世という限られた時代を対象とした、未だ試行錯誤の段階にあるものと自覚している。しかし、既存の本文や記事配列を組みかえたり、ある部分を抜き出したり、異説を生みだしたり、あるがままに受け継いだり、といったあらゆる営為が、この物語をとりまくさまざまな〈日常〉の中を生きる人々の生活とともにあるという、至極当然の事柄を再確認するところから、〈平家物語〉の文学・文化史を構想する私なりの議論を立ち上げたかったのである。人間の実感ある営みの様態を具体的に掘り起こし、ひとつひとつに光を当てていくことは、『平家物語』に限らぬ文学史・文化史の実態を考える上できわめて重要な課題であろうと私は思う。中世社会において、『平家物語』が他の物語と比べて、どんな意味で、どのように突出した位置を占めていたのかという問題は、実は決して自明なことではない。中世文学の代表的存在としての『平家物語』という今日の常識的な理解を、この物語と接した人々の〈日常〉に目を配ることを端緒として、自分なりに問い直してみようという問題意識が、本書には底流する。

本書は、二〇〇二年八月末に早稲田大学に提出した博士学位申請論文「中世社会における『平家物語』の展開と再生に関する研究」をもとにしている。同論文は、一九九四年以来公にしてきた『平家物語』に関する二十篇の論文を加筆・改訂し、新たに書き下ろした九章と合わせて構成したものであった。その後の審査を経て、幸いにも二〇〇三年三月には学位を授与され、今日までの間に、新稿部分のうちの一部は単独の論文として発表の機会を得た（第二部第三編第三章、第三部第一編第四章）。同学位論文をもとに本書を編むにあたり、学位取得を契機として機会をいただいた、早稲田大学国文学会秋季大会での口頭発表（二〇〇三年十一月二十九日）をもとにした一章（第二部第二編第三章）を加えた。その一方で、同論文で各一章をなしていた八坂系諸本に関する研究史を検証した論と本文の性格を検討した論については、本書への収録を見合わせることとした。また、既発表論文をもとにした各章の末尾には、必要に応じて［追記］欄を設け、その後の研究史の進展状況や旧稿からの改訂箇所等を示すこととした。いずれも、本書の論旨と研究史的位置を明確にするための、そして本書から派生する今後の研究の推進を期しての判断である。こうした経緯を持つ本書の「あとがき」を記す段階に至った今、学位論文の審査の労をお取りいただいた主査日下力先生、副査小林保治・竹本幹夫・大津雄一各先生に、改めてお礼を申し上げたい。

高校生のころ、日本の古典文学に惹かれるようになったが、大学院に進み、その研究を事とするようになるとは露ほども思っていなかった。おそらく、それ以前の知り合いが、もしどこかでこの本を見かけてくれたとしても、よくある同姓同名の誰かの著作と思うのではないか。あのころ、私自身がどこかで再生したのかもしれないと、今になってようやく思えるようになってきた。そのときから今まで、わがままなつきあい方ではあったが、古典文学の世界と向き合い、それぞれの時点での楽しみと緊張感とを感じてこられたことは、私に与えられたこれからの時間にとって大きな宝物となるに違いない。

もともと多少の興味があったにせよ、私が『平家物語』の奥行きある世界に強く魅了されていったのは、学部二年生の時に、木曜日一時限目に開講されていた日下力先生の講義を受講したことに始まる。みずみずしい感性に溢れる、しかし謙虚な本文の読解と、関連資史料のきわめて堅実な解読とが融合した講義に、歴史文学として人間の姿を描く『平家物語』の魅力を感じた。私はそれから卒業するまで、こっそり後ろの方の席で授業を聴講させていただいた。学部・大学院で学ぶ中で、先生の研究がそれまでの蓄積の上に立って大きく展開し、結実していく過程を間近で体感することができたことは、研究者なるもののあり方をなかなかつかめずにいた私にとってはほんとうに代え難い体験で、さまざまな場面での先生との何気ない雑談の中から得たものも数知れない。その間、先生から多くの問いを投げかけられたと感じているのだが、本書がそれらに対する私なりの意思表示たり得ているとすれば、ほんとうに嬉しい。

これまで、研究会は、物語を読む力を養うための、私にとってもっとも大切な場であった。そして、それは今後も変わらないだろう。学部生のころには平家物語研究会、大学院生になってからは軍記・語り物研究会をはじめ、今までにさまざまな研究会に参加させていただいたが、とりわけ、通称「今昔の会」で得た多くの真摯な研究者諸氏との出会いは、私の問題意識の形成過程に大きく作用しているように思う。特に小峯和明氏には、研究の視野・裾野を広げ、現状を問い直し続けることの大切さを意識するきっかけを早くから与えていただいた。かつて「今昔の会」で週に一度『今昔物語集』の輪読のために集まって、あるいは春夏の合宿で、同年代の、あるいは既に研究のキャリアを積んだ方たちと、尽きることなくあれこれと議論した二十代の日々なくして、本書の内容は成り立ち得なかっただろう。諸氏に深く感謝の意を表したい。

『平家物語』八坂系諸本を取りあげた修士論文の審査が終わった後、副査をお願いした梶原正昭先生は私の研究がこの先どのように展開するのか、とても心配なさっていたという話を、後になってある先輩から伺った。同論文の拙さを恥じ入ると共に、だからこそ本書を、とやはり思わずにいられない。今後も、研究者としての姿勢を律しながら、自分なりの学問を構築し、その展開過程を示していかねばなるまい。

この他多くの方たちに、さまざまな面で導かれ、支えていただいたからこそ、ここまで研究を続けてこられた。振り返れば十九歳のころ、遅ればせながらはじめて神保町の古書店街を訪れたその日、古書の探し方のイロハから研究者の書物に対する姿勢まで、ほんとうに幅広いことがらを聞かせてくださった某書店のご主人。その後も、私との話のためにどれだけの貴重な時間を割いてくださったかわからない。そのときに感じた高揚感は、紛れもなく、これから学ぼうとしていることの意義を直感した、忘れがたい原体験である。そして今、勤務している神奈川大学では、この三年弱の間に、さまざまな専門分野を持つ研究者の方々との刺激的な出会いがいくつもあった。最近、〈縁〉を感じることがままある。人との出会いはもちろん、物語の中に埋め込まれた言葉の輝きとの出会いも、自分にとって未知なる資料との遭遇も、本書の刊行も、なにがしかの〈縁〉によって、直接・間接に導かれたもののように思えてならない。お礼を申し上げるべき方々は多い。

末筆ながら、本書の刊行をお引き受け下さった汲古書院の石坂叡志社長、また、諸事遅れがちな私を励まし、あらゆる面で丁寧に仕事を進めてくださった編集担当の飯塚美和子さんに心より感謝申し上げる。

本書を父健之と母清子に捧げたい。ともかくも、本書をその手にとってもらえるということが今は嬉しい。

本書の刊行にあたって、独立行政法人日本学術振興会平成十七年度科学研究費補助金（研究成果公開促進費）の交付を受けた。記して謝意を表する。

二〇〇五年一二月五日

鈴木　彰

軍記文学研究叢書　全十二巻		各８４００円
校訂 延慶本平家物語　全十二冊（既刊八）		各２１００円
延慶本平家物語全注釈　全十二巻（既刊一）	延慶本注釈の会編	各１３６５０円
百二十句本平家物語　全二冊	慶応義塾大学斯道文庫編	１５７５０円
四部合戦状本平家物語　全三冊	慶応義塾大学斯道文庫編	２１０００円
小城鍋島文庫本平家物語	島津忠夫・麻生朝道解題	１０５００円
平家物語試論	島津忠夫著	８９２５円
平家物語の形成と受容	櫻井陽子著	１３６５０円
『平家物語』語り本の方法と位相	志立正知著	１０５００円
平治物語の成立と展開	日下　力著	１５７５０円
前田家本承久記	日下　力他編	１２６００円
太平記・梅松論の研究	小秋元段著	１２６００円

（表示価格は二〇〇六年二月現在の税込価格）

——汲古書院刊——

著者略歴

鈴 木　彰（すずき　あきら）

1969年　京都府生まれ
1992年　早稲田大学第一文学部日本文学専修卒業
2000年　早稲田大学大学院文学研究科日本文学専攻博士後期課程単位取得退学
神奈川大学外国語学部専任講師を経て、現在、同助教授・神奈川大学日本常民文化研究所所員。博士（文学）。

主要論著

「源家重代の太刀「鬚切」説について——その多様性と軍記物語再生の様相——」（「日本文学」52-7　2003年）
「近世・近代の後醍醐天皇」（『後醍醐天皇のすべて』収　2004年　新人物往来社）
『図説　平家物語』（共著　河出書房新社　2004年）
『平家物語を知る事典』（共著　東京堂出版　2005年）

平家物語の展開と中世社会

二〇〇六年二月二十七日　発行

著者　鈴木彰
発行者　石坂叡志
整版印刷　富士リプロ

発行所　汲古書院
〒102-0072 東京都千代田区飯田橋二-五-四
電話　〇三（三二六五）九七六四
FAX　〇三（三二二二）一八四五

ISBN4-7629-3545-X　C3093

Akira SUZUKI ©2006

KYUKO-SHOIN, Co., Ltd. Tokyo.

索　　　引

凡　　例

本書の記載事項のうち、Ⅰ人名、Ⅱ書名・一般事項、Ⅲ『平家物語』伝本・諸本群、Ⅳ章段名、Ⅴ研究者名について、それぞれ主なものを五十音順に配列した。読み方は通行のものに従った。

Ⅰで、姓が不明のものについては通称等で示した場合がある。なお、鍛冶交名などについては、全てを再録するのではなく、論旨に関わる人名を適宜抜粋した。

Ⅱは書名・史料名（近世以前のもの）を中心としている。引用文の中に現れる書名・史料名および古文書名については「　」で括っておいた。なお、『平家物語』の語は採らなかった。

Ⅲには『源平盛衰記』『源平闘諍録』も含めて掲出した。

Ⅳは延慶本、覚一本、城方本・彰考館本、『源平盛衰記』の引用箇所表記をもとに作成した。彰考館本に拠った章段名のあとには＊印を付して区別した。

なお、書名・論文名のなかの語については採用しなかった。引用文中の当て字等については、適宜表記を改めて統一した。

Ⅰ　人　　名……………………………2
Ⅱ　書名・一般事項……………………12
Ⅲ　『平家物語』伝本・諸本群………19
Ⅳ　章　段　名…………………………21
Ⅴ　研究者名……………………………26

Ⅰ 人　　名

あ

赤松政則 508,518,593,598
赤松満政 469
朝倉貞景 376
朝倉孝景 376,438
朝倉教景 376
朝倉義景 376
浅原為頼（源） 471,472
足利尊氏 456,470,484,492,503,512,515,521,546,604,606～608,643,684,688
足利忠綱（又太郎） 432,434,435
足利直義 456,484
足利持氏 469
足利義詮 506,604,606,615～617,682,688
足利義氏 679,696
足利義量 506
足利義勝 487
足利義材 127,491,492,494～497,500～503,528,529,548～550,561,562
足利義澄（義高・義遐） 376,399,493,495,496,498,499,501,548
足利義輝 489,526,527
足利義教 383,469,470,486,487,489,498,504,554,555,565,688
足利義晴 498,499
足利義尚 404,491～495,502,507,526,527,529,543,544,546,594
足利義政 117,119,358,359,364,399,487,489,490,494,495,503,507～509,525～527,542,549,562,564,593,594,615,688
足利義視 117,127,494,495,503,528,542,561,562
足利義満 353,442,443,484,485,514,515,518,528,532,533,553,555,556,613,615,618,619,677,678,688,696
足利義持 467,469,486,498,506,528,611,612,616,618～620
飛鳥井雅章 403
足立遠元 629
安達宗景 462
安達盛長（藤九郎） 255,256,609,627
安達泰盛 461～463,479
阿茶 364,399
敦実親王 605,623
安倍貞任 175,431,463,464,658
安倍宗任 175,431,463,658
天国 423,427,428,455,539,580,649～651,653,662,664,665
荒土佐（法輪院） 310
有王 209,214,216
有成 427
有正 651
阿波内侍 413
安徳天皇 49,53,60,67,69,88,93,108,110,112,114,122,124,162,164,410,411,438,538,695
安禄山 370

い

池禅尼（藤原宗子） 68,91,96～99,101,102,107,288,289,571
伊勢貞明 546
伊勢貞国 542,543
伊勢貞助 489
伊勢貞丈 659
伊勢貞親 119,399,402,541～543,557,558,560,561,563,565,593,598
伊勢貞久 426
伊勢貞藤（常喜） 542,543～548,557,561,598
伊勢貞固 492

伊勢貞陸　399,426,543
伊勢貞宗　119,120,399,494,508,509,529,543,544,547,561
伊勢貞職　545
伊勢貞頼　426,544
伊勢義盛（三郎）　232～234,278
一条院　425,433,437,536,537,551,577,580
一条兼良　423,425,545
一条忠頼　301
一色詮範（左京大夫）484
一色教親　498
一色持信（左京大夫）497,498,504
一色義貫　498,528
一色義遠　490
一色義直　490
飯尾之種　383
飯尾為種（永祥）383,402
今川貞世　470
今川直氏　606
今川範氏　470
今川範国　470,481,606
今川範忠（彦五郎）468,469
今川範政　468

う

上杉氏定　469
上杉持定　469
上原元秀　493
宇多院　605,623,632
宇津宮三河入道　442,443,541,552,555,556,565
宇都宮朝綱　113
宇都宮宗朝　552
宇都宮頼綱　552
宇野親治（七郎）655,656
浦上則宗　508

え

江田源三　232～234
越阿　683～685
江馬四郎　658
江馬輝経　660
江馬輝盛　660,661,666
恵美押勝　309
円恵法親王　145,158

お

大内教弘　543
大内政弘　468,541～548,557,561,598
大内義興　398,426,512,543,544,546,548,562
大内義隆　566
太田資正　679,680,696
太田頼助　74
大塔宮→護良親王
大庭景親　106,290～293,298,301,302,309,608,624,625,631,632,638,644
大姫（桜子ノ御ツボネ）　456
小笠原貞慶　657,659,666
小笠原長時　657,658,666
小笠原長棟　658,666
小笠原秀政　659,666
緒方維義　162～164,191～194,198～201,409
隠岐広有　331
長田忠致　654
織田信長　668
小槻長興　494,561
鬼武丸　628
小山田有重　94,625

か

覚一　364
覚淵（聞性坊）　310
覚明　308
花山院持忠　474
梶原景季　48,53,431,666
梶原景時　48,53,57,58,224～227,233,269,300,456,655,656,666
梶原政景　696
上総広常　301,625,626
片岡為治（八郎）233,239
片岡親経（太郎）232～234
葛原親王　185,291,678,686
加藤景廉　288,298
加藤光定　128
金子家忠（十郎）　233
金子近則（与一）　233
鎌田正清　573,574,583
亀王　216

鴨長明　599
掃部允　608,609,631
河原次郎　48,53
河原太郎　48,53
眼阿（素眼）423,425,441
桓武天皇　122,285,291,649,654,662,665,686

き

祇王　309
祇園女御　181
季弘大叔　350,554,675,676,679,695
亀泉集証　544,545,683
木曾義仲→源義仲
紀伊二位→藤原朝子
京極高和　403
卿の局→藤原範子
清原家衡　175
清原滋藤　678
清原枝賢　124
清原武衡　175
清原業忠　697
清原宣賢　124

く

朽木経氏（万寿丸）465
熊井太郎　232～234
熊谷直家　48,59
熊谷直実　48,54,56,59,63
九里伊賀入道　499

け

見阿　564
玄阿　554
玄輝門院　331
建春門院→平滋子
玄宗　115
源八広綱　232～234
建礼門院→平徳子

こ

幸阿　541,552,553
幸阿弥道長　553
項羽　247,276
豪雲　320,321
孝謙天皇　578
勾践（越王）373
高祖　247,276,302,597
高師直　521
興文　512,546
久我具通　515～517,533
久我長通　516,517
久我通雄　516,517
久我通定　516,517
久我通相　516,517
久我通忠　516
久我通宣　515～517
小督　393
後光厳天皇　474
後嵯峨天皇　676
後三条院　231
後白河院（法皇）10,22,35～37,69,70,74～76,83,89,93,96,105,114,134～148,151,152,155,157,159,161,164～170,175,176,184,190～196,198～202,204,212,213,220,228,236,242,244,250～253,255,260,265～271,275～277,279,290,291,293,305,338,413,437,462,536,537,551,568,610,678,685
後崇光院→貞成親王
後高倉院→守貞親王
後土御門天皇　437,502
後藤実基　233,234
後藤基清　233,234
後鳥羽天皇（主上・院・隠岐院）335～344,346～349,422,423,425,436,478,512,536,551,634
近衛院　124,321～323,351
近衛政家　494
後花園天皇　474
小早川則平　466,467
小早川持平　446,467
後冷泉天皇　463
是国　655,656
厳秀　606
金大房　24
金王丸　230

さ

西行　367～369,384
西光　22,37,175,211
斎藤五　272～274
斎藤実盛　119,120,689,690
斎藤利永　541,552～555,

557,564
斎藤利藤　553
斎藤利匡　553
斎藤六　272～274
坂上田村麻呂　156,175,176,187
佐々木章綱　644
佐々木有信　461
佐々木氏綱　461
佐々木氏綱　644
佐々木景秀　604
佐々木定重　644
佐々木定綱　458～460,603,605,606,609,610,622,625～630,632～636,638～640,644,645
佐々木定綱室　459
佐々木実秀　636,637,644
佐々木高重　634
佐々木高綱　106,296,298,299,431～435,458,606,625,626,633,645
佐々木高信　461
佐々木高信　604,617,620,621
佐々木経方　605,624,625,632
佐々木経高　606,626,633～635,637,644
佐々木道誉　444,530
佐々木時信　458～461
佐々木長綱　13,602～604,606～608,611～617,620～622,644,683
佐々木信実　604,637,644
佐々木信綱　432,458～460,461,644
佐々木秀忠　604
佐々木秀綱　604
佐々木秀義　296,298,458,605,606,608,609,622,624～627,630～633,635,636,638,639,644,645
佐々木広綱　459,460
佐々木盛綱　13,603～608,610～616,619～622,625,627～630,632～634,636～641,644,645,683
佐々木泰綱　459,461,635,636,638
佐々木義清　106,458,606,634～636
佐々木義綱　460,461
佐々木義綱　644
佐々木頼綱　458,459,461,462
佐々木頼綱　461,462
佐々木頼信　461
貞純親王　291
貞次　651
貞成親王（後崇光院）474,482,505,506,515
貞宗（彦四郎）423,427,433
佐藤忠信　230,232～234,237,239
佐藤嗣信　230,232～234,237,239
里見義成　603
佐奈田義忠（与一）　301
実次　463
真守　427,431,455,519,575,578,580,590,592,650～652,656
沢巽阿弥　398
三条（西蓮）　516
三条実望　376
三条実盛　471,472
三条西実隆　386,546,566
三条西実連　374,386,400

し

慈恵　180,181
慈円（慈鎮）　60,385
始皇帝　302
斯波義敏　119
斯波義将　677,678,696
渋谷重国（庄司）609,624～627,635,636,638
渋谷武重　635,636
慈遍　538,559,560
重阿　541,542,552～556,560,563,565,593
重阿　554,555,565
守覚法親王　95,659
朱買臣　119,120
俊寛　10,204～211,213,214,216～221
順徳天皇　316,340,341
春浦宗熙　554
鎖翁　675,676
城菊　350,351,676,679

貞暁　596
静賢　217
正広（晴雲）　357,377,384,397,398,554
称光天皇　474
上西門院（統子）　260
昌俊（土佐房）　227,230,265,308,409
正徹　357,544,555
聖徳太子　668,695
小弐妙恵　483
小弐頼尚　483
定遍　595
聖武天皇　432
昌明（常陸房）　264
白河院　181,338,536,537,551
真海（一如坊阿闍梨）　286
信西（藤原通憲）　370～373,393,413
仁保弘有（上総介）　468

す

瑞谿周鳳　677,697
菅原道真　675,676
助包　577～579,651,664
介成　655,656
崇光院　473,474
洲崎三郎　298
崇神天皇　538,539,559,665
鈴木重家（三郎）　239
崇徳院（讃岐院）　210～213,217,218,220,341,365～369,374,400,522,678
諏訪貞経　655

せ

聖阿　533
政覚　492
清和天皇　285,291
関胤盛　594
雪舟　545
千阿　565
善阿　563
禅阿　553

そ

祖阿　554
宗祇　545
曹公　244,245,248
宗住　678,679
相照　256
宗砌　554
宗長　376
尊意　675,676
尊恵（慈心房）　180,181

た

醍醐天皇　675,676
大通院→栄仁親王
大納言佐→平重衡北の方　197
提婆達多　266
平顕盛　464～466
平敦盛　54,63,667
平家貞　70,93,569
平家長　48
平清経（左中将）　50,71,73,83,193
平清宗（右衛門督）　49
平清盛　48,49,62,66～69,80,83,89～91,95,105,114,117,119,120,122,124,126,128,152,163,174～185,187,188,211～213,217,220,257,262,266,284,285,287～293,296,300,304,306,309,310,372,462,466,567,572,574,575,580,582,584,589,609,627,648,655,658～660,665,685,692,693
平国香　185
平維度　465
平維衡　185
平維茂（余五将軍）　156,586
平維盛　49,69～77,79,81～84,92～96,99,113,114,127,165,178,182,183,187,188,235,264,272～274,569,570,572,589,655,658,661,685
平維盛北の方（六代母）　49,72,73,94,106,273,274
平維盛女　94
平定俊（筑後守）　74
平貞盛　80,175,182,185,

188,653,665,678
平貞能　48,74,75,78,84,93,106,113,569,572
平重国（重俊）　195～197
平滋子（建春門院）　228
平重衡　50,53,54,58,60,61,82,165,194～197,233,278,280,296,325,332,654～656,665
平重衡北の方（大納言佐）　197,412
平重盛　72,74,76,83,93,119～121,152,175～179,182～184,187,188,193,309,310,315,318～320,324～326,332,401,569,573～575,582,583,655,658,659,665,685,689,691,692
平資盛　48,50,71,73～76,82～85,94,165,572
平忠度　54,56,60,61,63,70,78,79,93,569
平忠房　263,264
平忠盛　68,80,124,181,185,465,466,567,574,575,577,579,583,588～590,594,595,597,649,652,664
平為度　465
平経正　70,79,93,95,96,569,659
平経盛　95,112,126,127,325,332,573,582,660
平時子（二位殿）　49,50,165,195～197,202,363,410,411
平時実　138,139
平時忠　52,112,138,139,162,164,165,167,195,228,686
平時忠女　269
平時継　687,697
平徳子（建礼門院）　49,110,114,121,127,193,204,211,212,269,412
平知章　54
平知忠（伊賀大夫）　335
平知盛　48,54,63,71,72,82,164,165,196,325,655,656
平知康（鼓判官）　144～146,157,267
平仲盛　67,76
平業忠（大膳大夫）　89,137,146,195,202,267
平信基　138,139
平範国　686,687,697
平教経（能登殿）　47,48,56,57,62,654～656
平教盛（門脇宰相）　47,57,60,112,126,127,214,325～327,332,475,582,655,656,683
平将門　63,156,175,182,188,602,653,665,675,678
平正度　185
平正衡　185
平正盛　185,579,597,664
平通盛　48,56,57,60,61,264,654～656
平光度　465
平光盛　69,76,101,516
平光盛女　516
平宗清（弥平兵衛）　97,99,571
平宗経　687,688
平宗度　465
平宗盛（内大臣）　47～49,60,62,68～73,75～77,82,83,89,90,92～95,110,114,152,164,165,172,196,226,264,285,325,326,567,569,570,580,689
平致頼　156
平基盛　655,656
平盛国　296
平盛嗣（越中次郎兵衛）　71,76,77,83,92,264,568～570
平盛俊（越中前司）　54,56,57
平師盛　48,74
平保業　101,465
平康頼　204,206～210,214～216,677
平行盛　70,79,93,569,614,655,656
平頼盛　9,13,66～73,75～77,79～85,88～93,96

～108,113,127,165,166,172,325～327,332,465,466,480,514,516～520,531～533,567～575,577～584,588,648
高倉天皇　114,122,144～146,152,175,202,309,316,338,393,641,676,677,695
高階泰経（大蔵卿）　74,101,151,167
多賀久利（管六）　50,51,55
高見王　686
滝口入道　178,589
武里　178,589
武田勝頼　115,116
武田信玄　660
武保　578,581,651,664
竹屋理安　654
田代信綱　50,56,231～234
橘則次　26,30,31,42
堪増　263,602
但田忠利　26,30

ち

千葉常胤（千葉介）　301,625,626
紂王　117
忠快　278

つ

土御門天皇　124,335,338,340,341,343,349～351
経基（六孫王）　246,275,291,292,310,320

て

天武天皇　653

と

洞院実熙　374,386,400
道源（骨皮左衛門）　119,120
道興（聖護院）　42
土岐利綱　426,442
徳川秀忠　403
髑髏尼　278
鳥羽院　181
土肥実平　48,50,53,54,56,100,265,266,299
土肥遠平　100
友成　427,442,654,655

な

長尾景虎　679
ながたの入道　608,631
中原兼遠　156,157
中原信康　267
中御門宣胤　389,682
中御門宣秀　389
成田五郎　48
難波経遠（次郎）　475
難波行豊　584,592,593,598

に

二階堂道超　606
二木寿斎　657
仁木頼章　604
二条天皇　320～323,685
二条良基　392
蜷川親孝　354,359,391,392,398
蜷川親俊（親世）　354,391,397
蜷川親当（智蘊）　354,359,554
蜷川親元　354,358,359,397～399,518

ぬ

奴田太郎　47

ね

根井小弥太　145

の

能阿弥　513,564,592,593,598
能恵房　606

は

秦包平（兼平）　655,656,665
畠山重忠　106,107
畠山重能　94,95,625
畠山尚順　502,548,549
畠山政近　542,548～550,557,562
畠山政長　502,509
畠山政光　549,562

畠山持国（徳本）　468,555,556
畠山持重　549
畠山基家　493,548
畠山義就　120,121,468
畠山義英　548
八条院　90,91,96,106
八町平次　533
花形　124,195,196
塙保己一　599
半沢成清　106,107
万里集九　667
范蠡　373

ひ

樋口兼光　100
日野重子　391
日野資任　487
日野富子　364,399,495,503,508,809
美福門院　678
平山季重　48,56,59,63

ふ

武王（周）　117
藤戸　428,455,655,656
諷誦　428,650,651,664,665
藤原朝子（紀伊二位）　413
藤原景家（飛騨守）　71,93,95,96,569
藤原景清（悪七兵衛）　264
藤原景高（飛騨判官）　95
藤原兼実（九条）　60,602,603,617
藤原兼光　89
藤原公能　321
藤原惟方　372,472
藤原定家　79
藤原定長　194
藤原実家　105
藤原実定　475
藤原成範（桜町中納言）　393
藤原俊成　78
藤原純友　156
藤原忠平　675
藤原忠文　678
藤原忠通　305
藤原為家　385
藤原利仁　156
藤原長教　146
藤原長宗（葉室）　472,473,481
藤原成親　175,207,211,285,296,475
藤原成経　204～210,214,215
藤原成経北の方　214,216
藤原成頼　305
藤原信頼　370,372,435,436,472
藤原範子（卿の局）　335,336,343
藤原教長　522
藤原秀郷　175,678
藤原秀衡　225,229,624,628,636,639
藤原道家　305,676
藤原光頼　372,373,472,473,481,482
藤原宗豊（葉室）　472,481
藤原基房（松殿）　146
藤原基通（近衛殿）　70,77,93,100,212,568,569
藤原師家　212
藤原師高　22,25,27,28,37～41,315
藤原師経（加賀目代）　22～25,27,28,32,33,35,38,40,41,315
藤原保昌　156,577
藤原良経（九条）　60
藤原良成（一条）　267
藤原頼資（刑部卿三位・豊後国司）　145,163,164,192,194,199,200,203
藤原頼嗣　676
藤原頼経　676
藤原頼長（左大臣・悪左府）80,210～213,217,218,220
布施英基　594,599
懐島景義（平権頭）　106,256,301

へ

平城天皇　652
別府小太郎　51
弁慶（武蔵坊）　56,232～234,239

ほ

北条氏康　679,680
北条貞時（崇演）　462～464,479
北条高時　456
北条時定（平六）　408
北条時政　152,227,228,235,264～268,271～275,279,280,292,293,298,409,608,609,624,631,660,685,697
北条時頼（最明寺）　461,463,464,470,479
北条政子　168
北条泰時　635
北条行政（千代松丸）　685
北条義時　456,463,464,660
細川和氏　607
細川勝元　119,529
細川清氏　607,615,616,620
細川政元　375,376,384,401,495,503,548
細川持賢　364
細川持之　469
細川頼氏　604,606～608,614～616,621
細川頼和　606～608,615,616,620
細川頼元　616
細川頼之　607,616
仏　309
堀河天皇　205,322
本阿　510
本阿　550,551

ま

正恒　427,432,433,442
俣野景久　301
松永久秀　489,679,680
万里小路時房　472
満済　469,504～506,511,515

み

三浦義明（大介）　298,299,625,626
三浦義連　48
源実朝　316,463,464
源重貞　310
源為朝　310
源為義　296,298,309,310,458,463,464,522,605,624,625,632,639,654,666,678
源仲綱　285,286,296
源範頼　48,60,61,101,140,143,144,159,225～227,231,232,235,264,265,363,409
源雅俊　204
源雅頼　287,305
源通光　516
源通基　516
源満仲　285,310
源行家（十郎蔵人）　98,137,138,150,164,235,264,294,295,303,363,408
源行綱（多田蔵人）　285,297
源義家　51,156,157,175,284,291,308～310,322,331,431,432,458,463,464,479,480,485,496,501,521,528
源義高（清水冠者）　456
源義経　10,46,50～52,54～56,58～63,136,140～144,151,152,155,159,160,167,196,222～237,264～267,269～271,278,279,295,311,336,342～344,350,409
源義朝（下野守・頭殿）　230,244～249,259,269,287～290,302,304,306,308,309,463,464,582,602,605,624,625,632,639,654,678～680
源義仲（木曾）　47,60,89,98,102,105,114,115,136～147,150～152,156～165,171,172,191,232,284,294,303,456,458,603
源義憲（義広・信太三郎先生）　235,264
源義平（悪源太）　431,437,574,575,582,583

源頼家　456,635,645
源頼朝（鎌倉殿・源二位）　10,11,60,68,82,88,90,91,95～103,105～107,110,124,136,139,140,142～144,146,147,151,152,155～172,177,183,184,191,222,224～231,234～238,242,244～249,254～258,260,262～284,287～306,308～312,335～337,346～348,351,363,408,409,431,456,460,462～464,479,534,571,573,578,582,596,602,603,605,606,608～612,614,615,620,622,624～641,643,644,646,668,672,683,685,697
源頼信　310
源頼政　285,286,294～297,315,316,318,320～326,330,331,435～438,691
源頼光　156
源頼義　175,310,463,464,479,640
箕浦備中入道（崇栄）　530
三好下野守　421
三好義長　679,680

む

宗尊親王　676
宗近（三条小鍛冶）　422,423,427,428,442
宗次　654～656
村上基国　48,53

め

明雲　30,32,37,38,41,44,145,158
明川　604,608,621

も

以仁王（三条宮）　107,285,294,297,310,627,691
守貞親王（後高倉院・二宮）　335,336,343
護良親王（大塔宮）　595
文覚　11,139,157,166,169,172,177,242～260,271,272,274,276,283,290,292,309,311,312,335～337,341,343,344,346～348,641
文寿　431,455
文武天皇　536,538～540,551,653

や

安岡親毅　599
安田義定　232,301
康次　456
安綱　428,519,578,580
安則　655,656
矢田義清（判官代）　137
簗刑部左衛門入道（円阿）　541,552
山内俊綱　302
山内俊通　302
山木兼隆　289,308,602,635
山科言国　502
大和宗恕　489,684,686
日本武尊　586
大和秀政（日向宰相）　684,685
山名氏清　484
山名是豊　468
山名政豊　467
山名満幸　484
山本義高　137

ゆ

湯浅宗重　263
行平（鬼神大夫・紀新大夫）　422,423,427～429,432,436,437,442,445,473,474

よ

養由　321
吉田兼倶　388,389,403
吉田経房　89
義憲　578,651
栄仁親王（大通院）　474
頼仁親王（冷泉宮）　637

ら

頼豪　205,219

り

琳阿　553,564

れ

冷泉為広　376
冷泉宮→頼仁親王
蓮誉（蓮如）365,367,368

ろ

六代　76,83,94,110,182,183,186,235,268,271〜276,279,280,335,343,572,589,697
六角氏頼（崇栄）433,444
六角四郎　498,499
六角高頼　491,493

わ

渡辺授　325,326
渡辺唱　325
渡辺省　325,326
和田義盛　106,298,300,635

II　書名・一般事項

あ行

朝倉始末記　376
朝倉孝景条々（朝倉敏景十七箇条）　438
足利季世記　562
足利将軍家　12,364,365,480,482〜485,487,489,496,499〜502,506,508,510,513〜515,518,520〜522,524,531,556,557,593,684,685
「足利将軍家所用銘物注文」　524,565
足利義教勧進崇徳院法楽百首　375
吾妻鏡　44,61,62,64,65,101〜103,121,129,278,316,461,596,602,605,608,610,614,615,622,633,637,638,640,644〜646,697
「あひ」　202
天目一箇神　538,539,559,560
在盛卿記　487
威応　247,276,279,291〜293
依拠資料　26,29,39,44
生田　47,48,50,52〜55,58,62,64
池殿（六波羅池殿）67,90,96,99,106,574,575,577,588,590,652,664
池大納言家領　516,517,519
異制庭訓往来　187,486,517,522,528,587,650,662
伊勢記抜書　599
伊勢参宮名所図会　596
伊勢氏　353,364,399,402,427,503,510,513,519,534,542〜547,555,557,561,565,593,659,666
一代要記　64
一の谷　47,49〜57,59〜61,64,121
一の谷合戦　9,46〜48,57〜61,64,65,121,142,195,655
一門内対立　66,80,81,84,96,108,567,571〜573,575
猪熊関白記　316
今川家譜　480
今川記　480
蔭凉軒日録　403,404,492,495,497,500,515,518,525,527,529,543〜546,565,683,688,696
宇治川先陣譚　432〜435,444,458〜460
「歌枕注文」　392
歌枕名寄　385,404,599
宇都宮家系図　564
産衣（源太産衣）431,522,534
運歩色葉集　534

永久百首　404
永享九年詠草　555
永禄年代記　548,562
永禄六年諸役人附　527
易林本節用集　379
往昔抄　450,553,564
応仁記　583
応仁別記　117,118,121,127
大内問答　426,441,532
大館記　565
小笠原系図　666
御小袖　12,484～487,489～505,510,521,522,525,526,528,529,533
御小袖の間　483,485～490,497,500,501,504～506,514,515,518～520,525～527,697
御小袖番衆　485,489,504,527
御供故実　544
御成次第故実　544～546
お湯殿の上の日記　403,599

か行

廻国雑記　42
臥雲日件録抜尤　677,691,697
神楽岡縁起三社託宣本縁　388
鍛冶名字考　424,434,447,454,456,463,464,479,536,537,577～580,650,651,653～656,664,665
「家集歌数注文」　392
「歌書断簡」　392
梶原讒言　224～227
家中竹馬記　426
「花鳥余情」　404
合戦空間　46,50,52,53,57,58,61,64,65
桂川地蔵記　423,664
鎌倉遺文　28,33,41,43
神代幷文武天王御宇大宝年中以来鍛冶銘集　433,447,454,651,656,664
唐皮　80,81,83,84,178,179,183,184,188,571,572,582,589,597,648,649,658,659,661～664,666
閑院殿　145,146,152,202,316～319,324,331,332
款状　634,636,637,644
菅別記　499
看聞日記　400,473,481,484,486,487,496,506,511,514,515,531,594
鬼界島（硫黄島）　204～206,211,216,218,256,677
義経記　222,308
北野社家日記　492,497,501,527
吉記　68,74,75,82～84,89,101,105,121
九十六箇条聞書　544
「玉燭宝典」　404
玉葉　27,28,39,41,44,46,47,60,62,68,75,82,89,101,105,121,260,316,602
清原宣賢式目抄　124,129
清原業忠貞永式目聞書　613
清盛落胤説　182
空華日用工夫略集　613
愚管抄　60,68,75,76,82,83,89,101,260
公卿補任　107,400,468,687,688
旧事玄義抜萃　560
旧事本紀玄義　559
「朽木文書」　457,465,479,480
公方御倉（定泉坊・籾井）　358,469,518,532,555
愚昧記　329
熊野参詣　35,36,117,205,207～210,271,279,372,655
「九郎判官物語」　351
黒煙　53,55,63
軍記物語　11,12,104,347,377,383,384,387,390,395,396,418～421,430,435,438～440,453～455,457,475,476,480,481,483,485,520～524,535,540,557,559,576,579,581,587,593,594,596,642,647,650,654,656,

657,662,663,680,695
元亀元年刀剣目利書　433,448,560,664
「建久五年六百番歌合詠者注文」　392
源氏「一門」　293～297,303
源氏物語　392
「源氏物語紙数注文」　392
「源氏物語帚木巻断簡」392
「源氏物語巻別注文」　392
現存和歌六帖　385
建内記　594
源平交替史観　306
『源平盛衰記』の終結部　11,257,262,305
五音　564
孝子伝　245
「江州御陣三十首続歌懐紙」　392
江談抄　471
江陽屋形年譜　489,499,526
甲乱記　115,116,127
「久我家文書」　517,532
小烏（太刀）　80,81,83,84,178,179,183,184,188,457,518,539,540,560,571,572,584,586,587,589,596,597,648～651,653～655,657,661～666,687
「小督」　394
古語拾遺　538,539,559
古今著聞集　316,580
古事談　367
御成敗式目注　613,620
「後徳記」　681
御内書引付　499
後法興院記　359,376,401,404,491～496,501,503,506,507,526,527,542
小松家　73～76,83～85,92,93,114,193,570,584
小松家の公達　50,76,83,568
維盛生存説　656,657,666
混態・混態本　134,148,330,344,400
権中納言光親卿記　316

さ行

西行家集　367
最勝四天王院障子和歌 392
再昌草　376,401
斎藤基恒日記　402,487,498,543,565
坂落とし　46,51,56,59,61,63
左記　659
佐々木系図　603
「佐々木系図」　604～606,610,616,617,620～622
「佐々木長綱庭中言上状」　604,611,614～616,622
篠作（太刀）　483,484,486,487,500,504,505,511～515,546
沙汰未練書　613
薩戒記　474
「雑記」　354,356～359,365,369,373,375～377,381～384,386～390,392,397,398,401,402,673
撮壌集　383,401,402
雑筆要集　33
実淳集　376,401
実隆公記　376,388,401,403,494,545～547
申楽談義　564
沢巽阿弥覚書　398
三国地誌　596
枝奥抄（枝賢奥書本式目抄）　124,129
「史記」　387
慈照院殿年中行事　530
十訓抄　331
下野国誌　563
蔗軒日録　124,344,350,351,511,675,676,678,688,690
「沙門弘源勧進状」（「福祥寺文書」）　667
「拾遺愚草断簡」　392
周易　97,571
拾芥抄　315,316
拾芥記　548
拾玉集　385
集古十種　659
拾珠抄　432,458,461
拾塵和歌集　545
重代の太刀　12,13,68,453

～455,457,459,460,462,464～471,474～476,478,480,481,483,485,487,494,499～506,508～511,513,518～521,532,533,584,586,647,654,657,667,684,685
「拾烈集」　394
寿斎記　657,660,661
「俊寛」　392
蔗庵遺藁　554
松下集　357,384,397,554
承久記　338,339,341,343,345～347,350,352,458,673
——慈光寺本　17,128,339,341
——前田家本　17,128,339,346,349,352
——流布本　11,17,128,334,338～346,348～350,444
承久の乱　335,341～343,345,346,352,432,436,458～460,637,644
将軍・日本国大将軍・征夷将軍　157,166,168,169,177,179～184,187,188,255～257,286,287,289,291～293,296,302～306,309,586,641,646,695
「小代宗妙置文」　645
常徳院詠　404
職原抄　538,560
諸国鍛冶系図　439
諸国鍛冶寄　439
「諸物語目録」（看聞日記紙背文書）345,464,511
新刊秘伝抄　553,560,654,665
人賢記　441
新古今和歌集　384
新札往来　422,423,474,529,664
新猿楽記　27
新続古今和歌集　385
新撰菟玖波集　545
新撰和歌六帖　385
尋尊大僧正記・同補遺　494,495
神皇正統記　538
神明鏡　129,620
「諏訪社法楽五十首和歌」　392,543
政覚大僧正記　492,494
勢陽五鈴遺響　599
尺素往来　423,596,664
節刀　177～179,187,188,287,289,296
前九年合戦之事　239
「千光寺記」　667
宗五大双紙　426,427,430,442,544,565
草根集　554,555
宗長手記　376
宗滴話記　376
尊師聞書　403
尊卑分脈　221,461,472,603,616,687

た行

「大覚寺文書」　172,615
醍醐枝葉抄　388
大宗禅師語録　554
大乗院寺社雑事記　468,492,493,497,501,507,527,529,548,549,562,593
太平記　128,331,351,391,392,444,456,470,521,585,595,599,620,666,678,679,681,682,690
太平記抜書　402
題林愚抄　404
竹屋惣左衛門理庵伝書　442,449,565
多功系図　552,563
多々良盛衰記　562
多々良問答　566
多聞院日記　668
壇浦合戦　110,157,167,224,226,233,235,236,262,269,336,538
親孝日記　397
親俊日記　397
親長卿記　388,403,404,485,487,496,508,511,527,528,594
親元日記　358,359,364,377,391,397～399,508,518,529,543,561

中世刀剣伝書・刀剣伝書　12,13,418～422,424,425,429～435,437～440,442～444,453～457,470,471,474～477,481,483,485,512～514,519,521～524,533,535,538,540,549～557,560,568,576～579,582～584,587,590～594,596,597,647～650,652～657,662～665,667,674
長享元年九月十二日常徳院殿様江州御動座当時在陣衆着到　491,502,503
長享銘尽　448,456,512,530,651,656,664,665
朝野群載　27
長禄記　120,121
長禄二年以来申次記　562
長禄四年記　430,543
剣巻　418,463,539,560,576,654,667
徒然草　331
庭中言上　13,602,611～613,615,617,644,683
手郎等　232～234,239
天文雑説　689,692,693
東寺王代記　514,515,517,518,531
榻鴫暁筆　583
同朋衆　398,510,513,519,554,555,564,565,576,593,683,685
言国卿記　436,496,501～503,527,529
土岐家聞書　442,555,565
言継卿記　489,497,499,527
豊葦原神風和記　560
不問物語　122,128

な行

長興宿禰記　487,491,497,561,594
中原高忠軍陣聞書　525
鍋島家本神楽歌　386
難太平記　681,682
蜷川家　11,353,354,356,358,359,364,365,375,376,381,383,384,386,389～392,395,400,401,404,523,524,534,555,565
蜷川家古記録之内抜書　529,532
「蜷川道標詠草」　332
「日本紀」　387,539,540
仁和寺日次記　316
抜丸・抜丸話　13,68～70,80～84,91～93,105,431,443,466,484,486,487,500,504～507,514,515,517～520,530～533,540,567～590,592,593,595,596,599,647,648,650～652,655,663,664,697
沼田小早川系図　480
年中恒例記　509,530
能阿弥銘尽（埋忠本）　433,447,564,664
能阿弥銘尽（三好下野守本）421,437,447,578,579,592,651,656,664
能阿弥銘尽（元盛本）　447,651,656,664
能因歌枕　599
「野田文書」　13,603,622
後鑑　529,562
宣胤卿記　389,401,507,508,529,682,696

は行

梅花無尽蔵　667
梅松論・「梅松論」　351,484,486,492,500,502,511,515
梅松論の奥書　511
白山事件　9,22,23,36,37,44
万代詩歌集　388,403
鬚切（太刀）　431,443,457,462,478,479,518,586
「鬚切物語」　464
飛驒国治乱記　659,661,667
ひとりごと　564
百練抄　27,41,316,324
兵範記　680
鶴越　46,48,50～52,55,58,62,63
「武家歌合」　392

武家故実・武家故実書　395,425,429,439,441～443,510,544～546,560,644
武家名目抄　599,662
二つの頼朝観　281
二銘（太刀）　483,484,494,500～502,506,507,509～513,529,684,685
普通唱導集　351
夫木和歌集　385
文明十一年記　509
平安遺文　28,33,41,43
「平家歌共撰集双子」　400
平家勘文録　345,697
平家重代の太刀　91,514,540,587,589,590,648,650,659,662,663,684,685,697
平家嫡流　10,76,80,174,179,183～185,659,662
平家末裔　13,647,657,661～663,683～686,688
平家都落ち　9,66,67,69,70,77,81,83,84,88,89,92,93,96,97,99～105,107,109～111,114～117,126,136,166,191,567～570,582
〈平家物語〉　5,15,223,263,306,694
平家物語抄　88
「平家物語断簡」　354,355,357,359～365,396～399,404～413,673
平家物語評判秘伝抄　88,104,105
平氏残党粛清　263,264,278,337,343
平治の乱　66,97,102,163,176,269,289～291,294,302,310,462,472,519,571,582,588,605,632,638,645,654
平治物語　11,17,102,103,187,326～328,352,365,369,370,373～375,377,381,384,389,390,437,464,466,473,514,518,519,533,573,575～577,579,581,583,645,647,659,666,673,690
——京文本　372,443
——国文学研究資料館本　371
——金刀比羅本　17,107,332,371,372,431,437,464,533,575,578,583～585,597,664,666
——杉原本　371,372
——尊経閣文庫本　371
——陽明文庫本・学習院本（古態本）　17,102,326,332,370～374,377,381,389,431,464,466,473,478,533,573～575,578,582,583,585,587,597,650
——流布本　17,102,103,371,372,430,431,437,457,533,575,578,583,587,651
平治物語絵巻　585
豊記抄　427
保元の乱　66,107,126,163,176,213,345,655,679,696
保元物語　11,17,129,339,341,344,345,350,366～369,374,379,380,382,400,401,522,656,673,678～680,690
——鎌倉本　17,368,374,380,522
——京図本　522
——金刀比羅本　17,339,367～369,374,380,522
——半井本（古態本）　17,367,368,380,400,522,656,680
——流布本　17,380,522,656
「保元物語聞書」　365～369,374,375,377,384,387,389
奉公覚悟之事　442
「□奉公初日記」　13,604,605,608～610,616～618,622,623,633,637～643,645,646
法住寺合戦　141～144,146,147,151,157,159,161,

191,202
法住寺殿（院の御所）　137,140,141,144～146,250,252,254,256
「北条氏康書状」（「歴代古案第二」）　679,696
宝徳二年関鍛冶系図　553,564
保暦間記　107,129,462,471,481
法華経序品和歌　554
細川勝元記　127,128
「法華堂文書」　479
発心集　367,368
「仏原」　42

ま行

増鏡　436,471,478
満済准后日記　468,486,487,489,497,500,504,506,514,515,518,531,554,555,565,613,620
「万葉集」　387
三草山・三草合戦　48,50,56,62,64
壬二集　385
壬生本朝倉系図　619
三好下野入道殿聞書　421,449
「夢中問答并谷響集」　404
室町軍記・戦国軍記　9,118,122,453,670,675
室町殿御亭大饗指図　487,488
銘　418～420,424～427,430,575,576
明月記　316
銘尽（伊勢貞親本）　432,437,448,531,534～537,539～542,546,547,550～552,556,558,560,563,565,590,592,593,596
銘尽（観智院本）　424,428,430,431,434,447,455,456,464,466,478,513,537,539,540,560,579,581,650,651,654,656,664,665
銘尽（佐々木本）　432,434,437,448,470,513,530,539,540,592,651,653～656,664,665
銘尽（聖阿本）　448,519,520,533
銘尽（直江本）　429,430,433,448,513,530,592,651,652,656,662,664
銘尽（芳蓮本）　444,448,654,664
銘尽（本阿本）　448,539～541,550～554,556,558,560,562～564,651,656,664
明徳記　484～486,492,493,500,502,511,525
明徳記の奥書　511
物語再生論　14,694
「盛久」　394,404
師郷記　487,498
門葉記　43,487,525

や行

屋島　47,99,121,165,178,194～196,230,232,589
屋島合戦　120,121,151
康富記　404
山崎関戸院　71,111,112,114～116,127
山科家礼記　388,403
大和家　527,685
大和入道宗恕家乗　684,697
耀天記　221
〈義経関係記事〉　10,135,222,223,228,229,236,336
義経最期　222,228,235,278,350
義経都落ち　167,229,270,279

ら行

暦仁以来年代記　549
歴代皇記　64
「連歌懐紙写」　392
鹿苑日録　491,497
六代勝事記　336,337,339～341,343,344,348,349
六代助命話　271,275,279
六華和歌集　385

わ行

和漢朗詠集　384
和玉篇　382

Ⅲ　『平家物語』伝本・諸本群

あ行

熱田本　109,110,126
一方系諸本　134,149
延慶本　9,14,16,23～26,28,30,32,34,36～40,42,44,46,47,49～52,54～59,62～64,66～73,75～82,84,90～101,104～107,112～115,126～128,151,178,185,186,199,200,202,203,217,242,244～247,250～252,255,259,260,262～264,266～270,272～275,278～280,283,285～288,290,292,294～297,300,304,305,307～309,311,312,317～322,324,325,328～331,347～349,367,432,567～573,577,583,587,589,592,597,608～610,614,615,619,641,649,650,666,672,695
大前神社本　350
奥村家本　150,151,332,347

か行

覚一本　10,16,24,41,66,68,77,90,91,93,100,104,112～117,120～122,124,127,128,136～146,148,150～153,155～172,174,176,177,179～181,183～185,187,188,190～192,194,196～220,225,227,232～234,237,251,282,317～319,321,322,325～328,333,336,344,350,360～365,371,379,397,399,615,666,671,672,675,684,692,695
語り本系諸本・語り本　24,40,63,68,70,83,88,90～92,100,104,107,113,134,136,153,155,156,161,170,171,174,185,188,190,200,201,205,210,213,217～220,237,264,314,318～320,323～325,327,330,332,333,336,347,567,573,582,587,666
鎌倉本　148,150,172,201,202,237,330,431
木村正辞旧蔵本　126
京都府立総合資料館本（京資本）　150～152,238,332
京師本　16,360～362,399,400
『源平盛衰記』　10,11,16,17,22～24,26,39,40,42,43,70,83,92～100,104,106,107,128,151,187,202,203,218,221,239,242～260,262～280,282～312,318,320,330,331,367,368,435～438,567～573,577,582,584,586～596,619,620,645,647～650,652,663,664,666,672,693
『源平闘諍録』　16,17,199,202,203,318,320,321,610,666

さ行

三条西本　16,202,203,325
四部合戦状本（四部本）　16,39,70,83,93,99,100,104,106,127,202,264,

318,320,321,330,344,347,666
下村本　16,150,170,201,202,360～362,399
城一本　350
城方本（国民文庫本）　10,16,127,135～148,150～153,155,156,160～162,164～172,174～188,190～194,196～203,205～215,217～220,224,225,236～238,325,347,350,671,672
彰考館本（彰考館蔵八坂本）　10,17,150,151,153,187,220,224～238,332,337,347,348
城幸本　150,238,347
如白本　350

た行

田中教忠旧蔵本　150,347
竹柏園本　16,150,171,201,321,330,332,443
東寺執行本　202,332,672

な行

長門本　16,25,26,39,40,42,44,69,70,80～83,151,187,199,202,203,218,221,264,307,317,321,329,330,347,475,567,582,587,597,619,648,649,663,666
中院本　16,202,203,312
那須本　150,347
南都本　16,93,100,202,203,317,321,331
南部本　350

は行

秘閣粘葉本　150,238,347
百二十句本（片仮名本・平仮名本）　16,148,150,151,163,164,202,237,330,431,434
平松家本　150,171,201,202,330
文禄本　16,686

まやら行

右田毛利家本　14
八坂系諸本　10,15,24,90,113,134～136,149,174,186,190,202,205,222,236,343,346,351,671,672
八坂系第一類本　134,135,148,150,154,174,186,188,202,203,238,317,321,322,325～328,330,332,343,360,620,672,686
八坂系第二類本　10,11,134～136,148,150,152～154,156,171,185～187,190,191,201～203,205,222～224,228,231,236～238,317,321,322,325～328,332,334～337,341～344,346～348,350,352,360,620,671,672
八坂系第四類本　109,343,344,350
屋代本　11,16,24,39,90,113,127,148,150,151,154,160,163,164,171,172,186～188,198～203,237,314,317,320,322～325,328,330～333,360,432,620
葉子十行本　16,150,163,164,170,201,202,360～363,379,397,399
米沢市立図書館本　350
読み本系諸本・読み本　66,68,92,185,188,198～200,217,218,200,283,587,610,649
両足院本　17,109,110,344,350
流布本　22,104,170～172,201,202,360,362

Ⅳ 章 段 名

延慶本『平家物語』

第一本
四「清盛繁昌事」 80,582
六「八人ノ娘達之事」 286
十二「山門大衆清水寺ヘ寄テ焼事」 63
廿四「師高与宇河法師事引出事」 24,25
廿五「留守所ヨリ白山ヘ遣牒状事同返牒事」 27
廿六「白山宇河等ノ衆徒捧神輿上洛事」 30
廿七「白山衆徒山門ヘ送牒状事」 25,27
廿八「白山神輿山門ニ登給事」 35
廿九「師高可被罪科之由人々被申事」25
卅一「後二条関白殿被滅事」 63
第一末
一「天台座主明雲僧正被止公請事」 37
七「多田蔵人行綱仲言ノ事」 285
十八「重盛父教訓之事」 308
卅八「宇治悪左府贈官等ノ事」 217
第二本
廿「小松殿死給事」 72
廿七「入道卿相雲客四十余人解官事」 217
廿八「師長尾張国ヘ被流給事　付師長熱田ニ参給事」 217
卅一「静憲法印法皇ノ御許ニ詣事」 218
第二中
五「入道厳嶋ヲ崇奉由来事」 289
十八「宮南都ヘ落給事　付宇治ニテ合戦事」 310,331
廿八「頼政ヌヘ射ル事　付三位ニ叙セシ事」 322
卅四「雅頼卿ノ侍夢見ル事」 287
卅八「兵衛佐伊豆山ニ籠ル事」 290
第二末
四「文学院ノ御所ニテ事ニ合事」 250,252,256
五「文学伊豆国ヘ被配流事」 244
七「文学兵衛佐ニ相奉ル事」 247,255,259,260,309,641
九「佐々木者共佐殿ノ許ヘ参事」 609
十「屋牧判官兼隆ヲ夜討ニスル事」 288
十三「石橋山合戦事」 292
十八「三浦ノ人々兵衛佐ニ尋合奉事」311
廿七「平家ノ人々駿河国ヨリ迯上事」128
第三末
十「義仲白山進願書　付兼平与盛俊合戦事」 284
廿「肥後守貞能西国鎮メテ京上スル事」 310
廿五「惟盛与妻子余波惜事」 72,73
廿六「頼盛通ヨリ返給事」 67,70,91,114,567,582
廿七「近衛殿通ヨリ還御ナル事」 77,569
廿八「筑後守貞能都ヘ帰リ登ル事」 78,84,95,113
廿九「薩摩守通ヨリ返テ俊成卿ニ相給事」 78
三十「行盛ノ哥ヲ定家卿入新勅撰事」 79
卅三「恵美仲麻呂事　付道鏡法師事」 309

第四
十七「文覚ヲ使ニテ義朝ノ首取寄事」259
第五本
十「樋口次郎成降人事」100
十四「義経可征伐平家之由被仰事」48
十五「平家一谷ニ構城墎事」47,48
十六「能登守四国者共討平ル事」47,48
十七「平家福原ニテ行仏事事　付除目行事」48,82
十八「福原摂津国勝尾寺焼払事」48
十九「法皇為平家追討御祈被作給毘沙門事」48
廿「源氏三草山幷一谷追落事」48～50
廿一「越中前司盛俊被討事」49,53,57
廿二「薩摩守忠度被討給事」49,56
廿三「本三位中将被生取給事」49,53
廿四「新中納言落給事　付武蔵守被討給事」49,54
廿五「敦盛被討給事　付敦盛頸八嶋へ送事」49,54
廿六「備中守沈海給事」49
廿七「越前三位通盛被討給事」49,57
廿八「大夫業盛被討給事」49
廿九「平家ノ人々ノ頸共取懸ル事」49
卅「通盛北方ニ合初ル事　付同北方ノ身投給事」49
卅一「平氏頸共大路被渡事」49
卅二「惟盛ノ北方平家ノ頸見セニ遣ル事」50
第五末
二「重衡卿賜院宣四国へ使ヲ被下事」50
卅一「参河守平家ノ討手ニ向事　付備前小嶋合戦事」614
第六末
十二「九郎判官都ヲ落事」270
十四「諸国ニ守護地頭ヲ被置事」267,268
十六「平家ノ子孫多ク被失ハ事」268
十九「六代御前被免給事」272,280
廿一「斉藤五長谷寺へ尋行事」268
廿二「十郎蔵人行家被搦事　付人々解官事」264
廿三「六代御前高野熊野へ参給事」274,275
廿五「法皇小原へ御幸成ル事」114,128
廿八「薩摩平六家長被誅事」263
廿九「越中次郎兵衛盛次被誅事」263
卅「上総悪七兵衛景清干死事」263
卅一「伊賀大夫知忠被誅事」263
卅二「小松侍従忠房被誅給事」263
卅三「土佐守宗実死給事」263
卅四「阿波守宗親発道心事」263
卅五「肥後守貞能預観音利生事」263
卅七「六代御前被誅給事」263
卅九「右大将頼朝果報目出事」312

覚一本『平家物語』

巻第一
「鱸」213
「殿下乗合」120
「鹿谷」204
「俊寛沙汰　鵜川軍」24,204
「御輿振」11,377,379
「内裏炎上」122
巻第二
「座主流」378
「一行阿闍梨之沙汰」379,381
「西光被斬」379
「小教訓」379

「少将乞請」　378
「教訓状」　119,378
「烽火之沙汰」　378
「大納言流罪」　378,401
「阿古屋之松」　377
「大納言死去」　379
「徳大寺之沙汰」　377
「山門滅亡　堂衆合戦」　378,381
「山門滅亡」　378
「善光寺炎上」　377
「康頼祝言」　204,378
「卒都婆流」　379
「蘇武」　379
巻第三
「赦文」　212
「足摺」　208
「御産」　204
「公卿揃」　381
「大塔建立」　381
「頼豪」　205,381
「少将都帰」　215
「有王」　205
「医師問答」　381,691
「無文」　120
「法印問答」　371,381
「行隆之沙汰」　220
巻第四
「南都牒状」　381
「三井寺炎上」　381
巻第五
「物怪之沙汰」　122
「福原院宣」　157,169,646
「富士川」　121
「都帰」　122
巻第六
「紅葉」　641
「小督」　394
「廻文」　157
「慈心坊」　180
「祇園女御」　381
巻第七
「清水冠者」　157,162
「北国下向」　162
「実盛」　119,120
「木曾山門牒状」　381
「聖主臨幸」　116
「一門都落」　66,90,112
「福原落」　66
巻第八
「名虎」　138,381,675
「緒環」　192
「太宰府落」　121,163,695
「鼓判官」　158
「法住寺合戦」　158,159
巻第九
「生ずきの沙汰」　142,159
「木曾最期」　160
「三草勢揃」　232
巻第十
「内裏女房」　196
「八嶋院宣」　196
「請文」　164,196,197
「維盛出家」　183
「熊野参詣」　183
「三日平氏」　165,166
「藤戸」　615
巻第十一
「逆櫓」　165,233

「嗣信最期」 234
「大臣殿被斬」 360
「重衡被斬」 360
巻第十二
「大地震」 56,360,405～407
「平大納言被流」 167
「土佐房被斬」 227
「判官都落」 167,227,356,409
「六代」 183
「泊瀬六代」 356,408
「六代被斬」 168,336
灌頂巻
「大原入」 356,412
「大原御幸」 356,413
「六道之沙汰」 114,121,356,410,411

城方本・彰考館本『平家物語』

巻第一
「祇園精舎」 185
「あひの物　清盛昇進の沙汰」 213
「義王」 136,170,184
「あひ　春宮立」 175
「殿下の乗合」 175
「あひ　鹿谷」 176,220
巻第二
「教訓状」 176～179,181,184
巻第三
「康頼祝」 206,207
「卒都婆流」 208
「ゆるしぶみ」 207,210,211
「御産の巻」 212
「頼豪」 211
「大塔建立」 187
「少将の都がへり」 215
「蟻王が嶋くだり」 209,214,216
「院の流され」 213
巻第四
「源氏ぞろへ」 140
巻第五
「物怪」 187
「福原院宣」 139,169,177
巻第六
「あひ　九州の早馬」 156
「慈心房」 180
「祇園女御」 181,182
巻第七
「清水の冠者のさた」 160
「平家の一門日吉の社へ連署の願書」150
巻第八
「法皇の山門御幸」 137
「名虎」 138,160
「大蛇の沙汰」 150,164,192,193
「太宰府落」 193
「征夷将軍の院宣」 139,141,150
「法住寺合戦」 140,143～147,158,202
巻第九
「佐々木と梶原と生数寄・摺墨をあらそふ事」 142,159
「宇治川」* 232
「河原合戦」 140,141
「木曾の最後」 160
「六ケ度合戦」 143
「三草之夜討」* 231,232
巻第十
「八嶋院宣」 195
「請文」 195,202
「内裏女房」 197,198,202
「維盛の出家」 178,183

「維盛の入水」 178,182,183
「あひ　維盛の北方の出家」 165
「あひ　池の大納言の関東下向」 167
「藤渡」* 233
巻第十一
「逆櫓」 151,232,233
「大坂越」* 234
「嗣信之最後」* 237
「壇の浦合戦」 233
「腰越」* 226,227
「大臣殿被斬」* 226
巻第十二
「平大納言被流」* 228
「間　参河守之最後」* 225～227
「土佐房が夜討」* 227,230
「吉野軍」 134,222,227～230,235,237,350
「六代」 183,235
「六道」 193
「法性寺合戦」 168,229,335

『源平盛衰記』

巻第一
「忠雅播磨米」 571
「同清水寺詣」 693
巻第二
「清盛息女」 286
巻第三
「成親謀叛」 296
「澄憲祈雨三百人舞」 310
巻第四
「涌泉寺喧嘩」 24
巻第五
「行綱中言」 285,296
巻第六
「入道院参企」 289
巻第九
「康頼熊野詣」 218
巻第十三
「高倉宮廻宣」 295
「行家使節」 294,295
「頼朝施行」 295
「熊野新宮軍」 310
巻第十四
「木下馬」 285
「三井寺僉議」 286
巻第十六
「三位入道芸等」 435
巻第十七
「福原京」 293
「祇王祇女」 309,310
「源中納言夢」 287,305
「大場早馬」 296
巻第十八
「文覚頼朝勧進謀叛」 243,256,290
「文覚高雄勧進」 243
「仙洞管絃」 250～252,255
「同人清水状・天神金」 251,253
「龍神守三種心」 244,251,253
巻第十九
「文覚頼朝対面付白首」 245,256,276,280,292
「曹公尋父骸」 245
「文覚入定京上」 249,254
「聞性検八員」 310
「佐々木取馬下向」 296,298
巻第二十
「八牧夜討」 288,298

「佐殿大場沙汰」　106
「石橋合戦」　291
「高綱賜姓名」　106,299
巻第廿一
「梶原助佐殿」　300,312
「小道地蔵堂」　300
「小坪合戦」　106
巻第廿二
「衣笠合戦」　298
「土肥焼亡舞」　299
「大太郎烏帽子」　299,312
「佐殿漕会三浦」　298,300,312
「俵藤太将門中違」　290
「入道申官符」　309
巻第廿三
「畠山推参」　107
「義経軍陣来」　311
「頼朝鎌倉入勧賞」　301
「平家方人罪科」　302
「若宮八幡宮祝」　303
巻第廿九
「三箇馬場願書」　308
巻第三十一
「平家都落」　568
「維盛惜妻子遺」　94,570
「畠山兄弟賜暇」　95,570
「頼盛落留」　97,571
「小松大臣如法経」　106
巻第三十六
「源氏勢汰」　239
巻第四十
「維盛出家」　572
「唐皮抜丸」　187,572,584,587,648
巻第四十一
「頼盛関東下向」　98,99
巻第四十六
「頼朝義経中違」　269,270
「土佐房上洛」　265,266
「義経申庁下文」　270
「義経行家出都」　265,266,270
「義経始終有様」　266,278
「時政実平上洛」　265,267
「尋害平家小児」　264
「闕官恩賞人々」　257,267
巻第四十七
「北条上洛尋平孫」　280
「文覚関東下向」　272,280
「六代蒙免上洛」　272,274
「長谷観音」　273,274

V　研究者名

あ行

青木三郎　39
青山英夫　397,561
青山幹哉　479
赤松俊秀　242,329
秋本吉徳　559
浅香年木　39,42
渥美かをる　14,84,135,
148,331
阿部一彦　667
網野善彦 107,439,558,599
新井浩文　696
安藤淑江　22,39,40,43
家塚智子　565
家永遵嗣　561,620
池内義資　129,445,620
池田敬子　125,134,149,

185,222,331,440,477,558
石井進　620,645
石井行雄　129
石川謙　441
石川透　333,698
石川松太郎　525,595
石崎建治　398
石巻良夫　402
石母田正　64,618
泉谷康夫　41
市古貞次　15,530
伊藤正義　527,684,697
稲田利徳　397,564,565
稲本紀昭　599
犬井善寿　400
井上薫　562
井上宗雄　392,397,401,564
今井正之助　14,186,279
今江広道　151
今谷明　527
今成元昭　219,675,695
入間田宣夫　478
岩元修一　620
上杉和彦　566
上森岱乗　552,553,563,564
内山和彦　258
生形貴重　178,185,188,308
梅谷繁樹　564
上横手雅敬　83,644,646
延慶本注釈の会　45
大石雅章　528
大津雄一　349,350
大羽吉介　68,69,82,105,582
岡田三津子　596
岡野友彦　516,517,531,532
岡見弘道　333
岡村守彦　666
小川信　531,532,618,620
奥野高廣　599
尾関章　564
小高恭　15
落合博志　129
小和田哲男　480,481

か行

笠井敏光　562
笠松宏至　618
梶原正昭　22,39,186,239,308
鹿島則泰　477
加美宏　682,696
上参郷祐康　172,399,620
川合康　63,108,457,461,478,479,485,525
川上貢　398,486,487,489,525,528
川口陟　440,477,484
川瀬一馬　401
河添房江　596
川鶴進一　330
喜田貞吉　62～64
北村昌幸　129
木藤才蔵　129
金永　479
日下力　64,81,105～107,126,331,351,352,584,697
熊倉功夫　584
黒川高明　42
黒川直則　398
黒田彰　259
黒田智　527,668
黒田俊雄　40,187,644
桑山浩然　397,532,598
河野省三　402
古典遺産の会　128,667
後藤丹治　109,110,125,349,351,479
小林美和　105,242,258
小峯和明　15,260,440,477,558,667,695
小柳加奈　284,308,311
小山金波　598

さ行

佐伯真一　40,42,44,106,107,219,259,280,311,362,399,481,644
酒井紀美　529
酒井憲二　402
坂井誠一　396
榊原千鶴　14,257,262,277,279,280,284,308,312
阪口玄章　331
櫻井陽子　14,149,153,186,224,238,337,348,400,695
佐々木紀一　83,186,646
佐藤泉　349
佐藤進一　42,445,618,620

佐藤豊三　532
佐藤泰弘　41
信太周　62,64
志立正知　15,220,697
設楽薫　527,561,562
島尾新　598
島津忠夫　330,663
白川哲郎　41
白崎祥一　477,559
鈴木敬三　481,485,525
鈴木孝庸　14
鈴木友也　440
鈴木則郎　698
鈴木雄一　419,440,441,443,477,481,558,576,579,583,596,597
須藤敬　477,481,559
砂川博　258
関幸彦　41
説話と説話文学の会　185,259,280,308,311,330,440,477,558,644,663

た行

多賀秋五郎　666,667
多賀宗隼　81
高木浩明　107,481
高坂好　598
高瀬羽皐　666
高田實　41
高橋修　528
高橋貞一　14
高橋秀樹　83
竹内理三　41
武久堅　186,307
竹本幹夫　404,564
多田圭子　477,559
立石和弘　596
田中新一　564
田中大喜　108
田中文英　39
谷口耕一　331
田端泰子　391,397,399,598
玉村竹二　564
千明守　14,126,149,153,329,333,444
辻本直男　440,477
鶴崎裕雄　128
出口久徳　39,64
時枝誠記　39
徳江元正　149,351
栃木孝惟　351,400,584
冨倉徳次郎　318,319,331
豊田武　439,558
鳥居和之　527

な行

長坂成行　402
中澤克昭　63
永島福太郎　402
中田佳子　562
中田祝夫　401
永原慶二　439,525
中村文　126
仲村研　439,558
西岡虎之助　605,608,618,642
西島三千代　352
西田長男　402,403
西村聡　333
西山克　527
二本松泰子　440,477,558
根上剛士　401
野口孝子　332
野口実　65,186,618,619,643
野地修左　525,526
野中哲照　149,400

は行

羽下徳彦　457,471,478
橋本義彦　151,331
長谷川端　42,349
服部幸造　330
羽原彩　280,284,294,295,308～311
浜田啓介　527,697
早川厚一　62,63,65,259,329
原田道寛　440,666
原水民樹　129,351
春田宣　332
東啓子　62
久山峻　667
菱沼一憲　65
日比野和子　106
兵藤裕己　172,339,341,349,351,399,615
平泉澄　402
平田俊春　64
広川勝美　311

福田豊彦　619
福永酔剣　525,666
藤田達生　439
藤原良章　620
二木謙一　544,560,561
星野恒　307
星野日子四郎　402
堀新　668

ま行

前川祐一郎　697
牧初江　149,225
益田宗　608,619,643
松尾葦江　14,15,149,260,278,307,351,443,663
松林靖明　128,349,351
松原信之　619
間宮光治　446,478,552,560,563,564,597,664
三浦圭一　439,558
水野恭一郎　619
水原一　14,42,185,186,188,259,278,307,308,399,444
三谷邦明 440,477,558,667
三矢宮松　478,584
美濃部重克　219,280,307,444,645
村井康彦　565
村上学　14
村上光徳　351
村上美登志　62～64
村戸弥生　440,477,584
村山修一　441
百瀬今朝雄　445,561
森佳子　598
森茂暁　444,645
森瑞恵　402
森田恭二　398,561

や行

八木意知男　403
八嶌正治　643
安田尚道　559
安田元久　81
柳田国男　560
山口啓二　439
山下宏明　14,62,134,135,148～150,186,222,307,330,399,444,695
山下裕二　598
山田昭全　219
山田康弘　397,399,528,561,562
山田孝雄　14,126,332
山中裕　331
山家浩樹　480
弓削繁　14,330,348,349
横井清　482
横井孝　39
横山住雄　564
吉田幸一　697
吉田永弘　333
吉村茂樹　41
米田雄介　41
米原正義　401,441,545,561,564

ら行

笠栄治　400,443

わ行

鷲尾順敬　534
鷲山樹心　259
和田英道 127,128,524,583
渡辺（河野）国雄 402,403
渡辺貞麿　242,259
渡辺治雄　478
渡辺晴美　479